万物理論

グレッグ・イーガン

“万物理論”とは、すべての自然法則を包み込む単一の理論である。2055年，この夢の理論が完成されようとしていた。ただしその学説は3種類ある——3人の物理学者が，それぞれ異なる“万物理論”を，南太平洋の人工島で開かれる国際理論物理学会で発表するのだ。もちろん正しい理論はそのうちひとつだけ。科学系の映像ジャーナリスト，アンドルーは、三人のうち最も若い20代の女性ノーベル賞物理学者を中心に据えて，この理論の番組を製作することになったのだが……。学会周辺にはカルト集団が出没し，さらに世界には謎の疫病が蔓延しつつあった。当代随一の鬼才作家が描破する恐るべき未来社会。究極のハードSF。

登場人物

アンドルー・ワース……………………主人公。映像ジャーナリスト
ジーナ……………………………………アンドルーの恋人
リディア・ヒグチ………………………アンドルーのクライアント
セーラ・ナイト…………………………映像ジャーナリスト
ヴァイオレット・モサラ………………〝万物理論〟の提唱者
　　　　　　　　　　　　　　　　　　二十代のノーベル賞受賞者
ヘンリー・バッゾ、ヤスオ・ニシデ……〝万物理論〟の提唱者
カリン・デ・グロート…………………モサラの助手
インドラニ・リー………………………国際物理学会を取材する社会学者
ジャネット・ウォルシュ………………国際物理学会を取材する小説家
アキリ・クウェール……………………アンドルーに近づく謎の汎性

万　物　理　論

グレッグ・イーガン
山岸　真　訳

創元ＳＦ文庫

DISTRESS

by

Greg Egan

万物理論

以下の人々に感謝を捧げる。キャロライン・オークリー、デボラ・ビール、アンソニー・チーテム、ピーター・ロビンスン、ルーシー・ブラックバーン、アナベル・エイジャ、クローディア・シェイファー。

最後の不当な国境線の消去とともに自由の地図が
　完成されるというのは真実ではない
われわれにはまだ雷のアトラクタをチャート化し
　干魃の非周期性を図示することが
一千の人間の言語並みに豊かな
　森林やサヴァンナの分子レベルの方言を解明することが
そして神話を超えた太古からわれわれの情熱の最深部にある歴史を認識することが
　残されているのだから

ゆえにわたしは数字の独占権を所有している企業はないと
0と1を囲いこめる特許はないと

アデニンやグアニンの主権をもつ国家はないと
量子波を支配する帝国はないと宣言する
そして真実というものは売買することも
力ずくで押しつけることも、抵抗することも
逃れることもできないのだという
理解を祝う集会にはだれでも参加できる余地が
残されているべきだ。

——ムテバ・カザディ『テクノ解放主義(リベラシオン)』(二〇一九年)より

第一部

1

「よし。この男性の死亡を確認した。さあ、仏（ホトケ）さんと話していいよ」

そういった生命倫理医は無愛想な若い汎性（はんせい）で、金髪をドレッドロックにし、Tシャツには有料広告のあいまに『TOE（トー）にノーを！』のスローガンが輝いていた。汎は法病理学者のノートパッドの認証画面に連署すると、手術室の隅に下がった。トラウマ専門医と救急隊員が、さっきまで活躍していたキャスターつき蘇生装置を脇にどかすと、法病理学者が皮下注射器を手にあわただしく前に出て、神経保存剤の最初の一回分を投与した。この保存剤はグルタミン酸拮抗（きっこう）剤とカルシウムチャネル遮断薬と酸化防止剤の混合物で、被害者の脳に致命的損傷をもたらす生化学的変化をほぼ一瞬で止めるが、投与後数時間以内に複数の臓器に強い毒として作用するため、法的死亡が宣告されてからでないと使えない。

病理学者のすぐうしろにつき従う彼女の助手が、〝死後復活〟用の器材一式を満載したワゴンを押していた。使い捨て外科用器具がのったトレー。電子装置のラック数個。ウォータークーラー大のガラスタンク三つにつながった動脈ポンプ。そして灰色のヘアネットに似た超伝導ワイヤ製のなにか。

ぼくの隣に立っている殺人課のルコウスキ刑事が、考え深げにいった。「世の中だれもがおまえみたいな装備を埋めこんでいたらな、ワース、こんなことをする必要はまるでないんだが。犯行をはじめから終わりまで、そっくりプレイバックできるわけだから。航空機のブラックボックスを解読するみたいに」

ぼくは手術台から目を離さずに返事をした。ぼくたちの声は編集で造作なく削除できるので、病理学者が代用血液のポンプを被害者と接続する過程を切れ目なしに撮（と）っておきたかったのだ。

「世の中だれもが視神経タップを使っていたら、殺人犯も被害者の体を切り刻んでメモリチップを抜きとるようになっているとは思いませんか？」

「ごもっとも。だが、現場に残ってこの青年の脳を引っかきまわしているやつはいなかったわけだろ？」

「ぼくの番組（ドキュメンタリー）を見たら、犯人も気が変わるでしょうけれどね」

病理学者の助手の男が、被害者の頭に脱毛酵素をスプレーしてから手袋をはめた手で二度なでて、短く刈られた黒髪を跡かたも残さずぬぐいとった。助手がその毛をビニールのサンプルバッグに捨てるのを見ていると、それが床屋で散髪されたときのように散らばらず、ひと塊（かたまり）になっている理由がわかった。数層分の皮膚がくっついているのだ。助手は剝きだしになった被害者のピンク色の頭に、〝ヘアネット〟——電極とＳＱＩＤ検流計をかせ状に巻いたもの——

をぴったりと接着した。病理学者は代用血液の供給状態のチェックを終えると、気管を切開して、酸素不足で虚脱状態になった肺の代役をする小さなポンプにつながった管を挿入した。呼吸させるためではなく、発話の補助だけが目的だ。喉頭に送られる神経インパルスをモニターして、発せられようとした音を電子的手段で合成することも可能だが、被害者が空気の振動で生じる触覚や聴覚のフィードバックを通常のように感じとれる状態ならば、被害者に声を出させたほうが結果はより正確になる。助手が被害者の両眼の上に詰めものをした包帯を巻く。ごくまれにだが、顔の皮膚が偶発的に感覚をとり戻すことがあり、その場合、網膜細胞は再生しようとしてもできないので、現実に目が見えないのをごまかすには、目に軽い怪我をしたと嘘をつくのがもっとも容易な手段だった。

ぼくはふたたび、このシーンにつけるナレーションを考えていた。『一八八八年、警察医たちは切り裂きジャックの被害者のひとりの網膜を写真に撮った。殺人者の顔が、人間の目にある光に敏感な色素に焼きつけられているのではないかという、むなしい望みをいだいて……』だめだ。先が読めすぎる。それに誤解をまねきやすい。死後復活はものいわぬ死体から情報を引きだす処置ではない。だが、代わりになにを引きあいに出す？　オルフェウスか？　ラザルスか？　ジェイコブズの「猿の手」？　ポオの「告げ口心臓」？　映画『ZOMBIO　死霊のしたたり』？　神話やフィクションは、未来の真実をなにひとつ示していなかった。安直な比喩は使わないほうがよさそうだ。死体をして自らに語らしめよ。

被害者の体が波打つように痙攣した。この処置のためにとりつけられたペースメーカーが、傷ついた心臓を強制的に脈動させたのだ——ペースメーカーがこの出力レベルで作動しつづけたら、心筋線維のすべてが最長でも十五分か二十分で電気化学的副産物に毒されてしまう。酸素添加ずみの人工血液が、肺の代わりに動脈ポンプから心臓の左心房に送りこまれ、体をいちどだけめぐってから、肺動脈を通して除去され、廃棄される。短時間なら、再循環させるより開放系のほうが面倒が少ない。被害者の腹部や胴体の数カ所にあいたナイフの傷口は治療途中のまま汚物にまみれ、薄い鮮紅色の液体を手術台の排液用の溝に漏らしていたものの、まったく危険を感じさせなかった。毎秒その百倍の量の血液が人工的に排出されていたからだ。一方、だれも手術用イモムシを被害者の体からとりのける手間をかけなかったので、イモムシたちは状況の変化などなかったかのように作業をつづけていた——口腔部で毛細血管を縫合して化学的に焼灼し、傷口をきれいに消毒し、餌になる壊死した組織や凝血塊がないか、やみくもに嗅ぎまわっている。

　酸素と栄養分を被害者の脳へ流入させつづけることは不可欠だが、それだけですでに被った損傷が治るわけではない。死後復活の事実上の主役は、人工血液といっしょに注入される数十億のリポソーム——脂質膜でできた微視的なカプセル——だ。膜に埋めこまれた鍵タンパク質のひとつが血液脳関門を開錠し、リポソームは大脳の毛細血管から神経細胞間の領域に浸透できるようになる。ほかのタンパク質は膜そのものを、最初に出くわした適切なニューロンの細胞壁と融合させ、入念に調整された生化学的機械の一群を吐きだして、その機械が細胞活動を再開させたり、虚血で損傷した分子の破片を除去したり、酸素の再供給のショックから細胞を守ったりする。

　別の細胞型用に改変されたリポソームもある。真声帯や口腔、唇、舌の筋（きん）線維用、あるいは内耳（ないじ）の感受器官用。そうしたリポソームに含まれる薬物や酵素は、みな類似の作用をもつ。死にかけた細胞を乗っとって、その資源を結集させ、最後にもういちどだけ、爆発的だが継続不能な活動をさせるのだ。

　死後復活とは蘇生術を極限まで押し進めたものではない。それが許可されるのは、考えうる手段がすべて失敗に終わって、患者の長期間の生存がもはや論外となった場合のみだ。

　病理学者が器材のワゴンにのった表示画面に目を走らせた。ぼくはその視線を追った。波形のトレースが脳の異常な活動を示し、絶えず変化する棒グラフが体から排出される毒素や分解生成物の量をあらわしている。ルコウスキが気ぜわしく前に出た。ぼくもあとにつづいた。

　病理学者の助手がキーパッドのボタンを押した。被害者が体を痙攣させ、咳をして血を吐きだした――その中にはまだ、黒く凝固した本人の血が混じっていた。波形のトレースが乱高下してから、かなりなめらかで周期的になった。

　ルコウスキが被害者の手を握りしめた――その動きは心底の同情から衝動的に出たものかもしれないが、ぼくはそれを見てシニカルな気分になった。生命倫理医に目をやる。そのとき汎のTシャツには、『信頼は商品です』という文字が浮かんでいた。それが有料のメッセージなのか、私的な見解なのかはわからない。

　ルコウスキが声をかける。「ダニエル？　ダニー？　きこえるか？」体は明確な反応を見せなかったが、脳波は上下にゆれた。ダニエル・カヴォリーニは音楽科の学生で十九歳。この青年は昨夜十一時ころ、地下鉄タウン・ホール駅の片隅で、出血し意識不明のところを発見された――腕時計もノートパッドも靴も身に帯びたままなので、無差別な路上強盗が最悪の結果になったとは考えがたい。ぼくはこの二週間、殺人課の特捜班に張りついて、こうした事件を待っていた。死後復活の認可は、被害者が加害者を名指しできることを証拠が示している場合にしかおりない。被害者を死後復活させても、行きずりの殺人者の容姿を捜査に役立つかたちで言葉で説明できる可能性はまずないし、モンタージュ写真作りとなればなおさらだからだ。ルコウスキが下級判事を叩き起こしたのは午前零時をすぎてすぐ、被害者に蘇生の見こみがないとあきらかになった瞬間だった。

カヴォリーニの皮膚は、より多くの細胞が再生されて酸素を吸収するにつれ、不思議な鮮紅色を帯びていった。人工血液に含まれるその見慣れぬ色の輸送分子は、ヘモグロビンより効率的だ――が、それもほかのすべての復活薬と同様、つまるところは毒物だった。

病理学者の助手が、またいくつかのキーを打つ。カヴォリーニは再度痙攣して咳きこんだ。これは微妙な綱渡りだった。脳に弱い電撃をあたえるのは、主要な身体的律動を統一したかたちで回復させるために不可欠なことだが、外部からの過剰な干渉は、残っていた短期記憶を消してしまう場合がある。法的死亡後でも、ニューロンは脳の奥深くで活動をつづけ、新しい記憶に相当する象徴的な発火パターンを数分間循環させつづけることができる。死後復活はそうした痕跡を引きだすのに必要な神経基盤を一時的に再生できるが、痕跡が完全に消え去っていたのでは——あるいは、それをとり戻そうとする努力が痕跡を壊したのでは——事情聴取の意味がない。

ルコウスキは人を落ちつかせる口調で、「きみは助かったんだ、ダニー。ここは病院だ。危険はない。だから、だれがきみをこんな目にあわせたのか、教えてくれ。ナイフで刺したのはだれだ」

しわがれたささやき声がカヴォリーニの口から漏れた。かすかな、h音の一音節、そして沈黙。ぼくの肌は、「猿の手」的な怪談めいた事態の予感に粟立った——だがぼくは同時に、この生命の徴候が希望の徴候ではありえないことをどうしても認めようとしない部分が自分の中にあるかのように、馬鹿げた歓喜が高まるのも感じていた。

カヴォリーニはもういちど声を出そうとして、この二度目の挑戦はもっと長くつづいた。意志による制御から切り離されている彼の人工的な呼気は、あえぐような音になった。結果がみじめなものに終わったのは、酸素不足のせいではない。彼の発する言葉はあまりに断続的で不明瞭で、単語ひとつききとれなかったが、ぼくは彼の喉に接着された一群の圧電性センサが有線接続されているコンピュータの表示パネルのほうをむいた。

『なにも見えないいんだけど?』

ルコウスキが答えた。「目に包帯をしているんだよ。血管が数本切れていたが、治療はすんだ。後遺症がずっと残るなんてことは、絶対ない。さあ、だから……じっとして、気を楽にするんだ。そして、なにがあったのか話してくれ」

『いま何時？　ねえ。家に連絡しなきゃ。家族に話を……』

「ご両親にはもう連絡してある。いまこちらにむかっていて、もうすぐ着くころだ」

その言葉はほんとうだった――だが、この先九十秒間は、カヴォリーニの両親が到着しても入室は許可されないだろう。

「きみは帰宅しようと列車を待っていたんだね？　四番線で。思いだしたかな？　十時半発のストラスフィールド行きを。だが、きみはそれに乗らなかった。なにがあったんだ？」ルコウスキの鋭い視線が、表示パネルの文字ウィンドウからその下のグラフに移った。半ダースの上むきのカーブが回復した生命徴候を記録し、コンピュータの予測した今後の推移が破線で延長されている。予測カーブのすべては、今後一分かそこらで頂点に達し、そのあと急激に下降していた。

『あいつ、ナイフで刺した』カヴォリーニの右腕が痙攣しはじめ、弛緩（しかん）していた顔面筋がはじめて生気を帯びて、苦痛にゆがんだ。『まだ痛むよ。なんとかして』生命倫理医は表示画面のいくつかの数値に静かに目を走らせたが、口ははさまなかった。効果のある麻酔は神経活動を鎮静化させて、事情聴取を継続不能にしてしまう。中間の選択はなかった。中止か続行かだ。

ルコウスキがやさしい声で、「看護婦が鎮痛剤をとりにいったよ。我慢するんだ、きみ、すぐだから。それより教えてくれ、だれがナイフで刺した？」ふたりの顔はどちらも、いまや汗でてかっていた。ルコウスキの腕は肘まで赤くなっている。ぼくは考えていた。道端で血の海の中で死にかけている人を見つけたら、だれだってこれと同じことをきくのではなかろうか？

そして相手を励ますために同じ嘘をつくのでは？

「だれなんだ、ダニー？」

『兄さん』

「きみの兄さんがナイフで刺したのか？」

『違う、兄さんじゃない。なにがあったか思いだせない。あとでまたきいてよ。いまは頭がひどくぼんやりしてて』

「さっき、兄さんだといったのはなぜだ？　きみの兄さんがやったのか、違うのか？」

『もちろん違うよ。ぼくがそんなことといったなんて、だれにもいわないで。あんたがごちゃごちゃいうのをやめれば、気分がよくなるんだけど。いますぐ鎮痛剤を打ってくれない？　頼むから』

　カヴォリーニの顔は仮面をつけかえているように弛緩と硬直を繰りかえして、本人の感じている苦痛を様式化された抽象的なものに見せていた。彼は頭をふりまわしはじめた。最初は弱弱しかったが、しだいに躁的な速さと勢いが加わる。ある種の発作を起こしているかのように。損傷を被った神経経路のどこかを、復活薬が過剰に刺激しているのだ。

　そして、カヴォリーニは右手をもちあげると、目隠しの包帯をむしりとった。

　とたんに、頭が動きを止めた。皮膚が知覚過敏になっていて、目隠しが痛くて我慢できなかったのかもしれない。カヴォリーニは二、三度まばたきしてから、目を細めて手術室の明るい照明を見あげた。瞳孔が収縮し、両眼がなにかを探して動くのがわかった。青年は頭をわずかにあげてルコウスキの姿をたしかめ、次に自分自身の体と奇妙な装身具類に目を落とした。ペースメーカーの明るい色のリボンケーブル。血液を供給する太いビニールチューブ。ナイフの傷にたかる、てかてかした白いイモムシ。だれひとり動かず、だれひとり口をきかずにいる間に、カヴォリーニは胸に埋められた指針と電極を、自分の体から出ていく不思議なピンク色の流れを、損なわれた肺を、人工の気道を、目にとめた。表示画面は彼の後方だが、ほかのものはすべて、ひと目で見てとれる位置にある。数秒のうちに、彼はすべてを悟った。事情を理解してカヴォリーニがショックに押しつぶされたのが、ぼくにはわかった。

カヴォリーニは口をひらいたが、また閉じた。表情がくるくると変わる。苦痛の彼方で不意に純粋な驚愕がひらめき、それから、自分がいまうけている驚異的な処置の不可思議さを――そしてたぶんその技術の邪悪な精緻さをも――十全に理解して面白がっているようなようすが垣間見えた。ある一瞬、彼はじっさい、自分の体を使って演じられている不道徳で華々しい血まみれのプラクティカルジョークに感嘆しているかのようだった。

それからカヴォリーニは、不自然なロボットめいた声で、途切れがちながらもはっきりとこういった。「こんな……のは……い……いや……だ。……もう……しゃべり……たく……ない」

ルコウスキは病理学者のほうをむいた。顔はまっ青だが、青年の手を握りしめたままだ。「網膜はだめになっていたはずだろ？　おまえなにをしてたんだ。この大馬鹿――」ルコウスキは病理学者に殴りかかるように空いたほうの手をあげたが、途中で動きを止めた。生命倫理医のTシャツに、『ラブペットは永遠の愛のしるし。あなたの愛する人のDNAからお創りします』という文字が浮かんだ。病理学者もゆずらずに、ルコウスキに嚙みついた。「あなたがもっと強く出るべきだったんでしょ？　どうせこの子のストレスホルモン指数は危険領域めがけてまっしぐらに上昇していたんだから、兄のことを徹底的に問いつめればよかったのよ！」ナイフの傷がもとで死にかけている以外は平穏な気分のときのアドレナリンの正常値なんて、だれが決めたのだろう、とぼくは思った。ぼくの背後にいるだれかが、支離滅裂な悪罵（あくば）を長々と吐きちらした。ふりむくとそれは、救急車からカヴォリーニにつき添っていたらしい救急隊員だった。ぼくはその男が室内に残っていたのにも気づいていなかった。男は床を見つめ、両手を固く握りしめて、怒りに震えていた。

ルコウスキがぼくの肘をつかみ、合成血液の染みをつけた。そして、ほんとうは自分の発言がサウンドトラックに残らないのを望んでいるかのような調子で、聞こえよがしに、「おまえには次の機会に撮影させてやる、わかったな。こんなことはこれまでいちども、いちどたりともだぞ、起きなかったんだ。もしおまえのせいで、百万にひとつの失敗がこれまで何度もあったかのような印象を世間が――」

生命倫理医がおだやかな口調で微妙な話題に触れた。「任意の拘束に関するテイラー委員会のガイドラインによれば、これはあきらかに――」

病理学者の助手は、怒りもあらわに汎のほうをむいた。「だれもあんたの意見なんかきいちゃないいんだよ。訴訟手つづきはあんたの知ったことじゃないだろうが、この汎端野郎（はんぱ）――」

耳をつんざくような警報音が、復活装置の電子部品の内臓のどこか奥深くで鳴りだした。病理学者の助手が装置の上に身を乗りだして、壊れたおもちゃにあたりちらす欲求不満の子どものようにキーパッドを乱打していると、騒音はやんだ。

それにつづく沈黙の中で、ぼくは両目をつむるようにして**目撃者**を呼びだし、記録を中止した。これだけ見ればじゅうぶんだ。

そのとき、ダニエル・カヴォリーニが意識をとり戻して、絶叫しはじめた。

医者たちが彼に大量のモルヒネを投与しながら、復活薬が被害者の息の根を止めるのを待っているのを、ぼくはじっと見ていた。

2

イーストウッド駅から丘を歩きくだるころには、五時をちょうどまわっていた。空はぼんやりと明るく、色がない。明けの明星が東の空で徐々に消えていく——だが、街並みはもう、昼間とまったく同じに見える。なぜか人影がないほかは。さっき乗った列車の車両でも、乗客はぼくひとりだった。〝地球最後の人間〟アワー。

線路沿いに広がる林や、その周囲の郊外住宅地に散在する、樹木が迷路のように立ちならぶ公園で、鳥たちがにぎやかにさえずっている。公園の多くは一見すると原生林だ——が、じっさいはどの樹もどの灌木も生体工学処理の産物だった。最低限でも耐渇水性・耐火性だし、小汚くて燃えやすい枯れ枝や樹皮や葉を落とすこともない。死んだ植物組織は再吸収されて再利用される。そのようすを継時露出撮影（ぼくがまだいちども用いたことのない撮影法のひとつ）した映像を見たことがある。しなびた茶色い一本の枝全体が、生きている幹の中に縮んで戻っていくというものだ。大半の樹木は、少量の発電をおこなっていた。基本的には太陽光発電だが、複雑な化学反応によって、蓄えられたエネルギーの放出は一日二十四時間休みなくつづく。特殊化された根が公園の地下じゅうに伸び広がる超伝導体を探しだし、自らの貢献分を供給する。二・二五ボルトは電力として本質的安全のほぼ上限だ——ただし、効率的な伝送には抵抗がゼロであることが必要になる。

動物相の中にも改良されているものがある。カササギフエガラスは春でも騒がしくしないし、蚊は哺乳類の血を避けるし、どんな毒蛇も人間の子どもに害をなすことはない。生体工学産の植物の生化学的特性と結びついたそうした動物は、野生のままの同族より多少優位に立てるので、この狭域生態学における支配的な種となることを保証されていた——だが、そうした動物は同時にささやかなハンディキャップをもたされていて、仮に人間の居住地から離れた野生そのままの特別保護区のひとつに逃げだすことがあっても、大々的な繁殖は不可能だった。

ぼくは袋小路の突きあたりの、公園の敷地と境目なしにつながった手いれ不要の庭に据えられた、クラスター四つからなる小さな一戸建て住居を賃借していた。《シーネット》社から最初の仕事を請け負って以来だから、ここに住んで八年になるが、いまだに自分が不法侵入者のように感じてしまう。イーストウッドはシドニーの中心部からわずか十八キロで、不可解にも――あそこへ出かける理由のある人はどんどん減っているのに――それがいまも不動産価格に大きく影響していた。ぼくには百年かかっても、この家を自力で買うのは無理だろう。家賃が（かろうじて）支払える額なのは、家主の手のこんだ脱税手段のおこぼれにあずかっているからにすぎない。世界の金融市場のどこかで蝶が羽をひとふりして、ネットワーク各社の気前がほんの少し悪くなるとか、家主の帳簿上の損失がほんの少し不要になるとかした結果、ぼくがこの家から立ちのきを喰らい、五十キロ西の分相応な郊外スプロール地区に追いかえされるのは、たぶん時間の問題にすぎなかった。

ぼくは静かに家に近づいた。こんな夜のようなできごとのあとでは、家を安らぎの場と考えるのがふつうだろうが、ぼくは鍵を手にしたまま玄関の前で一分ほどもぐずぐずしていた。

ジーナは起床して、着がえをすませ、朝食の最中だった。彼女の姿を見るのは、きのうの同じ時刻以来になる。まるでぼくが出かけてなどいなかったかのようだ。

ジーナが声をかけてきた。「撮影はどうだった？」ぼくは病院から、とうとう『幸運をつかんだ』、という内容のメッセージを送っていた。

「その話はしたくない」ぼくは居間に逃げこんで、椅子にもたれかかった。腰をおろすという動作が内耳（ないじ）で反復されているかのように、ぼくは繰りかえし下降感を味わいつづけた。カーペットの模様をじっと見つめていると、錯覚はしだいに消えていった。

「アンドルー？　どうしたの？」ジーナがぼくを追って居間にやってきた。「問題が起きたの？　撮影のやり直しとか？」

「だから話したくないって――」ぼくは自制した。ジーナを見あげて、なんとか注意を集中させる。ジーナはとまどってはいたが、まだ怒ってはいない。（ルールその三。どんな不愉快なことでも、ジーナにあらゆることを、最初の機会に話すべし。おまえがそうしたい気分であろうがなかろうが。さもなくば、わざと秘密にして彼女を侮辱（ぶじょく）しているものとうけとられるであろう）

　ぼくはいった。「やり直しはない。撮影は終わったんだ」ぼくはなにがあったか、ことこまかに話した。

　ジーナは不愉快そうに、「で、その青年がしゃべったことには……引きだすだけの価値があったの？　被害者が兄さんといったことには少しでも意味があるのか――それとも脳損傷が原因のたわごと？」

「それもまだはっきりしていない。じっさいこの兄なる人物には、暴行歴がある。母親への暴行で保護観察中なんだ。警察はこいつを連行して尋問した……でも、そんなのは全部無駄なことさ。被害者が短期記憶を失っていたなら、刺されたときの状況を再現してまとめる際に誤りがあって、心に浮かんだ最初の人物を犯行が可能だった人間に選んだのかもしれない。そして証言を変えたときにも、兄をかばったわけではまったくないのかもしれない。単に記憶がないと気づいただけのことで」

「一方、もし被害者を殺したのがほんとうにその兄だったとしても……死者から一瞬引きだしたわずかな言葉を、どんなかたちででも証拠として認める陪審員はいないわね。仮に有罪判決がくだされることがあっても、それは死後復活とは無関係」

これは容易に論じられない問題だ。ぼくは大局的な視点に立とうとした。

「この事件では、そのとおり。でも、死後復活が決定的に状況を変えたケースもある。被害者の証言が単独で証拠として採用されることは、今後も絶対ないと思うよ――けれど、証言がなければ容疑をかけられることさえなかったのに、殺人罪で裁かれたやつもいる。そうした事件で有罪を決定づけた証拠がひとつにまとめあげられたのは、死後復活による証言が捜査を正しい軌道に乗せたからこそなんだ」

ジーナは否定的だった。「そういうこともいちどか二度はあったんだろうけれど――それでも、死後復活なんてする価値はない。こんな処置は断固禁止されるべきよ。こんな忌まわしいことは」そこで口ごもって、「ねえ、その場面は番組で使わないつもりなんでしょう？」

「使うに決まっているさ」

「手術台の上で苦しみながら死にかけている人を――自分を生き返らせたなにもかもが、自分を確実に殺すのだとまさに悟りつつある人を――さらしものにするっていうの？」ジーナの声はおだやかで、憤慨（ふんがい）よりは不信感が伝わってくる。

ぼくは答えた。「じゃあ、代わりになにを使えっていうんだ？　すべてが予定どおりに進んだという脚色版か？」

「違うわ。そうじゃなくて、すべてが昨晩起こったそのままに失敗する脚色版を使えばいいじゃない？」

「なんだって？　それはもう起きたことで、ぼくはそれを撮影ずみなんだ。再現ドラマなんか作って、だれの得になる？」

「被害者の遺族よ。まず第一に」

かもしれない、とぼくは思った。だが、再現ドラマなら遺族はほんとうに不愉快な思いをしないのだろうか？　だいたい、再現ドラマであろうがなかろうが、だれも遺族に番組を見るよう強制などしないのだ。

ぼくはいった。「理性的になってくれ。こいつは強力な一品だ。みすみすふいになんてできない。それにぼくには、それを使う権利がちゃんとある。あそこにいる許可はとってあった――警察からも、病院からも。遺族の承認もとれると思――」

「それは、ネットワークの弁護士どもが遺族を脅して、〝公共の利益のために〟権利放棄証書のたぐいにサインさせるだろうってことね？」

ぼくは答えにつまった。まさにそのとおりのことが起きるだろうからだ。ぼくは口をひらいて、「ついさっき、死後復活は忌まわしいものだといったのは、きみだよ？　それが禁止されるのを見たいんだろ？　ぼくのやろうとしていることは、きみの主張にとって一方的に有利に働くんだ。馬鹿なラッダイト主義者がフランケンサイエンスをどれだけ山盛りにしてもかなわないくらいに」

ジーナは自尊心を傷つけられたという顔をした。それが演技かどうか、ぼくにはわからなかった。「わたしは材料科学の博士号をもっているのよ、この田舎者、わたしをそんなふうに呼んでいいとでも――」

「呼んじゃいないよ。いわんとしたことは、わかるだろ」

「ラッダイト主義者がいるとしたら、それはあなたよ。このプロジェクト全体が、《エデン主義》のプロパガンダみたいな響きを帯びはじめている。『ジャンクDNA』だって！　サブタイトルはなに？　『バイオテクノロジーの悪夢』？」

「そんなところだ」

「理解できないのは、あなたが前むきなエピソードをただのひとつもいれようとしない――」

ぼくはうんざりして、「その話なら前にもしたじゃないか。それはぼくのせいじゃないよ。ネットワークは、特定の視点のないものなんて買っちゃくれない。今回なら、バイオテクの否定的側面だ。題材はその線で選択するし、これはそういう番組なのさ。〝バランスをとる〟ことは念頭にない。バランスなんかあったら、マーケティングの連中が混乱するからね。ふたつの矛盾するメッセージを含むものは、宣伝で売りこめないんだから。だけど少なくともこの番組は、最近じゃだれもがいやというほど口にしている遺伝子工学への讃歌に対する中和剤になるかもしれない。そして――ほかのもろもろとひとまとめにすれば――そこにはきっと全体像が浮かびあがる。世間的には除外されている要素がつけ足されることで」

ジーナは感銘をうけたようすもなく、「そんなのは嘘っぱちよ。『こちらのセンセーショナリズムとあちらのセンセーショナリズムでつりあいがとれる』なんて。そうはならないわ。意見をまっぷたつにわけるだけでしょ。カビの生えた〝自然からの逸脱〟とかのたわごとをなにひとつもちださずに、事実を淡々とすじ道立てて提示することの、どこがいけないの――それだって死後復活やほかの目にあまる悪行のいくつかを非合法化するのに役立つはずでしょ？　極端な例を見せる場合でも、きちんと背景説明をすればいいじゃない？　あなたがやるべきなのは、人々が行政当局になにを求めるかを、じゅうぶんな情報をもとに決められるようにすることよ。でも『ジャンクＤＮＡ』は、人々に近所のバイオテク研究所を爆破しにいりとけしかけている感が濃厚だけど」

ぼくは肘かけ椅子に腰をのせたまま体を丸めて、頭を膝にのせた。「わかったよ、降参だ。きみのいうことはなにもかも正しい。ぼくは世論操作で民衆を扇動する反科学ジャーナリストだ」

ジーナは顔をしかめた。「反科学？　そこまでいう気はないわ。あなたはお金に弱くて、怠け者で、無責任だけれど――まだ無知カルトの同類ってわけじゃないもの」

「信頼してくれて、感激だ」

ジーナは愛情をこめて、だと思うのだが、ぼくをクッションでつつくと、キッチンに戻っていった。ぼくは顔を両手に埋め、部屋が傾きはじめた。

ぼくは喜びに浸っていていいはずだった。ひと仕事終えたのだから。昨夜の死後復活をもって、『ジャンクＤＮＡ』用の撮影はすべて終了した。自らを歩く自給自足の生態環境に変異させた偏執病の超富豪とは、もうさようなら。飲食物や、運動量や、環境汚染物質との接触をモニターする個人用保険計理インプラントを設計して、それを装塡した人のもっとも確率の高い死亡日時と死因を絶え間なく再計算させようとしている保険会社とも、さようなら。自然が決して授けてくれない境地に達するために、外科手術で脳に損傷をあたえる権利を求めてロビー活動をしている自発的自閉症者とも、さようなら……。

ぼくは仕事部屋にはいると、編集用コンソールの側面から光ファイバーコードを引っぱりだした。シャツをまくりあげ、なにとも知れないへそのゴミを掃除してから、肌色のプラグを爪でつまんで、先端がオパール色のレーザーポートになったステンレススチール製の短いチューブを露出させる。

ジーナがキッチンから呼びかけてきた。「また機械と気味の悪い芸をはじめたの？」

ぼくは気の利いた返事を考えられないほど疲れていた。コネクタをカチッと接続すると、コンソールが明るくなった。

画面は入力されたものを片っぱしから映しだした。八時間分の映像を六十秒で——その大半はにじんで識別不能だったが、それでもぼくは視線をそらしていた。昨夜のできごとはなにひとつ、たとえ一瞬でも追体験したい気分ではない。

ジーナが皿にのせたトーストをもって部屋にはいってきた。ぼくはボタンを押して画像を隠した。ジーナが、「どうやって目に見える傷跡もなしに、四千テラバイトのＲＡＭを腹腔にいれていられるのか、やっぱりわからないのよね」

ぼくはコネクタのソケットに視線を落とした。「じゃあ、こいつはなんだい？　これが目に見えないって?」

「小さすぎるの。八百テラバイトのチップでも幅三十ミリはある。メーカーのカタログを調べたわ」

「またも名探偵シャーロックのご登場か。それとも、シャイロックというべきかな? 傷跡は消せるじゃないか?」

「そう。だけど……あなたは自分にとってなによりだいじな通過儀礼のしるしを、すっかり消し去ったりできる?」

「人類学のたわごとは勘弁してくれよ」

「別の理論も考えてあるんだけど」

「ぼくはなにも肯定も否定もしないからね」

ジーナはなにも映っていないコンソール画面にすべらせた視線をあげて、うしろの壁に貼られた『レポマン』のポスターを見た。白バイ警官がぼろぼろになった車のうしろに立っている。ジーナはぼくと視線をあわせてから、ポスターのキャプションを手で示した。『トランクの中を見てはいけない!』

「なぜだめなの? トランクの中身はなに?」

ぼくは笑って、「ぼくの胴体(トランク)の中をのぞかずにはいられない? 番組を見れば、わかるよ」

「はいはい」

コンソールのブザーが鳴った。コネクタを外す。ジーナは好奇の目でぼくを見ていた。ぼくはなにかの表情を浮かべてしまっていたに違いない。「それってセックスみたいな感じなの——ていうよりも、排便？」

「というよりは、懺悔（ざんげ）だな」

「懺悔なんていっぺんもしたことないくせに」

「そうさ、でも映画で何度も見た。どっちみち、いまのは冗談だよ。似ているものなんて全然ない」

ジーナは腕時計に目をやると、ぼくの頬にキスして、パン屑（くず）をつけた。「走らないと遅れちゃう。少し寝なさいよ、お馬鹿さん。ひどい顔よ」

ぼくは腰をおろして、ジーナがばたばたと動きまわる音に耳を傾けた。彼女は毎朝、列車で九十分かけて、ブルー・マウンテンの西にある連邦科学産業研究機構（CSIRO）の風力発電研究所に出かけていく。いつもなら、ぼくも同じ時間に起きる。ひとりぼっちで目をさますよりは、そのほうがいい。

ぼくは考えた。（ぼくは心底ジーナを愛している。ぼくがきちんと気をつけていれば、ルールに従っていれば、この暮らしがつづかない理由はなにもない）ぼくが同じ女性といっしょにいられた最長記録の十八カ月目が、不気味に近づきつつあった——だが、そんなことはおそれるに足りない。ぼくたちは、その記録を難なく打ち破れるはずだ。

ジーナがまた戸口に姿を見せた。「それで、こんどのは編集に何日必要なの？」

「そうだな。三週間ちょうどだ。きょうをいれて」正直、それは思いだしたくないことだった。

「きょうは、いれちゃだめ。少し寝なさい」

ぼくたちはキスをした。ジーナは出かけていった。ぼくは椅子をぐるりとまわして、なにも映っていないコンソール画面とむきあった。

なにも終わってはいなかった。ダニエル・カヴォリーニと完全に縁を切るまでに、ぼくはあと百回はあの青年が死ぬのを見なくてはならない。

ぼくは足を引きずるようにして寝室にはいると、服を脱いだ。脱いだ服はクリーニングラックにかけて、電源をいれる。各種の生地（きじ）に使われているポリマーが、水分をかすかな蒸気として発散し、それから残りの汚れや乾いた汗をばらばらなこまかい塵のかたちにまとめて、静電気で捨てる。ぼくは塵が受け皿に舞い落ちるのを見つめた。塵はつねに変わらず、気にさわる青い色をしている――粒子の大きさと関係あるらしい。ぼくはさっとシャワーを浴びると、ベッドにもぐりこんだ。

目ざましを午後二時にセットする。時計の横の医薬ユニットが、「メラトニン・コースをきょうの夕方までに体調が万全になるよう調整しましょうか？」

「うん、それでいい」手の親指をサンプリングチューブにさしこむと、痛みらしい痛みを感じないうちに採血された。非侵襲性核磁気共鳴（NMR）映像式の製品も二年ほど前から販売されているが、まだ高嶺（たかね）の花だ。

「眠りを誘うなにかが必要ですか？」

「ああ」

ユニットが静かにうなりをあげはじめて、ぼくの現在の生化学的状態にあわせて調整した鎮静剤を、予定の睡眠時間に見あう分量作った。ユニット内の調合器はプログラム可能な一連の触媒、ひとつの半導体チップにのった電子的可変構造の百億の酵素を使う。小さなタンクにはいった前駆物質の分子に浸けられたチップは、一万種類の薬品のどのひとつでも、それを数ミリグラム合成できる。少なくとも、ぼくが合成用ソフトウェアをもっている薬品ならどのひとつでも。ぼくが使用料を払っているうちは。

機械からまだかすかに温かい小さな錠剤が出てきた。ぼくはそれを噛みくだいた。「ハードな夜のあとはオレンジ味にしろといっておいただろ！」

もういちど横になって、薬が効くのを待つ。

ぼくはあの青年の顔に浮かんだ表情を見た——だが、あのとき顔の筋肉は麻痺していて、彼の意のままにはならなかった。ぼくは彼の声をきいた——だが、その言葉を発した声は、本人のものではなかった。青年がじっさいに味わっていた気分を知るすべは、ぼくにはない。

これは「猿の手」でも「告げ口心臓」でもなかった。

むしろ「早まった埋葬」に近い。

だがぼくには、ダニエル・カヴォリーニを悼む権利などなかった。彼の死を人々に売りつけようとしているのだから。

ぼくには、彼に感情移入したり、自分が彼の立場になったらと想像する権利もなかった。

ルコウスキがいったように、あんなことはいちどたりとも、ぼくの身に起きるはずがないのだから。

3

前にいちど、博物館の展示ケースにおさまった一九五〇年代製のムヴィオラを見たことがある。三十五ミリの映画フィルムが機械内部の曲がりくねった経路を送られて、小さなヴュースクリーンのうしろで垂直なアームに支えられたベルト駆動のふたつのリールのあいだを行ったり来たりする。モーターのうなり、ギアのきしり、ヘリコプターのようなシャッターブレードの回転音――作動中の機械の音声つき映像が展示ケースの下のパネルに流されていて、その音のせいでその機械は、編集の道具では全然なくて、断裁用装置に見えた。

ぼくは魅力的な光景を思い浮かべた。『おわびのしようもありません……しかし、あのシーンは永遠に失われました。ムヴィオラが食べてしまったんです』もちろん、通常の編集作業で用いられていたのは、カメラの原板（どんな場合でも人の目に触れることのないネガ）から作ったコピーのみだ――だが、歯車の誤動作ひとつで貴重なフィルム数メートル分が無用のプラスチック片に変わってしまうという発想は、それ以来、心躍る禁断の白昼夢としてぼくの頭にこびりついていた。

三年前に買ったぼくの二〇五二年型アフィン・グラフィック社製編集用コンソールには、なにかを破損することはできない。ぼくがダウンロードしたあらゆる素材（ショット）は、ふたつの別個の重ね書き不能なメモリチップに焼きつけられるし、また、暗号化されてマンデラとストックホルムとトロントのアーカイヴに自動送信もされる。その後の編集作業でのいかなる操作も、オリジナルには手を触れずにその内容を再構成するだけ。ぼくは撮影したままの場面（フッテージ）（いまもフィルムの長さの単位にちなんでこう呼ばれる――気どって〝バイテージ〟とかの新造語を使うのは素人（しろうと）だけだ）を好きに選んで抜粋できる。言葉のさしかえも、画像の置換も、こまかな変更も思いのままだ。けれど、オリジナルは一フレームたりとも損傷したり紛失したりして、修復や復旧が不可能になることはない。

　だからといって、ぼくはアナログ時代の同業者たちをうらやんだりはしない。当時の人々のように手間のかかる単純作業をやらされたら、ぼくは発狂するだろう。デジタル編集でいちばん時間を要するプロセスは人間による意志決定であり、ぼくは経験を重ねた結果、たいていは試行錯誤を十回から十二回繰りかえせば正しい判断をくだせるようになっていた。ソフトウェアがあれば、あるシーンのテンポの変更も、あらゆるカットの微調整も、音声のこまかい処理も、よけいな通行人を消し去ることもできる。必要なら、ビル群をまるごと移動させることも可能だ。単純作業は全部ソフトウェアまかせ。ぼくの注意を番組の内容以外にそらすものは、なにもない。

　というわけで、リアルタイムでの百四十八時間を、意味の通る五十分間に作りかえることが、『ジャンクDNA』に関してぼくがやるべき作業のすべてだった。

ぼくが撮影したエピソードは四つあり、それをどういう順番で並べるかは、もう決まっていた。灰色から黒へ、徐々に移っていくのだ。まず、歩く生態環境ことネッド・ランダーズ。次に《ヘルスガード》という保険計理インプラント。自発的自閉症者のロビー団体。そして、ダニエル・カヴォリーニの死後復活。《シーネット》の注文は、過激さ、罪深いもの、フランケンサイエンスだ。ご要望にお答えするのに、なんの苦労もないだろう。

ランダーズは、バイオテクではなく、非(ドライ)バイオコンピュータによって財をなした人物だが、彼本人の変容を成就(じょうじゅ)させるために、研究開発(R&D)に力を注ぐ分子遺伝学方面の会社をいくつも買収していた。ランダーズは、二酸化硫黄(いおう)と酸化窒素(ちっそ)とベンジル基化合物で満たされた密閉式ジオデシックドームの中で撮影をおこなうよう求めてきた——ぼくは与圧服を着て、自分は水泳パンツ姿で。いちどその線で撮影しようとしたが、与圧服のフェイスプレートの外側が油性の発癌性残留物で曇りっぱなしになってしまったので、オレゴン州ポートランドのダウンタウンでもういちど会うことになった。この州のまっ青な空は、お隣のカリフォルニア州が既知のあらゆる環境汚染物質の排出量をゼロにする法律を大車輪で成立させるきっかけとなったのだが、有毒物質に満たされたドームの中からでは、予想どおり、その空もとてつもなく超現実的な背景幕にしか見えなかった。

「もし自分でそうしたくなければ、わたしは呼吸する必要がまったくないんだ」コンソールの画面の中のランダーズが、見るからに清潔で新鮮な空気にまわりじゅうをとりまかれた場所で、秘密を打ちあけた。この二度目の撮影では、ぼくは彼を説き伏せて、N L(ネッド・ランダーズ)グループの質素な本部ビルのむかいにある、芝生に覆われた小さな公園でインタビュウをおこなった（サッカーに興じる子どもたちが背景にいる――だが、場面のつながりに問題があればコンソールがそれをすべて覚えていて、キー操作ひとつでそのほとんどを解決してくれる）。ランダーズは四十代後半だが、二十五歳で通るだろう。がっしりした体つきに、金髪、青い目、ピンクに輝く肌をもつこの男は、まるでハリウッド映画に出てくる（良き時代の）カンザスの農場労働者のようで、生体工学産の藻類や異生物の遺伝子が体内にあふれている金持ちの変人とはあまり思えない。ぼくはコンソールのフラットスクリーンに映った男の姿を見、平凡なステレオスピーカーを通してその声をきいていた。視神経と聴神経に直接接続してプレイバックする手もあったが、ほとんどの視聴者は画面やヘッドホンを使うはずだ。それにぼくは、ソフトウェアがぼくの網膜の高度に圧縮された視覚的速記から、安定して、それらしい、球面収差補正ずみの画像をほんとうに作りだしたことを確認する必要があった。

「わたしの血流中に棲む共生生物たちは、二酸化炭素をいくらでも酸素に戻すことができる。そいつらは、わたしの皮膚ごしに日光からエネルギーを獲得し、不要なグルコースをありったけ放出する――だが、それだけではわたしが生きていくにはとうてい不足だし、共生生物たちも暗いところでは代替エネルギー源が必要だ。そこで、わたしの胃と腸にいる共生生物たちが登場する。わたしの中には三十七の異なる種がいて、こいつらはたがいのあいだでどんなものでも処理できる。だからわたしは草を食べられる。紙も食べられる。のみこめるくらいの小片に切り刻む手段があれば、古タイヤを食べても生きていける。仮に植物と動物のすべてがあした地球の表面から消え去っても、わたしはタイヤを食べれば千年は生きのびられる。わたしは合衆国本土のタイヤ投棄場のすべてを記した地図を作った。古タイヤの大半は生物学的に処分される予定になっているが、わたしはその多くが処分をまぬがれるよう係争中だ。私的な事情は別にしても、古タイヤはわれわれが未来の世代に手つかずで残す義務をもつ、現代の遺産の一部だと思う」

ぼくはリプレイを遡（さかのぼ）って、ランダーズの血液と消化管内に棲息する改変された藻類やらバクテリアやらの顕微鏡映像をインターカットしてから、彼が自分のノートパッドで見せてくれたタイヤ投棄場の地図をワンカット、同様に処理した。ランダーズの体内の炭素、酸素、エネルギーの循環を図解したアニメーションも準備してあって、ぼくはそれをもてあそびながら、どこにいれたらいいか迷っていた。

画面の中のぼくが、誘導質問をする。「つまりあなたは、飢饉（ききん）や大量死にもどこ吹く風でいられるわけですね――しかし、ウイルスに対してはどうでしょう？　生物学兵器や予期せぬ疫病などは？」ぼくは自分の言葉を削除した。よけいな質問だし、自分が口をはさむ場面はできるだけ少なくしたい。けれど、削除したままだと話題がやや脈絡なく変わった印象になるので、ランダーズが「共生生物を使うのと同時に」といっている場面を合成し、彼がじっさいに口にした以下の言葉とコンピュータでなめらかにつなげた。「わたしは体内の細胞系で病原菌に感染する可能性がもっとも大きいものを、徐々に交換しているんだ。ウイルスはＤＮＡまたはＲＮＡでできていて、地球上のほかのあらゆる有機体と同じ基本的な化学的性質を共有している。

ウイルスが人間の細胞を乗っとって生殖できる理由は、ここにある。だが、ＤＮＡやＲＮＡは化学的にまったく別種の物質で作ることができる――通常のものの代わりとなる非標準の塩基対を使って。遺伝暗号を書くための新しいアルファベット。グアニンとシトシン、アデニンとチミン――ＧとＣ、ＡとＴ――の代わりに、ＸとＹ、ＷとＺを使うわけだ」

ぼくは「チミン」のあとのランダーズの言葉を、「ではなく、決して自然には生まれない四つの代用分子を使うわけだ」に変えた。意味は同じで、要点がもっとわかりやすくなる。だが、そのシーンをリプレイしてみると嘘っぽく感じられたので、オリジナルに戻した。

ジャーナリストはだれでも、取材相手の言葉の置換をおこなう。もしぼくがそのテクニックをいっさい用いまいとしたら、仕事にならないだろう。その作業の秘訣は誠実さにある――同じ規準を編集プロセス全体に適用するのは楽ではない。

通常のＤＮＡ分子のストックＣＧ画像をカットインして、ＤＮＡ鎖の螺旋を橋渡しする塩基対の原子ひとつひとつを見せ、例として各々の塩基のひとつを色わけして標識化する。ランダーズは自分が使っている非標準塩基の具体名をあげるのを拒んだが、文献を見れば候補は山のように見つかった。グラフィックスソフトに、可能性のありそうな新しい四つの塩基をもとの塩基と置換させ、この仮定のランダーズＤＮＡ鎖を、もとの画像といっしょにゆっくり拡大したり回転させたりする。それからぼくは、話すランダーズのアップにカットバックした。

「単にＤＮＡ内で塩基どうしの置換をおこなっただけでは不じゅうぶんなのは、いうまでもない。細胞には、新しい塩基を合成するために新種の酵素が必要になる――また、ＤＮＡやＲＮ

Aと相互作用するタンパク質の多くも、この変化に適合させる必要があり、そうしたタンパク質に関連する遺伝子は、単にアルファベットをひと文字ずつ新しくするのではなく、綴りごと書きかえられる必要がある」ぼくはこの話の要点を図解したCGをいくつか即席で作った。それは、ぼくが読んだ雑誌記事からある細胞核をとりまくタンパク質の例をちょうだいしたものだが、著作権に引っかからないよう、分子を別の様式で描きなおしておいた。「われわれは綴りかえを要する人間の遺伝子ひとつひとつすべてを処理できるまでにはいたっていないが、必要な遺伝子のみを含むミニ染色体とうまく協調するいくつかの特定の細胞系は完成している。

わたしの骨髄と胸腺の幹細胞の六十パーセントは、ネオDNAを使ったバージョンと交換ずみだ。幹細胞は血球の素となり、そこには免疫システムの細胞も含まれている。交換が円滑におこなえるように、わたしの免疫システムは一時的に未発達な状態に戻す必要があった——自己免疫反応を引きおこしうるあらゆるものを除去するため、幼児期の欠失段階と同じことをすべて再体験せねばならなかった——だがいまのわたしは本質的に、純粋なヒト免疫不全ウイルスを注射されても、笑いごとですませられるんだ」

「ですが、完璧に有効なワクチンならもう——」

「もちろん」ぼくは自分の言葉を削除し、ランダーズが「もちろん、HIVのワクチンはすでにあるが」といったことにして、「わたしには共生生物が別の独立した免疫システムを用意してくれてもいる。しかし、次になにが出現するか、だれにわかろう？　それがなんだろうと、わたしには備えができている。具体的な事態を予測しておくのではなく——そんなことはだれにもできやしない——体内の病気になりうる細胞の中に、地球上のいかなるウイルスとも同じ生化学的言語を話すものがひとつもなくなるよう、徹底することによって」

「長期的にはどうです？　あなたがそうした予防策のすべてを手にするには、きわめて高価な多くのインフラストラクチャーが必要でした。そのテクノロジーが、あなたのお子さんやお孫さんに用いられるほど長く保たれなかったら？」この発言はまったく不要なので、まるごと捨てた。

「長期的には、もちろん、精子を作っている幹細胞の改変が目標だ。妻のキャロルは、すでに卵子採集計画をはじめている。そして、すべてのヒトゲノムを綴りかえ、精子と卵子の二十三の染色体すべてを置換しさえすれば……われわれの達成したなにもかもが遺伝性になる。わたしたち夫婦の子孫はみな、純粋なネオDNAをもち、全共生生物は子宮の中で母から子へあたえられる。

　いずれ共生生物のゲノムも——また別の遺伝子アルファベットで——綴りかえて、ウイルスから保護し、偶発的な遺伝子交換の危険も根絶する。共生生物はわれわれの作物や家畜であり、生得権であり、永久に血の中に棲む奪うことのできない所有権となるだろう。

　そしてわれわれの子孫は、新しい生物種となる。いや、新しい種以上のもの——まったく新しい生物学的な界（キングダム）だ」

　公園でサッカーに興じていた子どもたちが歓声をあげた。ゴールが決まったのだ。その声は削除しないでおいた。

ランダーズは不意に、まばゆいほどに顔を輝かせた。その奇妙な桃源郷を、そのときはじめて夢想したかのように。

「それがわたしの創りだしているものなんだ。新しい王国」

ぼくは一日十八時間コンソールにむかい、まるで世界が仕事部屋どころか画面上の場面に記録された時と場所に収縮したかのような生活を自分に強いた。ジーナはそんなぼくを放っておいた。『過負荷のジェンダー精査』を編集したときの修羅場を体験して、来るべき状況をもうちゃんとわかっていたのだ。

ジーナは気にするようすもなくこういった。「あなたが取材で街を離れているつもりになれば、なんてことないわ。ベッドの中にある塊は、大きな湯たんぽだと思えばいいんだし」

医薬ユニットがプログラムしたぼくの肩の小さな皮膚パッチは、厳密に時間と量を調節されたメラトニンかメラトニン遮断剤を放出した――それは松果体が発する生化学的信号を通常より増加あるいは減少させて、覚醒と睡眠に関わるその信号を、通常の正弦波から高原とそれにつづく深い深い谷へと変形させた。こうしてぼくは毎朝、運動過剰な子どものように目をぱっちりひらいて活力をみなぎらせ、断片化しつつある無数の夢（その大半は前日編集した素材の複雑なリミックスだ）に頭をくらくらさせながら、五時間の充実したレム睡眠から目ざめた。ぼくは夜の十一時四十五分まではあくびひとつしない――だが十五分後には、電気を消すように意識をなくす。メラトニンはもともと体内に存在する日周性のホルモンで、カフェインやアンフェタミンといった大ざっぱな刺激剤よりずっと安全で、効果もより明確だ（二、三度カフェインを試してみたときには、自分が集中していて、元気いっぱいだという気分になったが、判断力はめちゃくちゃになった。カフェインが広く一般に使用されていたことは、二十世紀に関する多くのことの説明になると思う）。メラトニンの使用をやめたときに、短期間の不眠症や居眠りに悩まされることはわかっていた――強要された生活のリズムをもとに戻そうとする脳の勇み足というところ。だが、カフェインなどの代用手段の副作用のほうが、もっとひどい。

　キャロル・ランダーズはインタビュウを拒否したが、これはじつに残念なことだ――あらたなミトコンドリア・イヴとのおしゃべりは、大きな売りになっただろうから。ネッド・ランダーズは、妻が現時点で共生生物を使っているかどうかのコメントを避けた。もしかすると彼女は、夫が今後も元気でいるか、それとも突然変異したバクテリアの菌株（きんしゅ）が爆発的に増加して毒ショックに陥るか、見きわめようとしているのかもしれない。

　ぼくはランダーズの会社の重役数人から話をきく許可をもらい、その中には研究開発（R&D）の大半を手がけている遺伝学者もふたり含まれていた。遺伝学者たちは話題が少しでも専門分野をはみだすと口が重くなったが、概して、個人の健康を保護するためのこの処置は自由意志で選択され、しかも社会全般にはなんの危険もおよぼさないのだから、倫理的に非難されるいわれはなにもないという態度だった。少なくともバイオハザードの観点からは、その主張は正しい。ネオDNAを使った研究は、予想外の遺伝子組みかえが起こる危険がまったくないことの同義語だ。たとえ、失敗に終わった実験結果を全部そのまま近所の川に流しても、その遺伝子をとりこんで利用できるバクテリアは自然界にはまったく存在しない。

だが、なにがあっても生きのびる者たち(サバイバリスト)の一族というランダーズの夢想を実現するには、R&D以上のものが必要になる。筋萎縮症や嚢胞(のうほう)性線維症などの病気を根絶するための数十の〝認可された修正〟は別にして、人間のいかなる遺伝子に遺伝性の変更を加えることも、現在の合衆国では（ほかのたいていの土地でも）違法だ。むろん法律はいつでも変えられるが、むしろランダーズの会社のバイオテク担当弁護士のトップが力説したのは、塩基対の変更は――そしてその変更に適合させるために二、三の遺伝子を綴りかえることさえ――じつのところ現行法の反優生学の精神に反しないという点だった。塩基対の変更は子どもの外見的特徴（身長、体格、皮膚の色）を変えたりしないし、知能指数や人格にも影響しないのだから。ぼくが、その子どもたちは自分たちのいいいいの子どもを作れないはずだ（近親相姦を別にして）という問題をぶつけると、弁護士は、ほかの人々の子どもがランダーズの子どもとでは子孫を残せないとしても、それはネッド・ランダーズの責任にはなりえないという、じつに面白い見解を示した。子どもを作れない男女の組みあわせが存在しても、子どもを作れない人はいないのだからかまわない、と。

コロンビア大学のこの分野の専門家は、弁護士の話をすべてたわごとだといった。染色体をまるごと置換することは、その結果がどんなかたちであらわれるにせよ、そもそもが違法だと。ワシントン大学の別の専門家は、そこまでの確信をもてなかった。ぼくに時間の余裕があれば、この問題に関して考えうるありとあらゆる意見を表明する百人からの著名な法律学者の短い映像をそろえられたのだが。

　ぼくはランダーズを批判する人々にも大勢取材した。そのひとりが、サンフランシスコを拠点に活動するフリーランスのバイオテク・コンサルタントで、《分子生物学者に社会的責任を果たさせる会》の著名なメンバーでもあるジェイン・サマーズだった。六カ月前に（ぼくの情報採掘ソフトが欠かさず隅々まで調べているＭＢＳＲの会内ネットジン上で）この女性は、合衆国はじめ各地の何千人という大金持ちが、自分のＤＮＡを細胞型のひとつずつ綴りかえさせつつある証拠をつかんだとぶちあげた。彼女によると、ランダーズはこれまでに秘密を公表した唯一の人物というにすぎず、それは一種のおとり――ほかに類のない奇人として、問題をひとりの男の馬鹿げた（けれどドンキホーテ的ともいえる）夢想のように見せ、その危険性から目をそらさせる――を演じるためだということになる。この研究がメディアで暴露されたとき、そこに特定の人物の名前があがっていなかったら、パラノイアが蔓延し、他人をみな、現存の生物圏と縁を切ろうとしている正体不明の上流階級の一員と見なす風潮に、歯止めがなくなっただろう。しかし、すべてが公表され、そのすべてが無害なネッド・ランダーズひとりに収束していれば、人々はおそれをいだかない。

　その仮説はなるほどと思えるものだった――が、サマーズのいう証拠はまだ提出されていなかった。彼女はしぶしぶ、ぼくを〝業界の情報源〟と接触させたが、ランダーズ以外の雇用主の遺伝子綴りかえ作業に関わっているはずのその人物は、いっさいを否定した。別のネタを強く求めると、サマーズは言を左右にしはじめた。代わりに提示できるものがそもそもなにもないか、ほかのジャーナリストと取引したので、競争相手となるぼくを遠ざけているかだ。しゃくにさわるが、現実問題としてこの件のみを追いかけている時間も予算もない。もし秘密の遺伝学的分離主義結社が実在するなら、世間の人々といっしょに《ワシントン・ポスト》のスクープ記事を読めばいい、とぼくは思うことにした。

　ぼくは多方面におよぶほかの専門家——生命倫理学者、遺伝学者、社会学者——にも接触したが、その大半はこの件にハナも引っかけなかった。「ランダーズ氏は自分の好きに生き、なんだろうと自分でふさわしいと思う方法でわが子を育てる権利があります。わたしたちはアンマン派の信徒（アーミッシュ）たちが近親交配し、科学技術について風変わりな考えをもち、部外者を排除しようとするからといって、迫害してはいません。本質的にそれと同じ奇矯（ききょう）なふるまいをしているからといって、なぜランダーズ氏を罰するのです？」

　ランダーズに関するエピソードの仕上がり編集（ファイナルカット）は十八分になった。だが放送バージョンでこのエピソードに使える時間は十二分。ぼくは心を鬼にして要約と単純化で完成品を切りつめた。プロの仕事を心がけつつ、細部が飛んでしまうことは気にしすぎないようにして。《シーネット》でのリアルタイム放送の大部分は、番組に世間の注目を集めることと、もっと伝統的なメディアで確実に論評されるようにすることだけが目的だ。『ジャンクＤＮＡ』の放送予定は水曜の午後十一時だが、視聴者の圧倒的多数は、都合のいいときに双方向の完全バージョンにログオンするだろう。双方向バージョンでは番組内での背景説明が若干長いだけでなく、随所にほかの情報源へのリンクが設定されている——ぼく自身がリサーチで読んだ専門誌の記事のすべて（とその記事自体が引用している全記事）、ランダーズ（とジェイン・サマーズの陰謀理論）に関するほかのメディア報道、関連する合衆国法および国際条約、さらに関連する可能性のある判例法の泥沼につながっているリンクさえあった。

編集にとりかかって五日目の夕方――これはスケジュールどおりで、ささやかな祝杯に値する――ぼくはあとまわしにしていた作業をすべて片づけ、最後にもういちどだけ番組のこのパートを通しで見た。撮影時の記憶も先入観もすべて捨て去り、それまでこのエピソードについて（誤解を呼ぶような番組自体の宣伝を数度目にした以外は）まったくなにも知らなかった《シーネット》視聴者の目で、番組を見ようとする。

ランダーズは意外にも共感できる人物に見えた。ぼくはもっと辛辣に描いたつもりだった。最低でも、ランダーズには機会あるごとに超現実的な野心を熱っぽく説明させることで、自らの印象を悪くさせたはずだ。だがじっさいは、この男はポーカーフェイスどころか、とても気さくに見えた。次々とジョークを披露しているようにさえ思える。『古タイヤを食べて生きる』？『HIVを注射する』？　画面を見ながら、ぼくはとまどっていた。これがジョークに見えるのは、じっさいランダーズの態度の裏に、ぼくがそれまでなぜか気づかずにいた意図的な皮肉や微妙な自己卑下（ひげ）がかいま見えるからなのか――あるいは、単に話の内容からして、正気の視聴者ならランダーズの言葉をほかに解釈のしようがないからなのか、ぼくには判断がつかなかった。

（もしサマーズが正しかったとしたら？）ランダーズがおとり、陽動作戦、単なるピエロだったら？　世界じゅうの何千人という大金持ちが、ほんとうに自分と子孫たちに完全な遺伝学的分離とウイルスに対する絶対の免疫をあたえようと目論んでいるのだとしたら？

だったらなんだというのか？　金持ちはいつも、なんらかのかたちで自分たちを庶民から隔離してきた。共生する藻類が新鮮な空気を用ずみにしようがしまいが、環境汚染のレベルは下がりつづけるだろう。そして、ランダーズのあとを追う道を選んだ人々は、人類の遺伝子プールにとっての大きな損失にはまったくならない。

だが、答えがあたえられないままのささいな疑問がひとつだけあって、ぼくはそのことをあまり考えまいとしていた。

（ウイルスに対する絶対の免疫――その目的はほんとうに……？）

4

《デルフォイ・バイオシステム》社はとてつもなく気前がよかった。時間的に取材可能な人数の十倍の広報スタッフとの取材をセッティングしてくれたばかりでなく、魅惑的な顕微鏡写真とめくるめくアニメーションがぎっしりのROMを惜しみなくあたえてもくれた。ROMの中では《ヘルスガード》インプラントに使われているソフトウェアのフローチャートが、エアブラシで描かれた非現実的なクロムメッキの機械に姿を変え、漆黒のベルトコンベヤーがきらめく銀色の〝データ〟の塊をサブプロセスからサブプロセスへ運んでいた。タンパク質の相互作用の分子模型は、溶けて混じりあうピンクとブルーのオーロラのベールとして表現された、繊細な美しさをもつ――そしてまったく不要な――電子密度のマップに覆われて、退屈さの極致のような化学的結合をミクロ世界のファンタジーに変容させた。その顕微鏡写真やアニメーションにワグナーの音楽――あるいはブレイクの絵――をつけたら、《神秘主義復興運動》のメンバーに、人知を超えた神秘的存在に驚愕したいときはいつでもこれをエンドレスで流せばいいといって、売りつけられるだろう。

けれど、ぼくはROMの泥沼を我慢して歩きつづけ――最終的にそれは報われた。テクノポルノや科学の名を騙ったサイケデリックの山の中に、回収に値する画像がいくつか埋もれていたのだ。

《ヘルスガード》インプラントには、プログラム可能な最新の分析チップが使われている。それはシリコンに複雑なタンパク質がずらりと結合されたもので、多くの点で医薬ユニットの合成機と似ているが、このチップは分子を作るのではなく数えるように設計されている。前の世代のチップは特定の抗原にのみ特効のある多数の抗体を使っていて、まるでそれぞれに別々の作物が植えられた百もの隣接する畑のように、市松模様を描く半導体にY字形のタンパク質が並んでいた。そして、コレステロールなりインシュリンなりなんなりの分子がたまたまちょうど正しい畑にぶつかり、対応する抗体に衝突すると、抗体はその物質との結合による静電容量のわずかな変化を検知して、マイクロプロセッサにログインする。長い時間をかければ、この偶然頼みの衝突の記録から、血液中の各物質の量が割りだせるという仕組みだ。

新しいセンサが使っているタンパク質は、受動的でひとつの物質にのみ適合する鋳型しかもたない抗体よりは、脳を備えたハエジゴクに近い。そのタンパク質の〝分析部〟の分子は、細長い鐘のように管の一端が漏斗状にひらいた形状をして、なにかの物質がぶつかるのを待ちうけている。分析部は準安定性で、その分子に電荷があたえられると、バネ仕掛けのようにすばやく反応する――漏斗の内側にはいりこめる大きさのなにかがその表面に衝突すると、雷光石火で変形の波が走り、漏斗は侵入者をのみこんで収縮包装するのだ。罠のバネが跳ねたことに気づいたマイクロプロセッサは、とらえた分子を閉じこめている分析部の形状を調べることで、その分子をかんたんに精査できる。だから前の世代のチップと違って、鋳型と適合せず無駄になる衝突は、もうなくなった。たとえばインシュリンの分子がコレステロールの抗体にぶつかったのでなんの情報も生じないということは、もうないのだ。分析部にはかならず、なにが自分にぶつかったかがわかる。

これは、報道し、説明し、神秘化を排除する価値のある技術的進歩だ。《ヘルスガード》インプラントがどんな社会的意味を含んでいるにせよ、インプラントを実現させたテクノロジーがその意味と分離されていないのと同様、意味のほうもテクノロジーと無縁に真空から生じたわけではない。身のまわりの機械が具体的にどんな仕組みで動くのかを人々が理解するのをやめたら、その人々にとって周囲の世界は意味不明な夢の風景と化してしまう。制御も理解もおよばないテクノロジーは、崇拝でなければ憎悪を、依存でなければ疎外をしか引きおこさない。

アーサー・C・クラークは、異星文明との予想される遭遇への言及の中で、じゅうぶんに発達したテクノロジーは魔法と区別がつかないといった。だが、科学ジャーナリストにほかのすべてに優先する義務がひとつあるとすれば、それは人間が人間のテクノロジーを見たときにクラークの法則があてはまらないようにしつづけることだ。

（などと高尚なことをいいつつ……ぼくはこうして、それが満たされる必要のある社会的空白（ニッチ）だからといって、フランケンサイエンスを宣伝している。これはトロイの木馬方式で内側からシステムを変えるためだ、という陳腐な理屈で自分の良心をなだめ――あるいはしばらく麻痺させ――ながら）

ぼくはコンソールに、《デルフォイ・バイオシステム》が提供してくれた活動中の〝分析部〟のCGから過剰装飾を剝ぎとらせて、そこでなにが起きているのかはっきり見えるようにした。たれ流しのナレーションも捨てて自分で書きなおすと、コンソールがそれを音声化ソフトに引き渡す。ぼくが『ジャンクDNA』全体のナレーションに選んだ声は、ジュリエット・スティーヴンスンというイギリスの役者の発声サンプルからクローンしたものだ。その失われて久しい〝標準英語〟の発音――現代のイギリス連合のどんな訛りとも違う――は、広大な英語使用圏全域でいまも問題なく理解された。ナレーションを別の音声でききたい視聴者は、随意にクロス翻訳できる。ぼく自身はほかの番組を見るとき、合衆国南東部や北アイルランド、中央アフリカ東部などの訛りに再吹きかえしているが、それはききとりが苦手な地方の訛りに耳を慣らそうとしてのことだ。

ぼくは自分の使っている通信ソフトウェアの**ヘルメス**を、編集作業中にはこの世のほとんどだれからの通話も着信拒否するようプログラムしてある。《シーネット》西太平洋地区契約担当エグゼクティヴ・プロデューサーのリディア・ヒグチは、数少ない例外のひとりだった。呼出音はノートパッドからきこえたが、ぼくは通話をコンソールにつないだ。そのほうが画面が大きくて鮮明だし、カメラは信号を送るときに『アフィン・グラフィック編集機２０５２－ＫＬ』の文字と時間コードをスタンプする。あか抜けない措置だが、目的はそこにはない。

リディアはいきなり本題を切りだした。「ランダーズのパートのファイナルカットを見たわ。いい出来よ。でもいま話したいのは次の仕事のこと」

「《ヘルスガード》インプラントのことですか？　なにか問題でも？」ぼくはいらだちを隠さなかった。リディアは撮影したままの素材の抜粋を見ているし、ぼくの編集作業メモにもすべて目を通している。なにか重大な変更を要求する気なら、まったくもって手遅れ寸前まで待ってくれたものだ。

リディアは笑いながら、「アンドルー、まあちょっと落ちついて。『ジャンクＤＮＡ』の次のパートのことじゃないの。あなたに頼む次の番組の話」

ぼくは彼女がさらりと、急によその惑星へ出かけてもらうことになりそうだとでもいったかのように、相手を見つめた。「勘弁してくださいよ、リディア。ほんとうに。いまのぼくにほかのことを合理的に考えられないのは、わかっているでしょう？」

彼女は同情するようにうなずいたが、口では、「例の新しい病気のことは、チェックしていると思うんだけど？　あれはもう散発的な問題ではなくなっている。ジュネーヴ、アトランタ、ナイロビなど各地の保健機関が公式報告をあげたの」

　ぼくは胃が縮むのを感じた。「急性臨床不安症候群のことですか？」

「別名、遭難（ディストレス）」その呼び名を味わうように口にしたことからして、リディアはすでにその言葉をテレビうけ抜群な話題のボキャブラリーに加えたようだ。ぼくはさらに気が滅入ったが、

「情報採掘ソフトにはそれに関する一切合切を記録させていますが、ぼくには最新情報に追いつく暇がなくて」さらに率直にいえば、いまこの瞬間も暇など……。

「四百人以上がこの病気だと診断されているのよ、アンドルー。過去六カ月で三十パーセントの増加」

「その病気がなんなのか手がかりもないのに、どうやって診断をくだせるんです？」

「排除法によって」

「ああ、排泄物を調べるんですか、やっぱりね」

　リディアは皮肉を少しだけ楽しんだというそぶりをした。「ふざけないの。これは新種の精神病よ。伝染性の可能性もある。漏出した細菌兵器が原因かもしれない――」

「彗星から降ってきたのかも。神のくだした罰かも。可能性の数にはびっくりですね」

　リディアは肩をすくめて、「原因がなんにせよ、病気は広まっている。いまでは南極以外のあらゆる場所に患者がいる。これは重大ニュース、いえ、それ以上のものよ。昨夜、重役会議で決まったの――うちの局ではディストレスの三十分特番を発注します。大々的に脚光を浴び、

大々的に宣伝されて、プライムタイムに全世界同時放送」

業界用語の同時という言葉は、本来の意味とは違う。全視聴者にとって現地時間で同じ日付と時刻ということだ。「全世界？　英語圏のですか？」

「全地球よ。局では他言語のネットワークとの転売契約を結んでいるところ」

「それは……すごい」

リディアは笑みを浮かべたが、それは唇を固く結んだ、いらだっているような笑顔だった。

「なに世間知らずのふりをしているの、アンドルー？　全部説明してあげなくちゃいけない？　わたしたちはあなたにその番組を作ってほしいの。うちの局まわりでバイオテクの専門家といえばあなただから、それが当然の選択。そしてあなたなら立派な仕事をしてくれるはずだし。ということなんだけど……？」

ぼくは額（ひたい）に手をあてて、なぜこんな閉所恐怖を感じているのかを考えようとした。ぼくは口をひらいて、「いつまでに決めれば？」

リディアの笑みが大きくなったのは、当惑しているか、いらだっているか、その両方かだ。

「放送は五月二十四日——次の月曜から十週間後。あなたは『ジャンクＤＮＡ』が完成すると同時に製作準備（プリプロダクション）にとりかかる必要がある。だからこちらは、可及的すみやかにあなたの答えが必要なの」

（ルールその四。あらゆることをまずジーナと相談すべし。さもなくば、彼女は気分は害しても許してくれるかもしれないし、そうでないかもしれない）

ぼくは答えた。「あすの朝に」

リディアはうれしそうではなかったが、「それでいいわ」

ぼくはあえてきいた。「もし答えがノーだった場合、ほかに進行中の企画はありますか？」

これにはリディアも驚いたようすを隠さず、「あなた、どうかしたの？　プライムタイムの世界放送よ！　『ジェンダー』の五倍は儲かるのに」

「それはわかっています。チャンスをもらえたことも、ほんとうにうれしく思っているんです。ただ……ほかに選択肢はないのかが知りたくて」

「お金がほしいなら、金属探知器をもって浜辺に行けばコインが見つかるわよ」リディアはぼくの顔を見つめて、表情をやわらげた。ほんの少し。「プリプロダクションにはいりかけている別の企画があるわ。セーラ・ナイトに依頼するって、ほとんど約束しているんだけど」

「教えてください」

「ヴァイオレット・モサラって名前にきき覚えは？」

「もちろん。彼女は……物理学者ですよね？　南アフリカの物理学者？」

「ふたつがふたつとも正解っていうのは、さすがね。セーラが大ファンで、モサラのことを延延一時間もきかせてくれたわ」

「で、企画というのはどんな？」

「モサラの人間ドキュメント（プロフィール）……いま二十七歳で、二年前にノーベル賞を受賞した女性——なんてことは全部先刻ご承知ね？　インタビュウ、半生記、同業者たちによる人物評、だのなんだのお決まりのやつ。彼女の研究は純粋に理論的なものだから、コンピュータ・シミュレーションくらいしか絵として見せられるものはない。本人からもCGはもらったんだけどね。だけど、番組はアインシュタイン百周年記念会議を中心に——」

「それって一九七〇年代の話じゃないんですか？」リディアは人を萎縮させるような表情をぼくにむけた。「ああ。没後百周年ね。すてきだな」

「モサラはその会議に出席するの。会議の最終日に、世界でもトップクラスの理論物理学者三人が、たがいに対立する内容の万物理論（セオリー・オブ・エヴリシング）を発表する予定になっている。さて三回まで答えられることにしなくても、大本命がだれかは当てられるでしょ」

ぼくはこういいたくてたまらないのを、歯を食いしばってこらえた——これは競馬じゃないんですよ、リディア、だれの万物理論（TOE）が正しいかわかるのは五十年後とかになるでしょう。

「それで、会議の日程は？」

「四月の五日から十八日まで」

ぼくは白くなった。「次の月曜から三週間しかない」

リディアは一瞬考えこんだようだったが、やがてうれしそうに、「全然時間不足よね、あなたには？　セーラは何カ月も前から準備が——」

ぼくはいらついた声で、「五秒前には、ぼくに三週間以内にディストレスの番組のプリプロダクションをはじめろといっていたじゃないですか」

「そっちはあなたの得意分野でしょ。でも、現代物理学のことなんてどのくらい知っているの?」

ぼくは腹を立てたふりをして、「じゅうぶんに!　それにぼくだって馬鹿じゃない。まにあうように勉強します」

「そんな暇がある?」

「時間は作れます。作業に馬力をかけて、『ジャンクDNA』を予定より早く仕上げればいい。モサラの番組の放送予定はいつです?」

「来年早くよ」

ということはまるまる八カ月は比較的正気でいられることになる——会議が終わってしまえば。

リディアは用もないのに腕時計に目をやった。「いったいなにを考えているの。あなたの過去五年間の仕事を考えれば、その総決算としてディストレスの特番で脚光を浴びるのはすじの通った話でしょう?　バイオテクから離れることは、そのあと考えればいい。それに、あなたでなければだれに特番を頼めばいいの?」

「セーラ・ナイトとか」

「皮肉をいわないで」

「あなたがそういったと、彼女に伝えますよ」

「ご自由に。セーラが政治関係でどんな番組を作ってきたにせよ、科学番組は一本しか作ったことがない——それも非主流派宇宙論についてのをね。出来はよかったけれど、ディストレスみたいな大ネタに抜擢するほどじゃない。セーラの実績だと、ヴァイオレット・モサラの二週間密着取材はまかせられても、世界でいま最高に注目されているウイルスをあつかったプライムタイムの番組は、ちょっとね」

ディストレスと関連するウイルスは、まだ見つかっていない。この一週間ぼくはニュース掲示板を見ていないが、そのレベルの大きな進展があったなら情報採掘ソフトが教えてくれただろう。ぼくは、もし自分が担当しなかったなら、番組には『逃げだした細菌兵器はこうして二十一世紀の精神版ＡＩＤＳになった』とかいうサブタイトルがつくに違いないという、いやな気分を感じはじめていた。

そんなのはただのうぬぼれだ。ディストレスをめぐる流言やヒステリーを鎮められるのは、世界じゅうで自分ただひとりだとでもいう気なのか、ぼくは。

ぼくはこう答えた。「いまはなにも決められません。ジーナと相談しないと」

リディアは疑わしげだったが、「いいわ、わかった。〝ジーナと相談し〟て、朝になったら連絡ちょうだい」また腕時計に目をやって、「ごめん、もう切らなきゃ。世の中には、だいじな仕事をかかえている人間もいるのよ」ぼくはかっとなって、いい返そうと口をひらいたが、リディアはにこやかに微笑むと、指を二本ぼくに突きつけて、「なにがいいたいかはわかるけれど、いまのは皮肉じゃないのよ、監督さん。じゃあね」

ぼくはコンソールから顔をそむけると、すわったまま握りしめた両手に視線を落として、いまの自分の感情を解きほぐそうとした――せめて、そのすべてを脇へ押しやって、『ジャンク

DNA』の作業に戻れる程度にでも。

　数カ月前、ぼくはあるディストレス患者の短いニュース映像を見た。マンチェスターのホテルの部屋で、取材の約束のあいまにあちこちのチャンネルを流し見していたときのこと。若い女性——健康そうだが身なりはだらしない——がフロリダの共同住宅の廊下であおむけになっていた。彼女は両腕をむやみにふりまわし、四方八方に足を蹴りだし、頭をのけぞらせて、全身をくねくねさせている。だがそれは、いかなる生々しい神経学的機能障害の結果にも見えなかった。あまりに調和がとれ、あまりに目的ありげだったから。

　警察と救急隊員が彼女を押さえつけて、少なくとも針を刺せる程度にはじっとさせ、裁判所が認可した強力な麻酔剤、拘束服（ストレイトジャケット）か塩化メチル（メデューサ）あたりを——すでにスプレーしたが効（き）いていなかった——たっぷり注射するまでのあいだ、女性は手足をばたばたさせて絶叫していた。死ぬほどの苦痛を味わっている動物のように、激しくだだをこねている子どものように、底知れぬ絶望にとらわれた大人のように。

　ぼくは信じられない思いで画面に目と耳をむけていた——そして、ありがたくも女性が昏睡状態になって引きずられていったときには、これはなんら異常なことではないのだと自分に必死でいいきかせていた。癲癇（てんかん）の発作の一種か精神病的癇癪（かんしゃく）、最悪でも耐えがたい身体的苦痛のたぐいで、その原因はすみやかに突きとめられて、処置されるだろうと。

　それはなにひとつ正しくなかった。ディストレスの犠牲者に神経学的ないし精神的な病歴があることも、怪我や疾病の徴候が見られることも、まれだった。そして患者たちの苦悶の原因にどう対処すればいいのか、まだだれにも見当すらついていない。現状での唯一の〝治療〟は、深い鎮静状態を維持することに尽きる。

ぼくはノートパッドを手にとって、情報採掘ソフトの**シジフォス**のアイコンに触れた。

ぼくは声に出して指示した。「以下の項目のブリーフィングをまとめろ。ヴァイオレット・モサラ。アインシュタイン百周年記念会議。統一場理論の過去十年間の進展。ぼくはそのすべてに約……百二十時間で精通する必要がある。それは実行可能か？」

シジフォスは関連するソースをダウンロードして精査する間（ま）をとってから、問いを発した。

「あなたはATMとはなにか知っていますか？」

「現金自動預け払い機（オートマティック・テラー・マシン）？」

「いいえ。この文脈において、ATMとは全位相モデル（オール・トポロジーズ・モデル）のことです」

その語句には漠然とだがきき覚えがあった。五年前にその件に関する短い記事に目を通した気がする。

ソフトがもっと基本的な背景資料をダウンロードして検討するまで、ふたたび間があったあと、「百二十時間あれば話をききながら相づちを打てるようになるにはじゅうぶんです。当を得た質問をするには、足りません」

ぼくはうめいて、「それにはどれくらい……？」

「百五十時間です」

「実行しろ」

ぼくは医薬ユニットのアイコンに触れると、「メラトニン処方量を再計算しろ。いまこの瞬間から、一日の完全覚醒時間を二時間増やしてくれ」

「いつまででしょう?」

会議は四月五日に開幕する。そのときまでにぼくがヴァイオレット・モサラの専門家になっていなかったら、手遅れだ。だが、取材の本番中に人工的なメラトニン放出リズムから解放される——そしてリバウンドで異常な睡眠パターンに陥る——危険はおかせない。

「四月十八日まで」

ユニットがいった。「あなたは後悔するでしょう」

それは形式的な警告ではなく、ぼくに関する五年分の詳細な生化学的情報に基づく予測だった。だが、ぼくには事実上選択の余地がない——それに、会議の翌週を急性の日周性不整脈を患ってつぶすことになったところで、それは不快かもしれないが、そのせいで死ぬことはない。かんたんに暗算してみた。いまぼくは、五、六時間の自由時間をどうにかしてゼロからひねりだしたことになる。

きょうは金曜日。ぼくは仕事中のジーナに映話した。(ルールその六。不意打ちをかけよ。ただし頻繁すぎないように)

ぼくはいった。「『ジャンクDNA』なんて知ったことか。踊りにいかないか?」

5

市の中心部に行こうといったのはジーナだった。ぼくは〝廃墟〟になんの魅力も感じない――それにナイト・スポットなら近場にずっといいところがある――のだが、それしきのことは反対する理由にならない（ルールその七）。列車がタウン・ホール駅に着き、グニエル・カヴォリーニが刺殺されたプラットフォームの脇をふたりでエスカレータであがっていくとき、ぼくは心を空っぽにして笑みを浮かべていた。

ジーナがぼくに腕を絡ませて、「ここにはよそでは感じられないなにかがあるの。活気や熱気が。あなたは感じない？」

ぼくは、白黒まだらのタイルが張られた落書き不能で生物学的にも清潔な駅の壁を見渡した。

「ポンペイ程度にはね」

シドニーと近郊の人口の中心は、少なくとも半世紀以上前からパラマッタ地区より西にあるし、たぶん現在はブラックタウンにまで移っているが、都心部の衰退が本格的にはじまったのは二〇三〇年代、オフィスや映画館、劇場、物理的実体をもつ美術館、公立博物館などがみな、ほぼ時を同じくして廃れたころのことだ。広帯域光ファイバーは一〇年代から大半の居住用建造物に接続されていたが、ネットワークが成熟するにはその後二十年を要した。コンピュータと通信の世界における世紀末の遺物が堆積(たいせき)させた、互換性のない標準(スタンダード)、非効率的なハードウエア、原始的OSといった不安定な体系が、二〇年代に完膚(かんぷ)無きまでに破壊され、そのときはじめて――長年の時期尚早な誇大宣伝や、それが招いた反感から来る皮肉や嘲笑(ちょうしょう)の末に――ネットワークを利用したエンターテインメントやテレコミュニケーションは、精神的拷問の一形態から、以前ならオフィスや映画館等々へ出かける必要があったケースの九割の、自然で便利な代用手段へと脱皮できたのだった。

ジーナとぼくは駅からジョージ・ストリートに出た。閑散(かんさん)というにはほど遠いが、ぼくは国全体の人口が現在の半分だったころに撮影されたここの映像を見たことがあり、それに比べたら現状は人混みと呼ぶのも恥ずかしい。顔をあげたジーナの目が、街の明かりを映した。古いオフィスビルの多くで、日光を蓄えて冷光を放つ安価な塗料を塗った窓が、観光客むけにまだまばゆく輝いている。〝廃墟〟という呼び名は、もちろんジョークだ――時間はいうにおよばず、破壊行為もほとんどここに痕跡を残していない――が、ぼくたちはだれもが、ここでは観光客だった。ここへ来るのは、祖先ならぬ年長の同時代人たちが残していった遺跡に見とれるためだ。

居住用に転用されたビルはほとんどない。改装は経済的に引きあわなかったし、活発な反対運動を展開する都市保存主義者がいた。もちろん無断居住者は――いまも中央商業地区と呼ばれる一帯に散らばって、おそらく数千人が――存在したが、そんな人々は破滅後的な雰囲気作りに一役買っているにすぎなかった。ライブの演劇やコンサートは郊外で生きのびていたが、それも小劇団による小規模な会場でのものか、観客動員力のある野外演奏専門バンドによるスポーツスタジアムでのもので、主流の演劇はネットワークを通じてリアルタイム・ヴァーチャル上演されていた（かの有名なオペラ・ハウスは基礎構造が腐っていて、現在の予測では二〇六五年にシドニー湾に転落するはずだ。それは楽しみな話だが、血の代わりにサッカリンが流れているどこかの朴念仁（ぼくねんじん）どもの団体が費用を工面して、土壇場（どたんば）でこの無用の偶像を救うような気がしてしかたない）。小売店舗というものがいまも存在するとしても、それはとうの昔に郊外の各中心地に完全移転していた。ホテルは街外れでならまだ数軒営業していたが、レストランやナイトクラブは街のどまん中に多数残っていて、エジプトの王家の谷のピラミッドのあいだに点在する土産物屋（みやげものや）さながらに、空っぽの高層ビルの谷間に散らばっていた。

　ぼくたちは南に歩いて、かつてのチャイナタウンにはいった。店で出される料理はともかくとして、打ち捨てられた百貨店のファサードのぼろぼろになった装飾が、そこがチャイナタウンだったことを物語っている。

　ジーナが肘でぼくをそっと押して、道の反対側をぶらぶらと北へ歩く集団にぼくの注意をむけた。そしてその一団が通りすぎてから、「あの人たちって……？」

「なんだ？　汎性かって？　だと思うよ」

「自信をもっていいきれないのよね。純（ナチュラル）のままでもあんなふうに見える人っているから」

「それこそが重要な点じゃないか。絶対に断言できないってことが――でもどうして過去の人たちは、見知らぬ人にひと目でそうした特徴を見つけられると考えていたんだろう？」

汎性というのは、次のような幅広い人々に用いられる包括的な用語だ――ある人生哲学をもつ人、ある様式の服装をした人、美容整形外科的に変身した人、そして、本質的な生物学的改造をうけた人。汎性どうしのあいだで唯一例外なく共通するのは、汎のジェンダーの規定要因（神経系や内分泌腺や染色体や生殖器という面での）がどうなっているかは、汎本人と、通例（ただしつねにではない）その恋人、たいていは担当医、そしてときには少数の親しい友人たち以外の知ったことではない、と考えていることだ。自分が汎性であることの表明として人が現実にとれる行動の幅も広くて、国勢調査の性別欄で「汎」の枠に印をつける程度のことにはじまり、汎性ふうの名前を選ぶこと、さらには手術による貧胸化や体毛減少、声質調節、顔の造作の作りかえ、収嚢化（外科的に男性生殖器を収納式に変える）など、そして究極のケースとして、完全な肉体的および／または神経的な汎性性ないし雌雄同体性ないしエキゾチックさを獲得することにまでいたる。

ぼくはいった。「なんでわざわざ他人をじろじろ見て、そんなことを考えるんだ？　転男性だろうが、転女性だろうが、汎性だろうが……どうだっていいじゃないか？」

ジーナは顔をしかめた。「わたしがなにか偏見をもっているみたいにいわないでよ。ちょっと興味をもっただけなのに」

ぼくはジーナの手を握りしめて、「ごめん。そんなつもりはなかったんだ」

ジーナは手をふりほどくと、「あなたは、ほかにはなにも考えずに一年間を送らなくちゃいけなかった――好き勝手にのぞき見したり他人の生活に踏みこんだりしてね。しかもそれで儲けた。わたしは完成した『過負荷のジェンダー精査』なる番組を見ただけ。わからないのは、あなたがこのテーマで番組を作ったからといって、なぜわたしがジェンダー移行についてなにか立派な見識に達してなきゃいけないことにされるのかってこと」

ぼくはかがんでジーナの額（ひたい）にキスをした。

「いまのはなんのキス？」

「ほかのたくさんの美点に加えて、理想の視聴者であることへの」

「それをやめそうな気がする」

ぼくたちは東に折れてサリー・ヒルズへむかい、もっとさびしい通りにはいった。そこにはわがもの顔で歩く、筋肉隆々で顔を整形したらしいこわそうな若い男が……だがそうしたこともまた、確実とはいいきれない。ぼくを盗み見たジーナはまだ怒っていて、こういわずにはいられなかった。「ああいうのって――あの人が強化男性だとして――わたしにはもっとわからない。ああいう体つきになりたい人がいるのは……別にいいわ。でも、なんで顔まで？　そんなことしなくても、だれも彼を転男性とだけはまちがえたりしないのに」

「そうだね。でも、転男性とまちがわれるのを侮辱（ぶじょく）だと思うから、彼は転男性とも、それから汎性とも、自分を確実に区別できるようにしたんだろう。強化男性であることによって、現代の純（ナチユラル）男性の弱さとされていることを自分から遠ざけられるという点が重要なのさ。それはつまり、純男性の〝公認のアイデンティティ〟は――おい、笑うのをやめろよ――自分のものよりはるかに男らしくない、ゆえに自分は事実上完全に純男性とは別の性に属していると宣言するのと同義だ。彼はこういいたいわけだ、おれを代弁することは、転男性ごときには女性にもましてできない、と」

　ジーナは髪をかきむしる真似をした。「わたしの知るかぎり、すべての女性を代弁できるひとりの女性なんていないんだけど。でもわたしはそれを立証するために、整形して強化女性か微化女性にならなきゃいけないなんて感じない！」

「それは……まったくだね。ぼくも同感だ。〝鉄のハンス〟バカ（一九九〇年代に『グリム童話の正しい読み方――「鉄のハンス」が教える生き方の処方箋』という〝男らしさ〟回復の啓蒙書が大ベストセラーとなったことに由来）のたぐいがすべての男〝の名において〟声明を発表するたびに、ぼくはそいつに面とむかって、おまえときたら、転男性ジェンダーを切り捨ててそれ以外のすべての〝男〟を代弁しているつもりになっているやつよりもどうしようもない、といってやりたくなる。ただ……ジェンダー移行が話題にされるもっとも一般的な理由というのが、それなんだ。人々は、自分たちの代表者だと主張する自称・性政治学的旗頭（はたがしら）や尊大な《神秘主義復興運動》の導師（グル）に、うんざりしている。そして、現実と架空両方のジェンダー的罪悪で中傷されるのにも、うんざりしている。もし、男性がすべて、暴力的で利己的で支配的で階層主義的だとしたら……手首を切るか、でなければ男性から微化男性なり汎性なりに移行する以外、なにができる？　もし、すべての女性が、弱くて受動的で不合理な被害者だというなら――」

　ジーナは警告するようにぼくの腕を叩いた。「それは風刺マンガとかのセリフをさらに風刺しているだけよ。ほんとうにそんなことをいう人がいるなんて、信じられない」

「そう思うのは、きみが適切な集団内で生きていないからだよ。いや、生きていく上では適切なわけだけれど。それでも、きみはあの番組を見たじゃないか。一語一句違わず、いまいったとおりの主張をしたやつらがいたんだ」

「なら、その人たちを世間に知らしめたのは、メディアのおかしたあやまちね」

レストランの前まで来たが、ぼくたちは店の外で話しつづけた。ぼくは答えた。「それはある面で正しい。だけど、その解決策はぼくにはわからない。敢然と『自分は自分だけを代弁する』と宣言する人が、人口の半分を代弁していると主張するやつと同程度に報道されるのは、いつのことになるだろう?」

「あなたや同業者が、そういう人たちに機会をあたえるときでしょ」

「そんな単純な話じゃないのは、わかっているだろ。それに……もし全員一致で認証された同意なしには、だれひとりとしていかなるグループをも〝代表して〟発言することができなかったなら、フェミニズムがどうなっていたか——それをいえば公民権運動もだ——想像してごらんよ。現代の狂人の中に過去の指導者のパロディみたいなやつがいるからといって、それじゃあ昔のTVプロデューサーが『すみませんドクター・キング、すみませんミズ・グリア、すみませんミスター・パーキンズ、みなさんがそういう包括的な一般化を避けたり、ご主張を個人的な状況に限定したりできないのでしたら、放送は中止します』とさえいっていたら、いまのぼくたちの暮らしはもっとまともになっていたかといえば、そんなことはないんだ」

ジーナは疑わしげにぼくを見据えて、「それは古代史でしょ。それにあなたは、自分が責任逃れをしようとして、そういう立場をとっているだけだわ」

「もちろんそうさ。でも要点は……ジェンダー移行は九十パーセントが政治的手段だということだ。いまでもジェンダー移行は、性転換者（トランスセクシュアル）のジェンダー適合の、退廃的で無根拠で流行に乗っただけの模倣として報道されることがある――けれど、ジェンダー移行者の大半は、微化男女になるか、せいぜいで外面的な汎性止まりなんだ。移行者たちは男女の境を越えたりはしない。そんなことをする理由がないから。移行は抗議行動なんだ、政党から脱退したり、市民権を放棄したり……戦場放棄したりするみたいな……でも、移行者の数が低いレベルで安定したままジェンダーをめぐる世論が大きく変わり、移行する理由がなにもなくなってしまうのか、それとも今後数世代のうちに人々が、強化男女、微化男女、転男女を含むそれ以外の男女、そして汎性の七つのジェンダーすべてに均等にわかれて終わるのか、ぼくには見当もつかない」

ジーナは顔をゆがめて、「七つのジェンダー――そのいずれもが一枚岩のように語られる。だれもかもがひと目で型にはめられる。そんなふうに分類枠がふたつから七つになるのは、進歩じゃないわ」

「そうだ。しかし最終的には、汎性と強化男性と強化女性だけが残る気がする。分類されたがる人々は望みどおりになって――そうでない人々は謎めいたまま残る」

「いえ、違う――最終的にわたしたちはヴァーチャルの体だけをもつようになって、だれもが気分しだいで性を謎めかしたり明白にしたりするのよ」

「そんな時代が待ちきれないね」

ぼくたちは店にはいった。《意外な味覚》はデパートを改装した店で、洞窟を思わせるが照明が煌々と輝き、各フロアの中央に大きな楕円形の穴をあけるという単純な手法で見通しをよくしていた。ぼくは入口の回転バーにノートパッドをかざした。音声が予約を確認したあと、「五階の五一九番テーブルでございます」

ジーナが意地悪そうな笑顔で、「五階、大人のおもちゃとランジェリー売場でございます」

ぼくはまわりの客たちに目を走らせた――だいたいが強化男性と強化女性のカップルだ。ぼくはジーナに、「行儀よくしろよ、この田舎者、でないと次からは近所でしか外食しないぞ」

店は少なくとも七、八割がた埋まっていたが、建物の容積は大部分が中央の吹き抜けにとられていて、座席数は意外と少ない。各フロアの吹き抜け以外の場所では、タキシード姿の人間のウェイターがクロムメッキしたテーブルのあいだをひらひらと動きまわっている。ぼくの目には全体に古風かつ様式化されていて、マルクス兄弟の映画のように映った。ぼくは実験素材料理の大ファンではない――その本質は客が実験動物になって、医学的には安全だがほかの点では未検査の生体工学産農作物を試すことだ。少なくとも肉は製造者が報奨金を出しているから割引しているはず、とジーナはいう。そうだろうか。実験素材料理は最近大流行しているから、正規の価格でも、新製品の各々について統計的に有意な数の客がサンプルとして集まるはずだ。

ぼくたちが席に着くと、テーブルトップにメニューが浮かびあがった――値段は報奨金に関するぼくの疑いを裏づけているように見えた。ぼくはうめいた。「〝紅色豆サラダ〟だって？

色はなんでもいいんだが、どんな味かは先に知っておきたいね。ここで最後に食べたものは見かけはインゲン豆で、味はゆでキャベツそのものだった」

　ジーナはじっくりと、五、六個の料理名を指で押しては、できあがりの映像と材料の内訳一覧を表示させながら、「注意していれば、そういうことはちゃんとわかるのよ。どこから、なぜ、どんな遺伝子をもってきているかがわかれば、だいたいの味と見た目は予想がつく」

「つづけて。科学の力でぼくをひれ伏せさせてくれ」

　ジーナは『注文確認』ボタンを押した。「緑の葉菜（ようさい）っぽいものは、ほうれん草風味パスタの味――ただし、含有鉄分の体への吸収されやすさは動物の肉に含まれるヘム鉄並みで、ほうれん草をお役御免にしてしまう。とうもろこしに見える黄色いものは、オレガノで味つけしたピーマンにトマトをあわせたような味――ただし、保存の利（き）かなさと火の通しすぎのせいで栄養と風味は劣る。それから青いプーリ（薄片状のインドのパン）はほとんどパルメザンチーズの味」

「青いのはなぜ？」

「光活性化酵素の青い色素が、新種の自己発酵するラクトベリーにはいっているから。調理中にとり除けるけれど、その色素は体内で直接ビタミンDに代謝することがわかったの――紫外線を使って皮膚で作る通常の方法より、ずっと安全」

「決して太陽を拝めない人用の食品か。食べないわけにはいかないな」ぼくも同じものを注文した。

　料理はすぐに出てきた――そしてジーナの予測は多かれ少なかれ当たっていた。食材をとりあわせた結果は、じっさい非常に好ましいものだった。

ぼくはいった。「風力発電の仕事をしているのは才能の浪費だよ。きみなら総合農業大学の春の新作発表会をとりしきれるのに」

「それはそれは、どういたしまして。でもわたしには、目の前の知的課題をとりしきるので手いっぱい」

「それで、《ビッグ・ハロルド》の進み具合はどうだい？」

「まだ《リトル・ハロルド》止まりで、しばらくはこの状態がつづきそう」《リトル・ハロルド》は、計画されている二百メガワット発電機（ビッグ・ハロルド）の千分の一スケールの試作品だ。「シミュレーションのときは見逃していた無秩序な共鳴モードがあらわれるの。ソフトウェア・モデルでの仮定の半分を再計算する必要がありそうって感じになりかけている」

「そこがどうしてもわからない。きみたちは基礎物理学のすべてと気流力学の基本方程式を知っていて、スーパーコンピュータに時間無制限でアクセスできて……」

「なのにどうしたら失敗なんてできるのか？　それは、複雑な構造物を通り抜ける何千トンという空気のふるまいを、分子ひとつひとつのレベルで計算できないからよ。大きな量をあつかう流体方程式はすべてが近似値で、わたしたちはもっとも広く認められた近似値でさえその領域ではあてにならないと知った上で作業をしているの。魔法のような新しい物理学が登場するなんてことはなくて――代わりにわたしたちは、単純化した都合のいい一連の仮定と別の一連の仮定のあいだのグレイゾーンで作業をしている。そしていまのところ、最良の新しい折衷案的な仮説は、都合よくも単純でもない。しかも今回わかったとおり、それは正しくさえなかった」

「悪いことをきいてごめん」

ジーナは肩をすくめた。「がっかりしちゃうんだけど——そのがっかりさせられかたに興味深い部分がたくさんあるおかげで、わたしは気が狂う暇もないのよね」

痛いほど強い思いがわいた。ぼくはジーナの人生のこの部分をほとんど理解していない。ジーナはぼくがついていけるところまで説明はしてくれるものの、彼女がワークステーションの前にすわって気流のシミュレーションをいじったり、風洞をよじ登って《リトル・ハロルド》を調節しているとき、頭の中でなにが渦巻いているのか、ぼくにはいまだにまったく見当もつかなかった。

ぼくはいってみた。「この計画について、ぼくに撮影させてくれたらと思うよ」

ジーナはぼくをにらみつけた。「それは絶対ないわ、ミスター・フランケンサイエンス。風力発電は善か悪か、二者択一で答えをきかせてもらうまではね」

ぼくはうんざりした気分で、「そういう判断をしているのがぼくじゃないのは、わかっているだろ。それにその答えは毎年変わる。あらたな研究が発表されて、ほかの手段が人気を集めたり失ったり——」

ジーナが辛辣な口調で割りこんだ。「ほかの手段？　一メガワットにつき風力発電の一万倍の広さの土地に植林して、生体工学産の光発電する森を作るのは、わたしには環境破壊にしかきこえないんだけど」

「いまそれを議論する気はないよ。風力発電を善玉にした番組ならいつでも作れるし……その番組に速攻で買い手がつかなくても、風むきが変わるのを待てばいいだけのことだ」

「売り先未定の見切り発車で番組を作ることなんて、できないくせに」

「そのとおり。ほかの撮影のあいまを縫って作ることになるだろうな」

ジーナは笑った。「それでも話に乗る気はないわ。だってこれまでのあなたを見れば――」

「見ればなんだよ？」

「なんでもない。忘れて」ジーナは手をふって、言葉を引っこめた。先をつづけるようせまることもできたが、たぶん時間の無駄に終わっただろう。

「撮影といえば……」とぼくは話を変えて、リディアからオファーされたふたつの企画を説明した。ジーナは辛抱強くきいていたが、ぼくが意見を求めると、当惑したようだった。

「ディストレスの番組を作りたくないなら……作らなければいいでしょ。わたしにはまるっきりどうでもいい話だわ」

これにはぼくもカチンときて、「きみにも関わりはあるよ。その番組を作れば大金が手にはいる」ジーナは侮辱されたような顔になった。「ぼくがいおうとしたのは、ふたりで休暇をとったり、いろいろする余裕ができるってことだ。きみの次の有給休暇にはいっしょに海外にも行ける。きみがそう望むなら」

ジーナの声は硬かった。「この先一年半は有休なんてとっていられないの。それに休暇の費用なら自分で出せます」

「うん、わかった。いまの話はなしだ」ぼくはジーナの手を握ろうと腕をのばした。彼女はいらいらとそれをふりはらった。

ぼくたちは無言で食事をした。ぼくは料理の皿に視線を落として、ルールをおさらいしながら、自分がどこでまちがったのかを見つけようとした。金に関するなにかのタブーを破ったのか？　ジーナとぼくは口座を別々にもっていて、家賃は折半している――けれど、金を工面しあったことは何度でもあるし、少々高価な品を贈りあったこともある。ぼくはどうすればよかったのだろう？　ディストレスの番組を――純粋に金目当てで――作っておいてから、その金をふたりでいっしょに、そして有意義に使う方法はないかとジーナに相談する？

もしかするとぼくの話しかたが悪くて、ジーナはどのプロジェクトを選ぶか指図できる気でいる、とぼくが思っているようにきこえたのかもしれない――そして、ぼくの自立性を彼女が認めていることをじゅうぶんにわかっていないと思って、ジーナは気を悪くしたのかも。頭がくらくらした。じつのところ、ジーナがなにを考えているのか、ぼくにはまるでわからなかった。こうしたことはいつもあまりにむずかしく、あまりにつかみどころがない。なにをいったら、事態をさらに悪化させる危険をおかすことなく状況を修復できるのか、まったく考えつかなかった。

しばらくして、ジーナがきいた。「それで、その重大会議はどこで開催されるの？」

ぼくは口をひらいてから、自分がなんの手がかりももっていないことに気づき、ノートパッドを手にとって、**シジフォス**が用意していたブリーフィングをすばやくチェックした。

「ああ。ステートレスだ」

「ステートレスっていった？」ジーナは声をあげて笑った。「バイオテク燃えつき症候群状態のあなたを……局は世界最大の生体工学産珊瑚(さんご)島に送りこむわけね？」

「ぼくは〝悪の〟バイオテクから逃避しているだけだ。ステートレスは〝善〟だよ」

「へえ、そうなの？　ステートレスとの通商を禁止している国の政府に、そういってやりなさいよ。取材後に帰国したときに投獄されないって確信がもてる？」

「ぼくは悪い無政府主義者(アナーキスト)たちとなにかを売買したりはしない。地元の人を撮影することさえないだろう」

「正しくは時代錯誤の組合運動家(サンディカリスト)たちよ。でも、それもそいつらの自称じゃないんでしょ？」

「〝そいつら〟ってだれさ？　だれにきくかで呼び名は変わる」

「『ジャンクDNA』にステートレスをあつかった一節をいれるべきだったわ。通商を禁止されていようがいまいが、ステートレスは繁栄している——そしてすべてはバイオテクノロジーのおかげ。それでしゃべる死体とつりあいがとれたのに」

「でも、そうしたら番組を『ジャンクDNA』とは呼べなくなるじゃないか？」

「たしかにね」ジーナは笑みを浮かべた。ぼくがなにをしたにせよ、お許しが出たらしい。ぼくは、最後の瞬間に深淵の縁から引きもどされたかのように、心臓がばくばくいっているのを感じた。

ぼくたちが選んだデザートはボール紙と雪のような味だったが、それでもテーブルトップに表示されたアンケートにきちんと答えてから店を出た。

歩行者天国のマーティンプレイスのほうへ、ジョージ・ストリートを北に進む。昔の郵便局のビルに《区わけ室》という名のナイトクラブがはいっていて、演奏されているのはジンバブエのンジャリ音楽だった。重層的で誘催眠性で、ビートはきいているがテンポは機械的ではなく、脳に残るリズムのかけらは、指の爪が皮膚につけた引っかき傷のよう。ジーナは恍惚状態で踊り、音楽がうるさくて、ありがたいことに会話はほとんど不可能だった。この言葉抜きの場所では、ぼくもまちがった挙に出ようがない。

一時をすぎてすぐに、ぼくたちは店を出た。イーストウッドに戻る列車でぼくたちは車両の隅に席をとり、ティーンエイジャーのようにキスをした。両親の世代が、自分のだいじな車を運転しながらこんなことをしていただなんて、信じられない（こんなにうまくできなかったのは、まちがいないが）。最寄り駅までは十分――若干短すぎる。ぼくはあらゆることに最大限ゆっくりと展開してほしい気分だった。いまの状態が数時間つづいてほしかった。

駅から坂を歩きくだる途中、ぼくたちは十数回も立ち止まった。家の玄関前では、鍵をなくしたのかとセキュリティシステムにきかれるほど長いこと立ちつくしていた。

服を脱いで、いっしょにベッドに倒れこむと、視野がぐらぐらして、最初ぼくはそれを情欲の副作用だと思った。だが、次に両腕の感覚がなくなって、ぼくはことのしだいに気づいた。

ぼくはメラトニン遮断剤の力を借りて無理をしすぎて、覚醒と睡眠を管理する視床下部の神経伝達物質の蓄えを使い果たしていた。ぼくの覚醒時間は借用超過で、松果体（しょうかたい）の信号は高原（プラトー）の縁に近づきつつあった。

打ちのめされた気分でぼくは、「自分でも信じられない。でもごめん」

「なにをあやまっているの？」ぼくは勃起（ぼっき）したままだった。

ぼくは必死で意識を集中させた。手をのばして医薬ユニットのボタンを押す。「あと三十分起きていられるようにしてくれ」

「いけません。安全限界を――」

「十五分」ぼくはすがった。「緊急事態だ」

医薬ユニットはセキュリティシステムと相談するあいだ黙ってから、「緊急事態の該当なし。あなたがたはベッドにはいって安全であり、家屋も脅威にさらされていません」

「おまえは故障した。リサイクルに出してやる」

ジーナは失望よりも愉快さを感じている気配だ。「体本来の限界を超えたら、どうなるんだろ？　いまの自分を録画して、『ジャンクDNA』で使ったらいいと思うな」嘲笑的な態度の彼女には、とにかく千倍はそそられた――しかし、すでに微眠が起こりはじめていたぼくは、憂鬱（ゆううつ）をにじませて、

「許してもらえる？　きっと……あしたは、いっしょに――」

「それはないと思う。あしたのあなたは、午前一時まで仕事をするはず。そしてわたしは、それを待たずに寝るから」ジーナはぼくの両肩に手をかけて、ぼくを転がしてあおむけにすると、

ひざまずいてぼくの下腹部にまたがった。

ぼくは抗議の言葉を唱えた。ジーナは上半身を折って、ぼくの口にそっとキスをした。「別にいいじゃない。ほんとは、こんなめったにないチャンスを逃したくないんでしょ?」彼女は手を下げて、ぼくのペニスをさすった。触られてそれが反応するのは感じたけれど、それが自分の一部だとは全然思えなくなっていた。

ぼくはつぶやいた。「強姦魔。屍姦者」セックスとコミュニケーションに関するまじめな長いスピーチをしたかったのだが、ジーナはぼくに口をひらく暇すらあたえることなく、ぼくの主張の誤りを立証することに没頭しているようだった。「バッド・タイミングについて話そう」

ジーナの答えは、「それはイエスってこと、ノーってこと?」

ぼくは目をあけておく努力を放棄した。「つづけて」

気持ちのいいことが起こりはじめているのがぼんやりわかったが、ぼくの五感は薄れつつあったし、体は虚無に落ちていく途中だった。

何光年も彼方から声がして、それは「おやすみなさい（スイート・ドリームズ）」とかなんとかささやいていた。けれどぼくは暗闇に沈んでいき、なにも感じなかった。そして、音のない深海の夢を見た。暗い海を落ちていく。ひとりきりで。

6

ロンドンはネットワーク時代の到来で痛手を被ったときいていたが、シドニーほどゴーストタウン化してはいなかった。ロンドンの〝廃墟〟のほうが広大だが、はるかに積極的な有効活用がなされている。千年紀の変わり目に銀行や株式仲買会社用に建てられた最後のガラスとアルミニウム製の高層ビルや、新聞発行に（それが完全に過去のものとなる前に）革命をもたらした最後の〝ハイテク〟印刷機は、〝歴史的〟というラベルを貼られて観光業界の庇護下にはいっていた。

けれどイギリスに取材にいったとき、ぼくには静謐な墓所と化したビショップスゲイトやワッピングといった地区をおとずれる時間はなかった。ぼくはまっすぐマンチェスターに飛んだ。この街は栄えているようだった。**シジフォス**の要約した歴史によれば、不動産価格とインフラストラクチャーの経費のバランスが二〇二〇年代にこの街に有利に働き、何千という――従業員は主として在宅勤務だが、同時に小規模な本部オフィスも必要とする――情報関連企業が国の南部からここへ移ってきた。この産業復興は学問方面の支えともなって、いまやマンチェスター大学は、神経言語学、ネオタンパク質化学、最新の医療用撮影技術など少なくとも十指にあまる分野で、世界をリードする存在として広く認められている。

ぼくはマンチェスターで撮影した市の中心部――歩行者や自転車や四輪自転車であふれている――の映像をリプレイして、街のようすを物語る二、三の短いショットを選んだ。マンチェスターでは、ぼくもヴィクトリア駅の外の無人駐輪場のひとつで自転車を借りた。十エキュ払えば一日乗りまわせる。自転車は最近の型の《旋風》という美しいマシンだった。マンチェスターから遠くないシェフィールドで造られたそれは、軽く、優雅で、半永久的にもつ。乗り手が望めばモーターなしの自転車を装えるが（ほとんど無意味なオプションだが、おかげで自虐的な純粋主義者はしあわせでいられる）、ペダルと車輪を機械的につなぐ部品はない。本質的に、それは人力発電モーターバイクだった。シャーシに埋めこまれた超伝導電流閉回路が短期的なエネルギー・ストアとして働いて、乗り手の負担を軽減し、エネルギー再利用ブレーキを最大限有効に機能させる。やや早足程度の力でこげば時速四十キロが出せるし、上りと下りでエネルギーの消費分と生産分はほぼ相殺(そうさい)しあうので丘でもかなり楽。二千エキュにも相当しておかしくない製品だが、ナヴィゲーションシステムやビーコンやロックは不正操作不能も同然なので、小さな工場並みの設備と暗号学の博士号がなければこの自転車は盗めないだろう。

市内にはほとんどくまなく路面電車(トラム)が走っていたが、屋根つきの自転車道路も同様で、ぼくは《旋風》で午後の約束の場所に赴いた。

ジェイムズ・ロークは、《自発的自閉症者協会(VA)》の広報担当幹部だ。三十代はじめのひょろりとしてやせこけた男で、じかに会うと、こちらの目を見て話すことができず、ボディランゲージも貧弱で、痛ましいほどおどおどしている。弁は立つが、とうていテレビ映えするとはいえない。

しかし、コンソールでロークの映像をリプレイしていると、ぼくは自分が完全に思い違いをしていたのがわかった。ネッド・ランダーズは非常に巧妙かつ休みなく人目をあざむく演技をしていて、その裏でなにが起きているのか疑問を感じる余地をあたえない。一方、ロークはまったくなんの演技もしていない——だが結果として、ふたりとも人を釘づけにし、とても落ちつかなくさせる。《デルフォイ・バイオシステム》の優雅で自信に満ちた（爪と肌はフィレンツェの《マサリーニ》で、誠実さは《条件づけ》株式公開社で磨きあげた）スポークスピープルたちの直後にロークが出てきたら、頭の中を蹴られて白昼夢からいきなり叩きだされた気分がするだろう。

ロークの印象は編集でいくらかやわらげる必要がある。

ぼくにもネイサンという完全な自閉症のいとこがいる。おたがいが子どものころ、いちど会ったきりだが。ネイサンはほかには先天的脳損傷を被っていない幸運な少数派のひとりで、いまも両親とアデレードで暮らしている。顔をあわせた唯一の機会に、彼は自分のコンピュータを披露して仕様をことこまかに並べたて、そのようすは新しい遊び道具に夢中になっているほかの十三歳の技術少年（テクノファイル）と少しも違わなかった。しかし、ネイサンがお気にいりのプログラム——つまらないトランプのひとり遊びもあったし、遊びといわれて思いつくどんなものより難解な知能テストに近い奇妙な記憶ゲームや幾何学パズルもあった——のデモンストレーションをはじめると、ぼくの嫌味たらしい感想は彼の頭を素通りしていった。ぼくはしだいにひどい言葉でネイサンを侮辱しつづけ、ネイサンはただ笑顔で画面を見つめていた。寛容だからではない。ぼくの言葉が気にとまっていなかったのだ。

ぼくはロークの小さなアパートの部屋で、三時間にわたってインタビュウした。《自発的自閉症者協会》はマンチェスターにもほかのどこにも〝本部オフィス〟をもっていない。会員は、約千人が世界じゅうの四十七カ国にいるが、ぼくに話をしてくれる気になったのはロークひとりだけで、それもあくまで義務としてだった。

もちろんロークは完全な自閉症ではない。彼は自分の脳スキャン映像を見せてくれた。

ぼくは未編集の素材をリプレイした。

「左前頭葉のこの小さな傷がわかりますか?」ポインタの矢印の先に灰白質の微細な隙間が、小さな黒い部分として写っている。「さて、いまのを二十九歳の完全な自閉症の男性の同じ部位と比べてみてください」こちらの黒い部分は、三倍か四倍の大きさがあった。「そしてこれが、同じ性と年齢で自閉症ではない被験者のものです」これには傷がまったくない。「病理はこのような一目瞭然のものばかりではありません——視認不能というより、組織の変形のせいです——しかし、こうした実例からあきらかなとおり、わたしたちの主張には明確な物理的根拠があります」

画面はノートパッドから上にスライドしてロークの顔に移った。**目撃者**が、ひとつの固定した〝カメラアングル〟を別のアングルへなめらかにつなげる処理を施したのだ。同時に、視線のがたつき——主観では視線を固定しているつもりでも、絶え間なく場面全体を見渡す急速な眼球運動がおこなわれているものだ――も消し去られている。

　ぼくの声が、「みなさんが脳の同じ部位に損傷を負っていることは、だれも否定しないと思います。ですが、その損傷がささいなものであることに感謝して、それをそのままにしておかないのはなぜですか？　社会の一員でいられることを幸運だと思い、そのまま生きていこうとしないのはなぜですか？」

「それはむずかしい質問です。第一に、〝社会の一員〟の意味するところによって、答えは変わります」

「みなさんは介護施設のような場所の外で生きていける。技術を要する職もこなせる」たとえばロークの本職は、大学の言語学者のリサーチ・アシスタントだ――保護雇用の類の仕事ではまったくない。

　ロークは答えて、「もちろんです。それができなかったら、わたしたちは完全な自閉症と診断されるでしょう。それが〝部分的自閉症〟を定義する規準です。わたしたちの欠陥は手の打ちようがないものではありません――そしてわたしたちはつねに、欠けている部分の多くをごまかせます。問題などなにもないのだと自分で思いこめることさえあります。しばらくのあいだは」

「しばらくだけですか？　みなさんには仕事もお金もあって、自活している。社会の一員であるために、ほかになにが必要だというんです？」

「対人関係ですね」

「性的関係ということですか？」

「とは限りません。ですが、それがもっともむずかしいことです。そしてもっとも……例としてわかりやすい」

　ロークが自分のノートパッドのキーに触れると、いりくんだ神経マップがあらわれた。「人はだれでも――あるいはほとんどだれでも――本能的にほかの人間を理解しようと試みます。相手の思考を推測すること。相手の行動を予測すること。相手を……〝知る〟こと。人々は脳の中に他人の象徴的モデルを構築し、そのモデルは、会話、動作、過去の行動といったじっさいに観察できるすべての情報を結びあわせて首尾一貫した人物像としてふるまい、また、動機、意図、感情といった直接には知ることのできない側面を情報に基づいて推測するのに役立ちます」ロークの言葉にあわせて神経マップは分解し、〝第三者〟モデルの機能線図――客観的および主観的な特徴で分類されたブロック単位の精巧なネットワーク――に再構成された。

「たいていの人にとって、このすべてをおこなうのに意識的な努力はほとんど、あるいはまったく必要ありません。他人をモデル化する生得の能力があるからです。それは子ども時代に使われることで洗練されるものであり――他人と完全に隔離されていたら、その発達は支障をきたすでしょう……完全な暗闇が視覚中枢の発達の支障となるように。ですが、その種の極端な虐待がない場合、幼少時の育てかたは自閉症の要因とはなりません。自閉症の原因は、先天的脳損傷、あるいは後天的な脳の物理的な怪我に限定されます。胎内でのウイルス感染による脳損傷を誘発しやすくする遺伝的な危険因子は存在しますが、自閉症そのものは単純な遺伝性の病気ではないのです」

　ぼくはこの取材に先立って、白衣の専門家がほぼ同じ話をするのを撮影ずみだったが、《自発的自閉症者協会》の会員が自身の病気に関する詳細な知識を持っていることは、このエピソードの核心部分だった……それにロークの説明のほうが、神経学者のよりわかりやすい。

「自閉症に関連する脳の組織は、左前頭葉の小さな部位を占めています。個々の他人に関するこまかな記述は、あらゆる記憶と同様、脳全体に散らばっていますが、この組織は、そうした記述が自動的に統合され解釈される唯一の場所です。もしそこが傷ついたら、それでも他人の行動を認識し、記憶することはできますが、そのそれぞれから特別な意味は失われます。それぞれの行動が以前と同じ〝明白な〟含意を想起させることはなくなりますし、以前のように即座に意味をなすこともありません」ふたたびあらわれた神経マップは損傷をともなうもので、それが機能線図に変形すると――途切れた線があることと、その途切れている部分を示す数十本の赤い破線で覆いつくされていることがひと目でわかった。

　ロークの話はつづく。「問題の組織が現生人類のもつようなかたちに進化しはじめたのは、霊長類の段階でだと思われますが、その先駆はより以前の哺乳類にありました。この組織は、二〇一四年、ラマントという神経科学者によって――チンパンジーで――はじめて識別され、研究されたのです。人間でそれに対応する組織がマップされたのは、その数年後でした。

　進化上でラマント野が最初に演じた重大な役割は、おそらく人が嘘をつけるようになるのを――自分のほんとうの動機を隠す方法を覚えたり、他人が自分をどのように認識しているかを理解することによって――あと押しすることでした。本心と無関係におもねったり協力したりするふりをする方法がわかれば、食べものを盗んだり、他人の配偶者をすばやく犯す機会は多くなります。そしてそのとき……自然淘汰が賭け金を引きあげ、虚偽という概念を理解する者たちに味方したのでしょう。ひとたび嘘が発明されてしまうと、逆戻りは不可能でした。むしろその後の展開は加速度的だったと思われます」

ぼくが口をはさんだ。「では、完全な自閉症者は嘘をつけない――あるいは、他人が嘘をついていると判断できないわけですね。けれど、部分的自閉症者は……？」

「嘘をつくことができる人もいれば、できない人もいます。それは各人の損傷の具合によって違います。わたしたちは全員が寸分違わないわけではありません」

「なるほど。では、人間関係についてはいかがです？」

ロークはその話題が耐えがたいほど苦痛だというように視線をそらしたが――弁の立つ話者が得意の講義をするときの口調で、よどみなくしゃべりつづけた。「他人をうまくモデル化することは、虚偽ばかりではなく協調性も育てます。感情移入は、あらゆるレベルでの社会的つながりを発達させるよう作用しますから。しかし、初期の人類の大多数が一夫一婦婚を――少なくとも直接の先祖たちよりは――発達させるにつれて、一雌一雄の結びつきに関する精神的プロセスの全クラスターは、複雑化したことでしょう。生殖のパートナーに対する共感は、特別な地位を獲得しました。パートナーの生命は、ある状況においては、あなたの遺伝子を伝えるにあたって、あなた自身の生命と同等に重要なものとなりうるからです。

もちろん多くの動物も、自分を犠牲にして、本能的に自分の子どもや番を守ります。利他行動は太古からの行動戦略なのです。しかし、本能的な利他行動は、人間の自己認識と両立可能でしょうか？　ひとたび急速に成長する自我が芽生え、自己という意識が大きくなってありとあらゆる行動の前面に出てくるようになったら、どうやってそれがほかのあらゆるものを覆いつくすのを防げるのでしょう？

進化の生みだした愛情、それが答えです。愛情は、自我――それは自己のモデルです――と関連する強力な特質のいくらか、またはすべてを、ほかの人々のモデルと結びつけることを可能にします。しかも可能にするにとどまらず、快楽を感じさせるものにするのです。快楽はセックスによっても強化されますが、オルガスムとは違って、セックスからのみ得られるのではありません。また愛情の対象者も、性的なパートナーに限りません。愛情とは、自分が愛している人々を、自分自身を理解するのとほとんど同じかたちで理解できるという信念にほかならず、その信念をもてば脳から快楽という報酬をもらえるわけです」

この長い社会生物学の講義のまっただ中に出てくると、〝愛〟という単語にはぎょっとさせられた。だがロークはその単語を、ひとかけらの皮肉も照れも抜きで使っていた――感情と進化それぞれのボキャブラリーを継ぎ目なく混ぜあわせた、ひとつの言語をしゃべっているかのように。

ぼくの質問。「それで、部分的自閉症でさえ、そうしたことを不可能にするのですか？　他人をモデル化することができなくなって、真に相手を知ることがまったくできなくなる？」

ロークはイエスかノーかの答えを信じていないようだ。「繰りかえしますが、わたしたち部分的自閉症者は全員が寸分違わないわけではないのです。じゅうぶん正確なモデル化が――この症状をもたない人たちと同じくらい正確に――できることもありますが、報酬はあたえられません。多くの人に愛情をよいものと感じさせ、積極的にそれを探させるラマント野が、部分的に欠けているからです。こうした人間は、〝冷淡〟だとか〝よそよそしい〟とかいわれます。そして、逆が真である場合もあります。ラマント野に欠損のある人間の中にも、愛情を探し求めるよう駆りたてられる人がいるのです。しかしそういう人のおこなうモデル化はお粗末すぎて、愛情を見つけることなど望むべくもありません。そういう人は長つづきする性的関係を築く社会的スキルをもてないか――たとえ社会的問題を回避できるだけの知性と機知があったとしても、脳自体がモデルに欠陥があると判断して報酬をあたえようとしない、ということになるのです。したがって、愛情を見つけたいという欲求が満たされることはない――それを満たすことが物理的に不可能であるがゆえに」

ぼくの声が、「性的関係は、だれにとってもむずかしいものです。みなさんは神経学的な症候群をでっちあげて、だれもがあたりまえにむきあう問題に対する責任を放棄できるようにしているだけではないか、という声もあります」

ロークは床に視線を落として、あきらめたような笑みを浮かべた。「だからわたしたちも気あいをいれて、もっとがんばるべきだと？」

「それかあるいは、自家移植で損傷を治すかです」自家移植とは、少量のニューロンや神経膠細胞を脳から安全にとり去って、胚の状態に退行させ、組織培養で増やしてから、損傷した部位に再注入することだ。そして胚マーカーホルモンの勾配を人工的に維持して、細胞をだまし、発達中の脳に戻されたのだと思わせ、必要なシナプス結合の形成をあらたに試みるよう誘導する。完全な自閉症者での成功率はめざましいものではないが、損傷が比較的小さい人々での場合は四十パーセント近かった。

「《自発的自閉症者協会》はその選択に反対してはいません。わたしたちはただ、別の選択肢の合法化を訴えているだけなのです」

「別の選択肢とは、ラマント野の損傷を大きくすることですね？」

「はい。最終目標は、そこにラマント野の完全な切除が含まれるようにすることです」

「なんのために？」

「繰りかえしになりますが、それはむずかしい質問です。ひとりひとりが異なる理由をもっていますから。第一に、原則問題として、わたしたちのもてる選択の幅は可能なかぎり広くあるべきだといっておきましょう。トランスセクシュアルのように」

　ロークがいったのは、かつてたいへんな議論を呼んだ別種の脳外科手術のことだ。NGR――神経的ジェンダー適合（ニューロ・ジェンダー・リアサインメント）。神経と肉体のジェンダーが不一致で生まれた人が体を作りかえられるようになってからほぼ一世紀になり、その技術は精密さを増してきた。しかし二〇一〇年代に、別の選択肢が現実になった。脳のジェンダーを変えるという選択肢が。身体イメージに関する神経マップの結線を、現状の肉体と一致するように変更するのだ。多くの人々――その中には肉体的なトランスセクシュアル、いまでいう転男女も多かった——が、手術の強要や幼児に対する施術をおそれて、激しいNGR合法化反対運動を展開した。けれど四〇年代までには、NGRは合法的な選択肢として広く認められるようになり、トランスセクシュアルの二十パーセントが自らその道を選んでいた。

ぼくは『過負荷のジェンダー精査』を作ったときに、あらゆる種類の適合手術をうけた人にインタビュウした。神経的には男性だが女性の体で生まれたある人は——体を作りかえて転男性になったのちに——忘我の面もちで、「最高だ！　わたしは自由だ、わたしは帰ってきた！」と語った。また、NGRを選んだ別の人は、鏡に映ったもとのままの自分の顔をのぞきこんで、「まるでなにかの夢か幻覚から逃げだして、ようやくありのままの自分を見ることができた気分」だといった。『ジェンダー』に対する視聴者の反響から判断すると、ロークがもちだしたトランスセクシュアルとのアナロジーはきわめて大きな共感を呼ぶだろう——そうしたアナロジーが許されるなら。

ぼくがいう。「どちらのトランスセクシュアル手術も、最終目的は健康な男性なり女性なりを生みだすことです。それと自閉症になることが同じだとは、とうていいえません」

ロークが反論する。「しかし、わたしたちもトランスセクシュアルとまったく同様、不一致に悩まされているのです。体と脳ではなく、愛情を求める衝動と、それを得る能力の欠如という不一致に。トランスセクシュアルにむかって、おまえたちは生まれたままの姿で生きることを学べばよかったのであって、医学的干渉は不道徳なわがままだ、などという残酷な人は——

少数の宗教的原理主義者を除いて――いないでしょう」

「ですが、みなさんが医学的干渉を選択するのを、だれも止めてはいませんよ。自家移植の手術は合法です。成功率も確実に上昇しています」

「そしてすでに申しあげたとおり、《自発的自閉症者協会》もそれに反対はしていません。ある人々にとっては、それが正しい選択ですから」

「しかし、自家移植がまちがった選択であるケースなどないと思いますが？」

ロークの口が止まった。彼がいうべきことをなにもかも原稿にして練習していたのは確実だが――ここからがその核心なのだ。自分が治癒を望まない理由を視聴者に理解させられなければ、ロークが自らの主張への支持を勝ちとれる望みはない。

ロークは慎重にしゃべりはじめた。「完全な自閉症者の多くは、ほかの部位にも脳損傷があり、各種の精神遅滞を患っています。一般に、わたしたち部分的自閉症者はそうではありません。ラマント野にどのような損傷を被っているにせよ、わたしたちの多くは自分の病気を理解できる程度の知性はあります。自閉症でない人々が、自分は愛情を獲得したと信じる能力をもっているのも、わたしたちは知っています。しかしわたしたちの協会では、その能力がないほうがよりよく暮らせるという結論をくだしたのです」

「よりよく暮らせるという理由は？」

「その能力が、自己欺瞞（ぎまん）の能力だからです」

「自閉症が他人を理解する能力を欠くことだとしたら……そして損傷の治癒がその失われた理

解力をあたえてくれるとしたら――」

ロークがぼくの言葉をさえぎって、「その理解というのは、どの程度がほんもので――どの程度が理解しているという錯覚なのでしょう？　愛情は知識の一形態なのでしょうか――それとも、偽りの信念に快楽を感じているだけなのでしょうか？　進化にとって、人間が真実を認識しているかどうかは関心の対象外なのです――もっとも実利的な意味での真実を別にして。そして進化は、実利的な欺瞞にも関心をもちます。もし、一雌一雄の結びつきを自己認識と両立可能にするための戦略として、相互理解能力に過剰な意味をあたえる必要があれば、脳はその戦略を成功させるために恥じることなく必要なだけの嘘をつくでしょう」

そのときのぼくはどう反応したらいいかわからずに、口を閉じたままだった。画面の中では、ロークがぼくの返事を待っている。おどおどして内気そうなのは相変わらずだが、ロークの表情にはぞっとさせられるものがあった。彼は健康な人には共有できない洞察を、病気によってあたえられたと心底信じている――そして、おめでたい自己欺瞞の能力を脳に結線されているぼくたちを哀れんでいないとしても、彼は自分がものごとをより広く、より明晰な視野で見ていると考えずにはいられないのだ。

画面の中のぼくが、途切れがちにしゃべりはじめた。「自閉症は……人の能力を奪う、悲劇的な病気です。なのにあなたは……それがある種の現実的なもうひとつのライフスタイルにすぎないとでも……そんな夢物語を信じているのですか？」

ロークは礼儀正しく答えたが、こちらを見下すような調子があった。「わたしはそんなことはいっていませんよ。わたしは百人以上の完全な自閉症のかたとそのご家族に会いました。現実の悲惨さはじゅうぶん承知しています。もしあすにでもこの病気を消し去ることができるのなら、わたしはそうするでしょう。

しかし、わたしたち部分的自閉症者は、独自の過去を、問題を、願望をもっています。わたしたちは完全な自閉症ではありませんし、成人のラマント野を切除しても、生まれながらにその部位をまったくもたない人と同じ状態になったりはしません。わたしたちの多くは、人々のモデル化を意識的に、系統立てておこなうことで、欠損をおぎなう力を身につけていますから。生得の能力とは比べものにならない努力を要しますが、そのわずかな部位を失ったところで、お手あげになってしまうわけではありません。〝利己的〟にも、〝残酷〟にも、〝思いやりを欠く人間〟にもなりませんし——無責任なメディアがいいたてるほかのものについても同様です。さらに、わたしたちが求めている手術を許可したからといって失業者を生むわけでも、ましてや制度的介護が必要になるというわけでもありません。ですから、社会的損害はなにひとつ——」

ぼくは腹を立てて、「損害なんてどうでもいい。いまあなたがしているのは……人間性の根本に関わるものを、故意に——外科的に——自分からとり除くという話なんだぞ」

ロークは床から顔をあげて、平然とうなずいた。ようやくぼくが、両者が完全に合意できることを口にしたかのように。

そしていった。「まったくそのとおりです。そしてわたしたちは、対人関係の根本に関わる真実とともに何十年か生きてきました――わたしたちは、脳組織の移植で快楽を得る代償にその真実を手放したりしないことを、選択したのです。いまわたしたちが望むのは、その選択を完全なものにすること、それだけです。あざむかれるのを拒絶したがために罰せられているいまの状態を、終わりにすること」

どうにかこうにか、ぼくはそのインタビュウに格好をつけた。ジェイムズ・ロークの言葉をさしかえることは、こわくてできなかった。たいていのインタビュウ相手に関しては、適切な処理とそうでない処理を苦もなく判断できるのだが、今回は自信がゆらいだ。コンソールがほんものらしくロークを模倣できるかどうかさえ確信がもてない。試してはみたのだが、ソフトウェアのデフォルトの機能（それは通常、対象から少しずつ集めてきて完成間近になった身ぶりの特徴に仕上げを施すために使われる）が、空虚さを埋めることで力尽きたかのように、ボディランゲージはまったくの別ものに見えた。ぼくは結局なにも変更せず――単に発言のポイントとなる部分を抜きだして、ほかの素材と組みあわせると――あとはどうしようもなくて、ナレーションの力に頼ることにした。

ぼくはコンソールに、編集ずみバージョンで使用した部分を線図で表示させた。撮影した映像全体を示す長い直線にまんべんなく、こまかい断片が散らばっている。各テイク――中断なしに撮影された生（なま）の映像のそれぞれ――は、時間と場所を明示し、最初と最後に静止画をいれて、はっきりと〝区わけ〟してある。なにも抜きださなかったテイクが二、三あり、ぼくは最後にもういちどだけその部分を通してリプレイし、重要なことをひろい忘れていないのを確認した。

そのテイクの中には、ロークが自分の〝オフィス〟――ふた部屋のフラットの一角――を見せてくれたときのものがある。撮影しながらぼくは、たぶん二十代はじめの彼が同い年くらいの女性と写っている写真に気づいた。

この女性は、とぼくはたずねた。

「別れた妻です」

写真のふたりは、地中海らしきどこかの混みあった海岸にいた。手をつないで、まっすぐカメラを見ようとしているが――どうしてもこっそり横目で視線を交わしてしまい、その瞬間を撮られていた。それは抑えられないほどのふたりの性的興奮ゆえであり……意図的でもある。仮にこれが愛するふたりの写真でないにしても、非常によくできたイミテーションだった。問題などなにもないのだと自分で思いこめることさえあります。しばらくのあいだは。

「ご結婚されていたのはどれくらい？」

「ほぼ一年です」

むろん好奇心が頭をもたげたが、詳細は追及しなかった。『ジャンクDNA』はサイエンス・ドキュメンタリーであって、低俗な暴露番組ではない。ロークの私生活などぼくには用はない。

インタビュウの翌日、ロークと打ち解けた会話をしたときのテイクも使っていなかった。仕事中のローク——母音推移を探して世界のヒンディー語圏のネットワークを精査するコンピュータの補助——を二、三分撮影してから（ロークはいつもは自宅でこの作業をするのだが、ぼくは事実をゆがめることになっても、どうしても背景を変えたくて、大学に行ってもらった）、ふたりで大学構内を歩いた。マンチェスター大学は市の全域に八つのキャンパスが分散しており、ぼくたちのいるところがそのうちの最新で、生体工学産植物を使った景観設定が野生化していた。芝生でさえ信じられないほど青々としてぎっしり生い茂り、プレイバックを見ているとぼくでさえ最初の何秒かは、下手くそな合成映像かと思った。イギリスで撮った空と、ブルネイで撮った地上の。

　ロークが話しだした。「わたしはですね、そういう仕事をされているあなたがうらやましいです。《自発的自閉症者協会》に関わっていると、狭い分野での変化に全意識を集中せざるをえません。でも、あなたはあらゆることを鳥瞰（ちょうかん）している」

「あらゆることって？　バイオテクノロジーの進歩のことですか？」

「バイオテク、映像技術、ＡＩ……なにもかもです。Ｈ（ワード）ではじまる単語をめぐる戦いのすべて」

「Ｈワード？」

　ロークは謎めいた笑みを浮かべた。「小さいのと大きいのがあります。この世紀がそれによって記憶されることになるだろうもの。ふたつの単語をめぐる戦いです。ふたつの単語の定義をめぐっての」

「なんのことだかさっぱりわからないんですが」ぼくたちは中庭の中央にある小型版の森の脇を通っていた。密生して異国風で、どんなシュールレアリストの描くジャングルにも負けず、ねじけて陰気だ。

　ロークはぼくのほうをむいて、「意見を異にしたり、理解できなかったりする人々にむけてあなたが提供できる、もっとも押しつけがましいことはなんですか？」

「さあ。なんですか？」

「その人々を治癒すること。それが最初のHワードです。健康(health)」

「なるほど」

「医療テクノロジーはスーパーノヴァ化寸前です。あなたは当然お気づきでしょうが。さて、それほどの力はなんのために使われることになるでしょう？　〝健康〟の維持、あるいは創出のためです。それでは〝健康〟とはなんでしょうか？　だれもがその定義として認めているあきらかなたわごとは忘れてください。最後のウイルスや寄生虫や癌遺伝子が跡かたもなく完全に根絶されてしまったとき、そのとき〝治癒〟の究極目標はなんになるでしょう？　わたしたちがみな、《エデン主義》的な〝自然律〟に運命づけられたなんらかの役割を演じ」――ロークは立ち止まって、まわりで咲き誇る蘭や百合に皮肉っぽく手をふった――「本来わたしたちが生物として最適化されている状態――狩猟と採取で糧(かて)を得て、三十歳か四十歳で死ぬこと――に回帰することでしょうか？　それが究極目標なのでしょうか？　それとも……技術的に可能なありとあらゆる存在の様態(モード)を切りひらくこと？　その場合、自分は健康と疾病の境界を定義する専門家だと主張した人が……すべてを決めることになります」

　ぼくが言葉を返す。「そのとおりですね。健康という言葉は欺瞞をはらみ、意味はあいまいだ——そしてつねに議論の的になる」押しつけがましいのほうにも異論はなかった。《神秘主義復興運動》はずっと、世界じゅうの人々の〝心霊的知覚麻痺〟を〝治癒〟して、ぼくたち全員を〝完璧に調和のとれた〟人間に変えてやるといいつづけている。いいかえれば、《運動》のメンバーと信条をまったく同じくし、まったく同じものごとに重きを置き、さらに神経分泌や盲信までまったく同じ、完璧なコピーにするということだ。

「それで、もうひとつのHワードはなんなんですか？　大きいほうは？」

　ロークは首を傾げて、いたずらっぽくぼくを見た。「ほんとうにおわかりになりませんか？　ではヒントを。論争に勝とうと思ったら、考えうるもっとも知的に怠惰（たいだ）な方法とはなんでしょう？」

「答えをいってほしいんですが。なぞなぞは苦手なので」

「論争相手が〝人間性（humanity）〟を欠いている、と主張することです」

　とたんにぼくは、前の日に口にしたことでどれほど深くロークを傷つけたかと思うと恥ずかしくなって——でなくとも少なくともバツが悪くなって——黙りこんだ。インタビュウ相手と後日あらためて顔を会わせたときに困るのは、その間に相手がしばしば、やりとりの全体を分単位のこまかさで検討し——自分はもっとうまくしゃべれたのにという結論に達していることだ。

ロークがつづける。「これは最古の意味論的な武器です。さまざまな時代の、さまざまな文化において、〝非人間的(ノンヒユーマン)〟というレッテルを貼られた多くの分野や人々のことを考えてみてください。よその部族から来た人々。肌の色が異なる人々。奴隷。女性。精神病者。聴覚障害者。同性愛者。ユダヤ人。ボスニア人、クロアチア人、セルビア人、アルメニア人、クルド族――」

ぼくは弁護するように、「人をガス室に送りこむことと、そのいいまわしをレトリックとして使うことは、多少は違うと思いませんか?」

「もちろんです。しかし、仮にあなたがわたしを、〝人間性を欠く〟といって非難したとしましょう。それがじっさいに意味するところとは? いったいなにをしたら、そんなふうにいわれるのか? 平然と人を殺したとき? 子犬を溺死させたとき? 肉を食べたから? ベートーヴェンの第五番に感動しなかったから? それとも単に、人生のあらゆる局面であなたと寸分違わぬ感情をもてない――あるいは、もとうとしない――からですか? あなたの価値観と目標のすべてを共有できないから?」

ぼくは答えなかった。サイクリストたちがぼくのうしろの暗いジャングルを飛ぶように走っていく。降りはじめた雨を、枝葉の作る天蓋が防いでくれていた。

ロークは楽しそうに話しつづける。「答えは、〝そのどれでもありうる〟。だから、どうしようもなく知的に怠惰だといったのです。だれかの〝人間性〟に疑念を呈することは、相手を連続殺人鬼の同類あつかいすることです――そうすることで、あなたは相手の考えについてきちんとしたことをなにもいう必要がなくなる。また、それがあたかも広範な世論であり、あなたには怒りに燃える多数派がついていて、とことんあなたを支持しているかのような顔ができる。もしあなたが、《自発的自閉症者協会》は自ら人間性を捨て去ろうとしているといったなら、それは自分には神聖な権利があるふりをして人間性という言葉を定義しているだけでなく……世界じゅうのほかのあらゆる人々が――アドルフ・ヒトラーやポル・ポトの生まれ変わりでもなければ――隅から隅まであなたに同意するはずだといっているも同然なのです」ロークは両腕を広げ、樹々にむかって声を張りあげた。「手術をやめることをわたしは求める……あらゆる人間性の名のもとに！」

ぼくがむなしい声で、「よくわかりました。きのうぼくは、いくつかの点について別のいいかたをすべきだったのでしょう。あなたを侮辱する意図はなかった」

ロークは面白がっているように首をふった。「悪意があったなんて思ってはいませんよ。これはつまるところ戦いですから――即時降伏を期待するわけにはいきません。あなたは大きなHの狭い定義を絶対視しているし――ほかの人々もみな、同じ考えだと本気で信じてさえいるようだ。わたしが支持するのは、もっと広い定義です。わたしたちは意見があわないという点で意見があうでしょう。そして、あなたとは戦いの場でお会いすることになるでしょうね」

狭い定義だって？　ぼくはその批判的な表現が承服できなくて口をひらきかけてから、どうすれば自分の主張を通せるのかわからないことに気づいた。ぼくになにがいえただろう？　前にジェンダー移行者に好意的なドキュメンタリーを作ったとか？（それはまた心の広いことで）だからこんどは、《自発的自閉症者協会》に関するフランケンサイエンス番組を作って、つりあいをとらなくてはいけないとでも？

こうして、ロークはぼくをいい負かした（仮にその場では、だったにせよ）。そしてロークは握手を求め、ぼくたちは別れた。

ぼくはさらにもういちど、そのテイクを通しでリプレイした。ロークはじつに雄弁で——彼なりの特殊な意味でカリスマ的ともいえた——その言葉はどれもこれも本質をついていた。しかし、独自の用語や躁病的な言葉の奔流は……どれも異様すぎ、混乱しすぎで、挑発的にすぎる。

そのテイクは未使用、無引用のままにしておいた。

ロークと別れたあと、ぼくは大学でのもうひとつの約束の場所にむかった。有名なマンチェスターＭＩＲＧ——医療用撮影技術研究グループ——との午後のひととき。それは逃すにはあまりにもったいないチャンスに思えたし、結局のところ部分的自閉症の最終的な診断をくだすには撮影技術が関わってくる。

ぼくは撮影した映像を流し見した。その大半がよく撮れていて、このテーマで《シーネット》のマガジンプログラム用に五分番組が作れそうなほどだった——だが、もうはっきりしているとおり、『ジャンクＤＮＡ』でじっさいに必要な脳スキャンの画像は、ロークがノートパッドで簡潔にデモンストレーションした分で用が足りている。

ぼくが撮影したおもな実験の中には、ボランティアの学生が詩を黙読し、一行読むごとにスキャナーが彼女の脳の画像をスーパーインポーズするというものがあった。スーパーインポーズされるのは、別々に計算された三つの画像——一次的な視覚データに基づくもの、単語の形状を認識したときのもの、そして最終的に意味を把握したときの脳の状態……最後のは、単語の正確な意味が無数の関連事項の中に広まるまでは、ほかのふたつとほんの一瞬しか一致しないことがあった。非常に説得力のある実験だが、ラマント野とはなんの関係もない。

その日の終わりが近づいたころ、研究者のひとり——ソフトウェア開発チームのリーダーのマーガレット・ウィリアムズ——がぼくに、自分でもスキャナーの中にはいってみてはどうかといった。たぶん研究者たちは、ぼくに仕返しがしたかったのだろう——それまで四時間にわたってぼくにされてきたことそのままに、自分たちの機械でぼくを精査し記録することで。ウィリアムズはそれが正義の行為だと信じているかのように、とてもしつこくて、

「そうすれば被験者の見る眺めを記録できるんですよ。それにわたしたちも、目に見えないあなたの高級な仕掛けを拝めるし」

ぼくは断った。「磁界がハードウェアにどんな影響をおよぼすか、わかりませんから」

「影響は皆無だと保証します。仕掛けの大半は光学的なもののはずだし、ほかのものはみんなシールドしますから。飛行機はしょっちゅう利用しているんでしょ？　そのときは金属探知ゲートを通るんじゃ？」

「ええ、ですが——」

「この機械の磁界は、あれより強くはありません。スキャナーであなたの視神経活動を読みと

って、そのデータをあなたの記録映像と比較することだってできます」

「いまダウンロード・モジュールをもっていないんですよ。ホテルに置いてきたから」

ウィリアムズはいらついたようすで口をすぼめた――つべこべいわず、いわれたとおりにスキャナーの中にはいれ、といいたくてたまらないのはまちがいない。「それは残念。かといって、わたしたちがここにあるケーブルとインターフェイスで代用の装置を即席で作っても、あなたのハードウェアの保証問題がある、というんでしょうね」

「はい、申しわけないんですが。ソフトウェアは標準外の器具の使用記録をとるので、次の年次点検でひどく面倒なことになるはずです」

それでもまだウィリアムズはあきらめる気がなかった。「あなたはさっき、《自発的自閉症者協会》の話をしていましたね。それを迫真の映像で説明できますよ……あなたにいろんな人を順に思い浮かべてもらい、そのときのあなたのラマント野のようすをわたしたちの方法で撮影するんです。そしてそれを全部記録して、リプレイする。こうすれば視聴者に、機能中のラマント野のリアルタイム・コピーを見せられます。それらしいアニメーションじゃなくて、働いている瞬間の実物を。カルシウムイオンを注入するニューロン、発火するシナプス。神経組織を機能線図に変形させて、神経のどの反応がどの表象と対応しているかを突きとめることだってできる。ここにはそれ用のソフトウェアがひとそろい――」

ぼくがそれをさえぎった。「ご提案は大変ありがたく思います。ですが……自分自身を自分の番組の取材対象にするところまで落ちぶれたら、ぼくは三流の下の下以下のジャーナリストになってしまいますから」

7

アインシュタイン百周年記念会議の開幕予定日の二週間前、ぼくは《シーネット》との『ヴァイオレット・モサラ：シンメトリーのチャンピオン』の契約にサインした。ぼくはノートパッドのスタイラスで電子書類に名前を走り書きしながら、この仕事をもらえたのは、いい番組を作れると思われたからだ――単に実績をかさに着て特別あつかいを認めさせたわけではなくて――と自分にいいきかせていた。セーラ・ナイトが科学の分野で経験不足なのは否みようがない。彼女はぼくより五歳若く、この世界ではもっぱら政治ジャーナリズムの仕事をしてきた。モサラの〝ファン〟を自称したことも不利に働いたのだろう。《シーネット》ではだれも、熱狂的な聖人伝などほしがらない。しかし、さんざん自分は専門家だと売りこんではきたものの、ぼくはまだ**シジフォス**のブリーフィングをちらりと眺めただけでしかなく、自分がどんな仕事を引きうけたのかもじつはまだよくわかっていなかった。

ほんとうのところ、こまかいことはどうでもよかった。問題になるのは、『ジャンクDNA』を忘れ去り、ディストレスの番組からできるだけ遠くへ逃げだすことだけ。十二カ月をバイオテクノロジーの最悪の暴走例にどっぷり浸かってきたいま、ぼくの心の目に映る理論物理学の純粋な世界は、数学という、体と無縁なものの天国のように輝いていた。そこで話題になるのは、クールで、抽象的で、しかもすばらしく瑣末なことばかり……そのイメージは心の目の中で、青い太平洋に完全なフラクタルの星のように育ち広がる、ステートレスの白い珊瑚の雪片へとなめらかに変わっていく。そんな美しい蜃気楼を本気にしていたらまちがいなく失望する、という認識もぼくはもっていて――もっとも不愉快なかたちで自分が現実に引きもどされるところを、無理やり想像までした。（ぼくは複数の薬物耐性の肺炎やマラリア、現地の人々なら免疫のある菌株に罹患するかもしれない。もしそうなったら、病原となる微生物を分析し、たちまち治療薬を作りだせる高水準の医薬ユニットは、通商禁止のせいで手にはいらず、体力の落ちたぼくは文明世界まで飛行機に乗ることもできない……）それはありえないシナリオではなかった。過去何年ものあいだでボイコットによって何百人もが死んでいる。

それでも、ディストレスの患者と顔をあわせることになるのよりは、なんだってマシだった。ぼくはヴァイオレット・モサラにメッセージを送った。彼女がまだケープタウンの自宅にいるのはまちがいないと思うが、その番号で応答したソフトウェアからはなにもわからない。ぼくは自己紹介して、このプロジェクトに時間を割くことを快く承知してもらったことに礼をいい、儀礼的な決まり文句をひととおりまくしたてた。折りかえし連絡を求めるようなことは、なにひとついわなかった。リアルタイムで会話したら、ほどなくぼくがモサラの人生と業績についてまったくの無知であることが露見してしまう。（肺炎、マラリア……どうしようもないほどの馬鹿をさらすこと）かまうものか。いまはとにかく現状から逃げだしたいのだ。

ぼくはダニエル・カヴォリーニの死後復活の〝強制的追体験〟について、かなりの覚悟をしていた——が、それがまったく馬鹿げたことなのは最初からわかっているべきだった。編集作業は過去を改変することではまったくない。むしろ過去という死体を解剖するのに近い。ぼくは感情を排してそのパートの作業をつづけた。そして、一連の場面を作りかえることで時間がすぎていくうちに、撮影した映像を初見のつもりで見て視聴者の反応を想像するという作業は、計算と直感の問題でしかなくなっていき——そのできごとに対するぼくの思いとの関係は薄れていった。ファイナルカットは一見すると流れもよく迫真的だったが、それでさえぼくには死後復活を死後復活させたようなものでしかなかった。これこれこういうできごとがあって、それはもう終わった、というだけの話。テクノロジーがどんなつかの間の生命の幻を創りだしえたところで、それが画面から這いだして街なかを歩きまわれない以上は、死後硬直したほかの死体となんら変わりがない。

ダニエルの兄のルークは殺人罪で告発され、すでに有罪を認めていた。ぼくは裁判所の記録システムにログオンして、これまでにおこなわれた三回の審問の画像を流し見した。下級判事は精神科医に報告書の提出を求め、その報告書は、ルーク・カヴォリーニはときおり〝不当な怒り〟の発作を起こすが、それは彼を精神病者に分類したり、本人の意志に反してあつかったりする必要があるほどに現実を把握できなくさせるものではまったくない、と結論をくだしていた。ルークは法的能力を有し、有罪で、自分のやったことをきちんと理解していた——さらには〝動機〟さえもっていた。犯行前夜、ルークが借りていたダニエルのジャケットに関する口論があったのだ。ルークは最低で十五年間、一般の監獄に収監されることになった。

法廷の記録画像はパブリックドメインだが、放送バージョンでそれを使う時間の余裕はまったくなかった。そこでぼくは死後復活のエピソードに、事実だけを提示する短い補遺を書いた。告発がなされ、被告人は有罪を認めた。話をややこしくしたくなかったので、精神科医の報告書には触れなかった。絶叫するダニエル・カヴォリーニのストップモーションにかぶせて、コンソールが補遺の文章を読みあげる。

ぼくは命じた。「ここでフェイドアウト。クレジットをロール」

三月二十三日、火曜日、午後四時七分。

『ジャンクDNA』は完成した。

•

廊下にジーナ宛のメモを残すと、ぼくはエッピングまで歩いて出て、来るべき旅行に備えて予防接種をうけた。ステートレスにいる科学者たちは、現地の〝ウェザーレポート〟——気象学と疫学の両方——をネットに流していて、関連する国連諸組織は、ほかのことでは徹底して異様なまでの政治的排斥行動をとっているにもかかわらず、このデータだけは正当な加盟国から発信されているかのようにあつかっていた。肺炎とマラリアの注射は、どちらも必要だという指示が出ていないことがわかったが、最近いくつかの新種のアデノウイルスが出現していて、そのどれも命に関わるものではないけれど、そのすべてがぼくのステートレス滞在を悲惨な結果にしかねないほど体力を奪う可能性があった。ぼくのかかりつけの医者であるアリス・トーマシュは、数種の小さなペプチドを作る塩基配列情報をダウンロードした。そして該当するウイルスの表面タンパク質の一部であるペプチドのＲＮＡを合成して、その断片を無害化された改変アデノウイルスに挿入する。全プロセスにかかった時間は約十分。

この生ワクチンをぼくが吸入していると、アリスがいった。「『過負荷のジェンダー精査』はよかったわ」

「ありがとう」

「でも、あの最後のところで……エレイン・ホーがいったジェンダーと進化の話。あなた本気であれを信じたの？」

ホーが指摘したのは、人間は過去数百万年をかけて、哺乳類に古くから見られるジェンダーによる極端な二形性や行動差異を打ち消してきたということだ。人間は徐々に生化学的異常を進化させて、一方のジェンダーのみがもつ神経経路を形成する古くからの遺伝子上のプログラムに、積極的に干渉してきた。ジェンダーによって異なる青写真はいまもうけ継がれているが、子宮内でのホルモンの影響のため、その青写真が完全に実現されることはなく――要するにそこでなにが起きているかといえば、あらゆる女性胎児の脳の〝男性化〟と、あらゆる男性胎児の脳の〝女性化〟だった（同性愛が生じるのは、このプロセスが通常よりも――ほんの少しだけ――行きすぎた場合だ）。長期的に見れば、たとえ《エデン主義》の立場ですべての遺伝子工学的処置を拒んでも、性別はすでに収斂（しゅうれん）しつつある。人間が自然をいじりまわそうがまわすまいが、自然はそれ自身をいじりまわしているのだ。

「番組を締めくくるのにふさわしいと思って。それに、ホーがいったことはみんなほんとうじゃないか」

アリスは自分の意見をいわないまま、「それで、いまはどんな番組を作っているの？」

ぼくは正直に『ジャンクＤＮＡ』のことをいう気になれなかった……だが同様に、ヴァイオレット・モサラの話をするのもためらわれた。かかりつけの医者が、モサラの完成途上の万物理論(TOE)にぼくよりもくわしいとわかったりしたらいやだから。これは根拠のない心配ではなく、アリスはあきれるほどまったくなんでも読んでいた。

ぼくは答えた。「じつはなにもしていないんだ。休暇中でね」

アリスはデスクの画面に表示されたぼくの請求書を、あらためて一瞥(いちべつ)した。そこにはぼくの医薬ユニットがよこしたデータも載っている。「それがあなたのためね。でも、あんまり一生懸命リラックスしないこと」

見えすいた嘘を気づかれて、自分でも馬鹿かと思った——だが診療所の外に出ると、そんなことはどうでもいい気分になった。木々の葉が街路にまだらな影を落とし、南からはひんやりしたそよ風が吹く。『ジャンクＤＮＡ』は完成し、ぼくは命とりの病気が小康状態になったかのような、重荷から解放された気分になっていた。エッピングは静かな郊外の中心地だ。医院、歯医者、小さなスーパーマーケット、花屋、美容院、レストラン（実験素材料理は出さない）が二軒。〝廃墟〟はない。商業セクターは十五年前に整地されて、工学産の森にあけわたされていた。屋外広告板もない（広告Tシャツがそれをほぼ埋めあわせているが）。めずらしくなにも用のない日曜の午後には、ジーナとぼくはまったくなんの目的もなしにここに足を運んで、噴水の脇にすわる。ぼくがステートレスから帰ってきたら——『ヴァイオレット・モサラ』の編集を完成させるまで、まる八カ月もかけられることだし——もう長いことなかったほどそうした日曜が多くなるだろう。

玄関のドアをあけると、ぼくが戻ってくるのをずっと待っていたかのように、ジーナが廊下に立っていた。ひどく興奮しているようだ。というより気が立っている。ぼくは彼女に近づきながらたずねた。「なにがあったんだ？」ジーナは、まるで襲ってくる相手から身をかわそうとでもするかのように、両腕をあげてあとずさった。

ジーナがいった。「アンドルー、わたしは事態が好転なんかしないのはわかっていた。それでも待っていたの——」

廊下の突きあたりにスーツケースが三個。

世界がさあっとぼくから遠ざかっていった。ぼくの周囲のあらゆるものが、一歩後退した。

「どういうことなんだ？」

「怒らないで」

「怒っちゃいない」それはほんとうだった。「わけがわからないだけだ」

「あなたには事態を修復するチャンスを何度となくあげた。そしてあなたは、なにも変わらなかったかのように、また同じことをしつづけた」

平衡感覚がおかしくなったらしい。自分が微動だにしていないのはわかっているのに、激しくゆれているように感じる。ジーナは悲しそうだった。ぼくは両腕をさしだした――自分に彼女を慰められるとでもいうように。

ぼくはいった。「悪いところがあったら、いってくれればよかったのに」

「そんなことしなくちゃいけない？　自分でわからないの？」

「そうみたいだ」

「あなたも子どもじゃないんでしょ？　馬鹿じゃないはずよ」

「自分がなにをどうしたらいいか、ほんとうにわからないんだ」

ジーナは憎々しげに笑った。「ええ、そうでしょうとも。とうとうわたしを……厄介な義務みたいにあつかいはじめたくらいだもの。それがいけないだなんて、考えるはずがあるわけない」

「きみを厄介な……いつからだ？　ここ三週間のことか？　編集作業がどんなものかは、知っていたじゃないか。だからぼくは――」

ジーナは金切り声で、「あんたのつまんない仕事の話をしてるんじゃないってば！」

ぼくは床に腰をおろしたかった――そして気持ちを落ちつけ、状況を把握しなおすのだ――が、その動作を誤解されたくなかった。

ジーナが冷ややかな声で、「そこに突っ立っていられると邪魔なんですけども。見てるだけでいらいらする」

「ぼくがなにをするっていうんだ？　きみをここに閉じこめるとでも？」返事はなかった。ぼくはジーナの脇をすり抜けて、キッチンにはいった。彼女はふりむいて戸口に立ち、ぼくのほうを見ている。なんと声をかければいいのか、ぼくにはまるでわからなかった。最初になにをいえばいいのか、まるでわからなかった。

「愛しているよ」

「さっきやめてといったのに、まだわたしをそんなふうにあつかう気？」

「ぼくがまずいことをしたなら、やり直すチャンスがほしい。こんどは一生懸命がんばるから――」

「あなたが一生懸命がんばってるときが最悪なのよ。無理してるのが見え見えでうっとうしい」

「ぼくはいつも、きっとなんとか――」ジーナと目があった。黒く、表情豊かで、信じられないほど美しい目。いまこのときでさえ、ジーナの目を見ると、自分が考えたり感じたりしていたほかのことはばらばらに切り裂かれ、ぼくの一部は救いようもなく恋い焦がれる子どもに変わってしまう。それでもぼくは、いつも気を抜くことなく、いつも注意をおこたらなかった。(なのにどうしてこんなことに？)どんな徴候も見落とすはずがなかったのに……なのにいつ、どうして？　その日時と場所を教えてほしかった。

ジーナは目をそらして、「なにを変えるにも手遅れよ。ほかの人を見つけたの。三カ月前からほかの人と会っているわ。あなたがほんとうにそれに気づいていなかったなら……どんなメッセージなら気づいたっていうの？　あの人をここにつれてきて、あなたの目の前でことにおよばなきゃいけなかった？」

ぼくは目を閉じた。こんな話はききたくない。これはすべてをいっそう混乱させるただのノイズだ。ぼくはゆっくりと言葉を発した。「きみがなにをしたとしても、かまわない。ぼくたちはまだ――」

ジーナは一歩前に出て、叫んだ。「わたしがかまうんだってば！　この自分のことしか頭にない屑人間！　わたしがかまうの！」涙がジーナの顔を濡らしていた。ぼくはさまざまなことを必死で理解しようとしながらも、どうしようもなくジーナをだきしめたかった。自分が彼女の悲しみすべての原因であるとは、まだ信じられなかった。

ジーナが侮辱するように、「まだわかんないの！　あんたに隠れてほかのだれかとまぐわってたと、いまいってやったのは、このわたし。ここから出ていこうとしてるのも、このわたし。それでもわたしは、この先あんたがどんなことで傷つくか知らないけど、その千倍は傷ついてるんだ――」

次にぼくがとった行動は、考えた上での、計画した上でのことだったに違いないのだが、自分が流しのほうをむいてナイフを探した記憶も、自分のシャツの前をはだけた記憶もない。ただ気がつくと、ぼくはキッチンの戸口に立って、刃の先で腹に縦横に線を刻みながら、落ちついた声でこういっていた。「ぼくが傷つけばよかったんだね。ほら、傷ならここにあるよ」

ジーナがぼくに飛びかかって床に押し倒した。ぼくはナイフをテーブルの下に投げた。ぼくが立ちあがるより早く、ジーナはぼくの胸の上にすわりこんで、ぼくを平手打ちし、やがて拳で殴りはじめた。そして泣き叫ぶ。「それで傷ついたつもりなの？　それがわたしの心の傷と同じだとでもいう気？　どこが違うかもわからないんでしょ？　なんとかいえ！」

　ぼくは床であおむけになったまま彼女から視線をそらし、彼女はぼくの顔や肩を殴りつづけた。ぼくはまったくなにも感じることなく、ただそれが終わるのを待っていた——だが、彼女が立ちあがって、キッチンをよろめき歩きながら鼻をすすりあげ、いよいよ家を出ていこうとする段になって、ぼくは不意に、彼女をひどく傷つけたくなった。

　ぼくは抑揚のない声でいった。「ぼくはどうすればよかったんだ？　ぼくはきみみたいにタイミングを見計らって泣くことなんてできない。そんなことのできるほど黄体刺激ホルモンのレベルが高くないんでね」

　彼女がスーツケースを廊下に引きずるのがきこえた。自分が彼女を外まで追いかけ、荷物を少し運んであげようと申しでて、またひと騒動起こすところを想像する。けれど、仕返ししてやりたいという思いは、もう消えていた。ぼくは彼女を愛していた、彼女をとり戻したかった……そして、それを証明するために思いつくことはなにもかも、彼女を傷つけ、事態をさらに悪化させるに決まっているように思えた。

　玄関のドアが叩きつけられるように閉まった。

　ぼくは床の上で丸くなった。血まみれだったが——そして歯を食いしばって、金くさい悪臭や情けなくも失禁したらしい感触とともに、苦痛にも耐えていたが——傷が深くないのはわかっていた。嫉妬と怒りに正気を失って、動脈を切ったりはしていない。ぼくはいつだって自分の行動をきちんと把握していた。

（ぼくはそのことを恥じなければならないのだろうか？　家具を壊しも、腹を切りひらきも——彼女を殺そうともしなかったことを？）ジーナに侮蔑されて感じた刺すような痛みは、まだ残っていた。そして、ジーナがほんとうはなにを考えているか、これまでぼくがまるでわかっていなかったとしても、ジーナに殴り倒されたとき、ひとつのことは理解した。ぼくが感情に支配されることがなく、自制を失うことがなかったから……彼女には、ぼくがどこかしら人間以下に見えたのだ。

ぼくは傷口にタオルを巻きつけると、医薬ユニットに状況を説明した。ユニットは数分間ぶんぶんうなってから、抗生物質と止血剤とコラーゲン状絆創膏（ばんそうこう）を軟膏（なんこう）にしたものを絞りだした。塗って少しするとそれは乾いて、皮膚に密着した包帯のようになった。

医薬ユニットには目がついていないので、ぼくは映話の横に立って、ユニットにぼくたちの作業結果を見せた。

ユニットがいった。「排便の際はあまり息まないように。また、笑いすぎないようにしてください」

8

アンジェロは陰気な顔で、「妹にいわれて来たんだ」

「そうか、まあはいれよ」

ぼくは先に立って廊下を進み、アンジェロを居間に通した。ぼくはたずねた。「娘さんたちは？」

「元気だ。元気すぎ」

マリアが三歳で、ルイーズが二歳。アンジェロとリサは自宅の防音オフィスで在宅勤務をしながら、交替で保育をしていた。アンジェロはネット大学（名義上はカナダに存在）の数学者で、リサはオランダに工場をもつ企業のポリマー化学者。

アンジェロとは大学時代からの友人だが、彼の妹にはじめて会ったのは、ルイーズが生まれたときだ。ジーナは赤ちゃんとお母さんのようすを見に病院に来ていて、ぼくは相手が親友の妹だとも知らず、エレベータでいっしょになったジーナにひと目惚れした。

椅子にすわると、アンジェロは用心深く口をひらいた。「妹はおまえのようすをちょっと知りたいってことらしい」

「ぼくは十日間に十回メッセージを彼女に送った。ぼくのようすなら、よく知っているだろ」

「急にメッセージをよこさなくなったといっていたぞ」

「急に？　うけとったのは恥をしのんだメッセージ十回だけだものな、返事はひとつもなしだけど」皮肉をいう気はなかったのだが、アンジェロは早くも、戦場のまん中で立ち往生した平和使節のような表情になりかけていた。ぼくは笑いながら、「彼女がききたがっているとおりのことをいってやれよ。ぼくが打ちひしがれているとか……だけどずいぶんもちなおしたとか。彼女を侮辱(ぶじょく)していると思われたくない……でも、罪悪感も感じないでほしいんだ」

　ぼくがつまらないジョークを口にしたかのように、アンジェロはあいまいな笑みを浮かべて、

「妹はそれを悪くとるだろうな」

　ぼくは両手を握りしめて、ゆっくりといった。「それはわかっているし、ぼくだってそうするだろう、でも、彼女の気が楽になるんなら、きみに伝えてほしいんだけど……」ぼくは言葉を止めた。「彼女が戻ってくる可能性は全然ないのか、とぼくにきかれたら、どう答えろといわれている？」

「ない、といえと」

「だろうな。だけど……本気でそういったのか？　彼女は本気なのかときかれたら、どう答えろといわれた？」

「アンドルー――」

「忘れてくれ」

長く、気まずい沈黙がおりた。いま彼女がどこにいて、だれといっしょなのかをきこうかと

思ったが、アンジェロは教えてくれないだろう。それに、ぼくもほんとうにそれを知りたいわけではなかった。

　ぼくはいった。「ぼくはあす、ステートレスに出かけなくちゃならない」

「ああ、きいている。仕事がうまくいくといいな」

「このプロジェクトを喜んで引き継ぐだろう別のジャーナリストがいる。映話を一本かけるだけで——」

　アンジェロは首をふった。「そんなことをする理由はどこにもない。そんなことをしてもなにも変わりはしないんだ」

　ふたたび沈黙。しばらくしてから、アンジェロはジャケットのポケットに手をいれて、プラスチックの小さな錠剤ケースをとりだした。「脱制止剤（D）をのんでいるんだ」

　ぼくはうめいた。「きみはそういう代物（しろもの）に手を出す人間じゃなかったのに」

　アンジェロは傷ついたような目でぼくを見あげた。「これは無害だ。なにもかも忘れたくなるときだってある。悪いか？」

「別に」

　Dは無毒性で非中毒性だ。それはおだやかな幸福感を作りだし、より努力しなければものごとを熟考できなくする。この点は適量のアルコールか大麻とよく似ているが、副作用はほとんどない。Dは血流中での濃度を——ある数値を上まわると、分子が自己崩壊を引きおこして——自己制御するので、ひと瓶まるごとのんでも、一錠だけ服用するのとまったく違いはない。

アンジェロがぼくに錠剤ケースをさしだした。ぼくはしかたなく一錠とりだして、てのひらにのせた。

ぼくが十歳になるころには、アルコールは上流社会からほとんど姿を消していたが、〝社会の潤滑油〟としての役割は無条件に有益なものとして、つねに回顧的に賛美されてきた気がする。アルコールに関して病的と見なされているのは、それが誘発する暴力と臓器損傷だけだ。しかしぼくには、アルコールにとって代わったDという無副作用薬剤が、アルコールにまつわる真の問題を留出したものに見えた。たしかにアルコールが姿を消して、肝硬変、脳損傷、各種の癌、それに酔っぱらいが起こす最悪の交通事故や犯罪は、ありがたくも消滅した……それでもぼくは、人間の体にはアルコールやDなどの精神活性剤の助けなしにコミュニケーションをとったりリラックスしたりする能力がない、と認める気にはなれない。

アンジェロは錠剤をのみくだすと、ぼくにいいきかせるように、「どうした、そいつをのんでも死ぬわけじゃない。既知のあらゆる人間文化は、なんらかのこの種の――」

ぼくはそれを口に放りこむふりをして、じっさいはてのひらに隠しておいた。（既知のあらゆる人間文化なんか糞喰らえ）アンジェロをだましたことで、罪の意識にちらりと心が痛んだが、いまそんなことで議論する気力はない。それに、親友を裏切ったのにはきちんとした理由があった。ジーナが兄になんといったか、だいたいのところは想像がつく。『あいつにDをのませて、でもなければまともに話ができるようにならないから』彼女はアンジェロをここによこせば、ぼくが心をひらき、苦悩を吐露して、治癒されると期待しているのだ。それは――この兄妹から見れば――人情味あふれる行為であり、その返礼として最低限ぼくにできるのは、彼女が自分はいいことをしたと信じられるようにするためにアンジェロがつく必要のある嘘の数を、減らしてやることだった。

薬が各種の脳内経路を閉じるにつれ、アンジェロの目がどんよりしてきた。ぼくはふと、ジェイムズ・ロークはもうひとつの議論を呼ぶHワードをリストにつけ加えるべきだと思った。実直(honesty)。フロイトは、考えなしに発せられた言葉ほど、不思議なことに、決まって真実だ――熟考はなにもつけ加えず、自我は検閲するか嘘をつくだけ――という奇妙な認識を西洋文明に押しつけた。それはなにより便宜上(べんぎじょう)生みだされたアイデアで、フロイトは自由連想などのトリックを使って、心の中でもっとも嘘をつきやすい部分を特定し、残りの部分すべてが生みだしたものには〝偽りがない〟と宣言したにすぎない。

しかしいまなら、アンジェロは化学的に清められたはずのぼくの言葉を真剣にうけとるだろうから、ぼくは一気に要点にはいった。「いいかい。ジーナに、ぼくは平気だと伝えてくれ。きみを傷つけて悪かったと。自分は身勝手だったと思う。変わろうと努力するつもりだ。いまもきみを好きだ……でも、もう終わりなのはわかっていると」もっというべきことを探したが、彼女が知る必要のあることはほかになにひとつなかった。

ぼくが目新しい重要なことをいったかのように、アンジェロは深々とうなずいた。「おまえが女とうまくいった試しがないのが、ずっと不思議だったんだ。単にツキがないだけかと思っていた。でも、おまえのいうとおりだよ。おまえは身勝手なひどい野郎だ。仕事以外のことにはじつは関心がない」

「そのとおり」

「じゃあ、変わろうと努力するって、なにする気だ？　職を変わるか？」

「いや。もうだれとも暮らさない」

アンジェロは顔をしかめた。「それはまずいだろ。輪をかけて身勝手になるだけだ」

ぼくは笑って、「そうか？　理由を説明してくれるかい？」

「そんなことをしたら、努力さえしなくなるからだよ！」

「努力に他人の犠牲がともなっても？　ぼくが他人を傷つけることにうんざりして、二度とそんな真似はしないと決めたのだとしても？」

こんな単純な話にもアンジェロはとまどったようだ。アンジェロは大人になってからDを使いはじめたので、青年期からこの薬への耐性をつけていた人々よりも、薬で脳が混乱しやすいのだろう。

ぼくはつづけて、「かつてのぼくは、自分がだれかをしあわせにできると心底思っていた。そして自分自身のことも。でも、六回の失敗で、ぼくはそれができないことを証明したと思う。だからぼくは、ヒポクラテスの誓詞を採用することにした――『被害を出すな』。そのどこがいけない？」

アンジェロはぼくを疑わしげに見て、「修道僧みたいな生きかたをするおまえなんて、どうにも思い浮かばないよ」

「どっちかに決めてくれ。さっきはぼくが身勝手だといって、こんどは信心ぶっているという。ちなみに、ぼくのマスかきの技術は疑わないでほしいな」

「ああ、だがオカズを使っていると、ひとつ小さな問題が起こる。ほんものへの欲求がなおさら高まるんだ」

ぼくは肩をすくめて、「そしたら、神経的汎性のところに行くさ」

「最高の冗談だ」

「まあ、それがつねに最後の手段としてあるってこと」ぼくはもうこの馬鹿げた儀式がうっとうしくなっていたが、アンジェロを追いかえすのが早すぎたら、ジーナをじゅうぶんに満足も納得もさせない話をされるおそれがある。こまかいことはアンジェロの胸の内ということですむだろうからどうでもいい——しかしアンジェロには、夜が白みはじめるまでぼくたちが腹蔵なく話しつづけた、と真顔で語ってもらわなくてはならないのだ。

ぼくは話をそらした。「きみは絶対結婚しないといい張っていたじゃないか。一夫一婦婚は弱者のすることだって。相手を決めないセックスこそ、社会的意識をもつ者にとって、より誠実で、よりよい——」

アンジェロは声をあげて笑ったが、歯ぎしりしている。「それは十九のときの話だ。当時おまえが撮影した傑作をもちだしてこられたら、どんな気分になる？」

「コピーをもっているというなら……いくらなら売る？」いまとなっては信じられないことだが、ぼくは人生の四年間——とさまざまなパートタイムで稼いだ数千ドル——を費やして、半ダースの絶望的にひとりよがりな前衛映画を作ったのだ。そのひとつの水中舞踏版『ゴドーを待ちながら』は、デジタルビデオ時代に生みだされたぶっちぎりで最悪の作品だろう。

アンジェロはカーペットを見つめて、急に憂鬱そうになり、「いや、本気でいっていたんだ。あのときは。家族という概念のすべてが――」身震いして、「生き埋めにされるも同然に思えた。もっとひどいことなど想像できなかった」

「しかしきみは成長したわけだ。おめでとう」

アンジェロは怒りのこもった目でぼくをにらんで、「そのいやったらしいおちゃらけをやめろ」

「悪かった」冗談をいっているようすではない。ぼくは微妙な問題に触れたようだ。

「だれも成長はしない」とアンジェロはいった。「それは人々がよく口にする嘘の中で、いちばん質の悪いもののひとつだ。人は変わるんだ。人は妥協する。人は望みもしない状況に迷いこんで……そこで我慢をする。だが、それがある種の……情緒的な成熟という輝かしい運命を達成することだなんていうんじゃないぞ。そうじゃないんだ」

ぼくおずおずと、「なにかあったのか？　リサと？」

アンジェロはいいわけするように首をふった。「いや。すべてがうまくいっている。人生はすばらしい。おれは家族みんなを愛している。だがそれは……」アンジェロは目をそらし、その全身が張りつめているのが見てとれた。「そうしなければ、おれの気が変になるからにすぎない。おれがそれをうまくやらなくちゃならないからでしかないんだ」

「でもきみはやっている。うまくやっているじゃないか」

「そうさ！」肝心な点を理解できないぼくに、アンジェロは顔をしかめた。「それにいままでは、さほどの手間でもない。ただの習慣になっている。しかし……昔はもっとなにかがあるはずだと思っていた。あることに価値を置いていたのが、別のことに価値を置くように変わるのは……新しいなにかを学び、よりよいなにかを理解したからそうなるのだと、昔は考えていた。だがじっさいはまったくそうじゃなかった。おれは自分が現に置かれている状況に価値を見出しているだけだ。それだけだ、ただそれだけのことでしかない。人は不満足な状況にも耐える。人は逃れられないものを神聖視する。

おれはほんとうにリサを愛しているし、ほんとうに娘たちを愛している……だがそこには、それがいまのおれに送れる最良の人生だという事実以上の深い理由はない。自分が十九歳のときにいったことには、なにひとつ反論できない――あれからなにも知恵がついていないからだ。なにも賢くなっていない。おれはそれに憤（いきどお）っている。成長だの成熟だのについてきかされた、糞ったれな仰々しい嘘の山に。〝愛〟や〝犠牲〟は、自分が敵陣に追いこまれたときに正気でいるための行為でしかない、と正直に認めたやつはだれもいない」

「いまのきみは最悪だな。パーティでDをのむんじゃないぞ」

　アンジェロは一瞬、傷ついたような顔をしてから、わかってくれた。ぼくが沈黙を守ると約束したのだと。アンジェロが薬を使っていないとき、ぼくはいまの話をひとことも蒸しかえしたりしない。

日付が替わる直前、ぼくはアンジェロを送って駅まで歩いた。暖かなそよ風が吹き、空には無数の星。

「ステートレスでの仕事がうまくいくといいな」

「帰宅後の報告がうまくいくよう祈っている」

「そうだった。ジーナには……」アンジェロは言葉を途切らせ、失語症になったように顔をしかめた。

「なにか考えて話してくれるんだろ」

「ああ」

ぼくは列車が姿を消すまで見送りながら、考えていた。彼女はぼくの支えになってくれた。けれどぼくは、しばらく自分たちのことを忘れることがあった。これから彼女はうまくやっていくだろう。そしてぼくもだ。あす、ぼくは南太平洋の島にいる……ヴァイオレット・モサラといっしょの二週間をはったりで切り抜けようとしながら。

敵陣に追いこまれて。

望みうる最高の状況じゃないか？

第一部

9

ステートレスは生きている人工の島で、南太平洋の中央にある無名の平頂海山(ギヨー)——頂部が平らな水面下の死火山——に固着していた。位置は南緯三二度、北側のポリネシア諸国家の海洋資源ゾーンの外側で、明白な公海上だ（南極の不法居住者たちが主張するお笑いぐさの領海は別にして）。というと海の彼方にきこえるが、シドニーからの距離は四千キロメートルでしかない。直行便があれば二時間かからないところだ。

ぼくはカンボジアのプノンペン空港のトランジットラウンジにすわって、うなじの筋肉をほぐしていた。空調は寒いくらいだったが、湿気はさえぎられずに空港ビルにはいりこんでいるようだ。この街をじかに見たことはなかったので、ぶらついてみようかとも思ったが、フライトとフライトの間隔は四十分しかなかったし、その時間の半分は必要なビザを取得するだけでつぶれそうだ。

オーストラリア政府がステートレスに対するボイコットをこうも熱烈に支持している理由が、

ぼくにはさっぱりわからない。過去二十三年間、歴代の外務大臣は声高に、ステートレスが〝世界情勢を不安定にしている〟と指摘してきた——がじっさいは、温室効果難民を世界のどの国よりも大量にうけいれることで、ステートレスは緊張緩和にいちじるしく貢献していた。たしかに、ステートレスの創設者たちが無数の国際法を破り、特許のある何千ものＤＮＡ塩基配列を無許可で使用したのは事実だが……先住民（アボリジニ）に対する侵略と大量殺人で礎（いしずえ）を築いた国家（その行為に対しては、二百五十年後に署名された条約で神妙に遺憾（いかん）の意が表（ひょう）された）が、道義的立場でまさっているといえた義理ではなかろう。

ステートレス排斥の理由が、純粋に政治的なものであることはあきらかだ。だが、その理由を明白にする必要があると感じている権力者はいないらしい。

こういうしだいで、ぼくは方向違いの四時間のフライトに強ばった（こわ）体でトランジットラウンジにすわり、**シジフォス**の物理学のレッスンでいちど斜め読みしただけの項目に目を通そうとしていた。眼球運動軌跡分析によって、ちょうど重要な箇所に来るたびに、そこが責めるような青でハイライトされるのがいらだたしい。

少なくともふたつの相いれない一般的な測定法が**T**、加算の基底をもつすべての位相空間の空間、には応用可能である。ペリーニ測度［ペリーニ、二〇一二年］とソウペ測度［ソウペ、二〇一七年］はともに、**T**の有界の全部分集合用に定義され、**M**——ｎ次元パラコンパクト・ハウスドルフ多様体の空間——に限定した場合は同値であるが、よりエキゾチックな空間の集合では矛盾する結果を生じる。しかしながら、この不一致の物理的意味あいはあいまいなままで――

ぼくは集中できなかった。あきらめて、目を閉じ、仮眠しようとする――が、ぼくは午睡をする生化学的状態にないらしい。そこで心を空にして、リラックスしようとした。やがて、ノートパッドがチャイムを鳴らして、ディリへの接続便の搭乗開始を知らせた――数カ国語の音声アナウンスがはじまる数秒前に、ラウンジの赤外線放送から情報をひろったのだ。ぼくは金属探知ゲートにむかい――ゲートをくぐりながら、マンチェスター大学で被験者の学生の脳から詩を引っぱりだしていたスキャナーを連想した。二十年以内に、非武装ハイジャックを目論むやつらは、爆発物やナイフと同様たやすく見つけられるようになるに違いない。ぼくのパスポートファイルには、疑われかねない体内の改変の詳細が記載されていて、神経質な公安警官にぼくが人間爆弾でないと保証している……たぶん将来、これと同じような無害証明書が、高度二万メートルで暴れまわるという好ましからぬ夢想にとりつかれたやつらには必要となるだろう。

カンボジアからステートレスへの便は出ていない。中国、日本、韓国はみなボイコット支持国なので、カンボジアは厄介ごとを避けて主要な貿易相手国と足並みをそろえていた。オーストラリアの対応も同様だが――〝無政府主義者〟たちの処罰に対する熱のいれようは、政治的現実主義が求める範囲をはるかに逸脱していた。ともかく、プノンペンから東ティモールのデイリへは便があり、そこからぼくはようやく目的地にたどりつくことができる。

あたりまえの話だが、シドニーからディリへの直行便などあるわけがない。インドネシアは一九七六年の東ティモール併合後、収益——ティモール海裂の油田——をサイレントパートナーであるオーストラリアと分割した。五十万人の東ティモール人が死んだあと、二〇三六年、油井は無意味な存在になった。炭化水素の分子が、工学産藻類(そうるい)によってどんな形と大きさでも採掘の十分の一の費用で日光から造れるものになったのだ。インドネシア政府は、同盟国のどこからよりも自国民からの圧力によって、ようやく、しぶしぶ、ティモール・ティムールの自治権要求に応じた。つづいて二〇四〇年には正式に独立。だがそれから十五年経(た)っても、石油泥棒たちに対する訴訟はまだ解決していない。

ぼくはへその緒を通って搭乗し、席に着いた。数分後、あざやかな赤いサロンと白いブラウス姿の女性が、隣の席にすわった。ぼくたちはにこやかに会釈を交わした。

その女性がいった。「わたしがいまどんなややこしい旅の途中か、いっても信じてもらえないでしょうね。うちの同業者がオフラインで会議をひらくことなんてめったにないんだけど——今回は、世界じゅうでもっとも行きにくい場所を選ぶほかなかったから」

「それってステートレスのことでは?」

彼女は同情する目でぼくを見た。「あなたも?」

ぼくはうなずいた。

「お気の毒に。あなたはどこから?」

「シドニーから」

彼女の訛りはまずまちがいなくボンベイのものだったが、「わたしはクアラルンプールから。あなたのほうが大変な思いをしているわけね。わたしはインドラニ・リー」

「アンドルー・ワース」

リーはぼくと握手して、「もちろん、わたしは自分で口頭発表をするわけじゃないの。それに会議録は閉会の翌日にネットにアップされるはずだけど。でも……その場にいなかったら、噂話が全然きけないでしょ？」リーは共犯者の笑みを浮かべた。「世の中にはオフラインで話したくてたまらない人が増えている――オフラインなら記録も、監査証跡（オーデイト・トレイル）も残らないから。じかに顔をあわせる機会が来るたびに、だれもがありったけの秘密を五分で話す準備ができている。そう思わない？」

「だといいね。ぼくはジャーナリストだから――《シーネット》のための会議を取材にいくんだ」ぼくは思いきってほんとうのことをいったが、そもそも万物理論（TOE）の専門家のふりをしようとしていたわけではない。

リーはあからさまな軽蔑は見せなかった。飛行機が垂直に近い上昇をはじめた。ぼくがすわっている中央通路寄りの安い席の画面にも、真下に遠ざかっていくプノンペンが映っていた――街は、蔓（つる）に覆われた石造寺院（ほんものも偽物もある）から消えゆくフレンチ・コロニアル様式（同前）、さらにきらめく黒いセラミックまで、さまざまな建築様式の驚くべきごった煮だった。リーの画面は非常時の対応を音声つき映像で説明しはじめた。ぼくは最近頻繁に同型機を利用していたので、説明は不要と見なされた。

説明が終わったところで、ぼくは声をかけた。「専門をきかせてもらっていいかな? TOEなのはもちろんとして、どの説を支持して――」

「わたし、物理学者じゃないの。やっていることは、むしろあなたの仕事に近い」

「あなたもジャーナリスト?」

「社会学者。仕事内容を正確にいえば、現代思想の力学の研究。つまり……物理学が終焉(しゅうえん)を迎えようとしているのなら、その重大事態に現地で立ちあったほうがいいと思ったわけ」

「そこに行くのは、科学者たちに自分たちが〝じっさいは単なる司祭と物語作家〟だと気づかせるため?」ぼくは冗談のつもりでそういった。リーの言葉が皮肉っぽかったので、調子をあわせたつもりだった――が、ぼくの返事は非難めいてきこえたようだ。

リーはぼくをとがめるようにねめつけて、「わたしはどこかの無知カルトのメンバーじゃありません。それに、あなたが社会学を《わきまえろ科学!》や《神秘主義復興運動》の温床(おんしょう)かなにかと思っているなら、二十年は時代遅れだといわざるをえない。そういう連中はみんな、いま大学では歴史学部にいるんだから」リーは表情をやわらげて、疲れきった諦観(ていかん)のようなものを浮かべた。「なのにいまも、わたしたちは多くの非難を浴びているの。信じられる――この前も医療研究者たちに、一九八〇年代のとんでもないでっちあげの研究ふたつの個人的な責任がわたしにあるみたいに、面とむかって非難されたのよ」

ぼくはわびをいい、リーは気にするなというように手をふった。ロボットワゴンが飲食物をすすめに来たが、ぼくは断った。理屈にあわない話だが、ステートレスへのジグザグな道すじの最初の行程で、ノンストップの太平洋横断フライトよりも気分が悪くなって、それがつづいていたのだ。

青々としたベトナムのジャングルが波立つ灰色の海にとってかわられると、ぼくたちはその光景について二、三の冗談を交わし――さらに会場にたどりつくまでの試練を同情しあった。失態は演じたものの、ぼくはリーの仕事には興味を引かれていたので、その話題を再度もちだす勇気をなんとか奮いおこした。「物理学者たちの研究に時間を注ぐ気になったのは、どんな点に惹かれたから？　つまり……科学そのものに惹かれたのなら、あなたは物理学者になっていたはずだ。外野から見ているのではなしに」

リーは、なぜわざわざそんなことを、というように首をふって、「あなただってこれからの二週間、外野にいるわけでしょうが？」

「ああ――だけど、ぼくの仕事はあなたのとはまったく違うから。とどのつまり、ぼくは報道機関の技術者にすぎない」

ぼくを見るリーの目は、『その件はあとで問いつめるとして』、といっているようだった。

「物理学者たちはTOEを進歩させるためにこの会議に来ている、でしょ？　まちがった理論を捨て、正しい理論を精緻なものにするために。あの人たちが興味をもつのは最終結果だけ――きちんと機能し、既知のデータと合致する理論。それがあの人たちの仕事、使命なの。ここまではいい？」

「だいたいは」

「むろん物理学者たちは、そのために用いている計算作業以外のさまざまなプロセスを自覚している。アイデアを伝えたり隠したり。協調したり競争したり。物理学者たちが政治や派閥や同盟について、なにも知らないなんてことはありえない」リーはいかにも純真そうに微笑んで、「いま使った言葉のどこにも、軽蔑の意味はないの。物理学は――《文化第一主義》のようなグループが主張しつづけているのと違って――その歴史に情実や嫉妬、ときたまの過激な暴力行為といったまったくのありふれたできごとがひと役買ってきたからというだけで、『化けの皮をはがされ』はしない。けれど、物理学者たち自身が後世の人々のためにそんなことをいちいち書きとめて時間を無駄にすることは、まず期待薄。あの人たちが望むのは、自分のささやかな理論の断片を純化して磨きあげることで、そのあと、それを発見した経緯について簡潔で洗練された嘘をつく。だれだってそうするでしょ？　そしてあるレベルでは、それでなんの違いももたらさない。科学の大半は、それを生んだこまかい人間ドラマなんかなにも知らなくても、評価できるから。

　でもわたしの仕事は、可能なかぎりの真の歴史を入手すること。物理学の〝権威を失墜させる〟ためじゃない。別個の分野の学問として、入手そのものが目的よ。科学の別の部門として」それから冗談ぽく釘をさすようにつけ加える。「これは信じて、わたしたち社会学者は、いまでは物理学がすべてを方程式化できることをうらやんだりはしていません。その点では、もういつでも社会学が物理学を追い抜いて不思議はない。物理学者たちは自分たちの方程式を結びつけたり、捨て去ったりしつづけている。一方わたしたちは、新しい方程式を作りだしつづけているの」

ぼくはたずねた。「でも、もしメタ社会学者があなたの肩ごしにのぞきこんで、あなたが日日おこなっているいいかげんな妥協をすべて記録していたら、どんな気分になる？　自分のついた洗練された嘘から逃れられなくされたら？」

リーはためらうことなく認めた。「もちろん、絶対にいや。そうなったら、わたしはなにもかもを隠そうとするでしょう。でも、それがこの職業（ゲーム）のすべてなのでは？

物理学者たちは気楽なものよ――わたしに対してはともかく、自分たちの研究対象に関しては。宇宙はなにも隠すことができないんだから。〝宇宙の秘密を探りだす〟というヴィクトリア朝的な擬人化されたたわごとは、全部忘れて。宇宙は嘘をつけない。宇宙はあるがままにあるだけで、そこにほかの意味はない。

人間はその対極。なによりも多くの時間と、労力と、悪知恵を注ぎこんで、真実を隠そうとする」

上空から見た東ティモールは、海岸沿いの田畑と、人手がはいっていないように見える山岳地方のジャングルとサバンナが作る、目のこんだパッチワークだった。山のあちこちで焼畑（やきはた）をする十あまりの小さな火の手があがっていたが、たなびく煙の下の黒ずんだ点は、古い露天掘（ろてんぼ）り鉱山の傷跡に比べればなにほどでもなかった。飛行機は島の上空で螺旋（らせん）状にUターンしながら降下し、何百もの小さな村が視界にはいってきては、すべるように消えていった。

田畑は商標色をつけていなかった(もちろん第四世代バイオテク企業のロゴを描いてもいない)。少なくとも見てわかる範囲では、農民たちは転向の誘惑を拒んで、昔からの非特許作物だけを育てていた。輸出用農業は瀕死の状態だった。都市化が極度に進んだ日本ですら、自国民を養えている。自給自足めざして必死なのは、最新技術による製品の認可料を払えない最貧国だけだ。東ティモールはインドネシアから食料を輸入していた。

ちっぽけな首都に着陸したのは、正午をすぎてすぐ。空港にへその緒はなく、ぼくたち乗客は猛暑の中、タール舗装の滑走路をはるばる歩かされた。ぼくの肩のメラトニン・パッチは、家の医薬ユニットがプログラムしたとおり、シドニーより二時間早いステートレス時間にむけて問答無用でぼくを押し進めている——が、ディリはその逆方向にシドニーと二時間の時差があった。ぼくの頭は生まれてはじめてのジェットラグでふらふらで、体のほうは真昼の強烈な光のもとでとまどっていた——フランクフルトやロサンジェルスにおりたったときには体内時計の狂いを少しも感じなくてすんだのだから、ふだんのパッチの効果はほんとうに気味悪いほどだという思いがわく。もしぼくが視床下部の時計を、無意味な輪を描く飛行経路どおりに現地の時間帯といちいち同期させていたら、どんな気分になっていただろう。いまよりマシか、もっと悪いか……それとも不安になるほどいつもどおりで、ぼくの時間認識の一部分がもっとも単純な生化学的現象だとあきらかになるのか?

平屋建ての空港ビルはごった返していた——これまでボンベイや上海やメキシコシティで目

にしたよりも多くの人が旅客の見送りや出迎えに来ているし、世界じゅうのどの空港で見たよりも多くの制服姿の職員がいた。ぼくはステートレスへの独占に近い航空路に課せられた二百ドルのトランジット税を払うために、インドラニ・リーのあとについて列に並んだ。それはまさに恐喝だったが……ここで見て見ぬふりをせずにいるのはむずかしい。ほかにどうやったら、この規模の国家が食糧を買うのに必要な外国為替を工面できるのか？　ぼくがノートパッドのキイをふたつ三つ押すと、**シジフォス**が答えた。「それは非常に困難です」

東ティモールは、リサイクルしても世界全体の需要を満たすにはなお不足で採掘を要する少数の希少鉱物をまったく産せず、国内産業に役立つ天然資源もとっくに奪いつくされていた。自生する白檀（びゃくだん）の取引は国際法で禁じられているし、どのみち工学産プランテーション種（しゅ）のほうが良質で安価な製品になる。独立運動が沈静化されたかに見えた短い一時期、ふたつの多国籍エレクトロニクス企業がディリに電気器具の組立工場を作ったこともあったが、それも二〇二〇年代に最低賃金労働者よりもオートメーションのほうがさらに安あがりになると、すべて閉鎖された。これで残る産業は観光と文化。だが、ここでいくつのホテルを満室にできるだろう（答えは小さいのがふたつ、ベッド数はあわせて三百）。世界のネット上で作家や音楽家や芸術家として生計を立てていける人が国全体で何人いるだろう（四百七人）。

理屈としては、ステートレスも基本的な同じ問題のすべて、プラスアルファに直面している。だが、ステートレスは最初から世界に背をむけていた――その土地自体が無認可バイオテクで造られたものなのだ。そして、あそこに飢（う）えている人はいない。

じつは空港にいる人々の大部分が友人の送り迎えで来ているのではないことに、ぼくはなかなか気づかなかったが、それはジェットラグのせいに違いない。ぼくが旅行カバンや土産物だと思っていたものは、商品だった。ここにいるのは、観光客と旅客と地元民というより、商人とその客だ。空港の一角にはみすぼらしい公認ショップがふたつあったが……建物全体が市場として二倍に膨れあがっている感じだった。

まだ行列をしたまま、ぼくは両目を閉じて**目撃者**を起動した。一連の眼球運動で目ざめた腸内のソフトウェアが、コントロール・パネルのイメージを生成して、視神経に送りこむ。ぼくがパネルの『撮影地』を見つめると、『シドニー』のままになっていたそこがブランクになった。ぼくは垂直な仮想パネルを片手打ちする身ぶりをして、『ディリ』と入力した。それから、『録画開始』にはっきりと視線をむけて、その語句をハイライトしてから、目をひらいた。

目撃者が確認する。「ディリ、二〇五五年、四月四日、日曜、グリニッジ平均時04：34：17」

ビーッ。

トランジット税を徴収しているのは税関で——あきらかにそこのハードウェアがダウンしていた。ノートパッドで手短に赤外線をやりとりしていっさいを処理する代わりに、ぼくたちは複数の書類にサインし、IDカードという物体を提示して、正式なゴム印の押されたボール紙の搭乗券をうけとった。ぼくはなにか問題が見つかってつまらない難癖をつけられるのを半ば覚悟していたが、税関吏はパプア人特有の短い縮れ毛の頭に帽子をかぶったおだやかな口調の女性で、ほかの人々に見せたのと同じ辛抱強い笑みを浮かべながら、ぼくの事務手つづきをほとんど瞬時に終わらせた。

　ぼくは空港内をぶらついたが、スクラップブック用にその場所を撮影していただけで、なにを買う気もなかった。人々はポルトガル語やインドネシア語（バハーサ）や英語で叫んだり値切り交渉をしたりしている――**シジフォス**によれば、テトゥンやバイケムといった徐々に復活中の東ティモールの地方語も混じっているそうだ。空調は利（き）いているはずだが、それを大勢の人々の体温が打ち消しているに違いなく、五分後にはぼくは汗をしたたらせていた。

　商人たちが売っているのは、敷物、Tシャツ、パイナップル、油絵、聖人の彫像。干物（ひもの）の売り台の脇を通ったときには、吐きそうになって必死でこらえた。においは平気だが、何度目にしても、人間が消費することになる死んだ動物の姿には、人間の死体では感じたことがないほどのショックをうける。生体工学産農作物はすべての栄養価において、肉と同等か上まわるのに。オーストラリアでもまだ細々と肉は売買されているが、大っぴらにではないし、見た目もそれとわからないよう処理されている。

《マサリーニ》のジャケットに見えるものを、ニューヨークやシドニーでの売値のたぶん一割で売っているラックがあった。ノートパッドをかざすと、ぼくのサイズのを一着見つけて、襟のタグと交信してそれがほんものか確認を求め、認証のしるしにチャイムを鳴らした……が、ぼくは疑っていた。ぼくはラックの脇に立っているやせた十代の少年にきいた。「これはほんものの真正証明チップなのか、それとも……？」少年は無邪気そうな笑顔を浮かべたが、無言だった。ぼくはそのジャケットを買ってから、タグをはぎとり、少年の手にチップを返した。

「そいつはまたなにかに使えるだろ」

ぼくはソフトウェアの売り台のそばでインドラニ・リーに出くわした。リーがいった。「いま気づいたんだけど、会議に出席する人があそこにもいる」

「どこ?」ぼくの中で興奮とパニックが交錯した。それがほかならぬヴァイオレット・モサラのことだったら、ぼくにはまだ対面する準備ができていない。

リーの視線をたどった先にいたのは、初老のコーカソイド人女性で、スカーフの売り子と激しくいいあっている。ぼんやりと見覚えはあるが、横顔を見ただけでは名前が出てこない。

「だれだっけ?」

「ジャネット・ウォルシュ」

「まさか。冗談だろ」

だが、ほんとうだった。

ジャネット・ウォルシュは受賞歴をもつイギリスの小説家で――《わきまえろ科学!》の世界でもっとも著名なメンバーのひとりでもある。ウォルシュの名声の出発点は二〇二〇年代に発表した長篇『欲望の翼』(『味わい深く、ちょっぴり毒のある、鋭い寓話』――《サンデー・タイムズ》紙)で、これは〝異星種族〟を描いた物語だ。その異星種族というのはたまたま人間そっくりそのままなのだが……ただしその種族の男性は生まれつき大きな蝶の羽がペニスに生えていて、それは童貞を失うときに例外なくちぎりとられて血まみれになる。異星の女性たち(処女膜がない)はみな冷酷野蛮。物語終盤まで出会う相手に片っぱしからレイプされたり虐待されたりしたあと、主人公(ヒーロー)の男性は失われた羽を——肩に——復活させる魔法的手段を発見し、夕焼け空に飛び去っていく（『すべてのジェンダー的固定観念を嬉々としてひっくり返す』——《プレイボーイ》誌）。

それ以来ウォルシュは、〝男性的科学〟（原文ママ）——その言葉の定義は不明確だが、とにかくつねに災難しかもたらさないもので、女性でも誤った道に深く導かれれば手を染めかねないけれど、それはレッテルを変える理由にはまったくならないらしい——の邪悪さに関する道徳物語ばかりを書いてきた。ぼくは『過負荷のジェンダー精査』で、この問題に関するウォルシュのもっとも簡潔なコメントを引用した。『傲慢で自信過剰、抑圧的、還元主義的、搾取的で、精神的に貧しく、人間性を奪う——そんなものを「男性的」以外になんと呼べばよいのでしょう？』

ぼくはリーにきいた。「なんでだ？　あの女はなにしに来たんだ？」

「きいてない？　ああ、あなたは移動中だったかもね、わたしは出発直前にネットで見たけど。どこかのゴシップメディアがアインシュタイン会議を取材する特派員としてウォルシュを雇ったの。《プラネット・ニュース》、だったかな」

「ジャネット・ウォルシュが万物理論の進歩を報道する？」いくら通称《プラネット・ノイズ》こと《プラネット・ニュース》のすることでも、それはシュールな話だった。イギリス王室のだれかに飢饉(ききん)を取材させても、昼メロが首脳会談をテーマにしても、これには遠くおよばない。

リーは素っ気なく、「〝報道〟という言葉はあてはまらないと思うけど」

ぼくはためらいがちに、「教えてくれるかな？　ぼくは……出発前に、会議に対するカルト集団の反応を調べている暇が全然なかったんだ」**シジフォス**に命じておけば、関連記事をいくらでもひろってくれただろうが——ぼくはブリーフィングを必須事項に絞らせていた。「知っているかどうかわからないけど、あの連中は……大きな関心を寄せているんだろうか？」

リーはびっくりしたようにぼくを見つめた。「連中は先週、世界じゅうから直行便をチャーターしたのよ。ウォルシュがぎりぎりになって遠まわりしてきたのは、雇い主のために体裁をつくろっているだけね——公正中立の見せかけを保つってこと。ステートレスはウォルシュの支持者でいっぱいのはず」そして浮かれたようにいい足す。「ジャネット・ウォルシュが来るなんて！　それだけでこの旅は元がとれた！」

ぼくは一瞬裏切られた気分になった。「さっきはカルトとは無縁だって——」

リーは顔をしかめて、「元がとれたっていうのは、わたしがあの女の信奉者だからじゃありません！　ジャネット・ウォルシュはわたしの趣味なの。昼間は合理主義者を研究する。夜はその正反対の連中を研究する」

「それはいかにも……マニ教徒的二元論っぽいね」ウォルシュはスカーフを買って、売り台から離れようとしていた。まっすぐこちらにむかっているわけではないが、ぼくはうしろをむいて顔を隠した。ウォルシュとは前にいちど、ザンビアの生命倫理会議で顔をあわせていて、それは楽しいひとときではなかった。ぼくは力なく笑って、「あなたにとっては、理想的なワーキングホリデーになりそうだね？」

リーは不思議そうに、「あなたもでしょ、違うの？　あなたは二、三の眠気を誘うセミナーより撮影しがいのあるものが、死ぬほどほしいと思っていたに決まっている。これで、ヴァイオレット・モサラ対ジャネット・ウォルシュが手にはいる。物理学対無知カルト。街なかで暴動だって起きるかも。とうとう、無政府状態がステートレスにやってくるのよ。これって、望みうる最高の状況じゃないの？」


オーストラリア、インドネシア、パプアニューギニアのどの領空へも進入を許可されていないので、ぼくの乗ったポルトガル登録の飛行機は、まず東ティモールからインド洋を南西にむかった。海を見ると吹きさらしで灰青色をして雨が降りだしそうだが、上空は晴れわたっていた。機がオーストラリア大陸をまわりこんでカーブを描きおえると、その先は目的地まで陸地を目にすることはない。

ぼくの隣の席は、ビジネススーツ姿のポリネシア人中年男性ふたりで、フランス語で絶え間(ま)なく大声でしゃべっていた。幸いにも、男たちの訛りはぼくがほとんど知らないものだったので、事実上気を散らされずにすんだ。機のヘッドホンにはきく価値のあるものはなかったし、音を出さないときのそれは耳栓(みみせん)としても失格だった。

シジフォスは赤外線と機の衛星リンク経由でネットに接続可能なので、ぼくはこれまで見逃してきたステートレスに滞在しているカルト集団に関する報道をダウンロードしようかと思った――が、自分がまもなく現場に着くのに、そこで待ちうける事態を予想するのは自虐的に思えた。ぼくは自分の注意を全位相モデル(ATM)講義に無理やり引きもどした。

ATMの基礎概念は、言葉にすれば単純だ。宇宙の最深レベルには、数学的にありうる位相をひとつ残らず混合したものが存在する、と考えること。

重力場の量子論の最古のものでさえ、〝真空〟すなわち空虚な時空を、沸騰(ふっとう)する仮想ワームホールの塊(かたまり)――とほかのもっとエキゾチックな位相のゆがみ――がいきなり存在したり消滅したりしているもの、と考えていた。巨視的な長さや人間のタイムスケールでのその見かけがなめらかなのは、不可視なレベルでは複雑な混乱した状態なのを、可視レベルで平均するとそうなるだけの話。ふつうの物質にたとえれば――可撓(かとう)性のプラスチック板は、肉眼では分子、原子、電子、クォークといった微細構造はまったくわからないが、そうした構成要素に関する知識があれば、大きな物質の物理的特性(弾性率など)が計算できる。時空は原子でできているのではないが、連続しつつゆるやかに湾曲している見かけの状態から、より複雑に逸脱した状態へと順に層をなすかたちで〝組みあがっている〟と見なせば、その特性を理解できる。たとえば量子重力はこうして、無数の不可視の結び目や迂回(うかい)路に下支えされた観察可能な時空が、質量(またはエネルギー)を前にして、なぜいまあるようなかたちでふるまう――重力を生むのに必要なまさにそのかたちに湾曲している――のかを説明した。

ATM理論学者たちが競っているのは、この結論を一般化することだ。つまり、標準統一場理論(SUFT)の(比較的)なめらかな十次元の〝全空間〟――その特性が、強い相互作用、弱い相互作用、重力、電磁気力の四つの力すべての原因になっている――を、無数の複雑な幾何学的構造の最終結果として説明すること。

十次元、つまり九つの空間的次元（六つはきつく巻きあげられている）とひとつの時間というのは、厳密に精査しない場合の全空間の見かけにすぎない。原子を構成するふたつの粒子が相互作用するときはつねに、それの占める全空間が、十次元ではなく、十二次元超球や、十三次元ドーナツや、十四次元８の字型や、その他もろもろの一部のようにふるまう可能性がある。じっさいには――ひとつの光子がふたつの異なる経路を同時に進めるのと同じで――任意の数のそうした可能性が同時に影響力をもち、〝たがいに干渉して〟最終結果を生みだす。九つの空間とひとつの時間というのは、単なる平均でしかない。

ＡＴＭ理論学者たちが論争中の大きな問題は、ふたつある。

第一の問題は、〝すべての〟位相とはじっさいなにを意味するのか、ということ。いいかえれば、いまいった可能性は、それがどんな突飛なものであっても、平均的全空間を生みだせるのだろうか？　それができるのは、やはり、ねじれて節のある高次元版プラスチック板で造れる可能性に限られるのか？　それとも、ひと握りの（もしくは無数の）砂粒がばらまかれたような状態――そこには〝次元の数〟や〝時空の湾曲〟といった概念がまったく存在しない――も含まれるのか？

第二の問題は、そうした異なる構造（可能性）すべての平均的影響力を、いったいどうやって計算すればいいのか、ということ。理論をテストする際には――予想を立て、実験でじっさいに測定できる具体的な物理的量を計算するには――どうやったら無数の可能性の和を書きとめて足しあげられるのか？
あるレベルでは、どちらの問題に対しても「とにかく、正解をあたえてくれるものを答えとせよ」というのが当然の返答だろう。だが、正解をあたえてくれる選択肢を見つけるのはむずかしいし……その中にはでっちあげっぽいものがある。もともと無限の和は、あつかいにくいか、ご都合主義的に便利すぎるかのどちらかで悪名高い。ぼくは例をメモした――じっさいのATMのテンソル方程式とは異なるが、要点の説明にはなる。

S＝1－1＋1－1＋1－1＋1－……のとき、
S＝（1－1）＋（1－1）＋（1－1）＋……
＝0＋0＋0……
＝0
しかし、
S＝1＋（－1＋1）＋（－1＋1）＋（－1＋1）……
＝1＋0＋0＋0……
＝1

これは数学的には単純な〝パラドックス〟だ。正しい答えは、なんのことはない、特定の無限列を足しあげても有限の和には絶対にならない、というもの。数学者はこの判決になんの不満もないだろうし、落とし穴を避けるルールもすべて知っているだろう——それにソフトウェアはもっともむずかしいケースでも評価できるだろう。しかし、物理学者が大変な苦労をして手にいれた理論がこうした多義的な方程式を生みだしはじめて、徹底した数学的厳密さと予測力皆無な理論のどちらを選ぶか……言葉を換えれば、現実的に多少のルールに目をつむるか、ありとあらゆる実験と完璧に一致する美しい結果を生みだす理論をとるか……の二者択一になったとき、人々が悪魔のささやきに耳を貸したとしても不思議はない。ニュートンだって、惑星の軌道を計算するために、いまでも数学者が怒りのあまり卒中を起こすような真似を多々やったのだ。

ヴァイオレット・モサラの手法（アプローチ）も議論を呼んでいるが、理由は大いに異なる。彼女のノーベル賞受賞理由は、一般位相幾何学の一ダースの基本的定理を厳密に証明したことだ——その定理はたちまちＡＴＭ物理学者の標準的な数学の道具箱の一部となって、障害物を除去し、多義性に決着をつけた。彼女ほどこの分野に確固たる基盤と、慎重かつ計画的な進歩の手段を提供した人はいない。モサラ批判派の最右翼でさえ、彼女の数学には非難する隙がまったくないと認めている。

問題になっているのは、モサラが自分の方程式に、世界についてあまりに多くを教えていることだ。

ＴＯＥをテストする究極の方法は、次のような問いに答えさせることだ——「固定された陽子にむけて発射された十ギガ電子ボルトのニュートリノが、ダウンクォークを散乱させ、ある角度であらわれる確率は？」……あるいは単に、「電子の質量はいくらか？」早い話、モサラがやったのは、こうした問題のすべてに次のような条件をつけることだった。「もし、時空はおよそのところ四次元で、全空間は同じく十次元で、実験に使われる装置を構成するのがざっと以下のもので……云々かんぬん……だとわかっているならば」

　モサラの支持者たちはこう主張する。モサラは単にあらゆることをコンテクストの中に置いているだけだ。ほかとまったく独立しておこなわれる実験はない。量子力学は過去百二十年以上、その点を口をすっぱくして語ってきた。万物理論（TOE）に、ある微視的なできごとを観測する確率を――「宇宙が存在し、それは、ほかのものとともに、問題のできごとを検知する器材を含む」というただし書きをつけずに――予測しろというのは、「袋からビー玉をひとつとりだしたとき、それが緑色である確率は？」とたずねるのと同じくらい無意味である。

　批判派はこういう。モサラは循環論法を使っていて、証明しようとしているすべての結果をそもそもの最初から仮定している。彼女が計算に組みこんでいる項目には、実験装置の既知の物理的性質に関することがあまりに多く含まれているが、これこそは――間接的に、だがまちがいなく――語るに落ちるというやつだ。

　ぼくはどちらかの陣営につくほどの知識はもちあわせていないが、モサラの論敵たちは偽善者に思える。自分たちも別の見せかけで同じごまかしをしているからだ。論敵たちが示す代替案はみな、宇宙論の知識に依拠していた。この人々が断言するところでは、ビッグバンと時間の発生〝以前〟には（または撞着語法（どうちゃくごほう）を避けるなら、その事象に〝隣接して〟）、すべての位相が等しい重みをもった完全に対称的（シンメトリック）な〝原宇宙（プレ）〟以外はなにも存在せず……そして、もっともなじみ深い物質的量の〝平均値〟は無限だったと思われる。〝無限に熱い〟といわれることもあるプレ宇宙は、時空にあまりに多くのエネルギーが注ぎこまれた場合に——文字どおりあらゆることが等しく可能になって——そうなるであろう完全に均衡のとれたカオスの一種と考えられた。あらゆることと、その正反対のことが等しく可能になれば、最終的にはまったくなにも起こらなくなる。

　だが、なにかの局所的な変動が、ビッグバンを引きおこすかたちで均衡を乱した。そのささやかな偶発事態から、このぼくたちの宇宙が爆発的に誕生した。ひとたびそれが起きると、もともとの〝無限に熱く〟て、無限に公平な位相の混合物は、絶えず偏（かたよ）らざるをえなくなった。〝温度〟と〝エネルギー〟が意味をもつようになったからだ。そして、膨張し、冷えていく宇宙では、〝熱かった〟対称性（シンメトリー）の多くは、湖に投げこんだ溶解した金属のように不安定だったろう。そして、そのシンメトリーが冷えたときに凍ってとったかたちは、たまたま特定の——クォークや電子などの粒子や、重力や電磁力などの力を生じさせた——十次元全空間に近い位相に有利なものだった。

　この論理に従えば、すべての位相を合計する唯一の正しい方法は、この宇宙が——偶然に——プレ宇宙からあるかたちで出現したという事実を組みいれることだ。その際に、破れたシンメトリーの細目は〝手動で〟方程式にあたえる必要がある——細目がこの宇宙とほかの宇宙でまったく違ったものにならない理由はないのだから。そして、この偶発事態に起因する物理的性質が、恒星や惑星や生命の形成に貢献するものになるとはとても思えなくても……この宇宙は現に、プレ宇宙から凍って出てきた、それぞれに異なる粒子と力の組みあわせをもつ膨大な数の宇宙のうちのひとつなのだ。もしありうる組みあわせのすべてが試されたなら、そのうちの少なくともひとつがたまたま生命に都合がよかったとしても、なんら驚くことではない。

それは昔からある知性体重視説であり、無数の宇宙論を救ったたわごとだが、ぼくはそのことには別に異論はない——たとえほかのすべての宇宙が永遠に仮説の域を出ない定めであっても。

だが一方、ヴァイオレット・モサラの手法は、少しも循環論的には見えなかった。モサラの論敵は、〝ぼくたちの〟ビッグバンが創りだした特定の宇宙を考慮するために、自分たちの方程式の二、三のパラメーターを〝微調整〟する必要がある。それに対してモサラと支持者たちは、単に現実世界での現実の実験を徹底的に記述することで、論敵たちとまったく同じパラメーターを〝方程式に見せてやっている〟にすぎない。

どちらの物理学者のグループも、宇宙がどのように造られているかはうまく説明できない……自分たちがその内部にいて、説明を探しているという事実に触れることなしには……と、不本意ながらも告白しているように、ぼくには見えた。

闇にむかって飛ぶにつれ、沈黙が機内に満ちた。乗客が寝いるのにあわせて、座席の画面もひとつまたひとつとちらついて消えていく。どこから旅をはじめたにせよ、だれにとってもこれは長い旅だった。機の背後の雲堤（くもづつみ）が暗くなった。すばやくてあっけない日没だ。青みがかって、ところどころ黒ずんでいる雲を眺めてから、ぼくは画面を航路図に切りかえた。機はぎりぎりでニュージーランドが視界にはいらない場所を、北東に飛んでいる。ぼくは、スリングショット軌道を描いて木星経由で金星にむかう宇宙探査機を連想した。まるで、この機が大きくまわり道をしているのは、じゅうぶんな速度に達するためであるかのように——ステートレスがあまりに速く移動していて、ほかの手段では接近できないかのように。

一時間後、海のまん中にとり残された青白いヒトデのような目的地の島が、ようやく前方に姿を見せた。中央の台地から、六本の〝足〟がなだらかにくだっている。その足の両脇で、灰色の岩が珊瑚（さんご）堆（たい）へと移りかわり、それも塊が途切れなく露出していたのが、まばらになって、レースのようなものが海面からかろうじて顔をのぞかせるだけになる。生物発光のかすかな青い輝きが、いりくんだ礁（しょう）の縁を浮かびあがらせ、ほかの色が微妙に色あいを変えつつそれをとり囲む——色わけされた等深線が描く生きた海図だ。ヒトデの腕の下にあたる部分で機にいちばん近いところに、オレンジ色に点滅する蛍（ほたる）が小さな群れをなしていた。それが港に停泊する船なのか、別の異様ななにかなのか、ぼくにはわからなかった。

内陸では、まき散らされた光が整然とした格子状の街並みを示唆（しさ）している。ぼくは突然の激しい不安に襲われた。ステートレスはほかのどこの環礁（かんしょう）とも変わらず美しく、どんな大洋航路船とも変わらず壮観だ……が、そのどちらとも違って品質保証はなにもない。（この奇怪な人工の物体がばらばらに崩れて海に沈んだりしないと、どうしたら信じられる?）ぼくはずっと、数十億歳の堅固な岩の上を踏みしめるか、人間の尺度でいえばまあそれに相当する機械に乗るかしてきた。だがこの島は全体が、ぼくが生まれてこのかた太平洋の半分を漂ってきた、無機物の集合体以外のなにものでもない――そして上空から見ると、海がいつ地中の無数の孔や水路を通って押し寄せて、島全体を溶かし、まっさらな海面に変えてもおかしくないように思えた。

しかし、機が下降するにつれて、陸地が周囲に広がり、道路や建物が見えてくると、ぼくの不安は消えていった。百万人がここに住んでいて、島が堅固であることに命をゆだねている。この蜃気楼を海に浮かべておくことが人知のおよぶ範囲であるなら、ぼくにはなにもおそれることはない。

10

客室が空になるには時間がかかった。眠たげでいらついた乗客たちが、押しあいながら前に進む。クッションや小さな毛布をかかえこんでいる人も多く、就寝時間をすぎても起きている子どものように見えた。現地時間はまだ午後九時――大半の乗客の体内時計もそれに異議はないだろう――だが、ぼくたちはみな頭がぼうっとして、手足が引きつり、疲れはてたままだった。ぼくは頭をめぐらしてインドラニ・リーを探したが、混みあった機内にその姿は見つからなかった。

へその緒（お）の出口には金属探知ゲートがあったが、空港職員の姿も、ぼくのパスポートを審査する装置とおぼしきものもなかった。ステートレスは移民になんの制限も設けていないし、一時的な来訪者の入国についてはいわずもがな――ただし、特定品目の輸入は禁じている。ゲート脇の掲示板には数カ国語でこう書かれていた――

武器をもちこもうとされるかたは無断でどうぞ。
当方も無断で破壊させていただきます。

ステートレス空港組合（シンジケート）

ぼくは足を止めた。パスポートの読みとりがなくて、ぼくのインプラントを認可した印がチェックされないとしたら……金属探知ゲートはぼくをどうするだろう？　十万ドル相当のハードウェアを焼却して――その際にぼくの消化管の大部分もフライにされる？

それが被害妄想なのはわかっていた。ぼくがこの島に足を踏みいれる最初のジャーナリストのわけがない。それに掲示板の文章は、南米の個人所有の島々からの来訪者むけに違いなかった――そうした島々は、二〇二〇年代にアメリカ合衆国で銃砲法が改正された際に生まれた自称〃政治亡命者〃たちが住みついた〃自由意志論者（リバータリアン）の天国〃で、その中には、ステートレスを自分たちの独自の思考法に染めようとことあるごとに試みている者たちがいた。

それでもぼくは、だれか制服を着た人がやってきて問題を解決してくれないかと期待して、数分間列を外れていた。ひとたびぼくがステートレスの地を踏んだら、保険会社はいかなる種類の保険金の支払いにも応じないだろうし、ぼくがここにいると知って、銀行が喜ぶとも思えない。腸内のチップの大半はまだ銀行の所有物だからで、法律上、保険金を負担するのはぼくではない。

待っていてもだれも来なかった。ぼくはゲートをくぐった。ぼくの体に磁束(じそく)のごく一部が結びつけられて、前へ引きずられてから、解き放たれてゴム紐のように跳ねかえると、ゆるんだスキャナーの枠はかすかに震動した――だが、マイクロ波パルスがぼくの腹部を焼くことはなかったし、警報も鳴らなかった。

ゲートの先には、ヨーロッパの小都市の多くで目にしたのとあまり変わらない、モダンな空港があった。流線形の建物、集団ごとに内むきに並べかえられて輪を作っている可動座席。航空会社のカウンターは三つしかなく、あまり注意を引きたくないのか、そのすべての掲げている社名ロゴがふつうより小さい。ここへの便を予約するとき、ぼくはネット上で公然と広告されている便を見つけられず、詳細な質問をネットにポストして、ようやく情報を得た。ヨーロッパ連盟(フェデレーション)、インド、アフリカおよび中南米諸国のいくつかは、国連が要求している指定されたハイテクのボイコットを最低限度しか実行していない。この三つの航空会社の業務は、本社のある国の法律の完全な範囲内でおこなわれていた。それでも、日本、韓国、中国、アメリカ合衆国の各国政府——それにもちろん多国籍バイオテク企業——を刺激するのは、つねにリスクをともなう。どんなに控えめでも罪をおかせば隠しだてはできないが、逆にその控えめさが服従の意思表示となって、味方であることを別のかたちで示す必要が減るのもたしかだ。

ぼくは回転コンベヤーで自分のスーツケースを見つけると、そこに立ったまま、これからどうしようか考えた。同じ機の乗客たちが、友人に出迎えられて、あるいはひとりきりで、立ち去っていく。ほとんどの人が英語かフランス語を話していた。ステートレスに公用語はないが、人口のほぼ三分の二が太平洋のほかの島からの移民だ。ステートレスを居住地に選ぶのは、だれにとっても最終的には政治的な決断となるが——温室効果難民の中には、起業家としての成功を夢見られる国にいつかはうけいれてもらえると期待して、むしろ中国の不法入国者抑留所で何年もすごそうとする人もいるという——故郷が海に沈むのを見た人々には、自己修復する（そしていまも拡大している）陸地が特別な魅力を帯びるだろうことは想像がつく。ステートレスは、運命が巻き戻せることを体現していた。日光とバイオテクノロジーが結末から逆に演じる一本のディザスター映画。嵐が来るごとに頭に血をのぼらせているよりずっといい。フィジーとサモアはとうとう自前（じまえ）の新しい島々を育てはじめていたが、そこはまだ居住不能で——しかも両国はそれを手にするために数兆ドルの特許認可料や顧問料を支払いつづけていた。その負債は二十二世紀にももちこまれるだろう。

理屈では、特許はわずか十八年で期限切れになる——だがバイオテク企業は、期限がせまると同じ内容を異なる角度から再出願するという手段を法的に認めさせていた。最初は遺伝子の

DNA配列とその用途のすべてに対して……次は付随するアミノ酸配列に対して……次は一から合成されたタンパク質の形状と機能（正確な化学的組成と関係なく）に対して、というかたちで。知的情報の窃盗を被害者なき犯罪だといってただ看過するような真似はぼくにはできない――工学産生物に特許が認められないなら研究開発に無駄金を費やす人はいなくなるという主張を前にすると、ぼくの意見はいつもゆらぐ――けれど、飢饉に立ちむかうもっとも強力な手段が、環境破壊に立ちむかうもっとも強力な手段が、貧困に立ちむかうもっとも強力な手段が……そのすべてに、それをだれより必要としている人々にはまったく手の届かない値段がつけられているという事実は、どこかが狂っていた。

　出口のほうへ歩きはじめたぼくは、ジャネット・ウォルシュが同じ方向へむかっているのに気づいて、足を止めた。ウォルシュは五、六人の男女に囲まれて歩いていた――男がひとり、そのとりまきたちから数メートル離れて歩き、熟練の技でよどみなく足を運びながら、視線をウォルシュにまっすぐむけて固定している。ぼくはひと目でその専門的技能に気づき、一瞬遅れてその専門家の名前を思いだした。デイヴィッド・コノリー、《プラネット・ノイズ》のカメラマンだ。ウォルシュは当然、自分以外の一対の目を必要とする――あの女が、人間性を奪うけがらわしいテクノロジーを自分自身の体内にいれさせるわけがない……それにもっと悪いことに、ウォルシュ自身が撮影者になったら、映像のどこにもウォルシュの姿は映らない。本人が映らないのでは、有名人を記者に起用する意味はほとんどなくなってしまう。

　ぼくはじゅうぶんすぎるほどの距離をおいて、ウォルシュのあとにつづいた。四、五十人の支持者の一団が、建物の外の暖かな夜気の中で待っていて、手に手にかかげる冷光垂れ幕——建物の中よりは暗いそこでのほうがテレビ映えする——が、『わきまえろ科学!』から『ようこそジャネット!』へ、『TOEにノーを!』へと同時に表示を切りかえていた。ウォルシュがドアを通り抜けて外に出ると、その一団はいっせいに歓呼の声をあげた。ウォルシュはとりまきたちの輪から離れて、握手に応じたりキスをうけたりした。コノリーが離れた位置からそのすべてを記録している。

微風に白髪の房をなびかせながら、ウォルシュは短い演説をした。カメラや群衆を相手にするときのこの女の技量は、ぼくも否定できない。近寄りがたいとも冷淡とも思わせずに、堂々として権威ありげに見せる才覚をもっている。ウォルシュのスタミナも認めなくてはならない。長いフライトのあとでこの女が見せているほどの気力や活力は、たとえ生命の危機にさらされてもぼくには呼びおこせないだろう。

「わたくしを出迎えにここまでお運びくださったみなさまに、お礼申しあげます。みなさまがたのおやさしい心づかいに、わたくしたいへん感激しております。そしてまたみなさまが、この島への長くつらい旅をものともせず、傲慢な科学の力に立ちむかうわたくしたちのささやかな抗議の歌に、お声を加えてくださることにもお礼申しあげます。この島には、人間の気高さの根元をとことんまで、精神的な豊かさの源泉をとことんまで、解かれることのない貴い謎をとことんまで、自分たちの〝知的な進歩〟の重圧で押しつぶすことができる——わたくしたちすべてをすりつぶしてひとつの方程式にして、それを安っぽい標語のようにTシャツに書きつけられる——と信じている人々が集まっています。自然のあらゆる驚異や心の秘密を前にして、『これが答えだ。たったこれだけのことだ』ということができると信じている人々が。そう、わたくしたちがここにいるのは、その人々にこういうためです——」

ささやかな群衆が叫ぶ。「ノー！」

ぼくの隣で、忍び笑いを漏らす人がいた。「でもその人々があんたの貴い気高さを奪い去れないのなら、ジャネット、なんでこんな大騒ぎをするのかな？」

声のほうをむく。それを口にしたのは、二十歳くらい？　の汎性？　だった。汎は頭を傾けて微笑み、黒々とした肌に映えて歯が白く光り、目はジーナと同じで黒く、高い頰骨は女性のものに違いなかった——もちろん、じっさいはそうでないことを別にして。着ているのは黒いジーンズとだぶだぶの黒いTシャツ。生地には光点がちらほらと不規則に浮かびあがり、なんらかの映像を表示するはずだったのにデータの供給が途切れたかのようだ。

汎はつづける。「とんでもないほら吹きですよ。知ってました、あの女が昔、D-R-Dで働いてたって？　そんな折紙つきなら、もっといかした演説をしてもらわなきゃねえ」〝折紙つき〟は（ジャマイカ風に？）母音を引きのばして皮肉っぽく発音された。D-R-Dは《デイトン-ライス-デイリー》の略で、英語圏世界で最大の広告代理店だ。「アンドルー・ワースさんですね」

「ああ。なぜそれが——」

「ヴァイオレット・モサラを撮影しに来たんでしょ」

「そうだ。きみは……彼女の研究仲間か？」汎は見たところ博士課程の学生にしても若すぎる――とはいえ、モサラが博士課程を終えたのは二十歳のときだ。

汎は首を横にふって、「あの人とは一面識もありません」

相手の訛りがどこのものかはまだわからないが、大西洋をはさんだどこかではある。ジャマイカの首都キングストンとアンゴラの首都ルアンダのあいだのどこか。ぼくはスーツケースをおろして、手をさしだした。汎はそれをしっかり握って、「アキリ・クウェールです」

「アインシュタイン会議に用があるのかな？」

「ほかになにが？」

ぼくは肩をすくめて、「ステートレスではきっとほかにもいろいろなことが起こるだろう」

汎の返事はなかった。

ウォルシュはすでに先ほどの場所を離れ、応援団も散りつつあった。ぼくはノートパッドに視線を落として、「路線図を」

クウェールが口をはさんだ。「会場のホテルまでは二キロしかないです。そのスーツケースが見た目よりずっと重いなら別ですが……歩いてもなんてことはないのでは？」

汎は手荷物ももたず、バックパックも背負わず、まったくの手ぶらだった。もっと早くに島に着いて、空港へは引きかえしてきたのに違いない……ぼくと会うためにか？　ぼくはとにかく寝転がりたくてたまらず、朝まで待てない――そして路面電車（トラム）の中では話せない――用件が汎にあるとも思えなかったが、それこそが話をきく理由になるのかもしれない。

「それもそうだ。新鮮な空気も吸いたいし」
クウェールは道をわかっているようだったので、ぼくはノートパッドをしまって、あとにつづいた。温暖で湿度の高い夜だったが、絶え間（ま）ないそよ風が不快さを追いやっていた。ステートレスはシドニーよりも熱帯っぽいわけではない。じつのところ、涼しいかもしれないくらいだ。

島の中央部の都市設計は、ステートレスが播種（はしゅ）されたのと同時期に建設された南オーストラリア州内陸部の新都市、スタートを連想させた。広い舗装道路にそって低層の建物が並び、その大半は一階が店舗になった小さな集合住宅で、高くても六階建て。目にはいるあらゆるものが礁岩（リーフ・ロック）造りだ。これは石灰岩の一種で、自然に補充される内陸礁（しょう）採取場で〝養殖〟される有機ポリマーの皮膜で補強されている。だが、漂白された珊瑚（さんご）のように白い建物はひとつもない。残留鉱物があらゆる色の大理石模様を描いている。濃い灰色、緑と茶のまだら、そしてごくまれにとても深い紅色が黒へと遷移しているものもあった。

ぼくたちをとりまく人々は、これというあてもなくのんびりと散歩しに出てきた人ばかりだとでもいうのか、くつろいで急ぎの用もなさそうに見えた。自転車をまったく見かけないが、この島にも何台かはあるはずだ。トラムの線路は、島の中央部から五十キロメートルはある星形の先端部までの半分も走っていない。

クウェールが口をひらいた。「セーラ・ナイトはヴァイオレット・モサラの熱心な崇拝者ですからね。あの人ならいい仕事をしただろうな。慎重で。綿密な」

ぼくは面食らって、「セーラを知っているのか?」

「連絡をとっていました」

ぼくはいらついた笑い声をあげた。「どういうつもりなんだ? セーラ・ナイトはモサラの大ファンで……ぼくは違う。だからどうした? ぼくは妨害行動をしにここへ来たどこかの無知カルトのメンバーじゃない。番組ではモサラを公正にとりあげるつもりだ」

「問題はそういうことじゃないです」

「それ以外の問題をきみと話す気はない。どうしてまた、自分がこの番組の製作過程に関係があるなんて思ったんだ?」

クウェールは落ちついた声で、「思いませんよ。番組はどうでもよくて」

「まったくだ。うれしいことをいってくれるよ」

「悪い意味でいったんじゃありません。いいたいのは別のことです」

ふたりとも黙ったまま何メートルか足を運ぶ。口を閉じたまま興味のないふりをしていたら、相手が突然内心をぶちまけはじめるのではとぼくは待ちうけていた。そうはならなかった。

ぼくは口をひらいた。「じゃあ……いったいこれはなんの真似だ? きみはジャーナリストなのか、物理学者なのか……でなければなんだ? 社会学者か?」それともカルト信者かと口まで出かかった——けれど、たとえ《神秘主義復興運動》だの《文化第一主義》だのといったライバル集団のメンバーだとしても、カルト信者なら決してジャネット・ウォルシュの深い英知を嘲笑したりはしないだろう。

「野次馬ですよ」

「ほお？　それで謎はすべて解けたな」

ぼくが冗談をいったかのように、汎は賞賛の笑みを浮かべた。まっすぐ前方にはもう、実行委員会提供の映像で見覚えのあるホテルの曲線状のファサードが見えている。

クウェールがまじめな顔になった。「あなたはこれからの二週間、ヴァイオレット・モサラと長い時間いっしょにいることになるでしょう。もしかするとほかのだれよりも。わたしたちは彼女にメッセージを伝えようとしてきましたが、知ってのとおり、真剣にうけとってはもらえませんでした。だから……あなたには少なくとも、じゅうぶんな注意をはらってもらえないでしょうか？」

「なにに対する注意だ？」

汎は顔をしかめると、神経質にまわりを見た。「全部説明しないといけませんか？　わたしはＡＣです。主流派ＡＣです。わたしたちは彼女に危害が加えられるのを望みません。あなたがどれくらいわかってくれるか、どの程度までわたしたちを手助けする気になってくれるかはわかりませんが、あなたにしてもらいたいことは単に——」

ぼくは片手をあげて汎の言葉をさえぎった。「これはなんの話だ？　きみたちは彼女に危害が加えられるのを望まない？」

クウェールはうろたえたようすを見せてから、急に用心深げになった。ぼくは言葉をつづける。「〝主流派ＡＣ〟？　それはぼくにとって意味があるはずなのか？」汎の返事はない。「それにヴァイオレット・モサラがきみたちのいうことを真剣にうけとらないなら、なぜほかの人がそうするはずがある？」

クウェールのぼくに対する見かたは、あきらかに大きく変わっていた。変わる前にどう見ていたかは、やはり知っておきたかったが。汎は小馬鹿にするように、「セーラ・ナイトはなにひとつとして同意しなかった――どんなに話してきかせてもね――でも少なくとも、なにが起きているかは理解していた。さて、あんたもジャーナリストだって？　自分の足で情報を探しにいったことはあるのかねえ？　それとも電気仕掛けの哺乳瓶を握りしめて、ちゅうちゅうして出てくるもので満足しているだけか？」

汎はぼくから離れると、脇道を進んでいった。ぼくは声を張りあげて、「読心術でもしろってのか！　なにが起きているのか、ぼくにもきかせろよ！」

突っ立ったまま、汎が人混みに消えていくのを見送る。追いかけて答えを求めることもできたが、ぼくはすでに真相の見当がついたような気になりかけていた。クウェールはモサラのファンで、自分のアイドルを馬鹿にしにやってきた飛行機数機分のカルト信者を目のあたりにしたのだ。たしかに、とりわけ頭のおかしな《わきまえろ科学！》や《神秘主義復興運動》のメンバーがモサラに危害を加えようとすることはありえなくはないが……すべてがクウェールのよくできた白昼夢にすぎない可能性のほうが高い。

朝になったら、セーラ・ナイトに連絡をとろう。おそらく彼女はクウェールから不気味なメッセージを十数回もうけとっていて、しまいに汎を追いはらうためにこんな返事をしたに違いない。『モサラの件はもうわたしの仕事ではなくなりました。これ以後の話は、わたしから仕事を奪った下司(げす)野郎のアンドルー・ワースのところへ。ワースの近影はこちら』セーラ・ナイトを責めるのは酷だ。こんなあまりにささやかな復讐をしたからといって。

ぼくはホテルへの道を進んだ。疲れはてて、歩きながら眠っているも同然。

シジフォスにたずねる。「そういえば、ACはなんの略なんだ?」

「どのような文脈においてですか?」

「どんなのでもいい。電気の〝交流〟以外で」

長い間があいた。空に目をやると、等間隔に並ぶ点の列が星々の中をゆっくりと東へ逆行しているのがかろうじて見わけられた。それがいまも、ぼくの知っている世界にぼくを結びつけている。

「ほかの意味は五千十七あり、これには専門家のジャーゴン、サブカルチャーのスラング、および商業的、慈善的、政治的な組織名が含まれます」

「そしたら……数分前にアキリ・クウェールが使ったかたちにあてはまりそうなものを全部」

ぼくのノートパッドは二十四時間分の音声をメモリに保存している。ぼくはいい足した。「クウェールはたぶん汎性だ」

シジフォスは先ほどの会話を咀嚼(そしゃく)し、略語のリストを再スキャンすると、「可能性の高い上位三十の意味は以下のとおり。《アブソリュート・コントロール》、南太平洋全域に展開するフイジーの警備コンサルタント企業。《汎性(エイセックス)カトリック》、パリに本部をもつグループで、汎性へのジェンダー移行者の容認にむけてローマ・カトリック教会の教義の改革を主張。《先進地図製作(アドバンスト・カートグラフィー)》、南アフリカの衛星データリダクション業者……」ぼくは三十の意味すべてをきき、さらに三十をきいたが、クウェールの話との関連性はどれも冗談みたいなもので、すべてを積みあげた結果はノイズにしかならなかった。

「じゃあ、話のすじは完全に通るが、まともなデータベースのどこにも載っていない意味ってなんだ？　お気にいりの電気仕掛け哺乳瓶からは手にはいらない正解って？」

シジフォスはそんなたわごとを相手にはしなかった。

ぼくはわびをいいそうになって、すんでで思いとどまった。

11

目ざめたのは六時半、目ざましが鳴る数秒前だ。遠ざかりゆく夢が断片的に心に浮かぶ。崩壊する珊瑚礁(さんごしょう)や、石灰岩に砕け散る波のイメージ——だが、その夢が危機感をともなっていたとしても、そんな気分はたちまち追いはらわれた。朝日が部屋に満ちて、つやのある礁岩(しょうがん)でできたなめらかな銀灰色の壁を輝かせている。窓の下の街路からは人々の話し声。言葉はひとつもききとれないが、口調はゆったりして、感じがよく、上品だ。これが無政府状態というものなら、上海やニューヨークでパトカーのサイレンに叩き起こされるよりずっといい。ぼくはほんとうに長いことなかったほど、爽快（そうかい）で楽観的な気分だった。

そして、ぼくはいよいよ取材対象と会う予定になっていた。

昨晩、モサラの助手のカリン・デ・グロートからメッセージが届いた。それによると、モサラは朝八時に記者会見をおこなう。そのあとはほぼ一日じゅう忙しい見こみ――九時になると、カリフォルニア工科大（カルテック）のヘンリー・バッゾが、本人いわくすべての全位相モデルに疑問を投げかけることになるであろう論文を発表する予定だからだ。ただしぼくは、記者会見とバッゾの論文発表のあいだに、ようやくモサラと番組について話す機会をもてる見こみだった。ステートレスでなにひとつケリがつかなくても別にかまわないのだが――必要なら、モサラがケープタウンに戻ってからじっくりインタビュウすることもできる――ぼくは単なる一群のジャーナリストのひとりとしてモサラの動静を取材するハメになるのではと、気になりかけていたのだ。

朝食をどうしようかと思ったが、ディリからの機上で無理やり食事をしたせいで、食欲はまだ戻っていなかった。そこでベッドに横になったまま、モサラの経歴のメモにもういちど目を通し、この先二週間の撮影の仮スケジュールを再チェックした。この部屋は実用性重視で、たいていのホテルと比べると禁欲的とすらいえた……けれど、清潔で、現代的で、明るくて、値段が安い。豪華だが気の滅入る装飾を施された倍の値段の客室の、ずっと寝心地の悪いベッドで眠ったことは何度もある。

（いまのところ万事が順調すぎるほど順調だ）平和な環境と、トラウマになることのない取材対象――これまでのところぼくは、それに値するようなことをまだなにもしていない。リディアがディストレスの番組でだれをぼくの代役に立てたかさえ、調べてもいなかった。マイアミかベルンの精神病院で、拘束服を着せられた犠牲者へのトランキライザーの投与が――症候群に対する非鎮静剤の効果のテストや、薬理学的効果に歪められていない神経病理学的なスキャン結果を得ることを目的に――次々と打ち切られていくのを目のあたりにすることになったのは、だれだろう？

ぼくは腹立たしい気分でその想像をふりはらった。ぼくはディストレスになんの責任もない。ぼくがこの病気を作りだしたわけじゃない。それに、だれにも自分の代役を押しつけてはいない。

記者会見に出かける前に、気は進まないながらもセーラ・ナイトに映話した。クウェールに対する関心はほとんど消えていたし――あの汎には、ありがちな悲しい事情があるに違いない――『ヴァイオレット・モサラ』の製作をセーラから奪いとって以来はじめて本人と対面するという状況は、魅力的とはいえない。

だが気に病むまでもなかった。シドニーはまだ朝の六時十分前で、映話に出たのはありふれた留守録だった。ほっとしつつ短いメッセージを残すと、ぼくは記者会見がひらかれる階下にむかった。

ホテルの本会議場は満員で、期待に満ちたおしゃべりでざわついていた。ぼくは、何百人もの《わきまえろ科学！》のメンバーがホテルの入口にピケを張ったり、廊下で警備員や物理学者ともみあっているところを想像していたのだが、見たところ騒ぎを起こしている人はいなかった。入口に立って、聴衆の中からジャネット・ウォルシュを探しだすのには手間どったが、ウォルシュを見つけてしまえば、前のほうの席にいるコノリーを三角測量で割りだすのは造作なかった――首を最小限動かすだけでウォルシュからモサラへ視線を移せる最高の位置を確保している。

ぼくは会場のうしろに近い席にすわって、**目撃者**を起動した。ステージ上の電子カメラが聴衆を撮(と)っているはずで、番組に使える映像があれば会議の実行委員会から買える。

国際理論物理学者協会(IUTP)会長のマリアン・フォックスがステージにあがって、モサラを紹介した。フォックスは、こういう状況でだれもが口にするであろうあらゆる誉め言葉を並べたてた――高名な、ひらめきに満ちた、献身的な、比類なき。フォックスが心底誠実であることを疑う気はないものの……功績をたたえる言葉がぼくにはいつもセルフパロディにきこえてしまう。世の中には比類なき人間が何人いるのだろう？　唯一無二の人間は？　ヴァイオレット・モサラがまったく平凡な同業者たちとなんら違わないかのように語られるのをききたいわけではないが、山のような賞賛の常套句(じょうとうく)はなにも伝えていなかった。言葉を費やすほど意味が失われていく。

モサラが上品さを強調した身ぶりで演壇に歩み寄った。聴衆の一角(いっかく)から熱狂的な拍手が起こり、数人は立ちあがっている。こうした奇妙な儀式的おべっか――役者や音楽家に対しては普遍的に見られる――はいつ、そしてなぜひと握りの高名な科学者相手にもおこなわれるようになったのか、インドラニ・リーの説をきいてみようと、ぼくは頭の中にメモした。そもそもの原因は無知カルトではないかという気もする。連中が自分たちの主張に世間の関心を呼びおこそうと熱心になりすぎたせいで、同じくらい熱狂的な正反対の反応が生まれなかったとしたら、そのほうが驚きだ。また社会には無知カルトが支配的な階層が多々存在するが、そこでは物理学者を偶像視すること以上の反逆行為は存在しないだろう。

モサラは騒ぎが鎮まるのを待ってから、「ありがとう、マリアン。そして、このセッションにご出席くださったすべてのみなさんにもお礼申しあげます。まず、わたしがいまここでなにをするのか、手短に説明しておきましょう。会議の全期間を通じて、わたしはたくさんのパネルに出席し、専門的な質問に答えます。そして、もちろん、わたしが十八日に論文を発表したあと、それが提起する争点を議論するのも楽しみです。しかしそうした場では時間はつねに不足していますから、非常に焦点を絞った質問が望まれます――そのせいで、トピックスをより幅広くとりあげたいと望むジャーナリストの方々はしばしばご不満を感じるようですね。

そこで、会議の実行委員会は何人もの発表者を、そうした制限なしの記者会見に出るよう説き伏せました。けさはわたしの番というわけです。というしだいで、わたしに質問したいけれど、今後のセッションでは本題から外れているといって却下されるのではとお思いのことがありましたら……ここでどうぞ」

モサラは、ざっくばらんで気どらない印象をあたえていた。ぼくの見たこれまで人前に出たときの映像――とりわけノーベル賞授賞式――では目に見えて不安げだったが、まだ場慣れするほど経験豊富ではないにせよ、いまはあきらかにずいぶんくつろいでいる。モサラの声は低音でよく響いた——もし講演を本業にしたら、ちょっとしたものになるだろう——が、口調は会話っぽく、演説調ではなかった。そのすべてが、『ヴァイオレット・モサラ』にとっては吉兆だった。なんとも困ったことに、世の中には五十分番組の大半のあいだ居間の画面を占めることに不むきな人がいる。その人たちは適性がないのだ——しかも、録音するには大きすぎたり小さすぎたりする音のように、ゆがんだ姿で映しだされてしまう。だがモサラがマスコミの媒体的な制約をものともしないことはまちがいない。ぼくがこの手で、完璧に台無しにしないかぎりは。

最初の数人の質問者は、非専門家むけニュース・サービスの科学記者で……おなじみの馬鹿げた論点を飽きもせずに掘りかえしていた。「万物理論（TOE）は科学の終焉（しゅうえん）を意味するのでしょうか？」「TOEは未来を完全に予測可能なものに変えますか？」「TOEはあらゆる未解決の問題を解きあかすのでしょうか——物理学や化学、生物学や医学……そして倫理や宗教の？」

モサラはこのすべてに、根気よくかつ簡潔に対応した。「万物理論（TOE）とは、宇宙の基礎をなす理法のすべてを要約するためにわたしたちが見つけられる、もっとも単純な数学的記述方法にすぎません。いずれ、TOEの候補のひとつが長期間の理論的精査や実験によるテストに耐えたなら、わたしたちはそれが理解の核心というべきものを表現していることを確信できるようになるでしょう……そこから身のまわりのありとあらゆるものを——原理的に、かつもっとも理想的な意味で——説明できると。

けれども、それはなにひとつとして〝完全に予測可能なもの〟にしたりはしません。宇宙は、ふたつの惑星がひとつの恒星をめぐっている系（システム）と同じくらい単純で、わたしたちが完璧に理解でき――けれど数学的にはカオスであるか処理が困難で、長期にわたる予測は例外なく計算不能であるような系（システム）で満ちています。

また、TOEは〝科学の終焉〟も意味しません。科学はTOEの探求よりずっと大きなものですから。ありとあらゆるレベルで宇宙の理法どうしの関係を解明すること、それが科学です。建造物の基礎を見ても、天井に触れたことにはなりませんよね。流体力学や、ましてや神経生物学がかかえる何十という問題に必要なのは、新しいアプローチやより正確な推量であって、物質を原子以下のスケールで究極かつ正確に記述することではないのです」

ワークステーションにむかうジーナが思い浮かんだ。そしてジーナが新しい家で、自分のかかえている問題とささやかな勝利のすべてを新しい恋人に列挙するところが思い浮かんだ。ぼくは動揺したが、それはほどなく鎮まった。

「《アトランティカ》のローウェル・パーカーです。モサラ教授、あなたはTOFが、『宇宙の基礎をなす理法のもっとも単純な数学的記述方法』だといわれました。しかし、そうした概念はすべて、文化によって規定されるものではありませんか？　『単純』も。『理法』も。現代数学に適用できる記述方法の範囲でさえも」パーカーはまじめそうな若者で、訛りはボスーンのものだった。《アトランティカ》は、おもにアメリカ東海岸の大学生がパートタイムで作っているハイカルチャー・ネットジンだ。

モサラが答える。「そのとおりです。だから、わたしたちがTOEに選択する方程式群は、唯一のものではないでしょう。それはちょうど……そう、電磁気学におけるマクスウェルの方程式と似ています。マクスウェルの方程式は——定数をあちこちに移動させたり、異なる変数を用いることで——妥当性の等しい半ダースの方法で記述でき……しかも三次元でも四次元でも表現できる。物理学者や技術者は、いまだにどの記述方法がもっとも単純かに同意できていません——なぜならそれは、方程式の用途によって違うからです。レーダー・アンテナの設計か、太陽風のふるまいの計算か、静電学と磁気学の統合の歴史の記述か。それでもそのすべてにおいて、どの特定の計算も同一の結果を出します——なぜなら、それはすべて同じことを記述しているから。電磁気学そのものを」

パーカーが質問をつづける。「それはしばしば、世界じゅうの宗教についてもいわれることではないでしょうか？　どの宗教も、同じ根本的、普遍的な真実を述べている——単に異なる時代や場所にあわせて、違うやりかたをしているだけだと。あなたは自分のしていることが、本質的にはこれと同じ伝統の一部分にすぎないと認める気はありますか？」

「いいえ。いまあなたがいわれたことが、真実だとは思いません」

「しかしあなたは、文化的要因がわれわれの受容するTOEを決定するだろうと認めた。それでもあなたは、自分のしていることが宗教より少しでも〝客観的〟だと主張できるというのですか？」

モサラはためらいを見せたが、慎重に話しはじめた。「仮にあした、地球の表面から人間がひとり残らず消滅したとして、宗教と科学を含む文化をもった新しい種（しゅ）があらわれるまで何百万年か待ってみましょう。その時代の新しい宗教に、古い宗教――現代のそれとどんな共通点があると思いますか？　唯一の共通基盤は、人類と新しい種が共有する生物学的作用――有性生殖、子育て、利他的行為の利点、死の認識――に発する倫理的規範になるのではないでしょうか。もし生物学的差異が非常に大きければ、共通点はまったくなにもないでしょう。

しかし、新しい種の科学的文化が独自にＴＯＥという概念を生みだすまで待ったならば、わたしはこう信じます、そのＴＯＥはわたしたちのＴＯＥと――〝理論としては〟どれほど違って見えようとも――あらゆる点において数学的に等価であり、そのことはどちらの種の文化から見てもあきらかであるだろうと……ちょうど、どの形式のマクスウェルの方程式もまったく同じことを記述していて、物理学の学生がそのことを証明できるように。

ここに違いがあります。科学者たちは、最初はまったく異なる説を唱えるかもしれない――けれどいずれは、各人が背負った文化とは無関係に、ひとつの説に歩み寄る。この会議には、百を超す異なる国々から物理学者が集まりました。三千年前のこの人たちの先祖は、思考の対象とする気になった自然界のあらゆる現象それぞれについて、二十か三十の相いれない説明をしていたはずです。しかしながら、この会議に提出されている相争うＴＯＥ候補はわずかに三つ。さらに二十年もすれば、最低でもそれだけかかるにせよ、それがひとつだけになっていることは断言していいでしょう」

パーカーはこの答えに不満げだったが、腰をおろした。

「《緑の知恵(グリン・ヴァイスハイト)》のリズベット・ウェラーです。わたしには、この問題に対するあなたのアプローチはみな、男性的で、西洋的で、還元主義的で、左脳モードの思考を反映していると思えます」ウェラーは背の高い、落ちつきのある女性で、心底悲しみ、とまどっている口調だった。「そのことと、文化的帝国主義に対するアフリカ人女性としてのあなたの戦いを、いったいどのようにして両立させているのです？」

モサラは平坦な声で答えた。「わたしは自分のもつもっとも強力な知性の道具を、それが男性だとか西洋人だとかいうなんらかの特定の集団に固有のものだという珍妙な誤解を理由に、放棄する気はまったくありません。先ほどもいったとおり、科学の歴史は宇宙に対する共有された理解にむかう収束の一形態です——そしてわたしは、いかなる理由であれ、その収束から除外されたいとは思いません。それから、〝左脳モードの思考〟についていえば、それは残念ながらかなり時代遅れの——かつ還元主義的な——概念ではないかと。わたし個人は、脳は両半球とも使っています」

モサラのファンたちから大きな喝采があがったが、それはやむにつれてやるせなく響いた。会場の空気は徐々に変わっていた。緊張が高まり、二極化しつつある。ぼくの知るところ、ウェラーは《神秘主義復興運動》の誇り高い一員だ——ここにいるジャーナリストの大半はどこのカルトにも加わっていないはずだが、強い反科学的感情をもつ人々が少数ながら混じっている気配がした。

「《プロテウス・インフォメーション》のウィリアム・サヴィンビ。あなたはアイデアの収束、すなわち先祖の文化になんの敬意もはらわないことを、肯定的に語ってる——まるであなた自身が先祖からうけ継いだものが、自分にとって重要でもなんでもないみたいに。ところでこれはほんとうですかね、あなたが自分をアフリカ人女性だとは考えてないと公式に語ったあと、《汎アフリカ文化防衛戦線(パン・アフリカン・カルチュラル・ディフェンス・フロント)》から殺害の脅迫をうけたってのは?」《プロテウス》はカナダの巨大ファミリー企業の南アフリカ支部だ。サヴィンビは体格のいい白髪(はくはつ)の男で、モサラを長く取材してきたかのような遠慮のないくだけた口調だった。

モサラが懸命に怒りをこらえているのが、はた目にもわかった。彼女はポケットに手をいれてノートパッドをとりだすと、キーボードを打ちはじめた。

こんどはためらい抜きでモサラは口をひらいた。「ミスター・サヴィンビ、あなたがご職業に不可欠なテクノロジーを自分の手にあまるとお感じなら、もっと面倒でない仕事を探されたほうがよろしいのでは。二〇五三年十二月十日にストックホルムでファイルされた《ロイター》の記事のオリジナルからの抜粋が、ここにあります。わたしはたったの十五秒で見つけましたけど」

モサラがノートパッドをかかげると、録音された彼女の声が流れた。『わたしは毎朝目をさますたびに、「わたしはアフリカ人女性だ、このことはわたしの研究にどのように反映されるべきだろう?」と自分に問うたりはしません。そんな考えかたは、まったくしません。ヴォッニアク博士にむかって、ヨーロッパ人であることがポリマー合成の研究方法にどのように影響したか、などとたずねる人はいないでしょう』

さっきより大きな喝采が——今回はもっと多くの聴衆から——わいたが、モサラを餌食(えじき)にしようとする底流が育っているのも感じられた。モサラの神経の高ぶりは目に見えるほどになってきており、おおむねは好意的な聴衆も、モサラが怒りにわれを忘れたりすれば、いい見ものだと思うことはまちがいない。

「《プラネット・ニュース》のジャネット・ウォルシュです。ミズ・モサラには、いくつかのことをわたくしにわかるように説明していただけると存じます。あなたが話してこられた万物理論なるものは、宇宙についての究極的真実をまとめあげるわけですが……それはわたくしにはとってもすばらしいことにきこえますけれど、いったいそれがなにを基礎とするものなのか、おきかせ願えますか」

モサラはまちがいなくウォルシュがいかなる人物か知っているはずだが、敵意はちらりともうかがわせなかった。「あらゆるＴＯＥは、いわゆる標準統一場理論（ＳＵＦＴ）に、より深いレベルでの説明を見つける試みです。ＳＵＦＴは二〇二〇年代末に完成し——実験によるテストのすべてに、これまでのところは耐えてきました。厳密にいえば、ＳＵＦＴ自体がすでにひとつの〝万物理論〟です。それは自然界のすべての力を統一したかたちで説明しているのですから。しかしそれは、非常に混乱した、恣意（しい）的な理論でもあります——それが根拠とする十次元宇宙には、額面どおりにはうけとりがたい多くのごまかしがあるのです。わたしたち物理学者の多くは、ＳＵＦＴの下にはもっと単純な説明が横たわっていて、発見されるのを待っているのだと信じています」

ウォルシュが口をはさむ。「では、あなたが代わりを見つけようとされているＳＵＦＴなるものは――それはなにを基礎としているのですか？」

「四つの基本的力のひとつかふたつを別個に説明する、ＳＵＦＴに先立つ数多くの理論です。あなたがさらに、その先行する理論の出自を知りたいといわれるなら、五千年間の科学の歴史をこまごまと語らなくてはなりません。短く答えるなら、結局のところＴＯＥの基礎は、世界のありとあらゆる様相を観察することと、そうした観察の中からパターンを探すことにあります」

「まあ、そうでしたの？」ウォルシュは楽しげに〝それはびっくり〟という仕草をした。「でしたら、わたくしたちはだれもが科学者ですわね。わたくしたちはだれもが五感を働かせ、観察をしています。そしてわたくしたちはだれもが、パターンを見出します。わたくしは庭に散歩に出るたびに、家の上の雲にパターンを見出しますよ」ウォルシュは上品で控えめな笑みを浮かべた。

モサラがいう。「それが出発点です。しかし、その種の観察の先にはふたつの力強いステップがあり、それが大きな違いを生みだします。自然をあるがままに眺めるのではなく、計画的で管理された実験をおこなうこと。そして、数値化できる観察をおこなうこと――測定して、数字からパターンを見つけようとするのです」

「数霊術のように？」

モサラはかぶりをふって、辛抱強く答えた。「パターンそのものは、いっさい目的ではありません。必要なのは、まず明確な仮説をもち、それをどのようにすれば検証できるかを知っていることです」

「それは……適切な統計学的手法のあれこれを使うとか、そういったことでしょうか？」

「そのとおりです」

「では、適切な統計学的手法を使ったとして……あなたは宇宙に関する真実がまるごと、無数に数字の並ぶリストに目を凝らして見つかるパターンとして語られているとお考えなのですね？」

　モサラが答えをためらったのは、この先もっと微妙なあれこれを説明する煩雑さを思えば、自分の一生の仕事をそんなふうにまとめるのを認めたほうがマシかもしれないと考えたからだろう。

「ある程度は」

「あらゆることが数字の中に存在するのですか？　数字は決して嘘をつかない？」

　モサラの忍耐力も底をついたようだ。「ええ、数字は嘘をつきません」

　ウォルシュが、「それは大変興味深いお答えです。と申しますのは数カ月前にわたくし、ヨーロッパの極右ネットワーク各所に広まっている非常識な――大変不愉快な！――主張をたまたま見つけました。わたくしはそれが適切な――科学的な！――かたちで反論されてしかるべきだと考えました。そこでささやかな統計ソフトを購入し、その仮説の検証を命じたのです。二〇一〇年以降のノーベル賞は政治的理由から公然と一定の割合――一定の割当――でアフリカ諸国民の予約席になっている」麻痺したような一瞬の沈黙がおりたあと、会場じゅうに憤怒の叫びの波が広がった。ウォルシュはノートパッドをかかげて、騒動に負けない声を張りあげた。「答えは、九十五パーセントの確率で——」モサラ・ファンクラブの列にいる五、六人がはじかれたように立ちあがると、ウォルシュを大声で非難しはじめた。ぼくの両側にすわっている男性はふたりとも、それを黙らせようとシーッと声をあげた。ウォルシュは、なぜこんな騒ぎが起きたのかわからないといいたげな困惑の表情を浮かべて、しゃべりつづけた。「答えはこうでした、九十五パーセントの確率でその仮説は真実だ」

あらたに十人以上が立ちあがって、ウォルシュをののしった。四人のジャーリストが怒鳴りながら会場を出ていく。ウォルシュは立ったままで、邪気(じゃき)なげに微笑みながら、答えを待っていた。ぼくはマリアン・フォックスがおよび腰で演壇に近づくのに気づいた。モサラが身ぶりでそれを押しとどめる。

モサラはノートパッドをタイプしはじめた。叫び声もシーッという声もしだいにおさまり、立っているのはふたたびウォルシュだけになった。

沈黙は十秒とつづかなかったはずだが、それだけあれば自分の心臓がばくばくいっているのに気づくにはじゅうぶんだった。だれかをぶん殴りたい気分。ウォルシュは人種差別主義者ではないが、人心操作のプロだ。彼女はこの場のだれもの内側に言葉の刺(とげ)を忍びこませた。たとえ彼女が会場のうしろに自分の支持者を二百人待機させて、奇声をあげながらプラカードをふりまわさせたところで、聴衆にこれ以上の強い感情は呼びおこせなかっただろう。

モサラが顔をあげて、感じのいい笑顔を見せた。

そして口をひらくと、「アフリカの科学ルネサンスについては詳細な検証がなされており、過去十年で三十の論文が発表されています。ご自分でそれを探しだせないのでしたら、喜んで参考文献を提供しますよ。そうすればアフリカ人科学者に関して、専門家の審査を経て科学の学会誌に掲載される論文の数や、そうした論文が引用される度あいや、特許の認可数や――そして物理学や化学のノーベル賞受賞者数といったものが顕著に増えている理由を説明する、いくつものもっと洗練された仮説があることがおわかりになるでしょう。

けれど、あなたご自身の専門分野については、自力で文献を探していただくほかありません。わたしには、ブッカー賞創設以来、受賞者の一定の割合が、明白に名指しできる、知的努力の必要なマイノリティの指定席になっているという仮説が九十九パーセントの確率で正しいことを、なんらかの別の理由で説明してくれる研究をひとつも見つけられませんので。ちなみにそのマイノリティとは、広告業界にとどまっているべきだった三流作家です」

会場じゅうが爆笑した。ウォルシュはそのまま数秒間立っていたが、驚くほどの威厳を保って着席した。後悔もせず、恥じもせず、動じもせずに。ぼくにはウォルシュのねらいが、モサラに自分と同じ低次元の反撃をさせることだけだったように思えた。疑いの余地なく《プラネット・ノイズ》は、いまのやりとりを歪曲してウォルシュの勝利に仕立てるやり口を見つけるはずだ。**『天才科学者、事実を指摘した有名作家に無礼な発言』**とか。だがほとんどのメディアは、モサラが意図的な挑発に対して非常に自制のきいた対応をとったと報じるだろう。

さらに二、三人が質問――どれも毒のない、そこそこ専門的なものだった――をしたところで、時間切れでセッションの終了が告げられた。ぼくはステージ裏手にまわりこみ、そこでモサラの助手のカリン・デ・グロートが待っていた。

デ・グロートは、まぎれもない微化女性だった——彼女の外見は両性具有〝との中間〟ではまったくなく、微化女性特有のずっときわだった特徴がある。強化女性や強化男性が、性別の手がかりとして広く認められた顔面の特徴を強調し、汎性がそれを除去したのに対して、最初の微化女性や微化男性たちは人間の視覚システムをモデル化して、ひと目で微化女性や微化男性だと見わけがつく——けれど全員を同じような顔にしてしまうことのない——まったくあらたな規定要因群（パラメーター）を見つけだしていた。

デ・グロートは握手を交わしてから、ぼくをホテルの小会議室のひとつに案内した。彼女は小声で、「モサラを刺激するようなことはいわないでくださいね。あんな不愉快なことがあったんですから」

「あの場をあんなにうまくおさめられる人は、ほかにいませんよ」

「ヴァイオレットは敵にまわしたくはない人。考え抜かないうちに反撃することは絶対にない。だからといって、無慈悲な人でもないの」

部屋にはテーブルがひとつと十二人分の席があったが、そこで待っていたのはモサラひとりだった。ぼくはモサラには専属の警備員がついているものと半ば思いこんでいた——だが、ファンクラブはともかくとして、彼女はロックスターのたぐいではまったくないのだ。そもそも、クウェールの不吉な示唆（しさ）はともかくとして、たぶん警備の必要などないのだろう。

モサラはにこやかにぼくにあいさつした。「もっと早くにこういう機会を作れなくてすみません、どうしても時間が空(あ)かなかったものですから。セーラ・ナイトと何度も話しあったから、すっかり打ちあわせは終わったと思っていたし」

（セーラ・ナイトと何度も話しあった？）《シーネット》が企画を承認する前に、そこまで製作準備(プリプロダクション)は進められないはずなのだが。

ぼくは素知(そし)らぬ顔で、「また同じことでお時間をとってすみません。新しいディレクターがプロジェクトを引き継いだときには、どうしても若干の二度手間が生じるものなので」

モサラは興味なさげにうなずいた。ぼくたちは腰をおろすと、いっしょに会議のタイムテーブルを検討しながら意見を述べあった。モサラは、撮影するセッションは自分が出席するうちの五十パーセントを超えないようにしてほしいという。「あなたに四六時中見つめられて、同意できない発言に顔をしかめているところを全部撮(と)られているなんて思ったら、気が狂ってしまうから」ぼくは了承したが、じっさいに撮影する五十パーセントを決めるのは難航した――ぼくはほんとうなら、モサラの論文が忌憚(きたん)なく論じられるだろうセッションのすべてで、本人のアップを撮りたいところなのだ。

ぼくたちは、各二時間の長時間インタビュウを三回おこなうことに決めた。一回目は水曜の午後。

そのあとモサラが、「わたしには、この番組の意図がまだよく理解できないの。ＴＯＥがテーマの番組なら、わたしにスポットライトをあてないで会議全体を取材すればいいのに」

「特定個人の業績というかたちで提示されたほうが、視聴者は学説を理解しやすく感じるんです」ぼくは肩をすくめて、「少なくとも、ネットワークの重役たちはそう確信していて――どうやらいまでは、視聴者にもそう思いこませているようです」《シーネット（SeeNet）》は、科学（Science）・教育（Education）・エンターテインメント（Entertainment）・ネットワーク（Network）の略だが、そのうちのSではじまる単語は、それ単体では面白い素材にならず、最大限の方策を尽くして口あたりをよくする必要のある悩みの種としてあつかわれることが多い。「それに、あなた個人に焦点をあてることで、さらに広範な問題を、人々の日々の生活にどう影響するかというかたちでとりあげることができます。たとえば無知カルトとか」

モサラは冷淡に、「あの連中がまだ宣伝されたりないとでも？」

「いいえ――ですがその大部分は、連中自身の手になるものです。この番組は、人々があなたの視点から連中を見るチャンスになるでしょう」

モサラは笑って、「それは、カルトに対するわたしの考えを、視聴者に話してほしいっていうこと？　しゃべりはじめたら、番組の時間はそれで全部つぶれてしまうわ」

「三大（ビッグ・スリー）カルトに話を絞ってください」

モサラは口ごもった。デ・グロートが投げてよこした非難の視線をぼくは無視して、「《文化第一主義》をどう思いますか？」

「《文化第一主義》は三大カルトのうちでいちばん馬鹿げているわ。あれは、自分たちを〝知識人〟だと思いたくてしかたない人たち――それも、科学の教養ゼロのままで――の最後の避難所。その人たちの大半は、ラテン語と、ヨーロッパの戦争史と、成長しすぎた英国の男子生徒たちについての滑稽詩を文明的な教養と呼んでいた人々に、世界の全人口の三分の一が支配されていた時代への郷愁をいだいているだけよ」

ぼくはにやりとした。「《神秘主義復興運動》――《運動》は?」

モサラは皮肉っぽい笑みを浮かべて、「《運動》のそもそもの意図は非常にすばらしいものだ、と思わない?　ほとんどの人は自分をとりまく世界が見えていない、と《運動》の信徒はいう。俗世の仕事や死にそうに退屈な娯楽をゾンビのように反復する夢遊病者だ、と。でも同意できるのはそこまで。信徒たちが望むのは、世界のあらゆる人が自分の生きている宇宙と"調和"するようになり、宇宙のあらゆる神秘的な不可思議と――たとえば、めまいのするような宇宙論的距離やタイムスケール、生物圏の無限に豊かな複雑さ、量子力学の奇怪なパラドックスと――むきあったときに信徒たちが感じている畏怖をだれもがわかちあうこと、らしいわ。

たしかに……信徒たちが例にあげるすべてのものは、わたしにも――ときどきは――畏怖を感じさせるけれど、《神秘主義復興運動》はその反応そのものが目的なの。そして《運動》の信徒たちは、人の手が触れず説明がつけられていない状態で自分たちをハイにしてくれているものを研究することから、科学が手を引くよう望んでいる――理解が深まってしまったら、そこから同じ恍惚感は得られなくなるから。つまるところ《運動》の信徒は宇宙になんの関心もなくて、それは、動物たちはマンガ映画のように流血と無縁の世界に生きていると勝手に理想化している人々や……自分たちの生活を変えたくないがために環境破壊の存在を否定する人々と、まったく変わりがない。《運動》の信徒は、自分たちに都合がよくて、自分たちが正しいと感じられる真実を望んでいるにすぎない。誠実な信徒は、脳の該当する機能をもつ部位に熱した針金を突き立てて、つねに神秘的な顕現を体験していると信じられるようにすればいい——だって要するに、それこそが《運動》の追い求めているすべてなんだから」

この発言は掛け値なしに貴重だった。これまでモサラほどの重要人物で、カルトをここまで攻撃した人はいない。公(おおやけ)の記録に残るかたちでは。

「《わきまえろ科学!》はどうですか?」

モサラの目が怒りにきらめいた。「あいつらは文句なしに最悪。いちばん偉ぶっていて、いちばんシニカル。ジャネット・ウォルシュなんてただの策略家、表(おもて)看板でしかない。《わきまえろ科学!》の真のリーダーたちの多くは、はるかに高度な教育をうけている。そして連中は知恵を結集した結果、人類の文化というか弱い花は、人間の真の姿や、宇宙のほんとうの仕組みがこれ以上解明されることに耐えられない、と判断した。

もし連中がバイオテクノロジーの悪用に反対しているなら、わたしは全面的に支持するわ。兵器開発に反対するなら、それも同様よ。もし、連中の支持する価値体系にすじが通っていて、それが多くの冷酷な科学的真実と一般の人々の距離を……その真実を否定することなしに……縮めるものだったなら、わたしにはなんの異論もなかったはず。

しかし連中が、すべての知識は——連中の定義する境界を越えたそれは——文明と正気に対する呪詛(じゅそ)であり、自称文化的エリートたる者は、それにとって代わる手作りの〝生命肯定的な〟神話一式を創りだして、政治的に適切でほどよい励みとなる存在意義を人々に広く伝える責任がある、と結論したとき……連中は最悪の種類の検閲官兼社会操作者以外のなにものでもなくなった」

ぼくは不意に、テーブルの上に広げられたモサラのほっそりした両腕がわなわなと震えているのに気づいた。モサラの怒りは、ぼくが思うよりはるかに激しいのだ。ぼくはモサラに、「もうすぐ九時ですが、バッゾの講演のあと、お時間があったら、あらためてこの話をつづけましょうか？」

デ・グロートがモサラの肘に触れた。ふたりは体を寄せあうと、長々と小声で話しあった。モサラがぼくにむかって、「水曜にインタビュウという予定にしたでしょう？　悪いけれど、それより前にはまったく時間を空けられません」

「かまいませんよ、お気になさらず」

「それから、いまわたしが口にした意見は、すべてオフレコだから。番組で使わないでください」

不意を突かれたぼくは、「そう結論を急がれなくても……」

「これは撮影スケジュールを話しあうための打ちあわせだったはずよ。ここでわたしが口にしたことはなにひとつ、公表を意図していません」

ぼくは追いすがった。「発言はすべて文脈をはっきりさせて使います。ジャネット・ウォルシュは度を超えて、あなたを侮辱した——そしてあなたは、記者会見では冷静なままで、自分を制していた――しかしそのあと、あなたは自分の見解をつぶさに表明した。そこに問題などないでしょう？　これではあなたも、《わきまえろ科学！》の検閲に屈したことになりませんか？」

モサラは少しのあいだ目を閉じてから、慎重に、「先ほどの発言は、たしかにわたしの見解であり、ゆえにわたしはそれに対する権利をもっているわ。わたしはだれがその発言をきき、だれがきかないかを決める権利ももっている。わたしはけさの不快な騒ぎがこれ以上飛び火するのを望みません。だからあなたには、わたしの希望を尊重して、先ほどの発言をまったく使わないと約束していただくよう、お願いしたいのだけど？」

「この件はいまここで決めなくてもいいことです。粗つなぎした映像を送りますから――」

モサラは身ぶりで拒否した。「わたしはセーラ・ナイトと、あらゆることを即座に、いっさいの異議なしで拒否できるという契約を交わしたわ」

「だとしても、それは彼女個人との契約であって、《シーネット》とのものではありません。《シーネット》があなたからいただいているのは、秘密事項取扱に関する標準的な許諾だけです」

モサラは愉快ではなさそうな口調で、「わたしがあなたにききたいと思っていたことがあるのは、わかっているでしょう？　なぜ直前になってからプロジェクトを引き継いだのか、その事情はあなたが自分で説明するだろうと、セーラはいっていた。プロジェクトのためにあれほどの仕事をこなしていたのに、セーラが残したのは十秒間のこんなメッセージだけ――『わたしは番組から外されて、アンドルー・ワースが新しいディレクターになりましたが、その理由はワースが説明するでしょう』」

こんどはぼくが慎重になって、「セーラはあなたに誤った印象をあたえていたようです。《シーネット》がこの番組の製作者としてセーラを公式に指名したことは、いちどもありません。そしてあなたに連絡をとったのも、初期準備を進めたのも、《シーネット》です――セーラではなくて。この番組は、セーラが独自に進めてから《シーネット》にもちこんだ自由契約のプロジェクトではまったくないんです。これは《シーネット》のプロジェクトで、セーラはそのディレクターになりたいと望み、そしてそれを実現させようと多くの時間を注いだ」

デ・グロートが口をはさむ。「では、なぜそれは実現しなかったんです？ あれほどのリサーチも、あれほどの準備も、あれほどの情熱も……実を結ばなかったのはなぜ？」

（なんと答えればいい？ ぼくがプロジェクトを、真にそれにふさわしいただひとりの人間から奪った……おかげでぼくは、気の滅入るフランケンサイエンスの取材によるストレスを逃れて、全額経費で南太平洋の休暇をすごしている、とでも？）

ぼくの返事は、「ネットワークの重役が住む世界は特殊ですから。重役たちがなにを考えて決断をくだすか理解できるなら、たぶんぼくもそこに仲間いりしているでしょう」

デ・グロートもモサラも、無言のまま不審げにぼくを見ていた。

12

《シーネット》の強力な商売敵である《テクノラリア》社は、終始一貫してヘンリー・バッゾを〝千年王国をまたいで畏怖される物理学の導師〟と呼び……バッゾは可能ならすぐにも引退して、もっとダイナミックな常套句の似あう下の世代の同業者――〝プレ宇宙の無限次元の新しい波をサーフィンする〟おそるべき天才児たち――にこの分野をあけわたすべきだとしきりに示唆していた（《シーネット》のリディアはTLを、流行りにさといが頭は空っぽな〝グッチョーネもどき〟だと一刀両断にしていた。ぼくも異論はないが、《シーネット》も同じ末路にむかっているのではないかとしばしば不安になる）。バッゾは二〇三六年に、ほかの七人の標準統一場理論の考案者とノーベル賞を共同で受賞した――だがバッゾもいま、その理論を粉砕、でなくとも破棄しようとしている。ぼくが連想するのは、二十世紀初期のふたりの物理学者だ。電子の存在を明確な粒子として確証したJ・J・トムスンと、その息子で、電子は波のようにもふるまうことを示したジョージ・トムスン。それは視野の拡大であって、否認ではなかった――バッゾが同様の離れ業を自分一代で演じようとしていることは、まちがいない。

　バッゾは長身で禿頭、皺だらけの八十三歳だが、年寄りじみたところはまるでなかった。その口調は快活で、聴衆である全位相モデルの専門家たちを大いに刺激しているようだ……だが、聴衆を笑いころげさせている専門的なジョークでさえ、ぼくには難解でさっぱりだった。バッゾの話の前置きには、なじみ深い語句や見覚えのある方程式がたくさん出てきた――けれど、バッゾがその方程式でなにかをはじめると、ぼくはもうまったくついていけない。ときおりバッゾは図表を映した。緑の方眼に覆われた節だらけの灰白色の管の表面を、明るい赤の測地線が這いまわる。それぞれが直交する三つ組みの矢印つきベクトルが、一点から広がって、途中で傾いたりねじれたりしながら、輪あるいは結び目のまわりを動いていく。ぼくがそうした線図の意味をわかったような気になりかけると、バッゾはどうでもよさそうにスクリーンに手をふって、こんなことをいう。「肝心かなめの部分――リニア・フレームの束の中でなにが起きているか――はお目にかけられないのだが、みなさんならそれをイメージできるだろう。この面が十二次元に埋めこまれていると想像すれば……」

ぼくはモサラからふたり分（空席を）おいた隣にすわっていたが、思いきって彼女のほうに目をやることはほとんどできなかった。いちどそうしたときには、モサラはバッゾに視線を据えたままだったが、顔から表情が消えた。ぼくが番組の契約を勝ちとるためにどんな手段を使ったとモサラが思っているのか、見当もつかない（賄賂？　ゆすり？　セックス？　残念ながら《シーネット》はそんな陰謀渦巻く楽しいところではない）。だが、手段はじつのところ問題ではなかった。ともかくモサラの目には、最終結果が不当であることは自明だと映っている。

バッゾがしゃべっていた。「ゆえにこの積分路は、不変量をあたえてくれる！」その時点で映っていた節だらけの管の鮮明な像が不意にぼやけて、不定形の灰緑色のもやに変わった

――これは特定の時空からプレ宇宙におけるその一般化への変化を表象している――だが、シミュレートされた宇宙を周回していた三つのベクトルは固定されたままだった。ある全位相モデルにおける不変量とは、対象とする領域の時空の曲率とか、それにいくつの次元があるかとかいったこととは無関係に示せる物理的な量のことだ。不変量を見つけることは、プレ宇宙のうんざりするほどの不確定性からなんらかの首尾一貫した物理学を生みだす唯一の方法である。ぼくはバッゾの図表上の不動のベクトルに視線をひたと据えた。ぼくはまだ、話にまったくついていけなくなったわけではない。

「まあ、いまのは明白なことだ。ここからがややこしい。同じ作用素を、リッチ曲率がどこにも定義されていない空間に拡張することを想像してほしい――」

　もうぼくは話についていけなかった。

　セーラ・ナイトにもういちど映話して、『ヴァイオレット・チサラ』の製作をとり返す気はないかきいてみようかと、ぼくは真剣に考えた。これまでに撮影した分をセーラに渡し、契約上の問題をリディアと調整して、ジーナとの離別や『ジャンクＤＮＡ』の傷を癒すために――そんなことをしにきたんじゃないというふりをする必要のないどこかへ――雲隠れするのだ。ぼくは自分に、たとえ一カ月でも仕事を休む余裕はないぞといいつづけてきた……がそれは、なじんだ生活をつづけられるかどうかの問題であって、餓死の心配があるわけではない――それに、家賃をだれかに半分もってもらわなければ、どのみち引っ越すしかなくなる。ディストレスの番組を担当していたなら、緑豊かで静かなイーストウッドにあと一年かそれ以上は住みつづけられただろう——だがそれ以外はどんな仕事をしようと、郊外スプロール地区に逆戻りだ。

この理解不能な講演や、無理もない嫌悪感をぼくにいだいているモサラから逃げだすのをなにが引きとめたのか、自分でもわからない。プライド？　片意地？　惰性？　もしかするとその理由の根はカルトの存在かもしれない。ウォルシュのやり口はこの先もっと陰険になるだろう——だがだからこそ、このプロジェクトを放りだすことはいっそうの背信行為に感じられる。ぼくはフランケンサイエンスの番組をという《シーネット》の要望どおりに、『ジャンクDNA』を作った。こんどの番組は、カルトに立ちむかうひとりの人物を世界に紹介することで、それを埋めあわせるチャンスだ。そして、クウェールはああいっていたけれど、ここでは言論が暴力に屈しようとしているわけではない。ここで論じられるのは難解な物理学であってバイオテクノロジーではないし、ぼくが前にウォルシュを見かけたザンビアの生命倫理会議においてさえ、講演者に猿の胎児を投げつけたり、自分たちに同調しないジャーナリストに人間の血をかけたりしていたのは——《わきまえろ科学！》ではなく——例によって《神の御姿》だった。宗教的原理主義者は、だれもアインシュタイン百周年記念会議など気にかけてはいない。TOEは連中の理解の埒外にあるか、おとしめるまでもないと思われているのだ。

モサラが小声でいった。「たわごとだわ」

ぼくはおずおずとモサラに視線をむけた。彼女は微笑んでいた。ぼくを敵視気味だったのを一時的にすっかり忘れたようにささやく。「バッゾはまちがっている！　あの人は孤立点の位相を無用にする方法を見つけたつもりなの。それを全部ひと組の測度零にマップする同型をでっちあげてね。でも、使った測度がまちがっている。このコンテクストで使うべきなのはペリーニので、ソウペのじゃないのに！　信じられないミスよ」

モサラがなにをいっているか、ぼくにはごくごくぼんやりとしかわからなかった。孤立点の位相は、じっさいにほかのなにかに触れるものがなにひとつない〝空間〟だ。〝測度〟は長さの一般化の一種で、より高次元の面積や体積というところ——ただし、そちらのほうが測度よりずっと大胆な抽象化を含む。すべての位相にまたがってなにかを合計するときには、無限の和への付加量の各々に、その位相が〝どれくらい大きいか〟という〝測度〟を乗じることになる……これは、ある統計量の全世界平均を出すとき、各国の人口とか、面積とか、国内総生産とか、その統計量にとって有意性をもつほかの基準で加重するのと、ちょっと似ている。

バッゾは、現実のどんな物理的な量についても、孤立点の全体集合すべての有効な付加量をゼロに等しくする計算方法を発見した、と確信していた。

モサラは、それがまちがいだと確信していた。

ぼくはモサラに、「ではバッゾが話し終えたら、そのことを指摘するんですね？」

モサラはバッゾのほうに顔を戻したが、笑みを浮かべたままだ。「黙っているつもり。あの人に恥をかかせたくはないから。それにほかのだれかが、きっとまちがいに気づくわ」

質疑応答の時間になった。ぼくはこのテーマに関するなけなしの知識を総動員して、質問者の提起する論点の中にモサラの指摘をいいかえたものがないか、判断しようとした——が、どれも違うようだ。セッションが終了し、それでも口をひらかなかったモサラに、ぼくはとまどいながらたずねた。「なぜバッゾに教えてあげなかったんです？」

モサラはいらだちを見せて、「わたしがまちがっていることもありうるのよ。だから、もっとじっくり考えてみないと。これはささいな問題じゃない。バッゾの選択には、それなりの理由があるはずだわ」

「いまの講演は、次の次の日曜に発表されるバッゾの論文の序論なんでしょう？　自分の傑作理論の立脚点をあきらかにしたわけですよね？」バッゾとモサラ、そしてヤスオ・ニシデが、会議の最終日に——単に名前のアルファベット順で——各自の競合するＴＯＥを発表することになっている。

「そのとおり」

「だったら……もし測度の選択を誤っていたら、バッゾは顔をつぶす結果に終わるのでは？」

モサラはけわしい表情でぼくをじっと見つめた。もしかしてぼくはいま、今回の仕事をつづけるかどうかの決定権を自ら手放してしまったのだろうか。モサラは取材協力の約束を全面撤回して、ぼくから撮影対象も、ここにとどまる理由もすべてとりあげてしまう気だろうか。

モサラは冷ややかにいった。「わたしは自分の用いている方法がどんな場合に有効かを判断するだけでも、山ほど問題をかかえているの。ほかの人みんなの研究にも同じように精力を注ぐ時間はない」そしてノートパッドに目を落として、「きょうの分として同意した撮影は、これで全部のはず。だから失礼してよろしければ、ほかの人とランチに行かせていただくわ」

モサラがホテルのレストランのひとつにむかうのを見て、ぼくは逆方向に進んで建物を出た。真昼の空はまばゆく、照りつける強烈な陽ざしの中で青い空を背にして並ぶ白い石造りの建物は、日よけの作る影の部分には本来の微妙な色あいを残しているものの、北アフリカの都市のいちばん古い地区を思わせる外観になっていた。潮香る東からのそよ風は、暖かいけれど不快ではない。

行きあたりばったりに脇道を進んでいくと、ひらけた広場に出た。中央には幅二十メートル程度の小さな円形の公園があり、育ち放題にされた芝生に覆われ、小さな椰子が点在していた。ホテルにあった鉢植えを別にすると、ステートレスではじめて目にした植物だ。土はここではぜいたく品だった。土を造るのに必要なすべての鉱物は、海で微量ずつ見つかるが、農業が可能なだけの表土を島に供給しようとしたら、藻類とプランクトンを基盤とする食物連鎖――それは農業が目的とするのとまったく同じ需要を満たしている――に必要な海域を何千回もトロール漁法式にさらうことになる。

ぼくはこの緑茂るつつましい一角に見いった――そして見つめれば見つめるほど、その光景はぼくを動揺させた。その理由に思いいたるには、もうしばらくかかった。

この島全体が、金属とガラスでできた建物と同様の人工物で、工学産生物によって維持されている――そしてその生物たちとその野生の先祖も、輝くチタン合金と太古に埋もれた鉱床と同じくらいかけ離れている。実質は育ちすぎた鉢植え植物にすぎないこのちっぽけな公園は、その事実を容赦なく突きつけ、ぼくがいま踏みしめているのは巨大な機械の水平面(デッキ)以外のなにかだという幻想を打ち砕いてしかるべきだった。

だが、そうはならなかった。

ぼくが上空から見たステートレスは、巻きひげを太平洋にのばし、地球上のどんな生物にも負けない有機的美しさを感じさせた。この街の煉瓦という煉瓦、タイルというタイルがどこの窯(かま)で焼かれたものでもなく、海から生まれたものなのも知っている。島全体がこの島なりのかたちでとても〝自然に〟見えるので、人工物に思えるのは草や木のほうだった。この一角の放置された――〝ほんものの〟――自然は、異質で意図されたものに見えた。

ぼくは、広場の縁をとりまく椰子の木形彫刻（皮肉のつもりか？）で半分日影になったベンチ――礁岩(しょうがん)製だが下の敷石よりやわらかいのは、鉱物を少なくし、ポリマーを多く使っているから？――に腰かけた。地元の人はだれも芝生の上を歩いていないので、ぼくもやめておいた。食欲はまだ戻らず、ただすわって、通りすぎていく暖かな風と人々の姿に身を浸す。

その気はないのに、ぼくは数知れぬ気ままな日曜の午後をジーナとすごすという馬鹿げた夢想を思いおこしていた。どうしてジーナがこの先の人生のあいだじゅう、ぼくとエッピングの噴水の脇にすわっていたがるなんて思えたのだろう？　どうしてあんなに長いあいだ、ジーナはしあわせだなんて思えたのだろう……その間ぼくはつまるところ彼女を、ないがしろにされ、相手にされず、息がつまり、追いこまれているという気分にさせてばかりいたのに。

ノートパッドのブザーが鳴った。それをポケットから引っぱりだすと、**シジフォス**が告げた。

「三月の世界保健機関(WHO)疫病統計がいまほど発表されました。ディストレス患者の届け出は現在五百二十三件。一カ月で三十パーセントの増加になります」グラフが画面に表示される。「三月に報告された患者数は過去六カ月の合計を上まわりました」

ぼくは茫然として、「こういうことを報告しろといった覚えはないぞ」

「昨年の八月七日。午後九時四十三分」マンチェスターのホテルにいたときだ。『患者数が急増したら知らせてくれ』とあなたはいいました」

「わかったよ。つづけてくれ」

「あなたが最後にたずねて以来、このトピックについて二十七の新しい記事が専門誌に載りました」タイトル一覧が表示された。「要約をききますか?」

「いや、別にいい」

画面から顔をあげたぼくは、広場の反対側でイーゼルを立てて絵を描いている男に気づいた。男はがっしりした体つきの白人で、おそらくは五十代、顔は日に焼けて皺がある。ランチをとらない分、ぼくはその時間を有効活用して、ヘンリー・バッゾの講演をひとりでリプレイするとか、関連する背景資料にこつこつと目を通すとかしているべきだった。その案を数分かけて考えてみてから、ぼくは立ちあがると、公園をぐるりとまわって、制作中の作品を見にいった。

その絵は、公園の印象派風のスケッチだった。あるいは、部分的に印象派風の。〝椰子の木〟と芝生は、凹凸(おうとつ)のある窓ガラスに映りこんだまだらな緑色の光のようで、それ以外の光景はその窓ごしに見えている——しかし建物や歩道は、建築家がコンピュータ製図したかのごとく、ありのままに描かれている。絵そのものはトランジションに描かれていた。トランジションは電子ペンの作用で色を変える画材で、電圧と周波数を変えると、埋めこまれた金属イオンのそれぞれが異なる割合で白いポリマーの表面に移動する。そのさまは油絵が無からあらわれいでるかのようだった――この方法で望む色を創りだすことは、油絵の具を混ぜるのに等しい技といえるのだそうだ。だが、トランジションでは絵をかんたんに消去できる。電圧を逆にすれば、色素は表面から消える。

手を止めてぼくに目をむけたりせずに、画家はいった。「五百ドル」オーストラリアの地方の訛りだ。

ぼくは答えた。「同じぼったくられるにしても、地元の人にそうされたいですね」

男は嘘とわかる不機嫌そうな目つきでぼくをにらむと、「すると十年住んでも地元民を名乗るなと？　じゃあどうすればいい？　市民登録でも見るか？」

「十年ですか？　それは失礼しました」十年ということは、この男性は最初期からの住民といっていい。ステートレスは二〇三二年に播種されたが、成長が自動継続して居住可能になるには十年近くかかった。ぼくは驚いていた。ステートレスの創設者たちも最初期住民の大半も、合衆国の人間だったからだ。

ぼくは名乗った。「アンドルー・ワースです。アインシュタイン会議があるのでここへ来ました」

「ビル・マンロー。ここへは光があるから来た」男は握手を求めなかった。

「絵を買う余裕はないんです。でも、よろしかったらランチをおごらせてください」

マンローは不愉快げにぼくを見た。「きみはジャーナリストだな」

「会議を取材しているだけです。ほんとうに。ただぼくは……島にも興味があるんです」

「なら、読めばいい。全部ネットにあるから」

「そのとおりですが、その全部に矛盾があります。どれがプロパガンダでどれがそうでないか、ぼくには判断できません」

「じゃあどうして、わたしの話すなにかのほうが少しでも信頼できるなんて思うんだ？」

「面とむかってきけば、わかります」

マンローはため息をついた。「なんでわたしなんだ？」電子ペンをおろして、「わかった。ランチのお代に無政府主義の話をしよう。こっちだ」そして広場を横切って歩きはじめる。

ぼくはその場に立ったまま、「これを置いていく気じゃないでしょうね」と声をかけたが、マンローが歩きつづけているので、あとを追って横に並ぶと、「五百ドルの絵――プラス、イーゼルと電子ペン――にだれも指一本触れないと思うほど、人を信じているんですか？」

マンローはいらだたしげにぼくを横目で見やってから、ふりむくとイーゼルの方向にノートパッドをふりかざした。イーゼルが耳をつんざくようなキーッという音を鳴らした。何人かがふりむいてイーゼルを見つめる。「きみの住んでいるところに警報タグはないのか？」いわれてぼくは顔が赤らむのを感じた。

マンローは安そうなオープンカフェを選ぶと、サンプルの並ぶカウンターで湯気を立てる即席の白い混ぜもの料理を注文した。それは吐き気がしそうなほど魚くさかったが――そのことはこの島ではかならずしも、その料理がかつてはなにかの脊椎(せきつい)動物の肉だったことを意味しない。それでもぼくは、ほんのわずかな食欲をかきたてる気もなくしていた。

ぼくが食事代の支払いを承認しようと手間どっていると、マンローが、「いわなくていい。きみはわたしたちが国際クレジットを売買の手段に使っていることや、自由企業の外食店舗、わたしの私有財産への臆面(おくめん)もない愛着、そのほか身のまわりで目にするさまざまな資本主義のしるしに、心底困惑している」

「前にもぼくのような人を相手にしたことがあるわけですか。では、定番の質問に対する定番の答えはなんです？」とぼくはきいたが、マンローは自分のイーゼルがはっきり見えるテーブルに料理を運んでいった。

それから口をひらいて、「ステートレスとは、資本主義者の民主主義社会だ。そしてまた、リベラルな社会主義者の民主主義社会だ。共同体の連合組織でもある。ほか数百の、わたしには名づけられないなにかでもある」

「つまり……ここの住民たちは、そうした種類の社会でふるまうのと同じようにふるまうことを選んだ、と？」

「そのとおりだが、それだけでは終わらない。ほとんどの住民はなんらかの組合(シンジケート)にはいっているが、それは事実上いまいったような種類の団体だ。住民たちは選択の自由を望んでいるが、同時にある程度の安定性も望んでいる。そこで人々は、個々人の生活を組織化する枠組みをあたえてくれる契約に同意する——その契約はもちろん解約が認められたものだ……その点では、大半の民主主義国家も移住を許可しているわけだが。もし、ひとつの組合の六万人が自分たちの収入の一部分を、選挙された代表委員会で詳細をつめた方針にそって支出される厚生・教育・福祉用の基金に——会計監査を条件として——支払うことに同意すれば……そこに議会や国家元首は存在しなくても、それでもそれはわたしには社会主義者の民主主義社会のように思える」

ぼくは口をはさんだ。「だから、自由に選ばれた〝政府〟が存在しえないわけではない。しかし——結局のところ——あなたがたは無政府主義者なのですか、違うのですか？ ここには、だれもが共通で強制的に従わされる法律は存在しないのですか？」

「住民の圧倒的多数が是認している若干の基本方針は存在する。暴力と強制からの自由に関する基本的な思想が。そうした思想は広く行きわたっているから、それに異議がある者は、ここに来ないほうがしあわせだろう。わたしはいちいち区別する気はないが、それは法律と呼べるかもしれない。

では、わたしたちは無政府主義者か、違うのか？」マンローはどうでもいいという身ぶりをして、『無政府主義』とは〝支配者がいない〟ことであって、〝法律がない〟ことではない……だが、ステートレスではだれも、睡眠時間を犠牲にして古代ギリシアの意味論について考えあぐねたりはしない——バクーニンやプルードンやゴドウィンの著作についてもだ。おっと、いまのは撤回する。そうしたテーマのそれぞれに強い関心をいだく人は、人口比でなら北京やパリと同じくらい見つかるだろう。そういう人の意見がほしいなら、当人たちのだれかにインタビュウしてくれ。

個人的には、無政府主義という言葉は歴史的障害物を引きずりすぎていて、救いようがないと思う。それでも大して困りはしない。十九世紀および二十世紀の無政府主義運動の大半は、マルクス主義者同様、支配階級から権力を奪うという問題で泥沼に陥った。ステートレスでは、その問題は非常にかんたんに解決された。二〇二五年、カリフォルニアのバイオテク企業《エンジニュイティ(EnGeneUity)》の社員六人が、種子を作るのに必要なすべての情報をもって姿をくらました。その情報の多くは、六人自身の所有物ではないにしても、本人たちの研究成果だった。六人はまた工学産細胞を、さまざまな培養組織から、気づかれないほどごくわずかずつもちだした。ステートレスが成長していることにだれもが気づいたころには、ここで数百人が交替で暮らしていたから、島を即座に殺菌処理したら世論に悪い印象をあたえていただろう。

それがわたしたちの〝革命〟だった。監獄覚悟で火炎瓶を投げる必要なんてなかったんだ」

「窃盗(せっとう)の罪でボイコットはされましたけどね」

マンローは肩をすくめた。「ボイコットはまったく厄介な話だ。だが、ボイコットされているステートレスでも、もうひとつの選択肢よりはいい。島が企業のものとなって、一平方メートルも残さず私的に所有されるのよりは。世界じゅうのあらゆるまともな食用作物が特許になっている現状がどれほどひどいことか。足もとの地面も同じだったらと考えてみるがいい」

ぼくは答えた。「わかりました。つまり、テクノロジーがあなたがたに新しい社会への近道をもたらしたと。古い社会モデルはこの際すべて関係ない。侵略も大量虐殺もなし、流血沙汰の暴動もなし、のろのろした民主主義的改革もなし。ですが、そういう状況に到達するのは、この〝革命〟の楽な部分です。ぼくにはまだ、なにがこの島をひとつにまとめているのかわかりません」

「小さな非脊椎動物の体だよ」

「政治的に、ということなんですが」

マンローは当惑したようだ。「島をひとつにまとめるとは、なにに対してだ？　無政府主義の芽生えか？」

「暴力。略奪。犯罪組織による支配」

「なぜ世界じゅうどこの街でもできることをするために、わざわざ太平洋のまん中まで旅してくる？　それともなにか、わたしたちがこれほど苦労を重ねてきたのは、『蝿の王』を実演する機会を作るだけのためだったとでも？」

「意識的にではないでしょうが。けれど、シドニーでそういう事態になれば、暴動鎮圧隊が投入されます。ロサンジェルスでなら州兵が」

「ここにも訓練された市民軍があって、非常事態に際しては住民と重要な資源の保護のために適切な力を行使できるという、ほぼ全住民一致の同意を得ている」マンローはにやりと笑って、「〝重要な資源〟。〝非常事態に対応する力〟。どこかできいたような話だろう？　違うのは、非常事態がいちども起こらなかったことだ」

「そこまでは納得します。ききたいのは、なぜ起こらなかったかです」

マンローは額を揉むと、しつこい子どもを見るような目になって、「善意ゆえかな？　知性のおかげ？　それともなにかほかの奇妙な正体不明の力が働いている？」

「まじめにお願いします」

「いくつか自明のことがある。人々は平均レベルよりやや高い理想主義をいだいて、ここへやってくる。その人々はステートレスがきちんと機能することを望んでいて、さもなくば来たりはしなかっただろう――たまにいるのろまな工作員は別だが。みな協力しあう気になっている。といっても、寮生活のように、だれもが拡大家族だというふりをして、高らかに共同体讃歌を歌いながら班作業をしているわけではない――そういう面も少しはあるが。ともかく、ここへ来た人々は、よそに住むことを選んだ人の平均よりも、柔軟で寛容たらんとしている……それこそが肝心かなめな点なのだから。


　ここにも富と力の集中は少々だがある。それも時間が解決するだろうが――これほど多くの力がこれほど分散されていたのでは、〝金でものごとを解決する〟のはきわめて困難だ。ああたしかに、わたしたちは私有財産をもっているが、島や礁や水は共有だ。食品を収集加工している組合は製品を貨幣と交換するが、食品供給を独占しているわけではない。自分の食べるものを海から直接得ている人もたくさんいる」

　ぼくはいらだちを感じながら、広場を見渡した。「なるほど。あなたがたが全員で殺しあってもいなければ、街なかで暴動も起きていないのは、飢えている人もいないし、腹の立つほど裕福な人もいないからだ、と――いまはまだ。しかし正直なところ、この状態がいつまでもつづくと思っているんですか？　次の世代は自分で選択する余地なしにここで生まれる。どんな手を打つつもりです――全員に寛容の精神を植えつけて、最善の結果を期待しますか？　それでうまくいった試しはいちどもありません。この種のほかのあらゆる試みは、暴力に終わるか、他国に武力制圧ないし併合されるか……目標を捨てて国民国家になるかしています」

マンローはそれに対して、「もちろんわたしたちは、自分たちの価値観を子どもたちに継承する努力をしているが、それは世界のだれだって同じことだ。そして同じくらい成功している。だが少なくとも、この島の大半の子どもたちは、幼いころから社会生物学を教えられているんだ」

「社会生物学？」

マンローはにやりとして、「バクーニンよりずっと役に立つのさ、こいつはね。社会がいかに組織化されるべきかについて、人々が細部にわたって同意することは、これからも決してないだろうし――同意する必要もあるまい？　しかし人が……いや、地球のあたえてくれた〝自然のままの〟ユートピアが存在し、われわれはみなそこへ還るべきだという《エデン主義》の信奉者は別として……人がなんらかの文明をうけいれるということは、人間とは生来の行動欲求をもつ動物だという事実に対する文化的反応――その欲求に無抵抗で従う以外の――を選択することを意味する。そしてその反応というのがきわめて微妙な妥協であるにせよ、もっとも激しい抵抗であるにせよ、自分が適応なり対立なりしようとしている生物学的欲求を正確に理解することは有用だ。

なぜなら、自分と周囲のあらゆる人に作用しているその生物学的な力を理解している人々は、少なくとも、望むものを最小限の闘争で手にいれるために知的戦略を用いることが可能だから……過去の政治哲学者のだれかが唱えていた単なる理想主義的神話や願望的思考に足をとられたりせずに」

その話は自然と胸に落ちた。〝科学的〟ユートピアなる馬鹿げた代物(しろもの)の詳細な設計図や、〝合理的〟基盤の上に組織されるというふれこみの社会の青写真には無数に出会ってきたが……生物学的な力の存在を認めたその口が多様性を主張するのをきくのは、これがはじめてだ。マンローは、硬直した政治的主義主張——マルクス主義から核家族まで、民族的純血からジェンダー分離主義まで——を頭ごなしに押しつけることを正当化(〝われわれはこのように生きねばならない、なぜなら人間の本性がそう定めているからだ〟)するために社会生物学を都合よく利用しているのではなくて……人々は人類という種に関する自己認識を、自力でよりよい決定をくだすために使える、といっているのだった。

情報の行きわたった無政府状態。それは訴求力のある概念だったが——それでもぼくは、懐疑的にならずにいられなかった。「でも、島の全住民が自分の子どもに社会生物学を学ばせようとするわけではないでしょう。この島にさえ、いくらかは文化的・宗教的な原理主義者がいて、社会生物学を脅威に感じているはずです。それに……成人の移民者に対しては? 二十歳でステートレスにやってきた人は、それから六十年はここで暮らすことになる。理想主義を失うにはじゅうぶんすぎる時間だ。第一世代が年老いて夢破れていく一方で、すべてがうまくいきつづけると、本気で思うんですか？」

マンローはとまどい気味に、「わたしがどう思うかに、なぜこだわる？　どうしても気になるなら、島を調べてまわって、多くの人に話をきき、自分で判断すればいい」

「おっしゃるとおりです」だが、ぼくがここへ来たのは、島を調べてまわるためでも、島の未来の政治状況に関して意見をまとめるためでもない。腕時計に目を落とすと、一時をまわっていた。ぼくは椅子から立った。

するとマンローが、「いまちょうど、見て損のないことが起きているんだが。見るだけでなく……やってみて損のないことが。時間はあるかね？」

ぼくは迷いながら、「それがなにかによります」

「この島で新住民となるための儀式にいちばん近いもの、といっていいだろうな」ぼくけまるで乗り気な顔をしていなかったに違いない。マンローは笑って、「祝いの歌もなければ、誓いの言葉もないし、金箔張りの巻物も関係ないことは保証する。それに、強制されるものでもない――新来者の風習になった感がある、というだけで。しかし、単なる観光客でも歓迎だ」

「教えてくれる気はあるんですか、それともなんなのか当ててろというんですか？」

「いえるのは、内陸ダイビングと呼ばれていることだ。だが、それがどんなものかは、その目で見なければわからんよ」

マンローはイーゼルをたたむと、ぼくと並んで歩いた。ツアーガイドを天職とするベテランを演じて、ひそかに楽しんでいるように見える。ぼくたちは、島の北にのびる〝足〟にむかう路面電車(トラム)の乗降口に立って、そよ風をうけた。前方の線路はほとんど見えない。平行な二本の溝が岩に刻まれ、その中央を走る超伝導体の灰色の帯は微細な白亜質の粉末の層にほぼ隠されている。

乗ってから十五キロほど走ったころには、車内に残っている乗客はぼくたちだけになっていた。ぼくはきいた。「こうした設備の維持費はだれが出しているんですか?」

「ある程度は乗車賃でまかなわれている。残りは各組合が払っている」

「じゃあ、どこかの組合が支払わないことに決めたらどうなります? いわばほかの組合にたかることにしたら?」

「そのときはそれなりの手が打たれるだろう」

「なるほど、でもその組合がほんとうに金(かね)を出す余裕がなかったら? それほど経営が苦しかったら?」

「ほとんどの組合の経理は公表されている。そうするかどうかは各組合の決めることだが、秘密にしておこうとすれば奇異の目で見られるだろう。ステートレスの住民は自分のノートパッドを使えば、島の富がひとつの組合に集中するとか、海外に流出するとかしていないか、知ることができるのだから。そしてその知識に基づいて、ふさわしいと思う行動をとれる」

トラムはすでに街の中心部をすっかり離れていた。線路の周囲には工場や倉庫とおぼしき建物が散在しているものの、しだいに視野の多くは平坦だがわずかに起伏のある剝きだしの礁岩に占められていった。石灰岩は街なかで目にした色あいのすべてをたたえ、あきらかに非地質学的なパターンで風景にシマウマ模様を刻んでいるが、これは異なる亜種の親石性バクテリアが分布しているためだ。けれど、この島の地面は岩地で農業ができるようには改良できないだろう。島内陸の中心部は珊瑚の導管を除去されていて、乾燥して固すぎる。外側に行くと、岩はずっと多孔性になってカルシウムが豊富な水を含み、その土地で繁殖できるのは工学産生物だけになる。トラムの線路が海岸まで走っていないのは、地面がやわらかくなって車輛の重みに耐えられないからだ。

目撃者を起動して録画を開始する。このようすだと、撮れる映像は番組用の素材というより私的な旅行記にしかならないだろうだが、撮影せずにはいられなかった。

ぼくはマンローにたずねた。「島に来たのは光が理由だというのは、ほんとうですか？」

マンローはかぶりをふって、「いや違うな。逃げださずにはいられなかったんだ」

「なにからです？」

「すべての雑音から。すべての偽りの言葉から。すべての『プロのオーストラリア人』から」

「ああ」その用語をぼくが最初にきいたのは、映画史を勉強しているときだった。それは一九七〇年代および八〇年代に主流派だった映画監督たちの呼び名として作られた言葉だ。ある歴史家いわく、『この一派に共通する明白な特徴は国籍だけだ。古くさい国家主義者的な神話や偶像に由来する閉所恐怖的スタイルを観客に押しつける以外には、いうべきことも、するべきこともたず、そのくせ、自分たちは〝国民性の本質をあきらかにしている〟のであり、個人としても〝自らの声を見つけた国家〟の象徴なのだと声高に主張していた』……この評価は辛辣すぎるのではないかとぼくは思っていた——じっさいの映画を何本か見るまでは。その大半が恥さらしなオーストラリア版西部劇——植民地時代の僻地（へきち）のメロドラマ——か感傷的な戦記ものだった。だが、この時代の最低の作品は、アルバート・アインシュタインがオーストラリアのリンゴ園の息子で、〝ビールの原子を分離し〟、マリー・キュリーと恋に落ちるというもので、たぶんコメディのつもりなのだろう。

ぼくはいった。「美術の世界はそんな時代をとっくに脱したのだと、ずっと思っていましたが。とくにあなたがとりくんでいるような世界では」

マンローはむずかしい顔になった。「芸術の話をしているのではない。これはオーストラリアの支配的文化全体の話だ」

「待ってください！　もはや〝支配的文化〟なんて存在しませんよ。フィルタリング機能は情報発信者よりも強し、です」少なくとも、ネットではそのいいまわしが流行っている。ぼくはまだ、同意するかどうか迷っているが。

マンローは同意しなかった。「まるで禅の世界だな。オーストラリアの医療用バイオテクをステートレスに輸出しようとしてみれば、支配権を握っているのがいったいだれか、すぐにわかるだろうさ」

ぼくには返す言葉がなかった。

マンローはつづけて、「きみは、しつこく自己言及をしている——しかもそれがたいていは嘘であるような——社会に住んでいて、うんざりしたことはないか？　価値のあるものはすべて——寛容さも、高潔さも、誠実さも、公正さも——〝オーストラリア人に独特のもの〟だと定義するような社会に？　多様性を奨励するふりをして——なのに〝自国民のアイデンティティ〟についてのたわごとをいうのを、どうしてもやめられない社会に？　権威者としてきみの代わりに意見を述べていると称する道化の果てしない列に、嫌気がさしたことはないか——政治家、知識人、芸能人、それに、〝オーストラリア人特有のユーモアのセンス〟にはじまって、冗談にもならない〝集合的潜在意識の図像学（イコノグラフィー）〟にいたるまで、きみをあらゆる点にわたって定義づけ、特徴づける時事解説者——こういう、要するに、嘘つきと泥棒ばかりの連中に？」

ぼくは一瞬面食らったが、よく考えると、それは政治や学問の世界で主流の——でないにせよ、少なくともいちばん声の大きい——文化の描写として納得のいくものだった。ぼくは肩をすくめて、「どの国でも、ある程度はその種の偏狭（へんきょう）なたわごとが、どこかで口にされています。合衆国だって大差ない。でもぼくはもう、とくに自分の国では、ほとんどそんなことは気にとまりません。ふだんはそれを意識から追いやっておくことを覚えたからでしょうが」

「うらやましいな。わたしにはそれがどうしてもできなかった」

トラムはすべるように進み、巻きあげられたほこりがかすかにしゅーっと音を立てる。マンローのいうことは正しかった。自分の性の代弁者だと主張する性差別主義者とまったく同様に、国家主義者たち——政治的なのも文化的なのも——は自分の国の代弁者だと主張することで、自分が〝代表している〟人々からいともたやすく権利を奪いとれる。全オーストラリアの四千万人を——あるいは全世界の五十億人の男性か女性を——代表していると偽ったひと握りの連中が、単にそう自称しているというだけの理由で、つねに不当すぎる大きな力をふるうのだ。

では、その解決策はなにか？　ステートレスに移住することか？　汎性になることか？　それとも、ネットの一角の小わけされた領地に頭を突っこんで、そうしたことは問題にならないと信じようとするだけでいいのか？

マンローが述懐する。「シドニーからここへ飛んできた人は、それだけでだれもがあの国を永久に捨てたくなるだろう、とわたしは考えていたんだ。それが国家というものの不条理さの物理的証明になるとね」

ぼくはうつろに笑った。「ぼくはその証明になりかけていますよ。オーストラリアが東ティモールにみっともなく固執するのは、まだわかります。東ティモールは、オーストラリア政府のビジネスパートナーだった国の武力脅迫を長年ものともせず、そのあと一変して裁判を起こすなんていう挙に出たんですから。でも、ステートレスにどんな問題があるというのか、ぼくにはまるでわかりません。《エンジニュイティ》の特許に、オーストラリアが所有するものはなかったんでしょう？」

「ああ」

「なら、政府はなぜあんなに騒ぐんです？　ワシントンでさえ、ステートレスをこんな……包括的に罰することはしていないのに」

するとマンローが、「こんな説を考えたんだが」

「ききましょう」

「考えてみるがいい。政治や文化の支配階級が、自分にいいきかせている最大の嘘とはなにか？　連中のイメージと真実の最大の相違点はどこにあるのか？　自尊心の強い〝プロのオーストラリア人〟のだれもがもっとも誇りにしていて——だが、ほとんどもっていない特質とはなにか？」

「答えが安っぽいフロイト主義的なジョークだったりするのは、絶対にごめんですよ」

「権威を疑うこと。精神の自立。社会の規則を無視すること。そんな連中が、無政府主義者だらけの島以上に脅威を覚えるものなど、ありうるだろうか？」

13

ぼくたちふたりはトラムの終点から、大理石模様の灰緑色(かいりょくしょく)の平原を徒歩で北にむかった。枝わかれした切り株状管組織の痕跡が、ところどころにうっすらと見てとれる。十年前の海岸の位置にあった珊瑚(さんご)が、分解されきっていないのだ。タイムスケールに気づくと、この光景はとてもショッキングに感じられる。もし、石化して輪郭を残すだけになった二〇四〇年代の特徴的な製品——重すぎる旧型のノートパッドや、当時の最高級ファッションだったことがいまも知られている風変わりな靴——の化石につまずきながら歩いたら、ちょっと似た気分になれるだろう。ぼくは足もとの地面が、市街地の密で固い舗装道路よりも大きく沈みこむのをたしかに感じたが、ふり返ると目に見える跡は残っていなかった。ぼくは立ち止まってしゃがみ、地面に手をあてた。触れてわかるほど湿っているかと思ったのだが、そんなことはなかった。たぶん地面の下にプラスチック加工の皮膜があって、蒸発作用を制限しているのだ。

遠方で、大きなモーター式ウインチが横についた高さ数メートルの橋状構造物（ガントリー）のまわりに、二十人ほどの集団がいた。その近くには、大きなバルーンタイヤをはめた小さな緑色のバスが止まっている。ガントリーからは半ダースの明るいオレンジ色の日よけが突きだしていて、それが微風にぱたぱたと音を立てているのがきこえた。ガントリーに吊りさがった滑車（かっしゃ）に、ウインチからオレンジ色のケーブルがのびて、そこから真下に垂れている——おそらく、見物人の輪に隠れて見えない、地面にあいた穴の中へ。

ぼくはマンローに、「あの人たちは、メンテナンス用の縦坑（たてこう）かなにかの中へおろされるわけですか?」

「そのとおり」

「そりゃなんとも魅力的な慣習だ。ようこそステートトレスへ、くたびれて、腹を空（す）かした旅人さん……まずは下水道をごらんください」

マンローは鼻を鳴らして、「そういうことじゃない」

近づくにつれて、見物人たちがみな、ガントリーの下の穴をじっと見つめているのがわかってきた。二、三人がぼくたちのほうにちらりと目をむけ、そのうちのひとりの女性が、おずおずとあいさつするように手をあげた。ぼくが同じ身ぶりで返事をすると、相手は落ちつかなげに笑みを浮かべ、また隠された穴の開口部にむきなおった。

ぼくは（まだ見物人に声が届く距離ではなかったが）ささやくように、「この人たちはまるで、事故の起きた鉱山にいるみたいですね。地上に運びあげられる死体の身元確認のために待機しているような」

「ここではだれだって緊張するのさ。とにかく……しばらく待つんだ」

遠くから見たときは、この人たちは思い思いのカジュアルな服を着ているのかと思ったが、近づいてみると、大半は水着姿で、何人かはその上からTシャツを着ていた。袖の短いウェットスーツを着ている人が二、三人。見るからに髪の乱れた人も数人いて、ある男性の髪ははっきりと濡れていた。

「いったいあの人たちはなにに潜っているんです？　上水道ですか？」礁にある専用貯水池で海水が脱塩されて真水が作られ、ポンプで内陸に送られて、リサイクルで捨てられる分を補充している。

だがマンローの答えは、「それはむずかしいだろうな。幹線水路の中に、人間の腕より太いものはひとつもない」

自分が闖入者だという気分が強くて、ぼくは集団から少し離れたところで立ち止まった。マンローは先に進んで、いつのまにか外側の輪に割りこんでいた。だれもそれを気にしたり、ぼくたちふたりにさほどの注意をむけたりしているようすはない。ぼくはようやく、頭上の日よけのはためきや震動が、東からのそよ風のせいにしては大きすぎることに気づいた。集団に近づくと、穴そのものから吹きだす力強いひんやりした風に運ばれてくる、よどんだ湿っぽい金属臭がかすかに感じられた。

人々の肩ごしに目を凝らすと、穴の開口部には、黒っぽい礁岩かじょうぶなバイオポリマーでできた膝丈（ひざたけ）の小さな井戸のような構造物がかぶさっていて、その虹彩（こうさい）絞り状の蓋（ふた）がひらいているのがわかった。こうして数メートルしか離れていないと、ウインチは怪物じみて見える――あまりに大きすぎるし、見かけもいかにも工業用で、陽気なスポーツに使われるようにはとても思えない。ケーブルも想像していたより太く、その全長を割りだそうとしたが、巻胴（ドラム）を何巻きしているかはその側面に隠れてわからなかった。モーター本体は磁気ベアリングを通過する空気がひゅーひゅー鳴る以外は静かだったが、ケーブルはドラムに巻きとられるとき、すでに巻かれている分とぶつかってかん高い音を立て、ガントリーはケーブルが滑車の上をすべるのにあわせてきしみをあげた。

だれも口をきかない。質問をしてまわれるタイミングではないようだ。

突然、あえぐような、すすり泣きに近い音がきこえた。興奮したざわめきが起こり、だれもが期待に満ちて首を前にのばす。ひとりの女性が穴からあらわれた。ケーブルにしっかりしがみついて、スキューバダイビングのタンクを背負い、フェイスマスクは額（ひたい）まで引っぱりあげられている。体は濡れているが、しずくは垂れていない――水はかなり下にあるということだ。

ウインチが止まった。女性は、スキューバのハーネスとケーブルをつないでいた命綱を外した。人々が手をさしのべて、彼女が井戸の縁に、つづいて地面におりたつのを補助する。ぼくは前に進みでて、さっきまでその女性が小さな円形の足場――プラスチックチューブでできた目の粗（あら）い格子――に乗っていたのだと気づいた。足場から一メートル半上のケーブルには、二方向が照らせるランタンが固定されていた。

女性はぼうっとしているらしい。ほとんど足を引きずるようにして集団から少し離れたところへ歩いていき、岩に腰をおろして、まだ息を切らしながら、じっと空を見あげた。そしてゆっくりと手際よく、タンクをおろしてマスクを脱ぐと、あおむけに寝転がった。両目を閉じ、両腕を大きくのばし、手のひらを下にむけて、指を地面に広げる。

男がひとりと十代の少女がふたり、ほかの人たちから離れて女性のそばに立ち、心配げに見守っていた。この人は治療が必要な状態なのだろうかと、ぼくは思いはじめていた――そして先を見こして、心臓発作の症状と緊急時の応急手当に関するぼくの記憶をあらたにするよう、**シジフォス**に命じかけたまさにそのとき――女性は輝くような笑顔を浮かべて、ぱっと立ちあがった。そして興奮したようすで家族に話しはじめる。その言葉はポリネシア語のひとつらしく、ぼくにはひとこともわからなかったが、口調は歓喜でいっぱいだ。

緊張感は消え去り、だれもが談笑をはじめていた。マンローがぼくのほうをむいた。「きみより前に八人が順番待ちをしている――だが、待つだけの価値があることは保証しよう」

「どうですかね。下になにがあるにせよ、ぼくの保険の対象外でしょうから」

「ステートレスでトラムに乗るのも、きみの保険の対象外だと思うがね」

水着の上に明るい花柄のショーツを穿いた細身の若い男が、さっきの女性が放りだしたままのスキューバ用具を装着しはじめた。相手は神経質になっているようだが、話をするのはいやがらなかった。ぼくは男に自己紹介した。男の名前はクマー・ラジェンドラ。インド系フィジー人の土木工学の学生で、ステートレスに来てからまだ一週間にならない。ぼくは財布からボタン型カメラをとりだして、こちらの希望を説明した。ラジェンドラは、だれかの許可が必要だとでもいうように穴のまわりに集まっている人々を見まわしてから、カメラを下へもっていくことを了承した。ぼくはカメラをスキューバマスクのてっぺん、第三の目のように見える位置にとりつけながら、フェイスプレートの透明なプラスチックにうっすらと粉のようなものがついているのに気づいた。

ウェットスーツを着た初老の女性がやってきて、スキューバ用具がきちんととりつけられているかチェックしてから、非常時の対処法をラジェンドラにひととおり説明した。彼は真剣にきいていた。ぼくはうしろに下がって、ノートパッドの受信状態をチェックした。カメラは超音波と無線と赤外線を発信する――もしその信号がどれひとつ届かなくても、カメラには四十分間のメモリがある。

マンローはぼくに近づいてくると、怒ったように、「自分が馬鹿な真似をしているのは、わかっているんだろうな。そんなことでなにがわかる。なぜ他人のダイブを録画したりするんだ、自分でやれるというのに？」

毎度おなじみのシチュエーション。ステートレスに来ても、ぼくにむかって『黙っていうことをきけ』という相手にはこと欠かない。ぼくはいってやった。「たぶん自分でもやりますよ。でもこうすれば、自分をどんな目にあわせようとしているのか、正確にわかりますからね。それに……ぼくはただの観光客じゃないですか。だからぼくが新住民の儀式を体験しても、それはとうていほんものとはいえないわけだし」

マンローは目をぐるりとまわして、「ほんもの？　ここらで決めたらどうだ、アインシュタイン会議を取材するか、『ステートレスでの成人式』という番組を作るかを」

「決めるのはまだ早いでしょう。最終的にそのふたつの番組を一本分の費用で作れたなら……それにこしたことはない」

ラジェンドラが井戸の縁にあがって、ケーブルにつかまり、足場に乗った。彼がなんとか重心をとるまで、足場はぐらぐらとゆれた。風でラジェンドラのショーツが膨らみ、まっすぐ上になびいた髪は滑稽だったが、見ているとおかしく思うよりは、めまいがした。いまのラジェンドラはパラシュートなしのスカイダイバーか、飛行機の翼の上でバランスを保っているどこかの変人に見える。彼はようやく命綱を装着した――それでも、自由落下しようとしているような印象に変わりはない。

どこにでもあるような、勇気を示すことで絆を育む儀式、通過儀礼の試練のひとつとしか思えないものに、マンローがこれほどいれこんでいるとは意外だった。参加を本気で強制はされず、危険が最小限のものであるにせよ……過激な社会逸脱者たちの住む島といっても、じっさいはこんなものなのか。

だれかがウインチからケーブルを送りだすスイッチをいれた。ラジェンドラが降下していくと、友人たちが井戸の縁に立ち――やがてはしゃがんで――手をのばして肩を叩き、声援を送った。ラジェンドラは歯を剥いた不安げな笑顔で、視界から消えた。ぼくは人の壁を押しわけて前に出ると、見通し内での通信を維持するためにノートパッドをもってかがみこんだ。ボタン型カメラのメモリの記録だけでもじゅうぶんすぎるくらいかもしれないが、リアルタイム映像の誘惑に抵抗するのは不可能だ。それはぼくひとりの話ではなく、人々は押しあってノートパッドの画面を見ようとした。

マンローが人波のむこうから大声でぼくに、「ほんもののもこれで終わりだ。きみは自分が、この体験を猫も杓子も共有するものに変えているところだと、自覚しているのか？」

「ダイバー自身の体験することが変わるわけじゃないですよ」

「ああ、そうだな、問題になるのはそれだけだ。ほんもののダイブの最後のきらめきを、ちゃんと記録するんだぞ――それを永久に破壊する前に。野蛮な文化破壊者めが」それから半分まじめな口調でいい足す。「どっちにしろ、きみはまちがっている。この体験はダイバーにとってもさまざまなことを変えるんだ」

穴は幅約二メートル、側壁はほぼ円筒形で、壁面の岩も同じくほぼなめらかだが――地質学的作用の産物だとしたら整いすぎだし、機械で造られたとしたら大ざっぱすぎる。ぼくはステートレスの形態形成に関する複雑なプロセスをことこまかに調べたことはないが、微妙な局面の多くで人間の大幅な介入が必要だったことは、ちゃんと知っていた。けれど、この穴は人間が掘ったものではなかった——この作業に関連する親石性バクテリアの遺伝子すべてのスイッチをいれた合図が、マーカー化学物質の勾配があるレベルで交差することだったにせよ、あるいは、バケツ一杯分の反応開始指示物質を地表にぶちまけるというようなもっと無理やりなものだったにせよ——ダイヤモンド被覆のドリルで岩を相手に一、二カ月間奮闘したところで、とうていこんな成果は得られない。

ぼくはランタンの放つ一対の反射光が闇の中でゆっくりと縮んでいくのと、ラジェンドラの主観映像で石目模様の灰緑色の岩が脇をすべっていくのを同時に見つめていた。ここには島が珊瑚に由来することをうかがわせるさらに多くの証拠があり、密集した礁にとらわれた魚の骨がほんの一瞬見えた——ぼくはふたたび、この島の圧縮されたタイムスケールを不気味に感じた。地下深くは想像を超えた遠い地質学的時代に属しているという固定観念がしみついているものだから、つねにその気でいないと、ソフトドリンクのボトルや車のタイヤ——ステートレスより古いとはいえ、どう考えてもこの岩が形成されたときに漂着して混ざりこんだもの——を目にする心がまえを忘れてしまう。

ほとんど人目に触れない地下深くにあってでも意味がないとでもいうように、華麗な残留鉱物がしだいに消えていった。ラジェンドラの呼吸が速まり、視線がちらりと地表のほうをむく。画面を見ていたうちの何人かが下にいる彼に呼びかけ、手をふると、画面にはその腕がまばゆい円になった空の輝きに半ばのみこまれて、細いシルエットとして映った。ラジェンドラは視線をそらし、まっすぐ下を見た。足場の格子はほとんど視界をさえぎっていないが、ランタンの光線も日光も遠くまで通らない。彼は落ちつきをとり戻しつつあるようだ。ぼくはさっき、実況中継を頼もうかとも考えていたのだが、そうしなくてよかったと思った。それは荷が勝ちすぎただろうから。

穴の壁面が、目に見えて湿ってきた。フジェンドラが手をのばして、白亜色の液体に指の跡を残す。水と栄養分は島のあらゆる場所にしみこんでいる（島の中央部でさえ例外ではないが、そこでは乾いた固い表層部がどこよりも厚い）。この穴から岩を採掘することは決してないはずで――にもかかわらず、この穴が〝修復されない〟ままでいるという事実は、あきらかにこの区域が再成長しないようプログラムされていることを示していた。親石性バクテリアはまだ不可欠なのだ。この島の岩盤は、つねに生きつづけている。

壁面に凝集している液体の中で小さな気泡が形成されるのが、かろうじてわかりはじめ――さらに深くになると、発泡がはっきり見てとれるようになった。平頂海山（ギヨー）の縁を外れると、ステートレスを下から支えるものはない――バイオポリマーで強化されていようがいまいが、全長四十キロメートルも張りだした密な石灰岩は、一瞬にしてへし折れることがありうる。ギヨーは錨（いかり）として役立つし、荷重をいくらか担ってもいたが、島の大部分は単に浮いているほかないのだ。ステートレスの四分の三は空気でできている。島の岩盤はこまかい泡が石化したものであり、水よりも軽い。

だが、その泡の中の空気には圧力がかかっている――上方の岩から、そして海水面の下では、浸入してこようとする周囲の水から。空気は絶え間なく岩盤から拡散して失われていく。この穴から吹きだしている風は、数百メートル四方の土地から漏れた空気が集まったものだが、これほど劇的ではないにせよ、同じことは島のいたるところで起きている。

親石性バクテリアは、ステートレスが穴のあいた肺のようにつぶれて、水をたっぷり含んだスポンジのように沈むのを防いでいる。自然界に存在する有機体の多くは気体を作るのが得意技だが、そのとき排出するのはむしろ、地面から大量に漂いだしたらいやがられるだろうメタンや硫化水素のような生成物だ。だが親石性バクテリアは水と二酸化炭素（大部分が水に溶けている）を吸収して、炭水化物と酸素（大部分が水に溶けていない）を作る――バクテリアは〝脱酸素〟炭水化物（たとえばデオキシリボース）を作りだし、吸収した二酸化炭素よりも多くの酸素を放出するので、差し引きで浮力を増加させる。

このすべてには、原材料とともにエネルギーが必要だ。闇の中で生きる親石性バクテリアは、餌をもらう必要がある。バクテリアが消費する栄養物と、排出する生成物は、礁やその外部にまで広がるサイクルの一部分で、突きつめれば遠くの海に降りそそぐ日光が、バクテリアのあらゆる活動の源だった。

まもなく壁面は泡立ち、わきかえって、石灰質のしずくがつばのようにカメラに飛んできた。そしてぼくはようやく、自分が完全に誤解していたことに気づきはじめた。ダイブは、《エデン主義》のいう〝現代的部族主義〟なる概念とはまったく無関係だ。ダイブにどれほど勇気が必要でも、それは副次的なもので、勇気それ自体が重要視されているのではない。肝心なのは、岩が呼吸をしているというはっきりした証拠の中を降下して、自分自身でステートレスとはなんであるかを目にすること――島を海に浮かべつづけている秘密の仕組みを理解すること――だった。

　ラジェンドラの手が画像の縁にあらわれて、マウスピースの位置をなおし、空気供給装置のスイッチをいれた。当然の行動だ。壁面にしみだした液体はすべて、穴の底にたまるのだから。ラジェンドラはもういちど、火山の熱で泡立つ硫黄（いおう）の池のようなものにちらりと視線を落とした。じっさいは、それはたぶん冷たくて、ほとんどにおいもないのだろう。マンローの言葉はある一点で正しかった。自分で体験しなければ、ほんとうのことはわからない。それは液体のことだけではなく……この深さだと、やがて気流の一部となる空気を漏らす岩の大部分がすでに頭上に去っているから、穴の中を吹く風は地表よりも弱いはずだ。ラジェンドラは難なくその違いに気づくだろうが――どんどん強まる圧力のもとで空気が漏れだす映像を見ているだけだと、正反対のことを予想してしまう。

　カメラが水面下に潜ると、画像がゆらめいて、低解像度に切りかわった。荒れ狂うにごった水を通してでも、ときおり穴の壁面が一瞬だけ見える――少なくとも、岩から吹きだす泡の作る壁が。それは不気味で、混乱を呼ぶ光景だった――強酸性の水が目の前で石灰石を溶かしているとさえ思えるほどだ……しかしこの印象もやはり、ぼく自身が下にいて、その水の中を泳いでいたなら、一瞬でまちがいだとわかっただろう。

　解像度が再度低下し、つづいてフレームスピードが落ちた。カメラが通信を維持しようと必死になった結果、映像は間隔の短い連続静止画像と化した。音声はじゅうぶん明瞭に届いていたが、泡がスキューバマスクにぶつかって割れるノイズの中では、ひずみがあってもたぶん気づくまい。ラジェンドラは下に目をやった。オパール色の水の中を立ちのぼってくる、酸素でできた一万個の真珠を画面が映しだす――そして彼の膝から先はなにも見えない。ラジェンドラがすばやく息を吸うのがきこえ、それを穴の底に着くのに備えて緊張したからだと思っていたぼくは――次の瞬間、あやうくノートパッドをとり落として、彼のあとを追わせそうになった。

静止画像のひとつに、あざやかな赤い色の魚がびっくりしたようすでカメラをまっすぐのぞきこんでいるのが映った。次の画像では、魚は消えていた。

ぼくは隣にいた女性のほうをむいて、「いまの見ました――?」彼女は見ていた――が、ちっとも驚いているようすはない。全身の皮膚がちりちりする。(ぼくたちが立っている岩の厚さはどれくらいなんだ? そしてケーブルの長さは?)

島の下面を通過したラジェンドラが騒ぎはじめたが、それは歓喜の爆発から恐怖まで、なにを意味していても不思議のない音だった。彼の口がプラスチックのチューブでふさがっている上に、ほかのさまざまな音がいり混じって、ぼくにききわけられるのは窒息しているようなくぐもった音だけ。ラジェンドラが地面の下の海を降下していくにつれ、周囲の水は徐々に澄んできた。遠くで小さな青白い魚の大群がランタンの光線を横切り、そのあとを少なくとも幅一メートルはある灰色のオニイトマキエイが、口をいっぱいに広げ、剥きだしたままの歯でプランクトンを濾しとりながら泳いでいくのが見えた。ぼくは身震いしながら画面から顔をあげた。

（これがぼくの足もとで起きていることだなんて、ありえない）

ウインチが止まった。ラジェンドラは自分がやってきたステートレスのほうを見あげ、軸を支点にランタンを前後にゆらした。

乳白色の海水が、島の下面に密着した層を作るようにして渦巻いている。こまかい石灰岩の粒か？　ぼくは困惑した。なぜこの粒は、あっさり落ちていかないのだろう？　断続する静止画像を見ただけでも、乳白色のにごりが絶え間なく動き、その陰になっている岩盤に周期的に打ち寄せているのがわかる。泡になった気体がなんらかの逆流に数メートル引きずりおろされてから、にごりの中へ舞い戻っていくのも見えた。ラジェンドラは光線を前後に操りながら、コントロールに熟達していった。ランタンを的確に操作するのはかなりむずかしいらしく、ラジェンドラのいらだちが感じとれる――だが二、三分もすると、彼のねばりが報われた。

平均より強いうねりが、上昇する澄んだ海水を上方の乳白色の層に割りこませて、視界が一瞬ひらけた。その光景にむけられた光線とカメラの前に、フジツボや無数の触手をもつ青白いイソギンチャクがまばらに棲息するごつごつした岩があらわになる。次のひとコマでは、画像はぼやけていた――まだ霞のような白い粒子に覆われてはいないが、光が屈折して縮れたようにゆがんだのだ。さっきまでぼくたちは水だけを通して岩盤を見ていた。いまは水と空気ごしに見ている。

島の下面には、泡立つ岩から絶え間なく離れる酸素の流れがとらわれて、つねに薄い空気の層ができているのだった。

この空気が作る海中の水面を波が渡る。その波が遠くの礁にぶつかるたびに、同様の波が島の下をくぐって返ってくる。

海水がにごっているのも不思議はない。ステートレスの下面は、巨大な、濡れた、ぎざぎざのやすりによって、絶え間なく削りとられているのだから。海岸線を浸食する波は、最高でも高潮（こうちょう）水位までしか届かない。けれどこの浸食は陸地の下、ギヨーの縁にいたる全域で進行中だった。

ぼくはまた、ラジェンドラの友人のひとりである隣の女性のほうをむいて、「あんなに粒のこまかい石灰石の岩屑（いわくず）からは酸素が全部抜けて、浮力もまったくなくなっているはずでしょう。なのになぜ……落ちていかないんです？」

「落ちてるのよ。白いのは工学産珪藻（けいそう）類の色。この藻（も）は海水からカルシウムを集めて、それを石化する――それから海中を上へ移動し、波で叩きつけられたとき岩に張りつくの。珊瑚のポリプは闇の中では成長できないから、この藻類が唯一の修復装置というわけ」彼女は異様に明るい笑顔を浮かべた。自分でもあそこに行って、その目で見たことがあるのだ。「あれがこの島を維持してる――深海に消えていくただのカルシウムのこまかい霧と、それをどうあつかったらいいか遺伝子に教えられた数兆の微生物がね」

ウインチが巻き戻りはじめた。だが機械のそばにはだれもいない。ダイバーがコントロールボタンをもっているのをぼくが見落としていたか――でなければたぶん、減圧症の危険をなるべく避けるために、ダイブの全過程が事前に計算ずみで、ウインチもプログラムされているかだ。ラジェンドラが顔の前に手をかざして、ぼくたちにむかって手をふった。彼が上昇をはじめると、人々は笑い、冗談をいった。ぼくがここに着いたときの雰囲気とはまるで違う。

ぼくは隣の女性にたずねた。「ノートパッドをおもちですか?」

「バスに置いてきたけど」

「通信ソフトはいりませんか? カメラもいっしょに……」

その女性は激しくうなずいて、「いい考えね。ありがとう!」そしてノートパッドをとりにいった。

カメラはほんの十ドルで買ったものだが、ソフトウェアのコピー料は二百ドルするのがわかった。だからといって申し出を引っこめるわけにはいかない。女性が戻ってきて、ぼくが取引を承認すると、二台の機械は赤外線で会話をした。この人がさらにコピーを作るには料金を払う必要があるが、プログラムを転送後消去すれば、無料でほかのダイバーたちのグループにうけわたせる。

ラジェンドラが穴から出てくると、歓声をあげはじめた。そして命綱から解放されたとたん、スキューバタンクを背負ったまま平原を駆けまわり、戻ってくると、息をぜいぜいいわせながら倒れこむ。彼がわざと大げさにふるまっているのか違うのか、ぼくにはわからない——そういうタイプには思えなかった——が、ラジェンドラはダイビング用具を外しながら、うきうきしたようすで興奮に震え、恋に落ちた狂人のように歯を剝きだしてにやついていた。

それがアドレナリンによるものなのはたしかだが、ラジェンドラがダイブしたのは、そのスリル以上のものを求めたからだ。彼は固い大地の上に戻ってきて……しかし、その下に広がる世界を目のあたりにしたいまでは、前と同じではありえない。島の薄っぺらな土台のまっただ中を泳ぎぬけてきたいまでは。

これが、ステートトレスの人々の共有しているものだった。島そのものに加えて、島の創設者たちが海から晶出させた岩盤——しかもつねにふたたび溶けだしていて、休みない修復のプロセスによってなんとかもちこたえている——の上に自分たちは立っているのだという、自ら体験して得た認識。ここでは恵み深い自然は無関係だ。ステートトレスを築いたのは、人間の意識的な努力と共同作業であり——そして、ステートトレスを維持している工学産生物を、神のあたえたもうた無謬のものと見なすことはできない。バランスが崩れる可能性は何千とある。突然変異の発生、競合種の移住、ファージによるバクテリアの一掃、気候の変化による生態系の均衡の崩壊。だから精密な仕組みのすべてが監視され、理解されていることが必要だった。

長い時間のうちには、意見の不一致によって文字どおりこの島が沈むこともありうる。ステートトレスに住むだれひとり、自分たちの社会が分解するのを望んでいないことが、そのまま意見の一致を意味しないとしても……自分たちの足もとの土地のほうが分解しうるという認識が人々の意識の焦点になれば、それは意見を統一するのに役立つだろう。

そして、それを万能の解決策のように考えるのが素朴すぎるとしても、その認識には『国家』という人工的な神話のすべてに対して議論の余地なく優位な点がひとつある。

それは真実なのだ。

ぼくはカメラのメモリから一切合切をコピーして、さっきの光景を高解像度で入手した。ラジェンドラが少しばかり落ちついたのを見計らって、この画像を放送で使う許可を求めると、彼は同意した。なにか考えがあるわけではなかったが、これでぼくは少なくとも、双方向バージョンの『ヴァイオレット・モサラ』にいつでもこの画像をさりげなく挿入できる。

トラムの終点に引きかえすぼくに、たたんだイーゼルと巻きあげたカンバスをかついだままのマンローがついてきた。

ぼくはおどおどと、「会議が終わったら、ぼくも自分で試してみると思います。でもいまは……刺激が強すぎる気がして。気を散らされたくないだけなんですよ。仕事があるから」

マンローは当惑したふりをして、「それを判断するのは、あくまでもきみだ。ここではだれに対しても、どんなこともいいわけする必要はない」

「ええ、でしょうね。そしてその判断の結果、ぼくは死んで天国へ行くかもしれない」

トラムの終点に着いて、ぼくは呼出ボタンを押した。機械によると待ち時間は十分の見こみ。

マンローはしばらく黙りこんでいた。それから口をひらくと、「きみは会議の出席者全員の内部情報を知っているんだろうね？」

ぼくは笑った。「そんなことはありませんよ。でも、大きな見落としはないはずです。物理学者が主役でも、昼メロが退屈なのは変わりません。だれがだれをだますかとか、だれがだれのすばらしいアイデアを盗むかとかには、まるで興味はないんです」

マンローは同意するように顔をしかめた。「ああ、それはわたしもだ——だが、ヴァイオレット・モサラに関する噂に少しでも根拠があるかどうか知るのは、やぶさかではない」

ぼくは口ごもった。「それはどの噂のことですか？　すごくたくさんありますからね」その言葉は、口にしている最中から情けなく響いた。彼がなんの話をしているのか見当もつかないと、素直に認めたほうがマシだった。

「だが、重要な問題はただひとつじゃないのか？」

ぼくは肩をすくめた。マンローはいらついたようすだ。ぼくが単になにも知らないのをごまかそうとしているのではなく、なにかを隠していると本気で思っているらしい。

ぼくは率直にいった。「ヴァイオレット・モサラとぼくが、内々の秘密を交換するようなことは決してないでしょう。この会議が終わるまで、公の場に出席した彼女をぼくが漏らさずまともに取材できたら、ラッキーだったというほかないのが実情です。たとえその先の六カ月、ケープタウンで彼女をスケジュールのあいまに追いかけまわして、ここでの取材に肉づけする必要があっても」

マンローは、自分の考えが裏づけられたばかりの冷笑家のように、ぞっとするほど満足げにうなずいた。「ケープタウン？　そうか。ありがとう」

「なにがです？」

「決して信じていたわけではないが——とにかく確実な立場にいるだれかに否定してほしかったんだ。ノーベル賞物理学者にして、何百万人もを触発した二十一世紀のアインシュタイン、もっとも非の打ちどころのなさそうなＴＯＥの考案者であるヴァイオレット・モサラが……母国を〝捨て去って〟——それも、母国のナタール州の平和がかつてなくたしかなものに思えはじめた、ちょうどそのときに——カリフォルニア工科大(カルテック)へ行くのでも、ボンベイでも、欧州原子核共同研究機関(ＣＥＲＮ)でも、大阪でもなく……このステートレスに来て、下々の者たちに加わるという噂を。

百万年経(た)っても、そんなことは起こるわけがない」

14

ホテルに戻り、自分の部屋まで階段をのぼりながら、ぼくは**シジフォス**にたずねた。「ヴァイオレット・モサラのステートレスへの移住に関心をもちそうな、政治的活動家のグループ名——頭文字がＡＣの——をあげられるか？」

「いいえ」

「しっかりしろよ！　Ａが無政府主義(アナーキー)の略だったら……？」

「名称に『無政府主義』ないし関連する単語を含む組織は二千七十三ありますが、そのすべてが単語三つ以上です」

「わかった」たぶん、ＵＳＡをＵＳと略すように、ＡＣも略称の略称なのだ。しかし、マンローの言葉を信用するなら、ほんものの無政府主義者は決して『無政府主義』という単語を使ったりしないだろう。

　別の角度からアプローチしてみる。「Aがアフリカ、Cが文化(カルチャー)の略で……ほかにいくつ頭文字がついていてもいいとしたら？」

「二百七件見つかりました」

　そのリストをスクロールする。ACはそのどれの略称でもなさそうだ。ただ、きき覚えのある名前がひとつあった。ぼくは朝の記者会見の音声ログのある部分をリプレイした。

『《プロテウス・インフォメーション》のウィリアム・サヴィンビ。あなたはアイデアの収束、すなわち先祖の文化になんの敬意もはらわないことを、肯定的に語ってる――まるであなた自身が先祖からうけ継いだものが、自分にとって重要でもなんでもないみたいに。ところでこれはほんとうですかね、あなたが自分をアフリカ人女性だとは考えてないと公式に語ったあと、《汎アフリカ文化防衛戦線(パン・アフリカン・カルチュラル・ディフェンス・フロント)》から殺害の脅迫をうけたってのは？』

　あのときモサラは、自分の言葉を正しく引用しなおしてみせた――が質問には答えなかった。もしこの程度の言葉が殺害の脅迫を招いたとするなら、〝亡命〟の噂は――根拠があろうがなかろうが――モサラになにをもたらすだろう？

　ぼくには見当もつかない。南アフリカの文化政治学に関するぼくの知識は、全位相モデルの知識と比べてさえお粗末だ。南アフリカを捨てる有能な科学者はモサラがはじめてのわけはないが、彼女はもっとも著名なうちのひとりだろうし――ステートレスへの移住者は初だろう。

ずかしい。

世界有数の研究機関で富と名声を追い求めるというなら納得のいく話だが、そのどちらももたらすはずのないステートレスへの移住から、意図的な国籍の放棄以外の動機を読みとるのはむずかしい。

踊り場で立ち止まって、役立たずの電気仕掛け哺乳瓶を見つめる。「ACってなんなんだ？　主流派ACって？」**シジフォス**は答えない。（相手が何者にせよ、セーラ・ナイトはそいつらを見つけだすことができた）いまでは自分が彼女になにをしたかと考えるたびにみぞおちが痛む。彼女はあきらかにこの仕事のために綿密な準備をしていた。モサラをとりまくあらゆる問題を調べあげ――ネット上になにひとつ真実がない政治の領域については、たぶん自ら足を運んで、すべての相手と直接話をしたのだ。そのうちのだれかがこの噂の話をして、クウェールへとつながる道に彼女を導いたに違いない――もちろん、すべてオフレコで。ぼくはそのプロジェクトをかすめとったものの、なんの準備もしておらず、いまや自分が、移住予定で命の危険を感じている無政府主義物理学者の番組を作っているのか……それとも自分が相手にしているのは幻にすぎず、ステートレスにいるすべての人が直面している唯一の脅威は、ジャネット・ウォルシュにむかって手遅れもいいところの職業選択上の助言をする気にさせられることなのか、それすらもわからなくなっていた。

ぼくは**ヘルメス**に命じて島のホテルというホテルに、アキリ・クウェールという名の客について問いあわせをさせた。

手がかりなし。

部屋に戻ったぼくは、窓の遮音度をあげて、仕事をする態勢に自分をもっていこうとした。あすの朝には、モサラの方法論は循環論法にほぼ等しいという主張の急先鋒であるヘレン・ウーの講演を撮影する予定がある。マンローの口車に乗せられて内陸ダイバーを撮影するまでは、この午後いっぱい、ウーのこれまでの論文を読んですごすつもりでいた。準備が必要なことはたくさんある。

だが、まず最初に……。

ぼくは関連するデータベースをスキャンした（シジフォスに支援させなかったので、三倍の時間を要した）。そして、《汎アフリカ文化防衛戦線（PACDF）》というのはゆるやかな協力関係にある二十三カ国の五十七の急進的伝統主義者グループで、毎年ひらかれる代表者会議で戦略を決定し、声明を発表していることがわかった。PACDF自体は今年で結成二十周年を迎える。その誕生は、二〇三〇年代初期に伝統主義者たちの議論が再活性化し、おもに中央アフリカの多数の学者や活動家が植民地化以前の過去との〝連続性を回復させる〟必要を語りはじめたのにつづく時期のこと。前世紀の政治的および文化的運動――セネガル共和国大統領サンゴールが唱えた〝黒人精神（ネグリチュード）〟から、コンゴ民主共和国大統領モブツの〝真正〟政策、そして南アフリカでアパルトヘイトと戦ったあらゆるかたちの〝黒人意識運動〟まで――は、堕落だとか、同化政策だとか、植民地支配と西洋化への対応に腐心しすぎていたとかいう理由で否定された。植民地支配に対する正しい対応は――あらたな伝統主義者たちの中でいちばん声の大きい連中によれば――それを歴史から完全に削除することだ。最終的な目標は、植民地支配の余波の中にあっても、そんなことは決して起こらなかったかのようにふるまうこと。

ＰＡＣＤＦは、こうした思想がもっとも極端なかたちで現実化したものであり、ポピュリズムとはかけ離れた非妥協的路線をとっている。この組織はイスラム教をキリスト教や混合主義と同様の侵略宗教だと非難し、ワクチン接種や生体工学産農作物、電子工学的手段による通信に反対していた。もしこの集団に、断固排除の対象としている外国の（あるいは現地のものでも、ある時代以前のものではない）影響の一覧表以上の実態があるとしても、その一覧表なしでは当人たちにもほかの集団との区別がほとんどつかないのではないか。ＰＡＣＤＦの掲げる方針の多く――現地語をより広く公用語とすること、伝統的文化様式に対するより大きな支援――は、すでに多くの政府が優先度の高い課題にあげているか、ほかの組織などが陳情を出していた。ＰＡＣＤＦのレゾンデートルは、ほかのだれにもまして純粋主義であることに尽きるように思える。現在もっとも有効な抗マラリア・ワクチンが――帝国主義的超大国として知られるコロンビアで完成された研究に基づいて――ナイロビで製造されているというのに、その使用を〝伝統的治療法に対する犯罪的背信行為〟だと非難することは、ぼくには原理主義者が意地になっているだけとしか思えない。

もしヴァイオレット・モサラがほんとうにステートレスへの移住を選択したのなら、彼女を追いはらえてＰＡＣＤＦは喜ぶのではないかとぼくは思う。アフリカ大陸の半分ではモサラは偉人なのだろうが、ＰＡＣＤＦにとっては裏切り者以外のなにものでもなかった。だが、ぼくはＰＡＣＤＦがモサラを殺すと脅迫したという記事を見つけられず、ということはサヴィンビの発言はまったくのでっちあげだったのかもしれない。そこに真実が含まれているとしても、サヴィンビの会社のニュース編集部にかかってきた匿名のたれこみ電話がせいぜいだろう。

それでも、ぼくは調べをつづけた。クウェールの謎の組織は、PACDFの論敵の中に見つかるのではなかろうか？　PACDFに対する批判の声はいくらでもあがっている――より穏健な伝統主義者たちからも、幾多の専門組織からも、文化的多元主義団体からも、そしてテクノ解放主義者を名乗る人々からも。

頭文字が一致しないのを別にしても、《アフリカ科学振興協会》（アフリカン・ユニオン・フォー・ジ・アドバンスメント・オブ・サイエンス）のメンバーが空港でジャーナリストをつかまえて、世界的に著名な物理学者の非公式ボディガードになってくれと頼んだりするとは思えない。また《アフリカ文化的多元主義同盟》（アフリカン・プルーラリスツ・リーグ）が、世界規模の交換学生制度だとか、演劇やダンスの巡業だとか、物理的なのもネット上のも含む美術展だとかを計画したり、文化的孤立主義や、民族的・宗教的・性的マイノリティに対する差別的あつかいに抗議する精力的なロビー活動をおこなう一方で……ヴァイオレット・モサラのことを気にかける暇があるとも思えない。

〝テクノ解放主義〟（テクノリベラシオン）というのは故ムテバ・カザディの造語で、それはテクノロジーを通して人人に法的権利をもたらすことと、テクノロジーそのものを限られた専門家の手から〝解放〟することの両方を意味する。ムテバは通信エンジニアであり、詩人であり、サイエンス・ライターであり――二〇三〇年代末にはザイールの開発庁長官でもあった。〝自由のために知識を用いる〟ことを情熱的に訴える彼の演説のいくつかを、ぼくもニュースなどで見たことがある。

彼が要求したのは、工学産農作物に対する特許の廃止や、通信資源の公有化、そして万人が科学情報にアクセスできる権利だった。〝生物学の解放〟に明白な実利があることを説くのと同時に（ただしザイールが法を犯して無認可で特許農作物を栽培したことはまったくない）、ムテバはアフリカ諸国が基礎科学のあらゆる分野での理論研究に長期的に関与する必要性をも語った――そうした活動が世界のもっとも裕福な国々でさえさっぱり人気がなく、ザイールでも政府の当面の優先課題になるのは夢のまた夢という時代にあっては、傑出した主張だ。

ムテバもそれなりの奇癖をもっていたことは、彼の伝記を書いた三人の作家も同意している。ニーチェの形而上学や非主流派宇宙論、作りごとめいた陰謀論への傾倒がそれで、最後のものにはたとえば古典的な《エル・ニドの盗賊》の話がある。これは、二〇三五年、ペルーとコロンビアの国境地帯にドラッグ密輸業者たちが生体工学を駆使して築いた隠れ家に水爆が投下されたのは、改変された密林が制御不能になってアマゾン川流域全体をのみこむ危険が生じたからではなく、そこで〝危険なほどの自由をもたらす〟なんらかの神経刺激性ウイルスが発明されたのが原因だ、という説だ。この忌まわしい爆撃によって、何千人もが死んだ――そして、それが人々のあいだに義憤を呼んだことが、ステートレスを同様の運命から救う大きな力となったのはまちがいない――だが、爆撃の理由としてはもっと平凡な説明のほうが、より真実に近いようにぼくは思う。

アフリカじゅうの事情通の時事解説者たちは、ムテバの遺産は生きつづけているし、誇り高いテクノ解放主義者たちの活動はアフリカ全土にとどまっていないと主張する。だが調べてみてわかったのだが、ムテバの思想面での直系の継承者を指摘するのはむずかしい。何百もの学問的・政治的グループや何万という個人が、ムテバに根元的な影響をうけたと語っている――また、ネット討論でＰＡＣＤＦへの批判を展開した多くの人々が、まぎれもなく自分をテクノ解放主義者と見なしていた――が、そのだれもがわずかばかり異なる目的にあわせて、ムテバの思想を修正しているように思える。疑いなくその全員が、ヴァイオレット・モサラの身に悪いことが起きるときかされれば、ショックをうけるだろう――だが、その中で彼女を守る役を買ってでる気になるのがだれか、ぼくには判断できなかった。

夕方の七時ごろ、ぼくは階下へおりた。セーラ・ナイトからはまだ留守録への返事はないが――無視されても文句をいえたすじあいではなかった。プロジェクトを彼女の手に返すという提案を再考し、いや、それには手遅れで、彼女は別の仕事をもらってそちらに着手しているはずだと自分にいいきかせる。ほんとうのことをいえば、モサラをとりまく状況が複雑化して、ＴＯＥの〝瑣末な〟抽象理論に逃げこみたいというぼくの願いが非現実的なものになればなるほど、仕事を放りだすことを考えるのはかえってむずかしくなっていた。蜃気楼（しんきろう）のむこうにこういう現実が待っていた以上は、それに直面するのがぼくの義務だ。

ホテルのメインレストランにむかう途中で、インドラニ・リーがロビーのほうへ廊下を歩いてくるのが目にとまった。彼女は少人数のグループで歩いていたが、一行は――熱を帯びた長い会議を終えて、これ以上顔をあわせている気力はないが、議論を打ち切る気にもなれないとでもいうように、激しく言葉を交わしながら――ちょうどばらけようとしているところだった。ぼくが近づいていくと、それに気づいたリーが片手をあげてあいさつした。

ぼくはリーに、「接続便であなたを探したけど、見つからなかったよ。仕事は順調?」

「順調、順調!」リーは満足げで興奮しているようだ。会議が彼女の期待を満たしているのがよくわかる。「でもあなたは、全然調子よさそうに見えないね」

ぼくは笑って、「学生時代に試験をうけていて、出題されている問題全部と、徹夜で答えを準備した問題全部に……ふたつの全然違う科目じゃないかと思うほど共通点がなかったことはない?」

「何回かあった。でも、なにがそんなデジャヴュを? 数学の話がさっぱりわからないから?」

「それもあるけど、別の問題がね」ぼくはロビーを見まわした。だれも盗み聞きしているようすはないが、モサラに関する噂はなるべく広めたくない。ぼくはあらためて口をひらいて、「さっきは急いでいるように見えたけど。もしかするとぼくは、プノンペンからここまでのフライトでどんなひどい目にあったかを延々と話して、退屈させるだけかもしれないよ」

「急いでいる? いいえ、外の空気に触れようとしていただけ。あなたこそ忙しくなかったら、ぜひつきあってよ」

ぼくはありがたく誘いに応じた。食事をするつもりでいたのだが、いまだに大して食欲がわかない――それにふと思いついたのだが、リーはテクノ解放主義について専門家ならではの鋭い意見をもっていて、それをきかせてくれる気があるかもしれない。

　だが、ホテルのドアから一歩外に出ると、リーがどういう意味で〝外の空気に触れる〟といったかがわかった。《神秘主義復興運動》のメンバーが堂々と人前に出てきて、ホテルの外の通りを埋めていたのだ。連中が手にした垂れ幕には、『説明は破壊を呼ぶ！』『精霊をあがめよ！』『TOEにノーを！』などの文字。Tシャツが表示しているのは、カール・ユング、ピエール・テイヤール・ド・シャルダン、ジョゼフ・キャンベル、フリッチョフ・カプラ、このカルトの創始者で故人のギュンター・クレイナー、イベント・アーティストのスカイ・アルケミー――それに、あかんべをしているアルバート・アインシュタインのものまであった。

　スローガンを叫びたてている人はいない。ジャネット・ウォルシュが対決主義ののろしをあげたのに対して、《神秘主義復興運動》は、パントマイム・アーティスト、ファイヤー・ジャグラー、手相占い、タロットカード占いなどを動員して、お祭りムードを演出する作戦に出ていた。くるくると宙を舞う松明（たいまつ）がゆらめく濃い青色の影をいたるところに投げかけて、通りが海のように見える。地元の人々は当惑し、うんざりしたあきらめ顔でこの障害物コースを縫って歩いていた。だれもサーカスに押しかけてきてくれと頼んだわけではない。ぼくの目にはいるかぎりでは、無料の見世物をちゃっかり楽しんだり、大道芸人や占い師に見物代を落としているのは、バッジをつけた会議出席者の何人かだけだった。

　アルバートの顔を無断使用しているカルトのメンバーのひとりが、自分でキーボードの伴奏をつけながら、「パフ（ザ・マジック・ドラゴン）」を歌っていた――Tシャツ同様、キーボードも安物で、どちらも赤外線プログラミング・ポートがついている。ぼくはその男の前で立ち止まり、笑顔で聴きいっているふりをしながら、数年前に書いたあるソフトウェアをノートパッドで起動し、こっそりと命令をタイプした。リーとぼくが立ち去ると、男のキーボードはうんともすんともいわなくなり――あらゆる音量レベルがゼロに設定されたのだ――アインシュタインの口からはこんな吹き出しが出てきた。『われわれのこれまでの経験からして、自然とは、考えうるもっとも単純な数学的概念を具現化したものだと信じてよい』

リーにいさめるような顔をされて、ぼくはいった。「いいじゃないか！　あの男があんな真似をするからだよ」

さらに通りを進むと、少人数の劇団がユージーン・オニール作『氷人来たる』の最新《神秘主義復興運動》用語による改訂短縮版を上演していた。道化服を着た女が、髪をかきむしりながら朗々とした声で、「わたしは心霊的に調和できなかった！　わたしのネット部族たちはみな、治癒の精霊により近いままでいられただろう、あの人たちが想像力に駆られた身の上話に心を養われつづける必要があることを、わたしが尊重してさえいたなら！」涙の映像が女の頬を流れる。

ぼくはリーのほうをむいて、「よし、決めた。ぼくもあしたこいつらの仲間にはいる。そしてこう考えるんだ――これまでのぼくは、日没のつかの間(ま)の美しさを撮影して、それを醜悪な技術的ジャーゴンにおとしめていたんだ、と」

「この程度で心を痛めるようなら、ユング派精神療法用語による『マハーバーラタ』五分間バージョンをきいてごらんなさい」リーは身震いしたが、「でも、オリジナルは無傷のままなのよ？　それにあの人たちにもだれもと同じに、独自の……解釈……をする権利はある」自分でも完全に納得はしていない口調だ。

ぼくはうんざりした声で、「こいつらはなにをなし遂げる気で、ここに来たんだろう。たとえこいつらのせいで会議が中断しても、研究自体はもう全部終わっているんだ。それにどのみち、その結果は全部ネットにポストされることになっている。だいたい、ＴＯＥという概念全体がそんなに気にくわないなら……単に無視すればすむ話じゃないか？　自分たちの厳しい精神的要求に見あわないほかの科学的発見に対しては、つねにそうしてきたんだから」

リーはかぶりをふった。「これは要するに領土争いなの。考えてみて。ＴＯＥは事実上、この宇宙とそこに住むあらゆる人の支配権を主張している。もしニューヨークで弁護士たちが会議をひらいて、自分たちを全宇宙の支配者に任命したら、あなたは最低でもそこへ出かけていって、そいつらにべろべろばあをしてやりたくはならない？」

ぼくはうめくように、「物理学は支配権を主張したりはしない。とりわけ、宇宙に関するひとつの事柄、物理学者や技術者が決してそれを変える力をもつことのない事柄を見つけることが目標のすべてである、ここでは。〝支配権〟だの〝帝国主義〟だのいう粗雑な政治的メタファーを使うのは、空虚なレトリックでしかないよ。この会議の出席者は、軍を派遣して弱い相互作用を強い相互作用に併合しようとしているわけじゃない。統一場理論の〝統一〟は、法で定められるものでも、強制されるものでもない。マップされるものなんだ」

リーはわざとらしく、「なあるほど、勢力(パワー)マップにね」

「なあ、やめてくれないか、ぼくの話がちゃんと理解できているくせに！　地図(マップ)といっても天球図のようなもので……クルジスタン地方の地図とは違う。それも、星座が描きこまれてもいないし、星に名前がつけられてもいない天球図だ」にやにや笑っているリーは、引きあいに出す文化的事例のもっとずっと長いリストが準備できていて、ぼくのいう地図がそのどれとも違うと示されるまでは納得しない、とでもいいたげだ。ぼくは言葉をつづけた。「わかったよ、メタファーは全部とり消し！　だがこれは事実だ……邪悪な還元主義的物理学者たちがそれを発見するのを許されているかいないかで、この宇宙の根底にあるＴＯＥが――それはここにいるカルト信者たちが生きて、ジャグリングをして、たわごとをまくしたてられるようにもしつづけているわけだけど――その姿を変えるなんてことはない」

「《人間宇宙論者》によれば、そうじゃないけどね」リーはぼくをなだめるように笑顔を見せた。「でももちろん、それがどんなものであれ物理法則は厳(げん)として存在する――《神秘主義復興運動》信者だって半数は、その法則がそこそこあいまいな許容範囲内の専門用語で語られていれば、それが存在することはしぶしぶ認めるでしょう。連中の大半は、宇宙がなんらかの……体系的なかたちで自律しているという考えをうけいれている。それでも、その体系を理路整然と数学的に論述されると、ひどく侮辱(ぶじょく)されたと感じてしまう。

　連中はＴＯＥに人間の手をいっさい触れさせまいとしたりせず、自分が無知でいることで満足していればいいんだ、とあなたはいう。たしかに連中は、たとえ非の打ちどころのないＴＯ

Eが発表されたところで、自分たちの信じたいことを信じつづけるでしょう。自分たちの行く手を科学的正当性に邪魔させたりは、絶対にしない。けれど、連中がかたくなに選択した信念それ自体が、物理学者——や遺伝学者や神経生物学者——があらゆる人の足もとの土地をどんどん深く掘り進み、そこで発見したものを片端から地上に引きずりだしていて……それがやがては世界じゅうのあらゆる文化にまちがいなく影響をおよぼすという事実を、連中も無視できないことを物語っている」

「だがそれが、この島へやってきて、ユージーン・オニールのバラバラ死体で罪なき人々をおびえさせる理由になるのか？」

「よく考えてみて。信じたいことを信じる権利を連中に認めるなら、そこには脅威を感じる権利も含まれるわけでしょ」

芝居は結末にさしかかっていた。役者のひとりが、地球の魂と触れあえなくなった哀れな科学者たちに対して必要なのは同情を示すことだけだ、という意味の長ゼリフをしゃべっている。

ぼくはリーに、「じゃあ、『地球そのものの聖なる意志を知っている』と主張することを、なんて呼ぶんだ——それだって穏当であいまいな言葉でいえば地球規模の土地泥棒だけれど、それ以外に？」

リーはぼくを見て、処置なしというように顔をしかめた。「それってなにか変？《運動》もほかと変わりはない。自分たちの言葉で世界を定義したがっているの。自分たちでパラメーターを設定し、自分たちでルールのすべてを決めたがっている。その事実を隠蔽するために連中が巧妙な戦略――自分たちを〝寛大〟とか〝開放的〟とか〝包括的〟とかいった言葉で呼ぶというような――をひねりだしたのは、自然なことだけれど、もちろんわたしは、連中が狂信的合理主義者の大半よりわずかでも謙虚だとか徳が高いとか寛容だとかいおうとしているんじゃないのよ。部外者の立場で連中の信念をあなたに説明しようと、最善を尽くしているだけ」

「きみなりの万能説明用語を使って？」

「そのとおり。それがわたしの厄介な務め。世界じゅうのありとあらゆるサブカルチャーに精通したガイド兼通訳たることが。社会学者が負わされる重荷ね。でも、ほかのだれがそれを背負える？」リーはまじめくさった笑顔で、「わたしはつまるところ、この星で唯一の客観的な人間なの」

ぼくたちは暖かな夜気の中を歩きつづけ、まっすぐカーニバルを通り抜けた。一、二分してから、ぼくはふりむいた。距離をおくと、遠近法で密集して見え、周囲の建物に枠囲みされたその光景は、異様だった。分子ひとつずつが海から造りだされ、それを自覚している街並み――そこでは日常生活が営まれている――のどまん中に、サーカスのけばけばしい余興がはめこまれているのだから。それに比べれば、近隣の街路は当然ながら世俗的で退屈に見えた。ありふれた歩行者であふれ、だれひとり道化服も着ていなければ、だれひとりファイヤー・ジャグリングをしたり、剣をのみこんだりもしていない――だが、午後に見たダイブとそれが明かしたこの島の秘密を思いおこすと、カルト信者たちの自意識過剰でエキゾチックな演出や目も当てられない陽気な馬鹿騒ぎのすべては、たちまちとるに足らないものと化した。

不意に、シドニーを発つ前夜のアンジェロの言葉を思いだした。『人は自分が置かれている状況を神聖視する』。きっと、《運動》の核にあるのは、それなのだろう。宇宙の大部分は、人類の歴史の大部分のあいだ、不可思議なものだった――《運動》は、その状態に不屈の意志で甘んじる文化の流れをうけ継いだ。そして、それぞれの時代に同様の役を果たした特定の宗教やほかの信念体系の多くがかかえる過去の重荷を捨て去り――あるいは、文化的混合物として一種の擬似多元論というかたちで影響され――その結果残ったものを、『大きいほうのH』の本質であるかのように誇張した。『不可思議を神聖視することは、〝まったき人間〟であることだ。そうしない人は、なにかそれ以下の存在であり、〝心を失って〟いたり、〝左脳的〟であったり、〝還元主義者〟であったりして……〝治癒される〟必要がある』と。

ジェイムズ・ロークはここに来るべきだ。Hワードをめぐる戦いのまっ最中なのだから。

ホテルへ引きかえしかけたところで、ぼくはリーにきこうとして忘れかけていたことがあるのを思いだした。

「《人間宇宙論者》ってなんだい？」その言葉は、ぼくにとってなにか意味があるに違いないように思えたが――漠然と語源が推測できるのを別にすれば――それがなにかわからなかった。

リーは気が進まないようすで、「知らずにいたほうがいいんじゃないかな。《神秘主義復興運動》にあんなに腹を立てるんだから……」

「そいつらも無知カルトなのか？　きいたことのない名前だ」

「無知カルトとは違うの。それから、〝カルト〟という単語には、いうまでもなく、価値判断がはいりすぎているし、軽蔑の意味あいがある。わたしもほかの人たちと同じ日常語としてその言葉を使っているけど、ほんとうはそうしちゃいけないの」

「その《人間宇宙論者》とやらがなにを信じているか、教えてくれさえすればいいんだ。そのあと、そいつらに対してどれくらい心を狭くしたり、見下したりするかは、ぼくが決める」

　リーは笑みを浮かべたが、それはぼくがなにかの信頼を裏切れと頼んだかのような、本気で苦しんでいる表情だった。「《人間宇宙論者(Anthrocosmologist)》、通称ACは、自分たちが……どんなふうに語られるかに、ものすごく神経質なの。わたしと話をするよう説得するだけでもひと苦労で、いまも自分たちについてはなにひとつ発表させてくれない」

　通称AC！　ぼくは内心の喜びを隠すため、憤慨しているふりをした。「〝させてくれない〟って、どういうこと？」

　リーは答えて、「わたしは事前にいくつかの条件をのんでいて、あの人たちの協力を得つづけるには約束を守る必要があるわけ。いつかわたしが一切合切をネットにあげられる日が来る、という話にはなっているのだけど――それまでは無期限の保護観察状態。ジャーナリストに情報を洩らしたと知れたら、ACとの関係すべてが一瞬で崩壊するかもしれない」

「ACのことはなにひとつ公(おおやけ)にしたいわけじゃない。完全にオフレコにすると誓うよ。単なる好奇心なんだ」

「それなら、二、三年待ったところで、なにも困らないでしょう？」

（二、三年だって？）「わかったよ、好奇心だけじゃないんだ」

「じゃあ、なに？」

ぼくは考えこんだ。リーにクウェールのことを話した上で――モサラを歓迎されざる憶測にこれ以上少しでも巻きこむことがないよう、その話を胸にしまっておくと誓ってくれ、と頼むことはできる。ただし……ひとつの信頼を裏切れと頼む一方で、別の信頼関係を尊重するよう懇願できるものならば、だ。それはまったくの偽善だし――それに、もしリーがぼくと秘密を交換しあう気になるとしたら、その同じ口から出た誓いがどれだけの意味をもつだろう？

ぼくはきいた。「それにしても、《人間宇宙論者》はなぜジャーナリストをきらうんだ？　たいていのカルトは、新しいメンバーを死ぬほど獲得したがっている。いったいどんな理念で――」

リーは警戒の目つきでぼくを見た。「どんな手を使ったって、これ以上秘密は洩らしませんからね。あの人たちの名前をうっかり口にしたのは完全にわたしのミスだけど、その話はもうおしまい。《人間宇宙論者》は話題の対象外よ」

ぼくは笑って、「おいおい！　なにを馬鹿なことといって！　そうか、きみも《人間宇宙論者》のひとりなんだな？　秘密の方法で握手する必要なんてない。きみのノートパッドが暗号化された赤外線を発信する。『わたしはインドラニ・リー、畏（かしこ）くも聖なる秩序の女司祭――』」

リーは手の甲でぼくに打ちかかってきたが、ぼくはぎりぎりでそれをよけた。リーはいった。

「《人間宇宙論者》には女司祭はいないはず」

「《人間宇宙論者》は性差別主義者だということ? 全員が男性だと?」

リーは顔をしかめて、「それに司祭もいない。これ以上のことはなにひとついいません」

ぼくたちは黙ったまま歩きつづけた。ぼくはノートパッドをとりだして、何度か意味ありげに**シジフォス**に目をやった。けれど、ACがなんの略かわかっても、アラジンのデータ洞窟の錠はあかなかった。『人間宇宙論者』で何度検索しても、なにも引っかかってこない。

ぼくは口をひらいた。「さっきはすまなかった。もう質問はしないし、挑発もしない。ただ、もしぼくがどうしてもACと連絡をとる必要があって、でもその理由をきみにいえないのだとしたら?」

リーの態度は変わらなかった。「不自然な話ね」

ぼくはためらってから、「クウェールという汎性が、ぼくと接触しようとした。この人物はぼくに数日間、謎めいた伝言をよこしていた。だが、クウェールは昨夜、約束の場所にあらわれなかったので、ぼくはなにがどうなっているのか知りたいだけなんだ」その話に真実はほとんどなかったが、ACとはなにかを自力で探りだす完璧なチャンスを台無しにしたままにはしておけない。どのみちリーからは反応がなく、仮にクウェールの名前を前にきいていたとしても、彼女はそんな気配をまったく見せなかった。

ぼくは話しつづけた。「ぼくが話したがっていると、伝言してもらうのもだめかな? ぼくを拒否するかどうか、むこうに決める権利をあたえてやるというのは?」

リーは立ち止まった。竹馬に乗ったカルト信者が体をかがめて、食べられるパンフレットの束をリーの顔に突きつけた。《神秘主義復興運動》独自の非電子版《アインシュタイン会議ニュースレター》だ。リーはわずらわしげに手をふって、その女を追いはらった。「無理な頼みね。それであの人たちが気を悪くしたら、わたしの五年間の仕事がふいになる……」

それをきいてぼくは思った――きみは五年間の仕事をふいにするんじゃなくて、ついに《人間宇宙論者》について自由に発表できるようになるのかもしれないぞ。しかし、そんないいかたをするのは、如才ないこととは思えなかった。

代わりにこういった。「ぼくは『人間宇宙論者』という言葉をクウェールからはじめてきいたんだ、きみからじゃなくて。だからきみは、なにかを知っているのを認めたという必要さえない。ぼくがきみに行きあたりばったりにいくらか質問したといえばいいのさ、会議でだれ彼かまわずきいてまわった相手の中に、たまたまきみがいたと」

リーはためらいを見せた。ぼくは重ねて、「クウェールはほのめかしたんだ……暴力沙汰が起こると。そのあとぼくがどうすると思う？　ただこの汎のことを忘れる？　それとも、不審な失踪事件をあつかうためにステートレスが使っている秘密組織を訪ねてまわりはじめろ？」

リーがぼくにむけた表情は、こんな話には絶対だまされないといっているように見えたが――やがてしぶしぶ口をひらくと、「わたしがあの人たちに、あなたがあちこちうろついて秘密をしゃべりまくっていると教えれば、それをわたしに悪いほうにとられることはないと思う」

「ありがとう」

リーはしあわせそうには見えなかった。「暴力沙汰ですって？　だれに対して？」

ぼくは首をふった。「汎はなにもいわなかった。だから、これは全部無意味だとわかるだけかもしれないけど、それでもぼくは結論を出す必要があるんだ」

「結論が出たら、なにもかも教えてくれるでしょうね」

「もちろん、約束する」

ぼくたちはさっきの劇団のところまで戻っていた。そいつらがいま演じているのは、癌におかされた少年に関するこじつけがましい寓話（ぐうわ）だった……少年の命は、真実——それはストレスをあたえ、免疫を抑制してしまう——をきかされずにいさえすれば、助かるというのだ。ねえ、ママ、これがほんとうの科学だよ！　もっとも、ストレスが免疫システムにあたえる影響は、三十年前から薬でかんたんに制御可能なのだが。

ぼくは立ち止まってしばらく芝居を眺めながら、わざと自分の第一印象に反する立場をとって、この寓話にはなんらかの真の洞察が隠されているのかもしれないと自分を納得させようとしてみた。偶然の治癒に頼ろうとする時代遅れな認識を超えた、永遠の真実がなにかあるのではないかと。

もしそんなものがあったとしても、正直、ぼくには見つけだせなかった。この芝居を熱心に演じている道化たちが語っているのは、ぼくたちが共有しているはずの世界についてだというのに、連中はほかの惑星からやってきた使節も同然だった。

（だが、もしぼくがまちがっていて、連中が正しかったとしたら？　もっともらしく見えてもそれはうわべだけだとぼくが思っていることのすべてが、じつは、英知に輝いているとしたら？　この出来の悪いお涙ちょうだいのおとぎ話が、世界に関するもっとも深遠な真実を語っているとしたら？）

だとしたら、ぼくはまちがっているどころではない。完全にだまされてきたのだ。救済のされようもない――ぼくはまったく別の宇宙論、別の理論が支配する世界からやってきた孤児で、この世界にはまったく居場所がないことになる。

連中とぼくには、妥協の可能性も、橋渡しを考える余地もなかった。両者がともに〝半分ずつ正しい〟ことはありえない。《神秘主義復興運動》は、神秘主義と合理性のあいだの〝完璧な均衡〟を見つけだしたと飽くことなく口にしている。あたかも、連中が勝手に主張する緊張緩和が成立するまで、宇宙がそのふるまいかたを決めるのを留保していたのだといわんばかりに――対立する集団が平和的解決にいたることができた結果、あらゆる人の繊細な文化的感性が尊重され、あらゆる人の意見に正当な重要さが認められるようになって、宇宙はじつのところほっとしているのだといわんばかりに。ただし当然、その〝あらゆる人の意見〟の中に、均衡や妥協に関する人間の理想はそれが政治や社会の領域ではどんなにすばらしいものであっても、宇宙自体のふるまいかたとはまったくなにひとつ関係がない、という意見は含まれないのだが。

その意見を口にした人は例外なく、《わきまえろ科学！》からは〝科学主義の暴君〟と糾弾されるだろうし、《神秘主義復興運動》からは〝治癒〟を要する〝精神的麻痺の犠牲者〟と呼ばれるだろう……だが、たとえそうしたカルト信者たちのいうことが正しいとしても、自然法則自体がその力を弱めたり、対立するものと調和して信仰の枠に囲いこまれたりすることはありえない。自然法則には正しいかまちがっているかしかない――さもなくば、正しいとかまちがいとかはもともと無意味であり、宇宙とはじつは理解不能であいまいな存在であるかだ。

(とうとう連中を理解できる可能性が見つかったぞ)もし、連中とぼくの考えが相似であるならば――つまり、ぼくは自分の足もとの地面が連中の常軌を逸した発想のとおりにできているのではと考えると疎外感やおぼつかなさを感じるが、《運動》がそれと同じことをＴＯＥの存在に対して半分でも感じているとすれば――ぼくにもようやく、連中がここへやってきた理由を理解できるわけだ。

役者たちがおじぎをした。おもに仮装したほかのカルト信者からなる数人の観衆が喝采を送る。いまの芝居にハッピーエンドがありえたとは思えないのだが、ぼくは途中で芝居に注意をむけるのをやめてしまっていた。ぼくはノートパッドをとりだして、劇団員が自分たちの前の地面に置いていたノートパッドに二十ドルを転送した。道化服を着たユング信奉者だって、食べないわけにはいかない。熱力学の第一法則だ。

ぼくはインドラニ・リーのほうをむいた。「正直に答えてくれ。きみはほんとうに、あらゆる文化、あらゆる信念体系、あらゆる偏見と混乱の原因の外に立って、真実を見ることができる人間なのか?」

リーは気負うことなくうなずいた。「もちろんよ。あなたもでしょ?」

ホテルの部屋に戻ったぼくは、《フィジカル・レビュウ》をひらいて、最高に物議をかもしているヘレン・ウーの論文の冒頭ページをぼんやりと見つめながら――セーラ・ナイトが『ヴァイオレット・モサラ』の準備用リサーチを進めるうちに《人間宇宙論者》にぶつかった経緯を考えていた。たぶんクウェールはプロジェクトのことをききつけて、ぼくに話をもちかけたときと同じ調子でセーラに接触したのだろう。

だが、どこでプロジェクトのことをききつけたのか？

セーラは政治畑の出だ――しかし、すでにサイエンス・ドキュメンタリーを一本、《シーネット》用に完成している。ぼくは放送予定表をチェックした。番組名は『宇宙を支えろ』で……テーマは非主流派宇宙論。六月まで放送の予定はなかったが、番組自体は《シーネット》の部内用ライブラリーにはいっていて――ぼくはそこに無制限にアクセスできる。

ぼくは番組を通しで見た。そこでとりあげられているのは、ほぼ正統派の（だがおそらくは検証不能な）理論――量子論的並行宇宙（単一のビッグバンから分岐した）、異なる物理定数をもってプレ宇宙から追いだされた複数のビッグバン、ブラックホール経由で〝再生〟されて、〝突然変異した〟物理学を子孫に伝える宇宙――にはじまって……もっと新奇で空想的な発想――宇宙はセル・オートマトンだとか、実体のない純粋数学の偶然の副産物だとか、それはランダムな数字の〝雲〟なのだが、そのありうる状態のひとつがたまたま意識をもつ観察者を含んでいたという事実のおかげで形をもつようになっただけだとか――にまでおよんでいた。

どこにも《人間宇宙論者》への言及はなかったが、セーラはそれを今後のプロジェクトのネタにとっておいたのかもしれない——そのときまでには《人間宇宙論者》たちに信頼されて、協力も得られると期待して。あるいは、『ヴァイオレット・モサラ』で使うためにとっておいたのかも。もしモサラと《人間宇宙論者》にじっさいに関連があるのなら——もしクウェールが両方の信奉者であることが、ただの偶然でないならば——それはありうる話かもしれない。

ぼくは**シジフォス**に『宇宙を支える』の双方向バージョンの隅から隅まで探させたが、《人間宇宙論者》への隠された言及もなければ、それ以上なにかが出てくる気配もなかった。さらに、世界じゅうの公共データベースでACに関する事項をただのひとつでも含んでいるものは、ひとつとしてなかった。どこのカルト集団もイメージ管理役を雇って、メディアへの露出のしかたをつねに自分たちの都合のいいかたちに操作しようとしている……だが、完全に姿を隠しおおせていることが示唆するのは、それが費用のかかる宣伝などではなく、《人間宇宙論者》が並外れて統制のとれた集団であることだ。

人間宇宙論崇拝。それが意味するのは——宇宙に関する人間的知識？　一発で意味のわかるラベルとはいえない。少なくとも、《神秘主義復興運動》や《わきまえろ科学！》や《文化第一主義》という名前からは、なにを優先事項としている集団か、考えなくてもわかる。だが、《人間宇宙論者》という単語はHワードを含んでいる。ACが対立する派閥をかかえているのも無理はない——主流派と非主流派。

ぼくは目を閉じた。島が息を吸い、休みなく吐きだしているのがきこえる気がする——そして地面の下の海が、ぼくの足もとの岩盤を削りとっているのが。

目をひらく。こんなに島の中央に近ければ、ぼくはギヨーの上にいるのだから安全だ。礁岩の下には硬い玄武岩と花崗岩が、海洋底までずっとつづいている。

そんな思いと無関係に、眠りは手をさしのばして、ぼくをさらっていった。

15

ぼくが会場いりしたとき、ヘレン・ウーの講演までは時間があった。本会議場はまだ閑散としていたが——モサラはすでに来ていて、ノートパッドで一心になにか作業をしていた。ぼくはモサラからひとり分おいた席にすわった。モサラは顔をあげない。

「おはようございます」

モサラはちらりとぼくを見て、冷ややかに「おはよう」とあいさつを返すと、さっきから見ているなにかに目を戻した。撮影がこんな調子でつづいたら、視聴者はこの番組が銃口を目の前にして製作されたと思うだろう。

もっとも、ボディランゲージにはすべて編集で手をいれられる。

だが、問題はそういうことではない。

ぼくはモサラに話しかけた。「こういうのはどうですか？　カルトについて昨日あなたがいわれたことは、なにひとつ使わないとお約束します――そのかわり、あらためて熟考の上でなにか話していただくというのは」

モサラは画面から目をあげることなく、それを検討した。

「いいでしょう。理にかなっているわ」そして、ふたたびぼくに視線を投げて、「不作法な真似はしたくないんだけど、どうしてもこれをやり終えなくてはいけないので」といい足しながら、ノートパッドを示した。モサラは、約六カ月前の《フィジカル・レビュウ》に載ったウーの論文を読んでいる途中だった。

ぼくは声には出さなかったが、一瞬あきれたような表情をしたに違いない。モサラはいいわけがましく、「一日は二十四時間しかないんですもの。わたしが何カ月も前にこれを読んでおくべきだったといわれれば、それはまあ……」ともどかしげに手をふる。

「それを読んでいるところを撮影してもいいですか?」

モサラは身震いして、「そして天下に恥をさらすの?」

「『さぼっていた宿題をするノーベル賞受賞者』。これで、あなたにもぼくたち凡人と共通点があることが伝わるでしょう」ぼくはあやうく、「業界用語では、『対象を人間らしくする』といいます」とつけ足すところだった。

モサラはきっぱりと、「撮影を開始するのは、講演がはじまってからにして。同意したスケジュールでは、そういうことになっている。でしょう?」

「はい」

モサラは論文読みに戻った――もうぼくをまったく気にもとめず。自意識過剰や敵意はすっかり姿を消していた。ぼくは安堵感が波のように体を洗うのを感じた。まさにいまのやりとりで、番組はたぶん救われたのだ。カルトに対するモサラの態度は番組内でとりあげる必要があるが、モサラにはそれをきのうの発言よりずっとそつのないかたちで表現する権利がある。こんなかんたんで明白な妥協案を、ぼくがもっと早くに思いつけばよかったのだが。

ぼくはモサラが読んでいる最中のノートパッドを、ちらちらと見やった（撮影はせずに）。方程式が出てくるたびに、モサラはある種のソフトウェア・アシスタントを呼びだしていた。画面上にウィンドウが次々と花ひらき、ウーの議論における各ステップ間の関連についての代数学的クロスチェックや詳細な分析をぎっしり表示していく。この種の支援があれば、ぼくにもウーの論文の意味をもっとよく理解できるだろうか、とふと思う。まあ、それはないだろう。〝補助〟ウィンドウの表示のいくつかは、ぼくにはもとの論文以上に暗号めいて見えた。

会議で論じられている問題の大半は、ごくごく大ざっぱなかたちでなら、ぼくにもついていけた――しかしモサラのほうは、コンピュータからわずかな支援を得ただけで、数学が厳密な検討に耐えられるか、それとも否定し去られるかという深いレベルまで一気に直行している。その過程には、魅惑的なレトリックも、説得力のあるメタファーも、直観への訴えかけもなく、各々が次の段階へ厳然とつながる――あるいはつながらない――方程式の連鎖があるのみ。その精査をパスしても、もちろんそれはなんの証明にもならない。完全無欠な論証をつらねても、前提が物理的にまちがっていれば、結論は華麗なるたわごとだ。それでも、論理の網の中でふたつの可能性を結びつけている撚り糸という撚り糸をチェックするには、モサラのように方程式間のつながりを検証する能力が不可欠だった。

　これはぼくなりの考えだが、あらゆる理論とその論理的帰結――あらゆる概括的法則一式と、それが提示する具体的な可能性――は、まとまって分割不能な総体を形成している。たとえば、運動と重力に関するニュートンの普遍的法則、ケプラーの理想的楕円軌道、そして（アインシュタイン以前の）数多くの緻密な太陽系モデルといった概念は、すべてが一枚の織物の一部分――固く結びついた同じ論理の層――を形作っていた。そして、その概念はどれひとつ完璧に正確ではないことがわかると、ニュートン物理学的宇宙論という層が（その層の片隅の、物体の速度が光速に近づくとどうなるか、という部分がめくれていたので、そこに指の爪をさしこんでみたら）まるごと引きはがされ、もっと深くにある層が探求されることになった……そしてそれ以来、同じような半ダースのできごとがあった。ここでだいじなのは、論理の各層を構成しているものを正確に知り、誤りを立証された一連の概念や欠陥をもつ一連の予測の各々を、きっちりそれだけを根こそぎにして……継ぎ目がなく、首尾一貫し、そして現実世界のありとあらゆる観察結果と一致する論理の層に到達するまで、それをつづけることだ。

　それが、ヴァイオレット・モサラを屹立させている理由だった（疑いなく同業者の半数から、それに三流の科学ジャーナリストからも――そしてそれは、どれだけモサラを『人間らしく』しても変わらないだろう）。もし、提出されたTOEが実験データと一致しなかったり、自己矛盾で分解しかけているとしたら、モサラにはその論理をとことん突きつめ、一見無謬に思える誤謬（ごびゅう）の全体を、まるで脱皮させるようにして剝がしとる能力があった。

　そしてもし、それが無謬に思える誤謬ではなかったとしたら？　問題のＴＯＥが完全無欠だと判明したら？　ウーの複雑な数学の議論を、それが平明この上ない文章で書かれているかのように分析している彼女を眺めていると、ぼくにはモサラのこんな姿が思い浮かんだ。完全無欠なＴＯＥがあらわれたときに――それが自分のものであってもなくても――その帰結をあらゆるスケール、あらゆるエネルギー、あらゆる複雑性のレベルで根気よくマップ化し、能力の限りを尽くして宇宙を分割不能な総体へと織りあげているモサラが。

　本会議場に聴衆が集まってきた。モサラが論文を読み終えたのは、ウーが演壇に立つのと同時だった。ぼくはささやき声で、「それで評決は？」

　モサラは物思いにふけるような調子で、「ウーは大かた正しいと思うわ。証明すると自分でいったことを、証明していない――いまのところは。でも、正しい道すじをたどっているのは、ほぼ確実ね」

　ぼくは意表を突かれた。「でもそれはあなたにとって――」

　モサラは唇に指をあてて、「またあとで。ウーの話を最後までききましょう」

　ヘレン・ウーはマレーシア在住だが、過去三十年間、インドのボンベイ大学に籍を置いていた。少なくとも一ダースの重要な論文の共同執筆者で、そのうちふたつはバッゾと、ひとつはモサラとのものだったが、ふたりのようなある種の有名人の地位にはなぜかまったく縁がなかった。独創性と想像力はどこから見てもおそらくバッゾと並び、もしかすると厳密さと周到さもモサラにさえ匹敵するかもしれないが――ウーはこの分野の最前線（じっさいにそうと認識されるのは、つねに回顧的なかたちでだ）へ駆けつけるにはやや腰が重く、華々しい最終結果につながる課題を選択する幸運にも恵まれなかったようだ。

ウーの講演の大部分は、ぼくにはただただお手あげだった。言葉という言葉、図表という図表を几帳面（きちょうめん）に記録はしたものの、ぼくの頭は、講演の要旨をいかにして専門用語抜きでいいかえられるかという問題に脱線していった。やはり双方向ダイアログを使うのだろうか？

10と1000のあいだの数をひとつ選んでください。選んだ数は教えないでください。

［（心の中で。以下同じ）575］

各ケタの数字を足してください。

［17］

その各ケタの数字をさらに足してください。

［8］

それに3を足します。

［11］

それを最初に選んだ数から引きます。

［564］

その各ケタの数字を足します。

「15」

それを9で割ったときの余りはいくつですか。

「6」

それを二乗します。

「36」

そこに6を足します。

「42」

いまあなたの心の中にある数は……42ですね？

「当たった！」

ではもういちどやってみましょう……。

最後の数字は、いうまでもなく、毎回同じになると決まっている。この陳腐なパーティ芸の手のこんだ途中経過はすべて、XマイナスXはつねに0（ゼロ）になるというための長いまわり道にすぎない。

ウーがいま示そうとしているのは、TOE構築にあたってモリラのとった方法全体が、結局はこのパーティ芸と同じだということだった。ずっと壮大なスケールで、はるかに目立たないかたちでだが――つまるところ、トートロジーはやはりトートロジーなのだと。

うしろの表示画面を方程式が流れていくのにあわせて、ウーはおだやかな口調でしゃべった。

方程式間のつながりをあきらかにし、モサラの研究の一部分を別の部分と短絡させるために、ウーは半ダースもの純粋数学のあらたな定理を証明する必要があった——そのすべてが困難な作業で、またそれぞれの定理が独自に有用なものだった（これは無学なぼくの意見ではない。きょうの発表の基盤となるウーの従来の研究の引用頻度を、データベースでチェックした上での結論だ）。そしてぼくにとっては、そのこと自体が驚くべきことだった。『XマイナスXイコール0』をそんな複雑で手のこんだかたちでいいかえるのが、そもそも可能だということが。それはまるで、長いロープが複雑にもつれて、自分が作る輪の中を何十万回も出たりはいったりしているのに、じつは一カ所も結ばれてはいなくて、ひとつの環を描いているだけだとわかったようなものだった——ややこしく見せかけているが、最終的には完全にもつれをなくすことができる。もしかすると、このロープの例のほうがパーティ芸よりわかりやすいたとえになるかもしれない——力場グラヴをつけた双方向版の視聴者は、自分で手をのばして、〝結び目〟がじっさいは結び目のふりをした環でしかないと証明できる……。

だが、モサラのふたつのテンソル方程式をぎゅっとつかんで、ただ引っぱっても、そのふたつがどういうふうにつながっているか知ることはできない。偽の結び目を心の目でほどく必要がある（ソフトウェアが支援してくれるが——それも一から十まではやってくれない）。こまかいまちがいはつねに起こりうる。そして肝心なのは細部だ。

ウーは話を終えて、質問をうけつけはじめた。聴衆は圧倒されていた。ウーの話を支持するとも否定するともまったくにおわせることなく、遠慮がちによりくわしい説明を求めた人がふたりいるにとどまった。

ぼくはモサラに顔をむけた。「いまもまだ、ウーが正しい道すじをたどっていると思いますか？」

モサラはためらってから、「ええ、そう思う」

ぼくたちを残して本会議場から人が減っていった。ぼくは視野の片隅で、近くを通りすぎる人々の視線がしばしばモサラの上にとどまるのをとらえていた。その視線は非常に礼儀正しいものだった——舞いあがったティーンエイジャーがサインをねだるのとは違う——が、そこにはまぎれもない心酔や畏敬の念や憧憬がひらめくことがあった。きのうの記者会見で公然とモサラ支持の態度を示していたファンクラブのメンバーも何人か見かけたが——相変わらずこの建物の中でクウェールの姿をちらりとでも目にすることはなかった。汎がモサラのことをこれほど気にかけているなら、なぜここに来ないのだろう？

ぼくは質問をつづけた。「だとすると、あなたのTOEはどうなるんですか？　もしウーが正しいとしたら？」

モサラはにこりとして、「たぶん、わたしの立場を強固にしてくれるでしょう」

「なぜです？　ぼくにはよくわからないんですが」

モサラはノートパッドを一瞥して、「それはややこしい問題だから。その話はあしたの午後ということで？」

水曜の午後。第一回目のインタビュウの撮影だ。

「かまいませんよ」

ぼくたちは並んで会議場の出口にむかった。モサラはあきらかにこのあと別の予定をいれている。あの話ができるのは、いまをおいてない。ぼくは口をひらいた。「お話ししておこうと思っていたことがあるんです。重要なことかどうかはわかりませんが……」

モサラは上の空のようすだったが、「きかせて」

「島に着いたとき、空港でアキリ・クウェールという汎性に声をかけられました」モサラがその名前に反応しなかったので、ぼくは先をつづけた。「汎は〝主流派《人間宇宙論者》〟だと名乗って、それから――」

モサラは小さくうめくと、目を閉じて、ぱたりと立ち止まった。そしてぼくのほうをむくと、「これだけはなにがあってもはっきりさせておきます。もし、あなたが番組の中で《人間宇宙論者》にひとことでも言及しようものなら、わたしは――」

ぼくはあわててモサラをさえぎった。「そんなことをするつもりはありません」

モサラは不信もあらわに、怒りのこもった目でぼくを見据えていた。

ぼくは言葉を継いだ。「たとえぼくがそうしたくても、むこうが自分たちへの言及を許すと思いますか？」

モサラの態度は軟化しなかった。「あいつらがなにをするかなんて、知ったことじゃないわ。そのなんとかいうやつは、あなたになんの用があったの、自分たちのとんでもない珍説を放送しろというのでないなら？」

ぼくは言葉を選ぶようにして、「汎は、あなたがなんらかの危険にさらされるかもしれないと思っているようでした」ステートレスへの移住について質問してみようかとしばし考えたが、すでにモサラは怒りに火がつく寸前で、そんな危険をおかす価値があるとは思えなかった。

モサラは辛辣な口調で、「あのね、あなたが《人間宇宙論者》をどう思ったか知らないし、あいつらがわたしを心配してくれているのは涙が出そうにうれしいけれど、わたしはなんの危険にもさらされていない、でしょ？」暗殺者が隠れてなどいないことを示すかのように、空っぽの本会議場に手をふる。「だから、あいつらは安心していていいし、あなたはあいつらのことを忘れていいし、わたしたちはいっしょに仕事をつづけていける。わかった？」

ぼくは無言でうなずいた。モサラはそのまま立ち去ろうとした。ぼくはそのあとを追って、「きいてください、ぼくがあの人たちを探しだしたんじゃない。飛行機をおりたとたん、この謎の人物が近寄ってきて、あなたの身の安全についてわけのわからないことをいったんだ。あなたはそのことをきかされる権利がある、とぼくは思った。それだけのことなんです。ぼくはあの汎が、あなたがいちばん好いていないカルトの一員だとは知らなかった。この話題がご法度なら……了解です。あなたの前では、その名前を二度と決して口にしません」

モサラは足を止め、表情をやわらげた。「さっきはごめんなさい。あなたの頭を食いちぎろうとしたわけじゃなかったの。でもあなたが、ああいう有害なたわごとを知って――」モサラは話を途中で止めた。「いまのは忘れて。この話題はおしまいだと、あなたはいったわね？あいつらにはなんの関心もないと？」感じのいい笑みを浮かべて、「それなら問題はなにもなし、でしょ?」モサラは出口まで歩いてから、ふりむくと、ぼくにむかって、「では——あすの午後会いましょう。ようやくだいじな話ができるわね。それが楽しみだわ」

　モサラが歩き去っていくのを見送ってから、人のいない本会議場の奥に戻り、最前列に腰をおろすと、ぼくはいったい自分をどういいくるめて、ヴァイオレット・モサラを世界にむけて〝解説〟できると信じさせたのだろう、とぼんやり考えた。何カ月もいっしょに暮らしていながら恋人の心の内さえわからなかったこのぼくが、こんな神経をぴりぴりさせた気分屋の赤の他人を……それも、ぼくには微塵（みじん）も理解できない数学が人生の中心にあるような人物を相手にしたら、どんな馬鹿げた判断の誤りをおかすことか?

　ノートパッドのブザーがせわしなく鳴ったので、ポケットから引っぱりだした。**ヘルメス**が、講演は終わっていて音で合図してもだいじょうぶだと推定したのだ。インドラニ・リーからぼく宛の音声メッセージが届いていた。

『アンドルー、あなたにはこれがどんなにすごい大戦果か、ちゃんとはわかってもらえないでしょうけど、きのうの晩、わたしたちが話題にした人々の代表者が、あなたと話すことに同意したの。もちろんオフレコで。チョムスキー大通り（アヴェニュー）二十七番地。今夜九時に』

　ぼくは胃のあたりを引っつかんで、笑うまいとした。

　ぼくは口に出していった。「ぼくは行かないよ。そんな危険はおかせない。もしモサラに知れたらどうなる?　そりゃ興味はあるさ——でも、それだけの価値はない」

　数秒後、**ヘルメス**がきいてきた。「それは発信人への返事ですか?」

ぼくは首を横にふった。「違う。それに、真実でさえない」

リーに教えられた住所は、トラムの北東線から歩いてすぐのところだった。道のまわりの街並みはシドニー郊外で中流階級が住むあたりと——ほとんど——そっくりだったが……違うのは、あそこよりも広くて舗装された中庭と、ところどころにキッチュな彫刻があるほかは目立つものもそうでないものも植物が皆無なこと。ひと目で通電しているとわかるフェンスもなかった。肌寒い夜だった。この島でも秋が存在を主張しはじめている。堂々たる珊瑚(さんご)の眺めにだまされがちだが、ステートレスに棲息する工学産ポリプはともかくとして、自然のままのそのいとこたちが成長できないほど、ここは熱帯から遠い。

道々ぼくは考えた。セーラ・ナイトは《人間宇宙論者(AC)》と接触していて、モサラはまったくそれをきかされていなかった。セーラとクウェールのあいだになんらかのとり決めがあったのをモサラが知っていたら、ああも好意的にセーラの名前を口にすることは、まずなかっただろう。以上はまったくの憶測だが、すじは通る。『宇宙を支える』の取材中にセーラはACの存在を知り、ACはセーラが『ヴァイオレット・モサラ』の契約をとるために必死になった理由の、少なくとも一部分だったに違いない。そしてACは、こんどはぼくに同じ取引をもちかけることにしたのかも。『わたしたちがヴァイオレット・モサラを守りつづけるのを助けてくれたら、きみに世界的なスクープをさせてあげよう。世界でもっとも秘密にうるさいカルトの、初のメディア取材だ』

それにしても、なぜACはモサラの身を守ることを、自分たちの務めだと思っているのだろう？《人間宇宙論者》の思想体系の中で、TOEの専門家が演じる役割とはなにか？崇敬(すうけい)される導師(グル)？献身的信奉者からなる秘密の幹部集団によって敵から守られる必要のある、超俗的な聖なる愚者？物理学者を神聖視する人々は、無知を神聖視するのをやめるだろうと思えるのだが——モサラにとって、おまえは謙虚になるとか魂を清めるとかする必要があるといわれるよりも、あなたは神秘的洞察を伝える貴い(とうと)（だがつまるところ、うぶで無力な）存在だといわれたほうが、いっそう腹立たしく感じるだろうことは、想像がつく。

二十七番地は、花崗岩(かこうがん)ふうの銀灰色の礁岩(しょうがん)でできた平屋(ひらや)だった。広いが豪邸というほどではない。たぶん寝室が四、五部屋。隠遁者(いんとん)であるACが郊外で家を借りるのは、ジャーナリストがひしめくホテルに何部屋も予約をいれるより、すじの通る話だった。窓から漏れる温かな黄色の明かりが周囲を乳白色に染めて、わざとらしい歓迎の雰囲気をかもしている。ぼくは鍵のかかっていない門を抜け、人けのない前庭を横切って、意を決すると、ベルを鳴らした。《神秘主義復興運動》は、道化服で街頭に出て〝想像力に駆られた身の上話〟をするのを全世界にさらすような真似ができる連中だったわけだが、閉ざされた扉の奥でなければ活動できないカルト集団を相手にする心がまえができているかどうか、ぼくにはまだなんともいえなかった。

ぼくのノートパッドが、ナイフで刺された子どものおもちゃのような、短くてかん高い小さな音を立てた。ポケットからとりだすと、画面は死んでいた——こんなのははじめて見る。ドアがひらいて、優雅な服装の女性がぼくに笑顔をむけ、手をさしのべながら、「アンドルー・ワースさんね。アマンダ・コンロイよ」

「お会いできて光栄です」

ノートパッドを手にしたまま、ぼくはもう一方の手で握手をした。コンロイは機能停止した機械をちらりと見て、「壊れてはいないわ——でもほら、これはオフレコだから」コンロイの訛りは合衆国西海岸のもので、あからさまに不自然な乳白色の肌は、磨きあげられた大理石のようになめらかだった。歳は三十から六十のあいだのいくつでも不思議はない。

ぼくはコンロイのあとについて家の中にはいり、豪奢（ごうしゃ）なカーペット敷きの廊下を通って、居間に案内された。部屋には抽象模様のカラフルで大きな壁掛けが六枚あった。それはブラジル風擬似素朴派——いま人気のアイルランドの芸術家グループの作品——のようだが、〝ほんもの〟かどうか知る手がかりはない。そのグループの作品は、二〇二〇年代サンパウロのゲットー・アートの自意識過剰な搾取的（さくしゅ）〝リミックス〟で、現在ではブラジルで作られたオリジナルの十万倍の値がついている。それに高さ四メートルのウォールスクリーンも安物ではなさそうだし、ぼくのノートパッドを役立たずの箱に変えた秘密の装置も同様だ。ぼくは**目撃者**を起動しようとは考えさえせず、けさ撮影した素材をホテルから出る前に自宅の編集コンソールに送信しておいてよかったと思うばかりだった。

家の中はぼくたちふたりだけらしい。コンロイが、「どうぞおかけになって。なにかお飲みになる？」といって、部屋の隅にある小さなドリンク販売機のほうにむかう。ぼくは機械にちらりと目をやって、断わった。それは二万ドルの合成タイプだった——本質的に医薬ユニットのパワーアップ版だ。オレンジジュースから神経刺激性アミンの混合液まで、なんでも作れる。ステートレスにそんなものがあるとは驚きだった——ぼくの旧式の医薬ユニットはもちこみを許可されなかった——が、国連決議の細目を記憶しているわけではないので、世界一律で制限されているのがどのテクノロジーで、オーストラリアからの輸出のみが禁止されているのがどれかは、自信がなかった。

コンロイはぼくとむきあってすわり、おだやかな表情のまましばらく考えこんでいた。それから口をひらいて、「アキリ・クウェールはわたしのとても大切なお友だちで、すばらしい人ですけれど、少々悩みの種(たね)でもあるの」コンロイは親しげに微笑んだ。「あの人からスパイものめいたたわごとをさんざん吹きこまれて、あなたがわたしたちにどんなイメージをもたれたかは、想像もつきません」ふたたびぼくのノートパッドを意味ありげに一瞥して、「秘密厳守の強要が事態の改善に役立つとも思わないけれど——そこには断じて邪悪な意図はなにもないわ。あなたはよくおわかりのはずね、ある集団やその思想をとりあげて、それをいくつもの……シナリオに沿うように歪曲して表現するメディアの力というものを」ぼくが返事をしかけると——じっさいはその指摘を肯定しようとしたのだが——コンロイはそれをさえぎって、「あなたのご職業を悪くいうつもりはないのだけれど、でもわたしたちは、ほかの集団に対してそういうことがおこなわれるのを何度も何度も見てきたから、自分たちの存在が公(おおやけ)になったら同じ目にあうのは避けられないと考えても、驚くにはあたらないと思うの。

だからわたしたちは、自由を確保するために、部外者によって語られることをいっさい拒否するという困難な選択をしました。わたしたちは広く世界に報じられるのを望みません。公正なかたちでも不公正なかたちでも、好意的なかたちでもそうでなくても。どんなものであれ世間の印象というものが存在しなければ、歪曲の問題もそもそも生じませんからね。そして、わたしたちはありのままの自分たちでいられる」

ぼくは口をはさんだ。「なのに、あなたはぼくにここへ来るよう求めた」

コンロイは申しわけなさそうにうなずいて、「あなたのお時間を拝借して、しかも事態をむしろ悪化させる危険をおかして。でも、ほかにどうしようがありました？　アキリがあなたの好奇心をかきたて、わたしたちにはあなたが自分からこの件を忘れることなどとうてい期待できない。だから……あなたが第三者からたくさんの不正確な噂をききまわって結論を出すのにまかせるのではなく、わたしがすすんで、自分たちの考えをじかに話そうというわけです。ただし、すべてはオフレコ厳守でね」

ぼくはすわったまま姿勢を変えた。「ぼくが不適切な人々に質問をして、あなたがたにこれ以上の注意を引き寄せてほしくない――だから、あなたが自分から質問に答えて、とにかくぼくの口を閉じさせる、と？」

この身も蓋（ふた）もない言葉に対して、不快げな否定と婉曲（えんきょく）ないい直しが雪崩（なだれ）のように返ってくるかと思いきや、コンロイは平然と、「そのとおり」

インドラニ・リーはぼくの提案を額面どおりにうけとめたに違いない。『ぼくがきみに行きあたりばったりにいくらか質問したといえばいいのさ、会議でだれ彼かまわずきいてまわった相手の中に、たまたまきみがいたと』。もし、ぼくがリーのために即席で考えた〝消えた情報源〟クウェールの話を、ステートレスにいるジャーナリストや物理学者のことごとくが耳にしつつある、とACが考えたなら、一刻も無駄にせずにぼくを呼んだのもうなずける。

　ぼくはきいた。「なぜぼくを信じられると思うんです？　ぼくがあなたの言葉を残さず使わないでいる理由がありますか？」

　コンロイは両手を広げて、「なんにも。でも、あなたにはそんなことをしたがる理由があるの？　あなたのこれまでの番組は見せてもらいました。わたしたちのような擬似科学グループに興味がないのは明白ね。あなたがこの島へ来た目的は、アインシュタイン会議に出席するヴァイオレット・モサラの取材——横道にそれたり邪魔がはいったりしなくても、まちがいなく困難をきわめるテーマよ。《神秘主義復興運動》や《わきまえろ科学！》を撮影しないですませるのは、たぶん不可能でしょう——あの人たちは機会あるごとに画面に割りこんできますからね。でも、わたしたちは違うわ。そして映像もなしに——それを捏造（ねつぞう）する気なら別だけれど——番組でどうやってわたしたちをとりあげるの？　あなたが五分間自問自答して、この会見のもようをつぶさに語るとか？」

　返す言葉がなかった。コンロイのいうことはいちいち正しい。それに加えて、モサラの嫌悪感と、ぼくがこの方面に少しでも首を突っこんでいると知れたらモサラの協力が反故（ほご）になってしまうという事情もある。

それに、ぼくはACの姿勢に少しだが共感せずにはいられなかった。過去数年間にぼくが会った人のほとんどすべて——他人の定義する性政治学から自由になろうとしているジェンダー移行者から、ビル・マンローのように国家主義者の嘘八百から逃げだした人まで——が、自分たちのことをほかのだれかに権威者面して語られるのに倦んでいた気がする。無知カルトとTOEの専門家たちもやはり、同様の理由で非難しあっていた。ただしそこで最終的に争われているのは、自分たち自身の素性よりもはるかに大きななにかの定義についてだが。

ぼくは慎重に、「無条件に秘密を守るとは誓えません。ですが、あなたがたのご意向を尊重するようつとめます」

コンロイはそれで満足したようだ。たぶんこの女性は、ぼくと顔をあわせる前に一切合切を考慮して、仮にぼくからなんの確約も引きだせなくても、あれこれ探りまわられるよりはこうして内密に話をするほうが害は少ない、と結論を出しておいたのだろう。

コンロイは話しはじめた。「人間宇宙論とはじつのところ、昔からある思想の現代版にすぎません。でも、わたしたちと、古代ギリシアや、初期イスラム世界や、十七世紀フランスや、十八世紀ドイツの哲学者たちとで共通する点やしない点を並べたてて、お時間を無駄にするつもりはないわ……もしその気になったら、遠い過去の歴史はすべてご自分で掘りかえせますからね。だから、あなたもご存じに違いない、ある男性のことから話をはじめましょう。二十世紀の物理学者、ジョン・ホイーラーです」ぼくはその名前を知っているというしるしにうなずいたが、即座に思いだせるのは、ブラックホールに関する理論でとても重要な役割を果たしたことだけだった。

コンロイが先をつづける。「ホイーラーは参加方式の宇宙――宇宙は、それを観察し説明する居住者によって形作られる――という発想を提唱した偉大な人です。この概念を説明するための、ホイーラーお気にいりの比喩があって……二十の扉という古いゲームはご存じよね。ひとりがなにかの物を思い浮かべ、もうひとりはイエスかノーで答えられる質問をつづけて、それがなにかを当てようとするの。

でも、このゲームには別の遊びかたもあるわ。答えとなる物を思い浮かべないままゲームをはじめるの。そして質問にはいくらかランダムに〝イエス〟か〝ノー〟で答えていく――ただし、それまでの答えとの一貫性が求められるという制限つきで。もし、〝それ〟は全体が青いと答えたら、あとで気を変えて、それは赤いということはできない……〝それ〟がなんなのか、自分では相変わらずよくわかっていなくてもね。でも、より多くの質問が重ねられるにつれて、〝それ〟がなんでありうるかの範囲は狭まっていく。

ホイーラーは宇宙そのものが、この遊びかたでの未定義の物体と同じにふるまっていると提唱した――同様の質疑のプロセスを経てのみ、なにか特定の存在になるのだとね。観測をする、実験をおこなう――そうやってわたしたちが、〝それ〟について質問をする。答えが返ってくる――その中にはある程度ランダムに選ばれた答えもある――けれど、絶対的に矛盾しているものはひとつもない。そして質問が重ねられるにつれて……宇宙はより明確なかたちをとるようになる」

ぼくはきいた。「あなたがいわれているのは……微視(びし)的な物体を計測するという話ですか？原子より小さい粒子の特性の中には、計測されるまで存在しないものもある——そしてその計測値にはランダムな要素がある——けれど、同じ物体をもういちど計測したら、同じ結果が得られる、という？」それは確立されきって議論の余地のない、あまりにおなじみの考えかただった。「ホイーラーがいわんとしたのは、その種のことだったわけですか？」

コンロイはうなずいて、「その話がいちばん広く認められているわね。もちろんそれはニールス・ボーアまで遡(さかのぼ)る。ホイーラーは一九三〇年代のコペンハーゲンで、ボーアのもとで学んだの。量子論的な計測が、ホイーラーのモデル全体のインスピレーションだったのはまちがいない。ただ、ホイーラーとその継承者たちは、そのさらに先へ進んだのよ。

量子論的な計測は、個別の、微視的な事象——ランダムに、けれど既存の法則群によって決定される確率に従って起こったり起こらなかったりする事象——を対象とする。たとえば……コインをいちど投げておもてが出るか裏が出るかは対象になるけれど、コインの形状や、繰りかえし投げたときの全体の確率はそうではない。コインがまだ宙で回転しているあいだは、それが〝おもて〟でも〝裏〟でもないのはすぐわかる——でも、計測の対象が特定のコインでなかったとしたら？　あるいは、計測結果が前もって存在しないのと同様に……計測しようとしている系(システム)を律する既存の法則がまったく存在しないとしたら？」

ぼくは警戒をにじませて、「答えを教えてください」ここに来たときには、のっけから恒例の仰々しいカルト話が出てくるのを予想していた。典型的な魔術師と魔女に関するたわごとか、いまは失われた錬金術師の知識を再発見する火急の用についてのヨタ話を。だが、量子力学(QM)をとりあげて、その境界で起こる反直観的な奇妙な事柄を、カルトの哲学に沿う方向へ好きに歪曲するという戦略は、そのやり口を見破るのがはるかにむずかしい。口の達者なペテン師の手にかかると、QMはどんなこととでも関連するあいまいなものにされてしまう——テレパシーの〝科学的〟根拠にはじまって、禅の〝証明〟にいたるまで。とはいえ、コンロイの話がきちんと証明された科学から人間宇宙論的おとぎ話に変わる正確な瞬間をぼくが判断できなくても、それはほとんど問題にならない。あとで電気仕掛けの哺乳瓶をとり戻し、専門家にアクセスして意見を求められるようになれば、すべてを綿密に検討できる。

ぼくの刺(とげ)のある態度にコンロイは苦笑して——科学の言葉で話しつづけた。「過去じっさいになにが起きたかといえば、物理学と情報理論の融合よ。少なくとも、たくさんの人たちが長いあいだ、その統一を模索した。その人たちは、単に個々の微視的事象が起きている時空だけではなくて、その根底にある量子力学のすべてを、そしてすべての——当時は未統一だった——場の方程式を……一連のイエスかノーかの答えだけから構築するという議論が、意味をなすものかどうかを見きわめようとしたわけ。情報から、知識の蓄積から現実は生まれるのかを。ホイーラーがいったように、『それ(イット)は情報単位(ビット)から生まれる』」

ぼくは口をはさんだ。「結局実を結ばなかったすばらしい発想のひとつにきこえるんですが。この会議の出席者はだれひとり、その種のことはなにも口にしていませんよ」

コンロイは不承不承、「情報物理学は、超ひも理論の燃え殻から標準統一場理論が立ちあがったときに、真剣な論議の場からはほとんど姿を消したわ。十次元の全空間の幾何学が、情報単位(ビット)のつらなりとなんの関係があるかしら？　ほとんど皆無ね。幾何学があとを引き継いで、それは過去もっとも実り多いアプローチ方法となった」

「それで、《人間宇宙論者》はそのどこに出てくるんです？　あなたがたは〝情報物理学〟に基づいて、ほかと競合する独自のTOE候補を考えたけれど、既存の科学界からはまともに相手にされそうにないとか？」

コンロイは笑いだした。「全然違うわ！　わたしたちはそういう議論の舞台にあがる資格もないし、そんなことは望んでもいないもの。バッゾとモサラとニシデは三人で論争しあえばいい。そのうちのひとりが最終的に、完璧なTOEを発表するとわたしは信じています」

「それで——？」

「ホイーラーの古い宇宙モデルに話を戻しましょう。物理法則はランダムなデータの中のパターン——無矛盾性——から姿をあらわす。でももし、観察されることなしには、ある事象が発生しないとしたら……理解されることなしには、ある法則は存在しないことになる。だけど、だとしたら疑問がわかない？　理解されるって、だれに？　〝無矛盾性〟の意味を決めるのは、だれ？　〝法則〟がどんなかたちをとりうるかだとか——なにをどうしたら〝説明〟になるかを決めるのは、だれ？

もし宇宙が、人間によるどんな解釈にだって即座に従うのだとしたら……わたしたちは石器時代の宇宙観が文字どおり真実である世界に住んでいたかもしれない。あるいは……死後の世界に関するおなじみの風刺のような、対立する信仰ごとに別々の天国が――それも死ぬ前からすでに――存在する世界が現実になっていたかもしれない。でも、この世界はそんなふうにはなっていない。異なる意見をもつ人がどんなにたくさんいても、わたしたちは相変わらずいっしょに生きていて、現実の本質について議論をしているわ。自分自身の私的な解釈が究極の真実である独立した宇宙にむけて漂ったりせずにね」

「まあ、そうですね」ぼくは心の中で、カール・ユング――ハメルンの笛吹きの衣装をまとっている――のあとに従う《神秘主義復興運動》の劇団一座が、サイケ調のワームホールを通って、合理主義者にはとてもついていけないまったく別の宇宙へむかう光景をくっきりと思い浮かべていた。

　ぼくはきいた。「あなたはそれを、宇宙は結局、参加方式ではなさそうだというふうには考えないんですか？　法則とは単に不動の原理であって、それを理解する人間に依存していないとは？」

「そうは考えないわ」ぼくの言葉が古くさいほど純朴にきこえたとでもいうように、コンロイはやさしく微笑んだ。「相対性理論と量子力学のすべてでは、いかなる絶対の背景（バックドロップ）も否定しています。絶対時間も、絶対確実な歴史も……絶対法則も。でもそれはわたしには、参加方式という発想全体が、情報理論ときわめて慎重に分析されたほかの理論によって数学的に厳密に公式化されることの必要性を示唆（しさ）しているのにほかならない、と思えるの」

　そのことには別に異論はないが。「でも、なんの目的で？　あなたがたは非の打ちどころのないTOEを見つけようと争っているわけではないのに……」

「わたしたちにとって肝心なのは、TOE科学がどうやって有効なTOEを生じさせることができるか、その手段を理解することよ。方程式群を知ることが、どうやってその表現している現実をあるべき場所に確固として――現実の裏側をのぞいたり、現実をそこに固定しているプロセスを一瞥したりすることさえ期待できないほどに確固として――固定させられるのか、その手段を」

こんどはぼくが笑った。「それを期待できないと認めたら、あなたはそこで形而上学の領域に踏みこんだことになる」

コンロイは動じたようすもなく、「たしかにね。それでもわたしたちは、その手段は科学の精神で理解できると信じているの。論理を応用し、適切な数学の道具を使うことで。それが、人間宇宙論よ。古い情報理論的アプローチを、物理学からは逸脱したかたちで復活させたもの。人間宇宙論は、TOEそのものを発見するには不要かもしれない――でもわたしは人間宇宙論が、TOEが存在するという事実そのものに意味をもたせられると信じているわ」

ぼくは懐疑的でありながらもその話に引きこまれて、身を乗りだした――かなり不本意だが、笑みも浮かべていたと思う。各種カルトの擬似科学の水準からいえば、これは少なくとも高級なたわごとだった。

「それでその手段とは？　あなたがたが〝慎重に分析〟したどんな理論が、すでに自然界に存在しているのではないような種類の力をひとつのTOEがもてる、なんていっているんですか？」

コンロイの答えは、「こういう宇宙論を想像してちょうだい。まず、宇宙のはじまりが、恒星や惑星や知的生命や……そのすべてを理解する能力のある文化を創造するために必要とされるかたちで正しく微調整されたビッグバンだ、という説を忘れて。代わりに〝出発点〟とするのは、単一の理論というかたちで宇宙全体を説明できる現存のひとりの人間がいる、という事実。なにもかもを逆転させて、いまいったひとりの人間が存在するということを議論の唯一の前提とするの」

ぼくはいらだちを隠さず、「どうしてそれが、唯一の前提になりうるんです？　現存のひとりの人間だけがいて……ほかはなにも存在しない状態なんてありえないのに。その人物が宇宙を説明できるということを前提とするには、説明するための宇宙が存在することが必要じゃないですか」

「そのとおりね」

コンロイは平然と、分別を感じさせる笑みを浮かべていたが、ぼくはコンロイが次になにをいうかがいきなりわかって、うなじの毛が逆立った。

「この人物から、宇宙はそれを説明する力によって〝発芽〟するの。すべての方向にむかって、そして時間の中を前へもうしろへも。プレ宇宙を吹き飛ばしてあらわれるのではなく――時間のはじまりになぜだか〝生じさせ〟られるのでもなく――宇宙はただひとりの人間のまわりに静かに結晶するのよ。

だから、宇宙はただひとつの法則に従うの——ひとつの万物理論に。宇宙はひとりの人間によって完全に説明される。わたしたちはこのひとりの人物を、〈基石（キーストーン）〉と呼んでいます。あらゆる人が、そしてあらゆるものが存在しているのは、〈基石〉が存在するから。ビッグバン・モデルの宇宙論からは、どんな宇宙が生じても不思議はないわ。冷たい塵でできた宇宙、ブラックホールだらけの宇宙、生命の存在しない惑星ばかりの宇宙。けれど〈基石〉は、自身の存在を説明するために、宇宙がじっさいに含んでいるあらゆるもの——恒星、惑星、生命——を必要とする。しかも、それを必要とするだけじゃない。〈基石〉にはそのすべてを説明することが、そのすべてを意味をなすものにすることができるのよ、空白もなく、不備もなく、矛盾もなしに。

宇宙が参加方式なのに、何十億という人の宇宙論がまちがっているのは、それが理由。わたしたちが石器時代宇宙論の世界にも、それどころかニュートン物理学の世界にも住んでいないのは、それが理由よ。大半の説明は単に、宇宙全体を存在させられるほどには——そして、そんな説明を考えられる精神を説明できるほどには、強力でも、豊かでも、首尾一貫してもいないから」

ぼくはコンロイをまじまじと見つめたままの姿勢で、相手を侮辱（ぶじょく）したくはなかったが、礼を失しない言葉も思いつかずに困っていた。いまのは、ついに出てきた純然たるカルト話だ。コンロイは、ヴァイオレット・モサラとヘンリー・バッゾは相争うヒンズー教のふたりの神の化身であるとか、最終方程式が記されたとき、アトランティスが海から浮上し、空からは星々が落ちるであろうとかいったも同然だった。

それはそうなのだが、もしコンロイがそういう話をしていても、いまと同じおぞましい不安感がぼくの背すじを走り、前腕を横切ったかといえば、それは疑問だった。コンロイは話がかなり進むまで、科学の岸辺に非常に近い進路をとりつづけたので、ぼくは若干武装解除されてしまっていた。

コンロイが話をつづけた。「わたしたちは、宇宙があらわれいでるのを見ることはできないわ。わたしたちはその一部分であり、説明という行為によって創造される時空の内部にとらわれているから。わたしたちが期待できるのは、いずれひとりの人間がＴＯＥを心に思い浮かべる最初の人物となり、その帰結を理解し、そして——目にも見えず、感知もできないかたちで——わたしたちすべてを意味づけすることで存在させるのを、目撃することだけね」

コンロイは急に笑いだして、ぼくの呪縛を解いた。「いまのは単なるひとつの理論よ。その背景となる数学は完全にすじが通っているけれど——現実はまさにその本質ゆえにテスト不可能。だから、もちろん、わたしたちがまちがっている可能性もあるわ。

でもこれで理解できたかしら、なぜアキリのような人物——わたしたちＡＣが正しい可能性があると、たぶん熱烈に信じすぎている人——が、ヴァイオレット・モサラに絶対に危害が加えられないようにしたいと願っているかが？」

ぼくは下車したときより島の中心に近い数区間分南の停留所まで、わざわざ徒歩でむかった。

現実をしっかり踏みしめるには、しばらく星空の下に身をさらす必要があった。ステートレスが堅固な地面としてはいまひとつ不足であるかのように。

ぼくは今晩さまざまな事実が明かされたことで、肩の重荷がおりた気分だった。《人間宇宙論者》はあらゆることをまとめあげ、ぼくが本来の仕事をするのを邪魔していた気がかりなことのすべてを、ようやく意味の通るものにしたように思える。

ACは無害な変人集団であり、そして『ヴァイオレット・モサラ』の脚注に値する興味深い存在だが、まったく言及しないでおいても――それが当人たちの望みであり、モサラの望みでもある――番組全体の出来は少しも損なわれないだろう。こわいものなしのジャーナリズムを旗印にACとモサラの両方を怒らせて、なんになる――《シーネット》の想定視聴者を一瞬苦笑させて終わるだけでしかないのに？

そしてクウェールは――納得はできないにせよ、無理もないことだとは思うのだが――完全な被害妄想だ。〈基石〉の有力候補者の身の安全は、軽々しくあつかえることではない。問題なのは、宇宙崩壊の可能性ではなかった。ある人が〝説明することでなにもかもを存在させる〟前に死んでも、その人は単に〈基石〉ではなかったというだけの話で、別のだれかがそれをするのは明白だ。だからといって、まだ造物主候補にすぎない人に大いなる崇敬の念をいだけないわけではないし――モサラの移住の噂をきいたクウェールは、礁岩から敵が這いだしてくる気がしてたまらなくなったに違いない。

人けのない道路でトラムを待ちながら、澄んだ冷たい大気を通して、圧倒されるほどの無数の星々――と人工衛星――をじっと見あげているぼくの頭の中では、コンロイの優雅でひねくれたおとぎ話がまだ駆けめぐっていた。モサラがほんとうに〈基石〉だとしたら――とぼくは考えた――彼女がACをあのとおり軽蔑しているのは、いいことだ。もしモサラが、ほかになにも使わず型どおりの万物理論で宇宙を説明したなら、なにも問題はない。だが、モサラが人間宇宙論をまじめにうけとめていたら……きっとそのせいで彼女は、ぼくたちみんなのために紡ぐことになっているはずの頑丈な説明の網から、あっさりと引きはがされてしまうのではないか？　ある万物理論が別のレベル、より深い真実の層といったものをもつとしたら、それは万物理論ではないのだから。

それに、ある人自身をつつみこんだその人独自の宇宙を育てるのは、無理難題というほかないように思える。要求されるのは、その人自身の先祖（その人自身が存在することを説明するのに必要）、その人自身の数十億の同朋たる人間（これは不可避の論理的帰結――もっと遠い血族として動物や植物も必要かも）、その人自身の住む惑星（そこに立つため）と周囲の軌道をめぐるための太陽――ほかの惑星や恒星や星雲は、かならずしも生存の必須条件ではないが……そうしたものがあれば、比較的単純な（ひとりの人間の精神におさまる）TOEから生まれた宇宙でも、もっと巧妙だが宇宙不動産にとぼしいバージョンの宇宙と交換する気になる人が出てくるかもしれない。そのすべてを説明することで存在させるだけでも、困難をきわめる。だれだって、その上さらに、そのすべてを創造するための力を創造することを――すなわち、説明することで物を存在させることの根拠となる人間宇宙論を、説明することで存在させることを——押しつけられたくはないだろう。

モサラのようにTOEを人間宇宙論と切り離そうとするのは、賢明な態度だった。形而上学は他人まかせにすればいい。

トラムが来て、ぼくは乗車した。ふたりいた乗客が笑顔で会釈をよこし、ぼくたちはしばらく雑談した——だれも武器をとりだして金(かね)をよこせとはいわなかった。

ホテルまでの道を歩きながら、ノートパッドが機能停止したときになにも失われていないのを確認するつもりで、いくつかの文書を流し見した。ACにきくつもりだった質問リストが出てきた。自分がきくべきことをきいたか、リストをチェックする。質問し忘れていたことはひとつだけだった。いつでも電気松葉杖に支えられていることに慣れきった人間としては悪い成績ではないが、癪(しゃく)の種(たね)にはちがいない。

クウェールは自分が〝主流派AC〟だといっていた。では、コンロイがさっきぼくに吹きこんだ荒唐無稽な形而上学が人間宇宙論の主流だとしたら……非主流派はなにを信じているのだろう？

自己満足感が薄れはじめた。ぼくがきかされたのは、ACの教義の一バージョンでしかない。コンロイはAC全体の代弁者をもって任じていたが——それはACの全員がさっきの話に同意している証拠にはならない。少なくとも、ぼくはクウェールともういちど話す必要がある……だが、汎が姿をあらわすという期待をかけてさっきの家を監視するよりも、マシな方法があった。

部屋に戻ってから、ぼくは**ヘルメス**に世界じゅうの通信記録をスキャンさせた。七千人を超えるクウェールが記載されていて、その第一アドレスは十数カ国におよんだが——アキリはひとりもいなかった。とするとアキリというのは、おそらくあだ名か、短縮形か、非公式の汎性名ということになる。出身国もわからないのでは、検索範囲を絞るのは不可能だ。

クウェールとの会話は撮影していなかったが——目を閉じて、**目撃者**を起動し、モンタージュキット機能を使っていると、くっきりした汎の顔がぼくの前にあらわれた——心の眼の中に、そしてデジタルなかたちで腸内メモリの中にも。へそに光ファイバーコードを接続し、映像をノートパッドに転送してから、全世界のニュース・データベースで名前か顔が一致するものを検索する。だれもが十五分の名声を得られるわけではないが、全商業メディアに加えて九百万の非営利ネットジンが存在する現在、アーカイヴに記録されるにはとくに有名人である必要はない。アンゴラの田舎で農業技術コンペに勝ったとか、ジャマイカでいちばん無名のサッカーチームで決勝点をあげたとか……。

そういうツキには恵まれなかった。三百ドルをつぎこんだ電気仕掛けの哺乳瓶は、またしても役立たず。

（ネットがだめなら、どこでクウェールを探せばいい？）外の世界でだ。だが、ステートレスの街なかを探しまわる時間はない。

もういちど**目撃者**を起動して、モンタージュキットで作った映像にリアルタイム継続検索のフラグを立てる。これで、クウェールが視野の片隅にでもあらわれれば——録画中であってもなくても、ぼくが気づいても気づかなくても——**目撃者**が教えてくれるはずだ。

16

カリン・デ・グロートは、ぼくをヴァイオレット・モサラのスイートに通した。広さは違うものの、明るくて簡素な感じはぼくのシングルの部屋と同じだ。広い天窓が光に満ちた雰囲気を部屋にもたらしているが、それでさえ、ほかの建物、ほかの場所でなら感じさせたであろうぜいたくな印象を作りだすにはいたっていない。ステートレスのどんなものも、たとえどれほど豪華でもぼくには浪費とは思えなかったが、その評価のどこまでが建物自体に由来するもので、どれだけが目に見えないあらゆるところに存在する政治学やバイオテクノロジーを意識するせいなのか、自分ではわからなかった。

デ・グロートが、「ヴァイオレットはまもなく来ます。すわってお待ちになって。いまお母さまと映話中ですが、インタビュウの時間だとせっつきましたから。二回」

南アフリカではいま午前三時だ。「なにかあったんですか？　それなら出直しますが」家庭の事情のどまん中に割りこみたくはない。

だがデ・グロートは、「問題はなにもないの。ウェンディの生活時間が人とずれているだけの話で」

ぼくは部屋の中央あたりに寄せて並べられた肘かけ椅子のひとつに腰かけた。椅子はなにかの集まりのあと、片づけられずにいたように見える。深夜のブレーンストーミングでもひらかれたのか……モサラと、ヘレン・ウーと、ほか数人の同業者で（だれがいたにせよ、本来ならぼくもその場にいて、撮影していなくてはならないのに）？　ここは押しの一手で密着取材を要求しないと、モサラからは距離をおかれたままで終わってしまう。だが、それにはなんとかして彼女の信用を勝ちとらねばならず、それ抜きでごり押ししても、いま以上に敬遠されるだけだろう。モサラがとりたてて世間の注目を集めたがっていないのは――まして政治家や俗物芸術家並みに喉から手が出るほど望んでなどいないのは――あきらかだ。唯一ぼくが提供できるのは、モサラの業績を世に知らしめる機会だった。

デ・グロートは立ったまま、片手を椅子のひとつの背にあずけていた。ぼくはきいた。「彼女とはどうやって知りあわれたんですか？」

「求人広告に応募したの。この仕事に就くまでは、ヴァイオレットを個人的に知っていたわけじゃなかった」

「でも、あなたもそれなりに科学の知識があったんでしょう？」

彼女は微笑んで、「わたしも、ね。きっとわたしの科学知識は、ヴァイオレットよりあなたのに近いはず――科学とジャーナリズムの学位をもっているわ」

「ではジャーナリストの経験が？」

「《プロテウス・インフォメーション》に六年間、科学記事を寄せていたわ。わたしの後釜が、魅力あふれるミスター・サヴィンビ」

「なるほど」ぼくは耳をそばだたせた。続き部屋でモサラがまだしゃべっているのが、かろうじてききとれる。ぼくは小声で、「月曜にサヴィンビのいっていた『殺害の脅迫』のことですが――あれはなにか根拠があるんですか？」

デ・グロートは警戒した目つきでぼくを見て、「その話は禁止。お願いだから。あなたは事態をモサラにとってこじれるだけこじれさせたいの？」

ぼくは異議を唱えた。「そうじゃありません、でもぼくの立場で考えてみてください。あなたにはこの問題をすっかり無視できますか？　ぼくは状況に火をつけたくはない――しかし、ある文化的純血主義グループが、アフリカ最高の科学者たちに殺害の脅迫をおこなっているとしたら、それは真剣な議論に値すると思いませんか？」

デ・グロートは忍耐強く、「でも、そういう事実はないのよ。はじまりは、ストックホルムでの発言が南アフリカのオランダ系白人の過激なネットジンででたらめに改竄(かいざん)されて引用されたこと。ヴァイオレットが、ノーベル賞は彼女のものではなく、〝アフリカのもの〟でもなく、ほんとうは〝白人の知的な文化のもの〟だ――自分はその政治的に好都合なお飾りにすぎない――と発言した、という馬鹿な記事が載ったの。その〝報道〟はほかの場所でもとりあげられ、転載を繰りかえされた――でも、それがくだらないプロパガンダ以外のなにかだと一瞬でも信じた人は、最初のネットジンの読者以外にいなかったでしょう。ＰＡＣＤＦについていえば、連中はヴァイオレットの存在に気づいてすらいません」

「わかりました。では、なにがサヴィンビをまちがった結論に飛びつかせたんでしょうか?」デ・グロートは続き部屋のドアに視線を走らせてから、「歪曲された五重くらいの孫引き記事でしょ」

「なんの記事ですか? ネットジンのプロパガンダ記事だけじゃないはずです。あの男もそこまで単純なわけがない」

デ・グロートは分別とぼくの誤りを正したいという欲求とに引き裂かれた苦しげな表情で、こちらに身を乗りだした。「ヴァイオレットの家に不法侵入があったの。これでわかってくれた? 数週間前に。夜盗よ。銃をもった十代の少年」

「それで? なにがあったんです? 彼女は怪我を?」

「いいえ、ヴァイオレットは運がよかった。警報装置が鳴って――少年は装置のひとつは切ったのだけれど、予備があったの――ちょうどパトカーが近くにいた。少年は警察に、金をやるからヴァイオレットを脅せといわれたと話したわ。でももちろん、相手の名前はいえなかった。それはただの下手な作り話だったから」

「だとしたら、なぜサヴィンビはそれを本気になんか? それに〝五重の孫引き〟なのはなぜです? 事件のすべては、もとの記事を読めばわかるはずでは?」

「ヴァイオレットは告訴をとりさげたのよ。馬鹿だと思うけど、あの人はそういう人なの。だから公判にもならなかったし、事件の公式記録もない。でも警察のだれかが漏洩したに違いない――」

モサラが部屋にはいってきて、ぼくとあいさつを交わした。モサラはなにかききたそうにデ・グロートをちらりと見やった。デ・グロートはまだぼくのすぐそばにいて、ぼくたちがモサラに話をきかれないよう細心の注意をはらっていたのは一目瞭然。

ぼくは沈黙を埋めようとして、「お母さんはお元気でしたか?」

「元気よ。ただ、《思考工房》社と大きな取引の交渉のまっ最中で、あまり寝ていないの」ウエンディ・モサラはアフリカ最大のソフトハウスの経営者で、最初は個人事業だったのを三十年がかりで育てあげた。「**カスパー**のクローン製品のライセンスを、リリース前に二年間遡(さかのぼ)って要求していて、もし全部が思いどおりになったら……」モサラはいちど口をつぐんでから、「いまきいたことは絶対内密にしてよ、いい?」

「もちろん」**カスパー**は次世代の擬似知性ソフトウェアで、いま現在はトロントで、引きのばされた幼年期をだましだまし送らされている。**シジフォス**やそのおびただしいいとこたち――巣立つ準備のできたかたちで作られ、最初から〝大人〟であるのが仕様だ――と違って、**カスパー**は学習段階を経験するが、これはかつて試みられたことのないほど擬人的な様式だった。個人的には、ぼくはその話に不安を感じるし……フル規格の**カスパー**が童謡を歌ったり積み木で遊んだりして一年を送っているのなら、そのクローン製品――オリジナルの機能削減版コピー――を下賤(げせん)な仕事に従事させるために自分のノートパッドにおさめたいかどうかもよくわからない。

デ・グロートは部屋を出ていった。モサラは天窓からスポットライトのように射しこむ陽光に照らしだされた椅子に、ぼくとむきあうかたちでどさっとすわりこんだ。故郷からの映話で精神は高揚しているらしいが、容赦ない光を浴びたモサラは疲れているように見えた。

ぼくは声をかけた。「はじめてもいいですか？」

モサラはうなずき、あまり気持ちのこもっていない笑顔で、「はじめるのが早いほど、早く終わるしね」

ぼくは**目撃者**を起動した。インタビュウのあいだに、天窓からの光は目に見えるほど移動するだろうが、編集段階ですべてを反射率の数値に還元して、画像の見場をもっとよくする固定光源を再計算すればいい。

ぼくは質問した。「科学に興味をもつ最初のきっかけをあたえたのは、お母さんだったんですか？」

モサラは顔をしかめると、うんざりした声で、「そんなのどうでもいいじゃない！　そういうつまらないことをいうようになる最初のきっかけをあたえたのは、あなたの母親――」モサラは口をつぐみ、反省と怒りの表情を同時に浮かべようとした。「ごめんなさい。もういちどやり直せる？」

「その必要はありません。映像のつながりは心配しないでください。そういうことはあなたが気にされなくてもだいじょうぶです。とにかく話をしてください。もし答えている途中で考えが変わったりしたら――単にそこで中断して、あらたに話をはじめてもらえばいいんです」

「了解」モサラは目を閉じると、いらついたようすで顔を傾けて日の光を浴びた。「わたしのを見る人はその手の糞話題はどこかで読んで知っているものとして、TOEの話からはじめるわけにはいかない？」

ぼくは根気強く、「ぼくはそれが糞話題だと知っているし、あなたも知っている――でも、ネットワークの重役が、規定の分量の『人格形成期の影響の話』がないと気づいたら……直前に番組を変更して、あなたの番組は午前三時に流し、予定されていた放送枠は、薬物耐性のある皮膚病をあつかった特別番組にさしかえるでしょう」《シーネット》（いうまでもなく、自分たちには全視聴者を代弁する権利があると主張している）は、人間ドキュメント番組に対する厳密なチェックリストを用意している。子ども時代の話に何分、政治の話に何分、現在の交友関係に何分、などなど――それは高級な塗り絵ともいうべき、人間の商品化の手引きでもあり……同時に、対象の人物を説明したと自分に勘違いさせるためのテンプレートでもある。外面化されたラマント野の一種ともいえるだろう。

モサラがきき返した。「午前三時？　ほんとなのね、それ？」といってしばらく考えてから、「わかったわ。そういうことになっているなら……お望みどおりにしましょ」

「では、お母さんのことをきかせてください」一貫性を失わない範囲で、ある程度ランダムに選んだ答えでもかまいませんよ――といいたくなるのをぼくはこらえた。

モサラはぶっつけ本番なのにすらすらと話し、皮肉な調子を少しも感じさせずに、『わが人生の抜粋』を構築していった。「わたしが教育をうけられたのは母のおかげ。学校に行かせてもらえたという意味じゃないわ。母はわたしをネットの世界に導いて、わたしが七つか八つになるころには、大人用の情報採掘ソフトを使わせてくれたの。母のおかげでわたしの前には……この星のすべてがひらかれた。わたしは幸運だった。わが家にはそれだけのお金の余裕があったし、母は自分のしていることをちゃんとわかっていた。でも、わたしの進路を科学にむけたのは、母じゃないわ。ネットという広大な遊び場をあたえて、わたしの好きにさせてくれたけれどね。わたしは音楽や芸術や歴史や……なにを進路にしてもおかしくなかったでしょう。わたしはどの方向にも押されたわけじゃない。ただ自由にさせてもらえただけ」

「ではお父さんの影響は？」

「父は警官だった。わたしが四つのとき殺されたわ」

「それはたいへんなショックだったでしょうね。しかし、そんな幼くしてお父さんを亡くされたことが、あなたに積極性や独立心をあたえたという考えかたも……」

モサラはぼくに一瞬、怒りというよりは憐れみの表情を見せた。「わたしの父は、政治集会で狙撃者に頭を撃ち抜かれたのよ、二万人の参加者の警護を手伝いにいって。その人たちの主張に父はまったく同意していなかったのだけれど。そして——いっておくけど、ここからはオフレコよ、放送枠がどうなろうと——父はわたしの愛した人だったし、いまも愛する人。父はわたしの心という精神力学的時計仕掛けの失われた歯車なんかじゃないわ。精神科医のいう『補償されるべき不在』なんかとは違う」

ぼくは恥ずかしさに顔が赤らむのを感じた。ノートパッドに目を落とし、いまのと同類の愚問をいくつかとばした。インタビュウ部分の素材を必要な分量そろえる手はいろいろある……子ども時代の友人に回想してもらうとか……三〇年代のケープタウンの学校のストック映像を使うとか。

「以前お話しになられたところでは、物理学の魅力につかまったのは、十歳のときだったとか。それがあなたの残りの一生をかけてとり組みたいこと——純粋に個人的な理由から、自分の好奇心を満たすために——だとわかったそうですね。では、科学が影響するより広い舞台について考えるようになったのは、いつだったのでしょう？　経済的・社会的・政治的要因を意識しはじめたのは？」

モサラは完全に落ちつきをとり戻して、おだやかに答えた。「二年くらいしてからだと思うわ。ムテバ・カザディの著作を読みはじめたのが、そのころだから」

ぼくが知るかぎりの従来のインタビュウでは、モサラはこの話を口にしていない——だから、ＰＡＣＤＦについて調べたとき、その名前と出くわしていたのは幸運だった。さもなくばぼくはここで、とんでもなくまぬけな顔になっていただろう——ムテバってだれだ？

「ではあなたは、テクノ解放主義に影響をうけたんですね？」

「もちろん」モサラは当惑したようにごく軽く眉をひそめた——アルバート・アインシュタインという名前をきいたことがありますかと質問されたかのように。ぼくには、モサラが誠実に答えているのか、それとも協力的だがシニカルに、型にはまった答えを望む《シーネット》の要求に応じようとしているだけなのかさえわからない——とはいえ、それは役を演じるよう頼んだ代価だった。
　モサラはいった。「ムテバは当時のだれよりも明瞭に、科学の役割を説明していたわ。そして、世界じゅうの文化と科学の知識の貯蔵庫をあさりまわって自分の望みどおりのものを手にすることについて、わたしがいだいたかもしれないあらゆる疑いを、ふたつのセンテンスで……灰になるまで焼きつくしていた」モサラは少しためらってから、暗唱した。

　レオポルド二世が墓からよみがえって
「良心に苛（さいな）まれるから、返そう
このベルギーのものでない象牙や天然ゴムや金（きん）を！」といったなら。
そのときわたしは、不正入手したアフリカのものでない利益を捨て
殊勝にも計算法とそこから生じたすべてを引き渡すだろう
が……その相手がわからない、なぜならニュートンもライプニッツも
子どものないまま死んだから。
（レオポルド二世は十九世紀後半から二十世紀初頭にかけてのベルギー王。コンゴ自由国を個人で領有し、現地住民を奴隷化して国際的な非難をうけた）

　ぼくは声をあげて笑った。モサラは真剣な声で、「でもあなたには決してわからないわ、このひとつの正気な声がすべての雑音を切り裂いたとき、わたしがどんな気分になったか。反科学や伝統主義の揺り戻しが本格的に南アフリカを襲ったのは、二〇四〇年代になってからだっ

た――でもそのときになると、以前は完全にすじの通ったことを口にしていた政府関係者の多くがなんらかのかたちで屈服して……科学はどうしてだか、〝西洋〟の正当な〝財産〟で、アフリカがまったく必要としてもいないし望んでもいないものであるか――文化的な同化および大量虐殺の武器以外のなにものでもないか、ということになってしまった」

「科学はまさにそのとおりに使われてきました」

モサラはこわい目でぼくを見た。「だからなに。たしかに科学は、この世で考えられるありとあらゆる目的に悪用されてきた。でもそのおかげで、科学のもたらす力は少数の手の内にとどめおかれるのではなく、可能なかぎり多くの人に、可能なかぎり早く届けられたのよ。科学が悪用されてきたからといって、おとぎ話に引きこもって、こんなふうに宣言するいわれはどこにもないわ――知識とは文化的な作りごとであり、普遍的真実はなにひとつ存在せず、わたしたちを救うのは神秘主義と昏迷と無知だけだ、と」モサラは手をのばして、空間をひとつかみする仕草をしながら、「真空には男性も女性もない。時空にベルギーのものもザイールのものもない。この宇宙に住んでいることは、文化的特権でも、ライフスタイルの選択でもない。そしてわたしは、物理学者になるために――あるいは必要な知性の道具を使って課題にとり組むために――奴隷化や、掠奪や、帝国主義や、家父長制といった行為のなにひとつとして赦す必要も、忘れる必要もない。科学者はだれでも、死体の山の上に立つことで、より遠くを見るのよ――率直なところ、その死体が男女どちらの生殖器をもっていようと、どんな言語をしゃべっていたのだろうと、肌の色がなんだろうと、わたしは気にしないわ」

ぼくは笑みを浮かべまいとした。この発言はきわめて使いでがある。いまの主張(スローガン)のどれが心からのもので、どれが意識的な芝居含みなのか――ぼくの要求したテレビむきのあまい味つけがどこで終わって、どこからモサラがほんとうの感情を爆発させたのか――ぼくにはわからなかったが、モサラ自身にも、その完全に明確な境界はわからなかったのではないか。

ぼくは口ごもった。メモの次の行には、こうあったのだ。『移住の噂？』話の道すじとしては、この件をもちだすタイミングだが――話の展開は編集で作りなおせる。もっと多くの素材を確保するまで、インタビュウをご破算にする危険はおかさないことにしよう。

ぼくはもっと安全な話題に進んだ。「十八日の講演の前に、あなたのTOEの完全な詳細を明かしたくないとは思いますが――発表ずみの内容の範囲で、理論をラフスケッチしていただけませんか？」

モサラは目に見えてリラックスした。「いいわ。ただ、理論の詳細すべてをいま説明できない最大の理由は、自分でもそれを知らないからなの」と説明をはじめる。「わたしは完成した数学的枠組みの選択を終えた。すべての一般的な方程式も準備ができた。でも、わたしが必要とする特定の結果を得るには、スーパーコンピュータによる大量の計算が必要で、それはこうして話しているあいだも進行中よ。計算は十八日の二、三日前に完了するはず――予想外の問題がなければ」

「わかりました。では、その枠組みの話をお願いします」

「その部分はとても単純。ヘンリー・バッゾやヤスオ・ニシデと違って、わたしは、〝わたしたちの〝ビッグバンをなるべく〝偶然〟に見えなくする方法を探しているわけじゃない。バッゾとニシデのふたりは、プレ宇宙からは無数の宇宙が生じた――完全なシンメトリーから、それぞれに異なる物理法則群をもって、凍って出てきた――という見かたをしているわ。そしてふたりとも、その無数の宇宙の中に〝多かれ少なかれわたしたち自身のと似た〟宇宙が含まれる確率の再評価をめざしている。わたしたちの宇宙が存在することが可能だけれど、その可能性のきわめて小さいTOEを見つけるのは、比較的かんたんよ。でもバッゾとニシデが定義する非の打ちどころのないTOEは、わたしたちの宇宙に類似した宇宙はとてもたくさんあり、わたしたちは決してめずらしいものではない――わたしたちはメタ宇宙のダーツボードの奇跡的などまん中ではなく、ずっと大きな的の上の特別ではない一点にすぎない――と保証してくれるものなの」

　ぼくは口をはさんだ。「それは――基本的な宇宙物理学の法則にたとえれば――地球だけでなく銀河の惑星のうち数千には炭素と水を基盤とした生命が存在するはずだ、と証明するのと少し似ているようにきこえますね」

「それはイエスでもありノーでもあるわ。というのは……ほかの地球型惑星の存在確率は理論のみから計算できるから、イエス――しかし、その確率なら観測によっても確認できるから、ノー。人類は数十億の恒星を観測できるし、太陽系外に数千の惑星が存在するとすでに推定している――いずれはそのいくつかをおとずれ、炭素と水を基盤とするほかの生命体を発見するでしょう。でも、仮説上のほかの宇宙の存在確率を決めるエレガントな枠組みはいくらでもあるけれど、それを観測したりおとずれたりできる見こみはないし、理論をチェックする考えうる手段もない。だからわたしは、そういう基準でＴＯＥを選択すべきだとはどうにも思えないの。

標準統一場理論（ＳＵＦＴ）を超えてＴＯＥへ進む理由は要するに、その一、ＳＵＦＴがきたないゴミの山で、その二、まったく任意のパラメーターを十個もあたえてやらないと方程式が機能しないから。プレ宇宙から凍って出てきた全空間を融かしてプレ宇宙に戻せば――ＳＵＦＴから全位相モデル（ＴＡＭ）に移れば――ＳＵＦＴの性質であるきたならしさと任意性はとり除ける。けれど、その段階を踏む際に、バッゾやニシデのようにプレ宇宙の位相すべてを統合する方法をいじりまわす――これという理由もなく特定の位相を除外し、気にいらない答えが出てくるたびにひとつの基準を放棄して新しいのを採用する――のは、わたしには後退だと思えるの。あのふたりは、ＳＵＦＴマシンの〝ダイヤル〟を十の任意の数字にセットする代わりに、目に見える制御装置がなく明白に自己完結したぴかぴかのブラックボックスを手にいれたものの――じっさいは、ブラックボックスをあけて気にくわない内部の部品を片っぱしからはぎとって、ＳＵＦＴマシンのときと同じことをしているだけなのよ」

「なるほど。それであなたは、どうやってそれを回避するんですか？」

モサラはこう答えた。「わたしは、あえてむずかしい立場をとって、こう宣言する必要があると信じているわ。確率はまるで問題ではない、と。仮説上のほかの宇宙の集合は忘れて。ビッグバンを微調整する必要も忘れて。この宇宙は現にこうして存在しているのよ。わたしたちがここに存在する確率は百パーセント。わたしたちはそれを前提としなくてはならない。その確実な事実をうまく隠せる仮定を考えだそうと懸命になるのではなくて」

『微調整されたビッグバンを忘れて。わたしたち自身が存在するということを前提とするの』

――昨夜のコンロイの演説との類似は顕著だが、それは驚くにあたらない。擬似科学のやり口は要するに、その時代の正当な学説の用語や概念を可能なかぎり忠実になぞって――それをたくみなカモフラージュに使うことなのだから。ACはモサラが発表した論文をひとつ残らず読んでいるのだろう――だが、ACとモサラの言葉の印象が似ているからといって、両者の考えに同じ正当性を認められるわけではない。そしてもし、各々の文化は自ら選択した宇宙論の中でどうにかして生きていける、というおとぎ話に対するモサラの苛烈な嫌悪感をACが疑いなく共有しているとしても、ただひとりのTOEの専門家が絶対君主を演じる、というACの代替案をモサラが無限倍に激しくきらっていることを、ぼくは一瞬も疑わない。ベルギーの時空やザイールの時空よりもずっと悪い――バッゾの、あるいはモサラの、あるいは一シデの宇宙のほうが。

ぼくはいった。「では、あなたは宇宙の存在を当然のことと考えていると。ぼくたちの目にはいるものを〝ありうるもの〟だと証明可能になるよう恣意的に数学をねじ曲げることに、あなたは反対だと。しかし、SUFTマシンのダイヤルをセットすることに逆戻りもしないと」

「そうよ。代わりにわたしは、実験の完全な記述をあたえるの」

「あなたは可能なかぎりもっとも概括的な全位相モデルを選択した――しかし、さまざまな実

「そのとおり。ちょっと待ってて――」モサラは椅子から立ちあがって寝室にはいると、ノートパッドをとって戻ってきた。その画面をぼくのほうにむけて、「ひとつの例を見せるわ。粒子加速器を使った単純な実験。陽子と反陽子のビームを一定のエネルギーで衝突させ、衝突地点から一定の角度で一定の範囲のエネルギーをもって放出されたあらゆる陽電子を、検出器でひろう。いろいろなかたちで八十年か九十年も前からおこなわれてきた実験よ」

アニメーションは加速器リング全体の設計図面を見せてから、逆方向に進む粒子ビームが交差して、破片を精密な検出器にむけてまき散らしているいくつかの地点のひとつにズームインした。

「さて、わたしはこの装置全体、十キロメートルもの幅があるひとつの機械を、原子以下のレベルで、原子ひとつひとつまで、モデル化するなんて気はまるでない。そんな必要があるのは、もしわたしが一種のまっさらな〝生まれたての〟TOEからスタートすれば、やがてそのTOEがどうにかしていろいろなことを教えてくれるようになる――全部の超伝導磁石が測定可能な一定の影響をもつ一定の場を作りだすだとか、加速器のトンネルの壁がそこにかかる圧力によって一定のかたちで変形するだとか、陽子と反陽子が逆方向にトンネル内をまわるだとかいうことを――と考える場合ね。でも、そういうことなら全部、わたしはすでに知っているわ。だからわたしはその確率を百パーセントとする。そして、そういう確定された事実を一種の錨(アンカー)にして……TOEのレベルへ、すべての位相の無限の和のレベルへくだっていく。そこでわたしは自分の仮定の帰結を計算し……それからそのすべてをふたたび巨視的レベルまでずっとたどり返して、実験の最終結果を予測するの。一秒に何回、陽電子検出器が事象を記録するかを」

画像はモサラの言葉にあわせてズームインしていった。粒子の飛跡が交差する検出器の列の図解から、可視レベルの十の三十五乗分の一スケールの真空自体の泡へ、そしてのたうつワームホールと高次元のひずみのカオスへ——位相の種類で色わけされたそれは、まるで明るい色あいのうごめく蛇の群れで、画面中央でぼやけて純白になり、追いきれない早さで動いたり変形したりする。だが、そのほかの点では完全にシンメトリックなそうしたうごめきは、加速器や磁石や検出器の確固とした存在に影響をうけている——そのことは、画面中央で色が重なって純白になるとき、わずかな特定の青が不可欠であることに示されていた……そこで視界は後退をはじめ、通常の人間のスケールにズームアウトして、この極微小の偏倚(バイアス)が検出器の電子回路の目に見える最終的なふるまいに残した跡を示した。

このアニメーションは、もちろん九十パーセントがメタファーであり、カラフルで派手な演出の産物だ——しかし、スーパーコンピュータがいまもどこかで、この映像を見場のいいお遊び以上のものにする重要かつメタファーではない計算をせっせと進めている。

そして、わけのわからない科学論文を大あわてで流し読みし、理解不能に等しいATMの数学相手に苦しんできたぼくは、ようやくモサラの思想を理解する手がかりをつかんだ気がした。

ぼくはおずおずと、「つまりあなたはプレ宇宙を、そこから宇宙全体がひと息で生じるなにかと考えるのではなく……むしろ人間が通常の五感で観察できるような事象のあいだのリンクとして見ているわけですね。いわば……ぼくたちが世界で目にする特定の巨視的な事柄どうしを接着するなにかとして。融合する水素でいっぱいの星と、冷たいタンパク質分子でいっぱいの人間の目は、距離とエネルギーを超えて橋渡しされる……そして、共存することも、相互に影響しあうこともできる……なぜなら、最深のレベルで、両者はともにプレ宇宙のシンメトリーを同じかたちで破っているから」

モサラはこの説明を気にいったらしい。「リンク、橋。そのとおりよ」と身を乗りだすと、腕をのばしてぼくの手をとった。ぼくは視線を下げながら、考えていた。ぼくが画面にはいってしまったから、これは使えないな。

モサラはいった。「わたしたちのあいだを介在するプレ宇宙なしには——ひとつの非シンメトリックなゆらめきでわたしたちすべてをあらわすことのできる、位相の無数の混合なしには——だれもこうして触れあうことさえできない。

それがTOEなのよ。そして、たとえわたしがあらゆる点でまちがっていても——さらにバッゾがまちがっていて、ニシデがまちがっていて、この先千年間なにも解明されなかったとしても——それでもわたしは、深いレベルにはTOEが存在して、発見されるのを待っているのを知っている。なぜなら、わたしたちが触れあえるようにするなにかが、そこにはあるはずだから」

ぼくたちはしばらく休憩をとることにして、モサラがルームサービスを頼んだ。島に着いて三日目にして、ぼくは相変わらず食欲がなかったが、モサラに勧められたので礼儀として、サービスシュートから出てきたトレイに載ったスナックをふたつ三つつまんだ。最初のひと口分をのみこんだとたん、ぼくの腹は——食欲に屈するのではなくて——大きな音で抗議をはじめた。

モサラがきいた。「ヤスオがまだ島に来ていないのは知っていた？　なぜ遅れているか、ご存じじゃないわね？」

「残念ながら。インタビュウの日どりを決めようと、京都の彼の秘書に三度メッセージを送ったんですが、〝まもなく〟本人から連絡が行くはずだという返事ばかりで」

「変ね」モサラは見るからに気がかりなようすで口をすぼめたが、会話が暗いほうへ行かないよう気をつかって、「なにもないといいんだけれど。今年のはじめに、あの人がしばらく病気をしていたときいたのよ——でも、会議に出席すると実行委員会に確約したのだから、きっと旅行できるくらいによくなると思ったんでしょう」

ぼくは思わず、「しかし、ステートレスへの旅行は……ただの旅行じゃない」

「そうなのよ。だからヤスオは《わきまえろ科学！》の一員のふりをして、あいつらのチャーター便のどれかにもぐりこんだのかもしれない」

「《神秘主義復興運動》をねらったほうが、うまくいったでしょうね。彼は自称仏教徒なので、TOEの研究をしてることを《運動》もほとんど許していますから。『タオ自然学』と禅の関係は、創造科学の生物学のテキストとキリスト教の関係と同じだと彼が前に書いたことがあるのを、《運動》が思いださなければですが」

旅の話をしたせいで凝(こ)りが戻ってきたかのように、モサラはうなじに手をのばして揉みはじめた。「フライトがもっと短かったら、ピンダをつれてきたかったわ。あの子はここが気にいったでしょうね。退屈な講演をしているわたしに見むきもせず、父親を引っぱって珊瑚礁(さんごしょう)の探検に出かけたはず」

「娘さんはおいくつですか？」

「三歳ちょっと」腕時計をちらりと見て、嘆くように、「故郷では、まだ朝の四時。あと二、三時間、あの子が映話してくることはないわね」

このときも移住の噂について切りだすにはいいタイミングだったが――ぼくはこんども思いとどまった。

ここでインタビュウ再開。天窓からの光は東に移り、窓の外のまばゆい青空を背にしたモサラは、ほとんどシルエットになっていた。だが再起動した**目撃者**がぼくの網膜にはいりこんで調整を施すと、逆光にもかかわらず、モサラの顔は微妙な細部まで記録可能になった。

ぼくはヘレン・ウーの分析に関する質問に進んだ。

モサラが説明する。「わたしのTOEは、関係する装置の詳細な記述をあたえると、さまざまな実験の結果を予測する。その詳細は、重要性の低い物理的性質のすべてに関する手がかりを最初から明かしてしまっている――その手がかりこそ、ＴＯＥが独力で無から引っぱりだすはずのものだ、と主張してやまない人たちもいるわ。そうした手がかりを解明するのだって、決してとるに足らないことではない。停止中の粒子加速器をちらっと目にしただけで、その機械がおこなうであろう実験のどれかの結果を予測することは、だれにもできない、と」

「しかし、あなたのTOEをプログラムされたスーパーコンピュータになら、できる。それはいいことですか、悪いことですか、それともどちらでもいいことなのか……あなたは循環論法の使用について有罪ですか無罪ですか？」

モサラは自分でも判定できないようだった。「ヘレンとわたしはそれが意味するところを、これまで徹底的に論じあってきたの。白状すると、その議論でヘレンがいったことにわたしは腹が立ってきて——それ以降の彼女の研究を無視するようになった。でもいまは……その研究がとても刺激的なものだと気づきはじめているところ」

「どういう点がですか？」

モサラは口ごもった。この件に関してはあきらかにまだ考えをまとめはじめたばかりで、きちんとかたちになっていないのだ。ほんとうなら、これ以上はなにも口にしたくないだろう。だがぼくが言葉をはさまずにじっと待っていると、ついにモサラは折れた。

「じゃあこちらからきくわ。もしバッゾかニシデが、ビッグバンの詳細な記述というかたちで、宇宙全体を多かれ少なかれ内在するTOEを発表したとしたら——その詳細がまさにいま現在のヘリウムの存在度や、銀河の密集状態や、宇宙背景放射や、そういったものの観察から推論されたものだとしても——それは循環論法だといってあのふたりを非難する人はいないでしょう。〝望遠鏡による実験〟の結果はいくらでも使ってかまわない、ということよね。なら、現代素粒子物理学の十の実験の詳細というかたちで宇宙を内在するTOEのどこが、それよりも〝循環論的〟だというの？」

ぼくはこう応じた。「なるほど。ですがヘレン・ウーは、あなたの方程式は事実上、物理的内容がまったくないといっていませんでしたか？　つまり、純粋数学だけでは、ニュートンの万有引力の法則は決して生みだせないということです——なぜなら、逆二乗則を別のなにかで代用できないことに、純粋数学的な理由などないから。その理由の基盤は、宇宙がたまたまそういう仕組みになっているから、ということにしかない。ウーが示そうとしたのは、あなたのTOEが外の世界のものになにひとつ依拠しておらず——それを変形しても、まちがいなく真実であるというだけの、数字に関するたくさんの言説にしかならない、ということではないのですか？」

モサラはいらだたしげに答えた。「そうよ！　でも、たとえヘレンが正しいとしても……その〝まちがいなく真実である言説〟が、現実の、実体をともなう——それこそ〝外の世界のもの〟である——実験と結びつけられたとき、理論は純粋数学であることをやめるわ……プレ宇宙の純粋なシンメトリーが、シンメトリックであることをやめるのと同じかたちで。

ニュートンは、天文学の既存の観測結果を分析して、逆二乗則を発表した——わたしが粒子加速器をあつかうのと同じかたちで、太陽系をあつかったのよ、『ここまでは事実だとわかっているから』といいながら。逆二乗則の発表後、それを使って予測がおこなわれ、その予測は正しいことがわかった。さて……いったいこの過程のどこに、物理的内容があるというの？　逆二乗則そのもの？　それとも、そもそも最初にその方程式が演繹されるもとになった、観測された惑星の運行？　もしニュートンの法則を所与のもの——宇宙という見世物の外に立つ永遠不変の真実——としてあつかうのをやめてから、同じ宇宙に存在し、たがいに密接に関係しているに違いない、別々の恒星をめぐる別々の惑星すべてのあいだの……リンクを、橋を……見たとしたら、そのときあなたのすることは純粋数学にどんどん近づきはじめるでしょう」

ぼくはモサラのいおうとしていることが、漠然とわかる気がした。「それはこういう話と少し似ていますよね……〝ネット部族を形成するのは、なにか共通点がある人どうしだ〟という一般的な法則は、その共通の興味の対象がなんであるかとは無関係だ。ひとつにまとまる過程は、ジェイン・オースティンのファンであれ、蜂の遺伝学の研究者であれ、ほかのなんであれ、まったく同じ」

「そのとおり。ジェイン・オースティンが〝属する〟のは、彼女の作品を読んだすべての人にであって——彼女の本を読んだ人は集まってそれを論じるようになると示唆する社会学の法則にではない。同様に、万有引力の法則が〝属する〟のは、それに従うすべての系にであって——その系が集まって宇宙を形成すると予測するTOEにではない。

そう考えると、ひょっとしたら万物理論は、外の世界とまったく関わりをもたず、変形しても〝まちがいなく真実である、数字に関するたくさんの言説〟にしかなるべきではないのかもね。そもそもプレ宇宙自体が、融けて単純な計算や単純な論理にしかならないはずのものなのかも——そしてわたしたちがその構造について考えようにも、選択肢はまったくひとつもない」

ぼくは笑って、「《シーネット》の視聴者のみなさまも、そんな説をのみこむには苦労なさるでしょうね」とにかくぼくにとってはそうだ。「さて、あなたとヘレン・ウーがこのすべてを意味をなすものにするには、たぶんまだしばらくかかるでしょう。この件で重要な展開があったら、ケープタウンに戻ってからでも、常時最新の内容にさしかえられますが」

モサラはほっとしたようすで同意した。考えをあれこれ口にするだけならともかく、モサラはあきらかに、この件について公的には立場を表明したくないようだった。いまはまだ。

質問する勇気があるうちにと、ぼくはきいた。「六カ月後にも、まだケープタウンに住んでいるとお考えですか？」

ぼくは、《人間宇宙論者》というひとことがきのう引きおこしたような怒りの爆発に備えて身をすくめた——が、モサラは淡々と答えただけだった。「やっぱりね、長いこと秘密にしておけるとは思っていなかったけれど。会議じゅうの話題になっているのかしら」

「そうでもありません。ぼくがきいたのは地元の人からです」

モサラは驚いたようすもなくうなずいた。「ここの高等教育組合と、何カ月も話しあいを重ねてきたから。きっといまでは、島の人はみんな知っているんでしょうね」ちらりと苦笑を浮かべて、「秘密なんてどうでもいいと思っているんだから、ここの無政府主義者たちは。でも、特許侵害者や知的財産泥棒になにが期待できる？」

ぼくはきいた。「では、ここのなにに惹かれたんです？」

モサラは立ちあがって、「撮影を止めてもらえる？」ぼくはいわれたとおりにした。「詳細をすべてつめてから、公式声明を出すつもり――でも、この件について準備なしにしゃべったことが最初に報道されるのはいやなの」

「わかりました」

モサラはあらためて質問に答えはじめた。「特許侵害者や知的財産泥棒のなにに惹かれるのか？　その事実そのものよ。ステートレスは反逆者で、バイオテク認可制度を小馬鹿にしている」窓のほうをむいて両手を広げ、「その結果がこれよ！　ここの住民は世界でいちばん裕福な人たちではないにしても――ここではだれひとり飢えていない。だれひとりとして。ヨーロッパや日本やオーストラリアでは、ありえないことだわ――アンゴラやマラウイはいうまでもなく……」モサラの声が小さくなり、ほんとうに撮影をやめているかどうか確認するように、しばらくぼくを見つめた。ほんとうにぼくを信頼していいかどうか確認するように。

ぼくは黙って待った。モサラは先をつづけた。

「それがわたしとなんの関係があるのか？　わたしの住む国の社会や経済は、それなりにうまくいっている。ごらんのとおり、わたしは栄養失調の危険になんかまったくさらされていない」モサラは目を閉じて、うめくように、「こんなことはほんとうはいいたくないのだけれど。でも……好むと好まざるとにかかわらず、ノーベル賞はわたしにある種の力をもたらしたわ。わたしがステートレスへ移住して――その理由を公表したら――それはニュースになるでしょう。きっといくつかの場所に、強い影響をあたえるでしょう」

モサラはまた口ごもった。

ぼくはいった。「絶対に口外はしません」

モサラはかすかに微笑んだ。「それはわかっているわ。ちょっと考えているだけ」

「あなたがあたえようとしている影響とは、具体的にどういうことですか？」

モサラは窓辺に近寄った。ぼくは重ねてきいた。「それはなんらかの政治的ジェスチャーですか――PACDFのような伝統主義者たちに対する？」

モサラは笑いながら、「いいえ違うわ、全然！　たしかに……たまたまそういう意味あいもつかもしれない。でも、ねらいはそこにはないわ」そして意を決したように、「わたしは確約されたのよ。高い地位にいる何人もの人から。その約束というのはね、わたしがステートレスに移住したら、南アフリカ政府は……わたしをほんとうに重要視しているからではなくて、移住がニュースになるからそれを口実にして……この島に対するすべての制裁措置を六カ月以内に見返りなしでとりやめる、ということなの」

ぼくは鳥肌が立った。ひとつの国の決定で、事態が変わったりはしないだろう――ただし南アフリカは、アフリカのほかの約三十カ国にとって主要な交易相手なのだ。

モサラは静かな口調で、「国連での投票パターンにはあらわれていないけれど、じっさいには制裁措置反対派はごくわずかな少数派じゃないわ。現状であらゆる国家ブロックが連帯して表面的には制裁措置に同意しているのは、だれも反対派が勝てると思っていなくて、非難されるような真似をしたくないからなのよ」

「しかし、だれかが適切な場所をほんのひと押しすれば、反対派が雪崩を打つと？」

「たぶんね」モサラは照れたように笑った。「こんなのは誇大妄想よ。ほんとうのことをいえば、このことについて考えるたびに、わたしは心の底からうんざりする——なにか劇的なことが起こるだなんて、じっさいには信じてもいないし」

「シンメトリーを破るには、ひとりの人間でじゅうぶんです。違いますか？」

モサラはきっぱりと首を横にふった。「投票を変えさせようとする試みはこれまでにもあったけれど、すべて失敗に終わっている。どんなことでも試してみる価値はあるわ、でも、わたしは足を地につけていなくてはならないの」

いくつかのことがぼくの心を同時によぎった——だが、もしバイオテク特許法が世界じゅうでほんとうに廃止されることがあったらなにが起こるかは、真剣に考えるには遠すぎる将来のことという気がした。しかし、モサラにとってこの番組は、ぼくが想像もしていなかった使い道があり——モサラがぼくにこの話をしたのは、このすべてをぼくに知らせ、それがもたらす力をぼくに利用させて、自分の移住が確実に騒ぎを引きおこすようにするためだ、という事実に変わりはない。

もうひとつはっきりしているのは、この試みのすべてが——いかにドンキホーテ的であろうとも——特定の方面においてはきわめて不評であろうことだ。

（クウェールの頭にあったのは、このことなのか？）無知カルトでもなく、ＰＡＣＤＦの原理主義者でもなく、モサラの〝逃亡〟に憤激した南アフリカの親科学派国家主義者でさえなくて――現バイオテク体制の強力な擁護者たちを、汎はおそれていたのだろうか？（そしてもし、〝金をやるからモサラを脅せといわれた〟十代の夜盗が、じつは嘘をいっていなかったとしたら……）

モサラはサイドサーブルに歩み寄って、グラスに水をそそいだ。「これであなたは、わたしの最深レベルの秘密を全部知ったわけだから、今回のインタビュウの終了を宣言させてもらいます」グラスをかかげて自嘲気味に声を張りあげる。「テクノ解放主義万歳！」

「万歳」

モサラは真剣な声になって、「さてと。もう噂になっているのはわかったわ。ステートレスの半分が、進行中の事態を正確に知っているかもしれないことも――それでもわたしは、いくつかの手はずやいくつかの合意事項がもっと確実になるまでは、その噂に確証をあたえたくないの」

「わかっています」いいながらある種の驚きとともに気づいたのだが、ぼくはいつのまにか、モサラからそれなりの信頼を勝ちとっていた。もちろんモサラはぼくを利用しているのだが――それは、ぼくが根は正しくて、進んで自分を利用させる人間だと彼女が信じたことにほかならない。

ぼくはきいてみた。「次に夜遅くヘレン・ウーと循環論法について論議するときには、どうでしょう、ぼくもそこに……？」

「同席したいと？　そして撮影も？」モサラはその考えが気にいらないように見えたが、「いいでしょう。わたしたちより先に寝いったりしないと約束できるならね」

モサラはドアのところまでついてきて、ぼくと握手をした。ぼくはいった。「気をつけてくださいね」

モサラはおだやかに微笑んだが、それは世界に敵などひとりもいないと思っていて、ぼくの不安を少し面白がっているようでもあった。

「心配しないで。いわれるまでもないわ」

17

朝の四時をすぎてすぐ、ぼくは映話で起こされた。呼出音がしだいに大きく、かん高くなり、ついにはメラトニン制御の夢の中にはいりこんで、頭の内と外の闇をひっくり返す。瞬間、その目ざめがあまりに理不尽に思えて、ぼくは新生児のように憤慨した。それから腕をのばして、ベッド脇のテーブルに置いたノートパッドを手探りした。一瞬、画面がまぶしすぎて細目になる。

かけてきたのは《シーネット》のリディアだった。時間帯の計算をまちがえたのだろうと思って着信を拒否しかけたが、そこで頭が少しはっきりしてきて、むこうでもいまは真夜中だと気づいた。シドニーの時間はステートレスの二時間遅れでしかない。政治的にはともかく、地理的には。

映話に出るとリディアが、「アンドルー、起こしてごめんなさい、でもあなたにはこの話をリアルタイムで知る権利があると思ったの」リディアはいつもの彼女に似ずけわしい表情で、ぼくは頭がさめきらなくて話の先が読めなかったが、うれしい話でないのは明白だった。

ぼくはしわがれ声で、「かまいません。それで」充血した目でカメラにむかってあくびをしている自分がどんなふうに見えるかは、考えないようにした。リディアがいる部屋も薄暗くて、顔を照らしているのはむこうの画面の画像だけだ……その画像は、彼女の画像に照らされただけのぼくのものなのだが。（これは現実なのだろうか？）不意にぼくは激しい頭痛を感じた。

「『ジャンクＤＮＡ』は再編集が必要になりそうなの、ランダーズのエピソードを削除するかたちで。あなたの手が空いていれば、もちろん自分でやってもらうけれど、とても無理よね。だから、ポウル・コスタスにまかせようと思うの。前にうちのニュース編集室にいた人で、いまはフリー。コスタスのやったファイナルカットをあなたに送って、どうしても納得いかないところがあったら、自分で手をいれられるようにするわ。ただ、放送まで二週間を切っているのは忘れないで」

ぼくは答えた。「かまいませんよ。それで全然……かまいません」コスタスなら知っている。番組を台無しにするようなやつじゃない。「でも、なぜなんです？　法的なトラブルですか？　ランダーズが訴訟を起こそうとしているなんてのはごめんですよ」

「そういうことじゃないの。事態の展開が予想の上を行ったのよ。説明は省略。サンフランシスコ支局から届いたトレーラーを送っておいたわ――朝までには知れわたることでしょうけれど、それでも……」リディアはくわしい説明ができないほど疲れていたが、ぼくは意をくみとった。リディアはぼくが、単なる視聴者のひとりとしてこの話を知ることを望まなかったのだ。『ジャンクDNA』の四分の一とぼくがそのパートに費やした約三カ月がいまこうして無駄になったわけだが、リディアはぼくのプロとしての誇りをいくらかでも救おうと最善を尽くしてくれた。ぼくが一般大衆に二、三時間先んじられるようにすることで。

ぼくはいった。「感謝します。どうもありがとう」

おたがいにおやすみのあいさつをしたあと、ぼくは〝トレーラー〟を見た。トレーラーというのは、ほかの支局のニュース編集室にそのニュースへの注意をうながす目的で、画像素材と原稿を応急でまとめたものだ。各支局では、まもなく届くはずの完全版を待つか、生の素材を自前で編集して独自のバージョンを放送するかを選択することになる。リディアが送ってきたトレーラーはFBIのプレスリリースを中心に構成され、背景説明用にアーカイヴの素材がいくらか加えられていた。

ネッド・ランダーズと、ランダーズの会社の主任遺伝学者ふたり、そして同社の重役三人が、つい先ほどポートランドで逮捕された。ほかにも九人――ランダーズの会社とはまったく関連のない企業の従業員――が、ノースカロライナ州チャペルヒルで逮捕されていた。両方の場所で夜明け前に家宅捜索がおこなわれ、研究所の設備や生化学物質のサンプル、コンピュータのデータが押収された。十五人全員が、連邦バイオテクノロジー安全基準法違反の容疑——ただし、周知のランダーズのネオDNAおよび共生生物の研究によるものではない。告発によると、チャペルヒルの研究所の従業員は、塩基対無改変の伝染性RNAウイルス数種類をあつかっていたという——秘密かつ無許可で。経費はランダーズが何重ものトンネル経由で支払っていた。

　そのウイルスの目的は不明のままだった。データもサンプルもまだ分析されていない。

　被疑者側からはなんの声明も出ていなかった。弁護士たちは黙秘を勧告していた。トレーラーには、警察のバリケードで封鎖されたチャペルヒルの研究所の外観映像がいくつかあった。ランダーズ本人の映像は比較的古い素材ばかりで、最新のものはぼくのインタビュウからの抜粋だった（結局、完全に無駄になったわけではなかったのだ）。

　詳細が不明なのはいらだたしいが、これだけでも推測はかんたんにできる。ランダーズとその協力者は自分たちのために、どんなワクチンや薬よりも有効で、突然変異した菌株が防護を破るようになる心配もない、ウイルスに対する完全な免疫を開発し……その一方で、ぼくたちほかの人間に感染する新しいウイルスを設計していた。ぼくはレポートの最後のフレームで静止したままの画面を凝視した。ぼく自身が生身で会ったときの映像——自分の新王国の創世を想像して笑みを浮かべるランダーズ。そして、ぼくはその明白な結論をうけいれたくはなかったが……人間に感染する新種のウイルスに、人間を間引く以外のどんな用途がありうるだろう？

　ぼくはバスルームに駆けこんで、ないに等しい胃の中身を戻した。そして震えて汗を流しながら便器の脇にひざまずき——微眠に陥ってバランスを失いかけた。メラトニンがぼくの支配をとり戻したがっていたが、ぼくは吐くものが残っていないのを自分に納得させられずにいた。いまのぼくは重度の心気症患者も同然で、もし手もとに医薬ユニットがあればただちに正確な診断を求め、即効性の最適な処置をしてもらうところだ。睡眠中に窒息死するかもと想像したぼくは、よほど肩のパッチをはがしとろうかと考えた——が、そんな真似をしたところで、生来の日周性の力に屈したことの象徴にしかならず、少しでも効果があらわれるとしても数時間後の話だし——結果的には、ぼくは残りの会議期間中、ゾンビ化するのが関の山だろう。

一、二分、嘔吐しようとあれこれしたが、それ以上なにも出てこなかったので、ぼくはおぼつかない足どりでベッドに引きかえした。

ネッド・ランダーズは、どんなジェンダー移行者よりも、どんな無政府主義者よりも、どんな自発的自閉症者よりも先へ進んだ。だれもひとりでは生きられないだと？　わたしはどうだ。だがあきらかに、ランダーズもじゅうぶん先へは行っていなかったのだ。あの男はまだ、この世には人が多すぎ、自分はおびやかされていて、財産を侵害されていると感じていた。生物学的な界（キングダム）を創っても不足だった。橋渡し不可能な遺伝子的隔たりがもたらす以上の距離が、ランダーズの悲願だった。

そしてもう少しでそれを手にするところまでいった。種としての自覚が、ランダーズにそれをあたえた——Hワードの正確な分子的定義……ランダーズ個人がそれを超越したあとで、その定義の範疇（はんちゅう）にとどまるだれもかもに襲いかかる牙となるもの。

（テクノ解放主義万歳！）ネッド・ランダーズが百万人いたっていいではないか？　世界じゅうのありとあらゆる唯我論的狂人や偏執病患者、ありとあらゆる民族集団の自称救世主に、同じ力を行使させてやればいいではないか？　本人と同族には楽園を――そしてほかのあらゆる人には黙示録を。

完全な知識が実を結んだ結果がそれだ。

どうしたんだ、その果実の味が気にいらないのか？

ぼくは腹を鷲づかみにして、膝を顎に引き寄せた。すると吐き気はおさまりはしなかったが、その性質を変えた。部屋が傾き、手足がしびれて、ぼくは完全に意識を失おうと必死になった。

（もしぼくがもっと掘りさげて取材し、きちんと仕事をしていたら、あの男のたくらみを見抜き、阻止していたのは、ぼくだったかもしれない……）

ジーナがぼくの頰に触れて、やさしくキスをした。ここはマンチェスターの医療用撮影技術研究室。ぼくは裸で、ジーナは服を着ている。

ジーナがいった。「スキャナーの中にはいって。わたしのために、いうとおりにしてくれるでしょう？　わたし、あなたともっともっと近づきあいたいのよ、アンドルー。それにはあなたの脳の内部で起きていることを目にする必要があるの」

ぼくはその言葉に従いかけて――ジーナがなにを見つけるかが急にこわくなって、ためらった。

ジーナがもういちどキスをして、「もう議論はなしよ。わたしを愛しているなら、黙っていわれたとおりにするはず」

ジーナは無理やりぼくをスキャナーに横たえて、機械のハッチを閉じた。ぼくは自分の体を上から見おろしている。そのスキャナーはただのスキャナーではなく——紫外線レーザーでぼくを精査した。痛みはなかったが、レーザービームは無慈悲な正確さで、生きている組織を一層ずつ剝がしとっていった。ぼくの秘密を隠していたすべての皮膚、すべての肉が分解されてぼくをとりまく赤い霧となり、その霧が薄れはじめて……。

夢の中で、ぼくは絶叫しながら目ざめた。


朝七時半、ぼくはホテルの会議室のひとつで、ヘンリー・バッゾにインタビュウした。バッゾは魅力的で歯切れのいい天性の役者だが、ヴァイオレット・モサラを話題にする気はまったくなく、有名な物故者たちの逸話を語りたがった。「もちろんスティーヴン・ワインバーグは、グラヴィティーノに関してわたしがまちがっていると証明しようとしたが、わたしはすぐに、彼のまちがいを指摘してやった……」過去数年間で、《シーネット》に限ってもバッゾひとりをとりあげた番組を三本放送しているが、死ぬまでにテレビカメラの前で口にせずにはおけないとバッゾが思っている名前は、まだたくさんあるらしい。

このときのぼくは寛大な気分ではなかった。リディアからの映話のあと三時間羽寝たおかげで、頭をぶん殴られたのと同じくらいまで元気は回復した。ぼくはお愛想で相づちを打ち、話に引きこまれているふりをしながら、気が乗らないまま、番組でじっさいに使える話を引きだせそうな方向へインタビュウを誘導しようとした。

「ＴＯＥの発見は将来、歴史上でどのように位置づけられるとお考えですか？　それは科学における不朽（ふきゅう）の名声の究極のかたちになるのではないでしょうか？」

　バッゾは謙虚な態度になって、「不朽の名声などというものは、科学者とは無縁だ。もっとも偉大な人々にとってさえ。ニュートンやアインシュタインは、今日（こんにち）でも名前を知られている――だがそれはこの先いつまでだろう？　シェイクスピアの名はおそらくこのふたりより長く残るだろうし……もしかするとヒトラーでさえそうかもしれん」

　もはやその四つの名前はどれも周知のものとはいいがたい、と教える親切心のもちあわせは、ぼくにはなかった。

　代わりにぼくは、「ですが、ニュートンやアインシュタインの理論はまるごとのみこまれてしまいました。より大きな体系に吸収されたんです。すでにあなたのお名前が、ひとつのＴＯＥに刻まれているのは存じています――それはのちに未完成なものだと判明しましたが、発表当時からそのＳＵＦＴの考案者たちはみな、それは完全な理論への足がかりのひとつにすぎないといっていました。次に発表されるＴＯＥがほんものになるとお考えですか、永遠に存続する最終理論になると？」

　バッゾはその問いについて、ぼくよりはるか前から考えていた。「そうなるかもしれんな。いや、確実にそうなるだろう。それ以上探求のしようがなく、より深いレベルの説明が言葉の上でも、物理的にも不可能な宇宙は想像可能だ。しかし……」

「あなたの発表されるＴＯＥは、そういう宇宙を記述しているのではないですか？」

「そうだ。しかしわたしのＴＯＥは、ほかのあらゆる宇宙についてもあてはまるかもしれんし、まちがっているかもしれん。モサラのＴＯＥでも、ニシデのでも、同じことがいえる」

ぼくは皮肉っぽく、「では、わたしたちはいつ、そのＴＯＥが正しいかまちがっているかがわかるのでしょう？　最終結論に到達したと、いつわかるのでしょう？」

「そうだな……もしわたしが正しければ、きみにはわたしが正しいと確信できることは決してないだろう。わたしのＴＯＥは、それ自身が最終的で完全なものだと証明されることを許容しない性質のものなのだ――たとえそれが最終的で完全なものであってもな」バッゾはそんな天の邪鬼なものを生みだしたことをうれしく思っているかのように、にやりとした。「疑問の余地がもっとも残らない唯一のＴＯＥは、それ自身が最終的なものであることを要求するような種類のものだろう――それが最終的なものであることを核として成りたつような。

ニュートンはのみくだされて消化され、アインシュタインものみくだされて消化され……あと数日もすれば、古いＳＵＦＴも同じ道をたどるだろう。この二つはいずれも閉鎖系で、いずれも弱点があった。新しい理論にのみこまれないという保証つきの唯一のＴＯＥは、能動的に自らの正当性を主張できる――視線を外にむけて、宇宙のみならず、なんらかのかたちで自らの後釜になるかもしれん考えうる代替理論という代替理論すべてを記述し、それからそのすべてをわずか一撃で、論証可能な誤りに変えてしまう――そんなＴＯＥだ」

バッゾは妙にうれしげにかぶりをふった。「だが、この会議で提出されている中に、そんなものはひとつもない。絶対確実なものを求めているなら、きみが来るべき場所はここではない」

絶対確実なものを求める人が行くべき場所は、まだホテルの正面玄関のすぐ外にあった。《神秘主義復興運動》のカーニバルは立ち去っていなかったのだ。だがそんなものにはかまわず、ぼくは街路に出た。いますぐに新鮮な空気を吸って、九時からモサラが出席予定の全位相モデルソフトウェア処理に関する講演までに、この半覚醒状態をなんとかしなくてはならない。空はまばゆく、空気はすでに暖かかった。ステートレスは温和な秋の気候に衣替えするか、このままで小春日和の時期までねばるか、決めかねているようだ。日射しを浴びてぼくの心はほんの少し軽くなったが、行きづまり、疲れはて、途方に暮れた気分は変わらなかった。

ぼくは露店や小さなテントのあいだを縫い、金魚鉢ジャグラーや逆立ち歩行者をかわしながら進んだ。大半の演者には感心させられたが、大道芸人たちのうなるような歌にだけは、苦行を強いられている気分にさせられた。《わきまえろ科学！》のメンバーが記者会見に欠かさず姿を見せて、モサラと対決したときのウォルシュの勢いを再現しようと遮二無二なっているのに比べると、《運動》はかわいげがあって無害なままだ。これは周到な戦略ではないかとぼくは疑いはじめていた。あわせ技で支持を広げようとする、よいカルト／悪いカルトのゲームではないかと。過激な行動に走っても、《わきまえろ科学！》には失うものがない。ウォルシュの戦術に愛想を尽かして脱退したメンバー（その後《運動》に加わったらしい）もごく少数いるが、その分は、《ケルトの英知》や《サクソンの光明》――PACDFの北欧版だが影響力ははるかに大きい――からの転向者で埋めあわされた上にお釣りがくるだろう。

この前流し見したムテバ・カザディの伝記番組の一場面が思い浮かぶ。BBCのジャーナリストからルンダ族の豊穣祭への招待を断った理由を詰問調で問いただされた彼は、その女性ジャーナリストに、国に帰って、ストーンヘンジの夏至祭を祝わなかった閣僚を何人か批判してはどうかと礼儀正しく提案したのだった。十年後のいま、その提案を真にうけたらしい英国下院議員が半ダースいる。ただし、閣僚はいない。いまのところは。

ぼくは立ち止まって、《運動》の劇団一座が古典作品のバラバラ死体の一場面を嬉々として演じているのを眺めた。バイオテク用語を曲解して使った、頭をかかえたくなる二、三のセリフを――なぜだか気味悪いほどどきき覚えがあると思いながら――耳にしたところで、ぼくのうなじの毛が逆立った。この連中はランダーズと彼のウイルスのニュースをききつけ、その事件を大車輪で独自に脚本化して演じている。それればかりか、ランダーズ個人の改変された生化学的特性に関する説明は、『ジャンクDNA』のナレーションそのままだった。《シーネット》のニュース編集者たちが放送用映像を編集するときに、あの番組の削除部分の一部をお手軽な専門的背景説明としてひろったのに違いない。

そのどこにも、驚く理由はなかった――だが、数千キロ彼方の事件が即興の寓話劇に改造されたそのスピードには、動転せずにいられなかった。ぼくの書いた言葉がフィードバックループの一部として自分に跳ねかえってくるのをきかされるのは、現実崩壊と紙一重の体験だ。

ランダーズのコンピュータファイルを押収しに派遣されたFBI捜査官のひとりを演じている役者が、観客（ぼくをいれて全部で三人）のほうをむいて、宣言した。「この知識は全人類を滅ぼすことができる！　わたしたちはここから目を背けなくてはならない！」男の相棒が悲しげに答えて、「そのとおり――しかしこれは、ひとりの男の愚行にすぎない！　同じように神聖な秘密が、一千万のほかの機械に刻まれている！　そのファイルがひとつ残らず消去されるまでは……わたしたちはだれひとり、決して安らかに眠ることはできないのだ！」

　頭がずきずきして、喉が締めつけられた。真夜中に頭が混乱して痛みに苦しんでいるときなら、ぼくもこいつらのいうことを否定できなかっただろうし、この意見をわかちあっただろう。

（ではいまは？）

　ぼくはまた歩きはじめた。ランダーズや《運動》に浪費している時間はない。ヴァイオレット・モサラにおくれをとらないでいるのが不可能に近いのは、すでに証明ずみだ。番組全体がぼくの目の前で、つねに新しいなにかに姿を変えつづけている――そして、モサラの難解きわまる物理学の理論がいかに輝かしくて超俗的であろうと、モサラ本人はあまりにたくさんの政治的厄介ごとに巻きこまれていて、ぼくにはその数がわからなくなりかけていた。

（セーラ・ナイトは、モサラのステートレス移住の計画を知っていたのか？）知っていたなら彼女にとってこのプロジェクトは、《人間宇宙論者（AC）》とのどんな取引より千倍も魅力的だったろう。（だがだとしたら、セーラはそんなセールスポイントを《シーネット》から隠しておこうとしただろうか？）したかもしれない、もしその話を別のネットワークにもちこもうとしていたのなら――しかしそれなら、彼女はこの島に来て、ぼくを押しのけ、『ヴァイオレット・モサラ：テクノ解放主義者』とかいう番組でも作っているはずでは？　あるいはセーラはもしかすると、モサラに秘密を誓わされて、たとえ仕事を失うハメになっても、その約束を尊重したのだろうか？

考えていると気が狂いそうだ。いまここにはいないというのに、セーラはつねにぼくの一歩先を行っているように思える。最低限ぼくは、セーラに共同製作を打診してしかるべきだった。彼女の知っていることをききだすだけのためにでも、報酬をわけあい、共同監督でクレジットする価値はあっただろう。

明るい赤の表示が視野にかぶさって輝いた。小さな円が、十字線のはいったもっと大きな円の中心にある。ぼくは混乱して立ち止まった。視線を動かしても、的は人混みの中のひとつの顔に張りついていた。道化服を着て、《運動》のパンフレットを配っている人物。

（アキリ・クウェールか？）

目撃者はそう考えていた。

その道化の顔は活性メーキャップで覆われていて、いまは緑と白の市松模様だった。この距離からだと、その人物は汎性を含むどのジェンダーにも思える。そいつの背格好はクウェールと同じくらいで――顔じゅうに正方形が描かれている状態でいえる範囲では、容貌も似ていなくはなかった。クウェールでないとはいえないが――確信ももてない。

ぼくは近くに寄った。道化は声を張りあげて、「《デイリー・アーキタイプ》紙をどうぞ！

危険なフランケンサイエンスの真相がここに！」どこの地域のものかはわからないにせよ、訛りはまちがえようがなかった——それに、この新聞売りの声にこめられた皮肉っぽい響きは、どうきいても、クウェールがジャネット・ウォルシュを論評したときのそれと同じだった。

ぼくは道化のそばまで歩み寄った。そいつは表情を動かさずにこちらを見た。ぼくはきいた。

「いくら？」

「真実は無料だよ……でも、大義のために一ドル」

「どっちの大義だ？《運動》のか、ACのか？」

汎は小声で、「わたしたちはみんな、演じなくてはならない役割をもっている。わたしはいま、《運動》のメンバーのふりをしている。あんたはジャーナリストのふりをしている」

その言葉が胸に刺さった。「まったくだ。いまだに自分がセーラ・ナイトの半分も事情がわかっちゃいないことは認めるが……だんだんと知りつつはある。そして、きみに手を貸してもらえれば、もっと早く知ることができるんだ」

クウェールは不信感もあらわな目つきでぼくを見た。汎の顔の市松模様が、いきなり青と赤の菱形に変化した——目の前で見ると失見当を起こしそうになるが、変移のあいだじゅう微動だにしなかった視線が、汎の軽蔑感をいっそう雄弁に物語っていた。

クウェールが、「これをうけとって、とっとと行っちまえ」とパンフレットを一部、ぼくに押しつける。「それは食える紙だからゴミにするなよ」

「きょうはもう、悪いニュースは腹いっぱいだ。それに〈基石〉が——」

汎は嘲笑を浮かべて、「ははあ、アマンダ・コンロイからご招待をうけて、あんたはなにもかもわかったと思っているんだ」

「なにもかもわかったと思っているなら、まだ知らないことを教えてくれときみに頼んだりすると思うか？」

汎が言葉につまっているあいだに、ぼくはつづけた。「日曜の夜、きみはぼくに、じゅうぶん注意をはらえといった。教えてくれ、なぜ、そしてなにに注意したらいいかを――そうしたら、ぼくはそのとおりにする。ぼくだって、モサラに危害が加えられるのを見たくないと思う気持ちは、きみと変わらない。だがそれには、なにがどうなっているのか、ちゃんと知る必要があるんだ」

クウェールは考えこんだ。まだ疑ってはいるが、その気になりつつあるのはまちがいない。モサラの同業者やカリン・デ・グロート――とうてい協力してくれそうにない人ばかりだ――を別にすると、おそらくクウェールが手駒にできる望みがある人の中で、汎の偶像のもっとも近くにいるのは、ぼくだ。

汎は考え考えいった。「あんたが敵方の手先だとしたら、こうも無能なふりをするだろうか？」

ぼくはそんな侮辱は相手にせず、「その敵方というのが何者かさえ、ぼくはよくわからないんだが」

クウェールは声をひそめて、「ここの建物の外で三十分後に会おう」というとぼくの手をとって、手のひらに住所を書きつけた。コンロイと会った家の住所ではない。半時間後といえば、ぼくはまた別の講演でモサラを撮影する予定になっているが——モサラの顔のアップ用映像の候補が二、三減ったところで番組に影響はないだろうし、きっとモサラもつきまとうやつがいなくなってほっとするだろう。

ぼくがうしろをむく前に、クウェールは丸めたパンフレットを一部、広げたままのぼくの手のひらに押しつけた。ぼくはそれを捨てかけたが、そこで気が変わった。表紙の絵はネット・ランダーズで、首の横からボルトが数本突きだし、エッシャーのだまし絵の要領で肖像画の外に手をのばして自分でその絵を描いている。見出しは『自己実現者の神話』——少なくとも、ニュース屋が考えつきそうなどんなコピーより気がきいていた。だが、中の文章にざっと目を通すと……ヒトゲノムのデータへのアクセスをモニターしたり制限したりという話題も出てこなければ、DNA合成設備がある場所への国際査察に合衆国と中国が反対していることに関する議論もないし、第二第三のチャペルヒルを防止するための実際的な提案のひとつも見あたらなかった。人間のDNAマップを残らず〝消去し、二度と解明されないようにする〟ことを要求している——世界じゅうの人々にこの星のほんとうの形状を忘れるよう嘆願するのと、有効性はほぼ同じだ——以外は、すべてがカルト話でしかなかった。第五元素の神秘に干渉する危険性、畏れ多い生命の秘密に関する〝人間としての義務〟、集合的霊魂に対するテクノレイプ。

もし《神秘主義復興運動》が、全人類を代弁し、適切かつ厳密な知識の境界を定義し、宇宙のもっとも深遠な真実を決定——または検閲——することをほんとうに望んでいるなら……もっとまともにふるまわなくてはなるまい。
ぼくは目をつむって、安堵と感謝の笑い声をあげた。もうそんな気分ではなくなったから認めてしまうが、さっきまでのぼくはしばし、自分が連中の一員になるかも、と信じかけていた。連中の加入者受付テントに四つんばいで這いいり、身のほどをわきまえた謙虚さを（ようやく）もって頭を下げ、こう宣言することになるだろうと、半ば本気で想像していたのだ。『わたしは盲目でしたが、いまは目がひらかれました！　わたしは心霊的知覚が麻痺していましたが、いまでは調和しています！　わたしは陽ばかりで陰がありませんでした――左脳的、直線的、階層主義的だったのです――しかしいまのわたしは、**理性**と**神秘**の錬金術的均衡をうけいれる準備ができています！　どうかご命令を……そうすればわたしは**治癒される**でしょう！』

クウェールが指定した建物はパン屋だった。高級食料品が輸入されているのを別にすると、ステートレスの食料はすべて海でとれたものだ――とはいえ、礁の縁で繁茂する工学産海藻の根粒に含まれるタンパク質と澱粉は小麦粒に含まれるそれとほとんど同一で、焼いたときに発するにおいも同様だった。おなじみの香ばしさに空腹で頭がくらくらしたが、焼きたてのパンをひと口のみくだすことを考えただけで、たちまち吐き気をもよおした。その時点までで、体の調子がどこかおかしいと気づくべきだったのだ――フライトの後遺症や、メラトニン制御の睡眠を妨げられたことや、ジーナを失った悲しみや、好転の兆しも見せない困難な状況に置かれているという自覚からくるストレスのせいだけではないと。だが、おまえはほんとうに具合が悪いのだと宣告してくれる医薬ユニットはここにはなかったし、地元の医者は信頼する気にならなかったし、病気になっている暇もなかった。だからぼくは、すべては気のせいで——唯一の有効な治療法はそれを無視することだと自分にいいきかせていた。

道化服を脱いだクウェールが姿を見せたのは、ぼくがあやうく気を失うか戻すかする寸前だった。汎はぴりぴりした雰囲気を放ちながら、ぼくに目もくれずに脇を通りすぎた。ぼくはあとを追い——同時に録画を開始し——ながら、汎の名前を大声で呼んでスパイ活動めいたものものしさに水をさしたくなる衝動と戦った。

ぼくはクウェールに追いつくと、並んで歩きながら、「いったい〝主流派ＡＣ〟ってなんなんだ？」

クウェールはいらだったけわしい目つきで一瞬こちらを見たが、それでもありがたいことにお答えをたまわられた。「わたしたちは、〈基石〉がだれなのかわかっていない。確実なことは決してわからないかもしれないことを、わたしたちはうけいれている。だが、候補者とおぼしき人々全員を、わたしたちは尊敬している」

その話はどこをとっても、嫌味に感じられるほど穏健かつ理にかなっていた。「尊敬というより崇敬じゃないのか？」

クウェールは目をむいて、「〈基石〉もひとりの人間にすぎない。ＴＯＥの意味を完璧に把握する最初の人物ではあるが——その人物につづいて、数十億のほかの人々が同じことをできない理由はない。だれかが先陣を切る必要がある、というだけのこと。〈基石〉は——どんな意味でも――〝神〟ではない。〈基石〉は自分が宇宙を創造したことを知る必要さえない。その人物がしなくてはならないのは、宇宙を説明することだけだ」

「そしてきみのような人たちがうしろに控えていて、その創造行為を説明するわけか？」

クウェールはそんな抽象的な些事をほじくって時間を無駄にしている場合ではないといいたげに、手ぶりでぼくの言葉を否定した。

ぼくはきいた。「ヴァイオレット・モサラが結局は宇宙的に特別な存在でないなら、きみたちが彼女をそんなに気づかう理由は？」

汎は当惑したように、「人はなんらかの超自然的存在でなければ、殺されずにいる価値がないというのか？　彼女の前にひざまずいて宇宙の母なる神として崇拝するのでなければ、この女性の生死を気にかけてはいけないとでも？」

「面とむかって彼女を『宇宙の母なる神』呼ばわりしたら、即座に自分が死んだほうがマシだと思うだろうさ」

クウェールはにやりと笑った。「彼女が死ぬよりはね」といってから冷静な口調で話をつづける。「だがわたしは、彼女がACを無知カルトより低く見ているのを知っている。わたしたちが神云々の話をしないという事実そのものが、彼女の目にはいっそう狡猾に映る。彼女はわたしたちを科学に巣くう寄生虫だと思っている。TOE理論家の業績をチェックし、盗み、悪用する……なのに、反合理主義者の言葉をしゃべる誠実ささえもちあわせていないと」汎は軽く肩をすくめた。「モサラはわたしたちを嫌悪している。それでもわたしは彼女を尊敬する。

〈基石〉であろうがなかろうが……彼女は同時代のもっとも偉大な物理学者のひとりだし、テクノ解放主義の強い推進力となる……そんな彼女をわざわざ神格化しなくては、彼女の命に価値を見出せないというのか？」

「わかったよ」相手の落ちつきはらった態度のすべてがわざとらしすぎた——だが、コンロイからきいた話との矛盾はなにもない。「それが主流派ACだと。じゃあ、異端派についてきかせてくれ」

クウェールはうめいた。「順列組みあわせは……無数にある。好き勝手にバリエーションを想像してくれれば、それを真実だと思いこんでいるだれかが、世界のどこかにまちがいなく存在する。わたしたちは人間宇宙論の特許をもっているわけではない。この星は人口百億、そのだれもが信じたいことを信じることができる。形而上学的にはわたしたちに非常に近くて、精神的にはわたしたちとほど遠いことでも」

それははぐらかしでしかなかったが、その点を追及するチャンスはなかった。前方の停留所から発車しかけているトラムを見つけたクウェールが、そっちのほうへ走りだしたのだ。ぼくも必死で追いかける。ふたりとも乗車できたが、ぼくは息を整えるのにしばらくかかった。トラムは西へ、市街地から海岸にむかっていた。

席は半分しか埋まっていなかったが、クウェールは乗降口に立ったまま、手すりにつかまって身を乗りだし、風を浴びていた。その姿勢で、「見わけるべき人間がわかったら、そいつらを見かけたとき、わたしに知らせるか？　連絡先の番号と暗号化アルゴリズムを渡すから、あんたはただ――」

ぼくはそれをさえぎって、「まあ落ちつけ。そいつらは何者なんだ？」

「ヴァイオレット・モサラに対する脅威だ」

「つまり、きみがそいつらは脅威だと考えていると」

「まちがいはない」

「わかった。で、だれなんだ、そいつらは？」

「名前がわかったら、どうなるというんだ？　あんたにはなんの意味もないだろうさ」

「そうだろうが、そいつらの雇い主がだれかくらい教えてくれてもいいだろう。どこの政府か、どのバイオテク企業か……？」

汎の顔が強ばった。「セーラ・ナイトにはしゃべりすぎた。同じまちがいは繰りかえさない」

「しゃべりすぎてどうなったんだ？　セーラが裏切ったのか？　その話を……《シーネット》に売った？」

「違う！」クウェールににらまれたが、ぼくには話の要点がわからない。「《シーネット》とのいきさつはセーラにきいている。あんたが陰であれこれ動いて……セーラのそれまでの作業はすべて無に帰した。セーラは腹を立てたが、意外ではないといっていた。ネットリークはそういうものなのだと。あんたを本気で恨んでもいなかった。あんたが自分の調査費からそれまでの彼女の経費を払うことと、秘密を守りつづけることに同意するなら、知っていることはなにもかも伝える準備ができているとセーラはいっていた」

ぼくの口から出た言葉は、「そりゃなんの話だ?」

「わたしはセーラが、ACについて知っているすべてをあんたに話すことを了承した。でなければ、空港であんな失態を演じたと思うか? あんたがなにも知らないままだとわかっていたら、あんなふうに近づいたわけがないだろう?」

「そうだな」少なくともそれは意味をなしている。「だが、なぜセーラはぼくに情報を伝える気だときみにいっておいてから、気を変えたんだろう? セーラとはひとことも話していないんだ。映話にも返事がないし——」

クウェールは悲しげに、そして恥じるようにぼくを見つめていたが、急に痛々しいほどの率直さでこういった。

「わたしの映話にも返事がない」

ぼくたちは小さな工業施設の外れの停留所でトラムをおり、南東へ歩いた。もしぼくたちがプロの手で監視されていたら、こうしてせっせと移動したところでまったく無意味だろうが——こうすればふたりでもっと自由にしゃべっても安全になるとクウェールが信じているなら、つきあうのにやぶさかではない。

ぼくは一瞬たりとも、セーラの身になにかがあったなどという話はうけいれなかった。セーラにはぼくたち両方に人生から消えてほしいと望むだけの理由がある——通信ソフトウェアにふたこと三言いっておくだけでかなう望みだ。たぶんセーラはしばし、ぼくからうけた仕打ちを脇に置いて、純粋にジャーナリストとしての連帯感からぼくに最新情報を知らせるという寛大な夢を見た――歴史に残る、語られねばならないモサラの物語のために、わたしたちはみんなで力をあわせるのよ、ラ、ラ――のだが、朝になって化学的な安らぎが体から抜けてしまうと、気分が変わったのだろう。

さらに、ぼくはモサラ本人に対する脅威についても疑いはじめていた。

ぼくはクウェールのほうをむいて、「もしバイオテクノ業界がほんとうにヴァイオレット・モサラ暗殺に乗りだしたなら、彼女はたちまちテクノ解放主義の殉死者になるだろう。そして死体になっても、主義のマスコットにはぴったりだろうし、南アフリカ政府にとっても国連で反ボイコット運動を率いる格好の口実になる」

「かもしれない」とクウェールは認めた。「そのときに、もしニュースが真実を伝えるなら」

「そんな真実が洩れないわけがあるか？　モサラの後ろ盾が沈黙を通すはずがない」

クウェールはぞっとするような笑みを浮かべて、「メディアの大半の所有者がだれか、知っているか？」

「ああ知っているとも、だからその手の被害妄想めいたたわごとは口にするなよ。別々の百のグループ、別々の千の個人……」

「別々の百のグループ――その大部分が巨大なバイオテクノ企業を所有している。別々の千の個人――その大部分は、《アグロジェネシス》社から《ヴィヴォテク》社にいたる業界大手の少なくともひとつの役員会に名をつらねている」

「それは真実だが、業界が違えば行動計画も違ってくる。話はきみがいうほど単純じゃない」

ぼくたちはふたりきりで、未舗装の更地状態のまま作業が止まっている広々とした建設用地にいた。遠くに土木機械の小集団が見えたが、稼働しているようすはない。マンローの話では、ステートレスではだれも土地を所有できない——空気を所有できない以上に——とのことだったが、同様に、土地の広大な一角を囲いこんで占有するのを止めるものもなかった。ここの住民たちはそうしないことを選択しているのだと考えると、ぼくはとても不安になる。それは自制心の不自然な実習としか思えず……微妙なバランスを保ってきたそんな住民の総意は、不意の土地収奪や、既定事実としての土地所有権の発生、初期からの住民ではない人々の感情まかせの——おそらくは暴力的な——反発などで、いつ崩壊してもおかしくなかった。

だがしかし……マンローがいったように、『「蝿の王」を実演するだけのために、はるばるこんなところまでやってくるというのか？』。自壊の道を選択する社会はない。それに、無知な旅行者が土地争いの結果をどれほど悲惨に想像したところで、当のステートレスの住民たちが問題をはるかに細部にいたるまで考慮ずみなのはまちがいなかった。

ぼくは反逆者たちの島全体をつつみこむように両腕を広げた。「バイオテク企業が超法規的にしたい放題できると本気で思っているなら、まだステートレスを火の玉にしていない理由を説明してくれ」

「エル・ニドへの水爆投下によって、その解決策は二度と使えなくなったからだ。その手段を実行に移すにはどこかの政府に依頼する必要があるが——いまや非難を承知で引きうける政府はない」

「じゃあ、破壊工作はどうだ？　《エンジニュイティ》が自ら生みだしたものをもとどおり海に溶かす方法を見つけだせないとしたら、ビーチ・ボーイズは嘘を歌っていたことになる」

「ビーチ・ボーイズ？」

「『カリフォルニアのバイオテク技術者は世界最高』。そんな歌があっただろう？」（「カリフォルニア・ガールズ」の歌詞のもじり）

クウェールはそれを無視して、「《エンジニュイティ》はステートトレスの別バージョンを太平洋じゅうで売っている。最高のデモンストレーション用モデル——無認可であろうがなかろうが最高の広告を、なぜ破壊したりする？　意図したことではなかろうが、現実には、ステートレスは会社になんの損害もあたえていない——ほかのだれかが反逆しないかぎりは」

ぼくは納得していなかったが、この議論は不毛だった。「きみはぼくに、バイオテクの刺客（しかく）と思われる連中の顔写真を見せる気なのか？　そして、そのうちのひとりでも見かけたことがあるとぼくがいったらどうするつもりか、細心の注意をはらって説明してくれると？　なぜならきみの考えでは、ぼくは殺人の陰謀に巻きこまれようとしているから——たとえ〈基石〉自身を守るためでも、ステートトレスで——」

クウェールがぼくをさえぎって、「暴力沙汰（ざた）は心配しなくていい。わたしたちはただ、この連中を監視して必要な情報を集め、確実ななにかをつかんだらすぐ会議の警備部に警告できればと思っているだけだ」

クウェールのノートパッドがブザーを鳴らした。汎はためらったが、ポケットからそれを出して、数秒間画面を見つめると、慎重に十数メール南へ歩いた。ぼくは汎に声をかけた。「なにをしているのか、きいてもいいか？」

クウェールは誇らしげに笑みを浮かべて、「わたしのデータセキュリティは全地球位置把握システム（GPS）とリンクしている。たとえパスワードと声紋が正しくても、正しい地点——それは毎時変更される——に立っていなければ、最重要ファイルはひらけない。そして、その正確な変更パターンを知っているのは、わたしひとりだけだ」

位置を使わずとも、無数のパスワードを記憶すればいいじゃないか、とぼくはききかけたが、それは馬鹿げた質問だった。それが存在する以上、ＧＰＳは利用されるべきであり——より複雑なセキュリティ対策が選ばれたのは、そのほうがより安全だからというだけではなく、システムが複雑であること自体が理由だからだ。技術愛好症（テクノフィリア）もほかのあらゆる美意識と同じで、理由を問うても意味がない。

クウェールはぼくよりひと世代かそこら若いだけだし、世界観の八十パーセントは共有していると思う——ただ、ぼくたちがともに信じていることのすべてについて、汎はずっと先まで進んでいた。科学とテクノロジーは、クウェールが望むあらゆることを汎にあたえているように見える。偏見に満ちたジェンダーの戦場からの逃避、戦うに値する政治運動、そして、擬似宗教さえも。その宗教なりのかたちであまりにも狂ってはいても、その擬似宗教は、科学に好意的なほかの信仰の大半と違って、現代物理学と古色蒼然（こしょくそうぜん）たる歴史的遺物を手間暇かけて合成したいいかげんな代物――その偽りの休戦の産物が、《量子論的仏教》のまぬけさ加減や、《改訂標準訳ユダヤ教・キリスト教版ビッグバン教会》だ――ではなかった。

ソフトウェアを調整するクウェールを眺めて、人工衛星と原了時計がなんらかのかたちで同期するのを待ちつつ、ぼくは考えた。（もしクウェールと同じ決断をくだしたら、ぼくはいまより幸福になれるだろうか？）汎性になって――泥沼化した一ダースの人間関係から解放されたなら。テクノ解放主義者になって――ナガサキやネッド・ランダーズに関するあらゆる疑問からぼくを守ってくれる、イデオロギー的情熱をもてたなら。《人間宇宙論者》になって――あらゆることに対する究極の説明を手にいれ、ＴＯＥ理論家さえも一段しのぐ存在となり、歳をとったときには競合する宗教への免疫がついていたなら。

（そうなったぼくは、いまより幸福だろうか？）

かもしれない。だが、それは幸福を過大評価しすぎていた。

クウェールのソフトウェアが準備完了をチャイムで知らせた。ぼくはクウェールのところまで歩き、ふたりのノートパッドのあいだを赤外線タイトビームでつないで、開錠されたデータをうけとった。

ぼくはきいた。「この連中をどうやって突きとめたのか、教えてくれる気はないんだろ？この連中についてきみのいったことをたしかめるには、どうしたらいいかも」

「セーラ・ナイトも同じ質問をした」

「意外じゃないね。そして、こんどはぼくが質問しているんだ」

クウェールはぼくの言葉を無視した。もう用はすんだということだ。汎はノートパッドでぼくの腹を指すと、さも重要そうに指図した。「機会がありしだい、全データをそこに移せ。そこならセキュリティは完璧だ。あんたは運がいい」

「まったくだ。《エンジニュイティ》の刺客のひとりがきみのノートパッドを手にステートレスを駆けまわって、正しい地理的座標を探しているあいだに、別の刺客たちはぼくの体を切開して時間を節約できる」

クウェールは笑った。「わかっているじゃないか。あんたは大したジャーナリストじゃないとはいえ、そのときにはあんたを時代の礎（いしずえ）となった殉死者あつかいしてやるよ」

そして、午前の日射しの中で緑と銀にきらめく礁岩の広がりを指さしながら、「街には別々のルートで戻らなくてはならない。あっちに二十分も歩けば、南西線の線路に出る」

「わかった」ぼくには文句をいう気力もなかった。それでも、むこうをむいて歩きはじめたクウェールに、ぼくは声をかけた。「姿を消す前に、あとひとつ質問に答えてくれないか？」

クウェールは肩をすくめた。「きくのはそちらの自由だ」

「きみがこういうことをする動機はなんだ？　ぼくにはまだ理解できない。きみは、ヴァイオレット・モサラが〈基石〉であろうがなかろうがまったく気にしないといった。だが、たとえ彼女がとても偉大な人物で、その死が世界的な悲劇になるとしても……きみがそのことに個人的責任を感じているのはなぜだ？　モサラはステートレスへの移住によってどんな事態に巻きこまれるのか、はっきりと認識している。彼女は成人女性で、財産もあり、きみやぼくには望むべくもない政治的影響力をもっている。無力でもなければ、おろか者でもない――それに、きみの行動に気づいたら、たぶん彼女はきみを素手で絞め殺すだろう。なのに……なぜ彼女が自分の身を守るにまかせておかない？」

クウェールは目を伏せて口ごもった。ぼくはようやく急所をついたらしい。汎は、内心を吐露する適切な言葉を探している人特有の雰囲気を放っていた。

沈黙は長引いたが、ぼくは根気強く待った。（セーラ・ナイトは一切合切を引きだしたじゃないか。ぼくに同じことができない理由はない）

クウェールは顔をあげると、そっけなく答えた。「さっきもいったとおり、きくのはそっちの自由だ」

そしてむこうをむくと、歩き去った。

18

トラムを待つあいだ、ぼくはクウェールからもらったデータに目を通していた。名前のついていない、十八人の顔。画像は標準3Dポートレイトで、警察が使う顔写真のように背景を除去され、照明は均質化されている。男十二人と女六人、年齢と人種はばらばらだ。この人数はあまりに多いように思えた。クウェールはこの全員がいま現在ステートレスにいるとはいっていない――だが、いったい汎はどうやって、島に送りこまれた可能性がもっとも高い企業からの刺客(しかく)の顔写真を十八人分も入手できたのだろう？ どんな情報源、どんな機密漏洩、どんなデータ窃盗(せっとう)がこれほどの、そしてただこれだけの成果をもたらしえたというのか？

いずれにせよ、ぼくはこの顔のひとつを群衆の中に見つけても、ACに知らせる気はなかった。それは、過激なテクノ解放主義者に味方することで強力な既得権益と対立する危険を背負いこむかもしれないというおそれのせいよりも、クウェールが完全に現実を見失っている――ぼくが最初に考えたような偏執病のモサラ・ファンか、もっと困った人――というところに落ちつくのではという疑いが消えないからだった。クウェールの話の裏をとる手段がない以上、たまたまヴァイオレット・モサラに近づきすぎただけのまったく無関係な人間に未知の報復がなされるのを、許すわけにはいかない。この人々は、チャーター便からおりたところを撮影された無実の無知カルトのメンバーでないともかぎらなかった。モサラにいくらでも潜在的な敵がいるのが事実だからといって、クウェールがその敵の正体を知っていることにはならない――また、クウェールがぼくに、少しでも真実を語っていることにも。

ぼくがクウェールにきかされたバージョンの人間宇宙論でさえ、あまりにも合理的かつ非情熱的で、嘘っぽく思える。『〈基石〉もあきらかにひとりの人間にすぎない――わたしたちがヴァイオレット・モサラを気にかけるのは、彼女にはほかにもすばらしい点がたくさんあるからだ』。それなら、なぜわざわざある人物を万物の根元的理由の地位に祭りあげるカルトを創りだしておいてから――その事実をほとんど無意味であるかのようにあつかうのか？ クウェールはぼくの言葉を激しく否定しすぎて、馬脚をあらわしてしまっていた。

ホテルに戻ったときには、ATMソフトウェア処理の講演はもう終わりに近かったので、ぼくはロビーにすわってモサラが出てくるのを待った。

考えれば考えるほど、クウェールやコンロイにきかされたことを信じる気がなくなる——けれど、《人間宇宙論者》がほんとうは何者であるかを突きとめるには、何カ月もかかりかねないのもわかっていた。インドラニ・リー以外で答えを握っているであろう人物は、ひとりしかいない——それにぼくは、役立たずなプライドのせいで無知な状態に留めおかれていることに、うんざりしてもいた。

ぼくはセーラに映話をかけた。彼女がオーストラリアにいるとすれば、東海岸ではいまごろはもう日が高い……しかし、映話に出たのは前と同じ留守録だった。

あらためてメッセージを残す。ぼくは正直になって、それをかんたんな英語で口にする気にはなれなかった——『ぼくは《シーネット》での地位を悪用した。ぼくは自分の手には負えないこのプロジェクトをきみから奪った。それはまちがったことだった、申しわけない』。代わりにぼくは、『ヴァイオレット・モサラ』に参加してくれないかとセーラに申しでた。彼女にふさわしいどんな立場でもいいし、両者ともに公平だと同意できるどんな条件でもいいからと。

映話を切ったとき、ぼくはこのつぐないのための遅すぎた努力によって、ほんの少しでも心が軽くなるのを期待していた。だがじっさいは、強烈な不安感がのしかかってきた。ぼくは陽を浴びた明るいロビーを見まわし、複雑なパターンを描く金色と白の床——これもまたステートレス流簡素さの一例だ――にできたまばゆい日だまりをじっと見つめ、その光が目から流れこんできて、頭の中のもやもやしたパニックを消し去ってくれはしないかと願った。

そうはならなかった。

ぼくは自分の感じている不安を説明できないまま、すわって頭をかかえていた。（状況はそこまで絶望的じゃないぞ）ぼくはまだあまりに多くの事柄に関して五里霧中のままだが――四日前よりはマシになっている。

ぼくは前進しつつあるはずだ。

まだ破滅してはいない。

かろうじて。

周囲の空間が拡張しているように感じた。ロビーが、陽を浴びた床が、遠ざかっている――ごくわずかな変化だったが、気づかぬふりはできないほどに。恐怖でめまいを感じながら、ノートパッドの時計に目を落とす。モサラが出席中の講演はあと三分で終わるはずだが、時間はぼくの行く手にどんどんのびて、越えられない虚空と化したように感じられた。だれかと、あるいはなにかと連絡をとらなくては。

気が変わるより早く、ぼくは**ヘルメス**に命じて、某ハッキング共同体（コンソーシアム）のフロントエンドである**キャリバン**につながせた。にやにやとわらう両性具有的な顔があらわれた――流れるように変化して、しゃべりながら容貌を秒単位で変えていく。白目だけは不変のままで、無数の形態をとれる仮面の奥でじっと目を凝らしているかのようだ。

「天気は下り坂だよ、請願者さん。電線は各所で着氷してる」変化する顔のまわりで、雪が渦を巻きはじめた。顔の色あいは灰色系と青系が優勢だ。「なにごとも明確じゃないし、なにごともかんたんじゃない」

「前口上は省いてくれ」ぼくはセーラ・ナイトの通話番号を送信した。「その番号についてわかることを……百ドルで？」

キャリバンは意地悪な目つきで、「三途の川はこちこちに凍ってる」変化する唇やまつげに霜がおりる。

「百五十ドル」それでも**キャリバン**はなんとも思わなかったように見えたが——**ヘルメス**がクレジット振替要求のウィンドウをぱっと表示した。ぼくはしぶしぶそれを承認した。

わざとらしくピントを外した緑色の文章が画面いっぱいにあらわれて、ソフトウェアが作る顔を浮きたたせた。「その番号の所有者はセーラ・アリスン・ナイト、オーストラリア市民、第一住所は17Eパレード・アヴェニュー、リンドフィールド、シドニー。転女性、生年月日は二〇二三年四月四日」

「そんなことは全部わかっているんだ、この役立たずの糞ったれ。いま彼女はどこにいる——いまこの瞬間に？　それと、彼女本人が最後に映話に出たのはいつだ？」

緑の文字が消え、**キャリバン**はおののいたように、「狼たちが草原で吠えてる。地下の川は氷河に変わりつつある」

これ以上ののしっても無駄だと自制しながら、「五十ドル追加してもいい」

「岩の中には氷が脈のように広がってる。なにも動くものはなく、なにも変わるものはない」

ぼくは歯ぎしりして、「もう百ドル」調査費が見る見る消えていく——しかも、これは『ヴァイオレット・モサラ』とはなんの関係もない。それでも、ぼくは知る必要があった。

灰色の肌の上でオレンジ色のシンボルが躍った。そして**キャリバン**は告げた。「われらがセーラが最後に——本人が、この番号で——映話に出たのは、京都、日本、セントラル・メトロポリタン通信衛星の交信範囲内にて、二〇五五年三月二十六日、グリニッジ平均時十時二十三分十四秒」

「そして、いまはどこにいる?」

「前述の通話以降、このIDでネットに接続された機器はない」ということは——セーラはそれ以来、だれかに連絡をとったり、なんらかのサービスにアクセスしたりするためには、自分のノートパッドを使っていないことになる。ニュース掲示板の閲覧や三分ミュージックビデオのダウンロードさえしていない。ただし……。

「五十ドル追加するから——その気になったら——セーラの新しい通話番号を教えてくれ」

キャリバンはその気になった。微笑んで、「残念でした。彼女は新しい番号も、新しいアカウントも取得してない」

ぼくは疲れきった声で、「以上だ。ありがとう」

キャリバンはこの根拠不明な感謝の言葉に驚いたふりをしてから、別れの投げキスをよこした。「またのご利用を。そして忘れないで、請願者さん。データは解放を望んでる!」

なぜ京都に？　思いつく唯一の関連事項は、ヤスオ・ニシデだ。つまり、どういうことになる？　じつはセーラはまだアインシュタイン会議を取材する気でいて——ただし、モサラと競合する理論家の人間ドキュメントを作って張りあうつもりなのか？　そして、セーラがまだステートレスに来ていない理由は、単にニシデが病気だから？

（だが、いっさいの通信が途絶えているのはなぜだ？）クウェールが言外（げんがい）に語ったぞっとする結論は意味をなさない。もしセーラ・ナイトが、ヴァイオレット・モサラから別の——政治とまったく無縁な——物理学者に取材対象を変える気配をあちこちで見せていたなら、バイオテク企業が彼女に危害を加えようとする理由があるだろうか？

人々が興奮して話しながら、ロビーを行きかいはじめた。ぼくは顔をあげた。廊下の先の会議場から聴衆が出てくるところだった。モサラとヘレン・ウーが並んで出てきた。ぼくはふたりのところへ行った。

モサラはにこにこ笑いながら、「アンドルー！　こんな面白い話をきき逃すなんて！　サージ・ビショフがたったいま公開した新しいアルゴリズムを使うと、わたしのコンピュータ時間が数日分も節約できるの！」

ウーが顔をしかめて、モサラの言葉を訂正した。「わたしたち全員の時間が、といってちょうだい！」

「そうだったわね」モサラはぼくにむかって、「ヘレンはまだ、好むと好まざるとにかかわらず、自分がわたしの味方であることに気づいていないの」と聞こえよがしにささやいてから、いい足した。「講演のサマリーがあるけれど、見たい？」

ぼくは抑揚のない声で答えた。「いいえ」それがとても無愛想にきこえたのはわかっていたが、頭がぼうっとしすぎて脈絡のない気分だったので、まったく気にならなかった。不思議そうな顔でぼくを見たモサラは、怒っているというより心配げだった。

ウーが立ち去った。ぼくはモサラにたずねた。「ニシデについてなにか耳にしましたか？」

「そのことだけれど」とモサラは真剣な態度になって、「結局彼は、会議にまにあいそうにないらしいの。彼の秘書から実行委員会に連絡があって、ニシデは入院が必要になったと。肺炎が再発したそうよ」モサラは悲しげに言葉をつづけた。「こんな状態がつづくようだと……どうなるかしらね。ニシデは完全に引退することになるかも」

ぼくは両目をつむった。床が傾きはじめている。問いかける声が遠くきこえた。「ねえ、だいじょうぶ？　アンドルー？」白熱して輝いている自分の顔が目に浮かんだ。

ぼくは目をひらいた。そして、なにが起きているのかようやくわかったと思った。

ぼくはいった。「いま話してもいいですか？　お願いします」

「もちろんよ」

汗が頬を流れ落ちはじめた。「癇癪を起こさないで。とにかく最後まで話をきいて」

モサラは眉をひそめながら身を乗りだした。躊躇してから、ぼくの額に手をあてる。「燃えるような熱さよ。いますぐ医者に診てもらわなくては」

ぼくはかすれた声でモサラに怒鳴った。「いいからきけ！　話をさせろ！」

まわりの人々がこちらをむいた。モサラは腹立たしげに口をひらいて、ぼくに立場をわきまえさせようとした——が、そこで思いなおした。「つづけて。きいているから」

「あなたは血液検査をうける必要がある、ひととおりの……顕微鏡検査も……なにもかも。自覚症状はないだろうけど、まだ……どんな気分だろうと……検査をうけろ……潜伏期間がどれくらいかは知りようがない」ぼくは汗をしたたらせ、足がふらついていた。呼吸するたび、肺に火がつくようだ。「連中がどんな手を使うと思っていた？ マシンガンをもった殺し屋たちを送りこむって？ ぼくは発病するはずじゃ……なかった……と思うんだけど……きっと旅行中に突然変異が起きたんだ。あなたのゲノムが鍵のはずだったのに……途中で錠が外れ落ちてしまった」ぼくは笑った。「ぼくの血の中で。ぼくの脳の中で」

力が抜けて、がくりと膝をつく。痙攣が全身を走り、まるで蠕動性の発作が皮膚から肉をすっかり絞りだそうとしているかのよう。人々がまわりで叫んでいるが、言葉がききとれない。必死で頭をもちあげようとして——一瞬だけ成功したが、そのとき黒と紫のあざが、視野のあちこちで花ひらいた。

ぼくは逆らうのをやめた。目を閉じて、迎えいれられるように冷たい床に横たわる。

病室でのぼくは長いこと、周囲にまるで注意をはらわなかった。汗でびしょびしょの絡みあったシーツの中で転げまわり、世界を慈悲深くもぼやけたままにしておく。周囲の人間には情報を求めなかった。譫妄状態のぼくは、すべての答えがわかったと信じていた。

ネッド・ランダーズがすべてを陰で操っているのだ。インタビュウに行ったとき、やつはぼくを秘密のウイルスのひとつに感染させた。そしていま、そこから逃れようとはるばる旅をしてきたせいで……ヘレン・ウーが証明したように、世界はひとつの環にほかならず、あらゆるものはもとの場所につれ戻されるのだ……ぼくはこうして、対ヴァイオレット・モサラおよびアンドルー・ワースほかランダーズのすべての敵用の秘密兵器によって発病した。

ぼくはディストレスにおかされているのだ。

白衣を着た背の高いフィジー人男性が、ぼくの肘の内側に点滴の針を刺した。腕をふって針を抜こうとすると、男はぼくを押さえつけた。ぼくは勝ち誇ったようにつぶやいた。「そんなことしても無意味だとわからないか？　治療法はないんだ！」ディストレスは想像していたようなひどいものでは、まったくなかった。ぼくはニュースで見たマイアミの女性のように絶叫してはいないじゃないか？　吐き気がして熱もあるが――ぼくは自分がなんらかのかたちの美しくて苦痛のない無意識状態にむかっていると、確信をもっていた。ぼくは男を見あげて微笑んだ。「ぼくは永遠の旅に出るんだ！　この世を去るんだ！」

男はいった。「そうは思わないね。むしろ、さっきまでそこにいて、戻ってきつつあるんだと思うよ」

ぼくは逆らうように首をふったが、そこで驚きと痛みに大声をあげた。腸が激しく痙攣をはじめ、ぼくは自分の下に置かれていることに気づいてすらいなかった容器に、制御が利かないまま、腸の中身を排泄した。止めようとした。止められなかった。だがぼくをぞっとさせたのは、失禁していることでも、それが止まらないことでもなかった。それは下痢（げり）ではなかった。出ているのは水だった。

排泄はようやく止まったが、ぼくは震えつづけていた。

ぼくはすがるように説明を求めた。「ぼくはどうなってしまったんだ？」

「コレラにかかったのさ。薬物耐性のコレラに。熱は抑えているし、水分は補給しつづける――だが、病気には自然の経過をたどらせるほかはない。さあ、これから先が長いぞ」

19

断続的な最初の下痢がおさまると、ぼくは冷静に自分の立場を評価し、事実で武装しようとした。ぼくは幼児でもなければ老人でもない。病気になったのは、栄養失調のせいでも、寄生虫の侵入のせいでも、免疫系の弱体化のせいでも、その他さまざまな複合的要因のせいでもなかった。世話をしてくれているのは免許をもつ人々だ。ぼくの体調は高性能の機械がつねにモニターしている。

ぼくは自分に、このまま死んでしまうことはないといいきかせた。

〝古典的な〟コレラには見られない熱と吐き気は、ぼくがメキシコシティ・バイオタイプ――二〇一五年の大地震後にはじめて報告されて以来、時間をかけて世界に広まった――に罹病（りびょう）した証拠だった。それは血中ばかりか腸にもはいりこんで、古典的なコレラより範囲の広い症状を引きおこし、健康をより大きな危険にさらす。それでも、毎年何百万もの人々がこの病気から回復していた——しかもしばしば、ぼくよりも悪い環境にありながら。解熱剤もなく、電解液の静脈注射もなく、抗生物質もいっさいなしで——そんなところで薬物耐性などというのはよその世界の話だった。サンチャゴやボンベイで最大の都市病院でなら、特定菌株のビブリオコレラのDNA配列を完全に決定し、ものの数時間で新薬を設計・合成できる。だが、この病気にかかる人の大部分は、そんな高価な奇跡の治療薬を手にいれられる見こみなど金輪際なかった。そういう人たちは、体内で細菌帝国が興亡するのをじっと耐えるだけだ。そして、生き抜いた。

ぼくにも同じことができるはずだ。

この現実的で楽観的なシナリオには、ひとつだけささいな欠点があった。大部分の人々には、自分の腸にあふれているのが本来の標的の一歩手前で爆発した遺伝子的兵器なのではと疑う理由など、まったくないのだ。その工学産兵器は、自然の菌株のコレラをできるかぎりそっくりに模倣するよう設計されているが——隠れみのとしている一見ふつうのコレラらしい症状を悪化させて、健康な二十七歳の女性を殺せるようにも設計されている。ステートレスで可能な最高の治療をうけられる女性を。

病室は清潔で、明るく、広々として、静かだった。大半の時間はついたてでほかの患者と仕切られてすごしたが、半透明の白い間仕切りは日光を通した——そしてぼくの皮膚が燃えるように熱かったときでさえ、日光の放射熱がかすかでも体に触れると、よく知っただれかに抱かれているようで、不思議と心が安らいだ。

入院初日の午後遅くまでには、解熱剤が作用しはじめたらしい。ベッド脇のモニタのグラフを見ると、体温はまだ異常数値だが、とりあえず脳損傷の危険はなくなっていた。液体を飲みくだそうとしたが、なにも胃におさまらなかったので、干からびた唇と渇ききった喉だけ湿らせて、あとは点滴にまかせた。

激痛と腸の痙攣を止める手段はなかった。そのふたつが起きると、悪霊に憑依されたような、あるいはヴードゥーの神の乗物になったような気分だった。あるいは、ぼくの肉体の内側に抑えこまれた力強くて異質ななにかに、みだらな抱擁をうけている感じというか。縫いぐるみ同然になった自分の体のどこかに、まだそんな力をもつ筋肉が残っているとは信じがたかった。ぼくは平静でいようと努力した——容赦ない痙攣のひとつひとつを不可避なものとしてうけいれ、今回の痙攣もかならず終わるという確実な知識から心をそらさないようにする——が、苦心して築きあげた克己心も、吐き気の波が押し寄せるたびに、津波にのまれたマッチ棒の家のように一掃され、そのあとぼくは身震いしすすり泣きながら、こんどこそ自分は死ぬんだと確信し、それこそがほかのなにより自分が望んでいることだと半ば信じてしまう——苦痛からのすみやかな解放が。

メラトニン・パッチは除去されていた。それが生じさせる深い深い眠りは、いまでは危険すぎた。けれどぼくには、メラトニンの使用中止による異常な生理的リズムとそれ以外の自然な体の状態との区別がまるでつけられなかった。暴力的な短い夢をときおりはさんで延々とつづく、半分しか感覚のない麻痺状態と——恐怖によって意識が明瞭になるたびに、いまにも腸が破裂して赤と灰色の潮が体から流れでようとしていると信じてしまう瞬間と。

ぼくは自分が力も忍耐も病気にまさっているのだと内心ひとりごちた。バクテリアは次々と世代交代していく。ぼくはただ待てばいい。ぼくはただ、バクテリアより長く生きのびればいいのだ。

二日目の朝、モサラとデ・グロートが見舞いにきた。ふたりがタイムトラベラーのように思えた。ステートレスでのそれまでの日々は、すでにはるかな過去に遠のいていた。

モサラはぼくの見た目がショックだったらしく、やさしい声で、「あなたのアドバイスどおりに、徹底的な検査をうけたの。わたしは感染していないわ、アンドルー。あなたの担当医にきいた話では、機内食が感染源だろうって」

ぼくはしわがれ声で、「同じフライトの乗客で、ほかにも——?」

「だれも。でもきっと、密封容器がひとつだけ電磁波照射されそこなって完全に殺菌消毒されなかったんでしょう。ありうることよ」

ぼくには反論する気力がなかった。それにその説明はある程度意味をなした。予測不能なミスによって第三世界と先進諸国のあいだのテクノロジーの壁に穴があき——世界でいちばん安いケータリング業者を採用しておいて、危険の芽は同様に低価格のガンマ線照射で吹きとばす、という鉄壁な自由市場の論理に一瞬の混乱が生じたのだ。

その日の夕方、ぼくの体温はまたあがりはじめた。マイクル――病室で最初に目ざめたときにそばにいたフィジー人男性で、あのあと、「古風な外国語をここで使うことにこだわりたいなら、わたしは医師兼看護師だ」と名乗った――がほとんど夜通し枕もとについていた……少なくともぼくの頭がしばし澄んでいたときはいつも、彼はじっさいにそこにいて、あとの時間はぼくが彼の幻影を見ていたのかもしれないが、はっきりしない。

明けがたから午前中にかけて、ぼくは中断なしで三時間眠り――おかげで入院以来はじめて、まとまった夢を見た。覚醒への道を這いあがりながら、ぼくはふてぶてしくハッピーエンドにこだわりつづけた。（病気は自然な経過をたどって力尽きた。病気の症状も消えた。ジーナがなんと空路駆けつけてくれた――ぼくをつれ戻すために）

その眠りは急な激痛に破られた。ぼくはたちまち、腸の粘液でいっぱいの灰色の水を排出し、あえぐあいまに悪態をつき、死にたいと思った。

午後遅く、ついたてのむこうで日に照らされた病室がぼんやりと輝いて天国のように見え――千回目になる同じ痙攣を繰りかえし、またしても、点滴で体内にはいった液体を最後の一滴まで排出しながら――ぼくは自分が耳ざわりな嗚咽をもらしているのに気づいた。歯を剥きだして震えながら、犬のように、病気のハイエナのように。

四日目の早い時間、熱はほとんど下がっていた。それまでのできごとがなにもかも、暴力的で背すじが寒くなるが一貫性のない、麻酔による悪夢か——紗(しゃ)を通して撮影された映画の夢のくだりのように思える。

無慈悲な灰色をした硬いなにかが、視野のあらゆるものに張りついていた。ぼくをとり囲むついたては、ほこりで厚く覆われている。シーツは乾いた汗で黄色く染みになっていた。肌には粘液がまとわりついている。唇も、舌も、喉も、ひび割れてひりひり痛み、死んだ細胞が剥がれて、塩というより血のような味の水っぽい膿(うみ)が浸みだしていた。横隔膜から股間までの筋肉という筋肉が、傷つき、役立たずで、回復不能なまでに痛めつけられている感じで——しかし、殴打の雨にひるみながら次の打撃を警戒している動物のように緊張していた。膝関節は、冷たく固い地面の上に一週間かがんでいたような感じだった。

激痛と痙攣がまたはじまった。こんなに頭がはっきりしたことはかつてなく、痛みと痙攣は今回が最悪だった。

忍耐力は尽きていた。ただひたすら、立ちあがってその足で病院を出ていきたかった。体をあとに残して。肉体とバクテリアは勝手に決着をつければいい。ぼくはもうどうでもよかった。

それを実行しようとした。目をつむって、その行動をとっている自分を思い浮かべる。そして意志の力でそれを現実にしようとした。錯乱していたわけではない——が、肉体とバクテリアの無意味で醜悪な対決からの脱出は、とても分別のある選択で自明の解決策だと思えたので、しばしぼくはすべての不信を停止していた。

そしてぼくはついに、生まれてはじめての――セックスによっても、食事によっても、いまは失われた子ども時代の健康なことこの上ない体によっても、無数のかすり傷やごく軽い病気によっても得られなかった――理解に達した。脱出を思い描くのは意味がなく、誤った計画で、おろか者の夢であると。

この病んだ体が、ぼくというもののすべてなのだ。この体は、両眼の奥の安全で温かな暗闇に棲息するちっぽけな不滅の現人神(マン・ゴッド)の一時的な避難所ではない。頭蓋骨からくさい尻の穴まで、この体を通して、ぼくのこれまでの行動、感情、そして存在のなにもかもは実現されてきたのだ。

そうではないと信じたことはいちどもなかったが――

――心底そう感じ、心底そう思ったことも、いちどもなかった。この卑近(ひきん)で、刹那(せつな)的で、直感的な真実をまるごとうけいれざるをえなくなったことは、以前はいちどもなかった。

(ダニエル・カヴォリーニも目隠しの包帯をむしりとったとき、同じことを知ったのだろうか？)ぼくは強(こわ)ばった体で震え、閉所恐怖を感じながら天井をじっと見あげ、ありったけの吐き気と痛みが腹部に広がって硬化し、肉に埋めこまれた金属のような硬い帯となった。

昼前には、再度体温があがりはじめた。ぼくはそれを歓迎した。譫妄(せんもう)状態や錯乱状態になることを望んでいたから。熱は神経という神経を剝きだしにして、あらゆる感覚を増大させ鋭敏にすることもあるが――ぼくは痛みより耐えがたいこの新しい認識を、熱が消し去ってくれないかと願った。

そうはならなかった。

モサラがまた見舞いにきた。ぼくは笑顔を見せ、うなずきを返したが、ひとこともしゃべらず、モサラの言葉にも集中できなかった。ベッドの両側のついたては前と同じ位置にあったが、もう一枚は脇にどかされていて、頭を起こすとむかい側の患者が見えた。点滴につながれたみすぼらしいやせこけた少年で、両親がかたわらについている。父親は小声で本を読んできかせ、母親は少年の片手を握っていた。活人画(かつじんが)のようなその光景は、ありえないほど遠く、橋渡しのできない深淵でぼくと隔てられているように思えた。自分の足で立って五メートル歩く力をもてる日がまた来るとは、とても信じられなかった。

モサラは帰り、ぼくの心はさまよいだした。

そのとき、ぼくはベッドの足もと近くにだれかが立っていることに気づき、電撃的なショックが体を走り抜けた。心を激しくゆさぶる超自然的な畏怖(いふ)が。

無慈悲な現実の中で堂々と足を運んでいるのは——天使だった。

ジャネット・ウォルシュが半身をこちらにむけた。ぼくは両肘をついて体を起こすと、畏れ、陶酔しながら、彼女に大声で呼びかけた。「いまのぼくには理解できていると思います。あなたのふるまいの理由が。どうやったらそんなふうにふるまえるのかはともかくとして……なぜそんなふうにふるまうのかは」

彼女はまっすぐにぼくを見つめ、やや当惑気味だが、混乱したようすはなかった。

ぼくはつづけた。「話してください。喜んでききます」

ウォルシュは寛容に、だがなにをいわれているかわからないというようにかすかに眉をひそめ、羽が忍耐強く羽ばたいた。

「ぼくがあなたの気を悪くさせてきたことはわかっています。すみませんでした。許していただけますか？　いまはすべてをきかせてほしいと思っています。あなたがどうやってそんな真似をしているのか、理解したいんです」

彼女は無言でぼくを見つめていた。

「あなたはどうやって世界に関する嘘をついているんですか？　そして、どうやってそれを自分でも信じているんですか？　完全な真実を目にしながら、完全な真実を知りながら……どうしたらそんなものはまるで問題ではないふりをしつつづけられるんです？　どんな秘訣があるんですか？　どんな仕掛けが？　どんな魔法が？」

ぼくの顔は白熱しそうに熱くなっていたが、ウォルシュの純粋な輝きを浴びれば、真実をも変容させる彼女の偉大な洞察に感化されるのではと期待して、ぼくは身を乗りだした。

「努力はします！　ぼくが努力するとあなたに信じてもらわなくては！」ぼくは彼女がここにいるというあまりに畏れ多い神秘に愕然（がくぜん）となって、突然言葉を失い、目をそらした。そのとき、腹痛が襲ってきた。それが体内に抑えこまれた悪魔の蛇だというふりをすることは、もうできなかった。

ぼくは口をひらいて、「けれど真実が、この世の現実が、TOEが……手をのばしてきて、あなたを拳（こぶし）の中に握り、きつく締めつけているのに……」そのさまを実演するつもりで自分の手を掲げたが、それはすでに無意識にきつく握りしめられていた。「どうやってあなたは、それを無視しているんですか？　どうやってそれを否定しているんですか？　自分は真実より上位に立ち、操り糸を引き、すべてを仕切ってきたという自己欺瞞に、どうやって浸りつづけているんです？」

汗が流れこんで目が見えなくなった。拳でそれをぬぐい去って、ぼくは笑った。「体じゅうの細胞という細胞が、いまいましい原子という原子が、皮膚にメッセージを焼きつけている——あなたが大切に思うあらゆるものも、あなたが生きる理由としているあらゆるものも……十の三十五乗分の一スケールの真空の表面の浮きかすでしかないというメッセージを。なのに、どうやって嘘をつきつづけているんです？　どうやってそのことに目を閉ざしているんですか？」

ぼくは彼女の答えを待った。安らぎと救済はぼくの手の届くところにあった。懇願の思いをこめて、両腕を彼女にさしだす。

ウォルシュは弱々しく微笑むと、ひとこともいわないまま歩み去った。

ぼくは朝の早い時間に目ざめた。またも熱で消耗し、汗びっしょりで。

マイクルがベッド脇の椅子に腰かけて、自分のノートパッドを読んでいた。病室全体は上からソフトに照明されているが、画面の文字の輝きのほうが明るかった。

ぼくはささやき声で、「さっきぼくは一生懸命……これまで嫌悪してきたいろんなものになろうとしてみた。でも、入口で失敗した」

マイクルはノートパッドを下げて、ぼくが先をつづけるのを待った。

「ぼくはだめだ。もうほんとうにだめだ」

マイクルはベッド脇のモニタにちらりと目をやって、首をふった。「あなたはこの病気を切り抜けるよ。一週間もすれば、いまの気分を思い浮かべることもできなくなる」

「コレラの話じゃないんだ。ぼくはいま——」笑い声をあげると、痛みを感じた。「ぼくはいま、《神秘主義復興運動》が『精神的危機』と呼ぶであろうもののまっただ中にいる。そしてぼくには、安らぎを求めて戻れる場所がどこにもない。力をあたえてもらえる場所がどこにもない。恋人もない、家族もない、国もない。宗教も、イデオロギーももっていない。なにもないんだ」

マイクルは淡々といった。「それなら、あなたは幸運だ。うらやましい」

ぼくはその心ない言葉に驚いて、ぽかんと口をあけた。

マイクルはつづけて、「真実から目をそらしようがないんだから。礁岩の上のダチョウみたいなもんだ（ダチョウは砂に頭を突っこんだだけで敵から隠れたと思う、といわれることから）。うらやましいよ。あなたにはなにかを学ぶことができるんだろうな」

どう答えていいかわからなかった。ぼくは身震いをはじめた。汗が流れ、鈍痛を感じたが、体は氷のように冷たかった。「コレラについてさっきいったことはとり消す。半々だ。精神的危機と両方に、同じずつなぶられている」

マイクルは両手を首のうしろにあててのびをすると、すわったまま姿勢を正した。「あなたはジャーナリストだ。ある人の身の上話をききたくないか？」

「医者としてだいじな仕事があるんじゃないのか？」

「いまやっている」

波のような吐き気が腸からこみあげてきた。「わかった、きくよ。録画させてくれるならね。それはだれのどんな話なんだ？」

マイクルはにやりとして、「わたし自身の『精神的危機』の話さ、もちろん」

「予想できてしかるべきだったな」ぼくは目を閉じて**目撃者**を起動した。すべての動作が本能的で、一秒の半分しかかからなかったが――準備が完了したとき、ぼくはショックをうけた。自分がばらばらになりかけている気分なのに……この機械は――さまざまな生体組織と同様、ぼくの一部でありながら――いまも完璧に機能している。

マイクルが話しはじめた。「子どものころ、両親はいつも世界でもっとも美しい教会につれていってくれた」

「どこかできいたようなセリフだ」

「この話では、それは真実なんだ。フィジーの首都、スヴァの《改革派メソジスト教会》。それは巨大な白い建物だった。外観は平凡で――納屋（なや）のように質素だ。しかし、建物には一列のステンドグラスの窓があり、そこには聖書の場面がコンピュータによって、空色や薔薇色や金色で刻まれていた。壁という壁は百種類もの花の列で飾られ――ハイビスカス、さまざまな蘭、さまざまな百合――それが何列も並んで屋根まで届いていた。そして信者席はいつもぎっしり埋まっていた。だれもがいちばん上等で華やかな服を着て、だれもが歌い、だれもが笑っていた。天国にまっすぐ足を踏みいれたような気分になったものだよ。説教でさえ美しかったんだ。地獄の業火なんか出てこなくて、安らぎと喜びだけがあった。原罪と天罰について長広舌をきかされることもなく、親切と、慈善と、愛が、穏健に示唆されるだけだった」

ぼくは口をはさんだ。「文句のつけようもないじゃないか。それでなにがあったんだ？　神が温室効果台風をつかわされて、この冒瀆的なしあわせと穏健さに終わりをもたらされたとか？」

「教会にはなにも起こらなかった。それはいまもそこにある」

「しかしあなたはそこを去った。なぜ？」

「わたしは聖書を文字どおりにうけとりすぎた。そこには子どもじみたおこないを捨て去れと書かれていた。だからわたしは、子どものころにしていたことをやめたんだ」

「それは冗談なんだろ」

マイクルはためらってから、「わたしのたどった正確な抜け道を本気で知りたいのなら……すべてはたったひとつの寓話からはじまった。貧者の一灯の話をきいたことは？」

「あるさ」

「学校に通う子どもだったころ、わたしは何年間も頭の中でその話について繰りかえし考えた。貧しい寡婦の小さな贈り物のほうが、裕福な男の大きなそれより貴い。なるほど。すばらしい。

メッセージは理解した。その話があらゆる慈善行為を価値あるものにしているのもわかった。だがわたしには、もっとずっと多くのことがその寓話にこめられていることもわかって、その多くのほかのことが気になってしかたなかった。

　その宗教が、善行をなすことより、いい気分になれることに大きな関心をもっているのがわかった。その宗教は、施し（ほどこ）の具体的な結果のなによりも、施しをすることの喜び——あるいは苦しみ——を重んじていた。その宗教は……善行を通じてその人自身の魂を救うことを、そのおこないが世界にもたらす影響より、はるか上に位置づけていた。

　たぶんわたしは、ひとつの寓話にあまりに多くを読みとりすぎたんだろう。だが、もしその寓話がはじまりでなかったとしても、ほかのなにかがきっかけになったと思う。わたしの宗教は美しかった——けれど、わたしはそれ以上のものを求めた。より多くを望んだ。わたしの宗教は、真実でなければならなかった。だが、そうではなかったんだ」

　マイクルは悲しげに微笑んで、両手をあげると、それをだらりとたらした。ぼくは彼の目に喪失感が浮かんでいるのを見た気がして、いまの話を理解したと思った。

　マイクルが、「信仰をいだいたまま成長することは、足が悪くないのに松葉杖にすがって成長するようなものだ」

「でもあなたは杖を捨てて、自分で歩いてきたのでは？」

「いいや。杖を捨てて、ばったり倒れ伏したんだ。すべての力は杖に流れこんでいた——わたし自身にはなんの力もなかった。すべてが破綻したとき、わたしは十九歳だった。青年期の終わりは、実存の危機を体験する年齢として完璧だと思わないか？　あなたはあまりに遅い青年期の終わりを迎えたところなのさ」

　ぼくは恥辱で顔がまっ赤になった。マイクルが手をのばしてぼくの肩に触れ、「この勤務時間（シフト）は長いから、わたしの判断力は鈍っている。あなたを傷つける気はなかったんだ」マイクルは笑った。「いまの話は、とめどない〝なにをするにも最適の年齢〟のたぐいのたわごとだと思ってくれ――《エデン主義》とムッソリーニの合体だ。『感情の成長という名の列車を時間どおりに走らせろ！』」椅子にもたれて、髪を手ですきながら、「だが、そのときわたしは十九歳で、それを避けては通れなかった。そしてわたしは神を失った。そのことでなにをいえと？　わたしはサルトルを読み、カミュを読み、ニーチェを読み――」

　ぼくは苦痛にうめいた。マイクルは不思議そうに、「フリードリヒ（ニーチェ）はきらいか？」

　腹痛がひどくなった。ぼくは歯を食いしばって答えた。「いや全然。ヨーロッパ最高の哲学者たちは、みんな発狂するか自殺している」

「そのとおり。わたしはその全員の本を読んだ」

「そして？」

　マイクルは首をふって、バツが悪そうに微笑んだ。「一年かそこらのあいだ……わたしは本気でこう信じていた。わたしはここで、ニーチェとともに奈落をのぞきこんでいる。わたしはいま、狂気と、エントロピーと、無意味さの縁に立っている。近世の啓蒙運動はあきれ果てた邪悪ないまわしい行為だ。一歩踏みあやまれば、わたしは螺旋（らせん）を描いて落ちていくだろう」

マイクルは口ごもった。ぼくは急に疑いがわいてきて、相手をじっと見つめた。(この医師兼看護師はいまの話をしゃべりながらでっちあげているのか? 全患者汎用の治療法に即興で少し手を加えて?) それに、もしマイクルがそんなことはしていないとしても……ぼくたちふたりは違う人生を歩んできたし、違う過去をもっている。この話がぼくにとって、いったいなんの役に立つ?

それでも、ぼくは耳を傾けた。

「だが、わたしは落ちはしなかった。なぜなら、『奈落(ならく)』など存在しなかったからだ。神は存在しないことを、人間もほかの動物と同じ動物であることを、宇宙は目的をもたないことを、魂(たましい)は水や砂と同じ材料でできていることを、わたしたちが知ったときも――わたしたちをのみこもうと口をあけて待ちうける割れ目などというものはあらわれなかった」

ぼくはいった。「その逆を信じている二千人のカルト信者が、いまこの島に来ているが」

マイクルは肩をすくめて、「地球平面説信奉者の精神世界版のような連中が、地面の端から落っこちるのをおそれる以外のなにを考えているというんだ? もしあなたが、破れかぶれでなにがなんでも奈落に飛びこみたいなら、もちろんそれは可能だ――ただし、あなたが必死になって、意志の力で奈落をまるごと作りだせばの話。落ちていく途中で、その奈落を一センチずつ作りだすならね。

わたしは誠実さが狂気につながるとは信じていない。正気でいるためには虚偽を盲信する必要があるとも信じない。真実にはブービートラップが仕掛けられていて、深く考えすぎた人を片っぱしからのみこもうと待ちうけているなんてことも。落ちていく先なんかどこにもない――あなたが足もとに穴を掘っているのでなければ」

ぼくはきいた。「あなたは落ちたんだろう？　信仰を失ったときに？」

「ああ、落ちた――だが、どれほど深く？　その結果わたしはなんになった？　連続殺人鬼か？　拷問者か？」

「そうでないことを心から望むよ。しかしあなたが失ったものは、〝子どもじみたおこない〟だけではとてもきかなかったんじゃないか？　たとえば、親切と、慈善と、愛についての感動的な説教の数々とか？」

マイクルは静かに笑った。「そして、失っていちばん惜しくないのが信仰だ。いったいなぜ、わたしがなにかを失ったなんて思うんだ？　わたしは自分が価値を置いているものが、〝神〟という名の――宇宙の外側、時間の外側、わたし自身の外側にある――魔法の金庫にしまいこまれているというふりをするのをやめた。それだけのことだ。わたしはもう美しい嘘がなくても、自分のくだしたいように決断をくだし、自分でいいと思える人生を生きようとすることができる。もし真実が、そうしたことを不可能にするものだったら……そんな決断や人生はそもそも手にはいらないものだったということだ。

そしてわたしはこうして、あなたの下の世話をしている、だろ？　朝の三時に話し相手になっている。これ以上の奇跡がお望みなら、残念でしたというほかないね」

ほんとうの身の上話だったにせよ、急場の治療用のたくみな作り話だったにせよ、マイクルの話のおかげで恐慌状態と閉所恐怖はおさまる気配を見せた。マイクルの話はぼくにとって意味をなしすぎるほどで、ぼくの自己憐憫は熱線をあてられたように切り刻まれた。宇宙そのものが文化の産物でないとしても、ぼくが自分を宇宙の一部だと考えるときに感じる灰色の恐怖は、まちがいなくそうだった。自分という存在の本質は分子的なものだと考えられるほど誠実になれたことはいちどもないが——それをいえば、ぼくが暮らしてきた社会全体も同じように純情ぶっていたのだ。現実はつねに、うわべをとりつくろわれ、検閲され、無視されてきた。ぼくが三十六年間を生きてきた世界では、払拭されきらない二元論と、黙認されている馬鹿げた精神性がいまだにはびこり、映画という映画、歌という歌がいまだに不滅の魂を求めて泣き叫び……一方でだれもが、純粋な物質主義が予言していたデザイナードラッグをのんでいる。

真実が人々にショックをあたえるのも不思議はない。

　奈落は——ほかのあらゆるもの同様——理解可能な存在となり、ぼくは自分の足もとに穴を掘ることに興味をなくした。

　ビブリオコレラはぼくのように考えてはくれなかった。

ぼくはベッドの上で横むきに丸くなって、ノートパッドを予備の枕に立てかけ、**シジフォス**にぼくの体内で起きていることを表示させた。

「コレラ毒素の分子のBサブユニットが腸の粘膜細胞に結合します。Aサブユニットが細胞膜を分離させ、そこを越えます。この接触反応がアデニル酸シクラーゼの活動を増大させ、その結果、サイクリックAMPのレベルが上昇し、ナトリウムイオンの分泌を刺激します。正常な濃度勾配が逆転し、体液が反対方向へ送りだされるわけです――腸内の空間へ」

ぼくは分子が結合するのを眺め、無慈悲な無作為のダンスを眺めた。（これがぼくという存在なのだ）――それを理解することが少しでも安らぎをもたらそうがもたらすまいが。三十六年間ぼくを生かしつづけてきたのと同じ物理現象が、偶然からぼくを殺してしまうかもしれないし、そうはならないかもしれない――だが、その単純で明白な真実をうけいれられないとしたら、ぼくにはだれかに世界を説明する権利などなかった。慰撫と贖罪は勝手に自己欺瞞に浸っていればいい。ぼくが無知カルトに惹かれたのはたしかだ――たぶんいまでは、連中の動機を半分理解している――だが、その結果として連中があたえてくれるものは？　現実からの疎外だ。言語に絶する恐怖を感じさせるような宇宙観は際限なく否定されて、あまったるい人工の神秘に覆い隠され、真実という真実は二重思考とおとぎ話に隷属させられる。

冗談ではない。ぼくがうんざりしているのは度のすぎた誠実さではなく、それがあまりにも不足していることに対してだった。Hワードに関する神話が少なすぎることではなく、多すぎることにだった。真実の否定という最高に魅惑的な言葉を繰りかえし口にして生涯を送るくらいなら、心静かに真実とむきあって数々の試練をうけながら生涯を送る覚悟をしたほうがマシだ。

ぼくは最悪の事態を想定したシナリオの図解に見いった。「抗生物質耐性のメキシコシティビブリオコレラ菌が血液脳関門の通過に成功した場合、免疫抑制薬で熱はある範囲内に抑えられます――しかし、バクテリアの毒素自体が回復不能な障害を引きおこすと思われます」

突然変異したコレラ毒素の分子が神経細胞膜と融合した。細胞は針でつついた風船のように破裂した。

いまでも死への恐怖に変わりはない――だが、ぼくはその真実に苦悩することはなくなっていた。もしTOEがぼくをその拳の中に握って、きつく締めつけたら……少なくともそれは、ぼくの足もとには堅固(けんご)な基盤があることの証明になる。究極の法則、もっとも単純なパターンが、並外れた奇妙さによって世界を支えていることの証明に。

ぼくはノートパッドのボタンを押した。ひとたび世界の根底に、宇宙の基盤に触れたら、その先に落ちる場所はない。

ぼくはいった。「もういい。こんどは、ぼくを元気づけるものを探してくれ」

「ビート詩人はどうでしょう?」

ぼくは微笑んで、「完璧だ」

シジフォスはライブラリーを検索して、詩人たちの自作の朗読をリプレイした。ギンズバーグが「モレク! モレク!」と吠え、バロウズが耳ざわりな声で「ジャンキーズ・クリスマス」を読みあげる――スーツケースの中の切断された手足、純度の高いヘロインの買い入れ。中でも最高なのは、ケルアック自身による、ワイルドで音楽的な、マリファナまみれで純粋無垢な、「もし三バカ大将が実在したら?」。

午後の日射しが病室に斜めにはいってきて、ぼくの横顔をなで、距離と、エネルギーと、スケールと、複雑性を橋渡しする。これは恐怖する理由にはならない。畏怖する理由にもならない。それは想像可能なかぎりでもっともありふれたできごとだった。

　ぼくはかつてなく心の準備ができていた。ぼくは目を閉じた。


　だれかがぼくの肩をつついて、四度目か五度目になる声をかけた。「起きてください」

　ほかにどうしようもなかったので、ぼくは目をあけた。

　若い女性がベッドの脇に立っていたが、はじめて目にする顔だ。真剣な、暗い茶色の目。オリーブ色の肌と長い黒髪。言葉にはドイツ訛りがあった。

「これを飲んで」女は透明な液体がはいった小さなガラス瓶をさしだした。

「いまのぼくはなにも腹におさまらないんだ。だれにもいわれなかったのか？」

「これならだいじょうぶ」

　嘔吐(おうと)は呼吸と同じくらいに自然なことになって、もう気にもならなくなっていた。ガラス瓶をうけとって、中身を喉に流しこむ。食道が痙攣し、すっぱいものが上顎に触れた――だが、それで終わりだった。

　ぼくは咳きこみながら、「なんでだれももっと早くこれを飲ませてくれなかったんだ？」

「届いたばかりですから」

「どこから？」

「知らないほうがいいです」

ぼくは目をぱちくりさせた。頭が少しだけまわるようになる。「届いた？　もともと備えのなかった薬って、なんなんだ？」

「なんだと思います？」

背骨の基部の肉に寒けが走った。「これは夢か？　それともぼくは死んだのか？」

「アキリがあなたの血のサンプルを秘密で……ある国に送り、仲間たちに分析させました。あなたがいま飲んだのは、生物兵器の各段階に対応する特効薬ひとそろい。数時間もすれば立てるようになります」

頭ががんがんした。生物兵器。ぼくがもっともおそれていたことが、たったいま、ひとつの文章の中で裏づけられ、そして駆逐されたのだ。ぼくは失見当を起こした。「各段階？　次の段階はいったい？　ぼくはどんな目にあいそこねたんだ？」

「知らないほうがいいです」

「たしかにそうだ」ぼくはまだ、これが少しでも現実だと確信できずにいた。「なぜだ？　なぜアキリ・クウェールはぼくを救うだけのために、そんな面倒なことを？」

「わたしたちはあなたがなにに感染しているのか、正確に知る必要がありました。ヴァイオレット・モサラは、たとえなんの症状も見られなくても、まだ危険にさらされている可能性があります。わたしたちは彼女の治療手段を、この島で、準備しておく必要があるのです」

ぼくはその言葉を咀嚼した。少なくともこの女は、こういっているわけではない。『わたしたちはだれが〈基石〉であろうがなかろうが気にしません。わたしたちはみな、たとえだれを守るためにでも、自分の命を危険にさらす覚悟ができています』
「で、ぼくはなんに感染していたんだ？　それに、なぜそれは予定より早く爆発したんだ？」
若いACはまじめくさった顔になって、「まだ細部まで完全に解明できてはいませんが――タイミングに誤りがあったのです。細胞内分子時計と宿主（しゅくしゅ）の生化学的合図の不一致のせいで、バクテリアが混乱した内部信号を発生させたものと思われます。メラトニン受容体が目づまりして飽和状態――」女は驚いて言葉を切った。「どうしたというのです？　なぜあなたは笑っているのです？」

火曜の朝、退院したときには、体力が戻っていた――そして腹が立ってしかたなかった。会議の日程は半分終了していたが、TOEはもはや番組の主題ではなかった――そしてほんとうにセーラ・ナイトが、どんな深い事情があったか知らないが、病床のヤスオ・ニシデの脇に控えて外界との連絡を絶ち、結果的にモサラをめぐる争いから身を引いたなら……ぼくはついに、いりくんだ真実のすべてを自力で解明せねばならなくなったわけだ。

ホテルの部屋に戻ると、ぼくはへそに光ファイバーコードを接続し、クウェールがくれた十八人の顔写真を**目撃者**に送ってから、その全部にリアルタイム継続検索のフラグを立てた。

ぼくはリディアに映話した。「調査費がもう五千ドル必要です。データベースへのアクセスとハッキングの料金として。口で説明できないほどたくさんのことが、ここでは起こっています。この追加費が一セントとして無駄でなかったと一週間以内に同意してもらえなかったら、全額返却しましょう」

議論は十五分におよんだ。ぼくは出たとこ勝負でしゃべって、PACDFやさしせまった政治的波瀾に関しての誤解を呼ぶであろうほのめかしはぽろりと口にしたが、モサラの計画している移住についてはひとことも洩らさなかった。最後にはリディアが折れた。ぼくは驚いた。

ぼくはクウェールに渡されたソフトウェアで、厳重に暗号化されたメッセージを汎に送った。

「いや、お探しの悪漢をひとりでも見つけたわけじゃない。だが、ぼくにこれ以上──生きた培養基としての役割以外で──協力させたいなら、あらゆる情報を教えてくれなくてはだめだ。この十八人がだれか、だれに雇われているのか、生物兵器の分析結果……なにもかもだ。教えてくれるかくれないか、ふたつにひとつ。一時間後、前回と同じ場所で待っている」

ぼくは椅子に体をあずけて、自分の知っていること、自分の信じていることを点検した。

(バイオテク兵器ということは、バイオテク企業の仕業か?) それが真実であってもなくても、ボイコットそのもののせいでぼくはあやうく死にかけた。ぼくはこれまでずっと遺伝子特許法のおもてと裏の両面を見てきて、つねに企業と反逆者の両方に疑問をいだいてきたが──いまやシンメトリーは破られた。ぼくはこれまで長いこと無気力かつ二面的な態度で通してきた──そして認めるのは恥ずかしいが、政治的な立場を決める気になるのにこれほど時間がかかってしまった──けれど、いまのぼくはテクノ解放主義をうけいれる準備が、モサラの敵を暴き、彼女の目的を手助けするために自分のできることならなんでもする覚悟が、できていた。

だが、ビーチ・ボーイズは決して嘘を歌っていたわけではない。《エンジニュイティ》やそのお仲間の造った生物兵器が、ぼくの異常なメラトニン周期のような単純な原因で失敗するなどとは、信じられなかった。これはむしろ、才能と物資はあるが、限られた知識と限られた道具でことに当たらざるをえなかったアマチュアの仕事のように思える。

ＰＡＣＤＦか？　無知カルトか？　いや、それはないだろう。

ほかのテクノ解放主義者が、モサラの本来の計画のためにはノーベル賞受賞者の殉死が大いに有利に働くと考えたのか？　そんなことをしたら、自分たちとほとんど同じゴールをめざしている連中と——ただし、人を使い捨て可能なものとしてあつかうことを毛嫌いしているだけでなく、生贄（いけにえ）となる当の有名人を宇宙の創造者の地位に祭りあげた連中と——対立することになるとも知らずに？

そこにはどこかしら皮肉なものがあった。慎重で実際的な政治的現実主義をとるテクノ解放主義の一派が、擬似宗教的な《人間宇宙論者》よりも限りなく狂信的に見えるというのは。

皮肉か、なんらかの誤解が。

ぼくがシャワーを浴びて、病院の浴室では落とせなかった垢（あか）と鼻をつくにおいをこすり落としているあいだに、クウェールの返事が届いた。

『あんたが見せろとこだわっているデータは、指定の場所では開錠不可能だ。以下の座標で待つ』

ぼくは島の地図を調べた。文句をいっても無意味だから。

ぼくは服を着ると、島の北の礁（しょう）に出かけた。

第三部

20

トラムの終点より先まで行くには、生産物を内陸に輸送してきたバルーンタイヤ・トラックのどれかに乗せてもらうのがいちばん手っとり早いとわかった。トラックは自動化されて、決められたルートを走っており、人々はそれを公共交通機関同然に使っているようだが、じっさいは漁農家(ぎょのうか)たちが荷の積みおろしで遅れを生じさせることによって、運行スケジュールをうまく管理している。各トラックの荷台には、直交する一ダースの低い仕切が密封容器を並べるスペースを作ると同時に、乗客のベンチがわりにもなっていた。

途中、クウェールの姿は見なかった。別のルートを使ったか、もっと早くに待ちあわせ場所にむかったのだろう。ぼくはトラムの終点から北東にむかうトラックに二十人ほどの人々と乗りあわせ、隣にすわった女性に、もし漁農家のひとりが帰り道にこの客のだれひとり乗る場所がないほど容器を積むといってきかなかったらどうなるんでしょう、とか——なにが乗客に食料をネコババするのを思いとどまらせているんでしょう、とかたずねたくなるのをこらえていた。ステートレスの安定と調和を、いまもぼくはあぶなっかしく感じていたが、次のようにたずねるのに等しい質問を口にすることをだんだんためらうようになっていた——ここに住むみなさんはなぜだれも、暴動を起こしてご自身の生活を考えられるかぎりの悲惨なものにしないんですか？

　世界のほかの場所でこのような社会が成立するとは——また、ステートレスでもだれひとり、とりたててそんなことを望んでいるとは——ぼくはまったく信じないけれども、マンローの慎重な楽天主義は理解できるようになりつつあった。もしぼくが自分でこの島に住んでいたら、この社会を壊そうなどとするだろうか？　答えはノーだ。目先の利益を追っていて、もののはずみから暴動や虐殺を引きおこすことがあるだろうか？　ない、と願いたい。それでも自分がこの島の平均的な住民より理性も知性もはるかにまさっていると思えるとしたら、それはかなり滑稽（こっけい）なうぬぼれというほかない。ぼくがステートレス社会のあぶなっかしさに気づけるなら、それは島の住民たちも同様だし——島の住民たちはその認識の上で行動している。それはアクティヴバランス、フライバイワイヤ、自己認識によるサバイバルといっていい。

　防水シートがトラックの荷台の上にかかっているが、側面は吹きさらしだった。海岸に近づくにつれて、地形が変わりはじめた。湿って表面がざらざらな、部分的に硬化した珊瑚（さんご）が風景に侵入しはじめ、灰銀色の粉雪で覆いつくされた川のように太陽にきらめいている。エントロピーを考えると、密な礁岩堆（しょうがんたい）が溶けてこのぬかるみ状態になり、海に流されていくのがものごとの正しいありかたに思えるが——じっさいにエントロピーがより強力に支援しているのは、太陽からのエネルギーが珊瑚のデブリにはびこる親石性バクテリアに流れこんで、ばらばらな粒団状の石灰岩を周囲のより密なポリマー－ミネラル基質に縫いとめる働きをさせることのほうだ。適切な形の酵素を触媒に低温で効率的におこなわれる、分子サイズの射出成形にも似た各種の生物学的反応は、高温高圧を必要とする十九世紀および二十世紀の化学工業をつねに嘲笑してきた。ここステートレスで生物学的酵素触媒反応が嘲笑するのは、地質学そのものだ。海洋堆積物を地中深くに引きこみ、地質学的時間をかけてそれを破砕・変容させるベルトコンベヤーの役を果たすプレートの沈みこみは、ステートレスでは製鋼におけるベッセマー法やアンモニア合成におけるハーバー法並みに時代遅れだった。

トラックは密集した珊瑚の幅広い二本の帯のあいだを走っていた。遠くではほかの帯が広がって合流し、そのあいだにはさまれた礁岩は狭まって消えていき、やがて周囲の土地の半分以上がぬかるみ状になった。一部分解された珊瑚は肌理が荒くなり、道路の表面は平坦でなくなっていって、きらきら光る水たまりが姿を見せはじめる。ぼくは漂白された石灰岩の中に、ときおり色つきの縞が残っているのに気づいた――市街地の石造建築に見られる残留鉱物のやわらかな色あいとは違う、鮮明で刺激的な赤やオレンジ、緑や青だ。トラックは磯くさくなっていたが、すぐにそよ風が――その悪臭を運び去ると同時に――荷台に満ちはじめた。

数分もすると、風景は一変していた。海水に浸かった生きている珊瑚の広大な堆が、トラックの走る曲がりくねった狭い土手道をとり囲んでいる。礁がさまざまな色に輝くのは、珊瑚を形成する多様な種のポリプ内に棲む藻類共生生物が別々の色あざやかな光合成色素を利用しているからだ――また遠くからでも、群体各々の石化した組織の形態がきわめて多岐にわたることが見てとれた。小石状のものに覆われた集合体、無秩序にぎっしりと枝わかれした管組織、優美なシダ状の構造――それは生態学的な強さを獲得するための多様性の実例に違いはないが、生体工学の数々の妙技の展示場が意図された結果でもあった。

　トラックが停止し、ぼく以外の人たちは荷台から這いおりた――さっきトラムの終点で貨物用トラムに容器を移していたふたりを残して。ぼくは躊躇したが、結局客たちのあとを追った。目的地はまだ遠いが、注意を引きたくはない。

　トラックが道の先へ走り去った。ぼく以外のほとんどの乗客は、フェイスマスクやシュノーケルや潜水用足ひれをもってきていた。旅行者なのか地元民なのかはわからないが、全員がまっすぐ礁へむかう。ぼくはその一行についていき、水面から少し顔を出した珊瑚の上にダイバーたちが慎重に足を踏みだして水深の深いほうへむかうのを、しばらく立ち止まって眺めた。それからふりむいて、ダイバーたちから離れ、海岸線沿いにぶらぶらと北へ歩いた。

　まだ数百メートル先にだが、外海がはじめてちらりと見えた。一ダースほどの小さな船が港につながれている――巨大なヒトデの六つの腕の下のひとつだ。ぼくは空から見たもろそうでエキゾチックな眺めを思いだした。（いまぼくの足の下にあるのはいったいなんなのか？　人工の島？　大海原を航行する機械？　生体工学産の海獣？）考えるほどにその差異はあいまいになり、意味を失う。

　港でさっきのトラックに追いついた。荷積みしていたふたりの作業員は、不思議そうにぼくに視線を投げたが、ここでなにをしているのかとはきかなかった。目にはいるぼく以外のだれもが容器を運んだり海産物を仕わけたりしていて、無為な自分が不法侵入者のような気分になる。機械類もあったが、大部分はローテク製品だった。電動フォークリフトはあるが、ジャイアントクレーンはないし、加工工場に原料を運ぶベルトコンベヤーもない。おそらく礁岩は重量物を支えるにはやわらかすぎるのだろう。港湾内に海上プラットフォームを造ってクレーンの重量を支えるという手もあるだろうが、だれもそれが資本投下に値するとは思っていないらしい。あるいはもしかすると、漁農家たちがいまのやりかたを気にいっているだけかもしれない。

あいかわらずクウェールの気配はない。ぼくは荷積み区画を離れて、岸壁に近づいていった。岩から放散される生化学的信号が港に珊瑚を寄りつかせず、堆積物はプランクトンによってそれが必要とされる礁へ運ばれる。港の海水は深い青緑色で、底がないように見えた。うねりがおだやかに砕けて生まれるあぶくの中に、ぼくはそれとは異質な泡があるのを見てとった。いたるところで泡が海中からわいている。先日ステートレスの下面で――間接的に――目にした、圧迫された岩から放出される空気が、ここで海面から逃げているのだ。

港の外では漁農家が、収穫物ではち切れんばかりの漁網らしきものをウインチで船上に巻きあげている。〝網〟のゼリー状の巻きひげが、自然の恵みをかかえこんで太陽に輝く。船員のひとりが背のびして、長い棒の先についたなにかで〝網〟のてっぺんに触れると、弛緩した巻きひげが痙攣して、〝網〟の中身が勢いよく船のデッキにこぼれ落ちた。数秒後には中身は落ちきり、半透明な生物の姿はほとんど見てとれなくなった。船員たちがそれをふたたび海におろすのを追うには、目を凝(こ)らさなくてはならなかった。

クウェールの声が、「反逆者でない人々が、ああいう収穫生物(ハーベスター)の代金として《オーシャン・ロジック》社にどれだけ支払っているか、知っているか？　ハーベスターの遺伝子はすべて、現存の生物種のものがそのまま使われている――あの会社がやったことといえば、その特許をとって、再配列しただけだ」

ぼくはふりむいた。「プロパガンダはもうききたくない。ぼくはきみたちの味方だ――きみがいくつかの質問に率直に答えてくれるなら」

クウェールは動揺したようだが、なにもいわなかった。ぼくは両腕を広げて失望感を表現した。「信用されるにはどうしたらいいんだ――セーラ・ナイトと同じくらい信用されるには？　まず大義のために死んでみせろとでもいうのか？」

「感染したのは気の毒だったと思う。野生型はとくにひどい。わたしも罹(かか)ったことがある」クウェールは空港で見たときと同じ、光点が不規則に明滅する黒いTシャツを着ていた。ぼくは突然、汎の若さを再認識して驚きを感じた。ぼくの年齢の半分よりいくらも上ではないのだ――そして八方ふさがりに陥っている。

ぼくは抵抗を感じながらも、こういった。「あれはきみのせいじゃない。それに、きみのしてくれたことには感謝している」たとえぼくの命を救うのが目的でなかったにしても。

クウェールはうけるに値しない賞賛を浴びたかのように、目に見えて落ちつかなくなった。

ぼくはとまどいながら、「きみのせいじゃないんだろう?」

「直接的には」

「どういう意味だ? あの兵器を造ったのはきみたちなのか?」

「違う!」クウェールは顔をそむけて、苦々しげに、「それでもわたしは、連中のあらゆる行為になんらかの責任をとる必要がある」

「なぜだ? あの兵器を造った連中が、じつはバイオテク企業の手先じゃないからか? 連中がきみと同じテクノ解放主義者だからか?」汎はぼくと視線をあわせようとしない。ささやかな勝利感がわいた。ぼくはようやくなんらかの正解をつかんだのだ。

クウェールはいらだたしげに答えた。「もちろん連中はテクノ解放主義者だ」そうでない人がいるのか、といわんばかりの口調で。「だが、連中がモサラを殺そうとしている理由は、それではない」

容器を肩にかついだ男がひとり、ぼくたちのほうへ歩いてきた。そちらにちらりと目をやると、視野を横切って赤い線が光った。男はぼくたちから顔を半分そむけ、つばの広い帽子が残りの半分を隠していたが、**目撃者**は――見えない部分も対称性と解剖学的外挿ルールから再構成して――確信をもっていた。

ぼくは黙りこんだ。クウェールは男がきこえないところまで遠ざかるのを待って、せかすように、「だれなんだ?」

「ぼくにきいてどうする。顔写真の人物の名前を教えてくれる気はないんだろう?」それでもぼくは心を広くして、ソフトウェアでチェックした。「リストの七番だ、といってきみの役に立つかどうか知らないが」

「泳ぎは得意か?」

「ごく人並みかな。なぜそんなことを?」

クウェールはふり返ると、海に飛びこんだ。ぼくは岸壁にかがんで、汎が浮かんでくるのを待った。

ぼくは大声で、「いきなりなんの真似だ? あの男はむこうへ行ったのに」

「あんたはまだ飛びこむな」

「もともとそんな気は――」

クウェールはぼくのほうへ泳いでくると、「わたしたちのどちらの症状がマシかはっきりするまで待つんだ」汎は右手をさしあげた。だがぼくが手をのばし、それを握って引きあげようとすると、いらついたようにかぶりをふって、「わたしの口がまわらなくなりはじめるまで、このままでいい」と立ち泳ぎしながら、「経皮性の毒のいくつかを除去するには、すぐ洗浄するのがベストだ――だが、ほかのいくつかの場合は最悪の対処法になる。毒素のうち疎水性のものが皮膚にはいりこむのをずっと早めるだけで」汎は完全に水の中に沈み、ぼくも肘まで引きこまれて、肩を脱臼するかと思った。

水からまた顔を出したクウェールに、ぼくはいった。「その両方が混ざっていたら、どうする?」

「そのときはふたりともおしまいだ」

ぼくは荷積み区画のほうに目をやった。「助けを呼んでくる」あれだけの目にあったげかりにもかかわらず、ぼくの中には——通りすがりの他人が噴霧剤をまき散らしたという話のせいでだろう——見えない兵器などというものをまったく信じようとしない部分があった。あるいはぼくは、法律でいう二重の危険の原則からの連想で、分子レベルの世界はこれ以上ぼくに影響をおよぼすこともないし、ぼくの命を奪おうとあらたに試みる権利もないと考えてしまったのかもしれない。襲撃者とされる人物は、おとなしくむこうへ歩き去っていた。脅威を感じろというほうが無理だ。

クウェールは心配げにぼくを見つめて、「気分はどうだ？」

「いいよ。きみに腕を折られそうになったほかは。これは正気の沙汰じゃない」そのとき、皮膚がぞくぞくしはじめた。クウェールが〝最悪の予想が当たった〟といううめき声をあげた。

「顔がまっ青になったぞ。飛びこめ」

顔がしびれてきて、手足が重い。「そして溺れろ？　ごめんだな」その言葉は不明瞭だった。舌にまったく感覚がなくなっている。

「わたしが支えるから」

「やだ。あがって助けを呼べ」

「時間がないんだぞ」クウェールは荷積み区画にむかって叫んだ。その声は弱々しくきこえた——ぼくの聴力が衰えつつあるせいか、クウェールの吸いこんだ毒が声をだめにするほどの量できなかった。ぼくは気づいた人がいないかたしかめるために、首をまわそうとした。できなかった。

ぼくの強情さをののしりながら、クウェールは水からあがると、ぼくを引きずって岸壁から海に落とした。

ぼくは沈んでいった。力が出ず、感覚もなく、クウェールとまだ手をつないでいるのかもわからない。もし気泡がなかったら、海水は透明といえただろう。ひび割れた水晶の中を落ちていく感じ。どうか自分が息を止めていますようにと願ったが――じっさいどうなのかはさっぱりだ。

顔の前を流れていく気泡は絶えずでたらめにむきが変わって、垂直方向の見当がつかない。光の明暗で自分の姿勢を把握しようとしたが、手がかりはどうとでも解釈できた。きこえるのは自分の心拍音だけ――本来は動揺から心臓を激しく打たせるはずの酵素触媒反応を毒素が妨げているかのように、心拍は遅かった。ぼくは奇妙なデジャヴュを感じた。皮膚が無感覚なので、陸地の上で内陸ダイバーのカメラからの映像を見ていたときと同様、濡れている気がしない。自分の体で体験していることが、他人ごとに感じられる。

泡が急にぼやけて速度を増した。周囲の乱流が明るさを増し、前ぶれもなく顔が空気の中に出て、視野一面が青空になった。

クウェールが耳もとで叫んでいた。「だいじょうぶか？　支えていてやるから。力を抜いて」汎の声は遠かった。ぼくには腹を立ててうなり声を出すのが精いっぱいだった。「二分もすれば、ふたりとも危険を脱するはずだ。わたしは肺に毒がまわったが、それも終わったようだし」ぼくは底知れぬ深い空を見あげて、逆方向に溺れていきそうな気がした。

クウェールがぼくの顔に水を跳ねかける。少なくともその水の大半を飲んでしまったことがわかるくらいに、ぼくの体調は回復しつつあった。ぼくはかっとなって咳きこんだ。歯ががちがちいいはじめた。思ったより水が冷たかったのだ。「きみの友人たちは情けない連中ばかりだな。予備の警報装置でご用になる素人の夜盗がひとり。メラトニン・パッチでだまされるコレラ。海水で洗い流せる毒。ヴァイオレット・モサラはなんの心配もいらない」

何者かがぼくの足をつかんで、海中に引きずりこんだ。

ウェットスーツとスキューバ用具を身につけた人影が五つ見てとれた。全員が足首から手首までポリマーに覆われていて、やはり全員が手袋とフードを着用していた。（皮膚をまったく露出していない。なぜ？）ぼくは力なく抵抗したが、ダイバーがふたりがかりでぼくを押さえこんで、なにかの金属装置をぼくの顔に押しつけた。ぼくはそれをふりはらった。

半透明の海水の彼方からハーベスターがあらわれ、日光にきらめく水との対比でかろうじて見てとれるその姿に、ぼくは本能的に恐怖し、生まれてはじめてほんもののショックを味わった。もしこの連中がハーベスターの触手に毒を仕込んでいたら——工学産生物種に、自然界に存在する遺伝子を戻してやればいい——ぼくたちふたりは死ぬ。ぼくは身をふりほどくことのできたわずかなあいだに、ふりむいて、ほかの三人のダイバーがクウェールをじっとさせようとして手こずっているのを目にした。

ぼくを押さえこんだひとりが、ぼくの顔の前でまたあの装置をふりまわした。エアホースつきの空気調整器(レギュレイター)。ぼくは首をまわして相手を見つめた。フェイスプレートごしでは表情はほとんど読めなかったが、**目撃者**は即座にその女も顔写真のひとりであることを確認した。エアホースは女の背中の第二のタンクにつながっている。タンクの中身は知りようがない——だがそれが有害だったら、どのみちぼくはあと数分で溺死することになる。

ダイバーの目はこういっているように見えた。『あなたしだいよ。使うか使わないか』

もういちどまわりを見る。クウェールは両腕を背中で縛られて、抵抗をやめ、正体不明の気体を吸っていた。ぼくはまだ毒で弱っていて、息が苦しかった。逃げられる見こみもない。ぼくは逆らわずにダイバーたちに両手を縛らせ、それから口をあけて、レギュレイターのチューブをしっかりくわえた。パニックと安堵のあいだでふらつきながら、ありがたく空気を吸いこむ。こいつらがぼくたちの死を望んでいるなら、いまごろはもうフィッシング用ナイフで肋骨のあいだを刺しているはずだ——だがぼくは、もうひとつの選択肢に対する心の準備ができているわけでもなかった。

ハーベスターが近づいてきて、ダイバーたちはクウェールとぼくを引っぱりながらそちらに泳ぎ寄った。ぼくは両手で顔を覆いたかったが、できなかった。大クラゲ(メデューサ)の半透明の触手がぼくたちのまわりで拳(こぶし)をひろげ、プレ宇宙の異常な位相幾何学のように、生命を帯びた真空のように、のたくった。

そして、触手の網はぎゅっと閉じた。

21

ハーベスターの毒に力を奪われはしたが、苦痛はなかった。毒になにかの効果があったとすれば、運ばれているあいだの時間が耐えやすくなったことだ。嫌悪感と閉所恐怖で張りつめた筋肉がゆるみ、生きたまま食われている気分が弱まる。この生物はぼくが想像したような生体工学産秘密兵器ではなく、商品として流通している種類にすぎないのだろう。遅ればせながら、ぼくは録画を開始した。塩で目がひりひりしたが、閉じるとめまいに襲われる。すりガラスごしに見るようにぼやけてだが、クウェールと、汎を見張っているダイバーたちの姿が見えた。毒で無力化され、半透明なゼリーにくるまれて、ぼくたちは明るい水の中を運ばれていった。

　さっき水揚(みずあ)げされるのを見た魚やなにかのように、ぼくたちもウインチで海から巻きあげられて、船のデッキに手荒く放りだされるのだろうと想像していたが、じっさいはまだ海中にいるうちに合成ホルモン射出棒でハーベスターの触手がほどかれ、ダイバーたちが縄梯子(なわばしご)をのぼって、クウェールとぼくを船側から引きあげた。**目撃者**によると、デッキにいる人間のうちあらたに三人が顔写真と一致した。だれもぼくたちには口をきかず、ぼくはぼくでまだぼうっとして、気のきいた質問など考えられる状態ではなかった。ぼくにレギュレイターをさしだした女がぼくの両足を縛り、つづけて、すでに縛られている両手をクウェールのそれと結んで、ぼくたちを背中あわせにつないだ。別のダイバーがぼくたちのノートパッドをとりあげ、ふたりの腕の下に（無生物の）漁網を巻きつけて縛り、ウインチに網を引っかけて、空の船倉に吊りおろした。ハッチが閉じられ、クウェールとぼくは完全な闇の中に残された。

　腐った海藻のにおいも手伝ってか、ぼくは生化学的レベルで無感動状態が強まっているのを感じた。クウェールがこの状況の評価を口にしはじめるのを待ったが、沈黙は数分間つづき、とうとうぼくは、「きみは刺客全員の顔を知っている。連中はきみたちの連絡コードをすべて知っている。さあ、スパイ合戦の勝者はだれかな？」

　クウェールはいらいらと体を動かして、「これだけはいえる。連中がわたしたちに危害を加えるとは思わない。あれは穏健派で、わたしたちが少し邪魔になっただけだ」

「邪魔ってなんの？」

「モサラを殺すことの」

　悪臭は気つけ薬として役立ったのちも衰えずに逆の作用をおよぼすようになり、ぼくは頭がくらくらしてきた。「穏健派がモサラを殺そうとしているというなら、過激派はなにをたくらんでいるんだ？」

　クウェールは答えなかった。

　ぼくは暗闇をにらみつけた。波止場でクウェールは、モサラへの脅威はテクノ解放主義とは無関係だといい張ったのだ。「《人間宇宙論者》の信条について、ささいなことを一点、説明してくれる気はないか？」

わけでもない。だよな？　ほかのだれかがその役を――いずれは――果たすことになり、そうでなければぼくたちがここでその話をすることもないはずだ」

返事なし。

「それでもきみは、モサラの安全を確保する責任を感じているのか？　なぜだ？」ぼくは内心自分をののしった。アマンダ・コンロイと話して以来、答えはずっと目の前にぶらさがっていたのだ。「この船にいる連中は、たまたま〈基石〉候補になっただけの人物と政治的に敵対しているわけじゃない、違うか？　連中はあらゆる《人間宇宙論者》にとって、生き恥が実体化したようなものだ――なぜなら連中はきみたちの発想を盗み、それを押し進めて連中なりの論理的帰結に達したからだ。連中はきみ同様のACだが、ヴァイオレット・モサラに宇宙の創造者になってほしくないと思っている点が違う」

クウェールが辛辣な口調で答えた。「それは〝論理的帰結〟とはいわない。〈基石〉になる人物を選択しようとするなんて、狂っている。宇宙が存在するのは、〈基石〉が所与の存在だからだ。あんたはビッグバンを違ったかたちにしようという気になるか？」

「いいや。だが、〈基石〉による創造行為はまだおこなわれていないんだろ？」

「そんなことに意味はない。時間も創造されるものの一部なんだから。宇宙が――いま――存在するのは、〈基石〉がそれを創造することになるからだ」

ぼくはねばった。「それでも、事態を変える余地は残されているんじゃないか？　どのTOEがほんものか、まだだれも確実なことは知らないんだから」

クウェールがまた身動きした。汎の体が怒りで強ばっていくのが感じられる。「それは考えかたがまちがっている！　〈基石〉は所与なんだ！　TOEは不変なんだ！」

「主流派ACの正しさをぼくに説いても無駄だよ。イカれていることではきみたちACは全員が同罪だと思っているから。ぼくはただ、より危険なバージョンの人間宇宙論を把握しようとしているだけだ。ぼくにはいま自分たちがなにに直面しているのか、知る権利があると思うんだが？」

クウェールが気を鎮めようとしてゆっくり息をするのがきこえた。そして、しぶしぶながら説明をはじめた。「連中が信じているのは、〈基石〉がいかなる人物であるかは確定事項であり、決定ずみだということだ……歴史上のほかのあらゆることと同様に。そのあらゆることには、〈基石〉の〝競合者〟すべてを殺すことも含まれている。だが決定論は、力の幻想を奪いはしない――イスラム教の宿命論者に無抵抗なやつがいるなんて話、きいたことがあるか？　それは、もし連中がまちがった物理学者を〈基石〉だと思っていたら、神の手が天からのびてきてほんものの命を救うように導くだとか――信じがたい運命のいたずらが連中の計画をくじくだとかいうことではない。宇宙全体とそこに住むすべての人が〈基石〉の存在を説明するための駒でしかないのなら、超自然の介入に出番はなくなる。だれを殺そうが、それがどんな理由からだろうが、連中がまちがいをおかすことはありえない。

だから……連中が自分たちの好みのＴＯＥを提唱する物理学者の競合者全員を殺したなら、そのＴＯＥが宇宙を存在させることになるＴＯＥに違いないということになる。連中がほんとうになんらかの選択をおこなったかどうかにかかわりなく、結果は同じだ。連中が望むＴＯＥと、連中が手にいれるＴＯＥは、同一のものになるのだから」

ぼくはいまさらながらに気づいた。「連中は京都にもいるんだな？　きみは連中がニシデを手にかけたと考えている――それが彼の病気の原因だと？　そしてセーラに自分たちのことを暴露される前に、彼女も手にかけた？」

「ほぼまちがいなく」

「京都の警察には連絡したのか？　きみたちの仲間はそこには――？」ぼくは口をつぐんだ。まず確実にモニターされている状況で、連中への対抗策を口にできるわけがない。ぼくはもどかしさを感じながら、「バッソのＴＯＥのどこがそんなにすばらしいんだ、いったい？」

クウェールは嘲笑気味に、「連中はバッソのＴＯＥが、いくつかのほかのビッグバンによってプレ宇宙から播種されたほかの宇宙へのアクセスの可能性を残したままにする、と考えている。モサラとニシデは、ともにその可能性を完全に除外した。ほかの宇宙は存在するかもしれないが、接触不能だと。ふたりのどちらのＴＯＥでも、ブラックホールもワームホールも、出口はすべてこの宇宙だ」

「そこで連中は、モサラとニシデを殺す気になった――ひとつの宇宙では連中には不足だからといって？」

クウェールは自分が話している内容を嘲るような口調で、「自己完結した宇宙を選択したときにわたしたちが手放すことになる、無限の豊かさを考えてみるがいい。長期的な視野に立ってみろ。ビッグクランチが到来したら、どこへ逃げられるというんだ？　人命のひとつやふたつ、全人類の未来と引きかえなら、ささやかな代償だと思わないか？」

ぼくはふたたびネッド・ランダーズのことを考えていた。人類をコントロールするために、人類から足を踏みだそうとした男。宇宙から足を踏みだすことは不可能だ――だが、あらゆるTOE理論家を人間宇宙論で論破し、自らの創造主を選択することは、それに近い行為といえる。

クウェールが元気のない声でいった。「もしかすると、わたしたちを嫌悪したモサラは正しかったのかもしれない。わたしたちの発想の行きつく先が、これだとしたら」

ぼくはその点には立ちいらず、「モサラは知っているのか？　自分を殺したがっているACがいるのを？」

「知っているし、知らなくもある」

「どういう意味だ？」

「わたしたちはモサラに警告しようとした。しかし彼女は、主流派ACをすら激しくきらうあまり、脅威の話を本気にしようとしない。彼女は……まちがった発想が自分に危害を加えることはできない、と考えているのだと思う。人間宇宙論は迷信にすぎないのだから、自分に危険はないと」

「ジョルダーノ・ブルーノ（反教会的汎神論を唱えて火刑に処せられた十六世紀イタリアの哲学者）にきかせてやりたいな」目が闇に慣れてきた。離れたところの船倉の床に、かすかな光のすじが見える。

ぼくはいった。「どうもきき漏らしたことがあるようだ——それとも、いまずっと話題にしてきたのは、きみいわくの『穏健派』のことだったのか？」クウェールの返事はなかったが、体の動きを感じた——とうとう恥ずかしさに屈したように、がくりとうなだれたのだ。「じゃあ、過激派が信じていることは？　ていねいに解説してくれ、ただしいますぐ。これ以上、不意打ちを食らいたくないから」

クウェールは情けなげに認めた。「過激派は……無知カルトとの雑種だといってまちがいではない。言葉のもっとも広い意味において、ACであるのはたしかだ。『宇宙は説明されることで存在する』と信じているから。しかし過激派は、まったくいかなるTOEももたない宇宙が存在することが可能だ——そして望ましい——とも信じている。最終方程式も統一パターンももたない宇宙。最深のレベルもなく、究極の法則もなく、不可侵の禁止事項もない。そこでは超越が限界のない可能性をもつ。

そして、それを確実にする唯一の方法は……〈基石〉になりうる人間をひとり残らず葬ることだ」

不快指数が最高レベルの船倉の湿った空気で、ぼくの濡れた服は平衡状態に達したらしい。ぼくは小便がしたくてたまらなかったが、矜持（きょうじ）を保つためにこらえた——この問題が生命にかかわる状態になったときを、自分が正確に判断できるよう願いつつ。ぼくは天文学者のティコ・ブラーエが、席を外す理由をいうのが恥ずかしくて、宴の最中に膀胱破裂で死んだことを思いだした。

　床の上の光のすじは位置を変えなかったが、時間が経つにつれて少しずつ明るさを増し、それからまた暗くなった。船倉に届く音は、ぼくにはほとんど意味をもたなかった。不規則なきしりや金属がぶつかる音、くぐもった声と足音。かすかなうなりや振動音は、不断のものもあれば、断続的なものもある。曲がりなりにもボートを趣味にしている人なら、超伝導磁石が海水を後方へ噴出させる音で電磁流体力学エンジンの種類を特定できただろう——だがぼくには、出力最大時の噴出音と、船の乗員がシャワーを使っている音の区別もつけられない。

　ぼくはクウェールに質問した。「だれもきみたちの存在を知らないなら、《人間宇宙論者》になる人はいないよな？」

　答えがなかったので、ぼくは肩でクウェールをつついた。

「起きているよ」汎の声はぼく以上に意気消沈していた。

「じゃあ話せ、このままじゃ気が狂う。きみたちはどうやって新しいメンバーを見つけるんだ？」

「関連テーマのネット討論グループがある。非主流派宇宙論や情報形而上学の。わたしたちもそこに——多くを明かしすぎないようにしながら——参加して、わたしたちの考えをうけいれてくれて信頼もおけそうな人間に、個人的に接触する。年に二、三回は、世界のどこかで、だれかが、人間宇宙論を独自に再発明している。わたしたちはそれが真実だと説得することはない——だが、自力で同じ結論に達した人には、ほかにも同じ考えをもつ人がいると知らせてやる」

「非主流派ACも同じ手段を？　ネットからメンバーを選抜しているのか？」

「いいや。非主流派は離反者ばかりだ。全員がかつてはわたしたちと考えを同じくしていた」

「なるほど」主流派がモサラを守ることにこうも強い責任を感じているのも、無理はない。モサラ殺害犯予備軍を文字どおりスカウトしたのは、主流派《人間宇宙論者》だったのだから。

クウェールが小声でいった。「悲しいことだ。非主流派の中には、本気で究極のテクノ解放主義者を自認している者もいる。科学を自らの手で管理しようとし、他人の理論に屈服するのを拒み——この問題について沈黙しているのを拒む人々が」

「そりゃじつに民主主義的だ。どうせなら、自分たちが希望する〈基石〉候補の競合者全員を殺すんじゃなくて、〈基石〉を選挙で決めればよかったのに」

「そして自ら、すべての力を手放す？　ありえない話だ。ムテバ・カザディは〝民主主義〟バージョンの人間宇宙論を考えていて、それはだれを殺す必要もないものだった。しかし、それを理解できた人はいなかった。それに、その数学はムテバの手にあまったと思う」

ぼくは驚きのあまり笑いだした。「ムテバ・カザディがACだったって？」

「もちろん」

「ヴァイオレット・モサラは、そのことを知らないんだろうな」

「ヴァイオレット・モサラは、自分が知りたくないことはなにひとつ知らない」

「おいおい、自分の女神さまにそんないいかたはないだろう」

船がわずかに傾いた。「動きだしたのか？　それとも止まったところか？」クウェールは肩をすくめただけだった。適応バラストのおかげで、なにが起きているかほとんどわからないほど船は安定していた。ここに運ばれてきてから波動はまったく感じていないし、航行時の微妙な加速はなおさらだ。

ぼくは質問をつづけた。「連中の中に個人的な知りあいはいるか？」

「いない。わたしがメンバーになる前に、主流派を去った人ばかりだ」

「なら、連中がどれくらい穏健か、きみには知りようがないんじゃないか？」

「連中の属している派閥は確実にわかっている。それから連中がわたしたちを殺す気だとしたら、もうやっているはずだということも」

「死体を投げこむのに適切な場所とそうでない場所があるってだけかもしれない。不法投棄物が海岸に打ち寄せられる危険がいちばん少なそうな——標準以下の海洋ナヴィゲーション・ソフトウェアでも計算できる場所が」

船がまた傾き、なにかが船体にぶつかった。まわりじゅうで反響するその音が神経にさわって、ぼくは歯を食いしばった。ぼくは緊張して、次に起こることを待った。音はやんでいき、そのままなにも起こらなかった。

ぼくは無理に沈黙を埋めようとして、「きみの出身は？　いまだにどこの訛りか特定できない」

クウェールは力なく笑った。「特定できるほうがおかしい。生まれはマラウイだが、生後十八カ月までしかいなかった。わたしの両親は外交官だった――通商担当の。一家でアフリカ、南アメリカ、カリブ海をくまなく旅した」

「ご両親はきみがステートレスにいるのを知っているのか？」

「いいや。絶縁した。五年前に。わたしが移行したとき」

汎性に移行したとき。「五年前？　いくつのとき？」

「十六」

「その年齢だとまだ手術してもらえないんじゃないのか？」これはぼくの推測にすぎないが、外見を両性具有的にしただけで縁を切る親はあまりいないはずだ。

「ブラジルではだいじょうぶだ」

「そしてご両親はそれをよく思わなかった」

クウェールは苦々しげに、「あの人たちは理解しなかった。テクノ解放主義も、汎性も――わたしにとってだいじなもののすべては――なにひとつ、あの人たちには意味をなさなかった。わたしが自分なりの考えをもつようになると、あの人たちはわたしをまるで……異国でひろった子どものようにあつかいはじめた。高学歴、高収入、上流階級、国際人で……伝統主義者。あの人たちはどこへ行こうと、マラウイに――そしてひとつの社会階級とそのあらゆる価値観と偏見に、束縛されたままだった。わたしには祖国はない。だからわたしは自由だ」クウェールは笑った。「旅は不変のものをあらわにする。同じ偽善が何度も何度も繰りかえされる。十四歳までに、わたしは三十の異なる文化での生活を経験した——そして、セックスはおろかな順応主義者のためにあることを理解していた」

その話を前に、ぼくは口を閉ざすしかない気がした。それでもおずおずと、「セックスというのはジェンダーのこと——それとも性行為？」

「両方だ」

「その両方が必要な人もいる。生物学的にだけじゃなく——たしかに、きみはそれをかんたんに放棄できるだろう。だがそれを……アイデンティティのために必要とする人もいる。自尊心のために」

クウェールはひどく楽しげに鼻を鳴らした。「自尊心なんてものは、二十世紀の個人尊重カルトが発明した商品だ。《自尊心》だの《感情の核》だのが必要なら——ロサンジェルスに買いにいけばいい」それから汎は少し口調をやわらげて、「あんたたち西洋人は、いったいどうなっているんだ？　その自尊心だのなんだのいう話をきいていると、あんたたちの言語と文化は、近代科学以前のフロイトやユングといった心理学だとか——市場主導のアメリカ化の波だとか——に完全に乗っとられていて、あんたたちはいまや、カルト話以外のかたちでは自分のことも考えられなくなっている気がすることがある。いまではそれが深くまで浸透しているので、あんたたちには自覚すらない」

「きみのいうとおりかもしれない」自分がいいようもなく年老いた伝統主義者のような気がし

てきた。クウェールが未来だとするなら、汎につづく世代はぼくの理解がまったくおよばないものになるだろう。それはたぶんいけないことではないのだが、いい気分になれる認識であるはずもなかった。「しかし、そういうきみはなにを西洋でたらめ心理学の代わりにしている？汎性とテクノ解放主義は、ぼくにも理解できそうな気もする——だが、人間宇宙論のなにがそんなにいいんだ？　時空レベルの安心感がほしいなら、せめて来世を信じる宗教を選べばよかっただろう？」

「なにが真実かそうでないかを自分で選べると思っているなら、デッキにいる人殺したちの仲間になれよ」

ぼくは船倉の闇をにらみつけた。かすかな光のすじが、見る間に消えていく。ここで凍えながら一夜をすごすことになりそうだ。膀胱破裂は近そうだが、ここで放尿するのは抵抗があった。ぼくがようやく自分の体と、それがぼくをどんな目にあわせられるかをうけいれたと思うたびに、現実が手綱を引きもどす。ぼくはなにもうけいれていなかった。ぼくは表面の下にあるものをちらりと一瞥したが、いまは自分の知ったあらゆることを覆い隠して、なにも変わらなかったように生きていきたかった。

ぼくはいった。「真実とは、人が楽勝で対処できるもののことだ」

「違う、ジャーナリズムはそうかもしれないが。真実とは、人が逃れられないもののことだ」

顔に懐中電灯の光があたって目をさますと、だれかが酵素被覆したナイフで、ぼくをクウェールに縛っているポリマーネットを切り刻んでいた。この寒さは早朝だからだろう。まぶしさに目が見えなくなり、まばたきして身震いする。まわりに何人いるのか、ましてどんな武器をもっているのかは見えなかったが、少しでも動いたら脳を銃で撃ち抜かれるに違いないと考えて、ぼくは網から解放されるあいだすわったままじっとしていた。

ぼくはウインチで乱暴に吊りあげられ、三人の人間がクウェールを中に残したまま船倉から縄梯子でのぼってくるあいだ、宙吊りにされていた。あたりを見渡すと目にはいったのは、月明かりに照らされたデッキと――視野の限りの――外海だった。ステートレスからつれ去られるという考えに血が凍る。救出される可能性が少しでもあるとすれば、それはまちがいなく島の上でのことだ。

ハッチが音を立てて閉じ、ぼくはその上におろされると足の束縛を解かれ、船のむこう端にある船室のほうへ小突かれた。何度か情けない声をあげたあと、ぼくは立ち止まって船側から小便をするのを許された。その後何秒かは、命じられればヴァイオレット・モサラを自分の素手で処分することに同意しかねないほど、ぼくは感謝の念に浸っていた。

船室は表示画面と電子機器でぎっしりだった。漁船に乗ったのは生まれてはじめてだが、標準的な艦隊をたぶんたった一個のマイクロチップで動かせるいまの時代に、この装備はどう見ても過剰だ。

ぼくは船室中央の椅子に縛りつけられた。その場には四人の人間がいた。**目撃者**はそのうちふたりをすでに顔写真と一致させていた――クウェールのリストの三番と五番――が、ほかのふたり、ぼくと同い年くらいの女性たちについては反応がなかった。ぼくはそのふたりの顔をキャプチャーして、十九番と二十番としてファイルした。

ぼくはとくにだれにむかってというわけでもなく、「きのう、いろんな物音がしていたのはなんだったんだ？　座礁したのかと思ったんだが？」

「ぶつけられたのだ。あんな面白いことがあったのも知らんとはな」と答えた三番はコーカソイド人強化男性で筋肉隆々、両方の前腕に中国の文字をタトゥーしている。

「ぶつけてきた相手は？」男は質問を無視したが、その態度は少し冷ややかすぎた。すでにしゃべりすぎたのだ。

二十番は最初から船室で待っていて、ぼくをつれてきたのはほかの三人だった。ぼくの相手をするのは二十番の役目だった。「クウェールさんがどんなおとぎ話を吹きこんだかは存じません。わたくしたちを過激な狂信者のごとくに語ったことはまちがいないでしょうが」二十番は長身の黒人女性で、フランス語圏の訛りがあった。

「いいや、汎にはあんたたちが穏健派だときかされた。モニターしていたんじゃないのか？」

二十番はいかにも潔白そうに首を横にふった。盗聴などしたら沽券にかかわるのがわからないのか、と困惑しているようだ。彼女は権力者の雰囲気を当然のごとくにまとっていて、ぼくを落ちつかなくさせた。この女が完璧に理性的な態度を保ったまま、ほかの三人にとんでもないことをするよう命じている姿が思い浮かぶ。「〝穏健派〟――ではあるけれど〝異端者〟には違いない、ときかされたのですね」

ぼくはうんざりした声で、「あんたたちはほかのACからどう呼ばれたいんだ?」

「ほかのACは関係がないのです。あなたはご自分で判断をくださなくてはならない——いまではすべての事実を知っておいでなのですから」

「自家製コレラを感染させた時点で、ぼくがあんたたちに好意的な意見をもつ可能性は、これっぽっちもなくなっていると思うよ」

「あれはわたくしたちではございません」

「違うって? じゃあだれが」

「ヤスオ・ニシデさんを自然菌株の致死性肺炎に感染させたのと同じかたがたです」

悪寒が全身を走った。自分でもこの女の言葉を信じたのかどうかわからなかったが、それはまさにクウェールの説明に出てきた過激派がやりそうなことだ。

十九番が、「いま録画はしてるの?」

「いいや」それはほんとうだった。この四人の顔はキャプチャーしたが、何時間も前、船倉にいたときから動画撮影はしていない。

「なら録画をはじめて。お願い」十九番の容姿と発音は北欧人のものだった。ACの派閥はどれもこれも、国際主義にご執心らしい。ネット上で国境を超えた友情ごっこをしている人々が生身で集まることは絶対にないと主張している冷笑家は、もちろんまちがっている。それなりの理由さえあれば、それは起こるのだ。

「なぜだ?」

「あなたはヴァイオレット・モサラの番組を作るためにステートレスへ来たんでしょ？　じゃあ、すべてのできごとを報じたいと思うんじゃない、結末まで漏らさず？」

二十番が説明する。「モサラさんがお亡くなりになれば、もちろん上を下への騒ぎになって、わたくしたちは身を隠す必要が出てきます。わたくしたちは殉教者になるつもりはございませんが——任務が完了したあとでしたら、正体を明かされることをおそれはしません。ここでの自分たちの行動を恥じもいたしません。そのような理由はございませんから。そして、わたくしたちの側から見たできごとを世界に伝えるためには、客観的で、公正な、信頼できるどなたかが必要なのです」

ぼくはまじまじと二十番を見つめた。女の言葉は嘘偽りなく誠実にきこえたし——少しばかり迷惑な依頼をするのを礼儀正しく謝罪しているようでさえあった。

ぼくはほかの三人をちらりと見た。三番はぼくを心にもない無関心を装った目で見ていた。五番は電子機器をいじりまわしている。十九番は仲間意識をもっているかのようにしっかりと見つめかえしてきた。

ぼくは答えた。「冗談じゃない。殺人実録映画（スナフ・ムーヴィー）は作っていないんだ」われながらしゃれたセリフだ。その言葉を口にした瞬間、ダニエル・カヴォリーニの事情聴取のことを思いださなければ、ぼくの心はその後何時間も温かく輝いていただろう。

二十番が相変わらず礼儀正しくぼくのまちがいを訂正した。「だれもあなたに、モサラさんが亡くなるところを撮影していただこうとは思っておりません。それは不可能ですし、悪趣味というものです。わたくしたちがあなたにお願いしたく思っておりますのは、なぜモサラさんの死が必要であったかを視聴者に説明できる立場にいていただきたいということだけです」

　現実が手からすべり落ちていく。船倉にいたときは拷問を覚悟していた。いかにも鮫の犠牲者らしく見えるようにされる過程を、ことこまかに想像もした。

　だがこんな状況は想像の埒外（らちがい）だった。

　ぼくはおだやかな声でしゃべるよう意識しながら、「取材対象を殺そうとしている相手との独占インタビュウに興味はない」《シーネット》の重役の半分は、ぼくがこんな言葉を口にしたと知ることがあったら、ぼくを絶対許さないだろう、という考えが心をよぎった。「《テクノラリア》で有料広告を打てばいいじゃないか？　きっとあそこの視聴者は無条件であんたたちに支持票を投じるよ——モサラを殺す必要があったのは、ワームホール経由でほかのいくつもの宇宙へ旅する可能性をなくさないためだ、と発表すればね」

　不当な中傷をうけたというように二十番は眉をひそめた。「クウェールさんが悪意のある嘘を吹きこんだであろうとは思っておりましたが。いまの話はあの汎からおききになったのですか？」

　ぼくはこれが現実とは思えなくなって、頭がくらくらしてきた。状況にまったくそぐわない礼儀正しさに対する二十番の強迫観念的なこだわりかたは、シュールといえた。ぼくは叫んでいた。「糞（くそ）ったれな理由なんて関係ないんだったら！」ぼくは両手を広げてこの女に道理をわかってくれと泣きつこうとした。だが両手は椅子の背にきつく縛られていた。ぼくは徒労感を覚えながら、「どうでもいいことだが……あんたたちはヘンリー・バッヅのほうがより敬虔で、人の上に立つのによりふさわしいスタイルをもっていると思っているだけなのかもしれない。態度がより神らしいと。あるいは、バッゾの方程式のほうが格調高いと考えているとか」モサラにきかされたことが、ほんとうにあと少しで口から出かかった。バッゾの方法論には致命的な誤りがある。あんたたちのお気にいりの候補者は絶対に〈基石〉にはなれない。ぼくはあやういところでその言葉をのみこんで、「だがそんなことはどうでもいい。殺人は殺人なんだから」

「いいえ、違うわ。正当防衛なのよ」

ぼくはふりむいた。その声は船室のドアのほうからきこえたのだ。

ヘレン・ウーがぼくと目をあわせて、悲しげに説明した。「ワームホールは無関係。バッゾも無関係。でも、わたしたちが力ずくで止めなかったら、ヴァイオレットはもうすぐ、わたしたちを皆殺しにする力を手にいれることになる」

22

ヘレン・ウーが船室にはいってきてからのことは、ひとつ残らず録画した。

《シーネット》むけにではない。国際刑事警察機構(インターポール)用にだ。

「ヴァイオレットをより安全な領域に導こうとして、わたしに打てる手はすべて打った」ウーは陰気な声でいった。「自分がむかっている先を理解したら、彼女は方法論を変えるだろうと思っていた。伝統的な科学的論理を――『物理的内容』をもつ理論を――探す方向に。それこそが、彼女の同業者の大半がＴＯＥに求めているもの」ウーは両手をあげて失望を表現した。「ヴァイオレットを止められるものはなにもなかった！　知ってのとおり。わたしが示したあらゆる批判を彼女は吸収して――持論の材料にしてしまった。わたしは事態を悪化させただけ」

　二十番が口をはさんだ。「アマンダ・コンロイさんが、情報宇宙論の豊かな実像を少しでも伝えられたとは思えません。あのかたはどんなお話をされました？　ひとつのモデルだけだったのでしょう、ひとりの〈基石〉が完璧な、継ぎ目のない――ＴＯＥに違反する観測可能な影響がひとつもない――宇宙を創造する、という？　その下にある形而上学（けいじじょうがく）を見通せる可能性のない宇宙を？」

「そのとおりだ」ぼくは怒りを態度で示すのはあきらめていた。考えつける最良の戦略は、こいつらに調子をあわせ、好きなだけ罪を白状させておいて、ぼくにはまだモサラに警告するチャンスがあるかもしれないという望みにすがりつくことだ。

「それは百万の可能性のうちのひとつにすぎないのです。しかもそれは単純さにおいて、一九二〇年代の一般相対論による最初期の宇宙モデルと同様です――巨大なおもちゃの風船のように退屈で空（から）っぽな、完全に均質な複数の宇宙。そのような宇宙が研究対象とされたのは、それより少しでも現実性の高い宇宙になると数学的な分析があまりに困難であったからにすぎません。そのような宇宙が現実を表現していると考えていた者は、当時もだれひとりとしてありませんでした」

ウーが話を引き継いだ。「コンロイとその友人たちは科学者ではない。あの人たちはとても熱意のある素人(しろうと)。いちばん最初に手にはいった解答をしっかりと握りしめて、望むものはすべて手中にしたと決めこんでしまった」ここにいるほかの連中のことは知らないが、ウーの手中には名声と満足のいく暮らしがあり、それを彼女はいまぼくの目の前でずたずたに引き裂いていた。もしかすると、これまで人間宇宙論に捧げてきた知的エネルギーを全位相モデル(ATM)にふりむけていれば、ウーはなにがしかの成功をつかめていたかもしれない——だがいま彼女は、すべてをなげうとうとしていた。

「その種(しゅ)の完全で安定した宇宙は存在しえなくはない——すべては理論の構造しだいだけれど。観察可能な物理的現象と、その基底にある情報形而上学が、独立し分離可能であることを保証されるのは、特定の厳密な制約下でのみ。モサラの研究はどこを見ても、その制約を考えうるもっとも危険なかたちで破ろうとしている徴候だらけだった」

状況の重大さをとくと理解させられたかどうか確認するかのように、ウーはぼくを心もち長く見つめた。ウーの態度には、妄想や狂信をうかがわせるところはまったくない。いかにまちがってはいても、彼女の厳粛さは、世界初の原爆の実験が地球の大気圏すべてを巻きこむ連鎖反応を引きおこすのではないかとおそれているマンハッタン・プロジェクトの科学者を思わせた。

ぼくはじゅうぶんに驚いた顔をしていたのだろう、ウーは五番にむかって、「見せてやって」というと船室を出ていった。

ぼくは沈んだ気分で、「彼女はどこへ行ったんだ?」(別の船でステートレスへ戻るのか?)ウー以上にモサラに近づける機会のある人間は、ここにはいない。モサラとウーが笑いながら、腕でも組みそうなようすでホテルのロビーを歩いていた姿を思いだす。

「ヘレンはもう、モサラのTOEについて知りすぎてるの――情報宇宙論についてもね」十九番が説明する。「それを組みあわせると、あとひと押しで危険な結果をまねきかねないから、あたしたちが新しい結果について論じるセッションには、彼女はもう同席しないわけ。危険をおかす意味はないもの」

ぼくは無言でその言葉を咀嚼した。ACの強迫観念的な秘密主義は、メディアの悪意に対するコンロイの懸念や、察知されることなく暗殺計画を進める必要性にとどまる程度のものではなかったのだ。こいつらは自分たちの発想そのものが、あらゆる物理的兵器と同様の危険物だと本気で信じている。

船のまわりで海がおだやかに波打っているのがきこえるが、船室の窓は室内を映しだしているだけだった。そこに映った自分が他人のように見える。髪は妙な具合に逆立ち、目はくぼみ、自分らしいところがどこにもない。ぼくは完全に静止した船と、ちっぽけな光の島となって闇の中に浮かぶ船室を思い描いた。ぼくを縛っているポリマーの強度と結び目の形状を調べるつもりで、試しに両手首に力をこめて引き離そうとしてみる。ポリマーはまったくたわみもずれもしなかった。起こされてデッキに吊りあげられて以来、不安で、縛られて、疲れきって、気分が悪かったが――病室で感じた明晰な気分に似たものが、一瞬戻ってきた。世界から見せかけの意味がすべて消えて――安らぎも、謎も、脅威もなくなった。

五番――中年のイタリア人男性――が電子機器の調整を終えた。男は自意識過剰気味にぼくを見てしゃべりはじめたが、そのようすはまるでぼくが、千ワットのフラッドライトと一九五〇年代の映画カメラを彼の顔にむけてでもいるようだった。

「これから見せるのは、モサラがこれまでに発表したあらゆるものに基づく、われわれのスーパーコンピュータの最新の実行結果だ。われわれはいくつかの明白な理由から、ＴＯＥを推測するところまで計算を進めることは意図的に避けてきたが――それでも、計算が完了した場合に起こる影響を概算することは可能だ」

船室内で最大の、縦横約三メートル×五メートルの表示画面が、不意に明るくなった。そこにあらわれた画像は、複雑に撚りあわされたさまざまな色の細い糸の塊に似たものだった。会議ではまったく見なかったたぐいの映像だ。これはのたうつ無秩序な真空の泡ではない。むしろ、蛍光色の撚り糸をエッシャーとマンデルブローが交互に、細心の注意をはらって、何世紀も巻きつづけて作ったコンパクトな玉に見える。シンメトリーの中のシンメトリー、結び目の中の結び目、細部とパターンが目を引くが、あまりに複雑にいりくんでいるので、あとをたどってどれかの糸の端に行きつくことはできなかった。

ぼくはきいた。「これはプレ宇宙とは違うよな？」

「まったく違う」こいつの無知は度しがたいのではないかと思ったかのように、五番は疑わしげにぼくを見た。「これは〈基石〉が〈基石〉に〝なった〟瞬間の情報空間の、ごく大ざっぱなマップだ。われわれはこの最初の形状を手短に〝アレフ〟と呼んでいる」ぼくがなにも反応しないでいると、五番は赤ちゃん言葉を使わざるをえなくなったとでもいうようにいやそうな声で、「この映像は『説明によるビッグバン』のスナップショットだとでも思ってほしい」

「これが……あらゆることの出発点だって？　宇宙すべての前提？」

「そのとおり。なにを驚いている。物理的な始源のビッグバンのほうが、桁違いに単純だぞ。たった十の数字で記述できるのだから。アレフはその一千億倍の情報を含んでいる。ここから銀河やDNAを創造するという発想のほうが、はるかに無理が少ない」

まあ、そういう意見があってもいいが。「これがヴァイオレット・モサラの頭の中身を意味するとしたら、こんな感じの脳マップはいままで見たこともない」

五番はそっけなく、「それはありがたい。これは解剖学的スキャンではないのだから――ニューロン機能のマップでも、認知的象徴ネットワークでさえもない。〈基石〉のニューロンは、ましてや頭骨は、〝まだ〟存在すらしていない。これはすべての物理的物体の存在に論理的に先行する純粋な情報だ。〈基石〉の〝知識〟や〝記憶〟が最初に来る。それを符号化する脳は、そのあとにつづく」

五番が画面に手をふると、撚り糸の玉が爆発し、そこからきらめく輪が闇の中を全方位にむかって飛び散った。「〈基石〉は最低限でも、TOEをもち、自分自身の存在と、一連の正準実験の結果――それが自分自身のものであれ〝間接的〟なものであれ――の記録を認識し、それらは説明される必要がある。その人物が自分自身の存在を自己矛盾なく説明できる情報密度や体系的図式を欠いていたなら、事象全体が臨界値を下まわって、そこに宇宙が含意されることはない。だが、じゅうぶんに豊かなアレフがあたえられれば、止まることのない過程が物理的宇宙をまるごと創造するにいたるはずだ。

もちろんその過程は、通常の意味で〝はじまったり〟、〝止まったり〟するのではまったくない――それは時間の流れの中で起こることではないのだからな。このシミュレーションが連続するフレームで構成されているのは、論理が拡張していく際の増加分を表示しているにすぎない――数学の証明の各段階が、連鎖した結論の層を最初の前提条件群に加えていくように。宇宙の歴史はその結論の中に埋めこまれていて、それはたとえるなら……殺人の犯行時の状況が、犯行現場に残された証拠から純粋な推論によってまとめあげられるようなものだ」

五番がしゃべっているあいだに、〝アレフ〟の表面にいくつものパターンがちらりとあらわれたかと思うと、それは周囲の〝情報的真空〟に織りこまれ、再度織りこまれた。まるで、一秒ごとに新しい眩惑的なタペストリーが、ひとつ下にあるタペストリーから造りだされるのを眺めているようだ――もうほんの少し引っぱりだせるだけ糸がほどかれたと思うや、百万の見えない手で縫いかえられる。もとの模様を反映した一千の微妙なバリエーションがあるかと思えば、まったくどこからともなく刺激的な新しいテーマがあらわれる。噛みあった赤と白のフラクタルの島がいつしか離れ、また結合し、たがいをのみこもうと争い、やがて溶けあって両者が混合した群島ができる。ハリケーンの中のハリケーンが紫と金色の糸をこれまで以上にきつく撚りあわせ――すると最小の渦が逆方向に回転して、すべての階層が崩壊する。クリスタルシルバーのちっぽけなぎざぎざのかけらが、すべてのカオスと秩序の中にゆっくりと散らばっていって、あらゆるものに浸透し、相互作用する。

ぼくはいった。「きれいなテクノポルノだな――で、これはいったいなにを示しているつもりなんだ？」

五番はためらってから、もったいぶった仕草で二、三の形を指さした。「これが地球の年齢で、地球物理学や生物学の各種結果があたえられるにつれて、一定の値にむけて精度をあげつつある。こっちは遺伝暗号に共通の性質で、生命の起源に関してまったく異なる可能性を生じさせようとしている最中だ。ここでは元素の化学的性質の基礎となる原理が――」

「そしてあんたたちは、ヴァイオレット・モサラが神となった瞬間の直後にある種のトランス状態になって、こうしたことすべてを考え抜く、と思っているわけだ」

五番は顔をしかめて、「違う！　このすべては、アレフ・モーメントの瞬間に〈基石〉がもつ情報から論理によって進行することだ――これは〈基石〉の思考過程を予言しているわけではない。きみは、〈基石〉が一から一兆まで――声に出して――数えることでそのあいだのすべての数字を創造し、そのあとそれを使って計算ができるようになる、とでも考えているのか？　そうではない。0と1と加算さえあれば、そのすべてとそれ以上のものがそこに含意される。宇宙もまったく同様だ。単に別の種子から発芽するだけで」

ぼくはほかの三人に目をやった。三人とも不安げながら魅了されて画面に見いっているが、宗教的な恐怖心にほんの少しでも似たものは見られなかった。暴走した温室効果気候のモデルか、隕石衝突のシミュレーションを眺めているのと変わらない。秘密主義のおかげで、こいつらは自分たちの発想に対する深刻な批判をうけずにすんでいるが、それでもまだ合理的な見せかけは手放していないのだ。こいつらはモサラを殺すことが必要だという思いこみを無根拠に作りだしてから、それを正当化するために人間宇宙論を発明したのではない。理性のみによってこの不愉快な結論に導かれたと、本気で信じている。

ひょっとしたら同様の冷徹な論理を使って、こいつらの考えを変えられはしないだろうか。ぼくは無知な部外者だが、こいつらは自分たちの行為を世界に説明するために、ぼくに撮影をさせている。ぼくをこの部屋につれてきたのは、後世の人々にむけてこの件の真相を話すためだが、ぼくがACの用語を丸のみにして、こいつら自身の言葉で反論すれば……もしかすると疑念をそそぎこんで、モサラの命を奪わずにおく気にさせるチャンスが、まだわずかでもあるかもしれない。

ぼくは慎重に口をひらいた。「わかった。論理的に含意されていれば用は足りて、〈基石〉はありとあらゆる微視(びし)的な細部にいたるまでを考え抜く必要はない、と。それでもやはり、〈基石〉となる人物はどこかの時点で腰を据えて、少なくとも……自分のTOEが含意するあらゆるものの完全な領域を精密にマップ化する必要があるんじゃないか？　そして未処理事項はないと納得する必要が。それはやはり一生かかる仕事になるはずだ。もしかすると、TOE完成レースは〈基石〉の座を争うレースの第一段階にすぎないのかも。なにかが説明されたことを〈基石〉が知らないうちから、どうやってそのなにかは説明されることで存在することが可能なんだ？」

　五番がじれったげにぼくをさえぎった。「TOEを完成する〈基石〉は、人類の全歴史や先行する人間の全知識なしにはありえない存在だ。そして、〈基石〉の生物学的先祖や親類がみな、そこに住み、観察するための、その人自身の時間と空間の割当を――そしてその人自身の体を、その人自身の食料と空気を、そこに立つためのその人自身の土地を――必要とするのとまったく同様に、知的面での先行者や同時代人もみな、不完全ながら宇宙に関するその人独自の説明を必要とする。その説明すべては組みあわさって、ビッグバンまで遡（さかのぼ）るモザイクとなる。そうでなければ、われわれはここにはいないだろう。

　そして〈基石〉の負うべき役割とは、すべての説明が収束して、ひとつの精神によって理解できる簡明な骨子（カーネル）となる地点を占めることだ。すべての科学と歴史を概括するのではなく――単にそれを符号化することによって」

　こんなことをしていても不毛だ。こいつらを本人たちの土俵で負かすことはできない。こいつらは何年もかけて、当然出てくる反論のすべてを熟考し、自分たちの納得できる答えを見つけてきた。それに、ほとんど同じ考えかたをしている主流派ACがこいつらを論破できなかったのに、ぼくになにができる？

ぼくは攻めかたを変えてみた。「じゃああんたたちは、自分がぽっと出のＴＯＥ理論家の夢に出てくる端役にすぎないと信じて、満足していられるんだな？　しかも話に引っぱりだされた理由が、構成員ひとりきりの種の中で知性を進化させる方法をその理論家が発明しなくてすむように、というものでしかなくても？」

五番は哀れむようにぼくを見て、「きみは撞着語法に陥っている。宇宙は夢ではない。〈基石〉は、より高次の現実で居眠りしていて、目ざめたらわれわれのことを忘れかねない神のごときコンピュータではない。〈基石〉は宇宙を内部からつなぎとめる。ほかにはどこにもそれが可能な場所はない。

宇宙がもつことのできるもっとも確固とした基礎は、単一の観察者による首尾一貫した説明だ。基礎として思いつける、それよりも優美でないものといったらなんだ？　とくに理由もなく単に真実であるＴＯＥか？　その場合、われわれという存在はいったいなんだというのだ？　生命のないプレ宇宙が見る夢？　真空が想像した虚構？　違う。その基底にあるものがなんであろうと、あらゆるものは見たとおりそのままのものなのだ。そしてだれが〈基石〉であろうと、わたしはこうして生きているし、わたしはこうしてものを考えている」――ここで五番はぼくの椅子の足を蹴った――「わたしは堅固な世界に住んでいる。わたしにとって重要なのは、この状態がつづくようにすることだけだ」

ぼくはほかの三人のほうをむいた。三番は床を見つめている。恩知らずな世間にはなにも説明してやる必要などないのにと思って、ここでおこなわれていることに納得がいかないようだ。

十九番と二十番は希望に満ちた目でぼくを見ていて、自分たちの発想をうけいれるのをためらっていることのおろかさに、ぼくがいまにも気づくだろうと期待しているらしい。

（こんなやつら相手に議論のしようなんてないじゃないか）もはやぼくには、なにが理にかなっているのかわからなくなっていた。いまは朝の三時で、ぼくは濡れた服のまま、寒さに震え、とらわれの身で、味方もなく、数でも不利だった。相手は自前のジャーゴンと、コンピュータと、見場（みば）のいいグラフィックと、尊大なレトリックを、山ほど手にしている。人間宇宙論は、よくも悪くもほかの科学理論同様に、それが科学であるために必要となるはずのあらゆる威嚇（いかく）兵器――《文化第一主義》いうところの――を装備していた。

ぼくは食いさがった。「この情報宇宙論なるものを、〝理由もなく真実である〟ＴＯＥときっちり区別できる実験を、ひとつでいいからあげてみろ」

二十番が静かな声で答えた。「それでしたら、このような実験があります。経験主義的な実験です。わたくしたちがヴァイオレット・モサラさんに危害を加えずにおいて、あのかたが研究を完成されるとします。もしあなたが正しければ、なにごとも起こらないでしょう。百億の人間が四月の十八日を切り抜けます――その多くは万物理論が完成され、世界にむけて公布されたことすら知らぬままで」

つづけて五番が、「しかしきみがまちがっていたら……」と画面に手をふると、アニメーションが速度をあげた。「論理的には、創造の過程は物理的ビッグバンまでまっすぐ遡っていき、標準統一場理論の十個のパラメーターを設定し、〈基石〉の履歴のすべてを説明するはずだ。

だからシミュレーションの計算にはこんなに時間がかかる。だがじっさいには、観察可能な結果はアレフの瞬間の数秒以内にはじまるだろう——そして少なくとも局所的には、その結果はほんの数分程度しか存続しないはずだ」

「局所的に？　それはステートレスでということ——？」

「わたしがいったのは太陽系のことだ。太陽系そのものが、ほんの数分程度しか存続しないはずだ、と」

五番がしゃべっているあいだに、情報タペストリーのいちばん外の層で小さな暗い斑点が成長をはじめた。斑点のまわりで、説明の糸がほどけ、ほんとうは結び目ではない結び目がほぐれていく。ぼくは吐き気とめまいをともなうデジャヴュを覚えていた。モサラは循環論法を使っているというウーの講演を聴きながらぼくが考えていたメタファーが、死刑宣告の論拠となる証拠として、目の前で展開されている。

五番の声が、「コンロイと〝主流派〟は、あらゆる情報宇宙論は時間対称であり、アレフの瞬間後もそれ以前と同様に同じ物理学が有効でありつづけるのを、当然のこととして疑っていない。だがあいつらはまちがっているのだ。アレフ後にモサラのＴＯＥは、それが最初に含意していたすべての物理学の基盤を崩しはじめる。またモサラのＴＯＥは、過去を創造するというたいへんな作業を完成させるが——その結果到達するのは、そこに未来は存在しないという結論だけだ」

画面上の闇は、五番の言葉とタイミングをあわせるように拡大の速度を増した。ぼくは反論した。「これはなんの証明にもなっていない。この〝シミュレーション〟なるものの根拠は、まだなにひとつテストされていないんだろ？　あんたたちは情報理論の一連の方程式を、それが真実を語っているかどうかたしかめる手段もないまま一生懸命お勉強した、というだけの話でしかない」

五番はうなずいて、「たしかめる手段はない。だが、証明されなくても、それが起こったとしたらどうなる？」

ぼくは訴えるように、「起こるはずはない。もしモサラが〈基石〉だとしたら、彼女は自分の存在を説明するために、こんなものを」――ぼくはただのでたらめでしかない映像を指さしてやりたくて、両手を強く引っぱった――「必要とはしない！　モサラのＴＯＥはそんなことを予言してはいないし、許容もしない！」

「そのとおり。だがモサラのＴＯＥは、それ自体が表現しているものよりも長く存在しつづけることはできない。そのＴＯＥはモサラを〈基石〉にすることができる。それはモサラに継ぎ目のない過去をもたらすことができる。二百億年分の宇宙論を創造することもできる。しかし、ひとたび明白に言明されたら、それは純粋数学、純粋論理に変化する」五番は両手を重ねて指を組みあわせ――それからゆっくり引き離しながら、「それ自体が物理的内容を欠くことを明確に説明するようなシステムによって、ひとつの宇宙をつなぎあわせておくことはできない。そこにはもはや……摩擦がまったく存在しなくなる。方程式から輝きが消える」

五番のうしろでタペストリーは分解していった。知識でできた華麗で眩惑的なパターンのすべてが崩壊していく。エントロピーにのみこまれたわけでも、逃走する銀河のように停止して逆方向に進みはじめたわけでもない。その過程は、最初から内在されていた結論にむかってひたすら進んでいったにすぎなかった。アレフの〝結び目〟からは、可能なかぎりのありとあらゆる意味の組みあわせが引きだされた——最後の最後のひとつを除いて。じつはそれは結び目ではなくて、どこにもつながっていない環でしかなかったのだ。無数の異なる説明の糸ごとにつけられた色は、隠された関連性が認識されていないことを符号化したものでしかなかった。そして、そうした説明を紡ぎあわせて、複雑さを増しつづける十億のいりくんだ階層を造りだすことでそれ自身をブートストラップして存在させた宇宙は……最終的にはほどけて、トートロジーを剥きだしにした言説になった。

少しのあいだ、無地の白い円が闇の中で回転していてから、画面は消えた。

証明終了。三番がぼくを椅子からほどきはじめた。

ぼくは口をひらいた。「あんたたちに話さなくちゃならないことがある。だれにもしゃべらずにいたことだ——《シーネット》にも、コンロイにも、クウェールにも。セーラ・ナイトでさえ知らなかった。ぼくとモサラのほかはだれひとり知らない。だが、あんたたちは絶対にきく必要がある」

二十番が、「きかせていただきましょう」消えた表示画面の脇に立って、ぼくを辛抱強く見つめている彼女の態度は、儀礼的関心の見本だった。

これはぼくにとって、こいつらの考えを変える最後のチャンスだ。ぼくはこいつらの立場でものを考えようと、必死で集中した。（バッヅがまちがっていると知ったら、こいつらの計画に変化は生じるだろうか？）おそらく答えはノーだ。代わりをつとめられる候補者がいようがいまいが、モサラが危険なことに変わりはない。もしニシデが死んでも、彼の知的遺産の研究を継続することは可能だろう――そしてこいつらは、ニシデの後継者たちを保護して、モサラの後継者たちを殺すべく動くだけだ。

ぼくはいった。「ヴァイオレット・モサラはケープタウンを発（た）つ前にＴＯＥを完成させていた。いま彼女がコンピュータで実行中の計算は、全部クロスチェックにすぎない。じっさいの研究は何カ月も前に終わっていたんだ。だから……モサラはすでに〈基石〉になっているんだよ。だけどなにが起きたわけじゃない、空は落ちてこなかったし、ぼくたちはみんなこうしてここにいる」ぼくは笑い声をあげようとした。「実行してみるには危険が大きすぎるとあんたたちが思っていた実験は、もう終わっているんだ。そしてぼくたちは生きのびた」

二十番は表情を変えずにぼくを見つめつづけていた。ぼくは不意に全身で自分という存在を激しく意識した。意識にのぼったのは、顔の筋肉という筋肉、頭の角度、すぼめた肩、視線のむき。自分がかろうじて人の形をした粘土（ねんど）の塊（かたまり）にすぎず、相当な手間をかけなくては、真実を語っている人間といわれて納得できる姿になれないような気分だった。

そして自分の体の骨という骨、毛穴という毛穴、細胞という細胞が、その姿を真似ようとする努力を裏切っているのがわかった。

（ルールその一。そもそもなんらかのルールが存在しているふりは絶対にすべからず）

二十番が三番にうなずき、三番はぼくを椅子から自由にした。ぼくはウインチで吊りおろされて船倉に戻され、ふたたびクウェールといっしょに縛られた。

ほかの仲間が縄梯子をのぼりはじめても、三番はぐずぐずしていた。彼はぼくの脇にかがむと、親友が耳に痛いけれどとてもだいじな忠告をするようにささやいた。「おまえが努力したことは悪いとはいわないぜ。でもな、おまえほど嘘が下手なやつはいないっていわれたことはないのか？」

23

ぼくが殺人者たちのメディア利用の犯行声明について説明しおえると、クウェールはにべもなく、「せっかくのチャンスだったのに、なんて夢は見るなよ。どう説得しても、連中を思いとどまらせるのは不可能なんだ」

「不可能？」ぼくはクウェールの言葉を信じなかった。連中はきわめて体系的に信念を構築したのだ。連中が鉄壁だと思っている論理のほころびを突きつけて、いやでもその馬鹿らしさに直面させる方法があるに違いない。

だがぼくにはその方法が見つけられなかった。連中に理解させることができなかった。

目撃者で時間を確認する。夜明けが近い。身震いが止められなかった。海藻でぬめる床は前より湿った感じがしたし、その下の硬いポリマーは鋼鉄のように冷たくなっていた。

「モサラは厳重な保護下に置かれるだろう」ぼくひとりがつれていかれたときには無気力になっていたクウェールだが、ぼくがいないあいだに威勢のいい楽天主義をとり戻したようだ。「あんたの変異コレラのゲノムをコピーして会議の警備部に送っておいたから、モサラが直面している危険は伝わったはずだ――たとえ当人がそれを認めなくても。それにステートレスになら、ほかの主流派ACも大勢いる」

「だが、ステートレスではだれひとり、ウーの関与を知らないんだろう？　どっちにせよ……ウーには何日も前に、モサラを生物兵器に感染させることができた。暗殺の成功が既成事実同然になっているのでなかったら、連中がカメラの前で一切合切をしゃべったりすると思うか？連中はうけるべき賞賛を確実にうけられるよう、PACDFから《エンジニュイティ》にいたるあらゆる組織に容疑がかかる前に、早めに準備をして混乱を避ける必要があったんだ。だがそれは、モサラが死んだのを確認してステートレスを離れるまでは、連中がいちばんやりそうにないことでもある」つまり、ぼくがデッキの上でなにをいおうと、ほんのわずかな変化も生む可能性はなかったということか？　皆無ではないだろう。連中の手には解毒剤だか自分たち用の特効薬だかがあるかもしれない。

クウェールは沈黙した。ぼくはかすかな話し声か足音がしないかと耳をそばだてたが、なにもきこえなかった。船体のきしみと、ホワイトノイズ化した無数の波音以外は。

逆境をくぐり抜けたぼくが勇敢なテクノ解放主義の闘士に生まれ変わる、という壮大な夢の結末が、これだ。ぼくがやったことといえば、頭のおかしい神製造者たちが反道徳的ゲームを戦っているまん中に転がりこんで――他人のメッセージの伝達者という、人生の定位置に追いかえされただけ。

クウェールが口をひらいた。「連中がわたしたちをモニターしていると思うか、たったいま？　上のデッキで？」

「さあどうだか」ぼくは暗い船倉を見まわした。ぼんやりと灰色に明るいのはむこう側の壁なのだろうが、それが現実なのか、それとも網膜のノイズと想像力の産物にすぎないのかさえわからない。ぼくは笑い声をあげて、「この状況でなにができるっていうんだ？　ジャンプして六メートル跳びあがって、パンチでハッチに穴をあけ、百キロメートルを泳ぎきるとでも――シャム双生児みたいな格好のままか？」

両手に巻かれたロープがいきなり激しく引っぱられた。ぼくはかっとなって、声に出して文句をいいかけたが――ぎりぎりで思いとどまった。両手首がふたりの背中にはさまれていなかった一時間を、クウェールは有効活用したらしい。結び目をゆるくして、できた輪を両手のあいだに隠しておく……そのおかげで、再度ぼくといっしょに縛られたときにも両手を少しだけ離しておけたのだろう。どんな縄抜け術を使ったかはともかく、一心不乱な努力がさらに二、三分つづくと、ロープの張りが消えた。クウェールはぼくとのあいだにはさまれていた両腕を引き抜いて、左右に大きく広げた。

ぼくは心底からの、だがおろかしい高揚感がわきあがるのを抑えられなかったが――当然デッキで足音がするものと思って身がまえた。ソフトウェアが常時チェックしている赤外線カメラが船倉にあれば、この異常事態の発生はたちまち気づかれたはずだ。

沈黙はなかなか破られなかった。ぼくたちの捕獲は、連中がぼくからクウェールへの通話を傍受した際、思いつきで決まったことに違いない。以前からの計画なら、いくらなんでも手錠くらいは準備しておいただろう。連中が即座に用意できる監視システムは、ぼくたちをロープや網で縛るしかなかったことから予想がつくレベルのものなのかもしれない。

クウェールが自由を味わうように体を震わせ——肩を痛いほど締めつけられたままのぼくは、うらやましくなった——それから両手を、ぼくとのあいだに突っこんだ。

ポリマーロープはつるつるしてつかみにくい上、きつく結ばれていたし、クウェールの爪は短く切られていた（何度かぼくの皮膚に食いこんだ）。やがてぼくの両手は自由になったが、達成感はなかった。うねるような高揚感はとっくに消えていたし、逃亡のチャンスがこればかりもないことはわかっている。だが、闇の中ですわったまま、モサラの死を世界に伝える栄誉をになうときを待つのよりは、なんだってマシだ。

網は——たぶん修繕（しゅうぜん）が楽なように——それ自身の裏面と選択的に接着するスマートプラスチック製で、その接合力も素材並みの強度があった。だがさっきまで両腕を背中にまわされてきつく縛られていたのが、その腕が自由になったので、腕の下を縛っていた網は四、五センチほどたるんでいる。靴が海藻のぬめりですべったが、ふたりでどうにかこうにか立ちあがった。ぼくは息を吐いて腹をへこませ、このところ断食（だんじき）状態だったことに感謝した。

十数回の失敗を重ね、闇の中で十分か十五分も体をもぞもぞ動かすうちに、ようやくふたりあわせた胴まわりから足もとまでの寸法が最小になる立ちかたが見つかった。まるで地獄のテレビのゲーム番組で出場者が突破せねばならない、徒労感ばかりが残る競技のようだ。網が床に落ちたときには、ふくらはぎの感覚がまったくなくなっていた。ぼくは二、三歩足を踏みだしたが、膝が笑ってひっくり返りそうになった。爪がプラスチックをこするかすかな音がした。クウェールが足を縛っているロープを相手にしているのだ。ここにつれ戻されたとき、だれもわざわざぼくの足を縛ろうとはしなかった。ぼくは闇の中を数メートル歩いて凝りをほぐし、たとえこの自由が心情的な幻想でしかなくても、それがつづいているうちに最大限味わうことにした。

ぼくはクウェールがすわっているところに戻って、汎の白目が見えるまで体を曲げた。クウェールは手をのばすと、指を一本立ててぼくの唇に押しつけた。了解のしるしにうなずく。いまのところぼくたちにはツキがある感じだが――赤外線カメラがないこととか――音響探知器は設置されているはずで、その分析ソフトウェアがどれほど高性能かわかったものではない。

クウェールが立ちあがり、うしろをむくと、姿が消えた。汎のTシャツは長時間日光を浴びていなかったので、光電池が切れていた。濡れた汎の靴のきしりがときおりきこえる。クウェールは船倉内をゆっくりと円を描いて歩いているらしい。いったいなにが見つかると思っているのか――まさか壁や床に割れ目があるとでも？　ぼくは立ちあがって、待った。かろうじてだが、床にまたかすかな光のすじが見えるようになった。夜が明けた証拠で、それはデッキの上で起きている人間が増えるということでしかない。

クウェールが近づいてくる音がした。汎はぼくの腕を軽く叩いてから肘をつかんだ。ぼくはつれられるままに、船倉の片隅まで歩いた。クウェールはぼくの手を床から一メートルくらいの高さの壁に押しつけた。汎が見つけたのはなんらかのユーティリティパネルで、保護カバーとして小さな扉が壁にバネ留めされていた。吊りおろされるときにぼくがそれに気づかなかったのは、壁のよごれや染みがひどくて、結果的にカモフラージュになっていたからだろう。

ぼくは扉をあけてパネルを指先で探った。低電圧の直流コンセント。直径数センチのネジ山つき金属製器具がふたつ、それぞれの下に流量調節レバーあり。それがなにを供給する――またはは船倉から汲みだす――ためのものにせよ、いまは使い道がなさそうだ。船倉を水でいっぱいにすればハッチまで浮かびあがれる、とでもクウェールが考えていれば別だが。

あやうく見落とすところだった。パネルの右端に低いリングに囲われた直径ほんの五、六ミリの穴があった。

光インターフェイスポートだ。

(これはどこにつながっているのか?) 船のメインコンピュータか? もしこの船がもともと貨物輸送も可能な設計なら、船員が携帯端末で船上から積荷データを送信する仕組みがあるはずだ。だが《人間宇宙論者》にリースされた漁船では、このポートでなにかができる設定になっているなどというのは高望みだった。

ぼくは**目撃者**を起動しながら、シャツのボタンを外した。このソフトの〝仮想端末〟オプシヨンは初歩的なものだが、受信データの視覚化と、手ぶりによる仮想キーボード入力を可能にする。ぼくはへそのインターフェイスポートを露出させて、壁にその部分を押しつけ、ふたつのコネクタを直線上に並ばせようとした。楽な作業ではなかったが——悪戦苦闘して漁網(ぎょあみ)から抜けだしたあとでは、苦労というほどのことには感じられなかった。

だが精いっぱいがんばっても、瞬間的に大量のランダムな文字列が流れこんできて、そのあと**目撃者**のエラーメッセージが表示されただけだった。応答シグナルはひろっているのだが、データが混乱していて認識不能なのだ。どちらのポートもソケットで、ケーブルのコネクタと接続する設計になっている。同一規格の保護用リングが邪魔で、ふたつのポートは離れすぎてしまうのだった——両ポートの光検出器はたがいのシグナルレーザーの焦点面に、あと一ミリ届かない。

いらだちを声や物音に出さないようにしながら、ぼくはうしろに下がった。クウェールがもの問いたげにぼくの腕に触れた。ぼくはその手を自分の顔にあてて首を横にふり、それから汎の指をぼくの人工のへそに触れさせた。クウェールはぼくの肩を叩いた——了解した、しかたない、わたしたちはやれるだけのことはやった、と。

ぼくはパネルの脇の壁に背中をあずけた。ぼくがACたちの告白を埋もれさせたら、モサラの死はやはり《エンジニュイティ》の責任にされるんだろうな、とふと思う。仮にヘレン・ウーと友人たちが、モサラの死後、姿を隠したまま犯行声明を出しても、素性(すじょう)不明の偽者として片づけられるのがオチだろう。だれも《人間宇宙論者》なんてきいたこともないのだ。それでもモサラの殉死によって、ボイコットが公然と破られるようになる可能性はある。
早くも心安らぐ自己正当化の言葉が、頭の中で繰りかえされるのがきこえはじめた。『ボイコットが中止されれば、モサラの望みはかなったことになる』
ぼくはズボンのベルトを外して、バックルの爪を自分の金属製のへそをとりまく肉に突きたてた。手術で埋めこまれたスチールのまわりには工学産結合組織の薄い層があり、一生消えない傷口を密閉して感染から守っている。コラーゲンが引き裂かれる音には歯が浮きそうだったが、そこは痛みを感じる神経終末がない場所だった。二センチほど掘ると、ポートを固定している金属のでっぱりにぶつかった。ぼくは金属の上の肉を押しのけ、ベルトの爪をでっぱりの端から無理やり奥に通した。
それは素人(しろうと)でも楽にできる外科手術に思えた――すでに腹壁(ふくへき)にあいている穴を七、八ミリ広げる程度のことは。体は同意してくれなかった。ぼくはでっぱりをねじって外せるように、その下を根気強くぐるりとほじりつづけ、そのあいだじゅう、相反する化学的メッセージが穴のあたりから波になって押し寄せて、鋭い非難と鎮痛剤的快楽を交互に伝えてきた。クウェールが脇に来てぼくに手を貸し、穴が閉じないように引っぱってくれた。ぼくがジーナの前で自分に刻んだ傷を汎の温かな指がかすめたとき、ぼくは勃起(ぼっき)したことに気づいた。それはじつにさまざまな意味で不適切な反応だったので、笑いがはじけそうになった。汗が目に流れこみ、血が鼠径部(そけいぶ)のほうへ伝い落ち――ぼくの体は見境(みさかい)なく欲望を表現しつづけている。そして本心をいえば、汎にその気があるなら、ぼくは喜んで床に横になり、可能などんなかたちでもメイクラブしていただろう。ぼくの肌に触れる汎の肌をもっと感じるだけのために。ぼくたちのあいだになんらかの結びつきができたと信じるだけのために。

埋めこまれたスチール製チューブが、血でぬめる光ファイバーを少しだけ引きずって姿をあらわした。ぼくは顔をそむけて、口にあふれたすっぱいものを吐きだした。幸いにして、それ以上はなにもこみあげてこなかった。

ぼくは指の震えがおさまるのを待ってシャツでよごれをすっかりぬぐいとると、末端の部品をまるごととり外し、ポートの開口部を中空のまま露出させた。男根形成というより割礼(かつれい)を自分に施(ほどこ)した感じで——わずか一ミリの焦点距離のためにえらい騒ぎだった。金属の包皮をポケットにしまってから、壁のソケットを探して、接続に再挑戦する。

白地に青の大きくて楽しげな字体の文字が、目の前にあらわれた——めまいはしなかったが、驚いたことに違いはない。

《三菱上海船舶》社
型番ＬＭＨＤＶ－１２－５６００
非常用オプション：
Ｆ——照明弾(フレア)発射
Ｂ——無線標識(ビーコン)作動

もっと包括的なメニューを見つけようと、エスケープ機能になりそうな操作は残らず試したが——現実に手にはいる選択肢のリストは、これですべてだった。ぼくがあえてもてあそぶまいとしていた輝かしい夢物語は、こんな内容だった。船のメインコンピュータに接続して、たちまちネットへのアクセスを確保し、録画ずみのACたちの告白を二十の安全な場所にアーカイヴすると同時に、そのコピーをアインシュタイン会議の全参加者に送信する。だがここにあるのは非常用システムの名残にすぎず、たぶん設計時に最低限の法定基準を満たすために組みこまれたが、その後第三者が正規の通信・航行設備を艤装したときに破棄されたのだろう。

(破棄されたのか——それともメインコンピュータにつながれなかっただけなのか?)

ぼくは仮想端末でBをタイプした。

シンプルな救難信号(メーデー)放送の文面が仮想画面を流れた。そこには船の型番、製造番号、緯度と経度——ぼくがステートレスの地図を正確に記憶しているなら、思っていたより島の近くにいることになる——があり、〝生存者〟の所在地は〝メイン貨物区画〟だと示されている。不意に強い疑念がわいた。あせらずに船倉のほかの部分も探っていたら、別のパネルが見つかって、その中にある拳(こぶし)大のふたつの赤いボタンに『無線標識』と『照明弾』というラベルが貼ってあったのではないか——いや、そんなことは考えたくもない。

上のデッキのどこかで、サイレンが鳴りはじめた。

クウェールはうろたえ気味に、「なにをしたんだ? 火災報知器を作動させたのか?」

「メーデーを発信した。照明弾じゃ状況を悪くするだけだと思ったから」ぼくはパネルの扉を閉じて、血まみれのシャツのボタンをかけはじめた。証拠を隠せばなんとかなるとでもいうように。

　大柄な人間がデッキを走って横切るのがきこえた。数秒後、サイレンはやんだ。ハッチが引きあげられて途中までひらき、三番がぼくたちをじっと見おろした。男は銃を手にしているが、ほとんど意識していないらしい。「そんなことをしてなにになると思った？　すでに誤報コードを発信したからな。だれも気にとめはしない」怒っているというより困惑している口調だ。「おまえらはじっとすわって、馬鹿な真似をしなければいい。そうすればすぐにでも解放される。だから少しは協力したらどうだ？」

　三番は縄梯子（なわばしご）をほどいて、ひとりで船倉におりてきた。見あげると、男のうしろに夜明けの青白い空が細長く顔をのぞかせていた。人工衛星が姿を薄れさせつつあるのが目にとまったが、そこに信号を届かせる方法はない。三番はそこらに転がっていた二本のロープをひろうと、ぼくたちに放り投げて、「すわって自分の足を縛れ。ちゃんとできたら、朝飯を食わせてやる」大きなあくびをしてから、首をまわして怒鳴った。「ジョルジオ！　アンナ！　手を貸しにこい！」

　三番に飛びかかったクウェールほど敏捷（びんしょう）な人間を、ぼくはかつて見たことがない。三番は銃でクウェールの腿（もも）を撃った。クウェールはよろめき、つま先でくるりとまわったが、前進をやめなかった。汎の膝が折れ、頭が垂れても、三番の銃はぴたりと汎をねらっていた。銃声の残響が頭から消えるにつれ、クウェールが息を切らしてあえぐのがきこえた。

ぼくは立ちあがって、自分がなにをいっているかもほとんどわからないまま、大声で三番を責めたてた。ぼくは失敗した。船倉を、船を、海を手中におさめて、すべてを蜘蛛の巣のように軽くはらいのけるつもりだったのに。ぼくは両腕をめちゃくちゃにふりまわし、罵詈雑言（ばりぞうごん）をわめきながら、足を踏みだした。三番はちらりとぼくに目をむけたが、なぜこんな騒ぎになるのか想像もつかないという顔で困惑している。ぼくがもう一歩前に出ると、男はぼくに銃をむけた。

　クウェールが前に飛びだし、三番の足をすくった。男が立ちあがる前に、汎は相手に飛びのって両腕を押さえ、男の右手を床に打ちつけた。ぼくはあがいても無駄だと思いこんで一瞬立ちすくんだが、クウェールに加勢しに駆けよった。

　端（はた）から見たら、三番は喧嘩好きのふたりの五歳児と遊んでやっているやさしい父親というところだったろう。ぼくは男の大きな拳から突きだしている銃身をぐいと引っぱった。銃はまるで岩に埋めこまれているようだった。クウェールのほっそりした体がくっついているいないに関係なく、三番は息を整えしだい立ちあがる体勢にはいっている。

　ぼくは男の頭を蹴った。相手は腹立たしげに文句をいった。嫌悪感を殺して、同じ場所を繰りかえし攻める。男の目の上の皮膚が裂けた。傷口に思い切り踵（かかと）をねじこみながら、かがんで銃を引っぱる。男は苦痛の叫びをあげて、銃を手放した――が、そのまま体を半分起こすと、クウェールを脇に投げ飛ばした。ぼくはうしろの床を一発撃って、三番がそれで戦意を失い、ぼくが銃を使わなくてすむようになることを願った。銃声がもう一発、上から響いた。ぼくは顔をあげた。十九番――アンナ？――が船倉の縁に腹ばいになっている。

ぼくは三番に銃をむけて、二、三歩うしろに下がった。三番は血でよごれた怒り顔でぼくを凝視していたが――ぼくの無分別な行動の理由を知りたくてしかたなさそうでもあった。

「それがおまえらの望みなんだな？　宇宙の解体が。おまえらはモサラに世界をばらばらにさせたいのだ」三番は笑いながら首を横にふった。「もう遅いがな」

アンナが怒鳴るように、「こんなこと、全然しなくていいの。わかって。銃をおろして、そしたら一時間後にはステートレスに帰すから。だれもあなたたちを傷つけたくないの」

ぼくは叫びかえした。「ちゃんと動くノートパッドをもってこい。すぐに。こいつの頭を吹きとばすまで二分待ってやる」ぼくは本気だった――少なくともしゃべっているあいだは。

アンナの姿が腹ばいのまま引っこんだ。彼女とほかの連中が怒りのこもった低いささやき声で相談するのがきこえてきた。

クウェールが足を引きずりながらぼくに近寄ってきた。傷からの出血は止まっていない。弾が大腿動脈を外れたのはまちがいないが、クウェールの呼吸は荒く、治療が必要だった。それでもクウェールはしゃべりはじめた。「連中は言葉どおりにする気なんかない。時間稼ぎをしているだけだ。連中の立場で考えれば――」

三番が落ちついた声で、「こいつのいうとおりだ。おれの命などだれも気にしやしない……モサラが〈基石〉になったら、おれたちは結局全員死ぬ。おまえらがモサラの命を救う気なら、取引は成立しない――なにを盾にとって脅しても、それはどう転んでも失われるのだからな」

ぼくはデッキのほうをちらりと見あげた。まだいい争っているのがきこえる。だが連中が自分たちの宇宙論に強い信念をいだくあまりモサラを殺そうとしているなら——そして自分たちの命をなんとも思わず、勝手な思いこみが原因でおたずね者になり、メディア出演にともなう権利も放棄してモンゴリアかトルキスタンの辺境に潜伏する気でいるなら……死者がひとり増えるといって脅しても、その信念はこゆるぎもしないだろう。

ぼくは三番にむかって、「あんたたちの説は、いますぐ専門家に審査してもらう必要があると思う」

ぼくはクウェールに銃を渡すと、シャツを脱いで汎の足のつけ根を縛った。ぼく自身の出血は止まっていた。引き裂かれた密閉組織が抗生物質と止血剤の混ざった無色の軟膏を分泌しているのだ。

ぼくはユーティリティパネルのところに戻って、再接続した。非常用システムはメインコンピュータから独立しているので、連中には終了させられない。ぼくはメーデーを再発信し、照明弾を発射した。気体が噴射されるシューッという大きな音が三つきこえ——そのあとぎらぎらする化学線の輝きが反対側の壁を下に広がって、やわらかな夜明けの光を追いやった。壁を覆う海藻の茶色い染みがこんなにくっきり見えたのははじめてだろうが——その分もうまったくカモフラージュの役には立たない。壁に引っこんだ別のパネルの輪郭が見えた。保護カバーの周囲にくっきりと黒い溝が刻まれている。ぼくは中をのぞいた。案の定、ふたつの大きなボタンがあり、ほかに非常用空気供給装置もついていた。こまかく調べると、パネルカバーのよごれた扉ごしに、謎のロゴ——どこの言語や文化のものかは不明——が書かれているらしいのがかろうじてわかった。

上の話し声はやんでいた。連中が動転して暴力に走らないよう願うばかりだ。

三番は非難めいたことをいいたげだったが口を閉ざしたまま、クウェールを不安そうに見つめた。クウェールは宇宙の解体を望んでいるほんものの狂信者で、ぼくはだまされて手伝っているだけだと判断したのだろう。

照明弾は軌道の頂点にむけてのぼり、その光が船倉を満たした。ぼくは三番にきいた。「わからないことがある。なぜあんたたちは、ある女性がハルマゲドンを引きおこすことができるとコンピュータにいわれただけで、無実の女性を殺そうなんて気になれるんだ？」三番は馬鹿の相手をする気はないという身ぶりをした。ぼくは話しつづけた。「ああ、あんたたちはどんなＴＯＥでものみこんでしまう理論を見つけたんだったな。あらゆる物理学を凌駕（りょうが）できる体系を。なに馬鹿なことといっている。それは科学じゃない。カバラ主義者が、〝モサラ（Mosala）〟のゲマトリア数をある方法で足すと獣の数字の６６６になるのがわかった、といっているのと同じだ」

三番はおだやかな声で、「すべてが神秘主義のたわごとかどうか、クウェールにきいてみるがいい。この汎に、四三年のキンシャサのことをきいてみろ」

「なんだって？」

「それはただの……根拠の疑わしいでたらめだ」クウェールは汗びっしょりで、ショック症状の徴候を見せはじめていた。ぼくが銃をうけとると、汎は壁にもたれてすわりこんだ。

三番は執拗に、「ムテバ・カザディがどうやって死んだのか、汎に答えさせろ」

ぼくは、「ムテバは七十八歳だった」といいながら、彼の死について伝記作家たちが書いていたことをなんとか思いだそうとしたが、死んだ歳が歳なのであまり気にとめていなかったらしい。「あんたがお求めの言葉は、きっと〝脳溢血〟だ」

三番は話にもならないというように笑い声をあげ、ぼくの体を寒けが走った。こいつらの信念を支えているのが、純粋な情報理論だけのわけがないではないか。ほかにも禁断の知識に手を出したがゆえの死という神話的な事例が少なくともひとつあって――すべての正しさの証となり、抽象概念が現実に対して力をおよぼせることを連中に確信させているのだ。

「いいだろう。でも、ムテバは宇宙を道づれにしなかったんだから……モサラだって同じじゃないのか?」とぼく。

「TOE理論家でなかったムテバに、〈基石〉になれるはずはなかったのだ。ムテバの覚え書きはすべて失われ、彼がじっさいなにをしていたのか、いまではだれにもわからん。だがわれわれの一部の者は、彼が情報と混合化する手段を発見したと考えている――そしてじっさいにそれが起きたとき、衝撃のあまりの大きさにムテバは耐えられなかったのだと」

クウェールはそれをきいて鼻で笑った。

ぼくは、「〝情報と混合化する〟ってどういう意味だ?」

三番が答える。「あらゆる物理的構造は情報を符号化したものだ――しかし通常は、その構造のふるまいかたは物理法則のみが制御している」にやりと笑って、「聖書とニュートンの

『プリンキピア』をいっしょに落とせば、ふたつはずっと並んだまま落ちる。このとき、物理法則はそれ自体が情報であるという事実は、顔を出さないし、関連もしない。物理法則はニュートン力学的時空と同様に絶対的なものだ――固定された舞台背景であって、出演者ではない。

しかし、なにものも純粋な存在ではなく、なにものも独立しては存在しない。高速を出すと時間と空間は混合する。量子論的レベルでは巨視的な可能性が混合している。高温状態では四つの基本的力が混合している。そして、物理的現象と情報も……未知の状況において混合化する。シンメトリー・グループはあきらかではないし、力学的詳細はなおさらだ。だが両者の混合化の過程はかんたんに引きおこされる……あらゆる物理的極限状況によって、そしてまた、純粋な知識――人間の脳に符号化された情報宇宙論の知識それ自体――によって」

「そしてその結果は？」

「予想は困難だ」照明弾の光を浴びた三番の顔の血は、まるで黒い羊膜のようだった。「考えられるのは……最深レベルの結合があらわになること。物理学がいかにして説明によって創造されるかがあますところなく明示され――逆についても同様だ。ベクトルのむきが変わり、機械仕掛けの隠されていた部分がすべて目に見えるところに出てくる」

「ほう？　ムテバがそんなものすごい宇宙論的啓示を得ていたなら、死ぬ直前の彼がそれによって〈基石〉になっていなかったと、なぜわかる？」そんな話をしてもおそらく無駄なのはわかっていたが、ぼくはモサラに対する危険をとり除かずにはいられなかった。

三番はぼくの無知を馬鹿にした顔で、「なっていなかったと思うね。おれは、混合化した

〈基石〉がいる情報宇宙のモデルを見たことがある。そしておれたちが生きているのは、その宇宙ではない」

「なぜそういえるんだ？」

「なぜなら、アレフの瞬間後、ほかの人もみな混合化に引きずりこまれるからだ。その人数は幾何級数的に増加する。ひとりが混合化し、次にふたり、四人、八人……もし四三年にそれが起きていたなら、いまごろはおれたち全員がムテバ・カザディのあとを追っているはずだ。おれたちはみな、この身をもって、いったいなにがムテバを殺したかを知っただろう」

照明弾が落下して視界から消え、船倉はふたたび灰色に沈んだ。ぼくはすぐさま**目撃者**を起動して、もういちど周囲の光に目を順応させた。

クウェールが声をあげた。「アンドルー！　きこえるだろ！」

リズミカルな低い振動音が船体ごしに伝わってきて、それは徐々に大きくなっていった。ぼくはついにＭＨＤエンジンをききわけられるようになっていた——この音はこの船のエンジンじゃない。

不明確な状況にうんざりしながら、ぼくは待った。ぼくの両手もクウェールのと同じくらいひどく震えはじめた。二、三分して、遠くで叫び声があがった。言葉はききとれなかったが、ポリネシア訛りで、はじめてきく声だ。

三番が声を殺して、「口を閉じていろ、さもないとあいつらはみんな死ぬことになる。それともおまえらにとって、ヴァイオレット・モサラは漁農家（ぎょのうか）一ダースよりだいじか？」

ぼくはめまいを感じながら三番を凝視した。（この船のほかのACたちも同じように考えているのだろうか？）人がほんとうに死ぬのを何度目にしたら、こいつらは自分たちがまちがっていたかもしれないと認めるだろう？　それともこいつらはもう、『解体』が起こる最小の可能性ですら、どんな犯罪より、どんな残虐行為より許されざることだという倫理的計算結果の虜になりきってしまっているのだろうか？

さっきの声が近づいてきて、エンジンが止まった。漁船がこの船のすぐ脇に停止したらしい。だがすでに、別の一隻の音が遠くできこえていた。

会話の断片がききとれた。「でもこの船をあなたがたにリースした以上、あたしには責任がある。非常用システムの誤作動なんてあっちゃいけないことだ」その女性の声は低音で、当惑し、理性的で、頑固（がんこ）だった。ぼくはクウェールに視線を走らせた。汎は両目をつむって、歯を嚙みしめている。苦痛をこらえているクウェールの姿は、ぼくをひどく苛（さいな）んだ。自分がこの汎にいだきはじめている感情がほんものだとは思えないが、そんなことはどうでもいい。汎には治療が必要で、ぼくたちは逃げださなくてはならない。

（だがぼくが大声をあげたら……何人の命を危険にさらすことになるのだろう？）

さらにもう一隻が近づいてくる音がした。メーデー……誤報コード……メーデー……照明弾。これはちょっと異常だから調べたほうがよさそうだ、とこの海域の漁船すべてが考えたらしい。たとえその漁船のだれひとり武器をもっていなくても、いまやACは完全に数で負けている。

ぼくは顔をあげてわめいた。「下にいるぞ！」

三番の体が張りつめて、いまにも動きだしそうになった。ぼくが男の頭の近くの床に銃を撃ちこむと、男は凍りついた。ぼくは波のようなめまいに襲われ、自動火器の弾幕射撃を待ちうけた。(ぼくは狂っている――いったいいまなにをした?)

デッキで大勢の足音がして、叫び声がいくつもあがった。

二十番と青いオーバーオールを着た長身のポリネシア人女性が、船倉の縁に近づいてきた。漁農家の女性はぼくたちを見おろして眉をひそめると、「あの男性たちが暴力で脅したというなら、証拠をまとめて、島に戻ってから判事のところへもっていくんだね。ここでなにがあったにしろ、あなたがたとあの男性たちは別々になったほうがいいと思うんだが?」

二十番は憤慨(ふんがい)したふりをして、「あのふたりは舷側に隠れていて、小火器でわたくしたちを脅しつけ、あそこの男性を人質にとったのですよ! だというのにあなたがたは、あのふたりを引き渡せとおっしゃる、それも逃がしてやるために!」

漁農家はまっすぐぼくを見つめた。ぼくは言葉が出てこなかったが、その視線をうけとめて、銃をもった右手を脇にたらした。彼女はふたたび二十番にむかって、無表情にいった。「あなたがたのために、ここで見たことを喜んで証言するよ。下のふたりが人質を解放して、あたしたちと来る気があるなら、正義がねじ曲げられることはないとあたしが保証する」

ほかの漁農家が四人、船倉の縁に近寄ってきた。クウェールはまだ壁にもたれかかっていたが、あいさつがわりに手をあげると、ポリネシア語でなにかを叫んだ。漁農家のひとりがしわがれ声で笑って、返事をした。ぼくは希望が高まるのを感じた。船は漁農家たちであふれている――もし肉弾戦での殺しあいが予想される状況になったら、ACは白旗をあげるだろう。

ぼくは尻ポケットに銃をしまうと、上にむかって叫んだ。「この男を解放する！」

三番はとげとげしい表情で立ちあがった。ぼくは声をひそめていった。「どっちみち彼女は死ぬ。あんたが自分でそういったじゃないか。あんたたちはもう宇宙の救世主なんだよ」ぼくは腹を叩いて、「自分たちが歴史上どう評価されることになるか考えてみろ。いま自分たちのイメージに傷をつけたりするんじゃない」三番は二十番と視線を交わすと、縄梯子をのぼりはじめた。

ぼくは船倉の隅に銃を投げ捨てると、クウェールに手を貸しにいった。クウェールはゆっくりと梯子をのぼり、ぼくは汎が梯子から手を離したら体をうけとめてやるつもりで、すぐ下につづいた。

デッキには漁農家が三十人はいたに違いない――対するACは八人で、大半が銃を手にし、丸腰の無政府主義者たちよりはるかに緊張しているようだ。どんな事態が起こりえたかを考えると、恐怖感がよみがえる。ぼくはヘレン・ウーを探してきょろきょろしたが、どこにも姿は見えなかった。モサラの死を看取るために、夜のあいだに島に戻ったのか？　夜中に船の音はしなかったが……ウーはスキューバ用具を着けて、ハーベスターに運ばれたのかもしれない。

折りたたみ式ブリッジで二隻の船がつながれているデッキの端へぼくたちがむかいかけたとき、二十番が大声でいった。「盗品を返さないまま逃げられるなどとは考えないことね」

漁農家の女性は我慢の限界にきた。ぼくのほうをむいて、「ポケットを空にして、全員の時間を節約する気はある？　あなたの友人を医者に診せなくては」

「わかっています」

二十番がぼくに近寄ってきた。彼女は意味ありげにデッキを見まわし、ぼくは血が凍った。

（まだ終わっていないというのか）この女と仲間は、いまごろはもうモサラがとにかくとり返しのつかない状況になっていると期待しているが……確実なことがわかるわけではない以上、モサラに対する脅威が現実であることを証明する映像をもったままぼくを逃がすくらいなら、漁農家たちに発砲する気なのだ。

二十番たちはモサラという人間をよくわかっていた。ぼくにはこの映像なしでモサラに脅威を納得させる手段があるとは思えない。なんといってもモサラは、ぼくがコレラの件で勇み足をしたと信じている。

だが、選択肢はなかった。ぼくは**目撃者**を起動して、すべてを消去した。「仰せのとおり。消去完了。きれいさっぱり」

「言葉だけで信じられるとでもお思い？」

ぼくは腹から顔をのぞかせている光ファイバーを指し示した。「ノートパッドを接続して目録を検索しろ。自分で確かめるがいい」

「なんの証明にもなりませんわ。そのようなものは偽造できます」

「だったら……どうすれば満足だ？　巨大電子レンジにぼくを放りこんで、ＲＡＭを全部フライにするか？」

二十番はまじめな顔で首をふった。「その種の機器は備えておりません」

おだやかなうねりに乗って二隻の船が上下したり横ゆれしたりするのにあわせて、ブリッジにかかる圧力が変わり、かすかなきしみがあがる。ぼくはそちらに目をやって、「わかった。クウェールは行かせてやってくれ。ぼくは残る」

クウェールがうめいた。「だめだ。連中を信用など――」

二十番はクウェールをさえぎって、「それが唯一の解決策です。この件が片づきましたら、無傷でステートレスにお戻りになれると、わたくしが保証いたします」

そして平然とぼくを見つめる。ぼくにはこの女が心底本気だとしか思えなかった。モサラが死ねば、ぼくは解放される。

だがモサラが生きのびて、ＴＯＥを完成させたら――二十番たちが殺人未遂の共謀者でしかないと証明されたら――そのときこの連中は、自分たちの選んだメッセージ伝達者をどうしようと考えるだろうか？

ぼくは膝立ちになった。頭に浮かんだことのひとつは、『はじめるのが早いほど、早く終わるしね』

ぼくは光ファイバーを手に巻きつけて、メモリチップを腸から引っぱりだしはじめた。光ポートの跡に残った傷はごく小さかったが――チップを保護するカプセル型ケースがそれを無理やり押し広げて、ひとつまたひとつと光の中に出てくるさまは、輝く環節(かんせつ)をもつ不気味なサイバネティクス寄生虫が、宿主(しゅくしゅ)の体内にとどまろうと必死でもがいているように見えた。渔農家たちは度肝(どぎも)を抜かれ、狼狽してあとずさった。大声で叫べば叫ぶほど、痛みは鈍(にぶ)くなった。

最後にプロセッサが姿をあらわした。埋まっていた寄生虫の頭部。プロセッサは細い金色のケーブルを引きずり、それはぼくの脊髄(せきずい)を経由して脳の神経タップにつながっている。ぼくはチップとのつけ根でケーブルをねじ切って、いったん立ちあがったが、ずたぼろの穴に拳をあてて、体をふたつに折った。

血まみれの贈り物を足で二十番にむけて押しやる。ぼくは相手の目をのぞきこめるところまで体を起こせなかった。

「行ってよろしい」二十番の声は震えていたが、後悔の響きはなかった。この女がモサラに選んだ死にかたとはどんなものなのか。清潔で苦痛のない死であることはまちがいない。血も糞(くそ)もゲロもこればかりも流れることなく、夢物語にしか出てこない眠るような死にまっすぐむかうのだ。

ぼくはいってやった。「用がすんだら返送してくれ。そうでないと、ぼくの銀行の支店長から連絡が行くぞ」

24

漁農家(ぎょのうか)の船の窮屈な医務室でスキャンしたクウェールの足の画像には、破裂した血管と靭帯の裂傷、そして航空機の不時着跡のような傷が腿の裏に埋まった銃弾までつづいているのが映っていた。クウェールが顔から汗をしたたらせ、ひねくれた興味を示して画面を見守る中、旧式のソフトウェアは詳細な診断結果をのろのろと表示していった。最終行にあらわれた文字は、**『銃創と思われる』**。「へえ、わたしは撃たれたんだ！」

漁農家のひとり、プラサド・ジワラがぼくたちの傷をきれいにして薬を塗り、出血や感染やショックを抑える（市販の）薬品をたっぷりあたえてくれた。この船には強い鎮痛剤といえば未精製の合成アヘン剤しかなかったので、ぼくはハイになりすぎて、たとえそれに宇宙の運命がかかっているとしても、ＡＣの計画をだれかにすじの通ったかたちで説明するのは不可能だった。一方クウェールは完全に意識を失い、ぼくは汎のベッドの脇にすわって、いまの自分がものをきちんと考えられるという夢を本気で信じていた。

ぼくの腹にきつく包帯が巻かれていて助かった。ぼくは自分のあけた穴から手をいれて、体内に残っている機械仕掛けを調べてみたくてたまらなくなっていた。ぎっしりつまったすべすべの腸――クウェールの奇跡の治療薬がおとなしくさせた悪魔の蛇――や、温かくて血でびしょ濡れの肝臓――血液循環に直結した百億の極微の酵素工場にして、化学的直観が要求するものをなんだろうと調剤する無認可薬局――を。ぼくが望んだのは、隠されたあらゆる謎の臓器をひとつひとつ白日のもとに引っぱりだして、そのすべてを目の前で正しい位置に並べていき、ついには自分は皮と筋肉だけでできた容れものになって、わが内なる双子と対面することだった。

十五分ほどすると、その同じ酵素工場がようやく血の中のアヘンを分解しはじめ、ぼくはアヘンにのぼらされていた天国から手探りでおりてきた。ぼくはノートパッドをもってきてほしいといい、ジワラは頼みをきいてくれてから、デッキの作業を手伝いにいった。

ぼくは即座にカリン・デ・グロートと連絡をとることができた。話を要点だけに絞る。デ・グロートはぼくの話を最後まで黙ってきいた。ぼくの姿が話になにがしかの信憑性をあたえたことはまちがいない。「ヴァイオレットを説得して、文明国に戻らせてください。たとえ本人が危険を納得しなくても、なにを失うわけでもないでしょう？　最終的な論文はケープタウンからだっていつでも送れます」

デ・グロートは、「信じてちょうだい、彼女はこの話を隅から隅まで真剣にうけとるはずよ。ヤスオ・ニシデが昨晩亡くなったの。死因は肺炎で――それにあの人はとても体が弱かったけれど――ヴァイオレットはいまもひどく動揺している。それから彼女は、名の通ったボンベイのラボによるコレラゲノムの分析結果も見たわ。だけど――」

「じゃあ、彼女と国に飛んで帰ってくれますね」ニシデが死んだのは悲しい報せだが、モサラが他人の言葉に耳を貸すようになったのはまぎれもない朗報だった。「たしかに一種の賭けではあります、機上で発病するかもしれないですから――」

デ・グロートはぼくをさえぎって、「きいてちょうだい。あなたがいないあいだに、島で問題が発生したの。いまここからは飛行機が飛ばないのよ」

「なぜです？　問題ってどんな？」

「船で……たくさんの傭兵、っていうのかしら……そいつらが昨晩、島に上陸したの。空港は占拠されたわ」

クウェールのようすを見に戻ってきたジワラが、会話の最後の部分を耳にすると、小馬鹿にしたように口をはさんだ。「工作員どもか。数年おきに、デザイナー戦闘服を着た新しい猿の群れがやってきては、騒ぎを起こそうとして……失敗して、逃げていくんだ」その言葉は、ふつうの民主主義国の住民が周期的な選挙運動がうるさいと文句をいっているのと同じくらいの関心しかないようにきこえた。「そいつらなら昨晩、港に上陸するところを見たよ。むこうは重装備だったから、好きにさせるしかなかった」にやりと笑って、「ま、いまごろはなにか不測の事態に直面しているころだ。もって六カ月だろう」

「六カ月？」

ジワラは肩をすくめた。「それが過去最長だ」

騒ぎを起こしに船で来た傭兵たち――ACの船にぶつかったのはそいつらか？　どちらにせよ二十番と仲間たちは、空港が閉鎖されたのを朝までに知っていたはずだ――そしてぼくのもっていた証拠が、モサラの助かる可能性に少しも影響しないことも。

これ以上はない最悪のタイミングだが、少しも意外なことはない。アインシュタイン会議はステートレスに立派すぎる社会的地位をもたらしていたし、モサラの移住計画はさらに大きな問題の種（たね）となるだろう。だが、《エンジニュイティ》やそのお仲間は、モサラを暗殺して手ごろな殉死者を生むわけにはいかない。数十億ドルをもたらしてくれる合法的な顧客をひるませてとり逃がすのを承知の上で、島をもとどおり海に溶かすこともできない。打てる手はただひとつ、ステートレスの社会秩序を崩壊させて――この世間知らずな実験は最初から破綻する運命だったと全世界に証明するという方法を、もういちどだけ試すことだった。

ぼくはデ・グロートに、「いまヴァイオレットはどこに？」

「ヘンリー・バッゾと話しにいったわ。いっしょに病院に行くよう説得しているの」

「すばらしい」〝穏健派〟の計画に関わりすぎたせいで、ぼくはバッゾも危険にさらされているのを忘れかけていた――そしてモサラは二方面からねらわれている。過激派はすでに京都で勝利をおさめ――そしてシドニーからの途上でぼくをコレラに感染させた何者かは、おそらくいま現在はステートレスにいて、最初の攻撃の失点をとり戻すチャンスをうかがっているはずだ。

デ・グロートが、「すぐふたりにこの通話を見せるわ」

「それから警備部にコピーを渡してください」

「もちろん。それがなんになるかはともかく」この女性は切迫した状況にぼくよりはるかにうまく対処しているようだ。デ・グロートは冗談めかしてつけ加えた。「いまのところ、足ひれをつけたヘレン・ウーの姿は見ていないわ。ともかく、あなたへの連絡は絶やさないようにするから」

ぼくたちは病院でおちあうことにした。サインオフして目をつむり、まだまとわりついているアヘンの霧にふたたび沈みこみたいという誘惑と戦う。

空港が使えたときでさえ、主流派ACはぼくの治療薬を密輸入するのに五日かかった。さんざんな目にあってきたいまでも、ぼくはいまのモサラが歩く死体だという事実を鵜のみにする気になれないが――何万キロもの距離を超えて、遅くともあすかあさってに、アフリカのテクノ解放主義者が侵略への反撃に来てくれるのでもなければ……モサラが生きのびられる望みがあるとは思えない。

船が島の北の港に接近するあいだ、ぼくはアキリ・クウェールを見守っていた。どうしようもなくアキリの手を握りたかったが、そんなことをしたら事態をもっと悪くするのではないかとおそれていた。（性欲をいだく可能性すら外科的に削除した人間に惚れるだなんて、いったいぼくはどうしたんだ？）

答えは単純明快。トラウマの共有、苛酷な体験、ジェンダーの手がかりの欠如がもたらした混乱……別に不思議な話ではないだろう。汎性に夢中になる人はあとを絶たない。それに、こんな気分はまちがいなくすぐに消えるはずだ――ぼくのいだくどんな感情も決して報いられることはない、という単純な事実をうけいれたときに。

しばらくすると、アキリの顔を見ていることにそれ以上耐えられなくなってきた。心が痛くなりすぎる。だからぼくはベッド脇のモニタの輝くトレースを見つめ、毎回の浅い呼吸に耳を傾けて、自分の感じている心の痛みがどうして去ろうとしないかを理解しようとした。

トラムはいまも運行されているという情報はあったが、漁農家のひとりが、ぼくたちを市街地までトラックに乗せていくといってくれた。「救急車を待つより早いもの」とその女性は説明した。「島には救急車が十台しかないから」彼女は若いフィジー人でアデル・ヴニボボといい、ＡＣの船で船倉をのぞきこんだ漁農家のひとりだった。

トラックの運転台でヴニボボとぼくのあいだにすわったクウェールは、半覚醒状態だがまだ麻酔が効いていた。ぼくはまわりに広がるあざやかな珊瑚の入江がしだいに小さくなるのを眺めていた。礁が長い時間をかけて圧密されていくのをコマ落としで見ているようだ。

ぼくはヴニボボにいった。「きみたちはあの船で命の危険をおかしていた」

「海じゃメーデーが軽々しくあつかわれることは絶対ないもん」ヴニボボの口調は軽くふざけている感じで、折り目正しいぼくの態度を崩してやろうとしているらしかった。

「陸地でのことじゃなくてよかったよ」ぼくは口調を変えなかった。「しかし、あの船が危険にさらされていないのは見ればわかったはずだ。船員は、むこうへ行け、よけいなお世話だ、という。銃でその言葉を強調しながら」

ヴニボボは不思議そうな視線をぼくに投げて、「で、あれはむこう見ずだったたっての？　馬鹿な真似だった？　ここには警察はないんだよ。ほかにだれが助けてくれたと思うのさ？」

「だれもいないね」ぼくは認めた。

ヴニボボは前方の起伏した土地に目を据えた。「五年前、乗ってた漁船が転覆したんだ。嵐に巻きこまれて。両親と姉さんもいっしょ。両親は海に投げだされたとき意識不明になって、たちまち溺死した。姉さんとふたり、海に浮かんでた十時間、立ち泳ぎしながら、順番に支えあった」

「気の毒に。温室効果台風はたくさんの人命を――」

ヴニボボはうめき声で、「同情はいらないよ。説明してるだけなんだから」

ぼくは口をつぐんで待った。しばらくして、また話がはじまった。「十時間。いまでも夢に見る。育ったのは漁船の上だし――嵐が村をまるごと吹き飛ばすのも見たことがあった。海をどんなふうに感じてるか、ちゃんとわかってると思ってた。でも、姉さんと海に浮かんでたあの時間で、みんな変わった」

「どんなふうに？　敬意が増した？　それとも恐怖が？」

ヴニボボは気短にかぶりをふって、「増したのは救命胴衣の数だよ、マジで、でもいいたいのはそういうことじゃなくてさ」とじれったげに顔をしかめたが、ぼくにむかってこういった。「ちょっといったとおりにしてくれる？　目を閉じて、世界を思い描いて。百億人を全部同時に。無理に決まってるけど――やってみてよ」

ぼくは虚をつかれたが、いわれたとおりにした。「できた」

「じゃあ、見てるものを口で説明して」

「宇宙から見た地球。ただし、写真というよりはスケッチだ。北が上。インド洋が中央にあって――西アフリカからニュージーランドまで、アイルランドから日本までが見えている。とても大勢の人が――縮尺はでたらめだ――大陸や島のすべてに立っている。数えろといわれても困るが、あわせて百人くらいかな」

ぼくは目をひらいた。ぼくはヴニボボの古い家も新しい家もぎりぎりで存在しない範囲を思い描いたのだが、これはどうも、正確さにこだわらずに地図を思い描いて精神を高揚させる訓練というわけではないようだ。

ヴニボボがしゃべりはじめた。「昔はそれと似たようなのを思い描いてた。でも、事故のあとで変わった。いま目を閉じて世界を想像すると……見える地図はおんなじ、大陸もおんなじだけど……土地はじつは土地じゃないの。どっしりした大地に見えるのは、ほんとはぎっしり寄り集まった人間の塊。陸地なんかどこにもない、立てる場所なんてまるっきりない。人々はみんな海に浮かんでて、立ち泳ぎしながら、たがいに支えあってる。人はそうやって生まれ、そうやって死ぬ。おたがいの頭が波の上に出てるようにしようと必死になりながら」そこで急に照れたように笑い声をあげてから、喧嘩腰で、「だって、説明しろっていっただろ」

「いった」

まばゆい珊瑚の入江は漂白された石灰岩のぬかるみの流れに変わっていたが、このあたりの礁岩は繊細な緑色や銀灰色にちらちら光っていた。ACの船に来たほかの漁農家たちに同じことをたずねたら、どんな答えがきけただろう、とぼくは思った。おそらくは一ダースの別々の答えだ。ステートレスを動かしている原則は、人々はまったく異なる理由から、行動を同じくすることに同意する、というものであるらしい。それはたがいに矛盾する位相の和が、プレ宇宙の計算法を役立たずにするようなものだ。政治学や哲学や宗教が押しつけられることはなく、旗やシンボルを崇拝する頭の悪い応援団もいない——だがそれでも、秩序はあらわれてくる。

それが奇跡的なことなのか、それともどこにも謎はないのか、ぼくにはまだ判断がつかない。秩序は、多くの人がそれを望む場所でのみ生まれ、存続する。あらゆる民主主義はある意味、スローモーションにした無政府主義だ。どんな法律も、どんな政体も、時間が経てば変化しうる。成文化されているものもいないものもあわせて、どんな社会契約も破られうる。それに対する究極の対応策は、惰性と、無関心と、あいまいさだ。だがステートレスの住民たちは、おそらくは非常識な勇気をもって、政治的な結び目をほどいてもっとも単純なかたちにし、権力と責任、寛容と合意に関する構造を剝きだしのまま直視している。

ぼくはいった。「きみたちのおかげでぼくは溺れずにすんだ。お礼になにをすればいい？」

ヴニボボはぼくをちらりと見て、本気の度あいをたしかめた。「もっと懸命に泳いで。わたしたちみんなが浮かんでいられるよう、手を貸して」

「やってみるよ。チャンスがあればね」

穴だらけの予防線を張ったこの中途半端な約束をきいて彼女は微笑んでから、ぼくに思いださせてくれた。「わたしたちはたったいま、嵐にむかってまっしぐらに進んでるんだよ。だからチャンスはあると思う」

島の中央部では少なくとも街なかから人けが消えているだろうと思っていたのだが、ひと目見たかぎりではほとんど変化はなかった。パニックの気配はない——食料の買いだめに走っている人たちもいなければ、板張りされた商店もなかった。だがホテルの脇まで来ると、〈神秘主義復興運動》のカーニバルは逃げだしていた。急に姿を隠したくなった島への訪問者は、ぼくだけではないらしい。漁農家の船できいたところでは、空港が占拠されたときに女性がひとり軽傷を負ったが、大部分の職員は素直に立ち去ったという。マンローは島にも市民軍があると話していたし、その数はまちがいなく侵略者をしのぐだろう――だが装備や訓練や統制が、比較の対象になるレベルかどうかはわからない。傭兵たちはこれまでのところ、空港の守りを固めることで満足しているようだが――最終目標が権力の奪取ではなく、ステートレスに〝無秩序状態(アナーキー)〟をもたらすことなら、まもなく戦略的要所の無血占拠よりはるかに好ましからざる事態が起きてしまうのではなかろうか。

病院の空気は平穏だった。ヴニボボに手伝ってもらって、クウェールを建物に運びこむ。クウェールは夢見るような笑顔で足を引きずりながら前に進もうとしたが、汎がこけないようにするのはふたりがかりの仕事だった。プラサド・ジワラがクウェールの銃創のスキャン結果を事前に送っておいてくれたので、すでに手術の準備はできていた。ストレッチャーにのせられたクウェールが手術室に消えていくのを見ながら、ぼくは自分に、いまの不安な気持ちはほかのだれに対しても感じるに違いないものなんだ、といいきかせていた。ヴニボボとはここで別れた。

救急医療棟で順番待ちをしたあと、ぼくは局部麻酔をかけられて縫合手術をうけた。ぼくは素人(しろうと)手術の際に、癒合(ゆごう)を早めて傷口をうまくふさぐはずの工学産移植組織を殺してしまっていたが、ぼくの処置をした女医は海綿状の抗菌性炭水化物ポリマーを傷につめこみ、それが周囲の肉から分泌される成長因子に誘導される組織や細胞によって、ゆっくりと分解されるはずだ。女医はぼくに穴があいた原因をたずね、ぼくが事実をそのまま答えると、大いに安心したようだった。「なにかが食い破って出てきた跡かと思いかけてたの」

ぼくは慎重に立ちあがった。中心部は麻痺しているが、なくなった皮膚を縫いあわせた部分がぴんと張っていて、体じゅうの筋肉が引っぱられる感じ。女医が、「排便の際はあまり息まないようにしてね。あと、あまり笑わないように」

デ・グロートとモサラは医療撮影室の待合室にいた。モサラは疲れて神経質になっているようだが、ぼくの姿を見ると喜んで、手をとり、肩を抱いた。「アンドルー、だいじょうぶなの?」

「ぼくは問題ないです。番組からは一部の要素が欠落しそうですが」

モサラは無理に笑顔を作った。「ヘンリーはいまスキャンをうけているわ。わたしのデータはまだ処理のまっ最中で、時間がかかりそう。異質なタンパク質を探しているのだけれど、それができる分解能があるかどうか、ちょっと疑問ね。二十年前の中古の機械だから」モサラは両腕を体にまわして、笑おうとした。「でも思うの。この島で暮らすつもりでいるからには、わたしはここの設備でやっていけるようにすべきだって」

デ・グロートが、「わたしが話した範囲では、昨夜早く以降にヘレン・ウーを見た人はいないわ。会議の警備部があの人の部屋を調べにいったら、もぬけの殻だったそうよ」

ウーの信条が暴露されたショックから、モサラはまだ立ちなおっていないようだ。「ヘレンはなぜ《人間宇宙論者》と関わる気になったの？　名のある聡明な理論家なのに――擬似科学に群がる輩とは違うのよ！　わたしにも……ＴＯＥの細部をどうにも理解しきれないある種の人々が、そこには神秘的な作用があると思ってしまうのはわかるわ……でもヘレンは、わたしの研究をわたし以上に理解していたといって過言ではないのに！」いまは、じつは問題の半分はそこにあるのだと指摘できるタイミングではない。「あなたがヤスオの殺害犯だと考えている冷血漢どもについては……わたしはきょうの午後記者会見をひらいて、ヘンリー・バッゾの測度の選択に問題があることと、それが彼のＴＯＥにとって意味することをかんたんに説明するつもり。これで小心者の冷血漢どもも、本命の標的に専念できるでしょ」声は落ちついてきこえたが――モサラは体の前で両手首を反対の手で握りしめて、激しい怒りによるかすかな震えを隠そうとしていた。「そして金曜の朝にわたしが自分のＴＯＥを発表したら……そいつらも超越とやらにお別れのキスができるわ」

「金曜の朝ですか？」

「サージ・ビショフのアルゴリズムは驚異そのものよ。わたしの計算はあす木曜の夜のうちには全部終わるはず」

　ぼくは用心深く、「仮にあなたが生物兵器に感染していて――仕事ができないほど具合が悪くなったら――その計算結果を解釈して、すべてをひとつにまとめあげられる人はほかにいますか？」

　モサラはあとずさりした。「わたしになにをさせる気？　後継者兼次の標的を指名しろと？」

「違います！　あなたのＴＯＥが完成し、発表されたら、穏健派は自分たちのまちがいが証明されたのを認めざるをえないでしょうし――解毒剤を引き渡す可能性だってあるかもしれない。だれの名前も公表しろなんていってるんじゃないんです！　でも、あなたがだれかに、万一の際は仕上げを加えるよう依頼しておけば――」

　モサラは冷ややかな声で、「その連中に証明してやることなんて、なにもないわ。それに、ほかの人の命を危険にさらす気もないし、その可能性があることもしません」

　ぼくが議論の先をつづける前に、デ・グロートのノートパッドがチャイムを鳴らした。会議の警備主任のジョー・ケパが、デ・グロートが送った船上からのぼくの通話のコピーを見て、ぼくと話したいといってきたのだ。直に会って。至急。

　ホテル最上階の小さな会議室で――大柄な強化男性の部下ふたりを同席させて――ケパは三時間近くもぼくを厳しく問いつめ、モサラの番組を自分にやらせるよう《シーネット》に頼んだ瞬間にまで遡って、あらゆることをきいてきた。ケパはすでに、ＡＣの船でのできごとに関する漁農家数人の報告（地元のニュースネットに自分たちの談話を直接ポストしたもの）を見ていたし、コレラの分析結果にも目を通していたが――なおも怒りがおさまらず、疑いも捨てられず、ぼくの話に粗を見つけたがっているようだった。ぼくは好意的でないあつかいに腹が立ったが、ケパを心底責める気にもなれなかった。空港が占拠されるまでは、彼にとって最大の問題は道化服の大道芸人たちだった。それがいまでは脅威だらけで、最悪だとホテル周辺での全面的な戦闘もありうる状況だ。手作りの生物兵器で武装した情報理論家が会議でいちばん有名な物理学者を標的にしているという話は、悪趣味な作り話か、自分が神罰の対象に選ばれたことの証明に思えたに違いない。

それでもケパが事情聴取の終わりを告げたとき、ぼくは自分の話を納得させられたと確信していた。ケパは前よりも怒り狂っていたのだ。

ぼくの証言は国際司法規格にのっとって記録された。各フレームに万国共通のタイムコードのスタンプ、暗号化されたコピーをインターポールで保存。電子署名する前に、ファイル全体をスキャンして歪曲がないことを確認するよう求められた。ぼくはランダムに選んだ一ダースほどのポイントだけチェックした。三時間分すべてを見直すつもりはない。

自分の部屋に戻ってシャワーを浴びるとき、濡らしてもだいじょうぶだとわかっていながら、包帯を巻きなおしたばかりの傷を本能的にかばった。たっぷりのお湯も、質素だが品のある室内装飾も、現実とは思えなかった。二十四時間前のぼくは、モサラがボイコットを打破する手助けになることならなんでもするつもりで、彼女の移住を中心に番組を再構成しようとしていた。だがいま、ぼくがテクノ解放主義のためにできることといったらなんだ？　体外カメラを買って、モサラの無意味な死の記録をつづけるのか——ステートレスが崩壊するのを背景に？　それがぼくのしたいことなのか？　客観性という錯覚をとり戻し、モサラにどんな運命がふりかかろうとも淡々と記録することが？

ぼくは鏡に映った自分を見つめた。（いまのぼくはだれの役に立てる？）

バスルームの壁には電話があった。ぼくは病院にかけた。手術はなんの問題もなく終わっていたが、アキリはまだ麻酔で眠っていた。ともかくぼくは汎の見舞いにいくことにした。

ホテルのロビーを歩いているとき、ちょうど午前の記者会見が終了した。会議はいまもスケジュールどおりにつづいているが――画面には本日後刻にひらかれるヤスオ・ニシデ追悼集会が告知されていたし――参加者は見るからに不安な気持ちを抑えている感じで、少人数でひそひそ話をしたり、信憑性を問わず占領に関する最新情報が漏れきこえはしないかと期待するように、あたりをうかがっていた。

ぼくと一面識程度はあるジャーナリストばかりのグループが見つかり、むこうもぼくを、うわさ話を交換する仲間にいれてくれた。外国人は数日以内に島から退去させられるだろう――合衆国（かニュージーランドか日本）の艦船で――というのが一致した意見らしいが、だれにも確証があるわけではなかった。ジャネット・ウォルシュ専属カメラマンのデイヴィッド・コノリーが自信たっぷりに、「合衆国のノーベル賞受賞者が三人来てるんだ。ステートレスが滅茶苦茶になったとき、その三人がいつまでもとり残されっぱなしになるなんて思えるかい？」

ほかに意見が一致しているのは、空港の占拠は〝対立する無政府主義者〟――悪名高い合衆国からの銃砲法〝政治亡命者〟たちの仕業だということだった。バイオテク企業の話はひとことも出ず、モサラの移住計画が島では周知の事柄だとしても、それを探りあてるほど長く地元民と話す気になった者は、ここにはひとりとしていなかった。

この面々が、ステートレスで起こるあらゆることを世界にむけて報じるのだ――だれひとり、じっさいに進行している事態を少しも知らないままで。

病院への道すがら、電子機器の販売店が目にとまった。ぼくは新しいノートパッドと、小さな肩載せカメラを購入した。ぼくの個人コードをタイプすると、前のマシンの最終版衛星バックアップがフリーザーから流入して、リアルタイムへの対応をはじめた。画面に数秒間、起動時のノイズが流れ――**シジフォス**が告げた。「ディストレス患者の報告が三千件を超えました」

「知らずにすませたかったたな」（三千だって？）一週間前の六倍だ。「患者の分布地図を見せてくれ」その結果はなんらかの伝染病というより、自発の癌患者を記入したものに見えた。世界じゅうにランダムに散らばって、いかなる社会的・環境的要因とも関係なく、患者が集中している場所はそのまま人口集中地域だった。

（患者数がこうも急激に増加することがありうるだろうか――局地的な流行なしで？）空気媒介、性的接触、上水道、寄生虫などを原因とするモデルは、すべて流行の実態と一致しなかったときいている。

「この件に関してほかにニュースはあるか？」

「公式にはありません。しかし、あなたの同業者のジョン・レナルズが《シーネット》のライブラリーにログインした素材には、患者自身の明瞭な発言の初の記録が含まれています」

「快復した患者がいるのか？」

「いいえ。しかしあらたな患者の中には、病状が断続的に変化している人がいます」

「変化なのか、改善じゃなくて？」

「発言は明瞭ですが、話の内容が文脈的に不適切なのです」

「つまり、その人たちは精神異常なのか？　悲鳴をあげるのをやめ、ふたつの単語をつづけて口にできるほどに落ちつきをとり戻したと思ったら……その患者たちは気が狂っているとわかっただけだった？」

「その件については専門家の意見をきく必要があります」

病院にはもうすぐ着く。「それじゃあ、『変化する病状』の実例を見せてくれ。ぼくが見損ねていたお楽しみの映像を」

シジフォスはライブラリーをあさりまわって、映像クリップをよこした。他人の未完成作品をのぞき見するのは誉められたことではないが、レナルズがこの素材を同業者に見られたくないなら、暗号化しておいたはずだ。

ぼくはその場面を病院のエレベータの中で、ひとりきりで見て――顔から血の気が引くのを感じた。それはまったく説明がつかないし、意味をなすものにできる方法があるとも思えない代物だった。

レナルズはほかにも三人のディストレス患者の〝明瞭な発言〟を撮影してアーカイヴしていた。ぼくはノートパッドのヘッドセットを使って音を外に漏らさずに三件全部を見ながら、人の往来の激しい廊下を進んだ。患者たちがじっさいに口にした言葉はそれぞれのケースで異なっている――しかし、意味することは同じだった。

ぼくは判断を保留した。もしかするとぼくはまだショック状態だったり、漁農家の船であたえられた薬の影響が残っていたりするのかもしれない。たぶんぼくは、存在しないつながりを見てとっただけなのだ。

ぼくが病室に着いたとき、アキリは目をさましていた。汎はぼくを目にすると陰気な笑みを浮かべ——ぼくはどうしようもなく心が騒ぐのを感じた。アキリの顔がぼくの脳に深く焼きついて、自分がかつてほかのだれかに惹かれたことがあるとはもはや信じられなくなっていた、などということではまったくない。美というのは結局、なによりも表面的なものだ。だが、汎の黒い瞳がたたえる深い情熱やユーモア、そして知性をもつ人に、ぼくはかつて会ったことがなかった——。

ぼくは自分を抑えた。(なんと滑稽な)完全な汎性から見れば、ぼくの反応はホルモンに操られたゼンマイ仕掛けのおもちゃ——あるいは哀れな生物学的ロボット——の感傷でしかない。もしアキリがぼくの気持ちを知ることがあったなら……その返事として期待できるのは、同情がせいぜいだ。

ぼくはアキリ・クウェールにいった。「空港のことはきいたか?」

汎はうなずくと、沈んだ声で、「ニシデが死んだことも。この状況に対するモサラの反応は?」

「ばらばらになってはいないが——ものをきちんと考えられるかは疑問だな」(ぼくとは違って)

ぼくは病院でのモサラとの会話を再現して、「どう思う? もしだれかがモサラの代わりにTOEを発表するまで彼女が生きていられたら、穏健派は主張を撤回して、特効薬を手渡す気になるだろうか?」

　クウェールは期待薄だという表情で、「かもしれない。疑問の余地なく、TOEがほんとうに完成したと明白に証明されれば。だが連中はいまごろは逃走中で、なにかを手渡すことは不可能だろう」

「それでも分子構造を送信するくらいはできる」

「まあね。そうなったらなったで、時間内にそれを合成できる設備がステートレスにあることを祈るだけだ」

「宇宙全体が〈基石〉の存在を説明するための駒だとしたら、モサラにはツキがまわるはずだと思わないか?」自分ではそれをひとことも信じていなかったが、正しいことを口にしている気がした。

「アレフの瞬間を説明しても、それが奇跡的な処刑延期につながるわけではない。むしろ、モサラは〈基石〉でなくても生きのびられる――たとえニシデが死んで、バッゾのTOEが論破されていても。モサラが生きのびるとしたら、それは彼女を救おうとする人々が、殺そうとする人々よりも必死になるからにすぎない」クウェールは弱々しく笑った。「万物理論とは、つまりそういうことなんだ。奇跡などというものはない――〈基石〉にとってさえ。人はだれも、まったく同じルールに従って、生き、そして死ぬ」

「なるほどね」ぼくは口ごもってから、「きみに見せたいものがある。さっき発表されたばかりのニュースだ、ディストレスに関する」

「ディストレス？」

「とにかく見てくれ。たぶんなんの意味もないことだとは思うが――きみの考えを知りたい」

レナルズに対する義務として、未発表素材をむやみに人に見せるわけにはいかない。病室は満員だったが、ぼくたちの左右にはついたてがあったし、むかい側のベッドのギプスをした男性はあきらかに眠っていた。ぼくはクウェールにノートパッドを渡し、音量を絞って映像クリップのひとつをリプレイさせた。

顔色の悪い、着衣の乱れた長い黒髪の中年女性が病院のベッドに拘束され、画面にまっすぐ顔をむけている。麻薬はやっていないようだし、この症候群に特徴的なふるまいもまったく見せていない――だが女性はレナルズを、恐怖に魅せられたような真剣さで見つめていた。

女性がしゃべりはじめた。「この情報パターン、こうした認識を意識し所有しているこの状態は、層状に拡張しつづける系（システム）でそれ自身を覆っていく。情報を符号化するニューロン、ニューロンに栄養をあたえる血液、血液を循環させる心臓、心臓に栄養を補給する腸、腸に食物を送る口、口を通過する食物、食物を産する畑、大地、日光、数兆の星」しゃべりながら女性の視線はわずかずつ移動し、レナルズの顔の上を行ったり来たりする。「ニューロン、心臓、腸、タンパク質とイオンと水が脂質の膜につつまれている細胞、発生の過程で分化する組織、マーカーホルモンの勾配の交差にスイッチをいれられる遺伝子、たがいに嚙みあう百万の分子の形状、四価（よんか）炭素、一価（いっか）水素、電子の共有を介して結合する原子核、それを構成する陽子、静電気の反発力を相殺する中性子、場の励起の階層においてレプトンのパートナーとなるために両方向にスピンするクォーク、その土台となる十次元多様体……これらが全位相空間における破れたシンメトリーを定義する」早口になって、「ニューロン、心臓、腸、一個の細胞に遡れる形態形成、別の体の中の受精卵。別々の提供者を必要とする二倍性の染色体。祖先の形質の反復。従来の系統から種を分離させる突然変異、単細胞生物、自己複製する小片、ヌクレオチド、糖、アミノ酸、二酸化炭素、水、窒素。凝縮する原始星雲――そこに満ちた重元素はほかの星で合成され、それが中を通過していく重力的に不安定な宇宙は特異点ではじまりそして終わる」

女性は沈黙したが、眼球は動きつづけていた。その視線の動きからレナルズの顔の輪郭を読みとれそうだ。仮にこの女性が最初はレナルズを奇妙な亡霊だと思っていたとしても、いまでは熱心に相手を理解しようとするようすが驚愕のあいまにひらめくように見えた――まるで女性が自分の宇宙論の論考過程を行きつくところまで押し進め、目の前にいる他者にして論理的には遠い親類に違いない人物を、その宇宙論の統一された体系に編みこもうとしているかのように。

しかしそこでなにかが起こって、女性のつかの間(ま)の寛解(かんかい)は終わった。わきあがる恐怖とパニックに顔がゆがむ。ディストレスが支配をとり戻したのだ。女性が手足をばたつかせて叫びはじめる前に、ぼくはリプレイを停止させた。

ぼくはクウェールに、「ほかにも二人の患者の記録があって、多かれ少なかれ似たようなものだ。さて、いまのたわごとをきいてぼくが思ったことをいおうか――それとも、きみも同じか？」


ことを感じたか？　つまり……『自分は〈基石〉だ』と人に信じさせる伝染病なんてあるの
　クウェールはノートパッドをベッドに置いて、ぼくに顔をむけた。「アンドルー、もしこれがでっちあげなら――」

「まさか！　なんでぼくがそんな――？」

「モサラを救うためだ。だがこれがでっちあげなら、絶対にうまくいかない」

　ぼくはうめいた。「モサラの身の危険をとり除くために〈基石〉をでっちあげるなら、いまわのきわのヤスオ・ニシデがさっきの宇宙論的啓示を口にしているところをシミュレートするよ――だれとも知れない精神病患者じゃなくて」ぼくはいまの映像が、レナルズの作っている《シーネット》の番組用のものであることを説明した。

　クウェールはぼくがほんとうのことをいっているかたしかめるように、ぼくの顔を探った。ぼくは汎を見つめかえしたが、疲労と混乱がひどくて、いまはなにも隠す気にならなかった。クウェールの顔をよぎったのは驚きと、そのあとのは……面白がるような表情だろうか？　ぼくにはわからなかったが――なにを感じたにせよ、汎は黙ったままだった。

　ぼくは、「もしかすると、だれかほかの主流派ACがこの映像を捏造して、《シーネット》にハッキングを……」といいながら自分が藁にすがっているのはわかっていたが、ほかにすじの通る説明は思いつかなかった。

　クウェールは平板な声で、「それは違う。そんなことがあったら、わたしが耳にしているはずだ」

「じゃあ――？」

「これはほんものだ」

「だがそんなことはありえない」

クウェールはその目に浮かぶ恐怖を隠さずに、ぼくとふたたび視線をあわせた。「わたしたちが真実だと考えていたことが、じっさいに真実で――しかし、細部の解釈をまちがえていたなら、ありうる。だれもが細部をまちがって解釈していた。主流派も、穏健派も、過激派も、それぞれ異なる推論をしていたが――どれもまちがっていたんだ」

「いっていることがわからないんだが」

「わかるようになる。わたしたちすべてが」

ぼくは突然、船でＡＣにきかされた、ムテバ・カザディの死に関する根拠の疑わしい話を思いだした。「きみはディストレスの原因が……情報との混合化だと考えているのか？」

「そうだ」

「もし〈基石〉が情報と混合化したら、ほかの人もみな混合化に引きずりこまれるというあれか？　その人数は幾何級数的に増加する？　まるで伝染病のように？」

「そのとおり」

「しかし――そんなはずはない。だれが〈基石〉なんだ？　だれが最初に混合化したんだ？　ムテバ・カザディが死んだのは何年も前だぞ？」

クウェールは狂ったように笑った。「ムテバじゃない！」むかい側のベッドの男性が目をさまして、さっきからぼくたちの話を残らずきいていたが、気にしている場合ではない。「ミラーはあの宇宙論モデルでいちばん奇妙な点について、あんたに話す暇がなかったんだ」

ミラーというのは、ぼくが〝三番〟として考えていた強化男性だ。

「奇妙な点とは？」

「ＴＯＥの計算が完了すると……その影響は時間を遡っておよぶ。それほど遠い過去までではない。時間の前方で幾何級数的に増加するということは、後方では幾何級数的に減少するということだから。それでも、アレフの瞬間に〈基石〉が絶対確実に混合化されることが、アレフの瞬間以前でもほかの人々が小さな確率でランダムに〝引きずりこまれる〟のを意味することに変わりはない。状態というのは連続したものであって、どんな系でも0から1へ瞬間的にジャンプすることはないんだ」

ぼくは理解できずにかぶりをふった。話がのみこめない。

アキリがぼくの手をとると、たぶん無意識にぎゅっと握りしめて、恐怖心を――そしてめまいのするほど激しい予感を――ぼくの体に直接、肌から肌へ伝えてきた。

「〈基石〉はまだ〈基石〉になっていない。アレフの瞬間は起こってさえいない――なのにわたしたちは、すでにその衝撃を感じているんだ」

25

クウェールはぼくのノートパッドを使って情報の流れの詳細を手早く略図にし、それがディストレスの原因だと確信していた。さらに汎は、その過程の大ざっぱなコンピュータモデルを患者数データと一致させようとまでしたが——グラフのカーブは現実の数値ほど急勾配にならなかった（現実の数値は幾何級数的増加を超える早さで上昇していた——「たぶん初期の患者数が過少申告されていたせいだ」とクウェール）。また、モデルの計算結果だとアレフの瞬間の日付は、二〇五五年二月七日と……三〇七〇年六月十二日のあいだになる。クウェールは休むことなく、モデルを改良しようとやっきになった。グラフやネットワークダイヤグラムや方程式が、クウェールの指先の下の画面で明滅する。これまで目にしたヴァイオレット・モサラの作業ぶりを連想して、ぼくは感嘆した——内容に関するぼくの理解ぶりも、モリラのときと同程度だったが。

あるレベルでは、ぼくは緊急事態を示唆（しさ）するクウェールの論理を本気でおおごとだと感じずにはいられなかった——けれど、最初にその論理を理解したときのショックが薄れるにつれ、自分たちは四人の患者の奇怪な独白に勝手な意味を読みとっているだけなのでは、という気がふたたびしてきた。人間宇宙論はこれまでひとつとしてテスト可能な予測をしていない。それがどんなTOEにもエレガントな数学的基盤をあたえられることは疑わないが——その理論自体の確固とした証拠の最初のものが、新種の風変わりな精神病の患者四人のうわごとだとしたら、それはぼくが宇宙について信じているあらゆることを捨て去る根拠としては薄弱だった。

さらに、もしクウェールが正しいとしても、世界じゅうがディストレスに蝕まれるという予言は……そんな大災難は穏健派の『解体』と同じくらいありえない。

ぼくはそうした疑念を口にはしなかったが、病室を立ち去るときには——クウェールはほかの主流派ACたちとの相談に没頭していた——常識の世界に戻っていた。未来のアレフの瞬間のエコーに関するこうした話はすべて、従来からある同様の理論中もっとも非現実的なものよりも、さらに下に位置づけられるべきものだった。

たぶん、脳の特定領域を標的とする軍事用の神経刺激性病原菌に問題が生じて、ディストレス犠牲者の大半に共通する症状を——そして三千人の患者中四人の躁病的だが精確な知識の奔流を——引きおこすようになったのだろう。論考とはほかのあらゆる精神的過程と同じく、脳内の有機的事象の産物だ——妄想型統合失調症患者が、遺伝や疾病による自然な損傷によって、あらゆる広告看板、あらゆる雲、あらゆる樹木に個人的意味を見出すようになるのなら……正しい科学知識と、このウイルス兵器による非常に集中的な損傷の組みあわせは、同様に制御不能で、しかしはるかに激しい意味の奔流を引きおこせるかもしれない。もし武器本来の目的が分析的思考を害することだったとしたら、破壊するはずだった神経経路を暴走したウイルスが過剰に刺激する結果になることも、考えられなくはない。

ぼくは電子機器販売店に戻って、自分用にもうひとつノートパッドを買った。歩きながらデ・グロートに映話する。デ・グロートは気が動転しているらしかったが、ネットでは話したくないといった。

ぼくたちはホテルのモサラのスイートで顔をあわせた。デ・グロートはぼくを部屋にいれるとき、口をきかなかった。「もしかしてヴァイオレットは――？」こまかい塵が天窓の下を漂っている。ぼくの言葉は部屋の中にうつろに響いた。

「入院を許可されたわ。そばについていたかったけれど、ヴァイオレットに帰れといわれた」デ・グロートはぼくとむきあって立ち、両手を正面で握りしめて、目を伏せていた。静かな口調で、「知ってのとおり、わたしたちはほとんどあらゆる人から脅迫メールをうけとってきたわ。全世界のありとあらゆるカルト、あらゆる狂人が、ヴァイオレットに自分たちの驚異の宇宙論的啓示を共有させたがった……でなければ、おまえはわれらの貴い神話を冒瀆したから地獄の業火で焼かれるだとか、仏陀の真実をすべて蹴散らしただとか、男性的西洋的還元主義的傲慢さによって世界の偉大な文明の数々を粉々に破壊して虚無主義に変えただとか、その種のことをいやというほどわからせてやるといった。《人間宇宙論者》は……雑音を増やす声のひとつにすぎなかった」デ・グロートはぼくをまっすぐに見て、「あなただったら、連中が脅威になるなんて考えた？　原理主義者でもない。人種差別主義者でもない。ヴァイオレットの死体になにをするつもりか微にいり細をうがって説明する精神異常者でもない。連中は情報理論に関する長い論文を送りつけてきて――追伸、わたしどもはあなたさまが宇宙を創造されるのを楽しみにしておりますが、あなたさまを阻止しようとするであろう派閥もいくつかございます」

ぼくは答えた。「だれもそんな連中を脅威だとは考えやしない」

デ・グロートはこめかみをぬぐうと、黙って立ちつくしたまま両目を覆った。

「だいじょうぶですか?」

デ・グロートはうなずくと、味気なく笑って、「頭痛がしただけ」深呼吸をして、気あいをいれようとしているのがはた目にもわかった。「ヴァイオレットの血液と骨髄、それにリンパ節で微量の異質なタンパク質が見つかったの。でも分子構造は解明できなかった――そして彼女にはいまのところなんの症状も出ていない。だから病院では強力な抗ウイルス剤の混合薬を投与して――なにかが起こるまでは、見守る以外になすすべがないのよ」

「セキュリティは――?」

「警備の人がついているわ。いまそれがなんになるかはともかく」

「バッゾはどうでした?」

「あの人のスキャン結果は異状なしだったようね」デ・グロートは鼻を鳴らし、怒りと当惑を感じているらしい。「バッゾは……このすべてに動じていない。あの人の信じるところでは、ニシデの死因は自然のものにすぎなくて、ヴァイオレットは体内に無害な汚染物がはいっただけで、あなたがくれたコレラの分析結果はメディアの馬鹿騒ぎ用に捏造(ねつぞう)したもの。バッゾが唯るか、らしいわ」

一心配しているのは、会議が終了したときにまだ空港が閉鎖されていたら、どうやって帰国す

「でもバッゾにはボディガードが——？」

「知らないわそんなこと。本人にきいて。ああそうだ——ヴァイオレットはバッゾに自分で記者会見をひらいて、自分のTOEの欠陥を発表するようにいったわ。抗ウイルス剤は体力を奪うから、ヴァイオレットは吐き気がひどくてほとんどしゃべれないのよ。バッゾはヴァイオレットにあいまいな約束をしたけれど、あとでわたしにこっそりと、その問題をもっとくわしく検討するまではなにも撤回しないとかなんとかいった。だからバッゾがじっさいにどうするかはわからない」

ぼくは激しい怒りと落胆を感じたが、口では、「バッゾはすべての証拠を知らされた上で、そういう決断をしたんですから」といった。バッゾの敵についてまで気をまわしてはいられない。まだセーラ・ナイトの死体が発見されたわけではないが——彼女の殺害犯がステートレスに来ているという可能性は、ぼくをなによりも不安にさせた。穏健派は、自分たちの望むとおりのものがまだ手にはいるかもしれないと結論を出したあとは、ぼくを好きに動きまわらせている。だが過激派はすでにいちど、もう少しでぼくを殺すところだった——意図しないうちに。

ぼくはデ・グロートに、「この生物兵器がいつ爆発するかはわかりませんが……救急航空機の機上でできないことで、ステートレスでならできることはないですよね？　そしてきっとお国の政府は、完全装備の軍用救急ジェットを喜んで派遣してくれるはず——」

デ・グロートはうつろに笑った。「そう思う？　あなたにいわれるとかんたんそうに思えるけれど。ヴァイオレットには高い地位の友人たちがいる――そして不倶戴天の敵も……でもその大半は、自分たちの目的にかなうなら喜んで彼女を利用する糞ったれな実利主義者ばかり。ちょっとした奇跡でも起きなければ、あいつらが損得を天秤にかけて、敵味方にわかれ、戦って決着をつけ、決断をくだすまでを、まる一日でやってのけるなんてことはないでしょう――ステートレスが平穏で、ジェット機がちゃんと空港に着陸できるときでさえ」

「なにいってるんです！　この島全体が滑走路みたいに平らなんですよ。たしかに、海辺の地盤はやわらかいですが、固さのじゅうぶんな土地は半径二十キロはある」

「空港からのミサイルの射程距離内にね」

「ええ、でも傭兵たちが医療目的の輸送に関心を示すはずはないでしょう？　まもなく外国の艦船が自国民を島から退去させるために押し寄せてくることは、傭兵側も予想しているはずです。ジェット機だって別に違いはない。ずっと早くに到着するだけで」

　デ・グロートは悲しげにかぶりをふった。自分でもぼくの説明で納得したいのだが、それが意味をなすと思えないのだ。「あなたやわたしが危険についてなにを考えたところで、それは当て推量と願望的思考にすぎないわ。結局南アフリカ政府は、状況を自分たちなりの視点から評価するでしょうし――三十秒で決断をくだしたりはしない。救急飛行に数万ドルかかることが問題その一。航空機がステートレス上空で撃墜されるかもしれないという問題もある。そしてヴァイオレットは――それに正気の人間ならだれでも――三人か四人の罪のない人が空中で無意味に爆死することなんか、絶対望まないでしょう」

ぼくはデ・グロートに背をむけて窓際に歩いた。下の通りから見てとれるかぎりでは、ステートトレスはいまも平穏だ。傭兵たちがどんな流血の大惨事を計画しているにせよ、そいつらの雇い主は、世界的有名人をテクノ解放主義の殉死者にすることだけは絶対望まないはずではないか？《エンジニュイティ》をモサラの暗殺者候補と考えることは、それゆえにまったく意味をなさない。《エンジニュイティ》にとってモサラの死は、彼女の移住が大々的に報じられるのと同様に避けたい事態だろう。

だが、状況はきわめて微妙だった。《エンジニュイティ》側がモサラを利用する可能性もあるのだ。バイオテク企業は、次のシナリオのどちらが反ボイコット運動へのより大きなダメージになると考えるだろう？　反逆者との無謀な戯れが原因でモサラが悲劇的な死を遂げるという教訓物語か――それとも、緊急飛行でたちまち故郷（あらゆる遺伝子が正当な所有権保持者のものであり、あらゆる病気がかんたんに治療される場所）へつれ帰られたモサラが生きのびるという心温まる物語か？

だがいまはまだ、《エンジニュイティ》は自分たちが困難な選択に直面していることさえ知らないはずだ。だから、《エンジニュイティ》に適切な決定をくださせられるかどうかは、そのニュースを伝える人物しだいということになる。

ぼくはデ・グロートをふり返った。「もし救難便の飛行の安全を保障するよう、傭兵たちを説得できたとしたら？　そういう意味の公式発表をさせることができたら？　その可能性があれば——あなたには事態を動かせますか？」ぼくは両手で拳（こぶし）を作って、パニックを沈めようとした。（おまえは自分がなにをいっているかわかっているのか？）いまいったことをすると約束してしまったら、あと戻りはできない。

だがぼくはすでに、『もっと懸命に泳ぐ』と約束していた。

デ・グロートは悩ましげな表情で、「ヴァイオレットはウェンディやマコンポにもまだ話していないのよ。そしてわたしには沈黙を誓わせた。ウェンディは商談でトロントに出かけているし——」

「ケープタウンで政治家への働きかけができるなら、トロントからでもできる。それにいまのヴァイオレットはきちんと考えられる状態じゃない。彼女のお母さんになにもかも話すんだ。旦那さんにも。必要なら、マリアン・フォックスと国際理論物理学者協会（IUTP）の全会員にも」

デ・グロートは躊躇（ちゅうちょ）してから、心もとなさそうにうなずいた。「やってみる価値はあるわね。なんだってやってみる価値はある。でも、傭兵たちからなにかの保証をとりつけられるなんて、本気で思っているの？」

ぼくは答えた。「プランAは、そいつらが映話に出てくれるよう必死で祈ること。ぼくだって、空港まで歩いていって、直接交渉するハメになりたいわけじゃないから」

島の中央部の大半は、いまも侵略の影響をうけていないように見えた——けれど、空港から通り四本隔てたところまで近づくと、なにもかもが違っていた。バリケードもなければ、警告の表示もなく――そして人っ子ひとりいなかった。時刻は夕方早くで、ぼくの背後の通りは活気にあふれ、占拠された建物群からわずか五百メートルのところで商店やレストランが営業している――しかし、目に見えないラインを越えたとたん、ぼくはステートレスにこの島独自の〝廃墟〟が誕生したのかと思った。まるでネットに滅ぼされた都市のどまん中を縮小版で模倣したかのようだ。

交戦地域ではないので銃弾は飛んでこなかったが、こういう場所で役立つ経験はしたことがなかったし、なにを予想すべきかもわからなかった。ぼくは戦場には近寄らないようにしてきた。科学ジャーナリズムの道を嬉々として選んだのは、生命倫理会議より危険なものを撮影する必要が生じることは絶対にないと知ってのことだ。

旅客ターミナルの入口は幅広い長方形の闇になっていた。スライド式のドアは十メートルむこうで粉々になっている。割れた窓、散乱する植物や彫刻。壁には機械の爪をもったなにかにえぐられたような奇妙な傷がある。ぼくは歩哨や秩序のしるし、明確な命令系統が存在する証拠といったものを期待していた。だがこれはむしろ、略奪者の集団が闇の中で、さまよいこんでくるだれかを待ちうけているという雰囲気だ。

ぼくは思った。（セーラ・ナイトはこういう行動をとっただろう――単なる取材が目的でも）だろうな。そしてセーラ・ナイトは死んだ。

ぼくはゆっくりと、地面を神経質なまでにスキャンしつつ前進しながら、十四年前**シジフォス**に、魅力的な対人地雷を無料で宣伝してくれる技術愛好症(テクノファイル)のジャーナリストを探している武器製造業者からのジャンクメールはすべて消去しろ、といったのを後悔していた。とはいえ……たぶんそうしたメディアむけ資料には地雷の被害者にならないために役立つ秘密情報は載っていなかっただろうが——対応する駆除装置に五万ドルをつぎこむこと以外には。

建物内部は漆黒の闇だったが、外の投光照明が礁岩を白く染めていた。いま**目撃者**が使えて網膜を調節できればと思いながら、入口の奥の闇に目を凝らす。右肩のカメラはほぼ重量ゼロだが、体が傾いている気がする上に不格好に感じた——なじみ具合も、信頼度も、機能性も、生殖器が膝の皿に移動したような感じ。それに——すじが通ろうが通るまいが——目に触れない神経タップとRAMは、つねにぼくを盾や覆いで守られている気分にさせてくれていた。ぼく自身の目や耳のとらえたあらゆるものがデジタルに記録されていたときには、ぼくは腸を抜きとられるか目をつぶされるかさえしなければ特権的な観察者でいられた。それに対していま肩の上にある機械は、フケのようにはらいのけられる。

人生でこれほど無力になった気がしたことはない。

ぼくは人けのない出入口まで十メートルのところで立ち止まり、両腕をのばして指を広げた。闇の中へ叫ぶ。「ぼくはジャーナリストだ！　話がしたい！」

ぼくは待った。いまもうしろからは街の喧騒がきこえるが、空港は沈黙に満ちている。ぼくはもういちど叫んだ。恐怖が困惑に変わりかけた。もしかすると旅客ターミナルは捨ておかれて、傭兵たちは滑走路のいちばん遠くの一角に野営地を設営し、ぼくはここで観客もいないのに道化を演じているだけなのではないか。

そのとき、ぼくは湿っぽい空気が静かに動くのを感じ、入口の闇が一台の機械を吐きだした。

ぼくはひるんだが、その場にとどまった。その機械がぼくを殺す気なら、ぼくはそいつが近づくのを見ることさえなかったはずだ。機械が動くのにあわせて、機体の部分的な輪郭が断続的にあらわになる――かすかだがたしかにそこにある光のゆがみを、ぼくの目は機械の縁としてとらえた――が、機械が停止すると、目に映るのは残像と憶測の産物だけになった。六本脚のロボットで、高さ三メートル？ 機械がそれ自身を含むぼくの視野をアクティヴに計算し、周囲の輝度にあわせて光学迷彩をプログラムしているのか？（いや、それだけじゃないぞ）そいつは建物の外に途中まで機体を突きだし、その部分は投光照明に照らされているのに影を落としていなかった――この機械は、遮断した光源の波面ひとつごとにポリマースキンが完璧な代替レーザー光線を発生させるという、リアルタイムのホログラフ処理をおこなっていることになる。ぼくは不意に、いまステートレスの人々がなにに直面しているかに気づいて吐き気を覚えた。これは何百万ドルもする最上級軍事テクノロジーだ。今回の《エンジニュイティ》は、安あがりなちょっかいを出しにきたのではない。製品の評判を傷つけることなく、自分たちの知的財産をとり戻す気なのだ――その邪魔になるならば、礁岩の上にあるあらゆるものが引き倒されるだろう。

機械昆虫がいった。「合同代表取材の出席者の選択は終了したのだ、アンドルー・ワース。きみは侵略者のお気にいりリストにはいっていない」その機械は英語をしゃべり、抑揚は完璧でかすかに面白がっている口調までみごとに表現していたが、訛りがまるでないのにはぞっとさせられた。機械が自分でしゃべっているのか、それともぼくはリアルタイムで傭兵と——または広報担当者と——話しているのか、知る手がかりはなかった。

「戦闘の取材をしたいんじゃない。ぼくはあなたがたが……パブリシティ的に望ましくない事態を回避できるチャンスを提供しに来たんだ」

昆虫は怒ったようにすばやく前に出てきて、繊細な干渉縞のモアレ模様が迷彩化された表面に花ひらいたり消えたりした。ぼくはその場を一歩も動かなかった。本能は逃げたがっているが、筋肉がゼリーになった気分。機械は二、三メートル離れたところで停止し——ふたたび視野から消滅した。そいつが最低限、一瞬で前肢をもちあげてぼくの首をはねられることに、疑いの余地はない。

ぼくは気を落ちつけて、機械がいるはずの空間にむけてしゃべった。「いまこの島にいるひとりの女性は、数時間以内に外につれ出さなければ死んでしまう状況にある。そうなったときには……《シーネット》は『ヴァイオレット・モサラ：テクノ解放主義の殉死者』という番組を放送する手はずを整えている」それはほんとうのことだ——リディアが最初少々抵抗を見せはしたが。ぼくはリディアに、移住計画の理由を語るモサラを捏造した映像——現実に撮影したものではないが、すべての発言は多かれ少なかれじっさいにモサラが口にしたものだ——を送信していた。いまごろは《シーネット》の三人のニュース編集者が全力をあげて、それを——ぼくが撮影したほんものの素材もいっしょに——最新版の訃報用準備映像に組みこんでいるだろう。ただぼくは、《人間宇宙論者》に関してはなにも触れずにおいた。モサラはボイコットに対する有力な反対運動の表看板（おもて）になろうとしているところだった——それがいま、モサラはウイルス兵器におかされ、ステートレスは占領されている。リディアは自分なりに結論を引きだし、編集者たちはその線で指示をうけたはずだ。

昆虫は数分間、長々と沈黙した。ぼくは両手を宙にあげたまま固まっていた。ぼくはこの恐喝が指揮系統を上へ伝えられていくところを想像した。もしかするとバイオテク同盟は、《シーネット》を買いとってニュースを抹消するという選択肢を検討しているのだろうか？　だがそうなったら、ほかのネットワークにも圧力をかけなくてはならないわけで、好ましい情報のみが流れるようにするには同様の出費をつづける必要が生じる。だがモサラを生かしておけば、ただで望みがかなう。

ぼくは声をかけた。「モサラが生きのびても、あなたがたは彼女がここに戻ってこないようにできる。だが彼女がここで死んだら……この先数百年、大衆の心の中でモサラの名前はステートレスと結びつけられるだろう」

肩をなにかに刺された気がした。カメラをちらりと見おろすと、それはすでに燃えつきて、黒こげの小さな塊（かたまり）から灰がシャツに転がり落ちていた。

「航空機の着陸を許可する。そしてきみも彼女といっしょに島を離れるのだ。彼女が危機を脱したら、彼女の移住計画と——そしてその顛末に関する新しいレポートをケープタウンからファイルしたまえ」声はさっきと同じだったが——言葉の背後にある権力の響きは、島のけるか彼方からのものだった。

『レポートの内容が適切なものであれば、報酬を支払う』といういわずもがなの言葉は省略されていた。

ぼくは同意のしるしに頭を下げた。「いわれたとおりにする」

昆虫は一瞬間をおいてから、「ほんとうかね？　そうは思わんな」焼けるような痛みが腹を走った。ぼくは悲鳴をあげて膝をついた。「彼女はひとりで帰国することになる。きみはステートレスに残って、その崩壊を記録するのだ」視線をちらりとあげると、半閉じの目に射しこむ日光のちらつきのように、緑と紫に光るゆらめきをかすかに見せながら機械が建物内に戻っていくところだった。

立ちあがれるようになるまでしばらくかかった。レーザー光はぼくの腹に真一文字の水平なミミズ腫れを作っていた――光線はすでにあった傷の上に数マイクロ秒とどまったようだ。炭水化物ポリマーはカラメル状になり、水っぽい茶色の流動物がへそから漏れている。ぼくはだれもいない入口にむかって小声で悪態をつくと、足を引きずりながらその場を離れた。

人通りのあるところまで戻ると、ふたりのティーンエイジャーが近づいてきて、手を貸しましょうかといった。ぼくはありがたく好意をうけた。ふたりはぼくを病院まで支えていってくれた。

ぼくは救急医療棟からデ・グロートに映話した。「たいへんに文明的なやつらでしたよ。着陸許可をとりました」

デ・グロートは憔悴（しょうすい）しているようだが、ぼくに満面の笑顔を見せた。「やったわね！」

「フライトに関する情報は？」

「まだなにも――でも数分前にウェンディと話したら、むこうも大統領からの連絡を待っているところだといっていた」そこでデ・グロートは口ごもった。「ヴァイオレットは熱が出てきたの。まだ危険な状態じゃないけれど、武器の引き金は引かれたのだ。ここからは一歩ごとがウイルスとの競争だ。だが、期待をかけられる要素があるだろうか？　もういちどタイミングの誤りが起こる？　それとも、〈基石〉に魔法の免疫力がもたらされる？

「いまは彼女のところにいるんですか？」

「ええ」

「三十分後にそこに行きます」

前と同じ女医が前と同じ処置をしてくれた。きょうは多忙だったらしく、いらだった声で、「今回はあなたのいいわけはききたくないわ。前回のでこりごり」

ぼくは清潔な小部屋を見まわし、薬や医療器具が整然と並ぶ戸棚をじっくり眺めて、絶望にとらわれた。たとえモサラの退避がまにあっても……ステートレスにはどこにも逃げ場のない百万人がいる。ぼくは女医にきいた。「戦闘がはじまったらどうしますか？」

「戦闘なんて起こらないわ」

ぼくは空港の奥深くに集められている機械を、島の人々に準備されつつある運命を想像してみた。そしておだやかな口調で、「あなたがたには選択の余地はないと思いますよ」

女医はぼくの火傷に軟膏を塗る手を止めて、許しがたく不愉快で人を見下したことをいわれたという顔でぼくをにらんだ。「あなたはここの住民じゃないでしょ。わたしたちがどんな選択をするかなんて、これっぽっちもわからないはずよ。それともわかるっていうの？　どうせ、わたしたちが過去二十年間、おめでたいユートピアの夢かなにかに酔いしれて、自分たちの陽性のカルマ・エネルギーがすべての侵略者を撃退するとのんきに思いこんでいる、とでも考えているんでしょうが？」そしてふたたび軟膏を塗りはじめたが、手つきは荒かった。

ぼくはとまどいながら、「違いますよ。あなたがたは自衛の準備を完全に整えていると思っています。しかし今回ばかりは、敵に打ち負かされるでしょう。手ひどく」

女医は包帯の準備をしながら、ぼくを鋭く見据えた。「よくききなさい、いちどしかいわないから。そのときが来たら、わたしたちを信じたほうがいいわよ」

「あなたがたのなにを？」

「あなたより分別があるってことを」

ぼくは陰気に笑いながら、「その程度ならお安いご用」

モサラの病室に通じる廊下の角を曲がると、デ・グロートが——抑えた声で、しかしあきらかに興奮して——ふたりの警備員に話をしていた。デ・グロートはぼくを見つけて手をふった。ぼくは足を早めた。

ぼくがそばまで行くと、デ・グロートは黙って自分のノートパッドをかかげて、キーを押した。ニュースキャスターがしゃべりはじめた。

『反逆者の島であらたな動きがありました。無政府主義者たちの暴力的な分派で空港を占拠していたグループが、先ほど南アフリカ政府の外交官の要求をうけいれ、ノーベル賞受賞者ヴァイオレット・モサラさん二十七歳の、緊急退去を許可しました。モサラさんは島でひらかれて物議をかもしていたアインシュタイン百周年記念会議に参加中でした』背景では、モサラの映像の下で様式化された地球が回転し、キャスターの言葉にあわせてステートレスに、次に南アフリカにズームインした。『島には時代遅れの医療設備しかないため、現地の医者には正確な診断をくだせていませんが、モサラさんは生命の危険がある状態と思われます。マンデラ市の消息すじによれば、ンチャバレン大統領自身が無政府主義者たちに私的な嘆願を送り、数分前に返答をうけとったばかりだということです』

ぼくは両腕でデ・グロートをかかえあげて、喜びでめまいがするまでぐるぐるまわった。警備員たちが子どものようににやにやしながら眺めている。侵略という状況全体を考えれば、これはあまりにささやかな勝利でしかないかもしれないが――それでもこれは、もうほんとうに長いあいだではじめての喜ばしい事態に思えた。

デ・グロートが上品に、「もういいでしょ」といい、ぼくは回転を止めた。デ・グロートはぼくから離れると、「航空機の着陸は午前三時。空港の西十五キロのところに」

ぼくは息をついて、「本人は知っているんですか?」

デ・グロートは首を横にふった。「ヴァイオレットにはまだなにも話していないわ。いまは眠っているし。熱はまだ高いけれど、ここしばらくは容態が安定している。医者たちはウイルスがこの先どんなことをするかわかっていないものの、航空機までの救急車には、いちばん可能性の高い非常事態に対応できる薬をそろえておくそうよ」

落ちつきをとり戻したぼくは、「こうなると、ほんとうに心配なことはひとつだけか」

「どんなこと？」

「ヴァイオレットを相手にした経験からいうと……ぼくたちが陰で動きまわっていたと知ったら、おそらく島を離れるのを拒否するでしょうね——ただ単に意地を張って」

デ・グロートは、ぼくが冗談をいっているのかどうか判断しかねるという顔で、不思議そうにぼくを見た。

そして、「本気でそんなことを信じているなら、ヴァイオレットを相手にした経験なんてないのと同じよ」

26

ぼくはデ・グロートに、少し眠って午前二時半までに戻るといった。モサラには〝道中ご無事で（ボン・ヴォヤージ）〟をいっておきたい。

アキリ・クウェールに会って吉報を伝えようとしたが、汎は退院していた。ぼくは汎にメッセージを送ってから、ホテルに戻って、顔を洗い、レーザー署名いりのシャツを着替えた。火傷した部分は感覚がなく、気にならなかった。局部麻酔が傷を魔法で消したかのように。ぼくはふらふらだったが、意気はあがっていた――興奮のあまりじっとしていられず、まして眠るのは論外だ。午後十一時近かったが、商店はまだあいている。外に出て、新しい肩載せカメラを購入すると、街をぶらついて、目にはいるあらゆるものを撮影した。番組名、『ステートレス最後の平和な夜』？　街の雰囲気は、ホテル内にこもった物理学者やジャーナリストのあいだに漂う包囲攻撃されているような空気とはまったく違っていたが、不安な予感にぴりぴりしている感じはあって、地震警戒警報下のロサンジェルスを思わせた（ぼくもいちど経験したが、誤報だった）。ぼくと目のあった人は不思議そうな――疑わしげともいえる――表情になるが、敵意を見せることはない。それはまるで、街の人々がぼくを傭兵のスパイだとしか考えられないと思っていて――けれど、たとえぼくがスパイでも、それはごくめずらしい特徴にすぎず、それを理由にぼくを責める気はない、と考えているかのようだった。

ぼくは照明の明るい広場の中央で立ち止まり、ニュースネットをチェックした。バッジは自分の誤りを認める記者会見をひらいてはいなかったが、モサラにウイルスの症状があらわれたからには、過激派の脅威を真剣にうけとめて、記者会見についても再考するだろう。ステートレス情勢に関する報道は、一様に悪臭を放っていた――だが、《シーネット》がもうすぐ占拠の真のねらいを報じて、他社すべてを出しぬくはずだ。たとえモサラが生きのびても、真実はボイコット支持国同盟には痛手になる。

空気は湿っていたが、冷たかった。ぼくは地球上のあらゆる場所を橋渡ししている人工衛星群を見あげて、自分が開戦前夜に南太平洋の人工島にいるという事実に、意味を見出そうとした。

(ぼくの全人生がこの瞬間に符号化されているのだろうか――ぼくのもっている記憶も、ぼくの置かれてきた状況も? この瞬間を、ただそれだけをもとにして……人生のほかのすべてを再現できるのだろうか?)

そうは感じられなかった。シドニーでの子ども時代は想像不能な、ビッグバン同様に遠い過去の、仮説上のできごとだった――そればかりか、漁船の船倉(せんそう)で送った時間や、空港での機械昆虫との遭遇ですら、夢のかけらのように印象が薄れている。

ぼくはコレラに罹(かか)ったことはいちどもない。ぼくには内臓がない。

星はよそよそしくきらめいていた。

午前一時、通りはまだ人であふれ、商店やレストランはまだ営業していた。そうあってしかるべき重苦しい表情の人はだれもいない。住民たちはまだ、自分たちが直面しようとしているのは、以前切り抜けたことがあるようなごたごたとなんら変わらないと信じているのだろう。

若い男性のグループが、広場の噴水を囲んで冗談をいって笑っていた。ぼくは若者たちに、市民軍がすぐにも空港に攻めいると思っているのかとたずねた。こんなに陽気な理由はほかに思いつかない。もしかするとこの若者たちも攻撃に参加する予定で、その心がまえをしているところなのかも。

若者たちは信じられないという目つきでぼくを見た。「空港に攻めいる？　そして皆殺しにされるんですか？」

「きみたちにはほかにチャンスがないかもしれない」

若者たちは面白がるような視線を交わした。そのうちのひとりがぼくの肩に手を置いて、熱のこもった口調で、「なにもかもうまくいきますよ。事態の動きに注意して、浮き足立っちゃだめです」

こいつらはどんなドラッグをやっているんだ、とぼくは思った。

病院に戻ると、カリン・デ・グロートが、「ヴァイオレットが目をさましたわ。あなたと話したいって」

ぼくはひとりで病室にはいった。中は薄暗く、ベッドの頭のそばにあるモニタが緑色とオレンジ色でデータを輝かせている。モサラの声は弱々しかったが、頭ははっきりしていた。

「救急車にいっしょに乗ってくれる？」

「あなたが望むなら」

「なにもかもを記録してほしいの。必要なときは、きっとそれをうまく利用して」

「きっと」モサラが具体的になにを指しているか、ぼくには自信がもてなかった——もしモサラが死ぬことがあったら、その罪を《エンジニュイティ》にかぶせることか？　だがくわしい説明は求めなかった。殉死の政治学にはうんざりだ。

「カリンからきいたわ、あなたが空港に行って傭兵たちにわたしのことを嘆願してくれたって」モサラは探るような視線をぼくの顔にむけた。「なぜ？」

「お礼をしただけですよ」

モサラは低く笑った。「わたし、そんなお礼をしてもらえることをなにかした？」

「話せば長い物語です」もはやぼく自身にも、自分がアデル・ヴニボボに報いようとしたのか、すべてはテクノ解放主義のためにしたことなのか、やり遂げられたのはモサラへの敬意と賞賛ゆえなのか、それとも〝《基石》を救って〟──その役柄が崇敬される創造主というより、情報理論的伝染病保菌者のように思えはじめているとはいえ──アキリにいいところを見せようとしたのか、わからなくなっていた。

デ・グロートが姿を見せて、フライトに関する情報を伝えた。すべては予定どおりに進んでいて、もう病院を出る時間だった。ふたりの医者が病室にはいってきた。ぼくはうしろに下がると、肩のカメラでモサラがモニタと点滴につながれたままストレッチャーに移されるのを撮影した。

屋内駐車場で救急車にむかう途中、バルーンタイヤをはめた半ダースの車に医療器具や包帯や薬が積まれているのを目にした。たぶん病院が占拠された場合に備えて、備品を街のほかの各所に運んでいるのだろう。侵略をなめてかかっている人ばかりでないのを見ると、希望がわいてくる。

救急車はサイレンを鳴らさず、ゆっくりと市街地を走った。通りには日中にも見たことがないほど大勢の人が出ていた。モサラがデ・グロートに頼んでノートパッドを渡してもらうと、それを自分の脇のマットレスに置いて、タイプできるよう横むきになった。いまのモサラはなにをするにもたいへんな集中力が必要なように見えるが——それでも画面から目を離さないまま、ぼくにいった。

「後継者を指名したらどうかといっていたでしょう、アンドルー。研究の完成を確認する人を。だから、いまその手配をしているの」

もうそんなことをする意味があるとは思えなかったが、ぼくは黙っていた。ケープタウンの高解像度スキャンはほぼ瞬時にウイルスの全タンパク質の構造をはじき出し、その作用を的確に阻止する薬はものの数時間で設計・合成されるだろう。穏健(おんけん)派がまちがっていることを証明しておいて、特効薬を渡すよう頼むのは、もはや手っとり早い解決策でもなんでもない。

モサラはぼくを見あげると、カメラにむかってしゃべった。「いまソフトウェアが十の正準状態の実験にとりくんでいるわ。そのすべての完全な分析結果を総合すれば、全空間の十個のパラメーター——すべての粒子や力の根底にある十次元幾何学の詳細——として考えられていたものが出てくるはず。現代の用語でいえば……その十の実験の中からあきらかになるのは、プレ宇宙のシンメトリーがいったいどのように破られて、わたしたちが生まれたかということ。この宇宙の万物が共通してもっているのは、いったいなにかということ」

「そこまではわかりました」

モサラはいらいらとかぶりをふった。「終わりまでしゃべらせて。いま現在、スーパーコンピュータ・ネットワーク上で走っているのは、処理能力にまかせた力ずくの計算にすぎない。ソフトウェアには、栄誉をわたしに残しておいてほしかったの。再照合して、すべてをまとめあげ……論文を執筆して、だれにでも意味のとれるかたちで結果を記述する。でもそんなのはなんでもないこと。わたしにはもう、結果が手にはいったらそれをどうしたらいいかが、きちんとわかっているから。そして——」あわただしくキーを打って、結果を検分してから、ノートパッドを脇に押しやった。「そのすべてはたったいま自動化されたわ。先週、母からプレリリース版のカスパーのクローンをもらったの——そのクローンはたぶんわたしには無理なすばやさで、結果を文章にしてくれるでしょう。だから、わたしが生きていようが、死んでいようが、そのあいだのどこかにいようが……金曜の午前六時までには、論文は書きあがって——だれにでも無料でアクセス可能なかたちでネットにポストされることになるのよ。さらにコピーが世界じゅうのあらゆる大学の物理学部のあらゆる教員とあらゆる学生に送られる」一瞬、心底不敵にほくそえんで、「さあ、《人間宇宙論者》はこれからどうする気かしらね？　世界じゅうの物理学者をひとり残らず殺すの？」ぼくはデ・グロートに視線を投げた。デ・グロートは口を固く結んで、顔には血の気がなかった。モサラはうめき声をあげて、「ふたりとも、そんなぞっとしたような顔はやめてよ。わたしはあらゆる不測の事態に備えているだけなんだから」

モサラは目を閉じた。息は荒かったが、まだ微笑んでいる。ぼくはモニタを見た。モサラの体温は四十度九分。

救急車は市街地を離れていた。窓には、ぼくたちの姿が映っているだけ。走りは順調で、エンジンはとても静かだった。しばらくすると、ぼくは遠くの縦坑で礁岩が息を吐いているのがきこえるような気がして――じつはそれが接近してくるジェット音だと気づいた。

モサラは意識を失っていたが、だれも目をさまさせようとはしなかった。救急車は指定の地点に到着し、ぼくは航空機の着陸を撮影するために急いで車から出た――それはプロ意識が少しでも残っていたからというより、すべてを記録すると約束したからだった。機はぼくたちからほんの四、五十メートルのところに垂直降下した。灰色の機体が月明かりだけに照らされ、VTOLエンジンが焼けた石灰岩のこまかい塵を岩の基質から吹きあげる。ぼくはこの勝利の瞬間をじゅうぶんに味わいたかったが――流線形の軍用機が闇の中で人けのない場所に着陸する光景には、心が沈んだ。艦船による退去を見ても同じ気持ちになるだろうと思う。外の世界はつま先立ちではいってきて、自国民だけを回収し、去るつもりだ。無政府主義者たちはこれから起こることに自分たちで対処しなくてはならない。

機から最初におりてきたふたりの男性は、将校の軍服を着て武器を携帯していたが、どうやら軍医らしい。ふたりは島の医者たちを脇につれていくと、額を寄せて話しはじめたが、声はジェット音できこえなかった。エンジン自体は止まっているが、それを冷却しておくための給排気がつづいているのだ。そのあと、しわくちゃの私服を着た細身の若い男性が姿をあらわした。やつれて混乱しているように見える。それがだれだかわかるまで二、三秒かかった。モサラの夫、マコンポだ。

デ・グロートが彼と顔をあわせ、ふたりは無言で抱きあった。デ・グロートがマコンポを救急車につれていくあいだ、ぼくはうしろに下がっていた。ふりむいて、灰銀色に広がる礁岩を見渡す。あちこちに細い線状に散らばる残留鉱物が月光を浴びて、ありえないほど静かな海に浮かぶ泡のように輝いている。視線を戻すと、ストレッチャーに縛られたモサラを兵士たちが航空機に運びいれていた。マコンポとデ・グロートがつづく。ぼくは急にひどい疲れを感じた。

デ・グロートがステップをおりてきて、ぼくに近づきながら叫んだ。「あなたもいっしょに来る？　場所はいくらでもあるって」

ぼくはデ・グロートを見つめかえした。ここにとどまる理由があるだろうか？《シーネット》との契約はモサラの人間ドキュメントを作ることで、ステートトレスの崩壊を記録することではない。見えない機械昆虫からは機への同乗を禁じられたが――ぼくが逆らったところで、傭兵たちには知りようがあるだろうか？　愚問だ。屋外でなら軍事衛星は赤外線を使って、個人を識別し、会話を読唇（どくしん）することもできる。だが傭兵たちは、無名のジャーナリストひとりを罰するだけのために――広報活動の訓練すべてに反し、報復覚悟で――機を撃墜しようとするだろうか？　答えはノーだ。

ぼくはデ・グロートにいった。「そうできればいいんですが。でも、ここには残してはいけない人がいるから」

デ・グロートにはそれ以上の説明はいらなかった。彼女はうなずいて、ぼくの手を握ると、微笑んで、「あなたがたふたりに幸運を。あなたとはすぐにケープタウンで会えるよう願っているわ」

「ぼくもです」

病院への帰路、ふたりの医者はずっと無言だった。まちがいなく戦争について話したそうだったが——ただし、よそ者のいないところでだ。ぼくは不慣れなテクノロジーがまだ信用できず、肩載せカメラで撮影した素材をスキャンしてから、自宅のコンソールに送信した。

街なかには前以上にたくさんの人がいたが、いまでは歩きまわっている人は減っていた。大半の人が寝袋や、折りたたみ椅子や、携帯レンジをもって路上生活をはじめていて、小さなテントをひろげている人も何人かいる。ぼくはこの光景に希望を感じるべきか、それともそこにあらわれた痛ましいほどの楽天主義に憂鬱（ゆううつ）になるべきか、わからなかった。もしかすると無政府主義者たちは、街のインフラストラクチャーが奪いとられても最善の対処ができるよう、準備してあったのかもしれない。そしていまだに、パニックや、暴動や、略奪は、気配も感じられなかった——これはひょっとするとマンローのいったことが正しくて、人間が営む畏敬すべき文化活動の根源や力学に関して島でおこなわれている教育が、ことの成りゆきを徹底的に考えて暴動やらなにやらに加わるのを拒む能力を住民たちにあたえた、ということかもしれない。

だが、十億ドル相当の軍用機器に対してステートレスの人々が虐殺されずにすむには、レンジや、テントや、社会生物学では、とうてい足りはしないだろう。

27

砲撃で目がさめた。爆発音は遠かったが、ベッドはゆれている。ぼくは数秒で着替えたものの、判断に迷って部屋のまん中で立ちつくした。島には地下室もなければ防空壕もない、となるといちばん安全な場所は？　一階におりるか？　それともおもてに出たほうがいいか？　砲撃に身をさらすことを考えるとぞっとする——けれど、頭上の四、五階分の建物はまともな防護物になるだろうか、それとも重い瓦礫（がれき）の山にしかならないだろうか？

朝の六時をまわったばかりで、外はかろうじて明るい。ぼくは警戒しつつ窓に近寄りながら、狙撃手にねらわれるという不合理な恐怖と戦った——傭兵とＡＣ、どちらの陣営にせよぼくにかまっている暇があるかのように。白い煙の柱が五本、数百メートル離れたところにあがり、移動しない竜巻のように見えない頂部にむかって漏斗（ろうと）状に広がっていた。地元のネットにもっと近くからの映像がないか、**シジフォス**に探させる。数十人が画像をポストしていた。礁岩は弾性があり不燃性だが、砲弾には単なる熱や震動ではおよばないダメージをあたえるよう処置された化学薬品が装填されていたに違いなく、画像は崩壊した建物というよりも、鉱山の掘りつくされた区画に選鉱屑（くず）が崩落したところのようだった。瓦礫の下に生存者がいるとは思えない——だが近隣の通りも大してマシな状況とはいえず、数メートルの白亜の塵に埋まっている。

ホテルの外で路上生活をしていた人々には、不意打ちされたようすは見られなかった。半数はすでに荷物をまとめて移動をはじめ、残りはテントを畳んだり、毛布や寝袋を丸めたり、コンロを分解したりしている。小さい子どもの泣き声があがり、群衆の雰囲気が目に見えて緊張した――だが、人波に踏みつけられている人がいるわけではなかった。いまはまだ。通りの先に視線を動かしていくと、街の中心部を離れて北にむかう人々のゆっくりとした着実な流れができているのがわかった。

ぼくは傭兵たちの作戦が致命的だが静かなものであることを半ば期待していた――つまるところ《エンジニュイティ》は生体工学者の集まりなのだから――が、考えが足りなかった。爆発の連続、塵に還る建物、避難民の列といったもののほうが、『無政府状態がステートレスにやってきた』用の映像としてははるかに効果的だ。傭兵たちが島へ来たのは、現地で確実に島を支配するためではない。反逆者の社会はすべて、テレビ映えする騒乱状態に陥って崩壊する定めだと証明するためだったのだ。

ホテルの東のどこか、これまででいちばん近くで砲弾が爆発した。天井から白い粉が降りそそぐ。窓にはまったポリマーが音を立てて枠から外れ、枯れ葉のように巻きあがった。ぼくは床にうずくまって頭を覆い、デ・グロートやモサラといっしょに行かなかった自分をののしった――そして、ぼくのメッセージを無視したアキリ・クウェールをののしった。（なぜぼくは、自分があの汎にとってなんでもないという事実をうけいれられないんだ？）モサラを異端派のＡＣから守る戦いでは、ぼくにも少し使い道があったし、ディストレスの背景にある真実を啓示しているとおぼしきニュースをアキリにもたらしたのも、ぼくだった……だが情報伝染病の大流行がはじまろうとしているいまでは、ぼくは用なしだった。

ドアがさっとひらいた。初老のフィジー人女性が部屋にはいってくる。このホテルにはスタッフの制服がなかったが、前にこの女性が建物内で働いているのは見たことがあると思う。女性はぶっきらぼうに、「街から避難します。もてるだけの荷物をもってください」床の震動は止まっていたが、ぼくはよろめきつつ立ちあがりながら、女性の言葉を正しくきいたか自信がもてずにいた。

服は荷造りしてあった。ぼくはスーツケースを引っつかむと、女性のあとについて廊下に出た。ぼくの部屋は階段の脇で、女性はすぐ隣の部屋にむかっていた。ぼくは階段をはさんだ廊下の反対側を手で示した。二十室ほどある。「あっちはもう――?」

「まだです」女性はぼくに作業をまかせるのを一瞬ためらったようだが、すぐに気を許した態度になった。マスターキーをかざして、ぼくのノートパッドに赤外線シグネチャーをクローンさせる。

ぼくは階段のそばにスーツケースを置きっぱなしにした。最初の四部屋は空室だった。いまや砲弾の爆発はのべつ幕なしになっていたが、大半は幸いにも遠方だ。ぼくはノートパッドをロックにかざすとき、片目を画面から離さなかった。すべての被害報告を照合して、それを記入した街の地図をポストしている人がいる。現時点で二十一棟の建物が分解されていた――おもに集合住宅街区が。もし戦略的に重要な建物が標的に選ばれているなら、まちがいなくすでに攻撃されたはずだ。たぶん、いちばん貴重なインフラストラクチャーは標的から外されているのだろう――侵略者の第二陣が島を〝無政府状態〟から〝解放〟しに来て、傀儡政権を樹立したときに使うため？　あるいはねらいは単に、できるだけ多くの居住用建造物を壊して、最大多数の人々を荒れ地に追いやることなのかもしれない。

ぼくはローウェル・パーカー――モサラの記者会見で質問した《アトランティカ》のジャーナリスト――が床にうずくまって震えているのを見つけた……ホテル・スタッフの女性がぼくを見つけたときも、こんなふうだったのだろう。パーカーはすぐに落ちつきをとり戻し、避難の報せをきいてとても喜んでいるようだ――ほかの人から明確な計画をきけるのを待っていただけで、相手が状況をわかっているかどうかは気にしないとでもいうように。

次の十部屋か十二部屋で、ぼくはさらに四人を見つけ――おそらくジャーナリストか学者だが、見覚えのある人はいない――ほとんどの人が荷造りをすませて、だれかの指示を待っていただけだった。ぼくの指示が賢明かどうか疑問を呈して時間をつぶす人はいなかった――それにぼくだって砲撃から遠ざかりたいのは山々だった――けれど、百万人が街からいっせいに出ていくことを考えて、ぼくは不安でしかたなくなりはじめていた。過去五十年間における最大級の惨事は、すべて交戦地帯から避難する難民のあいだで発生している。もしかすると、運にまかせて砲弾でロシアンルーレットをしていたほうが利口かもしれない。

最後の一室がスイートで、モサラとデ・グロートの部屋とは左右が逆なのはわかっていた。建物が左右対称の構造だから必然的にそうなる。マスターキーのクローン・シグネチャーでドアのロックは解除できたが――チェーンがかかっていてドアはわずかしかひらかなかった。

ぼくは大声で叫んだ。返事はない。肩で押しあけようとしたが――無意味にひどいあざを作ったただけだった。毒づいて、ドアのチェーンのあたりを蹴る――倍の痛みが返ってきて、腹の縫い目がひらきかけたが、こんどはうまくいった。

ヘンリー・バッゾが窓の下の床に、手足を投げだしてあおむけで横たわっていた。ぼくは動揺し、この混乱のまっただ中で助けは期待できそうにないと思いながら、バッゾに近寄った。バッゾは赤いビロードのバスローブを羽織り、髪は濡れていて、シャワーを浴びたばかりのようだった。過激派の生物兵器がついに標的をとらえたのか？　それとも爆発のショックで心臓発作を起こしただけなのか？

どちらでもなかった。バスローブは血でびしょ濡れ。胸には撃たれた穴。狙撃されたのではない。窓は無傷だ。ぼくはしゃがんで、バッゾの頸動脈に指を二本当てた。バッゾは死んでいたが、体はまだ温かかった。

目を閉じて歯を食いしばり、やりきれなくて叫びそうなのをこらえる。モサラを島から離れさせるのに要した苦労に比べたら、バッゾはじつにかんたんに自分の身を守れたはずだ。ふたことか三言、自分の研究の誤りを認めていれば、いまもまだ生きていただろう。

けれど、プライドがバッゾを殺したわけではなかった――そんな考えは糞喰らえだ。バッゾが頑固だったのは別に悪いことではないし、誤っていようがいまいが、自分の理論を守って悪いこともない。バッゾが死んだ理由はただひとつ。どこかの頭のおかしいＡＣが、バッゾを超越という幻影の生贄にしたのだ。

副寝室でボディガードの強化男性ふたりを見つけた――ひとりはきちんと服を着ていて、もうひとりはおそらく眠っていたのだろう。ふたりとも顔を撃たれたらしい。ぼくはショック状態だったが――気分が悪いというより頭が麻痺している――ようやく撮影をはじめられる程度には落ちついた。いずれは裁判があるかもしれず、もしホテルが瓦礫の山と化そうとしているのなら、ほかに証拠は残らないだろう。ぼくは死体をクローズアップで眺めまわしてから、カメラをまんべんなく四方にむけながら部屋から部屋へ歩いて、現場の完全な再現が可能なだけの細部を記録しようとした。

バスルームのドアはロックされていた。ぼくは馬鹿げた希望がわくのを感じた。第四の人物が犯行を目撃して、ここに無事に隠れられたのでは。ぼくは取っ手をがちゃがちゃ動かし、そして大声でもうだいじょうぶだといおうとしたまさにそのとき、入口のドアにチェーンがかかっていたことの意味が、ようやくぼくの麻痺した頭に染みわたった。

ぼくがその場で数秒間凍りついたのは、最初はまったくそれが信じられず――それから動くのがこわくなったからだ。

だれかの呼吸がきこえたのである。ひそやかで浅く――だがひそやかさが足りなかった。必死で息を鎮めようとしている。数センチむこうで。

ぼくは取っ手を離せなかった。握った指が固まっている。ぼくは殺人者の顔があるはずの高さで、左の手のひらを冷たいドアの表面にぴたりと押しつけた――神経終末という神経終末があげる悲鳴の共鳴度で、相手の顔の輪郭を感じとり、皮膚から皮膚までの距離を測れると思っているかのように。

（だれなんだ？）過激派の暗殺者はだれなのか？　ぼくを工学産コレラに感染させる機会があったのは？　プノンペン空港のトランジットラウンジで、あるいはディリ空港の市場（バザール）の雑踏ですれ違った見も知らぬ人か？　島へのフライトの最後の行程で隣席にいたポリネシア人のビジネスマンか？（それともインドラニ・リー？）

ぼくはあと数秒で銃弾が頭蓋骨に穴をうがつと確信して、恐怖に体が震えた——それでもぼくの中には、ドアをこじあけて相手の顔をどうしても見たいと思っている部分があった。ぼくはその瞬間をネットでライブ中継することができる——そして銃の閃光がすべてをあきらかにする中で死ぬのだ。

砲弾が一発すぐ近くで爆発して、衝撃波が建物を強く共振させ、ドア枠がゆがんでロックが自然に外れそうになった。

ぼくはうしろをむいて逃げだした。

人々の列に混ざって街から出ていくのは一種の試練だった——たぶん必要以上にひどいものでは決してなかったが。のろのろ歩くぼくの目にはいる群衆は、だれもがぼくと同じにおびえ、閉所恐怖になりかかり、列がもっと速く動いてくれることだけを願っているようだったが——人々はひらき直って意地になったように忍耐強く、綱渡り芸の初心者さながらにあらゆる動作を計算し、恐怖と自制のあいだの緊張から汗をかきつつ、わずかずつ前進していた。子どもたちが遠くで泣き叫んでいたが、ぼくの周囲の大人たちは、爆音が地面をゆるがすあいまに用心深くひそひそとしゃべっていた。ぼくはいまにも前方で集合住宅街区が分解されて数百人を生き埋めにし、パニック状態で引きかえそうとする人々の中でさらに数百人が圧死するのではないかとずっと思いつづけていた――だがそんなことはいつまで経(た)っても起こらず、苦難の二十分がすぎるとぼくたちは砲撃地帯を抜けだしていた。

列は動きつづけた。長い時間、ぼくたちは肩が触れあうほど密集して足を運ぶしかなかった――しかし、家屋が建てこんだ郊外地区を抜けて、剝きだしの礁岩の上に工場や倉庫が散在する工業地区にはいってしまうと、いきなり自由に動ける空間ができた。人の塊(かたまり)にさえぎられていた視界がだいぶ晴れると、前方彼方に半ダースの四輪サイクルが走っていて、人々に併走する電気トラックも一台あるのが見えた。

その時点で二時間近く歩きづめだったが太陽はまだ低く、人の群れが散らばるにつれて、うれしいことに冷たいそよ風が吹き抜けるようになった。ぼくの気分もほんの少し上むく。たいへんな規模のエクソダスであるにもかかわらず、ぼくはほんとうの暴力といえるものをまるで目にしていない。ここまでで目にした最悪の光景は、かんかんになった夫婦が並んで歩きながら金切り声でたがいの不義を非難しあい、その間も所持品をくるみこんだオレンジ色のテントの両端をそれぞれがもっている、というものだった。

侵略のはるか前に避難訓練が実施されていたのは――少なくとも非常に詳細な避難計画が広

く話しあわれたのは――あきらかだ。『民間防衛計画D：海岸をめざす』。そしてこのような計画どおりの避難――テントや毛布や日光で再充電可能なレンジつき――から、この島以外のほとんどあらゆる場所で起きているような惨事が生じる理由はなかった。ぼくたちは礁と海洋農場――島の食料すべての供給源――に近づいていった。岩の中を走る上水道から水を引くのは比較的かんたんだし、下水処理管についても同様だ。野ざらしにされることや飢え、脱水症状や病気が現代の戦争における最大の死因だとすれば、ステートレスの人々はそのすべてを防ぐ独自の準備ができていることになる。

唯一ぼくが心配なのは、まちがいなく傭兵たちもこのすべてを完璧に把握していることだ。砲撃の目的がぼくたちを街から追いだすことだとしたら、それがほとんど惨状をまねかないのを傭兵たちは知っているに違いない。もしかすると傭兵たちには、精選したエクソダスの映像でも大半の人の目にはステートレスの政治的失敗のたしかな証拠に映るという――そして、赤痢や飢餓の場面があってもなくても、すでに反ボイコット国の立場は疑いもなく弱まっているという――確信があるのかもしれない。それでもぼくは、百万人をテント村に追いやるだけでは《エンジニュイティ》は満足しないのではないかと気がかりでならなかった。

ぼくはバッゾのスイートの映像を、状況説明の短い宣誓供述といっしょに、ＦＢＩとスヴァにある警備会社の本社に送信した。三人の男性の死を家族に知らせ、現状で可能なかぎりの捜査をはじめさせる方法としては、これが最適だろう。《シーネット》にはコピーを送らなかった――遺族への配慮からというより、モサラとＡＣに関する事実を隠していたのをリディアに認めるか……バッゾが暗殺された理由がまったくわからないふりをして契約違反をおかすかの選択ができなかったからだ。どちらを選んだにせよ、おそらくいずれは真相を白状させられるだろうが、ぼくは不可避の事態を、可能なら、あと二、三日先のばしにしたかった。

三時間ほど街からゆっくり行進したころ、さまざまな色のにじみが遠くに見えてきて、それはまもなく、数キロ先の岩場に散らばるあざやかな緑色とオレンジ色の正方形の広大なパッチワークに変わっていった。ぼくたちはちょうど島中央部の台地をあとにしたところで、この先の地面は海までずっとゆるやかにくだっている。土地の勾配がちょうどいいのか、行進の終点が見えてきたからか、歩くのが急に楽になった気がした。三十分後、ぼくのまわりの人々は立ち止まって、自分たちもテントを張りはじめた。

ぼくはスーツケースに腰かけてしばらく休憩してから、義務的に撮影をはじめた。事前に避難訓練があったかどうかはともかく、キャンプを設営する避難民に島そのものが全面協力していて、その過程は非常事態に際してなんとか急場をしのごうとする絶望的な試みというより、複雑な機械の行方不明になった部品を難なくはめこんでいるだけ――剝きだしの岩が論理的に暗示していた役割が現実のものになっているだけ――に見えた。涙ひと粒大の信号ペプチドが、親石性(しんせき)バクテリアに指示して地下の上水道まで縦穴をあける一連の反応をスタートさせる――ぼくも三機目のポンプが設置されるのを見るころには、井戸を造れる地点のしるしである緑と青の残留鉱物の特徴ある渦巻模様を見わけられるようになっていた。下水道は少し余計に時間がかかった――縦坑(たてこう)が上水道より広くて深くなり、アクセス可能地点も少なかったからだ。

これは、タイヤを食べて生きのびるというネッド・ランダーズの狂った悪夢のひっくり返しだった。バイオテクによる自立、ただし極端主義も偏執病もなしで。ステートレスの創設者兼設計者たち――何十年も前に《エンジニュイティ》で働いていたカリフォルニアの無政府主義者たち――がいまも健在で、自分たちの発明がみごとに目的をかなえているのを目にしていればいいのだが、とぼくは思った。

昼までに、ロイヤルブルーの大天幕が揚水ポンプを日射しからさえぎり、あざやかな赤い色のテントが洗面所を覆い、初歩的な救急医療センターまで作られたのを見て、ぼくはきのう女医にいわれた、自分が住民より分別があるなどと思わないことだという警告の意味がわかったと思った。街の被害マップをチェックする。すでに更新は止まっていたが、記録にある最後の集計によると、分解された建物――その中にはぼくのホテルも含まれていた――は二百以上におよんだ。

テクノ解放主義にも、大陸の無慈悲な岩盤をステートレスの岩盤のような人にやさしいものに変えるのは無理だろうが――とはいえ土ぼこりもうもうか泥まみれの不潔な難民キャンプの映像ばかり見てきた世界の人々にとって……それとは対照的な反逆者たちのテント村の光景は、島が平和だったとき以上の説得力をもって、遺伝子特許法を廃止することの利点の象徴になるかもしれない。

ぼくはあらゆるものを撮影し、否定的側面をじっさいより強調するよう意図したナレーションを添えて、《シーネット》のニュース編集室に送信した。無政府主義者たちが大して困っているように見えなければ見えないほど、侵略に対して一般大衆が政治的反発感をいだく可能性も少なくなる。ぼくだって、時事解説者がさかしげにこの島はいつ深淵にすべり落ちても不思議はなかったのだとさえずって、ステートレスの評判を落とすのを見たいわけではない――だが、平均的な視聴者にわずかでも興味をもたせるには一日千体の死体が必要だというのに、ぼくがあまりに楽天的な描写をしたら、エクソダスはニュースとしてとりあげられないだろう。

ぼくが目にした海岸からの一台目のトラックは、ぼくたちのそばに来るずっと前に、積荷の食料がなくなっていた。だが午後三時までには、配送車が計六台やってきて、揚水ポンプのひとつの近くにふたつの市場テントが張られ、臨時〝レストラン〟の設営もはじまった。四十分後、ぼくは光電池の覆いが落とす影の下で折りたたみ椅子に腰かけて、湯気の立つウニのシチューの皿を膝にのせていた。ほかにも調理器具をもたずに逃げださざるをえなかった一ダースの人々が、ぼくといっしょに食事をしている。みな、ぼくのカメラを疑わしげに見つめながら、街からの避難計画が存在したのをあたりまえのように認めた――計画はずっと前に作られて、毎年議論と改訂を重ねられてきたのだ。

ぼくは前以上に楽天的になり――そして住民たちとの気分のずれが広がるのを感じた。住民たちはエクソダスの成功（ぼくの目にはちょっとした奇跡と映る）を当然のこととしているように見える――だが、前からの予定どおりのエクソダスを無傷でなし遂げてしまい、傭兵たちが次の行動に出るのを待っているいま、すべてはむしろ不確実になっていた。

「この先二十四時間でなにが起こると思いますか？」ぼくは幼い男の子を膝にのせた女性にた

ずねた。女性は両腕でかばうように子どもを抱いて、口を閉じていた。

レストランの外で、だれかが苦痛に叫んだ。レストランは数秒で無人になった。市場とレストランのあいだの小さな広場にできた人混みにわけいろうとしたぼくは——パニックを起こしてうしろに下がろうとする人々に押し戻された。

若いフィジー人男性が、見えない機械に地面から数メートルもちあげられて、恐怖に目を見ひらき、助けを求めて叫んでいる。男性は精いっぱい抵抗しているが——体の脇に垂れた両腕は血まみれで使いものにならず、片肘からは白い骨が肉を突き破っていた。男性をとらえた機械の力は圧倒的で、戦って勝てる相手ではない。

人々は泣き叫び、怒声をあげ——われ先に人混みから抜けだそうとしている。恐怖に立ちすくんで人の流れに長く逆らいすぎたぼくは、押し倒されて膝をついた。頭をかばいながらうずくまったが、ぼくが暴走する人々の障害物であることに変わりはない。体重のあるだれかがぼくにつまずいて膝や肘でぼくを突き、それからバランスをとり戻そうとぼくの背中にのしかかったので、背骨が折れそうになった。地面にしゃがみこんだぼくに人々がぶつかりつづけ、立ちあがりたかったけれど、そんなことをすればあおむけに倒されて顔を踏みつけられるのは火を見るよりもあきらか。男性の絶望的な嘆願の声もまた、ぼくを打ちすえつづける。ぼくは両腕に頭を深く押しこんで、その声を閉めだそうとした。どこか近くでテントの壁が静かに崩れた。

かなりの秒数がすぎて、だれもぼくにぶつかってこなくなった。顔をあげる。広場は人けがなくなっていた。男性はまだ生きていたが、間欠的に白目を剝き、顎が弱々しく動いている。いままでは両脚も滅茶苦茶にされていた。見えない拷問者に血がぽたぽたとしたたる——血の一滴一滴が落ちる途中で止まって一瞬広がり、そこに物体の表面が実在することを示してから、不可視の攻殻の中に消えていく。ぼくは小さなしゃがれ声で意味不明な怒りの言葉を吐きながら、地面に落ちたカメラを探した。喉は強ばり、胸は締めつけられるよう。ひと呼吸ひと呼吸が、一挙手一投足が、刑罰に感じられた。ぼくはカメラを見つけて肩に据えると、ふらふらと立ちあがって撮影をはじめた。

男性は信じられないという顔でぼくを見つめた。ぼくと視線をあわせて、「助けてくれ」ぼくは無意味と知りつつ男性に手をさしのばした。機械昆虫はぼくを無視した——そしてぼくは昆虫がこれを目撃されるのを望んでいて、自分には危険がないのをわかっていた——が、ぼくは怒りとやりきれなさでめまいを感じ、いやなにおいのする冷たい汗が顔や胸に流れた。

ロボットが男性をさらに高くもちあげるのにあわせて、干渉縞の淡い光彩が機体の上を走る。カメラがぼくの視線にあわせて上をむく途中で、ぼくはそこに映っているのがずたぼろの体と無関心な空だけのはずだと気づいた。

自分の叫び声が耳に届く。「市民軍とやらはどうした！　武器はないのか？　爆弾は？　ない、い、いい、なんとかしろよ！」

男性の頭がだらりと垂れた。すでに意識がないのならいいのだが。見えないハサミが男性の背骨をへし折って、脇に放り投げる。死体が揚水ポンプの上の大天幕にどさっと音を立ててぶつかり、それから地面にすべり落ちるのがきこえた。

頭の中でキャンプの一万人全員が泣き叫んでいるような気がして、ぼくは支離滅裂なことを絶叫したが、視線はロボットがいるはずの場所から離さなかった。

前方の空間で大きな引っかき音があがった。広場をとりまく道路には吐き気のするような沈黙が落ちる。昆虫は光をもてあそんで、ぼくたちにむけて自らの輪郭をなぞってみせた。天を背景にした部分は礁岩の灰色で、岩が背景の部分は空色で。逆V字型の六本脚で吊されたボディは長くて分節されていた。ボディの両端では先の丸まった頭が絶えずあたりを探るように動いて、空気を吸っている。鞘(さや)状の覆いから出たりはいったりする四本のしなやかな触手は、先端に鋭い爪がついていた。

ぼくはよろめきつつ、沈黙の中からなにかが起こるのを待っていた——プラスチック爆弾満載のジャケットを着ただれかが道路から飛びだし、カミカゼ攻撃をかけようと機械にまっしぐらに駆けよるとか……だがそんなことをしても、機械の十メートル以内に近づく前に群衆の中に吹き飛ばされて、機械の代わりに一ダースの友人たちを灰にするだけだろう。

機械はボディを高くかかげ、脚の二本をもちあげると左右に大きく広げて、勝利のポーズをとった。

それから機械はテントの隙間にむかってのしのしと進みはじめ、逃げようとしてつまずいた人々をテントにぶつからせ、狂ったようにテントを引き裂いて力ずくで直進した。

そして道路を高速で南へむかって街へ引きかえし、姿を消した。

意気消沈したキャンプの人々と顔をあわせる気になれず、洗面所の裏手の地面にうずくまって、ぼくは殺人の瞬間の映像を《シーネット》に送信した。映像につけるナレーションを考えようとしたが、まだショックがひどくて集中できなかった。（従軍記者はもっとひどいものを来る日も来る日も見ている。ぼくはどれくらいでこうしたことに慣れるだろう？）

ぼくは全世界の報道をスキャンした。だれもがいまだに〝対立する無政府主義者〟の話をしている――《シーネット》も同様で、ぼくが送った映像をなにひとつ流していない。

五分かけて心を落ちつかせようとしてから、リディアに映話をかける。本人がつかまるまでに三十分かかった。まわりからきこえてくるのは、悲しみにすすりあげる音だけ。（十回目の襲撃のあとではどうなっているだろう？　百回後では？）ぼくは目を閉じて、ケープタウンを、シドニーを、マンチェスターを心に思い描いた。ここ以外のあらゆる場所を。

映話に出たリディアにぼくはきいた。「ぼくはここにいて、ここで起きていることを取材している――それで、ぼくの送った素材はどうなったんですか？」リディアはニュースの担当ではないが、率直な答えを返してくれそうな唯一の人物だった。

だがリディアの表情は硬く、怒りで態度はよそよそしかった。「あなたがよこしたヴァイオレット・モサラの〝訃報〟には、まるごとでっちあげの場面があったわ。なのに、ヤスオ・ニシデを――そしていままではヘンリー・バッゾも――殺したカルトにはなにも触れていない。あなたが警備会社に送ったコレラや漁船に関する宣誓供述も見た。いったいどういうつもり⁉」

ぼくは思わず適切な釈明の言葉を探した。『ぼくがあなたを利用しなかったら、モサラは死んでいたでしょう』ではだめなのはわかっている。「ぼくが捏造した内容はすべて、モサラがじっさいに口にしたことです。ただしオフレコで。本人にきいてみてください」

リディアの態度は変わらなかった。「それでも容認できないことに変わりはないし、あらゆるガイドラインに違反していることにも変わりはない。それに本人にきくことはできないわ。昏睡状態だから」

耳にしたくない言葉だった。もしモサラが脳損傷を負ったら、すべては徒労になる。ぼくはリディアに、「あなたに隠しごとをしなくてはならなかったのは……なにもかもを放送して、《人間宇宙論者》に警告をあたえるわけにはいかなかったからです」たわごとだった。ACはぼくがどこまで当局に話す気かわかっていた。

リディアの表情がやわらいだ——一線を踏みこえすぎてしまったいま、ぼくに対しては叱責ではなく憐憫がふさわしいといいたげに。「いい、わたしはあなたが安全に帰国する手段を見つけられるよう願っているわ。でも、番組は解約——あなたは契約条項に違反したんだから——それからうちのニュース局は、島での政治問題をあなたが取材することには興味がない」

「政治問題？　ぼくは世界最大のバイオテク企業が資金提供している戦争のまっただ中にいるんですよ。島にいるジャーナリストで、じっさいに進行している事態の手がかりを握っているのはたぶんぼくひとりだ。そしてぼくは《シーネット》が派遣した唯一のジャーナリストでもある、ピリオド。なのに、興味がないわけがないでしょう？」

「島の取材はほかの人と交渉中だから」

「へえ？　だれとです……まさかジャネット・ウォルシュ？」

「あなたとは関係ないことよ」

「信じられない！　《エンジニュイティ》は島の人々を虐殺していて、さらに――」

リディアは片手をあげてぼくを黙らせた。「これ以上あなたの……プロパガンダはききたくないの。わかった？　あなたが山のように不愉快な目にあったことは同情するわ。無政府主義者たちが殺しあっているのも悲惨なことだと思う」リディアは本気で悲しんでいる口調だった、と思う。「けれど、あなたがある立場に味方して、ボイコットや特許法への反対意見、それも捏造した材料だらけのやつを次から次と発表したいなら……それはあなたの問題よ。わたしは手を貸せないわ。

気をつけてね、アンドルー。さよなら」


夕闇が落ちる中、キャンプをさまよい歩いて撮影し、信号をリアルタイムで自宅のコンソールに送信した――それがなんになるかはともかく、あらゆる記録を確実に保存するために。

模範的避難民村はいまも健在で、ポンプは作動しつづけていたし、公衆衛生は文句のつけようがない。照明はいたるところで輝いて、テントごしにオレンジ色や緑色の輪にとりまかれ、料理のにおいがひとつおきにテントの入口から漂ってくる。テントの光電池に蓄えられた電気は、まだ数時間はもつだろう。大きなダメージをうけたところはなかったし――物質的な快適さの基盤は失われていなかった。

しかし、ぼくがすれ違った人々は、緊張し、おびえ、黙りこんでいた。ロボットは昼夜を問わずいつ戻ってくるかわからないし、またたれかをひとり血祭りにあげるかもしれない——あるいは千人を。

街からロボットを送りだしてランダムな襲撃をおこなえば、傭兵たちは人々の士気をたちまち衰えさせて、より遠くへ、海岸のそばまで追いやることができる。海岸線に釘づけにされたら、温室効果難民たちは次の大嵐——その被害を逃れるために難民たちはステートレスへ来たのだ——を待つより、島を完全に捨てようとするだろう。

いわゆる市民軍はどうなってしまったのか、ぼくには見当もつかなかった——もしかすると市街地で勇敢だがおろかな抵抗をおこなって、すでに全員殺されたのかもしれない。ぼくは地元のネットをスキャンした。ぼくが目撃したのと同様の数ダースの襲撃に関する身の毛もよだつレポートがあったが、ほかはほとんどなにもなかった。無政府主義者たちが自分たちの軍事機密をすべてネットに流していると思ったわけではないが、威勢がいいだけのプロパガンダも、士気高揚のための勝利は近いといった発言も見あたらない異様さにはぞっとする。ひょっとして沈黙にはなにか意味があるのかもしれないが、仮にそうだとしても、ぼくにはそれが読みとれなかった。

空気が冷えてきた。ぼくは見知らぬ人のテントで寒さをしのがせてもらう気になれなかった——拒絶されるのをおそれたからではなく、さまざまなかたちで情けない連帯感を示してきたとはいえ、いまでもまだまだ部外者にすぎない気がしていたからだ。この人々は敵に追いつめられていて、ぼくを信頼する理由はどこにもない。

だからぼくはレストランにすわって、熱くてコクのないスープを飲んだ。ほかの客は自分たちだけで声をひそめてしゃべり、ぼくに投げる視線にこめられているのはあからさまな敵意というより控えめな警戒心だったが、ぼくを排除しているのは同じだった。

ぼくはジャーナリストとしての人生を棒にふって――モサラのために、テクノ解放主義のために――しかしなにも達成できなかった。モサラは昏睡状態に陥った。ステートレスはいまにも血まみれの長い坂を転げ落ちようとしている。

ぼくは無気力で、猜疑心に満ちて、役立たずな気分だった。

そのとき、アキリ・クウェールからメッセージが届いた。アキリは無事に街から逃げだし、一キロと離れていない別のキャンプにいた。

28

「すわって。どこでも具合のよさそうなところに」

テントの中にはバックパックとひろげられた寝袋があるきりだった。外の地面が少し露で湿っていたのに対して、テントの透明な床は乾いているようだが、床のプラスチックは薄くて下の砂利が感じられる。テントのあらゆる繊維に編みこまれている電荷変位ポリマーが蓄えた太陽エネルギーを使って、壁の黒いパネルが適度な熱を放っていた。

ぼくは寝袋の一方の端に腰をおろした。アキリはぼくの隣にあぐらをかいてすわった。ぼくは感謝の思いでテントの中を見まわした。どんなにわびしくても、剝きだしの岩の上とは大違いだ。「どこで見つけてきたんだ？　ステートレスの住民が火事場泥棒に発砲するかどうかは知らないが……これなら危険をおかす価値はあったと思う」

アキリは鼻を鳴らして、「盗む必要はなかった。過去二週間、わたしがどこで生活していたと思う？　だれもが《リッツ》に泊まる金があるわけではない」

ふたりで最新情報を交換した。アキリはすでにぼくの情報の大半をほかのソースからきいていた。バッゾの死も、モサラの退避と予断を許さない病状も。だが、ＡＣに対するモサラのジョークは初耳だったようだ。モサラのＴＯＥを全自動で世界じゅうに流布する件は。

アキリは深刻そうに顔をしかめ、長いこと黙っていた。汎の表情は病院で見たときとはどこか違っている。伝染病の原因が〝混合化〟かもしれないというニュースに接したときの激しいショックが、どこか期待するようなまなざしに置きかわっていた——患者全員が示している苦悶と恐怖を知った上で、いまではいつでもディストレスに罹る心がまえができていて、その体験を熱望しているといって過言でないかのように。短時間落ちつきを見せて、独自のかたちでだが頭脳明断になったごく少数の患者たちも、すぐにもとの症状に戻っている。この症候群からはだれひとり逃れられない運命だと信じていたら、ぼくは生きつづけたいとは願わないだろう。

アキリが打ちあける。「わたしたちはまだ、データと一致するモデルを作れていない。わたしが連絡しただれひとり、どういうことなのか解明できなかった」汎はわずかなあいだに、この伝染病が厳密な分析をうけつけないという事実をうけいれていた――が、自分の説明が基本的に正しいという確信は変わっていなかった。「新しい患者の発生件数は、幾何級数的増加をはるかに超えて急速に上昇している」

「なら、混合化というきみたちの考えがまちがっているんだろう。きみたちは幾何級数的増加を予想して――それは外れた。ということは、四人の病人のうわごとに人間宇宙論を読みとったのは行きすぎだったということじゃないのか」

アキリは首をふって、その可能性を当然のように退けた。「いままでは十七人だ。あれを目撃したのは、あんたの《シーネット》の同業者だけではない。ほかのジャーナリストたちからも同様の現象が報告されはじめている。それに、患者数の食い違いにも説明はつけられる」

「どうやって？」

「〈基石〉が大勢いるとすれば」

ぼくは疲れきった声で笑った。「それを呼ぶ集合名詞は？　〈基石〉の壁、じゃないよな。万神殿か？　ひとりの人間が、ひとつの理論で、説明することで宇宙を存在させる――それが人間宇宙論の前提じゃなかったのか？」

「ひとつの理論というのは、そのとおりだ。そしてひとりの人間のほうも、もっとも可能性の高いシナリオだと思われてきた。ＴＯＥが世界にむけて報じられるのは、わたしたちも前からわかっていた——だが、理論は最後の詰めにいたるまで、まず創案者によって完全なかたちに仕上げられるものと思いこんでいた。創案者が昏睡状態に陥っていて、完成したＴＯＥが一万人に同時に送信されるというのは……まったく予想外の事態だ。こうなってはモデル化はまったく不可能になる。数学的にとても手に負えない」アキリは両手を広げて負けを認めた。「だがかまわない。わたしたちはみな、もうまもなく真実を知るのだから」

肌が粟立った。アキリを前にすると、自分がなにを信じているのかわからなくなってしまう。

「知るってどうやって？　モサラのＴＯＥは宇宙が解体するといっているわけじゃないが、〈基石〉——または〈基石〉たち——とテレパシーが通じるようになるなんてこともいっちゃいない。モサラが正しいなら、きみはまちがっていることになる」

「それは、モサラがなんについて正しいかによる」

「なにもかもについてだろう？　万物理論なんだから」

「仮に万物が今夜解体したところで——ほとんどのＴＯＥは、いかなるかたちでもそんなこととはなんの関係もないだろう。チェスのルールから、ルールに従って配列された駒をどんな場合でも支えていられるほどチェス盤がじょうぶかどうかはわからない」

「だがあらゆるＴＯＥは、人間の脳とは大いに関係あるだろ？　脳はごくふつうの物質の塊で、通常の全物理法則に従う。それは地球の裏側でだれかが万物理論を完成させたからというだけで、〝情報との混合化〟をはじめたりはしない」

アキリが答える。「二日前なら、わたしもあんたに同意しただろう。しかし、それ自身の基盤のひとつである情報をうまくあつかえないTOEは……一般相対論並みに不完全だ。一般相対論にはビッグバンの発生が不可欠だが、同時にその時点で完全に行きづまってしまい、特異点をとり除くには、四つの基本的力すべての統一が必要になる。そして、説明によるビッグバンを理解するにも、また別の統一が必要になるらしい」

「だが二日前のきみは――」

「わたしはまちがっていた。主流派はずっと、TOEが不完全でも、単にそれがものごとのあるべき姿なのだと思いこんでいた。〈基石〉がなにもかもを説明する――TOEがじっさいにどのようにして力をおよぼせるかを別にして。その問いには人間宇宙論が答える――だが方程式のそちらの辺は決して目に見えない、と」アキリは手のひらを水平に押しつけあって両腕を前にのばした。「物理学と形而上学。わたしたちは両者が永遠に別々のままだと信じていた。両者は過去においてつねにそうだったから、それは合理的な前提に思えた。〈基石〉がひとりだけだという前提も同様だ」指を組みあわせて、両手を直角に広げ、「その前提はまちがいだとわかった。たぶん、物理的現象と情報を統一するTOE――それはいくつものレベルを混合し、それ自身の支配力を記述している――が、『解体』とは正反対のものだからだろう。そのTOEは、ほかのどの候補よりも安定していて、それ自身の正しさを断言し、結び目を固くする」

ぼくは不意に、アマンダ・コンロイのところへ行った夜、モサラが《人間宇宙論者》と距離をおいているのは賢明な態度だと皮肉混じりに考えたのを思いだした。その少しあとで、ヘンリー・バッヅは冗談半分に、自らの根拠となり、自らの正当性を主張し、競合するすべての理論を認めず、新しい理論にのみこまれずにすむ、そんな理論を仮定してみせた。

ぼくはアキリにきいた。「しかし、だれの理論が、物理的現象と情報を統一することになるというんだ？　モサラのＴＯＥは、〝それ自身の支配力を記述〟しようなんてまるでしていない」

アキリはあっさりと答えた。「モサラにそういう意図はまったくなかった。だがそれは、彼女も自分の研究の含意をすべて理解していたわけではなかったか――でなければ、物理学のみに関する彼女のＴＯＥをネット経由で入手しただれかが、情報物理学を包含するかたちにそれを敷衍するということだ。数日のうちに。または数時間か」

地面を見つめていると、きょう現実にあった恐怖のすべてがいっせいに思いだされて、急に怒りがわいた。「よくこんなところにすわってそんなでたらめに浸っていられるな？　テクノ解放主義はどこへ行った？　反逆者との連帯は？　ボイコットを粉砕するんじゃなかったのか？」ぼく自身のとぼしい技能やコネは、すでに侵略に対してまったくの役立たずになっていたが、なぜかぼくは、アキリのほうが千倍も有用であることがあきらかになるものと考えていた。抵抗活動の中核で重要な役割をうけもち、華々しい反撃を指揮するだとか。

アキリは平静な声で、「わたしになにを期待しているんだ？　わたしは兵士ではない。どうすればこの戦争でステートレスを勝利させられるかなんてわからない。もうすぐこの島の全人口よりも多くの人がディストレスを発病する――そしてAC以外にこの混合化伝染病を解析しようとする人はいない」

ぼくは辛辣に笑った。「そしていまきみは、なにもかもを理解することがぼくたちを発狂させると信じる気になっているわけか？　無知カルトは正しかったと？　TOEのせいでぼくたちは、悲鳴をあげて手足をばたつかせながら奈落に落ちていく？　奈落なんて存在しないとぼくが腹をくくった、ちょうどそのときに？」

アキリは不快げに身じろぎした。「わたしには、なぜ混合化をそんなに気にするのかわからない」汎は混合化をうけいれる決意を固めた口調だったが、はじめてそこにかすかな恐怖が顔をのぞかせた。「だが……アレフの瞬間以前の混合化は、当然不完全でいびつなものになる――なぜなら、その混合化になんの欠陥もないなら、ディストレスの最初の犠牲者がなにもかもを説明して、〈基石〉になったはずだから。その欠陥がなにかはわからない――なにが欠けているのか、中途半端な理解がなぜあれほどの精神的衝撃をあたえるのか――しかし、TOEが完成してしまえば……」声が小さくなる。「アレフの瞬間がディストレスに終わりをもたらすのでないなら、ステートレスでの戦争の悲惨さなど、なにほどのものでもなくなる。TOEが人間には直面できないようなものなら、その先には全人類に狂気が待っているだけだ」

ぼくたちはふたりとも黙りこんだ。幼い子どもが何人か遠くで泣いているのと、近くのテントのいくつかで料理道具がかちゃかちゃいう小さな音がするほかは、キャンプは静かだった。

アキリがいった。「アンドルー？」

「なんだ？」

「わたしを見るんだ」

　ぼくは体のむきを変えて、テントにはいってからはじめて、アキリと真正面からむきあった。汎の黒い目はいつになく輝いているように見える。知的で、探るように、同情をこめて。汎の顔の無自覚な美しさが、驚くほど強い共鳴をぼくの中に呼びおこした。その美を認識した戦慄が、頭蓋骨から背骨の基部にいたる闇の中に反響する。アキリを見ているとぼくの全身が、筋線維（きんせんい）という筋線維、腱という腱が、痛みを覚えた。だがそれは喜ばしい痛みで、まるでぶちのめされて死を待つばかりだったのが——気づいてみたら、ありえないことに、生き返っていたような感じだった。

　それがアキリだった。ぼくの最後の希望、ぼくをよみがえらせるもの。

　汎がいった。「なにを望んでいる？」

「なんの話だかわからない」

「いいかげんにしてくれ。わたしだって、ものは見えている」アキリはぼくの顔を探ると、当惑したように、だが非難するわけではなく、かすかに顔をしかめた。「わたしはなにかしてしまったのか？　あなたを誘うようなことを？　誤った考えをもたせるようなことを？」

「いいや」地面がぼくをのみこんでしまえばいいと思った。そして、アキリに触れたいという思いのほうが、生きつづけたいという思いより強かった。

「神経的汎性は、人々が自分で自分に発しているメッセージをわからなくさせることがある。

わたしはすべてを明確にできているつもりでいたが、もしあなたを混乱させていたなら――」

ぼくはアキリの言葉をさえぎって、「させた。なにもかもを」その声はひび割れていた。数秒おいて、呼吸を落ちつかせ、喉のしこりをほぐすように意識してから、抑揚のない声で、「きみは悪くない。気にさわったならあやまる。もう行くよ」そして立ちあがりかけた。

「だめだ」アキリはわたしの肩に手をかけて、そっと押しとどめた。「あなたはわたしの友人で、あなたは苦しんでいて、わたしたちはそれを解決できる」

アキリは腰をあげて――それからしゃがむと、靴の紐をほどきはじめた。

「なにをしている?」

「人はときどき、なにかを知ったと思うだけで、それを理解したと思ってしまう。だが、自分の目で見るまでは、それは現実にはならない」アキリはだぶだぶのTシャツを頭から脱いだ。汎の胴はほっそりしていて、少しだけ筋肉がつき、胸はまっ平らだった――乳房も、乳首も、なにもない。ぼくは目をそらすと、テントから出ていくつもりで――その瞬間には、前から不毛だとわかっていた欲望を捨てたくないばかりに、アキリを捨てる覚悟だった――立ちあがりはしたものの、頭がぼうっとなってめまいを感じ、その場に立ちつくした。

ぼくは感情の抜けた声で、「そんなことはしなくていいんだ」

アキリはぼくに歩み寄ると、並んで立った。ぼくはまっすぐ前を見つめつづけた。アキリはぼくの右手をとると、それを自分の腹に押しつけ、そこは平らでやわらかくて無毛で、それから汗ばんだぼくの指は汎の脚に導かれた。そこにあるのはなめらかな肌ばかりで、どこもかしこも冷たくて乾いていた――と、小さな尿道の穴に触れた。

ぼくは手をふりほどき、恥辱感でまっ赤になった――アフリカの慣習に関する悪意ある罵倒をのみこむ。ぼくはアキリと顔をあわせまいとしながら、テント内のいちばん遠いところまであとずさり、悲しみと怒りの波に体を洗われていた。

「なぜだ？　きみはなぜ自分の体をそんなに嫌悪する？」

「嫌悪したことなどない。だが、崇拝したこともない」アキリの声はおだやかだが、忍耐があらわで――自分を正当化しなくてはならないことにうんざりしていた。「あなたが《エデン主義》だとは思わなかった。無知カルトはどれも、自分を閉じこめている檻のうちいちばん小さなものを崇拝する。どんな素性に生まれおちたか、どんな性や人種に生まれついたか、歴史や文化上の偶然……そして、百億倍大きな檻もあることをわざわざ教えてくれた人がいると、片っぱしから罵倒する。だが、わたしの体は崇拝すべき神殿ではないし――嫌悪すべき堆肥の山でもない。馬鹿げた神話ならそのどちらかを選択しようとするだろうが、それはテクノ解放主義の選択ではない。体についての最深の真実は、体を束縛しているのは、結局は物理的現象だということだ。体はTOEの許すどんなかたちにでも作りかえられる」

この冷徹な論理は、ぼくをいっそう意固地にさせただけだった。ぼくはその一言一句に同意しながら――命綱のように本能的な恐怖にしがみついた。「最深の真実は変わらぬ真実だっただろうか、もしきみがなにも手放さず――」

「わたしはなにも手放していない。大脳辺縁系に埋めこまれて、特定の視覚的合図やフェロモンが引き金となる、太古からの結線された行動パターンと……脳内で内生的鎮静剤の小爆発を起こす必要性を別にして」

ぼくは顔をあげて、アキリを見ずにいられなくなった。アキリはぼくを挑戦的に見つめかえした。外科手術はみごとな手際で、汎はバランスが崩れているようには見えないし、醜くもない。ぼくには自分の頭の中にしか存在しない損失を嘆く権利はなかった。だれもアキリを無理やり切り刻んだわけではなく、この若者はすべてを承知して自分で決断をくだしたのだ。ぼくには汎が治癒されればいいと思う権利はない。

だが、ぼくはまだ動揺し、怒っていた。ぼくから奪ったもののことで、アキリを罰したかった。

ぼくは嘲るようにたずねた。「その結果きみはどうなった？　自分の基本的な動物的本能を改変したら、偉大で深遠な洞察がもたらされたか？　答えなくていい。禁欲的な中世の聖人の失われた英知を受信できるようになったんだろ？」

アキリは面白げに顔をゆがめて、「ちっとも。だがセックスも、ヘロインを打つのと同様に、なんの洞察ももたらしはしない――カルト信者たちがタントラの神秘や魂の合一についてどんなにわめきちらしていても。《神秘主義復興運動》信者にマジックマッシュルームを一本か二本くれてやれば、相手はいま自分が神をファックしたところだと本気でいいだすだろう。セックスも、ドラッグも、宗教も、すべて同じ種類の単純な神経化学的事象に関わっていて、それゆえどれもが中毒性で、多幸症的で、人を発奮させ――そして等しく無意味だ」

それはおなじみの真実だったが――その瞬間には、心を深く切りつけた。ぼくはまだアキリがほしかったから。そしてぼくは、じっさいには存在しないドラッグに中毒していたから。

アキリは休戦を申しでるように、両手を途中まであげた。ぼくを傷つけたいわけではまったくなくて、自分の哲学を守りたいだけなのだ。「大半の人がオルガスム中毒のままでいるのを選択しているのは、その人たちの権利だ。もっとも急進的な汎性でさえ、他人に自分たちと同じ選択を強制できるなどと夢見たりはしない。だがわたしはたまたま、自分の人生が二、三の安っぽい生化学的トリックを中心にして動くのを望まないんだ」

「そのトリックが最愛の〈基石〉のイメージによって作りだされたものでもか?」

「まだわかっていないんだね?」アキリは疲れきった声で笑った。「〈基石〉は……神学上のゴールとか、普遍的な理想とかいったものではない。千年後には、〈基石〉の体もあなたやわたしのと同様、時代遅れのジョークになっている」

怒りの尽きたぼくはそっけなく、「そんなことはどうでもいい。それでもセックスは内生的鎮静剤の分泌以上のものでありうるはず――」

「もちろんありうる。それはコミニュケーションの一形態でありうる。だが、その正反対のものでもありうる――まったく同じ生物学的現象が作用している場合でも。わたしが放棄したのは、最高のセックスにも最低のセックスにも共通するものだけだ。それがわからないのか?わたしはただ、ノイズを減らしただけなんだ」

その言葉はぼくには意味をなさなかった。挫折感に顔をそむける。そして、これまで切望のあまりの痛みだと思っていたものが、ロボットから逃げる群衆に負わされたあざや、腹の傷のうずきや、失敗からくる落胆以上のものではまったくないことにぼくは気づいた。

　ぼくはなんの期待もせずに、「それでもなんらかの……肉体的な慰めがほしくなったことはないのか？　なんらかの触れあいが？　いまでも、ただ単に触ってほしいと思うことはないのか？」

　アキリはぼくに歩み寄って、やさしくいった。「ある。さっきからそれを伝えようとしていたのに」

　ぼくは言葉を失った。アキリは片手をぼくの肩にのせ、もう一方でぼくの顎を支えて、ぼくが汎と視線をあわせるようにした。「それがあなたの望みでもあるのだったら――それがあなたを欲求不満にさせるだけでないのだったら。そしてあなたが理解しているのだったら。これがどんな意味でもセックスに変わることはなくて、わたしにはまったく――」

　ぼくはいった。「理解している」

　自分の気持ちが変わらないうちにと、ぼくは手早く服を脱ぎ、興奮した青年のように身震いして――勃起（ほっき）におさまれと念じたが、むだだった。アキリが暖房パネルの温度をあげ、ぼくたちは見つめあい、しかしほとんど触れあうことなく、むきあって寝袋の上に横たわった。ぼくは手をのばして、おずおずとアキリの肩をなで、それから首の脇へ、背中へと進んだ。

「こうすると気持ちいいか？」

「ああ」

ぼくは口ごもった。「キスするのは？」

「いい考えとはいえないと思う。リラックスして」アキリの冷たい指がぼくの頬をかすり、それから汎の手の甲がぼくの胸の中央から包帯を巻いた腹へとくだった。

ぼくは震えながら、「脚はまだ痛むか？」

「ときどき。リラックス」アキリはぼくの肩を揉んだ。

「前にもこういうことを……汎性でない人としたことが？」

「ある」

「男性と、女性と？」

「女性と」アキリは低く笑った。「いまのあなたの顔は見ものだ。きいて——もしあなたが達したとしても、それは世界の終わりではない。彼女は達した。だから、あなたをけがらわしいといって放りだすようなことはない」ぼくの尻をなでながら、「むしろ達したほうがいいと思う。気が楽になるはずだから」

アキリに触れられると震えが走ったが、勃起は徐々に鎮まっていった。ぼくは乳首があったはずのあたりのなめらかで傷ひとつない肌をなでて、指先で瘢痕組織を探したが、なにも見つからなかった。アキリが気だるげにのびをする。ぼくはまた汎の首の脇を揉みはじめた。

「わけがわからなくなった。ぼくたちはなにをしているんだ？　なにをめざしているんだ？」

「なんにも。あなたがやめたければそうできる。話だけするのでもかまわない。やめないまま話すこともできる。それが自由というものだ——あなたもいずれは慣れる」

「これはどこかがおかしい」ぼくたちは見つめあったままで、アキリはじゅうぶん喜んでいるようだ——だがぼくはまだ、自分はなにもかもを千倍激しいものにする方法を探し求めているべきなのにと感じていた。

「なぜまちがっている気がするのかわかった。セックス抜きの性的な悦びは——」ぼくは口ごもった。

「つづけて」

「セックス抜きの性的な悦びは、ふつうこう呼ばれる——」

「どう？」

「きみはきっと気にいらない」

アキリはぼくの肋骨をどんと叩いた。「いってしまえ」

「幼稚」

アキリはため息をついた。「わかった。悪魔払いをしよう。わたしのいったことを繰りかえして。ジグムントおじさん、偽医者、ぽん引き、データのでっちあげ屋であるあなたと、わたしは縁を切ります。言葉を汚染し、多くの人生を破壊してきたあなたと」

ぼくはいわれたとおりにして——そして両腕でしっかりとアキリを抱きしめると、ぼくたちは脚を絡みあわせ、たがいの肩に頭をあずけ、やさしく相手の背中をなでながら、その場に横たわっていた。漁船からこちらぼくの感じていたむなしい性的興奮は、ようやくすっかり消え去った。すべての悦びは、アキリの体のぬくもりから、なじみのない体の線から、肌の手触りから、相手がそこにいることからわいてきた。

そしてぼくはいまも、アキリをこれまでどおり美しいと思った。いまも、これまでと変わらずアキリが気にかかった。

（ぼくがずっと求めていたのは、これだったのか？　汎性としての愛？）

その認識には動揺を感じたが――ぼくは冷静にじっくり考えてみた。

もしかすると、ぼくはこれまでずっと《エデン主義》的虚偽を無意識に信じこんで生きてきたのかもしれない。現代における感情面での人間関係の完璧で調和のとれたなにもかもは、どうやってか恵み深い自然から魔法のようにわきだしてきたものだ、と《エデン主義》はいう。一夫一婦婚、平等、誠実さ、敬意、思いやり、無私無欲――そうした事柄はすべて純粋な本能、純粋に性的な生物学的現象であり、なにに束縛されたわけでもなく自然なかたちをとっているにすぎない（その完璧さの基準はどれも、時代によって、文化によって、劇的に変わってきたのだが）。《エデン主義》が公言するところによれば、輝かしい理想に到達しなかった人はみな、母なる地球（ガイア）に故意に逆らっているか、幼少期のトラウマや、メディアによる操作や、現代社会のあまりに異常な権力機構に害されているのだった。

事実、太古から生殖衝動は、文明化の圧力に囲いこまれ、文化的な制約をうけ、無数の異なるかたちでの社会的なつながりを作りだすのに利用されてきた――それでもその衝動は何万年も実質的に変化せず、現代の一般的な倫理観を支えるのと同じくらいしばしば、それと対立ないし沈黙している。ジーナの不義は、生物学的にはとうてい罪とはいえないし……彼女が去る原因となったぼくの行動が失敗だったのは、それが意識的な努力の結果だったからで——そこに欠けていた思いやりを、石器時代の先祖ならだれでも第二の天性だと考えただろう。だが現代人が人間関係について重んじていることのほとんどすべて——さらには性行為自体や、配偶者や子孫を保護しようとする気持ちの幾分かも——は、その第二の天性とは別の意志の力から生じている。本能的行動というちっぽけな核を、複雑な倫理的・社会的概念の分厚い殻がつつみこんで——できあがった真珠は、種(たね)となった砂粒とは似ても似つかない。

ぼくはどちらも捨て去りたくなかったが——ぼくが過去繰りかえしひどい失敗をおかしてきたのが、両者を調和させようとしてのことなら……。

もし、生物学的現象か文明かという選択をせざるをえなくなったなら……。

いまのぼくは、自分がどちらを重んじるかわかっている。

そしてこうやって考えてきたいまも、汎性を近しく感じた。汎性は魅力的だった。

しばらくして、ぼくたちは体が冷えないよう寝袋にもぐりこんだ。ぼくはまだ、ステートレスの悲劇的状況への絶望感や、モサラが無意味に死んだも同然の状態にされたことや、ぼくのジャーナリスト人生の破滅で頭が麻痺していた。けれど、アキリがぼくの額(ひたい)にキスをして、精いっぱいぼくの背中や肩の凝(こ)りをほぐそうとしてくれて——ぼくも情報伝染病の大流行に対するアキリの恐怖が少しでも耐えやすくなればと願いながら、汎に同じことをした。そんな大流行が起こるなどとは、ぼくは相変わらず信じていなかったが。

混乱を覚えながら目ざめると、隣でアキリが寝息を立てていた。テントは灰色と青に染まり、真昼と同様、影がなかった。顔をあげると頭上に丸い月が見え、天井の繊維を貫く白いスポットライトに、回折で虹色の縁どりができていた。

ぼくは考えた。アキリは空港の外でぼくを待っていた。汎はそのとき、ぼくを工学産コレラに感染させられたはずだ、ぼくがそれをモサラのもとへ運ぶだろうと知っていて。

そして生物兵器が失敗したとき、アキリは解毒剤を作った——ぼくの信頼を勝ちとり、ぼくをもういちど利用できると期待して……だがそこで、穏健派が偶然にぼくたちふたりともを誘拐し、モサラを再度攻撃する必要もなくなった。

これは完全な被害妄想だ。ぼくは目をつむった。アキリが過激派なら、なぜ情報伝染病を信じているふりをしなくてはならないのか？　逆にもし本気で信じているなら、アレフの瞬間が不可避だと証明されたのになぜバッゾを殺したのか？　いずれにせよ、モサラがケープタウンに戻った——そしてモサラがいようがいまいが、彼女の研究が完成にむけて進むことになった——いま、過激派にとってぼくになんの利用価値がある？

ぼくは埒もないことを考えるのをやめて、寝袋から抜けだした。ぼくが服を着ていると、アキリが目をさまして眠たげにつぶやいた。「洗面所のテントは赤く輝いている。まちがえようがない」

「すぐ戻る」

ぼくはあてもなく歩き、頭をはっきりさせようとした。思っていたより早い時間で、九時をいくらもすぎていないが、驚くほどの冷えこみだ。ほとんどのテントにはまだ明かりがついていたが、テントのあいだの通路は人けがなかった。

アキリを過激派の暗殺者だと考えるのは、まったく意味をなさない——過激派なら漁船から脱出しようと必死になる理由がないではないか？——しかし、目ざめたときに感じた疑念はいまもあらゆるものに影を落とし、まるで疑っていることそのものが、万一ぼくの疑いが正しかった場合と同様の破滅的な事態であるかのようだった。アキリとぼくはこれだけさまざまなことをともにくぐり抜けてきたというのに——どうしてぼくは汎の隣で目ざめたとき、すべてが嘘だったのではと思ったりできたのか？

ぼくはキャンプの南端までやってきた。このあたりの人々は街から北にむかった避難民の波の最後に違いなく、南の地平線までの視界には剝きだしの礁岩しかなかった。

ぼくはそこでためらって、引きかえしかけた。けれど、通路をゆっくり歩くあいだにぼくはスパイのような気分になっていて——それにアキリのテントに、温かな汎の体の横に、汎がさしだしてくれたように見える希望のもとに、戻る心がまえもできていなかった。半時間前、ぼくは真剣に——生殖器と、灰白質の重要な部位のいくつかを引きはがして——完全な汎性に移行することを考えていた。それでぼくの悩みはすべて解決されると思って。ぼくはひとりきりの長い散歩をする必要があるようだ。

ぼくは月に照らされた荒れ地へ足を踏みだした。

残留鉱物の渦がいたるところできらめいている。そのいくつかが解読できるいまのぼくには、地面は様相を変え、意味に満ちているように見えた——ぼくの知識では、大半の模様はランダムな装飾にすぎないままだったとはいえ。

放棄された街は、闇につつまれているか、地面の傾斜で視界にはいってこないのだろう、南の地平線にはわずかな光も見えなかった。見えない機械昆虫のあらたな群れが、島中央部の巣から飛びだしてくるところを思い描く……だがキャンプに戻れば安全というわけではないし——機械の殺人のねらいは、その光景の悲惨さと、それが広げるパニックにあった。ひとりきりでいるぼくは、むしろ標的になりにくいはずだ。

地面が震えるのを感じた気がした——ごくかすかだったので、次の瞬間にはほんとうにゆれたのか疑っていた。砲撃がまだつづいているのだろうか？　ぼくは住民たちが街をすっかり傭兵にあけわたしたと思っていたのだが——少数の反対派が避難計画を無視したか……あるいは市民軍が潜伏して街にとどまっていて、ついに対決の本番がはじまったのかもしれない。考えるだに悲惨な展開だ。どちらにせよ、住民側に勝利の目はない。

またゆれた。爆発の方向は見当がつかない——音はまったくせず、震動を感じただけだ。ぼくはその場でぐるりとまわって、地平線に煙を探した。キャンプへの砲撃がはじまったのかもしれないと思って。朝の街に立ちのぼる白煙は数キロ離れていても見えた——けれど、礁岩の上のテントをねらった砲弾には異なる物質が装塡されているだろうし、生じる結果も異なるだろう。

ぼくは街が視界にはいってこないか、爆発がいまも市街地に限定されている証拠が見つからないかと願いながら、南に歩きつづけた。自分がこの戦争を生き抜き、無傷ですんで、無数のあらゆる殺人テクノロジーにすっかりなじんでいるところを想像してみる……そして、その道の専門家となったぼくのコメントつきの素材を——ぼくが捏造したものには興味を示さなかったネットに——売るというのはどうだ。『この特徴ある音は、中国製ヴィジランス・ミサイルが標的に命中した音です』とか、『《ピーステク》社の四十ミリ砲弾が野外で爆発した際の視覚的シグネチャーは、まちがえようがありません』とか。

ぼくは波のような諦観に襲われた。過去三日間、ぼくはあまりに多くの夢を見てきた。テクノ解放主義、遺伝子特許法の廃止、個人的な幸福、汎性としての喜び……。目をさますころあいだ。世界にあふれる狂気が、ついにステートレスにも手をのばしてきた——それなら一歩引いて、多少の広い視野をとり戻し、そこから食べていくための手段を見つけだそうとすればいいではないか？　この侵略は、これ以前の一万の血塗られた征服よりひどい悲劇というわけではないし——それにいつ起きても不思議はなかったのだ。既知のあらゆる人間文化で、戦争はなんらかのかたちで起きてきた。

ぼくはあまり確信のこもらない声でささやいた。「既知のあらゆる人間文化なんて糞喰らえ」

地面が咆哮して、ぼくを投げだした。

礁岩はやわらかいとはいえ、ぼくは顔をまともに打って、鼻が血だらけになり、もしかすると折れたのかもしれない。息を切らし呆然としたまま、ぼくは四つんばいで体を起こしたが、地面のゆれはやんでおらず、自分が立っていられるとは思えなかった。近くに着弾した証拠を探して周囲を見まわす――だが、光も、煙も、弾孔(クレーター)も、なにもない。
(あらたな恐怖の登場か？　見えないロボットの次は――見えない爆弾？)

ぼくはひざまずいたままようすをうかがい、それからよろけながら立ちあがった。礁岩はまだ振動音を反響させている。ぼくは砲撃のしるしがほかになにもないとはどうしても信じられずにゆがんだ円を描いて歩き、地平線を探った。

だが、空気は静かだった。振動音は地面から伝わってくる。地下で爆発が起きたのか？
あるいは海中か、島の下面で？
(それどころかこれは爆発ではまったくなくて――)

再度の激震。ぼくは激しく地面にぶつかり、片腕をひねったが、パニックがすべてを押し流し、痛みを気にならないほど鈍らせた。地面に爪を立て、『身を低くしていろ、動くのは危険だ』という本能の叫びをすべて無理やりねじ伏せようとする。もしいま立ちあがって、震える死んだ珊瑚(さんご)の上を人生最速のスピードで全力疾走できなければ――きっとぼくは助からない。
(傭兵たちは、礁岩に浮力をあたえていた親石性(しんせき)バクテリアを絶滅させたのだ)ぼくたちを街から追いだしたのは、それが理由だった。無事ですむのは島の中央部だけ。平頂海山(ギヨー)に支えられていない張り出しの部分は、いま沈みつつある。

キャンプのようすを見ようとしてふりむいた。青とオレンジ色の正方形が、無表情に見つめかえしてくる。つぶれたテントはほとんどない。いまのところ荒れ地に逃げだしてきた人はだれもいなかった――まだ早すぎる――が、住民たちに警告しに引きかえすのは問題外だ。アキりにさえも。内陸ダイビングの経験者は確実に、ぼくより早く、なにが起きたのか理解しただろう。いまぼくにできるのは、自分の身を守ろうとすることしかない。

ぼくは立ちあがりざま走りだした。十メートルほど走ったところで地面がうねり、ぼくは勢いよく倒れた。体を起こし、三歩進んだが、足首をひねってまた倒れる。いまでは拷問のような鋭い破砕音がやむことなく頭の中にあふれ、礁岩から骨へ、生きている鉱物から生きている無機物へと共鳴して体を伝わった——地下世界がぼくに手をのばして、その崩壊をいっしょに体験させている。

ぼくは無言で絶叫しながら四つんばいで前進をはじめ、沈みゆく礁を越えて押し寄せる海が死体をのみこんで内陸に運び、割れた地面に叩きつける光景を想像して、身がすくみそうになった。ちらりとふりむくと目にはいるのはおだやかなテント村だけで、いまはまだ無傷なのがむなしい——だが島全体がぼくの頭の中で咆哮をあげていて、テント村が海水にのみこまれるまでは数分しかないかもしれないのだ。

また立って、目標も定かでないまま数秒間走りきったところで地面に激突し、腹の縫い目がひらいた。生温かい血が包帯に染みる。ぼくはその場にじっとして、耳をふさぎ、ここで死を待ったほうがマシなのではと考えることをはじめて自分に許した。(ギヨーまではあとどれくらいだ? それに、ぼくが堅固な大地にたどりつけたとしても、海はどれくらいまで内陸にはいりこむだろう?) ノートパッドをいれたポケットを手探りする。GPSで自分の位置を把握し、二、三のマップを調べれば、なんらかの結論が出せるかのように。ぼくは転がってあおむけになり、声をあげて笑いはじめた。星々が震えて、継時露出撮影しているように軌跡を描いた。

ぼくは立ちあがって、肩ごしにふり返った——だれかがテント村からぼくにむかって岩の上を走ってくる。ぼくは半ば無意識で四つんばいにへたりこんだが、視線はその人影に据えていた。その人物は肌が黒く、やせていたが——アキリではなく、髪はずっと長かった。目を凝らす。それは十代の少女だった。顔は月光をいっぱいに浴び、目が恐怖に見ひらかれているのがわかったが、口もとは決意に引きしまっている。そのとき地面が波打って、ぼくたちはふたりとも倒れた。少女が苦痛の悲鳴をあげるのがきこえた。

ぼくは待った——しかし少女は立ちあがらない。

ぼくは少女のほうに這いもどりはじめた。もし彼女が怪我をしていたら、ぼくにできるのは海がふたりをのみこむまでいっしょにすわっていることだけだが——この子を残したまま先へは進めなかった。

少女のところにたどりついてみると、彼女は横むきに寝そべって、両脚を折り曲げ、一方のふくらはぎを揉みながら、腹立たしげにつぶやいていた。ぼくはその脇にしゃがんで叫んだ。「立てそうか?」

少女は首を横にふった。「ここにじっとしてたほうがいいんです! ここにいれば安全だから!」

ぼくはまじまじと相手を見つめた。「なにが起きているかわからないのか? 傭兵たちは親石性バクテリアを殺したんだぞ！」

「違います！　バクテリアは再プログラムされたんです——だからいまでは能動的に気体を吸収してる。バクテリアを殺してたのでは遅すぎて——警戒する時間をあたえちゃったはずでしょ！」

これが現実とは思えなかった。少女に目の焦点があわない。地面のゆれが激しすぎる。「ここにいてはだめだ！　わからないのか？　溺れてしまうぞ！」

少女はまた首を横にふった。一瞬、反対むきの動きがぶれを打ち消して、彼女の姿がくっきり見えた。まるでぼくが雷雨をおそれている子どもであるかのように、少女はぼくに微笑みかけていた。「心配しないで！　ここにいれば平気だから！」

（平気って、海が轟きをあげて流れこんできたらいったいどうするというんだ？）ぼくたちはただ……たがいに支えあって浮かぶのか？　百万人の溺れかけた避難民たちが、全員手をつなぎあって、いっしょに立ち泳ぎする？

ステートレスは、そこに住む子どもたちの頭をおかしくしてしまった。

こまかい水しぶきが降りかかってきた。うずくまって頭を覆ったぼくは、圧力の下がった岩に海水がなだれこんで、地表にいたる亀裂をうがつさまを思い描いた。そして顔をあげると、それが見えた。遠くで間欠泉がまっすぐ空に噴きあがっている。月光を浴びて惨事を予告する銀色の糸。ここからは数百メートル——南に——離れていて、それはギヨーに支えられた土地への道がすでに地下で浸食され、脱出の望みがなくなったことを意味していた。

ぼくは少女の隣にぐったりと横たわった。少女がぼくに怒鳴る。「なぜ反対方向に走ってたんですか？　道に迷ったの？」

少女の顔をもっとはっきり見たいと思って、手をのばして肩をつかむ。ぼくたちはたがいに相手を不可解に思いながら見つめあった。少女が大声で、「わたしは見張りの当番中だったんです。ほんとはキャンプの端であなたを止めなきゃいけなかったんだけど、少し先まで行くだけなんだろう、もっといい映像を撮影したいだけなんだろうって思ったから」

肩載せカメラはポーチにしまったままだ。そんなことは考えてもみなかった、水没するキャンプにカメラをむけて、大量虐殺を世界に中継するなどということは。

おだやかな雨が一、二秒激しさを増し――そしてやんだ。南に顔をむけると、間欠泉が衰えていくのが目にはいった。

そのときぼくははじめて、両手が震えているのに気づいた。

地面は静かになっている。

（つまり？）ぼくたちが横たわっている張り出しは、氷山が絶叫をあげて氷床から生まれでるように、周辺の土地から切り離されて、いまは比較的安定して浮かんでいるということなのか――縁じゅうから海水が押しいってくるまでは？

耳ががんがん鳴り、体ががくがく震えた――だが見あげた空には星々が岩のようにどっしりと張りついていた。逆かもしれないが。

そして少女が、興奮もあらわに、気味悪いほどの、アドレナリンづけの微笑みをぼくにむけて、その目には安堵の涙が光っていた。（この子は試練が終わったと信じている。そしてぼくは、自分のほうが分別があるなどと思わないことだと警告されていた）ぼくは不思議な思いで少女を見つめかえしたが、心臓はいまも恐怖で高鳴り、胸は希望と不信に締めつけられていた。自分があえぐような長いすすり泣きを漏らしているのに気づく。

また声が出せるようになると、ぼくはたずねた。「なぜぼくたちは死んでいない？　張り出しは親石性バクテリアがなければ浮かんでいられない。なのになぜここは沈まないんだ？」

少女は体を起こして脚を組み、怪我をしたふくらはぎを揉みながら、一瞬ぼくの質問を忘れていた。それからなにをどう誤解しているのか推し量るようにぼくに目をむけて、かぶりをふると、根気強く説明してくれた。

「だれも張り出しの親石性バクテリアには手をつけてません。市民軍はギヨーの縁にダイバーたちを派遣して、玄武岩（げんぶがん）の上の礁岩だけから気体を吸収するよう親石性バクテリアに命じる反応開始指示物質を注入したわけ。海水がその部分の礁岩の中に殺到して——いまでは島中央部の地表の岩盤は水よりも重くなったんです」

少女は晴れやかな笑顔で、「わたしならこんなふうにいいますね。わたしたちは街を失った。でも、礁湖（しょうこ）が手にはいった、って」

第四部

29

キャンプは歓喜の渦につつまれていた。何千人という人が月明かりの中に出てきて、たがいの怪我を調べあったり、つぶれたテントを張りなおしたり、勝利を祝ったり、街の喪失を嘆いたりしている――中には、耳を貸す気のある人にむかって、戦争はまだ終わりではないかもしれないと冷静に思いださせている人もいた。敵が未知の部隊や未知の兵器を街から遠く離れたところに隠していて、島中央部の陥没による被害をまぬがれていたり――あるいは礁湖からなにかが這いだしてきたりすることがないとは、だれにも保証できないのだ。

アキリを探しあてると、怪我はなく、揚水ポンプの上に落ちた大天幕を直すのを手伝っていた。ぼくたちは抱きあった。ぼくは全身あざだらけで、顔には血がこびりつき、三たびひらいた腹の縫い目からは電弧のように痛みが炸裂する――だが、生きているのをこんなに強く実感したことはなかった。

アキリがそっと抱擁を解きながら、「午前六時にモサラのTOEはネットにポストされる。

それまでいっしょに起きて待っていてもらえるか？」汎はなにひとつ隠さずにぼくと目をあわせた——伝染病へのおそれも、ひとりでそれに直面することへのおそれも。

ぼくはアキリの腕を握りしめた。「もちろん」

ぼくは洗面所にはいって体をきれいにした。ありがたいことに下水管はつまっておらず、前に流された排泄物が地震の圧縮波で逆流してきてもいなかった。顔から血を洗い落としてから、慎重に腹の包帯をほどく。

傷口からはまだ少し血が出ていた。機械昆虫のレーザーがあけた傷は、思ったより深くまで達していたのだ。洗面台のボウルの上にかがむと、傷の両側にある肉の壁——長さ約七、八センチ分——がこすれあい、両端以外はつながっていないのが感じとれる。レーザーは腹壁（ふくへき）に達するまで組織を焼灼（しょうしゃく）し、いまでは死んだ縫い目が口をあけてしまっていた。

周囲に目を走らせる。まわりにはだれもいなかった。（こんなことはしないほうが）とは思ったが、抗生物質はたっぷり注入されているから、体内感染の危険はない……。

ぼくは目を閉じると、三本の指を傷の奥深くに突っこんだ。指先に触れた小腸は、蛇の冷たさではなく血の温かさを伝え、弾力性があり、筋肉質で、すべすべではなかった。これがぼくを殺しかけたぼくの一部分だった——体外由来の酵素で機能障害を起こし、無慈悲にぼくから水分を絞りとったのだ。（だが、体はなにも裏切っていない。存在するために従わねばならない法則に従っただけだ）

ついに痛みが襲いかかってきて、ぼくは凍りつきかけた——自分がボナパルトとして、あるいは自己不信のトマスとして人生を送ったのだと想像する（前者はナポレオンの肖像画のポーズから。後者は使徒トマスが自分でイエスの傷痕に手をいれるまでは復活を信じないといったことのもじり）――が、手を引き抜いて、プラスチックの洗面台にもたれかかり、台の横を打った。

鏡をのぞきこんで宣言したい気分。（そうだ。ぼくはこんどこそ、自分が何者であるかわかったのだ。そしてぼくは完全にうけいれる、血で動く機械としての、細胞と分子でできた生物としての、ＴＯＥの囚われ人としての人生を）

だが、ここに鏡はなかった。避難民キャンプの洗面所の中ばかりか、ステートレスのどこにも。

そしてあと数時間も待てば、いまの言葉はもっと重みを増すだろう――夜が明けたころには、その言葉をしゃべることを可能にしているＴＯＥに関する真実のすべてを、ぼくはついに知るはずだから。

アキリのところに戻る途中、ノートパッドをとりだして、ニュースネットをチェックした。傭兵に対する無政府主義者たちの逆襲は、あらゆるところで休みなく語られていた。

だが、《シーネット》の報道がベストだった。

《シーネット》の放送の冒頭は礁湖の眺望。巨大で、不気味なほどおだやかに月光に照らされ、ほぼ完全な円形をしている――下にギヨーが隠れている証拠で、水没した太古の火山性クレーターを思わせる。さまざまなことがあったにもかかわらず、ぼくは傭兵たちの死を悼んで心がうずいた。いちども顔を見なかったその人々は、堅固(けんご)な岩盤に裏切られ、《エンジニュイティ》株主たちの金(かね)と利権のために恐怖の中で溺死した。

ジャーナリストがしゃべりはじめた——女性で、画面に本人が映らないのは、視神経タップを使っているプロだからだ。『ステートトレス侵略に資金提供したのがいったい何者で、理由はなんなのか、解明されるには数十年を要するでしょう。島の居住者たちが払った捨て身の犠牲にもかかわらず、侵略者の脅威が去ったのかどうかすら、この時点では明確ではありません。しかし、確実なこともあります。ノーベル賞受賞者のヴァイオレット・モサラさんが危篤(きとく)状態でステートトレスを離れてから、まだ二十四時間になりませんが——彼女はこの島を新しい故郷にするつもりでいたのです。モサラさんは反逆者たちに社会的地位をもたらすことによって、国連による島へのボイコットに反対する一団の国々が、遅ればせながら意見をはっきり表明できるようになることを期待していました。もし今回の侵略の目的がそうした異議申し立てを沈黙させることであったなら、もはやそれは失敗する運命だといえるでしょう。ヴァイオレット・モサラさんは暴力的なカルト集団の攻撃によって昏睡状態となり、生きるために戦っています——そしてステートトレスの人々は、今夜は平和がもたらされたのだとしても、この先数年は生きのびるためにこれまで以上のきびしい努力を強いられるでしょう——しかし両者の驚くほどの勇気が、かんたんに忘れ去られることはないはずです』

放送はさらにつづき、ぼくが撮影した会議でのモサラの映像も使われたが、このジャーナリスト自身も、砲撃や、街からの整然としたエクソダス、キャンプの設営、そして傭兵たちのロボットの一機による襲撃などを撮影していた。

すべてにわたって撮影も編集も完璧だった。力強いが見世物じみてはいない。そして最初から最後まで、その放送はあからさまに——しかしどこまでも誠実な——反逆者たちのプロパガンダになっていた。

ぼくにはこの半分もうまくやれなかっただろう。

だが、最大の驚きはそのさらに先に待っていた。

映像が礁湖の暗い水面に戻って、ジャーナリストが締めの言葉をいう。

『ステートレスから、《シーネット》ニュースのセーラ・ナイトがお伝えしました』


個人通話ネット上では、セーラ・ナイトはまだ京都にいて音信不通ということになっていた。リディアはぼくからの通話に出ようとしなかったが——《シーネット》のアシスタント・プロデューサーのひとりが、セーラにメッセージをまわしてくれた。半時間後、セーラが映話してきて、アキリとぼくはふたりで事情をききだした。

「ニシデが京都で病に倒れたとき、日本の警察にはなにが起きてるのか自分なりの考えを伝えた——でも、ニシデの肺炎球菌は非工学産の菌株だというDNA分析結果が出て、警察はそれがトロイの木馬を使って感染させられたとは信じようとしなかった」トロイの木馬と呼ばれるバクテリアは、それ自身とそこに隠れた病原性の積荷を——なんの症状も出さず、免疫反応も引きおこさずに——数十世代にわたって複製できる……それから痕跡を残さずに自壊して、あとには大量の、しかしどう見ても自然に感染した病原菌が残され、体の防御力を圧倒する。「あれこれ騒ぎたててはみたのだけど——だれひとり、ニシデの家族でさえ信じてくれなくて——おとなしくしてたほうが賢いと思ったわけ」

セーラは市民軍のダイバーのひとりにインタビュウしなくてはならなかったので、ぼくたちはじっくり話せなかったが、彼女が通話を切ろうとしたとき、ぼくは言葉につまりながらいった。「モサラの番組。きみならうまくやれただろう。契約はきみがとるべきだった」

セーラは、そんな問題は古代史同然だと笑ってすませようとするそぶりを——途中でやめて、おだやかにいった。「そのとおり。あたしは六カ月かけて、絶対だれにも負けないだけの準備を重ねたのに——あなたがあらわれたと思ったら一日で奪い去っていった。あなたはリディアのお気にいりで、彼女はあなたを喜ばせておきたかったから」

言葉を口に出すまでには、信じられないほどの努力が必要だった。不正があったのはどこから見てもあきらかだし——それは内心何千回となく認めてきたことでもあった——けれど、プライドのかけらと自己正当化が、途中のあらゆる段階で邪魔をした。

それでもぼくはいった。「ぼくは自分の力を乱用した。すまなかった」

セーラは口をすぼめてゆっくりうなずいた。「いいでしょう。謝罪をうけいれます、アンドルー。ただし条件がひとつ。あなたとアキリにインタビュウさせてくれること。侵略はここで起きた事件の半分にすぎない——そしてあたしは、モサラを昏睡状態にした糞野郎どもにまんまと逃げられたくないの。漁船でいったいなにがあったかきかせて」

ぼくはアキリをふり返った。汎は、「もちろん」

たがいの現在位置を教えあう。セーラは島の反対側にいたが、市民軍の車輌に乗せてもらって、すべてのキャンプをまわろうとしている最中だった。

「午前五時でいい？」セーラがきいた。

アキリは笑い声をあげると、共謀者の目でぼくをちらりと見た。「まったくかまわない。今夜ステートレスではだれも眠らないから」


キャンプはお祭り騒ぎだった。アキリのテントの脇を、笑ったり歓声をあげたりしながら人人がひっきりなしに通りすぎ、月光が縮んだ人影をテントに落とす。衛星放送の音楽――トンガ発の、ベルリン発の、キンシャサ発の――が中央広場から大音響で流され、だれかが、どうやってだか、爆竹を見つけるか作るかしていた。ぼくはまだアドレナリンで興奮していたが、疲労困憊もしていた――自分が騒ぎに加わりたいのか、ぶっ倒れて二週間眠りつづけたいのかもはっきりしない。だがセーラとの約束がある以上、どちらも我慢するしかなかった。

アキリとぼくは寝袋にすわっていた――光電池の電気がなくなりかけていたので、暖かい服装をして、テントのフラップは閉じて。会話とネットのスキャンで数時間がすぎてから、気まずい沈黙がおりるようになった。さっき礁岩の上でぼくが勝手に早合点した黙示録がおとずれなかったいま、こんどはアキリをなんとしても、世界は破滅なんかしないという確信でつつみたい。できるかぎりのことをして、汎の気を楽にしたかった。だがぼくの判断力は麻痺していて、アキリのボディランゲージがうまく読みとれなくなり、どんなふうに、いつ汎に触れればいいのかわからなかった。数時間前、ぼくたちはいっしょに裸で横になっていた――だが、その記憶やイメージにぼくが感じている意味あいは、汎のそれよりずっと大きくなってしまっているはずだ。だからぼくたちは、離れてすわっていた。

ぼくはアキリに、なぜ混合化伝染病の話をセーラにしなかったのかときいた。

「彼女がそれを真剣にうけとって話を広めた結果、パニックが起こるだろうからだ」

「原因がわかっていたほうが、パニックは小さくなると思わないか？」

アキリは鼻を鳴らして、「原因についてわたしが話したことを、あなた自身が信じていないだろうが。混合化の話をきいた人々の反応が、理解不能とヒステリー以外にあると思うか？どのみち、アレフの瞬間がすぎれば〝犠牲者たち〟は、混合化していない人からそれ以前にきかされるのよりも、はるかに多くを知ることになる。そしてそのときには、パニックは問題ではなくなる。ディストレスそのものが消滅しているから」その言葉の大半には絶対の確信がこめられていたが、最後の部分にだけはためらいが感じられた。

ぼくはおずおずと、「なら、なぜ穏健派はあんなにひどい誤解をしたんだ？　自前のスーパーコンピュータがあったのに。連中はほかのだれより人間宇宙論を理解しているように見えた。その穏健派が宇宙の解体を信じるなんていうまちがいをおかしたなら……」

アキリはけわしい目でしばらくぼくを見つめた――どこまでぼくを信頼していいか、まだ判断がついていないように。「わたしは解体の件で連中がまちがっているとはいっていない。そう期待はしているが、確信はない」

　ぼくはしばらく考えてから、「それはつまり、アレフの瞬間以前の混合化はいびつすぎるので、これまでは解体が避けられたけれど――TOEが完成してしまったら……？」

「そういうことだ」

　ぼくは悪寒を感じたが、それは恐怖のせいというより、話のすじ道が見えないせいだった。

「なのに、きみはまだモサラを守ろうとするのか？　彼女がなにもかもを終わらせる可能性があると信じながら？」

　アキリは床に目を落として適切な言葉を探した。「もし解体が起きたら、わたしたちにはそれを知る時間すらないだろう――それでも、モサラを殺そうとしたのはまちがいだと、いまも思う。解体が絶対の確定事項で、それを止める方法がほかになにひとつなかったというのでなければ。宇宙が終わるという不確実な可能性になど、だれも対処できはしない。そんな理由でどれだけ人を殺せる？　ひとり？　百人？　百万人？　それはちょうど……無限に長い梃子(てこ)の端にのった無限の重量がある重りを動かそうとするようなものだ。どんなに適切な判断をくだしてもうまくいかない。結局はそれを認めて歩み去るしかない」

　ぼくが言葉を返す前に、**シジフォス**がいった。「あなたが興味をもつに違いないと思われるニュースです」

　穏健派たちの乗った漁船がニュージーランド沖で拿捕された。ニュース映像には手錠をかけられてうつむいた人々が、投光照明のあたった桟橋に哨戒艇からまとめておろされるところが映っていた。ぼくに『解体』の講義をした〝五番〟ことジョルジオ。自分たちの告白を腹におさめたままぼくが漁船を離れるのを許さなかった〝二十番〟。だが三番や十九番の姿はない。そのとき、うしろから水兵たちが数体の死体をストレッチャーにのせて運んできた。シートで覆われているが——三番の強化男性はまちがえようがない。自決が云々（うんぬん）とジャーナリストがしゃべっている。ヘレン・ウーの名前も出てきた。服毒自殺だという。

逮捕の画像を見はじめたときは、この狂信者たちに正義の裁きがくだされたのだと思って純粋な多幸感にひたすら酔いしれた——だが、死んだ連中の心を最後の瞬間になにがよぎったかを理解しようとしたぼくは、気力がなえるような戦慄を感じるばかりだった。たぶん穏健派たちは、ディストレス犠牲者のうわごとをニュースで見たのだろう——そして宇宙の解体がもはや不可避だと結論した者と、もはやありえないという者にわかれた。あるいは、これまでの行動を支えてきた複雑怪奇な論理がほどけて、自分たちがなにをしてしまったのか率直に見つめざるをえなくなっただけかもしれないが。

（ぼくには連中を裁けない）連中と同じことを信じるという悪夢のような状態に陥っていたら、自分はそこから這いあがれなかった気がする。人間宇宙論のすべてを論理的に否定しさろうと必死に努力はしただろうが——もしそれにしくじったら、その理論の示唆（しさ）するものからすごすごと（または大量虐殺の可能性に目をそむけて）歩み去り、干渉することを拒んでいられただろうか？

テントの外で人々の高笑いがあがる。広場でだれかが一瞬、音楽の音量を正気の沙汰（さた）でないほどにあげて、ひずんだ音が轟くような低音の空電になって地面を震わせた。

アキリはほかの主流派ACたちと会議をひらいていた。WHOのコンピュータをハッキングしたメンバーがいて、報告されたディストレス患者の未発表最新数値が手にはいった。

「九千二十人」ぼくをふり返りながらアキリが鋭く息をのんだのが、パニックを起こしたからか、自由落下で味わうような非現実感のせいかはわからない。「二日で三倍。これでもまだウイルスが原因だというのか?」

「いいや」この説明不能な爆発的患者数増加を抜きにしても、脳の特定領域を標的とする神経刺激性ウイルスというぼくの説が詳細な検討に耐えないのはわかっている。「それでも、ぼくたちの説が両方ともまちがっているかもしれないだろう?」

「かもしれないな」

ぼくは口ごもりつつ、「もしいまでもこんなペースで患者が増加しているなら、アレフの瞬間後には……?」

「わからない。一週間で地球を席巻するかもしれない。それとも一時間か。早ければ早いほど望ましいだろう――発病をおそれながらなにが起きているかまだ理解していない人々にとっては、そのほうが不安が少なくてすむ」アキリは目を閉じて顔を両手に埋めかけたが、途中でやめて、拳を握った。「発病してしまえば、すべて片がつく。避けられない真実なら快いほうがいい」

ぼくはアキリに近寄って腕をまわし、ふたりの体をやさしく横にゆすった。

セーラは約束の時間に一分と遅れずに姿を見せた。セーラはぼくのスーツケースに腰かけ、アキリとぼくは彼女のカメラアイの前でしゃべった。声を届かせるためにときどき叫ぶ必要があったが――お祭り騒ぎの音はソフトウェアがかすかな背景音くらいにまで小さくしてくれるはずだ。

これまでのセーラとぼくは、いちおうの知りあいという以上の関係ではなかった――本人に声をかけたことが十数回ある程度――が、いまのぼくにとって、彼女はステートレスの彼方の世界から、会議以前の時間からやってきた、正気の時代が存在したことの生きた証拠だった。そして第三者が目の前にひとりいるだけで、ぼくは正常な世界につなぎとめられて、アキリがまちがっているとふたたび確信できた。ディストレスはコレラとなんら変わらない、現実世界の恐怖だ。宇宙は人間がそれを説明しても、まったく気にかけない。物理法則は、それが理解されようがされまいが、過去もこれからもつねに――ＴＯＥの基盤にいたるまで――堅固でありつづける。

そして――これは生放送ではなかったけれど――セーラの背後には視聴者がいた。一千万人に見つめられているも同然の状態で、視聴者たちが予期しているとおりのことを考え、その多数意見に従い、順応する以外のなにができる？

アキリもリラックスしているようだった――だが、セーラの存在がアキリをぼくと同じようにつなぎとめているのか、単に歓迎すべき気晴らしになっているだけなのかはわからない。

セーラはぼくたちをたくみに誘導して、『ヴァイオレット・モサラ：人間宇宙論の犠牲者』に必要な役割を演じさせていった。ぼくが会議の警備主任のジョー・ケパの前でおこなった宣誓供述は、法的な事柄に限定されたものだった。セーラのインタビュウの名目は、ACたちの陰謀を倫理的・哲学的に掘りさげることだ。しかしアキリもぼくも、漁船でのできごとや穏健派の狂った信念について話すとき、連中の世界観全体が——その暴力的手段と同様——軽蔑以外のなにものにも値しないことになんの疑問ももっていないような口ぶりになっていた。たとえ千年経っても、連中の世界観とわずかでも似たものが自分たちの心をよぎることなどありえないかのように。

こうしてすべてが報道されることになった。すべては歴史になった。セーラは遺漏なく仕事をこなした——だがぼくたち三人が、世界はネットで報じられる生気を欠くイミテーションとは違ったものでありうるのではないかという、あらゆる無言の恐怖、あらゆる懸念、あらゆる疑いの痕跡を、積極的に容赦なく押しつぶしたことは、正直に認めよう。

もう少しで撮影が終わるというとき——ぼくは救急車でのできごとの説明にはいりかけていた——ぼくのノートパッドがチャイムを鳴らした。そのビブラート音は、プライベート限定で受信すべき通話をうけたしるしだ。ぼくが通話に出れば、通信ソフトウェアは最高レベルの暗号化モードに自動で切りかわる——それでも、きこえるところにはかの人がいるのを感知したら、ノートパッドは回線を接続しつづけるのを拒否するだろう。

ぼくはわびをいってテントを出た。見あげると星空はうっすら灰色がかっている。音楽や笑い声はあいかわらず市場のむこうの広場からあふれているし、人々はキャンプ内をそぞろ歩きしているが、すぐ近くに人けのない場所があった。

通話はデ・グロートからだった。「アンドルー？　あなたは無事？　いま話せる？」デ・グロートの顔はやつれ果て、緊張していた。

「ぼくはなんともない。地震で軽いあざができただけで」ぼくは質問を切りだせずに口ごもった。

「ヴァイオレットは死んだわ。二十分ほど前に」そこで言葉が途切れたが、デ・グロートはなんとかもちなおして、弱々しい声で先をつづけた。「正確な死因はまだわかっていない。抗ウイルス特効薬のひとつがなんらかの罠に引っかかって――たぶん検知されないほど低濃度の酵素が、薬を毒に転化させたんだわ」信じられないというように首をふって、「連中はヴァイオレットの体を地雷原に変えちゃったのよ。そんな目にあわなきゃならないなにを、あの人がしたっていうの？　ヴァイオレットは世界についての二、三の単純な真実を、二、三の単純なパターンを見つけようとしただけなのに」

「連中はつかまった。法で裁かれるだろう。そしてヴァイオレットの名前は……何世紀も忘れられることはない」それはなんの慰めにもならなかったが、ぼくはほかにいうべき言葉を知らなかった。

そして、モサラが昏睡状態になったときいて以来、この報せに対する覚悟はできているつもりでいたのだが――まるでいきなり頭を殴られたような気分で……無政府主義者たちが演じた驚くべき運命の逆転や、奇跡とも思えるセーラの登場が、どうしてだか賭け率を書きかえたかのように思えた。ぼくは一瞬、前腕で両眼を覆い、するとモサラがホテルの部屋で大窓の下にすわって太陽に照らしだされ、腕をのばしてぼくの手をとるのが見えた。『たとえわたしがまちがっていても……深いレベルにはなにかが存在するはず。そうでなければ、だれも触れあうことさえできない』

デ・グロートがきいた。「あなたは早くていつなら島を離れられる?」その声には軽い気づかい以上の響きがこめられていた――うれしくはあるが、不思議でもある。ぼくたちはここまで親しくはなかったはずだ。

ぼくは笑ってデ・グロートの懸念を退けた。「どうしたんです? 無政府主義者たちは勝利して、最悪の事態は去った。それは確信できる」デ・グロートはなにかを確信している表情ではなかった。「なにかきいているんですか? あなたがたの……政治家の知りあいから?」不意に腹のあたりが冷え、それはコレラに罹って腸があらたに痙攣するたびに感じた信じられないという気分を思いださせた――もう二度と起こるはずがないのに。

「戦争のことじゃないの。でも――あなたはそこから離れられないのね?」

「いまは。いったいなにを気にしているのか教えては――?」

「メッセージが届いたの。ヴァイオレットが死んだ直後に。《人間宇宙論者》からの脅迫が」

デ・グロートの顔が怒りにゆがむ。「漁船の連中からじゃないのはあきらかね。だから、バッゾを殺したやつらが送ってよこしたに違いない」

「内容は？」

「モサラの計算すべてを即刻終了せよ。モサラのスーパーコンピュータのアカウントの照合ずみ監査証跡（オーディト・トレイル）を提出して、彼女のTOE研究の全記録が、コピーされることも、だれかに読まれることもなく消去されたと証明せよ」

　ぼくは思わず鼻で笑った。「へえ？　それでどうなると思っているんだか。モサラの方法と発想のすべては、すでに公表されている。ほかのだれかがなにもかもを再現するのに……長くて一年もかからないはずだ」

　デ・グロートはACの動機には関心がないようで、とにかくこれ以上の暴力行為が起きないようにしたがっていた。「この国の警察にメッセージを見せたのだけれど――だれにもどうにもできないといわれたわ。ステートレスがいまのような状態では」デ・グロートはそこで言葉をのんだ。まだすべてを明かしてはいない。「脅迫内容はこうよ、一時間以内に監査証跡をポストしなければ――あなたを殺す」

「なるほど」それは論理的だとぼくは思った。デ・グロートやモサラの家族は全員、直接の脅迫対象とするには警護が厳重すぎる――だが、モサラのステートレスからの退避に手を貸したぼくが過激派に殺されるのを、デ・グロートたちが座視することはまずありえない。

「さっきログオンしてみたら、計算はすでに完了していたわ――でもラッキーなことに、ヴァイオレットは予定時間になるまで論文がネット配信されないようにプログラムしていた」デ・

グロートはそっと笑った。「そうしたほうが公式行事っぽくなると考えたんでしょうね。もちろんわたしたちは、要求どおりのことをするわ。警察からはあなたに伝えないよう忠告されたけれど――それに伝えてもたしかになんにもならないけれど――でもわたしは、あなたにはこの件をきかされる権利があると思ったの」

「なにもしちゃいけない、ファイルをひとつでも消しちゃだめだ。すぐに折り返し連絡するから」ぼくは映話を切った。

ぼくは通路に数秒間立ちつくし、騒々しい音楽に耳を傾け、風に身を震わせながら、じっくり考えた。

ぼくがテントにはいったとき、セーラとアキリは笑い声をあげていた。セーラをそっとつれだす口実を考えだして、そのままふたりで立ち去るつもりでいたのだが――その瞬間、そんなことをしてもぼくにはなんの役にも立たないと気づいた。バッヅは射殺だったが、こいつらのお気にいりは生物学的手段だ。逃げだせば、ぼくは体内に生物兵器をかかえたままになる可能性が大きい。

ぼくは手をのばしてアキリのジャケットの前を鷲づかみにすると、汎を背中から床に叩きつけた。アキリはぼくを見あげ、驚き、苦悶し、とまどっているふりをしてみせた。ぼくは汎の上に身を乗りだして、ぎこちなく顔を殴った――そこまでやれたことに自分でも驚きながら。暴力はぼくの得手(えて)ではないし、アキリは漁船で見せた敏捷(びんしょう)さで、ぼくが指一本触れる間(ま)もなく自分の身を守るだろうとも思っていたのだが。

セーラが声を荒らげて、「どういうつもり？　アンドルー！」アキリはぼくを見つめたままだった——啞然として、傷つき、相変わらずわけがわからないふりをしている。ぼくは片手でアキリを半腰に立たせ——汎はほとんど逆らわなかった——もういちど殴った。

ぼくは抑揚のない声でいった。「解毒剤をよこせ。いますぐ。わかったか？　これ以上のデ・グロートへの脅迫もなし、破壊されるファイルもなし、交渉もなしで——おとなしく解毒剤を引き渡すんだ」

アキリはぼくの顔を探り、茶番をやめようとせず、不当に責められた恋人のように視線で無実を訴えていた。一瞬、ぼくは汎を思いきり傷つけたくなった。裏切られた心の痛みを洗い流してくれる血なまぐさいカタルシスを、馬鹿のようにあれこれ思い描く。だが、セーラがそのすべてを記録するだろうと気づいて思いとどまった。アキリとふたりきりだったら自分がなにをしていたかは、決してわからないだろう。

ぼくの憤怒はゆっくりと薄れていった。アキリはぼくをコレラに感染させ、三人の人間を殺し、ぼくの哀れな感情的欲求をもてあそび、ぼくを人質にした……だが汎は、これっぽっちも、ぼくを裏切ってはいない。すべてが最初から演技だったのだから。ぼくたちのあいだには、目的のために犠牲にされるものなどなにひとつ存在したことがなかった。そしてふたりがたがいにあたえあったとぼくが思っていた慰めが、ぼくの頭の中にしかなかったのなら、屈辱についても同様だ。

ぼくはこれからも生きていける。

セーラがけわしい声で、「アンドルー！」肩ごしに視線を投げると、ぼくが発狂したと考えているに違いなく、セーラは青ざめていた。ぼくはいらつきながら説明した。「通話はカリン・デ・グロートからだった。ヴァイオレットは死んだ。そして過激派はこんどは、もしデ・グロートがＴＯＥの計算を破棄しなかったら、ぼくを殺すと脅迫してきた」アキリはひどく驚いたふりをしている。ぼくはそれを笑い飛ばした。

「なるほどね。でも、アキリが過激派の手先だと考える根拠はなに？　キャンプにいるだれにだって可能性は――」

「ぼくとデ・グロート以外で、ＡＣに対するモサラのジョークを知っているのはアキリしかいない」

「ジョ、ジョ、ジョークって？」

「救急車の中で」――忘れかけていたが、ぼくはまだセーラの取材に答え終わっていなかったのだ――「モサラは、計算結果を文章にまとめ、ＴＯＥに最後の仕上げをおこない、ネットじゅうに送信するようにソフトウェアをプログラムした。そして研究はもうすっかり完成している。デ・グロートは送信を直前で止めたにすぎない」

セーラは黙りこんだ。油断しようものならアキリが行動に出ると思っていたので、ぼくは慎重にセーラをふり返った。

セーラは銃を手にしていた。「立ってちょうだい、アンドルー」

ぼくは力なく笑った。「まだぼくのいったことを信じていないな？　そのくせこの巣袋（くそぶくろ）を信じるのか――こいつが自分の情報源だったからというだけで？」

「この人がデ・グロートにメッセージを送ってないのはたしかよ」

「ほう？　なぜそういえる？」

「なぜなら、やったのはあたしだから。あたしがメッセージを送ったの」ぼくはゆっくりと立ちあがり、体のむきを変えてセーラと顔をあわせ、いまのとんでもない発言をうけいれられずにいた。広場の音楽がまた狂ったように高まり、テントじゅうが低くうなる。セーラがつづけて、「計算が進行中なのは知ってたけど、あと数日はかかると思ってた。そんなうまいタイミングで阻止できたとはね」


耳が鳴っている。セーラは平然とぼくを見つめ、銃はぼくを確実にねらってゆるぎもしなかった。彼女は『宇宙を支える』の取材中に過激派と接触したのに違いなく――そしてすべての事情を知ったとき、相手の存在を暴くつもりになったのもまちがいない。だが過激派は、セーラが自分たちにとって大きな利用価値をもつかもしれないと気づいて――セーラを殺すという挙に出る前に、あらゆる手段で彼女を自分たちに同調させようとしたのだろう。


そして成功した。最終的に、セーラは過激派の考えすべてを鵜（う）のみにする気になったのだ。

『あらゆるTOEは人の道を外れた存在、人間の精神に対する犯罪、魂（たましい）を閉じこめる言語道断な檻（おり）になるだろう』


だから、セーラは『ヴァイオレット・モサラ』の契約をとろうとああも必死になったのだ――そしてそれに失敗すると、だれかを使ってぼくをコレラに感染させ、間接的に目標を達成するよう計画を修正した。だが過激派は、現場での計算外の要素に対応するのに必要なタイミングの条件設定がお粗末だった。

ニシデとバッヅは、セーラが自分で始末した。

そしてぼくはいま、アキリとともに信頼を、友情を、愛を育(はぐく)めたかもしれない可能性をいっさい消し去った。そのすべてを地面に叩きつけてしまった。ぼくは両手で顔を覆い、孤独の闇につつまれてその場に立ちつくし、セーラの命令も無視していた。セーラがなにをしようとかまわない。ぼくには生きていく理由がないのだから。

アキリの声が、「アンドルー。この女のいうとおりにするんだ。わたしは気にしていないから」

ぼくはセーラを見た。銃をふりかざして、繰りかえし怒鳴っている。「デ・グロートにつなぎなさい!」

ぼくはノートパッドをとりだして映話をかけた。映話に出たデ・グロートに、状況説明代わりにカメラをぐるりとふってみせる。セーラはデ・グロートに詳細な指示をあたえた。モサラのスーパーコンピュータのアカウントの譲渡を承認する手つづきだ。

デ・グロートはセーラの信条を知って茫然(ぼうぜん)となり、最初のうちはショック状態だったようで、ほとんど言葉も発せずにいわれたとおりにしていた。やがて怒りが表面に噴きだしてきて、小馬鹿にするように言葉をはさんだ。「あなたがたは資源も技術もどっさりあるのに、大学のアカウントをハッキングしてひらくこともできないの?」

セーラはほとんどいいわけがましい口調で、「努力しなかったわけじゃない。でもヴァイオレットは偏執病で、プロテクトがすごく固いのよ」

デ・グロートは疑わしげに、「《思考工房》のプロテクトより固いとでもいうの？」

「なんですって？」

デ・グロートはぼくにむかって、「ウェンディがトロントに行っていたとき、過激派は子どもじみた策を弄したの。**カスパー**をハッキングして、自分たちのまぬけな理論をまくしたてさせた。目的はまったく不明だったけれど。それともあれは脅迫だったのかしらね？　プログラマーたちは**カスパー**を終了させ、バックアップを使うほかなかった。ウェンディにはそれがどういうことかわからなかった——自分の娘を殺そうとしているやつらがいると、わたしからきかされることになるまでは」

ぼくの足もとの床に倒れたまま、アキリがはっと息をのむのがきこえた。そして、ぼくも理解した。

自由落下しているような気分。

話がそれたことにいらだって、セーラは顔をしかめた。「あたしたちはそんなことしてないわ」そして自分のノートパッドをとりだすと、銃をぼくにむけたまま、なにかをたしかめてから、「映話を切って、アンドルー」ぼくはいわれたとおりにした。

アキリが声を出す。「セーラ？　ディストレスのニュースはチェックしているか？」

「いいえ。暇がなかったから」セーラは自分のノートパッドを、それが信管を外す必要のある爆弾であるかのように慎重に調べていた。いまやモサラの研究をすべてそこに、両手の中におさめたセーラは、あとは自分がそれに汚染されることなく、完璧かつ復旧不能なまでにそれを確実に破壊するだけでよかった。

　アキリは話しつづけた。「あんたたちは負けたんだ、セーラ。アレフの瞬間はもうすぎた」

　セーラは画面から目をあげてぼくを一瞥(いちべつ)すると、「アキリを黙らせてくれない？　この子を傷つけたくはないけど――」

　ぼくはセーラに説明した。「ディストレスは情報との混合化が原因の病気なんだ。ぼくもさっきまでは有機的なウイルスの仕業だと考えていたが――**カスパー**がそうではないことを証明した」

　セーラはぼくをにらんで、「なんの話よ。デ・グロートがTOEの完成論文を読んで〈基石〉になったとでもいいたいわけ？」監査証跡を表示したノートパッドを誇らしげにかかげて、「だれひとり論文を読んでないわ。だれひとり最終結果にアクセスしてない」

「論文の執筆者以外は。ウェンディはヴァイオレットに**カスパー**のクローンを送った。それが論文を執筆し、それがすべての計算結果をまとめあげた。そして〈基石〉になった」

　セーラは信じていなかった。「一個のソフトウェアが？」

　アキリが、「一時的に快復したディストレス犠牲者について、ネットをスキャンするんだ。その人たちがしゃべっていることをきけばわかるから」

「これがくだらないはったりだったら、時間の無駄――」

シジフォスが陽気な声で割りこんできた。「この情報パターンはゲルマニウム燐化物水晶体に符号化されることを必要とし、その水晶体をおさめた人工物が設計された目的である共同作業の相手となる有機的——」

セーラが言葉もなくぼくに絶叫し、頭の上で銃をふりまわして、激しく揉みあっているような影をテントの壁に落とした。ぼくは『消音』ボタンを押して音声を切った。宣言は画面を流れる文章のかたちで、無言でつづいていた。ぼくの心はそれが示唆することにたじろいだが——死の願望は消え去り、ぼくはセーラに全神経を集中した。

アキリがおだやかに、だがあせった声で、「きいて。ディストレス患者数がすでに爆発的に増加していることはまちがいない。そしてソフトウェアが〈基石〉になった世界——機械の世界でなりたつ世界——では、混合化は人々の精神を破壊しつづける。だれかがTOEの論文を読むまでは」

セーラは動じなかった。「それは違うわ。〈基石〉なんてどこにもいないの。あたしたちが勝ったのよ。最後の問いを答えられないままにした」セーラはいきなりぼくに輝くような笑顔を見せ、われを忘れて私的な讃美歌を唱えはじめた。「ほかの宇宙への抜け道が、不確定性の遺産が、どんなに小さくても問題じゃない。将来、それを拡大する方法が見つかるはず。そしてあたしたちは決して野蛮な機械にはならないし、単なる物理的存在のままでもいない……超越の希望があるかぎり」

ぼくは表情を変えずにいた。音楽が高まる。長身のポリネシア人女性ふたり——市民軍のメンバーか？――がセーラのうしろから忍びよって棍棒をふりあげ、同時に殴りつけた。セーラはばたりと倒れた。

女性のひとりが膝をついてセーラを調べた。もうひとりが不思議そうにぼくを眺めまわして、「いったいこの人はどうしたの？」

「なにかの薬でハイになっていたんでしょう」といいながらアキリがぼくの横に立ちあがった。つづけてぼくが、「大声でわめきながらはいってきて、汎のノートパッドを盗んだ。なにをきいてもわけのわからない答えばかりで」

「それはほんとう？」

アキリがおとなしくうなずく。市民軍の女性たちは疑わしげだった。ふたりはいかにもいやそうに銃を回収したが――ノートパッドはアキリに手渡した。「いいわ。この人は救急テントにつれていく。ハメを外しすぎる人って、いるのよね」

「モサラの送信サブプログラムを再起動させるべきだ。そしてTOEをネットじゅうにばらまく」アキリはぼくの横にすわり、ノートパッドを片手にもって、切迫感で緊張していた。

ぼくは思考を集中させようと必死だった。状況が状況だけに、ふたりのあいだで起きたことはみな脇に追いやられていたが――ぼくはアキリと目をあわせられなかった。アキリの情報採掘ソフトは、すでに五分間であらたなディストレス患者の発生を百件以上確認している――街なかで倒れた人に関するメディア報道だけからでも。

ぼくは口をひらいた。「ばらまくわけにはいかない。それが事態をよくするのか悪くするのか、たしかめないうちは。きみたちのモデルも予想も、すべてが外れた。たぶん**カスパー**は、混合化が現実に起こるというところまでは証明したんだろうが――きっとほかのすべてはまだ当て推量なんだ。いびつな混合化で世界じゅうのTOE理論家を発狂させたいのか？」

アキリは腹立たしげにぼくに食ってかかった。「そんなことにはならない！　これは病因であると同時に、治療法でもあるんだ。ただ最後の一段階が必要なだけで。人間による解釈が」だがその声には確信がこもっていなかった。もしかすると完全な真実は、ディストレスを引きおこすいびつな理解以上にひどい結果をもたらすかもしれない。もしかすると行く手には狂気があるばかりなのかもしれない。「わたしがそれを証明しようか？　最初にそれを読むことで？」

アキリはノートパッドをもちあげた。ぼくはその腕をつかんで、「馬鹿な真似をするな！いま起きている事態を半分でも理解している人はほとんどいないのに、きみたちACのひとりを失う危険はおかせない」

ぼくたちはすわったまま身動きできずにいた。ぼくはアキリをつかんでいる自分の手を見つめた。アキリの顔を殴ったとき、自分の皮膚についた傷を。

ぼくはきいた。「**カスパー**の世界観は大半の人にはとてもうけとめられないようなものだといったな？　だれかが介入して、その世界観を解釈する必要があると？　異なる観点に橋渡しする必要が？

それなら専門家は必要じゃない――TOEのも、人間宇宙論のも。必要なのは、科学ジャーナリストだ」

アキリはぼくに手の中からノートパッドをもっていかせた。

ぼくは、絶望的な悲鳴をあげながら床で手足をふりまわしていたフロリダの女性や、一時的に快復して数分だけ正気にしがみついた犠牲者たちを思いだした。あの人たちのあとを追いたいわけではない。

だが、ぼくの人生に目的がひとつだけ残っているとすれば、これからしようとしていることが、それだった。人はつねに真実と直面することが――説明し、神秘化を排除し、うけいれることが――できると証明すること。それがぼくの仕事であり、ぼくの天職だ。それにふさわしく生きようとするラスト一回のチャンスを、ぼくは手にしていた。

ぼくは立ちあがった。「キャンプから離れないと。こんなに騒がしくちゃ集中できない。でも、いったことはかならずやる」

アキリは地面にうずくまって、頭を下げた。顔をあげることなく、静かな声で、「きっとそうだろう。あなたを信じている」

ぼくはすばやくテントを出て、南へむかった。青白い空の半分には、まだ星々がうっすらと見えている。礁から吹く風は前より冷たさを増していた。

荒れ地に百メートルほど踏みこんだところで、ぼくは立ち止まってノートパッドをもちあげた。そして命じた。「ヴァイオレット・モサラの『万物理論仮説』を表示しろ」

こうして目隠しは外された。

30

ぼくは読みながら歩きつづけ、八時間ほど前に通った道を半ば無意識にたどりなおしていた。礁岩には地震による亀裂はなかったが、地面の感触はどこかが微妙に変化していた。たぶん圧力波がポリマー鎖を再編成して、新種の鉱物を造りだしたのだろう。この島初の地質学的変成だ。

荒れ地に出て、人間宇宙論の派閥争いからも、無政府主義者たちの無邪気なお祭り騒ぎからも、増大するディストレス患者の報告からもすっかり遠ざかったぼくは、自分がなにを信じているのかわからなくなっていた。もし、狂気にすべり落ちていく百億の人々の重みを周囲に感じていたら、ぼくは頭が麻痺していただろうとは思う。ある面ではしつこい懐疑主義に——またある面では純粋な好奇心に、ぼくが救われているのはまちがいない。と同時にもし、自分が論文を読むまでは未決定な状態で存在しているはずのあらゆるものの膨大さを考えて、人間的な反応——手のつけられないパニックや、畏(おそ)れと裏腹の自己矮小(わいしょう)化——に屈していたら、ぼくは毒を盛られた聖杯に等しいノートパッドを投げだしていただろう。

だからぼくはほかのあらゆることを心から追いだして、言葉と方程式があとを引き継ぐのにまかせた。**カスパー**のクローンの仕事ぶりは立派で、ぼくは論文を理解するのになんの困難もなかった。

最初のセクションにはなんの意外性もなかった。そこではモサラの十の正準状態の実験と、シンメトリーを破るその特性をモサラが計算した方法が要約されていた。セクションの最後にはTOE方程式そのものがあって、破れたシンメトリーの十個のパラメーターを全位相の和にリンクしている。モサラが各々の位相に荷重をあたえるために選択した測度は、ありうる選択肢すべての中で、もっとも単純で、もっともエレガントで、もっとも明白なものだった。モサラの方程式は、バッゾやニシデが考案しようとしていたような、プレ宇宙から凍って出てくることについての〝必然性〟を、宇宙にあたえてやることはできない。だがその方程式は、十の実験が――さらには外延によって、カゲロウから衝突する星々にいたるあらゆるものが――いかにして結びつけられ、共存可能なのかを示していた。高度に抽象化された計算上の空間で、そうしたものはすべてが完全に同一の点を占めているのだ。

過去と未来もまた、結びつけられていた。モサラの方程式は、タンパク質の折りたたみから鷲(わし)の翼の伸張にいたるあらゆる過程の中に見つかる共通の秩序を、量子論的ランダムさの深いレベルまで符号化していた。そこには、あらゆる瞬間のあらゆる系(システム)を、その系がとりうるあらゆるかたちとリンクして扇形(おおぎ)に広がる蓋然性(がいぜんせい)の輪郭が描かれていた。

二番目のセクションでは、**カスパー**はデータベースを総ざらいして、同じ数学的処理についてのほかの論究、同じ抽象概念が別のかたちで共鳴した結果を探し――その徹底した完璧主義者的調査の中で、ＴＯＥを一段階先に押し進めるのにじゅうぶんなだけの情報理論との類似を発見していた。こうして、モサラなら一蹴(いっしゅう)したであろう——そしてヘレン・ウーが結びつけるのをおそれたであろう——あらゆることを、**カスパー**は平気でひとまとめにした。

　物理的現象なしには情報は存在しえない。知識はかならずなにかのかたちで符号化される必要がある。紙の上のしるし、紐の結び目、半導体のメモリセルの電荷。

　しかし、物理的現象も情報なしには存在しえない。まったくランダムな事象だけで構成された宇宙は、とうてい宇宙とはいえない。深部のパターン、強力な規則性こそが、存在の大いなる基盤なのだ。

　そこで——どんな物理的系が宇宙を共有できるかを決定したあとで——**カスパー**は問いを発した。『そうした系が符号化できるのは、どんな情報パターンか？』

　物理学的ＴＯＥの方程式と類似したもうひとつの方程式が、同じ数学的処理によってほとんどなんの雑作もなく導かれる。情報理論的ＴＯＥは、物理学的ＴＯＥと表裏一体であり、必然的に導かれる系(コロラリイ)だった。

　そして、**カスパー**はふたつのＴＯＥを、たがいに嚙みあう鏡像のように組みあわせて統合し（われ知らずぼくは、シンメトリーのチャンピオンは誇りに思うだろうなと感じた）……そこからは人間宇宙論の予想のすべてが転がりでてきた。使っている用語は異なるが——**カスパー**は未公表の先行例については知らないので、無邪気に新しいジャーゴンを作りだしていた——概念自体は見まちがえようがない。

『アレフの瞬間はビッグバンと同様に不可欠だ』。それなしには宇宙は決して存在できない。**カスパー**は〈基石〉になるという栄誉を主張するのを避けていた――そして、説明によるビッグバンに、物理的ビッグバンに対する優越性を認めることさえ拒んでいた――しかし、論文は明確に、ＴＯＥが力をもつには、それが知られる必要があり、理解される必要があると述べていた。

『混合化もまた不可避である』。ＴＯＥの知識は、潜在的なかたちでしか存在しないときでも全時空――この宇宙でＴＯＥを符号化しているあらゆる系（システム）――に影響するが、ひとたびそれが明示的に理解されたなら、可能性が生じる場所でならどこででも、それまで潜在していた情報が晶出し、量子論的ランダムさの泡を通ってにじみ出てくる。そのようすはテレパシーよりも人工降雨のための種（たね）まきに似ていて、だれも〈基石〉の心を読むわけではないが――自分たち自身の心や体にすでに符号化されていたＴＯＥを読むことで、人々は〈基石〉のあとにつづくのだ。

そしてアレフの瞬間以前でさえ、不完全ではあるが混合化は起こる。

長い期間ではないが。

最後のセクションで、**カスパー**は宇宙の解体を予想していた。アレフの瞬間後には、数秒程度の時間で、物理的現象の純粋数学への変性がつづく。ビッグバンがそれ以前のプレ宇宙――無限にシンメトリックな抽象的うねりで、そこではなにもほんとうには存在もしないし起こりもしない――を含意するのとまったく同様、アレフの瞬間はプレ宇宙の情報理論的鏡像を、時間も空間ももたない別の無限の不毛の地を生みだすのだ。

だが以上の、宇宙の終末を予言する言葉が書かれたのは、ぼくがそれを読む半時間も前のことだった。

　ということは、**カスパー**は〈基石〉になっていないのである。

　ぼくはノートパッドをおろして、あたりを見まわした。視野の彼方に礁湖（しょうこ）が見えはじめていて、銀灰色の輝きが暁（あかつき）を予感させる。西の空には二、三の明るい星が残っていた。勝利を祝う音楽が、かすかにだがここでもきこえる。旋律のない遠い雑音になって。

　混合化はあまりにもなめらかに起こったので、ぼくはそれがはじまったことにほとんど気づかなかった。レナルズが撮影したディストレス犠牲者の言葉をきいたとき、ぼくはこんなことを想像したものだ。この人たちは透視力やそれ以上のものをあたえられて、分子や銀河のイメージに苦しめられ、砂粒という砂粒の中に宇宙を見て頭がふらふらになっている――それでもこの人たちは犠牲者の中では幸運な少数派なのだ、と。そして混合化に際しては、最悪の事態を覚悟していた――空が剝がれおちて、《神秘主義復興運動》のメンバーが夢精するとき人事不省で見るようなスターゲートの幻覚が真実だと明かされ、思考が不可能になり、理性は砂糖づけにされてこんがり焼かれる。

　だが、そもそも現実自体は以前と異なるものにはなりえないのだった。ただ、礁岩に残留鉱物のかたちで符号化されたしるしのように、世界の表層がその深部や隠されていた関連性を語りはじめた。まるで、ほんの数秒で新しい言語が読めるようになって、これまでは美しいが単なる装飾的な文字でしかなかった外国語のアルファベットが、目の前で様相を一変させたかのように——意味を獲得はするが、いかなる点でも見かけは変化せずに。薄れゆく星々は、核融合の炎や、結合エネルギーの解放によって食い止められている重力崩壊の描写だった。東のほうで赤みを帯びている青白い空は、光子の散乱の偏りをたくみに表現していた。小さなさざ波を立てる内海(うちうみ)は、分子間の力の作用や、水素結合の力や、空気との接触を最小限にしようとする表面の適度な弾性をほのめかしていた。

そして、そうしたメッセージはすべて、共通の言語で書かれていた。それがみなひとまとまりのものであることは、一目瞭然だった。

複雑な仕掛けも、目をくらませる宇宙論的テクノポルノも、地獄の設計図もそこにはない。なんの洞察(ヴィジョン)もない。ただ理解があるのみ。

ぼくはノートパッドをしまって、その場でくるくるまわりながら、声をあげて笑った。精神の過負荷もなければ、情報の洪水で体が変調をきたすこともなかった。メッセージはつねにそこにある——そしてぼくはそれを手にとったり手放したりすることができた。最初、それはかすむ目で文章を飛ばし読みするようなもので、目の焦点を意識的に移動させる必要があった——だが数回軽く練習すると、それは第二の天性になった。

それこそは、ぼくが世界をこんなふうに見たいとずっと熱望してきたとおりの世界だった。荘厳(そうごん)なまでに美しく、いりくんでいて異様で——だが根底では調和がとれていて、ゆえに究極的には理解可能。
それを恐怖する理由はなかった。畏怖する理由もなかった。

混合化がより深いレベルに切りこみはじめた。

ぼくはＴＯＥに記述された自分自身の身体性や自分自身の本質を意識しはじめた。世界の中に見てとった関連性がこんどはぼくの中に手をのばし、視野のあらゆるものとぼくを結びつけた。透視力や二重螺旋を幻視する力は相変わらずなかったが——自分の手足に、血の中に、意識の暗い流れに、ぼくはＴＯＥの不変の文法を感じた。

それはコレラの教訓と同じだった——ただし、より容赦がなく、より明白になって。ぼくはほかのあらゆるものと同じく、物質なのだ。

自分の体のゆっくりとした衰退が、やがては死が絶対確実におとずれることが、感じられた。心臓の鼓動一回一回が、ぼくが死すべき運命であることのあらたな証明を一から書きつづっていた。あらゆる瞬間が早まった埋葬だった。

ぼくは息を深く吸い、体内への空気の流入につづく事象を観察した。そして、新鮮な空気、冷やされる鼻腔粘膜、じゅうぶんに満たされる肺、殺到する血液、清澄さをもたらされる脳、と順にたどって……最後にはＴＯＥに行きついた。

ぼくの閉所恐怖症は雲散霧消していた。（ぼくが物質である必要があるのは、この宇宙に住むため——あらゆるものと共存するため——なのだ）物理学は檻ではない。それが可能と不可能のあいだに引く線は、あらゆる存在が必要とする最小限のものだった。そして——プレ宇宙の実質的に無意味な無限の選択肢から作りだされた——ＴＯＥの破れたシンメトリーは、ぼくがその上に立つ基盤だった。

ぼくは細胞と分子でできた死につつある機械だ。ぼくは二度と決して、そのことに疑いをもてないだろう。

だがそれは、狂気につづく道ではない。

混合化はさらに多くのものをぼくに見せた。内観のメッセージはより豊かになっていく。ぼくは、ＴＯＥから扇形に広がっていき、そしてぼくを世界に結びつけている説明の糸を読んだ——だがいま、ぼくの思考を説明している糸が、その出発点に引きかえしはじめた。ぼくはそのあとを追い、自分自身の精神が理解することを通して創造しているものを理解した——。

（神経経路に発火パターンとして符号化された相互作用するシンボル。樹状突起の成長と結合や、シナプスの荷重の調節や、神経伝達物質の拡散に関するルール。細胞膜やイオンポンプ、タンパク質、アミンの化学的性質。分子と原子のあらゆる詳細なふるまい、そのふるまいに不可欠な要素を律するすべての法則。収束する規則性の層また層が——

——ＴＯＥまで直行する）

物理学が第三者として活躍する場などどこにもなかった。客観的法則の確固とした層もなかった。マグマがときおり地下から上昇して、ふたたび暗闇に沈んでいくように、説明が深部で対流として循環し、ＴＯＥから体へ精神へＴＯＥへと回転しているだけ――そしてそれを支えているものは、理解という原動力のほかにない。

基盤も、固定点も、休むことのできる場所もなかった。

ぼくは果てしなく立ち泳ぎをしているのだ。

ぼくは膝をついて、めまいを追いやろうとした。うつぶせに横たわって、礁岩にしがみつく。冷たく固い地面は、なんの反論にもならなかった。

（だが、反論の必要があるのだろうか？）超然とした永久不変の法則に支えられ、あるいは説明によるブートストラップに支えられているのなら……立ち泳ぎをつづけることにだって、ともかく耐えられる。

ぼくは内陸ダイバーたちのことを考えた。この島を浮かびつづけさせている自然のものでない生態学が造ったあらゆる層を抜けて下降していき、地面の下の海が絶え間なく島の下面の岩を浸食しているのを目撃した人々。

あの人たちは茫然として、しかし意気揚々と歩み去った。

ぼくにも同じことができるはずだ。

ぼくはふらつきながら立ちあがった。終わったのだと思った。自分が無傷で混合化を切り抜けたのだと。**カスパー**は〈基石〉になれなかった――それでもどういうわけかアレフの瞬間は無事にすぎ去って、いびつさをとり除き、ディストレスを放逐したに違いない。ひょっとすると、ぼくが論文をひとことも読まないうちに、モサラの死を知った主流派ＡＣのだれかが彼女のアカウントをハッキングして、**カスパー**の分析の決定的な誤りに気づいたのかもしれなかった。

　アキリがこちらへやってくる――その人影は遠くておぼろだったが、ほかのだれでもありえない。ぼくはためらいがちにあげた片手を、元気いっぱいにふった。人影も手をふりかえし、荒れ地を西にのびる巨大な影法師がさらに背のびする。

　そのとき、ぼくの知ったあらゆることが、雷鳴のように、奇襲のように、ひとつにまとまった。

　ぼくが〈基石〉なのだ。ぼくは宇宙を説明することで存在させ、幾重（いくえ）もの美しくていりくんだ必然性の層で、種（たね）となるこの瞬間をつつみこんだ。光り輝く不毛の銀河、二百億年分の宇宙の進化、百億の同朋たる人間、四百億の生物種――意識の由来となるあれこれすべてが、この特異点から流れだしたものだった。ぼくには手をのばして、分子という分子、惑星という惑星、顔という顔を想像する必要などなかった。この瞬間にそのすべてが符号化されている。

　ぼくの両親、友人たち、愛した人々……ジーナ、アンジェロ、リディア、セーラ、ヴァイオレット・モサラ、ビル・マンロー、アデル・ヴニボボ、カリン・デ・グロート。そしてアキリ。無力にわめきちらしていた見知らぬ人々、この同じ真実を知ったことによる犠牲者たちでさえ、自分がその人たち全員を創造したのだと理解したときにぼく自身が感じた恐怖の、ゆがんだエコーを口にしていたにすぎない。

あの一時的に快復したかわいそうな女性の顔にぼくが見てとったのは、この唯我論的狂気だった。これがディストレスの正体だった。TOEの輝かしい機械仕掛けに対する恐怖ではなく、存在しない両眼を一千億の眩惑的な蜘蛛の巣につつまれて、自分は闇の中にひとりきりなのだという認識が——。

——そしてぼくがそのことを知っているいま、ぼく自身の理解のひと吹きが蜘蛛の巣をすっかりはらいのけるはずだ。

どのようにそれがなされるかという完全な知識なしには、なにも創造することはできない。物理学的なものと情報理論的なものを統合したTOEなしには。無知のままその役割を果たし、意識せずに宇宙を創りだせる〈基石〉はいない。

だが、そんな知識をかかえこむことは不可能だ。**カスパー**は正しかった。穏健派は正しかった。方程式に輝きを吹きこんだなにもかもは、いまごろは空虚なトートロジーに解体しているだろう。

ぼくは顔をあげて星の消えた空を見あげ、世界にかけられたベールが左右にわかれて、そのむこう側になにもないことがわかるのに備えた。

そのときアキリがぼくの名前を呼んで、ぼくは一瞬凍りついた。それから視線を下げてアキリを見た——これまでどおり美しく、これまでと変わらず手が届かないアキリを。

これまでと変わらず理解できないアキリを。

そしてぼくは解決策がわかった。

ぼくは**カスパー**の論考のどこに欠陥があって、それが〈基石〉になれなかったかがわかった。検討されなかった前提がひとつあるのだ――まだ発せられていないので、真でも偽でもない問いが。

『ひとつの精神が、それひとつきりで、別の精神を説明することで存在させられるものだろうか？』

ＴＯＥ方程式はそれについてなにもいっていない。正準実験もなにもいっていない。答えを探すべき場所は、ぼく自身の記憶、ぼく自身の人生にしかなかった。

そして、宇宙の中心から自分を引きはがすためにぼくがしなくてはならないのは――宇宙の解体を防ぐためにぼくがしなくてはならないのは――幻想（ゆめ）の最後のひとつを捨て去ることだけだった。

エピローグ

機の着陸と同時に録画を開始する。**目撃者**が確認する。「ケープタウン、二一〇五年、四月十五日、水曜、グリニッジ平均時07：12：10」

カリン・デ・グロートが空港まで出迎えに来ている。彼女は驚くほど健康そうで、直接会うとより強くそう感じる――けれど、ぼくたち高齢者がみなそうであるように、さまざまな喪失が刻んだ溝は深い。あいさつを交わしてから、ぼくは人々の体や服装の多様なスタイルを目におさめようとして、あたりを見まわす――多様さそのものはどこでも同じだが、どこへ行っても組みあわせはそれぞれに異なり、流行の傾向も異なる。暗紫色の光合成共生生物でいっぱいの収納式カウルが、南アフリカ全域で人気のようだ。ぼくの住んでいるところでは、水中で呼吸と食事ができるスマートな両生類化改造が一般化している。

アレフの瞬間後、人々は混合化が画一性を強制するものではないかとおそれた。そんなことはまったく起こらなかった――〈無知の時代〉に、水に触れると濡れるし空は青いという冷厳で不可避の事実が、世界じゅうのだれもかもにそっくり同じに考えたり行動したりするよう強制しなかったのと、まったく同様に。TOEという単一の真実に対する反応のしかたは無数にある。不可能になったのは、かつてはあらゆる文化がそれ自身の独立した現実を創造できたのだというふりをしつづけること——そのころもぼくたち全員が同じ空気を吸い、同じ大地を歩いていたというのに——だけだ。

デ・グロートが心の眼でなにかのスケジュールをチェックして、「ステートレスからの直行便じゃなかったのね？」

「ああ。マラウイに寄ってきた。会わなくてはいけない人がいたから。別れをいいたかった」

地下鉄のホームにおりると列車がぼくたちを待っていて、客室のドアへの経路が視界に光で示される。前にこの街に来てから五十年近くが経(た)ち、インフラストラクチャーの大半は変化している。なじみのない周囲の環境の中で、呼ばれもしないのにTOEが表面という表面から燃えあがって、まるで元気はつらつの子どもが自分の作ったぴかぴかの新しいおもちゃを自慢しているよう。もっとも単純な新製品——床タイルのほこりを食べるすべり止め塗装や、生体彫刻の発光色素——ですら、それぞれ独自の共存のかたちを物語って、注意を引く。

理解不能なものはなにもない。魔法とまちがわれるものもなにもない。

デ・グロートに話しかける。「《ヴァイオレット・モサラ記念幼稚園》を建設中だと最初にきいたときは、彼女が生きていたら侮辱(ぶじょく)されたと感じるだろうと思ったよ。それはぼくがいかに彼女のことを知らなかったかの証明でしかないわけだが。なぜそんなぼくが招待されたんだろう」

デ・グロートが笑う。「あなたがほかに用もないのに開園記念式典のためだけにはるばる旅をしたのではないときいて、ほっとしているの。ネットでの参加ですませてもよかったんだもの。気にする人はいないわ」

「現場にいることにまさるものなしだよ」

列車がぼくたちにおりる駅を知らせて、ドアをあけておいてくれる。モサラが子ども時代を送った家から遠くない小ぎれいな郊外地区を徒歩で抜けていくが、いまでは通りに植えられているのは、彼女が絶対に見たことのない植物種だ。彼女はステートレスで樹木が育つのを見ることもなかった。人々が雲ひとつない青い空のエレガントな論理をちらりと見あげながら、ぼくたちを追いこしていく。

幼稚園は小さな建物で、臨時に造りを変えられて式典用の講堂になっている。半ダースの話し手が、五十人の子どもたちを相手にするためにここに来ている。物思いにふけっていると、《ハルシオン》号で働くモサラの孫娘のひとりによる、宇宙船の推進機関の説明がはじまる。根幹の原理はTOEに近いもので、理解するのに苦労はない。カリン・デ・グロートが語るのは、ヴァイオレットの寛容さと頑固さにまつわる逸話。そのあと子どもたちのひとりがぼくの話の前ふり代わりに、〈無知の時代〉についてほかの子どもたちに話す。

「それは情報宇宙から鍾乳石みたいに吊りさがっています」現在形は文法的な誤りではなく、相対性原理の要求によるもので、それを使っているのは理解のあらわれだ。「それは自律的なものではないし、それ自身を明確にもできません――存在するためには情報宇宙に加わる必要があります。けれど、わたしたちにもそれが必要です。アレフの瞬間の前に時間をのばそうとするときに不可欠な歴史として、論理的副産物として」

その汎の子は色あざやかなグラフと方程式を宙に呼びだす。情報宇宙の光り輝く恒星星団が、説明の糸に分厚くつつまれて、〈無知の時代〉の見映えのしない単純な円錐（えんすい）を支え、その頂点は過去の物理的ビッグバンを指している。聴衆である早熟というわけではない四歳児たちは、この概念と格闘する。アレフの瞬間の前の時間だって？　この子たちにも祖父母はいるが、そんな概念はほとんど信じることができない。

そこでぼくが立ちあがって、準備していたとおりに五十年前のできごとを話してきかせる――信じられないという笑いを、とるべき場所のすべてでとりながら。遺伝子の所有権？　権力の集中？　無知カルト？

大昔の歴史は決まって珍妙にきこえるものだし、いにしえの勝利は定められていたものに思えるのがつねだが、この子たちがいま当然と思っているあらゆることを、祖先たちがどれほど長くつらい努力をして学びとったか、ぼくはその感覚をいくらかでも伝えようとする。法と倫理、物理学と形而上学（けいじじょうがく）、空間と時間、喜び、愛、意味……それがみな、宇宙に参加している者が背負っている荷であることを。動かせない中心や、神の授けた食物（マナ）のように施（ほどこ）してもらえる絶対のものはどこにもないことを。神は存在せず、母なる地球（ガイア）も存在せず、情け深い統治者も存在しないことを。説明されることで存在する宇宙以外の現実はないことを。人と力をあわせてでもひとりきりででも創造しなければ、人生に目的はないことを。

アレフ後の日々の混乱についての質問が出る。

ぼくは答えて、「真実をそっくりそのままうけいれるのはむずかしいと、だれもが思ったんだ。正統派の科学者は――TOEの論拠が、それ自身の説明することの力以外になにもないとわかったから。無知カルトは――存在しうるもっとも主観的な現実である参加方式宇宙ですら、あの連中のお気にいりの神話を統合したもの（そんなものからはなにひとつとして決して創造されなかっただろうけれどね）ではまったくなくて、共存がじっさいになにを意味するかについての普遍的で科学的な理解の産物だったから。《人間宇宙論者》でさえ、まちがっていたことがわかった。ACたちは、ただひとりの〈基石〉という発想が強迫観念になっていたので、だれもかもが等しくその役割を演じられるという可能性を、ほとんど考えもしなかったんだ。そして、もっとも安定していてシンメトリックな解を見落としていた。あらゆる精神がTOEに従い――けれど、TOEを創造するには、その精神すべてが力をあわせることが必要になる、という解を」

ひとりの鋭い聴衆が、ぼくが質問に答えていないことに気づく――それは子どもたちのひとりで、Hワードが打破されて『TOEは自分たちが共通してもっているすべてだ』とついに理解される以前の時代なら、ぼくはその子を〝人間的(ヒューマン)〟と呼んだだろう。

「ほとんどの人は科学者でも、カルト信者でも、《人間宇宙論者》でもなかったのでしょう？　そういう人たちは、いまお話があったような発想の数々となんの関わりあいもありませんでした。なのに、なぜ人々はあんなに悲しんだのですか？」
悲しんだ。九百万人が自殺した。確実性という幻想がすべて消え去ったとき、ぼくたちが支えることのできなかった九百万の人々。そしていまでもぼくは、ほかの解決策がなかったのか――ぼくが見つけたのは情報宇宙への存在しうる唯一の橋だったのか――確信がない。（もしぼくがディストレスの狂気にのみこまれるままになっていたなら、ほかのだれかが違う最後の問いを発して、別の解決策を見つけていたのではなかろうか？）

ぼくを非難した人はいないし、ぼくを裁いた人もいない。ぼくは罪人とののしられたことも、救済者として歓迎されたことも、いちどとしてない。ただひとりの〈基石〉に百億の人々を説明することで存在させられるなどという発想は、いまではお笑いぐさだ。ふり返ってみるとディストレスは、銀河という銀河がぼくたちから逃走しているという素朴な幻想――じっさいには中心などというものはまったく存在せず、存在もしえないというのに――と、なんら変わらないように思える。

ぼくは言葉につまりながら、ラマント野についで話す。「それは人々に、たがいのことを知っていて、たがいを代弁し、理解することが可能だと考えさせていた――じっさいに可能な限度をはるかに超えて。きみたちの中にも、まだ脳にそれをもっている人がいるだろう――でも、はっきりした証拠があるいまでは、それを無視するのはたやすい」

ぼくは愛情という錯覚について、かつてはそこにいかに多くのものが注ぎこまれていたかについて、説明しようとする。礼儀正しくきいてはいても、自分たちがなにも失ってはいないとじゅうぶんにわかっている子どもたちにはその話がなんの意味ももたないのを、ぼくは見てとる。真実を前にした愛は、以前よりも力強いものになっている。しあわせは、かつて信じられていた嘘に由来するものなどでは、これっぽっちもない。

松葉杖なしで生まれてきた、この子どもたちにとっては。

太陽がまぶしく輝く、生体工学の産物をふんだんに使ったマラウイのジャングルにあるアキリの家で、ぼくは自分が先行き長くないことを汎に告げてきた。『きみのあとには、だれもあらわれなかったよ』。そしてぼくたちは、最後にもういちど触れあった。

ぼくは口調を速めた。

「神秘の終焉を」と話をつづけ、「嘆いた人々もいた。自分たちの足の下に横たわっているものを理解してしまったら、発見すべきものはなにも残らないかのように。たしかに、もはや〝深いレベルの〟驚きが存在しないのはほんとうだ――TOEの根拠や、ぼくたち自身の存在の根拠について、学ぶべきことはなにも残っていないからね。けれど、宇宙がどんなものをかかえこめるかを発見する作業には、終わりはないだろう。TOEで書かれた新しい物語が――説明されることで存在する新しい系や新しい構造が、つねにありつづけるはずだ。ほかの星々にはほかの精神が、ぼくたちにはまだ想像すらできない性質をもつ共同創造者がいないともかぎらない。

かつてヴァイオレット・モサラはこういった。『建造物の基礎を見ても、天井に触れたことにはなりません』。彼女はぼくたちみんなが、基礎を見るのを手助けしてくれた。きみたちがその基礎の上に建造物を、これまでのだれよりも高く築きあげるのを、彼女が生きて見ることができたならどんなによかったことか」

席に戻る。子どもたちは礼儀正しく拍手している――けれどもぼくは、耄碌したおろか者の気分だ。この子たちにむかって、『きみたちの未来は無限だ』と告げるだなんて。

子どもたちは、もちろん、そんなことはとっくに知っていた。

作者より

この長篇執筆のきっかけとなった多くの著作のうち、とくに名前をあげる必要があるものは以下のとおり。スティーヴン・ワインバーグ『究極理論への夢』（邦訳・ダイヤモンド社）、エドワード・サイード『文化と帝国主義』（邦訳・みすず書房）、アンディ・ロバートスン “Out of the Light, Back Into the Cave”（〈インターゾーン〉誌一九九二年十一月号、通巻六十五号。未訳）。詩『テクノ解放主義』からの抜粋は、エメ・セゼール『帰郷ノート』（邦訳・平凡社ライブラリー）の一部分を下敷きにしている。

訳者あとがき

豪快で意表を突く奇想。論理のアクロバットとも呼ばれるほど大胆にして、偏執的なまでに緻密なロジック展開。

それが混然となって、グレッグ・イーガンの長篇は読者に壮大なめまいを引きおこす。そのめまいこそは、《F&SF》誌で本書を書評したロバート・K・J・キルヘファーのいう〝圧倒的な知的スリル〟――SFの魅力にとりつかれたころはつねに感じていた、ほかでは味わえない興奮――にほかならない。

さらに、惜しげもなく投入された長篇数冊分のアイデアが、そのめまいに輪をかける。『宇宙消失』（本文庫）や『順列都市』（ハヤカワ文庫SF）で多くの読者を熱狂させたこうした特徴は、現時点での作者最長の作品（『宇宙消失』の五割強増し）である本書にも、もちろん共通する。イーガンの長篇は一冊ごとにタイプが違うので、面白さを比較しても意味はないのだが、あえてどれがいちばんの傑作かといわれれば、個人的には本書だと思う。

以下、読みどころのいくつかを中心に本書の内容を追いつつ、若干の解説を加えていきたい

——のだけれど、最大の読みどころであるメインの奇想、肝心のSF的大ネタがどんなものかは、当然ながらバラすわけにいかない。また、その大ネタにつけられた造語（『順列都市』での〝塵理論〟のような）も、ストーリーの関係でここには書けないのである。ただ、作者が本書を、『宇宙消失』や『順列都市』と並んで〝主観的宇宙論もの〟と呼んでいることは、（本書刊行前のインタビュウでの発言でもあることだし）書いておいていいだろう。つまりこれは前の二長篇同様、宇宙の秘密についての物語なのだ。

その大ネタと密接に絡むのが、邦題になっている万物理論（Theory of Everything の頭文字をとって、作中ではTOEと略されることが多い）。とはいえ万物理論自体はイーガンの奇想でも造語でもなく、現実に研究がおこなわれているものだ。たとえばサイエンス・ライターのJ・D・バローに、ずばり『万物理論』（みすず書房）という著作があり、この訳書のカバー裏から引けば、万物理論とは「あらゆる自然法則を包み込む単一の描象」、「物理的実在の根底にある論理」ということになる。本書第11章の前半でも同様のことが、より踏みこんで語られているが、現実の研究や議論については、本書末尾の「作者より」にあがっているワインバーグの『究極理論への夢』などを参考にしていただきたい。

本書の舞台となる二〇五五年、その〝夢〟の理論が完成寸前になっていた。アインシュタイン没後百周年記念の国際理論物理学会議の席上で、三人の学者がそれぞれに異なる理論を発表する予定になっていて、もちろん正しいのはどれかひとつだけ。三人の理論の中で、万物理論の最有力候補と目されているのが、まだ二十代のノーベル賞受賞者ヴァイオレット・モサラという女性のものだった。

主人公アンドルー・ワースは、バイオテクノロジーに精通した科学ジャーナリストで、《シーネット》という世界規模の放送局（テレビとコンピュータ・ネットの性格をともにもっている）の専属で番組を製作している。モサラを軸に万物理論をあつかう番組を作ることになったワースは、会議がひらかれる南太平洋の人工の島、ステートレスにむかう。だが、そこで彼は次々と予期せぬ事態に遭遇し、命の危険にすらさらされることに……。

というストーリーが展開されるのは、第二部にはいってから。第一部では、ワースが約一年がかりで取材してきた『ジャンクDNA』という番組を、シドニー郊外の自宅で編集する過程を通して、二〇五五年のめくるめくテクノロジー世界がスケッチされていく。そこで披露されるアイデアの数々がこのパートの読みどころ（その意味では『宇宙消失』の第一部と通じる）。そもそもワース自身が、視神経にチップを直結して〝見たまま〟の映像を撮影できたり、仕事が修羅場になるとホルモンを制御して睡魔を遠ざけたり（心底うらやましい！）という、時代の申し子なのである。

そんな彼も、『ジャンクDNA』用に取材した四つの事例には、トラウマになりそうな衝撃を感じていた。それはいずれも、人の生死／人類という種／余命／人間性といったものの定義をバイオテクノロジーの力で平然と崩そうとする、フランケンサイエンスと蔑称されるたぐいのものだったからだ。たとえば第1章でワースが取材する〝死後復活〟は、殺人事件の被害者の生命活動を臨終直後に短時間復活させて、犯人の名前をきき だそうというもの。そんなショッキングで悪夢めいた事例とばかり接しつづけた彼は耐えがたくなって、思わず畑違いの万物理論の番組製作に名乗りをあげてしまうのだった。

ところで、第1章の死後復活もそうだが、本書では『ジャンクDNA』のほかの事例や、全篇に出てくるそれ以外のさまざまなテクノロジーも、別に伏線というわけでもないのに微にいり細をうがって説明されている。それはイーガンのほかの作品でも見られることだが、本書にはその理由を語ったくだりがある。第4章でアーサー・C・クラークの第三法則（『じゅうぶんに発達したテクノロジーは魔法と区別がつかない』）に言及した部分がそれで、人間の生んだテクノロジーを人々が魔法あつかいしないようにするのが科学ジャーナリストの使命だ、と主人公はいう。詳細な説明は、いわばその実践なのだ。

（そういう主人公も、物理学には門外漢であるわけで、だから読者は、本書のその方面の記述に理解できないところがあっても、気にせずに読み進めばいいのである……というのはまあ半分冗談だが）

この〝使命〟は、科学やテクノロジーに対するイーガンのスタンスでもあるといっていいだろう。このほかにも、本書では作者の科学観、人間観、社会観などがいたるところで語られ、それを抜きだしていけばイーガン論ができそうなほどだ。

その意味で第一部でとくに注目したいのが、第6章。イーガン作品は一貫して、科学やテクノロジーがあきらかにし、あるいは変えていく人間像・世界像を、それが常識的・日常的な感覚とはいかに反しようが、生理的・感情的にどれほどうけいれがたかろうが、躊躇（ちゅうちょ）なく事実として描いてきた。この章前半の〝ラマント野〟に関するくだりと、後半の〝Hワード〟、ことに〝大きいH〟なるもの（それがいったいなにかは本文をどうぞ）に関するくだりはともに、そんなイーガン作品の中でももっとも刺激的な議論のひとつといえる。

こうした議論は第二部の前半にも集中して出てくるが、それに触れる前に、このパートのアウトラインを書いておこう。

第二部以降の舞台になるステートレスという人工島は、生体工学産珊瑚が造りだした、文字どおりバイオテクノロジーの結晶だ。国際理論物理学会議の前日、ワースがステートレスに着いてみると、そこには〝無知カルト〟と総称されるさまざまな反科学・反合理主義の集団のメンバーが大挙して押しかけて、会議に対する抗議活動を繰りひろげていた。この無知カルトに対する主人公たちの批判が、第二部前半の読みどころのひとつになる。（なお、主要な無知カルトには、第11章後半で触れられている〝三大カルト〟のほか、随所に少しずつ説明が出てくる《エデン主義》などがある）

それにしても理論物理学のなににどう抗議することがあるのやら、と思うかたも多いだろうが、無知カルトの主張の大半には、なんと、元ネタがある。ブライアン・アップルヤードという科学・哲学コラムニストが一九九二年に出版した ***Understanding the Present***（副題 ***Science and the Soul of Modern Man***）がそれだ。

前述の『究極理論への夢』がこの本に一瞬触れているので引用すると、これは「科学が人間精神に有害だということを主題にした」本であり、当時の「英国の非軍事科学への政府支出を担当している大臣」がこの本に「賛意を表した」という。さらに、科学誌《ネイチャー》が巻頭記事でこの本を徹底的に批判したのをはじめ、テレビや新聞でも再三大がかりにとりあげられるなど、とにかく発表当時に社会的大反響を呼んだのである。

本書では、第10章の作家ジャネット・ウォルシュのスピーチなどが、アップルヤードの主張そのもの。イーガン作品が「躊躇なく事実として描いて」いることを、金輪際(こんりんざい)拒絶するという態度なわけだ。対して、第11章後半のモサラによる無知カルト批判や、第14章後半の主人公と社会学者インドラニ・リーの議論の大半などは、アップルヤードの著書中の記述への直接の反論になっている。ちなみに、「作者より」にあるロバートスンの“Out of the Light, Back Into the Cave”というのは、アップルヤードの本の長文書評。〝参考文献〟にSF雑誌に載った書評のみをあげていることからも、アップルヤードの本をイーガンがどう思ったかは明白だろう。無知カルト批判以外にも、第11章や第16章でモサラが科学と宗教、科学と社会について語る言葉には、注目すべき点が多い。

第二部を中心に本書で展開されるのは、科学に関する議論ばかりではない。第12章ほかのステートレス社会への言及や、遺伝子の特許を独占する多国籍企業といった設定など、社会批評的側面にも大きな比重が置かれている。そこには作者の生(なま)の声も出ているが、植民地をめぐる議論などには、「作者より」にあるサイード(とセゼール)の本が下敷きになっている部分がある。

第二部ではもうひとつ、万物理論に関する展開もスタートする。そして前二長篇と同様、作品のまん中あたりでＳＦ的な大ネタが炸裂したあと、それが部分的に否定されたり修正されたりしながら結末寸前まで二転三転どころではなく転がりつづけて、読者を幻惑するのだ。

というわけで第二部後半以降のストーリーに触れるとネタバレのおそれが出てくるため、第三部や第四部にも言及したいアイデアなどはまだ山ほどあるのだけれど、内容紹介はこれくらいにしておこう。

ただ、もう一点触れておきたいのは、本書のテーマ面についてである。

イーガン作品の大半が、なんらかのかたちでアイデンティティをあつかっているのは、よく知られているところだ。それは本書も例外ではない。

テクノロジーの力で人間の定義をさまざまなレベルでゆさぶる、『ジャンクＤＮＡ』の四つの事例。全篇にわたって繰りかえされる、性別や国籍によって「こう生きねばならない／考えねばならないｅｔｃ」と〝自分のありよう〟を定義される――自分のことを他人から権威者面して語られる――ことの拒絶。その種の強制から自由なステートレスの社会。物理的な最深レベルで自分を定義づけるものとしての万物理論。

そして主人公のワースは予期せぬ事態に翻弄される中で、イーガン作品の登場人物のだれよりも、〝体〟というものを通じて自分を意識せざるをえなくなる。一人称の語りの裏から浮かびあがる彼の人物像にも、このテーマの影が色濃い。

こうした多様な角度からのアイデンティティへのアプローチが、イーガン長篇で最短の作中経過時間の中で共鳴しあい、本書は思いがけない奥深さを獲得している。そこに、さまざまな議論や長篇数冊分のアイデア、さらには人間的なドラマやサスペンス、スペクタクルなどなどが加わって、すべてがクライマックスにむけて万物理論（と大ネタ）を焦点に収束していくさまは、まさに圧巻だ。

本書はイーガンのある一面を集大成した作品といえるだろう。そしてこのあと作者は、「ルミナス」（ハヤカワ文庫SF『ひとりっ子』所収）などのよりハードな方向へ、あるいは「しあわせの理由」や「祈りの海」（ともに同題短篇集所収）のような成熟した筆致を見せる方向へ進んでいき、現役最高のSF作家という世界的な評価を、いっそうゆるぎないものにするのである。

（ところで、本文より先にここを読んでいるかたの中には、原題のディストレスについての話が出てこないので妙に思っているむきもあるだろう。ディストレスとは第4章で初登場する正体不明の奇病なのだが、途中数百ページも事実上言及がなかったりもする。しかし、原題になっているのは伊達ではない。ひとたびディストレスがストーリーの表面に浮上して以降の展開に、イーガンの奇想の神髄を味わっていただきたい）

さて、ここからは、本文中にいれられなかった、訳語に関する註などを。

まず、冒頭二行目からいきなり出てくる「汎性（はんせい）」（原語は asex）という言葉にとまどったかたも多いと思うが、これは第5章で意味・定義が説明されているとおりの造語であり、現在でいう中性（asexual）とは違うということで、あらたに訳語を作った。

一方、汎性の代名詞「汎」の原語は ve（所有格は vis、目的格は ver）で、これは男女を問わない三人称単数代名詞として辞書にも載っている（が、定訳はまだないようだ）。本書原文にも辞書どおりの用法が数回出てくるが、混乱を避けるため、汎という訳語は汎性のみにあてることにした（he や she は原文でふつうに使われている）。

このほか、強化男性（umale）、微化女性（ifem）、転男性（en-male）、等々の造語が出てくるが、〝強化〟と〝微化〟は整形手術止まり、〝転〟は体を作りかえて性別を（男性と女性のあいだで）変わること。もっと具体的な定義は、やはり第5章（ないし第11章）に若干の記述がある。以上のいずれでもなく、あるいは汎性でもない人が、〝純〟（natural）である。なお、〝転〟は現在でいうトランスセクシュアルだが、本書の時代には、神経的ジェンダー適合（NGR）という脳外科手術（第6章参照）が一般化し、トランスセクシュアルは〝転〟とこの手術をうけた人の両方を指す言葉になっている。

こうした設定を通して問題にされているのは、第6章でNGRに触れた部分を除くと、あくまでも、性別によって他人から勝手に自分を定義されることの拒絶（強化男性／強化女性の場合はその逆）である。このあたりは、第5章でジェンダー移行（gender migration）という造語が出てくるくだりにくわしい。

以上のような説明では、煩雑なだけでわかりにくいとは思うが、性に関する設定のうち汎性以外のものは、ほぼ第5章と第6章に出てくるだけだし、くわしく書くと長くなりすぎるということで、ご了承ください。

それから、万物理論候補を発表する予定の物理学者のひとりの名前が、原文ではYasuko Nishideとなっている。だが本人は登場しないし、ずっと男性として語られているので、日本語として違和感のないよう、ヤスオとしたことをお断りしておく。年齢関係の記述にも原文の矛盾を最小限修正した部分がある。

実在の人物等の固有名詞には必要最小限しか訳註をつけなかったが、ここでひとつだけ追加しておこう。第12章冒頭の「グッチョーネもどき」は、たぶん、《ペントハウス》誌や《オムニ》誌の発行人だったボブ・グッチョーネに由来するもの。《オムニ》といえば、日本の海外SFファンにとっては良質なSFも載るポピュラー・サイエンス雑誌というイメージが強いかと思うが、じっさいはUFOやニュー・サイエンスの記事も売りにした雑誌でもあった（一九九五年廃刊）。ここでの形容詞的な用法は、この点を踏まえてのものだろう。

巻頭のムテバ・カザディの詩は、「作者より」にあるとおりセゼールの『帰郷ノート』を下敷きにしたものだが、その下敷きになった部分は、サイードの『文化と帝国主義』にも引用されている。ムテバの詩の訳に際しては、サイードの本の大橋洋一氏による『帰郷ノート』の訳を一部参考にさせていただいた。

作者のグレッグ・イーガンについては、『宇宙消失』の訳者あとがきにくわしいが、ここでもかんたんにプロフィールを紹介しておく。

一九六一年、オーストラリア生まれ。数学の理学士号をもつ。病院付属の研究施設でプログラマーとして勤務した経験あり。一九八〇年代末から本格的な作家活動を開始。現在までに長篇は六冊（ほか一九八三年に非ＳＦ長篇を一冊出している）。一九九二年の『宇宙消失』、キャンベル記念賞を受賞した一九九四年の『順列都市』につづいて、一九九五年の末に発表されたのが本書 ***Distress***（Millennium 刊）である。それ以降、一九九七年に『ディアスポラ』（ハヤカワ文庫ＳＦ）、一九九九年に ***Teranesia***（本文庫刊行予定）、二〇〇二年に ***Schild's Ladder*** を発表した。短篇集は英語圏で三冊出ているほか、日本で独自に編集した『祈りの海』と『しあわせの理由』（ともにハヤカワ文庫ＳＦ）があり、三冊目の日本オリジナル短篇集も出る予定。中短篇でヒューゴー賞、ローカス賞（二年連続計三部門）、星雲賞（三年連続）などを受賞している。なお本書は、ドイツのクルト・ラスヴィッツ賞と、オーストラリア作家のみを対象とするオーリアリス賞を受賞した。

本書の第8章に、主人公が学生時代に映画を作っていた話が出てくるが、これは作者の経歴とダブっている。もしかすると、自伝的要素が反映された部分はほかにもあるのかもしれないが、プライベートをまったく公表せず、作品と作者は切り離して語ることを求めているように思えるイーガンのことだけに、よけいな詮索はたぶん無意味なことなのだろう。

また、本書はイーガン作品にはめずらしく、ほかの自作品への明白な言及がある。第14章で語られる《エル・ニドの盗賊》に関する事件を描いたのが、一九九三年発表の短篇 "**Chaff**" なのだ（この短篇には、サイード『文化と帝国主義』で大きく論じられているコンラッド『闇の奥』への言及がある）。注意深いかたは、一九九五年発表の中篇「ワンの絨毯」（《ＳＦマガジン》一九九八年一月号訳載）に、本書中のある造語（ネタバレになるので伏せます）が使われていたことに気づかれるかもしれない。ただし、「ワンの絨毯」が長篇『ディアスポラ』に組みこまれる際に、その言葉が出てくる部分はすべてカットされている。

本書の翻訳については、志村弘之、柏崎玲央奈、野田令子の各氏に用語チェック等の労をとっていただいた。みなさん、ご多忙の中をどうもありがとうございました。ほかにも、翻訳することが決まるはるか前、原書を読んで紹介記事を書いたときにはじまって、多くのかたからさまざまな助言を、とくに各種の造語について、いただいてきた。ここにはとてもお名前を書ききれなくて心苦しいのですが、深く感謝いたします。

そして最後に、作者の前の長篇の翻訳を出してから、本書の訳出までにまる五年もすぎてしまったことについて、作者、編集者をはじめ本書の出版に関係した方々、そしてなにより読者のみなさまには、おわびの申しあげようもありません。作者を語る上で欠かせない重要な作品の翻訳刊行を、あらゆる意味での訳者の力不足が原因で遅らせてしまい、ほんとうにすみませんでした。

検　印
廃　止

訳者紹介　1962年生まれ。埼玉大学教養学部卒。英米文学翻訳家・研究家。編著に「90年代SF傑作選」、共編著に「80年代SF傑作選」「20世紀SF 1〜6」、訳書にイーガン「宇宙消失」「順列都市」「祈りの海」「しあわせの理由」他。

万物理論

2004年10月29日　初版
2024年10月11日　14版

著　者　グレッグ・イーガン

訳　者　山岸　真

発行所　（株）東京創元社
代表者　渋谷健太郎

162-0814/東京都新宿区新小川町1-5
電　話　03・3268・8231-営業部
　　　　03・3268・8204-編集部
URL　http://www.tsogen.co.jp
DTP　フォレスト
暁印刷・本間製本

ISBN978-4-488-71102-3　C0197

地球創成期からの謎を秘めた世界

Voyage au centre de la Terre◆Jules Verne

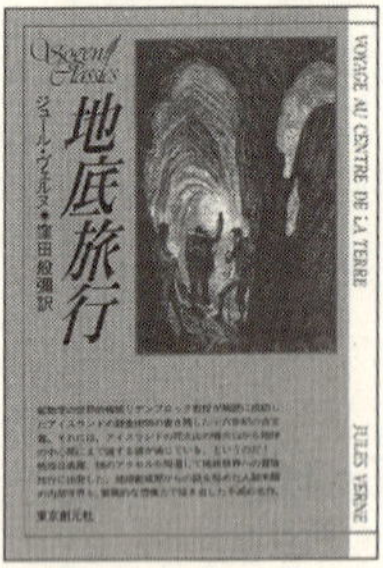

地底旅行

ジュール・ヴェルヌ
窪田般彌 訳 創元SF文庫

◆

鉱物学の世界的権威リデンブロック教授は、
16世紀アイスランドの錬金術師が書き残した
謎の古文書の解読に成功した。
それによると、死火山の噴火口から
地球の中心部にまで達する道が通じているという。
教授は勇躍、甥を同道して
地底世界への大冒険旅行に出発するが……。
地球創成期からの謎を秘めた、
人跡未踏の内部世界。
現代SFの父ヴェルヌが、
その驚異的な想像力をもって
縦横に描き出した不滅の傑作。